# 全唐詩

## 第 五 册

### 卷二七二 —— 卷三四五

中 华 书 局

# 全唐诗第五册目次

## 卷二七二

郑　旷

朱长文

## 卷二七三

戴叔伦

## 卷二七四

### 戴叔伦

## 卷二七六

## 卷二七八

### 卢　纶

## 卷二七九

### 卢　纶

### 卷二八〇

卢　纶

## 卷二八三

### 李　益

## 卷二八五

### 李 端

# 卷二八六

李 端

**卷二八七**

# 卷二八八

## 卷二九一

### 杨　凌

## 卷二九二

司空曙

## 卷二九三

司空曙

# 卷二九四

崔　峒

## 卷二九七

王　建

## 卷二九八

### 王　建

## 卷二九九

### 王　建

# 卷三〇三

## 刘　商

## 卷三〇四

### 刘　商

## 卷三〇五

### 陈　翊

## 卷三〇七

### 丘　丹

## 卷三一一

### 刘长川

### 郑　常

### 陈　存

### 王　观

## 卷三一六

### 武元衡

## 卷三一七

### 武元衡

## 卷三一八

### 李吉甫

### 郑　絪

### 郑馀庆

**卷三二〇**

权德舆

## 卷三二一

### 权德舆

## 卷三二三

### 权德舆

## 卷三二四

### 权德舆

## 卷三二五

### 权德舆

## 卷三二六

### 权德舆

# 卷三二七

## 权德舆

## 卷三二八

### 权德舆

# 卷三二九

## 权德舆

## 卷三三一

### 段文昌

### 姚　向

### 温　会

### 李敬伯

### 姚　康

## 卷三三二

### 羊士谔

## 卷三三四

令狐楚

## 卷三三五

裴　度

## 卷三三六

韩　愈

## 卷三三七

韩　愈

## 卷三三八

### 韩　愈

## 卷三三九

韩 愈

## 卷三四〇

韩　愈

## 卷三四一

韩　愈

## 卷三四二

### 韩 愈

## 卷三四三

韩　愈

## 卷三四四

### 韩　愈

# 全唐诗卷二七二

## 韦元甫

韦元甫,初任白马尉。采访使韦陟深器之,奏充支使。累迁苏州刺史、浙江西道团练观度等使。大历初,征拜尚书右丞,出为淮南节度使。诗一首。

## 木 兰 歌

木兰抱杼嗟,借问复为谁。欲闻所戚戚,感激强其颜。老父隶兵籍,气力日衰耗。岂足万里行,有子复尚少。胡沙没马足,朔风裂人肤。老父旧羸病,何以强自扶。木兰代父去,秣马备戎行。易却纨绮裳,洗却铅粉妆。驰马赴军幕,慷慨携干将。朝屯雪山下,暮宿青海傍。夜袭燕支虏,更携于阗羌。将军得胜归,士卒还故乡。父母见木兰,喜极成悲伤。木兰能承父母颜,却卸巾鞲理丝簧。昔为烈士雄,今为一作复娇子容。亲戚持酒贺父母,始知生女与男同。门前旧军都,十年共崎岖。本结弟兄交,死战誓不渝。今者见木兰,言声虽是颜貌殊。惊愕不敢前,叹息徒嘻吁。世有臣子心,能如木兰节。忠孝两不渝,千古之名焉可灭。

# 王 铤

王铤,大历中为绵州刺史,诗一首。

## 登越王楼见乔公诗偶题

云架重楼出郡城,虹梁雅韵仲宣情。越王空置千年迹,丞相兼扬万古名。过鸟时时冲客会,闲风往往弄江声。谬将蹇步寻高躅,鱼目骊珠岂继明。

# 潘 炎

潘炎,礼部侍郎,坐刘晏婿,贬澧州司马。诗一首。

## 清如玉壶冰

琰玉性惟坚,成壶体更圆。虚心含景象,应物受寒泉。温润资天质,清贞禀自然。日融光乍散,雪照色逾鲜。至鉴功宁宰,无私照岂偏。明将冰镜对,白与粉花连。拂拭终为美,提携伫见传。勿令毫发累,遗恨鲍公篇。

# 张叔良

张叔良,登广德二年进士第。诗一首。

## 长至日上公献寿

凤阙晴钟动,鸡人晓漏长。九重初启钥,三事正称觞。日至龙颜

近,天旋圣历昌。休光连雪净,瑞气杂炉香。化被君臣洽,恩沾士
庶康。不因稽旧典,谁得纪朝章。

# 吕　牧

　　吕牧,东平人。永泰二年,擢进士第。自尚书郎为泽州刺
史。诗一首。

## 泾渭扬清浊

泾渭横秦野,逶迤近帝城。二渠通作润,万户映皆清。明晦看殊
色,潺湲听一声。岸虚深草掩,波动晓烟轻。御猎思投钓,渔歌好
濯缨。合流知禹力,同共到沧瀛。

# 韦夏卿

　　韦夏卿,字云客,京兆万年人。大历中,与弟正卿同举贤
良方正高等,授高陵主簿,累迁刑部员外郎,擢给事中,出为
常、苏二州刺史。徐州节度使张建封辟为徐泗行军司马,俄召
为吏部侍郎,进检校工部尚书、东都留守,改太子少保。诗三
首。

## 别　张　贾

束简下高阁,买符驱短辕。故人惜分袂,结念醉芳樽。切切别思
缠,萧萧征骑烦。临归无限意,相视却忘言。

## 送顾况归茅山

圣代为迁客,虚皇作近臣。法尊称大洞,著作已受上清毕法。学浅忝初真。夏卿初受正一。鸾凤文章丽,烟霞翰墨新。羡君寻句曲,白鹄是三神。

## 和丘员外题湛长史旧居

道胜物能齐,累轻身易退。苟安一丘上,何必三山外。云霞长若绮,松石常如黛。徒有昔王过,竟遗青史载。诗因野寺咏,酒向山椒酹。异时逢尔知,兹辰驻余旆。

# 綦毋诚

　　綦毋诚,官正字,诗一首。

## 同韦夏卿送顾况归茅山

谪宦闻尝赋,游仙便作诗。白银双阙恋,青竹一龙骑。先入茅君洞,旋过葛稚陂。无然列御寇,五日有还期。

# 姚　伦

　　姚伦,扬州大都督府参军。诗二首。

## 感　秋

试向疏林望,方知节候殊。乱声千叶下,寒影一巢孤。不蔽秋天雁,惊飞夜月乌。霜风与春日,几度遣荣枯。

## 过章秀才洛阳客舍

达人心自适,旅舍当闲居。不出来时径,重一作犹看读了书。晚山岚色近,斜日树阴疏。尽是忘言客,听君诵子虚。

# 于　结

　　于结,大历间人。崔宁尝欲荐为御史,为杨炎所沮。诗一首。

## 赋得生刍一束

比玉人应重,为刍物自轻。向风倾弱叶,裛露示纤茎。蒨练宜春景,芊绵对雨情。每惭蘋藻用,多谢菉兰荣。孺子才虽远,公孙策未行。谘询一作询谋如不弃,终冀及微生。

# 郑孺华

　　郑孺华,大历间人。诗一首。

## 赋得生刍一束

孙弘期射策,长倩赠生刍。至洁心将比,忘忧道不孤。芝兰方入室,萧艾莫同途。馥馥香犹在,青青色更殊。芳宁九春歇,薰岂十年无。蔚菲如堪采,山苗自可逾。

# 张叔卿

张叔卿,官御史。诗二首。

## 空 灵 岸

寒尽鸿先去,江回客未归。早知名是幻,不敢绣为衣。雾积川原暗,山多郡县稀。今朝下湘岸,更逐鹧鸪飞。

## 流 桂 州

莫问苍梧远,而今世路难。胡尘不到处,即是小长安。

# 房孺复

房孺复,琯之子,七岁即解缀文。历官杭、辰两州刺史,容州经略使。诗一首。

## 酬窦大闲居见寄

来自三湘到五溪,青枫无树不猿啼。名惭竹使宦情少,路隔桃源归思迷。鹏鸟赋成知性命,鲤鱼书至恨睽携。烦君强著潘年比,骑省风流讵可齐。

# 杨郇伯

杨郇伯,与窦常同时。诗一首。

## 送妓人出家

尽出花钿与四邻,云鬟剪落厌残春。暂惊风烛难留世,便是莲花不染身。贝叶欲翻迷锦字,梵声初学误梁尘。从今艳色归空后,湘浦应无解佩人。

# 陈　润

陈润,大历间人,终坊州鄜城县令。诗八首。

## 宿北乐馆

欲眠不眠夜深浅,越鸟一声空山远。庭木萧萧落叶时,溪声雨声听不辨。溪流潺潺雨习习,灯影山光满窗入。栋里不知浑是云,晓来但觉衣裳湿。

## 东都所居寒食下作

江南寒食早,二月杜鹃鸣。日暖山初绿,春寒雨欲晴。浴蚕当一作看社日,改火待清明。更喜瓜田好,令人忆邵平。

## 登西灵塔

塔庙出招提,登临碧海西。不知人意远,渐觉鸟飞低。稍与云霞近,如将日月齐。迁乔未得意,徒欲蹑云梯。

## 送骆征君

野人膺辟命,溪上掩柴扉。黄卷犹将去,青山岂更归。马留苔藓迹,人脱薜萝衣。他日相思处,天边望少微。

## 赋得浦外虹送人

日影化为虹,弯弯出浦东。一条微雨后,五色片云中。轮势随天度,桥形跨海通。还将饮水处,持送使车雄。

## 赋得秋河曙耿耿

晚望秋高一作晓镜高秋夜,微明欲曙河。桥成鹊已去,机罢女应过。月上殊开练,云行类动波。寻源不可到,耿耿复如何。

## 赋得池塘生春草 一作陈陶诗

谢公遗咏处,池水夹通津。古往人何在,年来草自春。色宜波际绿,香爱雨中新。今日青青意,空悲行路人。

## 阙　题

丈夫不感恩,感恩宁有泪。心头感恩血,一滴染天地。

# 杜　诵

杜诵,大历间诗人。诗一首。

## 哭长孙侍郎 一作杜甫诗

道为诗书一作谋猷重,名因赋颂雄。礼闱曾擢桂,宪府既一作近乘骢。流水生涯尽,浮云世事空。唯馀旧台一作松柏,萧瑟九原中。

# 郑 丹

郑丹,大历间诗人,蕲州录事参军。诗二首。

## 明皇帝挽歌

律历千年会,车书万里同。固期常戴日<small>一作载物</small>,岂意厌观风。地惨新疆理,城摧旧战功。山河万古壮<small>一作在</small>,今夕尽归空。

## 肃 宗 挽 歌

国以重明受,天从谅暗移。诸侯方北面,白日忽西驰。龙影当泉落,鸿名向庙垂。永言青史上,还见戴<small>一作载</small>无为。

# 郑 昈

郑昈,大历诗人。诗一首。

## 落 花

早春见花枝,朝朝恨发迟。直看花落尽,却意未开时。以此方人世,弥令感盛衰。始知山简绕,频向习家池。

# 朱长文

朱长文,大历间江南诗人。诗六首。

## 宿新安江深渡馆寄郑州王使君

霜飞十月中,摇落众山空。孤馆闭寒木,大江生夜风。赋诗忙一作情有意一作忆,沈约在关东。

## 春眺扬州西上一无上字岗寄徐员外

芜城西眺极苍流,漠漠春烟间曙楼。瓜步早潮吞建业,蒜山晴雪照扬州。隋家故事不能问,鹤在仙一作山池期我游。一本无此二句。

## 送李司直归浙东幕兼寄鲍将军 一作朱湾诗

翩翩书记早曾闻,二十年来愿见君。今日相逢悲一作朝廷思白发,同时几许在青云。人从北固山边去,水到西陵渡口分。会作王门曳裾客,为余前谢鲍将军。自注:时节度大夫初封东平郡王。

## 望 中 有 怀

龙向洞中衔雨出,鸟从花里带香飞。白云断处见明月,黄叶落时闻捣衣。

## 题虎丘山西寺

王氏家山昔在兹,陆机为赋陆云诗。青莲香匝东西宇,日月与僧无尽时。

## 吴兴送梁补阙归朝赋得荻花

柳家汀洲孟冬月,云寒水清荻花发。一枝持赠朝天人,愿一作应比蓬莱殿前雪。

# 句

夜静忽疑身是梦，更闻寒雨滴芭蕉。　宿僧房　见《诗式》

# 全唐诗卷二七三

## 戴叔伦

戴叔伦,字幼公,润州金坛人。刘晏管盐铁,表主运湖南。嗣曹王皋领湖南、江西,表佐幕府。皋讨李希烈,留叔伦领府事,试守抚州刺史,俄即真。迁容管经略使,绥徕蛮落,威名流闻。德宗尝赋中和节诗,遣使者宠赐,世以为荣。集十卷,今编诗二卷。

### 独 不 见

前宫路非远,旧苑春将遍。玉户看早梅,雕梁数飞一作归燕。身轻逐舞袖,香暖传歌扇。自和秋风词,长侍昭阳殿。谁信后庭人,年年独不见。

### 去 妇 怨

出户不敢啼,风悲日凄凄。心知恩义绝,谁忍分明别。下坂车辚辚,畏逢乡里亲。空持床前幔,却寄家中人。忽辞王吉去,为是秋胡死。若一作欲比今日情,烦冤不相似。

### 古 意

悠悠南山云,濯濯东流水。念我平生欢,托居在东里。失既不足

忧,得亦不为喜。安贫固其然,处贱宁独耻。云闲一作开虚我心,水
清澹吾味。云水俱无心,斯可长伉俪。

# 南　野

治田长山下,引流坦溪曲。东山有遗茔,南野起新筑。家世素业
儒,子孙鄙食禄。披云朝出耕,带月夜归读。身勤竟亡疲,团团欣
在目。野芳绿可采,泉美清可掬。茂树延晚凉,早田候秋熟。茶烹
松火红,酒吸荷杯绿。解佩临清池,抚琴看修竹。此怀谁与同,此
乐君所独。

# 曾　游

泊舟古城下,高阁快登眺。大江会彭蠡,群峰豁玄峤。清影涵空
明,黛色凝远照。碑留太史书,词刻长公调。绝粒感楚囚,丹衷犹
照耀。怀哉不可招,凭阑一悲啸。

# 江　行

漾舟晴川里,挂席候风生。临泛何容与,爱此江水清。芦洲隐遥
嶂,露日映孤城。自顾疏野性,屡忘鸥鸟情。聊复于时顾,暂欲解
尘缨。驱驰非吾愿,虚怀浩已盈。

# 孤　鸿　篇

江上双飞鸿,饮啄行相随。翔风一何厉,中道伤其雌。顾影明月
下,哀鸣声正悲。已无矰缴患,岂乏稻粱资。嗷嗷慕俦匹,远集清
江湄。中有孤文鹓,翩翩好容仪。共欣相知遇,毕志同栖迟。野田
鸥鸨鸟,相妒复相疑。鸿志一作鹓鸿不汝较,奋翼一作羽起高飞。焉
随腐鼠欲,负此云霄期。

# 感 怀 二 首

尺帛无长裁,浅水无长流。水浅易成枯,帛短谁人收。人生取舍间,趋竞固非优。旧交迹虽疏,中心自云稠。新交意虽密,中道生怨尤。踟蹰复踟蹰,世路今悠悠。

主人饮君酒,劝君弗相违。但当尽弘量,觞至无复辞。人生百年中,会合能几时。不见枝上花,昨满今渐稀。花落还再开,人老无少期。古来贤达士,饮酒不复疑。

# 喜 雨

闲居倦时燠,开轩俯平林。雷声殷遥空,云气布层阴。川上风雨来,洒然涤烦襟。田家共欢笑,沟浍亦已深。团团聚邻曲,斗酒相与斟。樵歌野田中,渔钓沧江浔。苍天暨有念,悠悠终我心。

# 叹 葵 花

今日见花落,明日见花开。花开能向日,花落委苍苔。自不同凡卉,看时几日一作日几回。

# 从 军 行

丈夫四方志,结发事远游。远游历燕蓟,独戍边城陬。西风陇水寒,明月关山悠一作愁。酬恩仗孤剑,十年弊貂裘。封侯属何人,蹉跎雪盈头。老马思故枥,穷鳞忆深流。弹铗动深慨,浩歌气横秋。报国期努力,功名良见收。

# 九日与敬处士左学士同赋
# 采菊上东山便为首句

采菊上东山，山高路非远。江湖乍辽复，城郭亦在眼。昼日市井喧，闰年禾稼晚。开尊会佳客，长啸临绝巘。戏鹤唳且闲，断云轻不卷。乡心各万里，醉话时一展。乔木列遥天，残阳贯平坂。徒忧征车重，自笑谋虑浅。却顾郡斋中，寄傲与君同。

# 奉天酬别郑谏议云逵卢拾遗景亮见
### 别之作一本无云逵卢拾遗景亮见别之作十一字

巨孽盗都城，传闻天下惊。陪臣九江畔，走马来赴难。伏奏见龙颜，旋持手诏还。单车一作车马不可驻，朱槛未遑攀。故人出相饯，共悲行路难。临岐荷赠言，对酒独伤魂。世故山川险，忧多思虑昏。重阴蔽芳月，叠岭明旧雪。泥积辙更深，木冰花不发。郑君间世贤，忠孝乃双全。大义弃妻子，至淳易生死。知心三四人，越境千馀里。骏马帐前发，惊尘路傍起。楼头俯首看，莫敢相留止。拜阙奏一作奉良图，留中沃圣谟。洗兵救卫一作收魏郡，诱敌讨幽都。名亚典属国，良选谏大夫。从容九霄上，谈笑授一作解阴符。卢生富才术，特立居近密。采掇献吾君，朝一作明廷视听新。宽饶狂自比，汲黯直为邻。就列继三事，主文当七人。可怜长守道，不觉五逢春。昔去城南陌，各为天际客。关河烟雾深，寸步音尘隔。羁旅忽相遇，别离又兹夕。前悲涕未干，后喜心已戚。而我方老大，颇为风眩迫。夫君并少年，何尔鬓须白。惆怅语不尽，裴回情转剧。一尊自共持，以慰长相忆。

# 梧　桐

亭亭南轩外，贞干修且直。广叶结青阴，繁花连素色。天资<sub>一作然</sub>韶雅性，不愧知音识。

# 孤　石

迥若千仞峰，孤危不盈尺。早晚他山来，犹带烟雨迹。贞坚自有分，不乱和氏璧。

# 花

花发炎景中，芳春独能久。因风任开落，向日无先后。若待秋霜来，兰荪共何有。

# 竹

卷箨正离披，新枝复蒙密。脩脩月下闻，裛裛林际出。岂独对芳菲，终年色如一。

# 怀素上人草书歌

楚僧怀素工草书，古法尽能新有馀。神清骨竦意真率，醉来为我挥健笔。始从破体变风姿，一一花开春景迟。忽为壮丽就枯涩，龙蛇腾盘兽屹立。驰毫骤墨剧奔驷，满坐失声看不及。心手相师势转奇，诡形怪状翻合宜。人<sub>一作有</sub>人细<sub>一作若</sub>问此中妙，怀素自言初不知。

# 女 耕 田 行

乳燕入巢笋成竹，谁家二女种新谷。无人无牛不及犁，持刀斫地翻作泥。自言家贫母年老,长兄从军未娶嫂。去年灾疫牛囤空,截绢买刀都市中。头巾掩面畏人识,以刀代牛谁与同。姊妹相携心正苦,不见路人唯见土。疏通畦垄防乱苗一作田,整顿沟塍待时雨。日正南冈下饷归,可怜朝雉扰惊飞。东邻西舍花发尽,共惜馀芳泪满衣。

## 柳花歌送客往桂阳

沧浪渡头柳花发,断续因风飞不绝。摇烟拂水积翠间,缀雪含霜谁忍攀。夹岸纷纷送君去,鸣棹孤寻到何处。移家深入桂水源,种柳新成花更繁。定知别后消散尽,却忆今朝伤旅魂。

## 边　城　曲

人生莫作远行客,远行莫戍黄沙碛。黄沙碛下八月时,霜风裂肤百草衰。尘沙晴天迷道路,河水悠悠向东去。胡笳听彻双泪流,羁魂一作浮云惨惨生边愁。原头猎火一作犬夜相向,马蹄蹴蹋层冰上。不似京华侠少年,清歌妙舞落花前。

## 屯　田　词

春来耕田遍沙碛,老稚欣欣种禾麦。麦苗渐长天苦晴,土干确确锄不得。新禾未熟飞蝗至,青苗食尽馀枯茎。捕蝗归来守空屋,囊无寸帛瓶无粟。十月移屯来向城,官教去伐南山木。驱牛驾车入山去,霜重草枯牛冻死。艰辛历尽谁得知,望断天南泪如雨。

## 巫　山　高

巫山峨峨高插天,危峰十二凌紫烟。瞿塘嘈嘈急如弦,洄流势逆将覆船。云梯岂可进,百〔丈〕(尺)那能牵。陆行巉岩水不前。洒泪向

流水,泪归东海边。含愁对明月,明月空自圆。故乡回首思绵绵,
侧身天地心茫然。

# 早 春 曲

青楼昨夜东风转,锦帐凝寒觉春浅。垂杨摇丝莺乱啼,袅袅烟光不
堪翦。博山吹云龙脑香,铜壶滴愁更漏长。玉颊啼红梦初醒,羞见
青鸾镜中影。侬家少年爱游逸,万里轮蹄去无迹。朱颜未衰消息
稀,肠断天涯草空碧。

# 白 苎 词

馆娃宫中露华冷,月落啼鸦散金井。吴王扶头酒初醒,秉烛张筵乐
清景。美人不眠怜夜永,起舞亭亭乱花影。新裁白苎胜红绡,玉佩
珠缨金步摇。回鸾转凤意自娇,银筝锦瑟声相调。君恩如水流不
断,但愿年年此同一作同此宵。东风吹花落庭树,春色催人等闲去。
大家为欢莫延伫,顷刻铜龙报天曙。

# 行 路 难

出门行路难,富贵安可期。淮阴不免恶少辱,阮生亦作穷途悲。颠
倒英雄古来有,封侯却属屠沽儿。长安车马随轻肥,青云宾从纷交
驰。白眼向人多意气,宰牛烹羊如折葵。宴乐宁知白日短,时时醉
拥双蛾眉。扬雄闭门空读书,门前碧草春离离。不如拂衣且归去,
世上浮名徒尔为。

# 相 思 曲

高楼重重闭明月,肠断仙郎一作先年隔年一作江别。紫萧横笛寂无
声,独向瑶窗坐愁绝。鱼沉雁杳天涯路,始信人间别离苦。恨满牙

床翡翠衾,怨折金钗凤皇股。井深辘轳嗟绠短,衣带相思日应缓。将刀斫水水复连,挥刃割情情不断。落红乱逐东流水,一点芳心为君死。妾身愿作巫山云,飞入仙郎梦魂里。

## 送别钱起

阳关多古调,无奈醉中闻。归梦吴山远,离情楚水分。孤舟经暮雨,征路入秋云。后夜同明月,山窗定忆君。

## 送张南史

陋巷无车辙,烟萝总是春。贾生独未达,原宪竟忘贫。草座留山月,荷衣远洛尘。最怜知己在,林下访闲人。

## 春日早朝应制

仙仗肃朝官,承平圣主欢。月沉宫漏静,雨湿禁花寒。丹荔来金阙,朱樱贡玉盘。六龙扶御日,只许近臣看。

## 早行寄朱山人放

山晓旅人去,天高秋气悲。明河川上没,芳草露中衰一作滋。此别又千一作万里,少年能几时。心知一作青冥剡溪路,聊且寄前一作心与谢公期。

## 除夜宿石头驿 一作石桥馆

旅馆谁相问,寒灯独可亲。一年将尽夜,万里未归人。寥落悲前事,支一作羁离笑此身。愁一作衰颜与衰一作愁鬓,明日又一作去逢春。

## 吴明府自远而来留宿 <small>一作卢新吴航忽远至留宿弊居</small>

出门逢故友,衣服满尘埃。岁月不可问,山川何处来。绮<small>一作倚</small>城
容弊宅,散职寄灵台。自<small>一作愿</small>此留君醉,相欢得几回。

## 客夜与故人偶集 <small>一作江乡故人偶集客舍</small>

天秋月又满,城阙夜千重。还作江南会,翻疑梦里逢。风枝惊暗<small>一
作鸣散</small>鹊,露草覆寒蛩。羁旅长<small>一作常</small>堪醉,相留畏晓钟。

## 送友人东归 <small>一作逢许评事。一作方干诗,题云送卢评事东归。</small>

万里杨柳色,出关送<small>一作逢</small>故人。轻烟拂流水,落日照行尘。积梦
江湖阔<small>一作远</small>,忆家兄弟贫。裴回灞亭上,不语自<small>一作共</small>伤春。

## 江上别张欢 <small>一作劝</small>

年年五湖上,厌见五湖春。长醉非关酒,多愁不为贫。山川<small>一作旧</small>
山迷道路,伊<small>一作清</small>洛困<small>一作暗</small>风尘。今日扁舟别,俱为沧海人。

## 广陵送赵<small>一作王</small>主簿自蜀归
### 绛州宁覸 <small>一本无绛州宁覸四字</small>

将归汾水上,远省<small>一作自锦城</small>来。已泛西江尽,仍随北雁回。暮云
征马速,晓月故关开。渐向庭闱近,留君醉一杯。

## 别友人 <small>一作汝南逢董校书,又作别董校书。</small>

扰扰倦行役,相逢陈蔡间。如何<small>一作何为</small>百年内,不见一人闲。对
酒惜馀景,问程愁乱山。秋风万里道<small>一作至</small>,又出<small>一作度</small>穆陵关。

## 宿城南盛本道怀皇甫冉

暑夜宿〔南城〕(城南)，怀人梦不成。高楼邀落月，叠鼓送残更。隔浦云林近，满川风露清。东碕不可见，矫首若为情。

## 晖上人独坐亭

萧条心境外，兀坐独参禅。萝月明盘石，松风落涧泉。性空长入定，心悟自通玄。去住浑无迹，青山谢世缘。

## 送 崔 融

王者应无敌，天兵动远征。建牙连朔漠，飞骑入胡城。夜月边尘影，秋风陇水声。陈琳能草檄，含笑出长平。

## 游 少 林 寺

步入招提路，因之访道林。石龛苔藓积，香径白云深。双树含秋色，孤峰起夕阴。犀廊行欲遍，回首一长吟。

## 崇 德 道 中

暖日菜心稠，晴烟麦穗抽。客心双去翼，归梦一扁舟。废塔巢双鹤，长波漾白鸥。关山明月到，怆恻十年游。

## 雨

历历愁心乱，迢迢独夜长。春帆江上雨，晓镜鬓边霜。啼鸟云山静，落花溪水香。家人亦念我，与汝黯相忘。

# 过贾谊宅

一谪长沙地,三年叹逐臣。上书忧汉室,作赋吊灵均。旧宅秋一作愁荒草,西风客荐一作荐客蘋。凄凉回首处,不见洛阳人。

# 冬日有怀李贺长吉

岁晚斋居寂,情人动我思。每因一尊酒,重和百篇诗。月冷猿啼惨,天高雁去迟。夜郎流落久,何日是归期。

# 送郎士元

白发金陵客,怀归不暂留。交情分两地,行色载孤舟。黄叶蝉吟晚,沧江雁送秋。何年重会此,诗酒复追游。

# 春江独钓

独钓春江上,春江引趣长。断烟栖草碧,流水带花香。心事同沙鸟,浮生寄野航。荷衣尘不染,何用濯沧浪。

# 山居即事

岩云掩竹扉,去鸟带馀晖。地僻生涯薄,山深俗事稀。养花分宿雨,剪叶补秋衣。野渡逢渔子,同舟荡月归。

# 赋得长亭柳

濯濯长亭柳,阴连灞水流。雨搓金缕细,烟袅翠丝柔。送客添新恨,听莺忆旧游。赠行多折取,那得到深秋。

# 客中言怀

白发照乌纱,逢人只自嗟。官闲如致仕,客久似无家。夜雨孤灯梦,春风几度花。故园归有日,诗酒老生涯。

# 山　行

山行分曙色,一路见人稀。野鸟啼还歇,林花堕不飞。云迷栖鹤寺,水涩钓鱼矶。回首天将暝,逢僧话未归。

# 春日访山人

远访山中客,分泉谩煮茶。相携林下坐,共惜鬓边华。归路逢残雨,沿溪见落花。候门童子问,游乐到谁家。

# 卧　病

门掩青山卧,莓苔积雨深。病多知药性,客久见人心。众鸟趋林健,孤蝉抱叶吟。沧洲诗社散,无梦盍朋簪。

# 赠月溪羽士

月明溪水上,谁识步虚声。夜静金波冷,风微玉练平。自知尘梦远,一洗道心清。吏弄壖埕罢,秋空鹤又鸣。

# 赠行脚僧

补衲随缘住,难违<sup>一作维</sup>尘外踪。木杯能渡水,铁钵肯降龙。到处栖云榻,何年卧雪峰。知师归日近,应偃旧房松。

## 重游长真寺

同到长真寺，青山四面同。鸟啼花竹暗，人散户庭空。蒲涧千年雨，松门午夜风。旧游悲往日，回首各西东。

## 晚　望

山气碧氤氲，深林带夕曛。人归孤嶂晚，犬吠隔溪云。杉竹何年种，烟尘此地分。桃源宁异此，犹恐世间闻。

## 寄赠翠岩奉上人

兰若倚西冈，年深松桂长。似闻葛洪井，还近赞公房。挂衲云林净，翻经石榻凉。下方一回首，烟露日苍苍。

## 过龙湾五王一本无此二字阁访友人不遇

野桥秋水落，江阁暝烟微。白日又欲午，高人犹未归。青林依古一作石塔，虚馆静柴扉。坐久思题字，翻怜柿叶稀。

## 与友人过山寺

共有春山兴，幽寻此日同。谈诗访灵彻，入社愧陶公。竹暗闲房雨，茶香别院风。谁知尘境外，路与白云通。

## 赋得古井一本无此四字送王明府

古井庇幽亭，涓涓一窦明。仙源通海水，灵液孕山精。久旱宁同涸，长年只自清。欲彰贞白操，酌献使君行。

# 送耿十三沣复往辽海

仗剑万里去,孤城辽海东。旌旗愁落日,鼓角壮悲风。野迥边尘息,烽消戍垒空。辕门正休暇,投策拜元戎。

# 寄禅师寺华上人次韵三首

百年浑是客,白发总盈颠。佛国三秋别,云台五色连。朝盘香积饭,夜瓮落花泉。遥忆谈玄地,月高人未眠。

禅心如落叶,不逐晓风颠。猊坐翻萧瑟,皋比喜接连。芙蓉开紫雾,湘玉映清泉。白昼谈经罢,闲从石上眠。

德士名难避,风流学济颠。礼罗加璧至,荐鹗与云连。尘世休飞锡,松林且枕泉。近闻离讲席,听雨半山眠。

# 独　坐

白发怀闽峤,丹心恋蓟门。官闲胜道院,宅远类荒村。二月霜花薄,群山雨气昏。东菑春事及,好向野人论。

# 李大夫见赠因之有呈

何言访衰疾,旌斾重淹留。谢礼诚难答,裁诗岂易酬。江清寒照动,山迥野云秋。一醉龙沙上,终欢胜旧游。

# 长沙 作亭送梁副端归京

奏书归阙下,祖帐出湘东。满座他乡别,何年此会同。藉芳怜岸草,闻笛怨江风。且莫乘流去,心期在醉中。

## 和尉迟侍郎夏杪闻蝉

楚人方苦热，柱史独闻蝉。晴日暮江上，惊风一叶前。荡摇清管杂，幽咽野风传。旅舍闻君听，无由更昼眠。

## 和李相公勉晦日蓬池游宴 同字

高会吹台中，新年月桂空。貂蝉临野水，旌旆引春风。细草萦斜岸，纤条出故丛。微文复看猎，宁与解神同。

## 彭婆馆逢韦判官使还

受辞分路远，会府见君稀。雨雪经年去，轩车此日归。暮春愁见一作更别，久客顺一作喜相依。寂寞伊川上，杨花空自飞。

## 酬别刘九郎评事传一作专经同泉字

举袂一作袖掩离弦，枉一作听君愁思篇。忽惊池上鹭一作鸶，下一作正咽垄头泉。对牖墙阴满，临扉日影圆。赖闻黄太守，章句此中传。

## 汉南遇方评事 一作襄州遇房评事由

移家住汉阴，不复问一作向华簪。贳酒宜城近，烧田梦泽深。暮山逢鸟入，寒水见鱼沉。与物皆无累，终年惬本心。

## 湘 中 怀 古

昔人从逝水，有客吊秋风。何意千年隔，论心一日同。楚亭方作乱，汉律正酬功。倏忽桑田变，谗言亦已空。

# 京 口 怀 古

大江横万里,古渡渺千秋。浩浩波<sub>一作风</sub>声险,苍苍天色愁。三方
归汉鼎,一水限吴州。霸国今何在,清泉<sub>一作波</sub>长自流。

## 逢友生言怀 <sub>一作别</sub>

安亲非避地,羁旅十馀年。道长时流许,家贫故旧怜。相逢今岁
暮,远别一方偏。去住俱难说,江湖正渺然。

# 长 门 怨

自忆专房宠,曾居第一流。移恩向他处<sub>一作何处去,一作向何去</sub>,暂妒不
容收。夜静<sub>一作久,一作夕</sub>管弦<sub>一作丝管</sub>绝,月明宫殿秋。空将旧时
意,长望凤凰楼。

## 郊园即事寄萧侍郎 <sub>一作呈萧常州复</sub>

衰鬓辞馀秩,秋风入故园。结茅成暖室,汲<sub>一作修</sub>井及清源。邻里
桑麻接,儿童笑语喧。终朝非役<sub>一作贵无役</sub>,聊寄<sub>一作向</sub>远人言。

# 赠韦评事儹

与道共浮沉,人间岁月深。是非园吏梦,忧喜<sub>一作得失</sub>塞翁心。细
草<sub>一作竹</sub>谁开径,芳条自结阴。由来居物外,无事可抽簪。

# 送少微上人入蜀

十方俱是梦<sub>一作知不系</sub>,一念偶寻山。望刹经巴寺,持瓶向蜀关。乱
猿心本定,流水性长闲。世俗多离别<sub>一作恨</sub>,王城几日还。

## 送道虔上人游方 一作方干诗

律仪通外学,诗思入禅一作玄关。烟景随缘到一作人别,风姿一作标与道闲。贯花留静室,咒水度空山。谁识浮云意,悠悠天地间。

## 送嵩律师头陀寺

相传五部学,更有一人成。此日灵山去一作此夕分身去,何方半座迎。麻衣逢雪暖,草履一作屣蹑云轻。若见中林石,应知第四生。

## 舟 中 见 雨

今夜初听雨,江南杜若青。功名何卤莽,兄弟总凋零。梦远愁蝴蝶,情深愧鹡鸰。抚孤终日意,身世尚流萍。

## 送 僧 南 归

兵尘犹颍洞,僧舍亦征求。师向江南去,予方毂下留。风霜两足白,宇宙一身浮。归及梅花发,题诗寄垄头。

## 江 干

江干望不极,楼阁影缤纷。水气多为雨,人烟远是云。予生何濩落,客路转辛勤。杨柳牵愁思,和春上翠裙。

## 过 友 人 隐 居

潇洒绝尘喧,清溪流绕门。水声鸣石濑,萝影到林轩。地静留眠鹿,庭虚下饮猿。春花正夹岸,何必问桃源。

# 宿天竺寺晓发罗源

黄昏投古寺，深院一灯明。水砌长杉列，风廊败叶鸣。山云留别偈，王事速归程。迢递罗源路，轻舆候晓行。

## 留宿罗源西峰寺示辉上人

一宿西峰寺，尘烦暂觉清。远林生夕籁，高阁起钟声。山寂僧初定，廊深火自明。虽云殊出处，聊与说无生。

# 题 横 山 寺

偶入横山寺，湖山景最幽。露涵松翠湿，风涌浪花浮。老衲供茶碗，斜阳送客舟。自缘归思促，不得更迟留。

# 泛 舟

风软扁舟稳，行依绿水堤。孤尊秋露滑，短棹晚烟迷。夜静月初上，江空天更低。飘飘信流去，误过子猷溪。

# 宿 灵 岩 寺

马疲盘道峻，投宿入招提。雨急山溪涨，云迷岭树低。凉风来殿角，赤日下天西。偃腹虚檐外，林空鸟恣啼。

# 江上别刘驾

天涯芳草遍，江路又逢春。海月留人醉，山花笑客贫。离杯倾祖帐，征骑逐行尘。回首风流地，登临少一人。

# 南　轩

野居何处是,轩外一横塘。座纳薰风细,帘垂白日长。面山如对
画,临水坐流觞。更爱闲花木,欣欣得向阳。

# 泊　雁

泊雁鸣深渚,收霞落晚川。柝随风敛阵,楼映月低弦。漠漠汀帆
转,幽幽岸火然。堑危通细路,沟曲绕平田。

## 巡诸州渐次空灵戍 一无巡诸州三字

寒尽鸿先至一作去,春一作江回客未归。早知名是病一作幻,不敢绣为
衣。雾积川原暗,山多郡县稀。明朝下湘岸,更逐鹧鸪飞。

## 潭州使院书情寄江夏贺兰副端

云雨一萧散,悠悠关复一作路河。俱从泛舟役,近隔洞庭波。楚一作
春水去不尽,秋风今又过。无因得相见,却恨寄书多。

## 过柳一作郴州

地尽江一作江尽湘南戍,山分桂北林。火云三月合,石路九疑深。暗
谷随风过,危桥共鸟寻。羁魂愁似一作已愁,一作肠自。绝,不复待猿
吟。

# 经 巴 东 岭

巴山不可上,徒驭亦裴回。旧栈歌难度,朝云湿未开。瀑泉飞雪
雨,惊兽走风雷。此去无停一作亭候一作堠,征人几日回。

# 过申州

万人曾战死，几处见休兵。井邑初安堵，儿童未长成。凉风吹古木，野火入残营。牢落千馀里，山空水复清。

# 次下牢韵

独立荒亭上，萧萧对晚风。天高吴塞阔，日落楚山空。猿叫三声断，江流一水通。前程千万里，一夕宿巴东。

# 潘处士宅会别

相邀寒影晚，惜别故山空。邻里疏林在，池塘野水通。十年难遇一作多难后，一醉几人同。复此悲行子，萧萧逐转一作远蓬。

# 暮春沐发晦日书怀寄韦功曹
# 沨李录事从训王少府纯

朝沐敞南闱一作扉，盘跚待日晞。持一作扬梳发更落，览镜意多违。吾友见尝少，春风去不归。登高一作临取一作至一醉，犹可及芳菲。

# 长安早春赠万评事

春风归一作过戚里，晓日上花枝。清管新莺　作声发，重门细柳垂。经过千骑客，调笑五陵儿。何事灵台客一作宿，狂歌自一作独不知。

# 留别宋处士

留欢方继烛，此会岂他人。乡里游从旧，儿童内外亲。夜深愁不醉，老去别何频。莫折园中柳，相看惜暮春。

## 留别道州李使君圻

泷路下丹徼,邮童挥画桡。山回千骑隐,云一作雪断两乡遥。渔沪拥寒溜,畲田落远烧。维舟更相忆,惆怅坐空一作通宵。

## 将游东都留别包谏议

衰客惭墨绶,素舸逐秋风。云雨恩难报,江湖意已终。县当仙洞口,路出故园东。唯有新离恨,长留梦寐中。

## 灞岸别友

车马去迟迟,离言未尽时。看花一醉别,会面几年期。樵路高山馆,渔洲楚帝祠。南登回首处,犹得望京师。

## 临川从事还别崔法曹

谬官辞获免,滥狱会平反。远与故人别,龙钟望所言。阴天寒不雨,古木夜多猿。老病北归去,馀年学灌园。

## 海上别薛舟 一作丹

行旅悲摇落,风波厌别离。客程秋草远,心事故人知。暮鸟翻江岸,征徒起路岐。自应无定所,还似欲相随。

## 婺州路别录事

府中相见少,江上独行遥。会日起离恨,新年别旧僚。春云犹伴雪,寒渚未通潮。回首群山暝,思君转寂寥。

# 建中癸亥岁奉天除夜宿武当山北茅平村

岁除日又暮,山险路仍新。驱传迷深谷,瞻星记北辰。古亭聊假
寐,中夜忽逢人。相问皆呜咽,伤心不待春。

## 京口送一作逢皇甫司马副端曾
## 舒州辞满归去一本无去字东都

潮水忽复过一作至,云帆俨欲一作若飞。故园双阙下,左宦十年归。
晚景照华发,凉风吹绣一作别衣。淹留更一醉,老去莫相违。

## 送李审之桂州谒中丞叔

知音不可遇,才子向天涯。远水下山急,孤舟上路赊。乱云收暮
雨,杂树落疏一作秋花。到日应文会,风流胜阮家。

## 送王翁信及第归江东
## 旧隐一作方干诗,题云送友及第归浙东。

南行无俗侣,秋雁与寒一作闲云。野趣一作性自多一作心惬,名香日总
一作名香人共,一作乡名人共。闻。吴山中路断,浙水半江分。此地登临
惯,含情一送君。

## 送李明府之任

身为百里长,家宠五诸侯。含笑听猿狄,摇鞭望斗牛。梅花堪比
雪,芳草不知秋。别后南风起,相思梦岭头。

## 送郭太祝中孚归江东

乡人去欲尽,北雁又南飞。京洛风尘久,江湖一作淮音信稀。旧山

知独往,一醉莫相违。未得辞羁旅,无劳问是非。

## 新秋夜寄江右友人

遥夜独不寐,寂寥蓬户中。河明五陵上,月满九门东。旧知亲友一作万里交亲散,故园江海空。怀归正南望,此夕起秋风。

## 清明日送邓芮二子还乡 一作方干诗

钟鼓喧离日一作室,车徒促夜装。晓厨新变一作出火,轻柳暗翻一作飞霜。传一作转镜看华发,持一作传杯话故乡。每嫌儿女泪,今日自沾裳。

## 送谢夷甫宰馀姚县 馀姚一作郯县

君去方为宰一作县,干一作兵戈尚未销。邑中残老小,乱后少官僚。廨宇经兵一作山火,公田没海潮。到时应一作因变俗,新政一作誉满馀姚。

## 送柳道时余北还 一作送观察李判官巡郴州

征役各异路一作行役各远路,烟波同旅愁。轻桡上桂水,大艑下扬州。何处成后会,今朝分旧游。离心比杨柳,萧飒不胜秋。

## 送万户曹之任扬州便归旧隐

拟归云壑去,聊寄宦名中。俸禄资生事,文章实一作诗篇记国风。听潮回一作翻楚浪,看月照隋宫。倘有登楼望一作夜,还应伴庾公。

## 送李长史纵之任常州

不与名利隔,且为江汉游。吴山本佳丽,谢客旧淹留。狭道一作路通陵口，贫家住蒋州。思归复怨别，寥落讵关秋。

## 南宾送蔡侍御游蜀

巴江秋欲尽，远别更凄然。月照高唐一作堂峡，人随贾客船。积云藏一作横崄路，流水促一作送行年。不料相逢日，空悲尊酒前。

## 送崔拾遗峒江淮一作东访图书

九门思一作重辞谏议，万里采风谣。关外逢秋月，天涯过晚潮。雁来一作飞云杳杳，木落浦萧萧。空怨他乡别，回舟暮寂寥。

## 九日送洛阳李丞之任

为文通绝境，从宦及良辰。洛下知名早，腰边结绶新。且倾浮菊酒，聊拂染衣尘。独恨沧波侣，秋来别故人。

## 奉陪李大夫九日宴龙沙

邦君采菊地，近接旅人居。一命招衰疾，清光照里闾。去官惭比谢，下榻贵同徐。莫怪沙边倒，偏沾杯酌馀。

## 送车参军江陵 一作送韦参军，一作释清江诗。

槐花落尽柳阴清，萧索凉天楚客情。海上旧山无的信，东门一作汴东归路不堪行。身随幻境劳一作无多事，迹学禅心厌有名。公子道存知不弃，欲依刘表住南荆。

## 游清溪兰若 兼隐者旧居

西看叠嶂几千重，秀色孤标此一峰。丹灶久闲荒宿草，碧潭深处有潜龙。灵仙已去空岩室一作穴，到客唯闻古寺钟。远对白云幽隐在,年年一作年时不离旧杉松。

## 赠史开府

南天胡马独悲嘶,白首相逢话鼓鼙。野战频年沙朔外,旌竿高与雪峰齐。扁舟远泛轻全楚,落日愁看旧紫泥。早晚瑶阶归伏奏,独一作犹能画地取关西。

## 登楼望月寄凤翔李少尹

陌上凉风槐叶凋,夕阳清露湿寒条。登楼望月楚山迥,月到南楼山独遥。心送情人趋凤阙,目随阳雁极烟霄。轩辕一作车不重无名客,此地还一作谁能访寂寥。

## 和汴州李相公勉人日喜春

年来日日春光好,今日春光好更新。独献菜羹怜应节,遍传金胜喜逢人。烟添柳色看犹浅,鸟踏梅花落已频。东阁此时闻一曲,翻令和者不胜春。

## 奉酬卢端公饮后赠诸公见示之作

佐幕临戎旌筛间,五营无事万家闲。风吹杨柳渐拂地,日映楼台欲下山。绮席昼开留上客,朱门半掩拟重关。当时不敢辞先醉,误一作悟逐群公倒载还。

## 赠司空拾遗

侍臣何事辞云陛,江上弹冠见雪花。望阙未承丹凤诏,开门空对楚一作野人家。陈琳草奏才还在,王粲登楼兴不赊。高馆更容尘外客,仍令归去待琼华。

# 越溪村居

年来桡一作晚客寄禅扉,多话贫居在翠微。黄雀一作鸟数声催柳变,清溪一路踏花归。空林野寺经过少,落日深山伴侣稀。负米到家春未尽,风萝闲扫钓鱼矶。

## 赠韩道士 一作张佖诗

日暮秋风吹野花,上清归客意无涯。桃源寂寂烟霞一作云闭,天路悠悠星汉斜。还似世人生白发,定知一作教仙骨变黄芽。东城南陌频相见,应是壶中别有家。

# 寄万德躬故居

日暮山风吹女萝,故人舟楫定如何。吕仙祠下寒砧急,帝子阁前秋水多。闽海风尘鸣戍鼓,江湖烟雨暗渔蓑。何时醉把黄花酒,听尔南征长短歌。

# 寄司空曙

细雨柴门生远愁,向来诗句若为酬。林花落处频中酒,海燕飞时独倚楼。北郭晚晴山更远,南塘春尽水争流。可能相别还相忆,莫遣杨花笑白头。

# 过故人陈羽山居

向来携酒共追攀,此日看云独未还。不见山中人半载,依然松下屋三间。峰攒仙境丹霞上,水绕渔矶绿玉湾。却望夏洋怀二妙,满崖霜树晓斑斑。

# 吊畅当

万里江南一布衣,早将佳句动京畿。徒闻子敬遗琴在,不见相如驷
马归。朔雪恐迷新冢草,秋风愁老故山薇。玉堂知己能铭述,犹得
精魂慰所依。

# 寄刘禹锡

谢相园西石径斜,知君习隐暂为家。有时出郭行芳草,长日临池看
落花。春去能忘诗共赋,客来应是酒频赊。五年不见西山色,怅望
浮云隐落霞。

# 寄孟郊

乱馀城郭怕经过,到处闲门长薜萝。用世空悲闻道浅,入山偏喜识
僧多。醉归花径云生履,樵罢松岩雪满蓑。石上幽期春又暮,何时
载酒听高歌。

# 赠徐山人

乱馀山水半凋残,江上逢君春正阑。针自指南天窅窅,星犹拱北夜
漫漫。汉陵帝子黄金碗,晋代神仙白玉棺。回首风尘千里外一作
别,故园烟雨五峰寒。

# 过贾谊旧居

楚乡卑湿叹殊方,鹏赋人非宅已荒。谩有长书忧汉室,空将哀些吊
沅湘。雨馀古井生秋草,叶尽疏林见夕阳。过客不须频太息,咸阳
宫殿亦凄凉。

# 宫　词

紫禁迢迢宫漏鸣，夜深无语独含情。春风鸾镜愁中影，明月羊车梦里声。尘暗玉阶綦迹断，香飘金屋篆烟清。贞心一任蛾眉妒，买赋何须问马卿。

# 汉—作送宫人入道

萧萧白发出宫门，羽服星冠道意存。霄汉九重辞凤阙，云山何处访桃源。瑶池醉月劳仙梦，玉辇乘春却帝恩。回首吹箫天上伴，上阳花落共谁言。

# 二灵寺守岁

守岁山房迥绝缘，灯光香灺共萧然。无人更献椒花颂，有客同参柏子禅。已悟化城非乐界，不知今夕是何年。忧心悄悄浑忘寐，坐待扶桑日丽天。

# 暮春感怀

杜宇声声唤客愁，故园何处此登楼。落花飞絮成春梦，剩水残山异昔游。歌扇多情明月在，舞衣无意—作绪彩云收。东皇去后韶华尽，老圃寒香别有秋。

四十无闻懒慢身，放情丘壑任天真。悠悠往事杯中物，赫赫时名扇外尘。短策看云松寺晚，疏帘听雨草堂春。山花水鸟皆知己，百遍相过不厌贫。

# 哭　朱　放

几年湖海挹馀芳，岂料兰摧一夜霜。人世空传名耿耿，泉台杳隔路

茫茫。碧窗月落琴声断,华表云深鹤梦长。最是不堪回首处,九泉
烟冷树苍苍。

## 酬盩厔耿少府湋见寄

方丈萧萧落叶中,暮天深巷起悲风。流年不尽人自老,外事无端心
已空。家近小山当海畔,身留环卫荫<small>一作隐</small>墙东。遥闻相访频逢
雪,一醉寒宵谁与同。

## 赠　慧　上　人

仙槎江口槎溪寺,几度停舟访未能。自恨频年为远客,喜从异郡识
高僧。云霞色酽禅房衲,星月光涵古殿灯。何日却飞真锡返,故人
丘木翳寒藤。

## 渐至<small>一作次</small>涪州先寄王员外使君纵

文教通<small>一作留</small>夷俗,均输问火田。江分巴字水,树入夜郎烟。毒瘴
含秋气<small>一作景</small>,阴崖蔽<small>一作闭</small>曙天。路难空计日,身老不由年。将命
宁知<small>一作辞</small>远,归心讵可传。星郎复何意<small>一作事</small>,出守五溪边。

## 和河南罗主簿送校书兄归江南

兄弟泣殊方,天涯指故乡。断云无定处,归雁不成行。草莽人烟
少,风波水驿长。上虞亲渤澥,东楚隔潇湘。古戍阴传火,寒芜晓
带霜。海门潮滟滟,沙岸荻苍苍。京辇辞芸<small>一作芝</small>阁,蘅芳<small>一作衡方</small>
忆草堂。知君始宁隐,还缉旧荷裳。

## 晓闻长乐钟声

汉苑钟声早,秦郊曙色分。霜凌万户彻,风散一城闻。已启蓬莱

殿,初朝鸳鹭群。虚心方应物,大扣欲干云。近杂鸡人唱,新传凫氏文。能令翰苑客,流听思氛氲。

## 听 霜 钟

渺渺飞霜夜,寥寥远岫钟。出云疑断续,入户乍春容。度枕频惊梦,随风几韵松。悠扬来不已,杳霭去何从。仿佛烟岚隔,依稀岩峤一作岫重。此时聊一听,馀响绕千峰。

## 同 前

寥亮来丰岭,分明辨古钟。应霜如自击,中节每相从。静听非闲扣,潜应蕴圣踪。风间时断续,云外更春一作冲容。虚警和清籁,雄鸣隔乱峰。因知一作之谕知己一作者,感激更难逢。

# 全唐诗卷二七四

## 戴叔伦

### 酬崔法曹遗剑

临风脱佩剑,相劝静胡尘。自料无筋力,何由答故人。

### 敬报孙常州二首

衰病苦奔走,未尝追旧游。何言问憔悴,此日驻方舟。
远道曳故屐,馀春会高斋。因言别离久,得尽平生怀。

### 将赴东阳留上包谏议

敝邑连山远,仙舟数刻同。多惭屡回首,前路在泥中。

### 答崔法曹

后会知不远,今欢亦愿留。江天梅雨散,况在月中楼。

### 问严居士易

自公来问易,不复待加年。更有垂帘会,遥知续草玄。

# 新年第二夜答处上人宿玉芝观见寄

阳春已三日，会友闻昨夜。可爱剡溪僧，独寻陶景舍。

## 赴抚州对酬崔法曹夜雨滴空阶五首

雨落湿孤客，心惊比栖鸟。空阶夜滴繁，相乱应到晓。
高会枣树宅，清言莲社僧。两乡同夜雨，旅馆又无灯。
谤议不自辨，亲朋那得知。雨中驱马去，非是独伤离。
离室雨初晦，客程云陡暗。方为对吏人，敢望邮童探。
纵酒常掷盏，狂歌时入室。离群怨雨声，幽抑方成疾。

## 又酬晓灯〔离暗〕（暗离）室五首

知疑奸叟谤，闲与情人话。犹是别时灯，不眠同此夜。
寒灯扬晓焰，重屋惊春雨。应想远行人，路逢泥泞阻。
灯光照虚屋，雨影悬空壁。一向檐下声，远来愁处滴。
楚僧话寂灭，俗虑比虚空。赖有残灯喻，相传昏暗中。
雨声乱灯影，明灭在空阶。并枉五言赠，知同万里怀。

## 同赋龙沙墅

回转沙岸近，欹斜林岭重。因君访遗迹，此日见真龙。

## 昭君词

汉宫若远近，路在寒沙一作塞上。到死不得归，何人共南望。

## 劝陆三饮酒

寒郊好天气，劝酒莫辞频。扰扰钟陵市，无穷不醉人。

## 关山月二首

月出照关山,秋风人未还。清光无远近,乡泪半书一作宵间。
一雁过连营,繁霜覆古城。胡笳在何处,半夜起边声。

## 送 王 司 直

西塞云山远,东风道路长。人心胜潮水,相送过浔阳。

## 宿无可上人房

偶来人境外,何处染嚣尘。倘许栖林下,僧中老此身。

## 山 居

麋鹿自成群,何人到白云。山中无外事,终日醉醺醺。

## 口 号

白发千茎雪,寒窗懒著书。最怜吟苜蓿,不及向桑榆。

## 夜 坐

夜静河汉高,独坐庭前月。忽起故园思,动作经年别。

## 堤 上 柳

垂柳万条丝,春来织别离。行人攀折处,闺妾断肠时。

## 遣 兴

明月临沧海,闲云恋故山。诗名满天下,终日掩柴关。

# 赠 张 挥 使

谪戍孤城小,思家万里遥。汉廷求卫霍,剑珮上青霄。

# 偶　成

野水连天碧,峰峦入海青。沧浪者谁子,一曲醉中听。

# 画　蝉

饮露身何洁,吟风韵更长。斜阳千万树,无处避螳螂。

# 题天柱山图

拔翠五云中,擎天不计功。谁能凌绝顶,看取日升东。

# 松　鹤

雨湿松阴凉,风落松花细。独鹤爱清幽,飞来不飞去。

# 草堂一上人

一公持一钵,相复度遥岑。地瘦无黄独,春来草更深。

# 题黄司直园

为忆去年梅,凌寒特地来。门前空腊尽,浑未有花开。

# 北 山 游 亭

西崦水泠泠,沿冈有游亭。自从春草长,遥见只青青。

## 赠李唐山人 一作李山人唐

此意无所欲一作静无事,闭门风景迟。柳条将白发,相对共垂丝。

## 题秦隐君丽句亭

北一作此人归欲尽,犹一作独自住萧山。闭户不曾一作暂出,诗名满世间。

## 答孙常州见忆

画鹢春风里,迢遥去若飞。那能寄相忆,不并子猷归。

## 送裴明州一本有郎中微三字效南朝体

沅一作潇水连湘水,千波万浪中。知郎未得去,惭愧石尤风。

## 戏留一作留别顾十一明府

江明雨初歇,山暗云犹湿。未可动归桡,前程风浪一作正急。

## 答 崔 载 华

文案日成堆,愁眉拽不开。偷归瓮间卧,逢个楚狂来。

## 将赴行营劝客同醉

丝管霜天夜,烟尘淮水西。明朝上征去,相伴醉如泥。

## 夏夜江楼会别

不作十日别,烦君此相留。雨馀江上月,好醉竹间楼。

## 岁除日奉推事使牒追赴抚州辨对留别崔法曹陆大祝处士上人同赋人字口号 一本题作岁除日追赴抚州辨对留别崔法曹

上国杳未到，流年忽复新。回车不自识，君定送何人。

## 江　馆　会　别

离亭一会宿，能有几人同。莫以回车泣，前途不尽穷。

## 容州回逢陆三别 一本无别字

西南积水远，老病喜生归。此地故人别，空馀泪满衣。

## 古意寄呈王侍郎

夜光贮怀袖，待报一顾恩。日向江湖老，此心谁为论。

## 送李大夫渡口阻风

浪息定何时，龙门到恐迟。轻舟不敢渡，空立望旌旗。

## 过三闾庙 一本无过字

沅湘流不尽，屈宋一作子怨何深。日暮秋烟一作风起，萧萧枫树林。

## 泊　湘　口

湘山千岭树，桂水九秋波。露重猿声绝，风清月色多。

## 游 道 林 寺

佳山路不远,俗侣到常稀。及此烟霞暮,相看复欲归。

## 后 宫 曲

初入长门宫,谓言君戏妾。宁知秋风至,吹尽庭前叶。

## 新 别 离 一作戎昱诗

手把杏花枝,未曾经别离。黄昏掩闺后,寂寞心自知一作自心知。

## 夏日登鹤岩偶成

天风吹我上层冈,露洒长松六月凉。愿借老僧双白鹤,碧云深处共翱翔。

## 题 净 居 寺

玉壶山下云居寺,六百年来选佛场。满地白云关不住,石泉流出落花香。

## 昭 君 词

汉家宫阙梦中归,几度毡房泪湿衣。惆怅不如边雁影,秋风犹得向南飞。

## 织 女 词

凤梭停织鹊无音,梦忆仙郎夜夜心。难得相逢容易别,银河争似妾愁深。

# 塞上曲二首

军门频纳受降书，一剑横行万里馀。汉祖谩夸娄敬策，却将公主嫁单于。

汉家旌帜满阴山，不遣胡儿匹马还。愿得此身长报国，何须生入玉门关。

# 闺　怨

看花无语泪如倾，多少春风怨别情。不识玉门关外路，梦中昨夜到边城。

# 春　怨

金鸭香消欲断魂，梨花春雨掩重门。欲知别后相思意，回看罗衣积泪痕。

# 旅次寄湖南张郎中

闭门茅底偶为邻，北阮那怜南阮贫。却是梅花无世态，隔墙分送一枝春。

# 题友人山居

四郭青山处处同，客怀无计答秋风。数家茅屋清溪上，千树蝉声落日中。

# 别郑谷

朝阳斋前桃李树，手栽清荫接比邻。明年此地看花发，愁向东风忆故人。

## 赠鹤林上人

日日涧边寻茯苓，岩扉常掩凤山青。归来挂衲高林下，自剪芭蕉写佛经。

## 题稚川山水

松下茅亭五月凉，汀沙云树晚—作暗苍苍。行人无限秋风思，隔水青山似故乡。

## 过柳溪道院

溪上谁家掩竹扉，鸟啼浑似惜春晖。日斜深巷无人迹，时见梨花片片飞。

## 荔　枝

红颗真珠诚可爱，白须太守亦何痴。十年结子知谁在，自向中庭种荔枝。

## 忆　原　上　人

一两棕鞋八尺藤，广陵行遍又金陵。不知竹雨竹风夜，吟对秋山那寺灯。

## 闲　思

伯劳东去鹤西还，云总无心亦度山。何似严陵滩上客，一竿长伴白鸥闲。

# 兰溪棹歌

凉月如眉挂柳湾，越中山色镜中看。兰溪三日桃花雨，半夜鲤鱼来上滩。

# 苏溪亭

苏溪亭上草漫漫，谁倚东风十二阑。燕子不归春事晚，一汀烟雨杏花寒。

# 敬酬陆山人二首

党议连诛不可闻，直臣高士去纷纷。当时漏夺无人问，出宰东阳笑杀君。

由来海畔逐樵渔，奉诏因乘使者车。却掌山中子男印，自看犹是旧潜夫。

# 答崔法曹赋四雪

楚僧蹑雪来招隐，先访高人积雪中。已别剡溪逢雪去，雪山修道与师同。

# 抚州被推昭雪答陆太祝三首

求理由来许便宜，汉朝龚遂不为疵。如今谤起翻成累，唯有新人子细知。

贫交相爱果无疑，共向人间听直词。从古以来何限枉，惭知暗室不曾欺。

春风旅馆长庭芜，俯首低眉一老夫。已对铁冠穷事本，不知廷尉念冤无。

## 送独孤愧还京

举家相逐还乡去,不向秋风怨别时。湖水两重山万里,定知行尽到京师。

## 临流送顾东阳

海上独归惭不及,邑中遗爱定无双。兰桡起唱逐流去,却恨山溪通外江。

## 行营送马侍御

万里羽书来未绝,五关烽火昼仍传。故人多病尽归去,唯有刘桢不得眠。

## 送 秦 系

五都来往无旧业,一代公卿尽故人。不肯低头受羁束,远师溪上拂缨尘。

## 送裴判官回湖南

莫怕南风且尽欢,湘山多雨夏中寒。送君万里不觉远,此地曾为心铁官。

## 再巡道永留别

鬓下初惊白发时,更逢离别助秋悲。从今不学四方事,已共家人海上期。

# 别崔法曹

欲作别离西入秦,芝田枣径往来频。东湖此夕更留醉,逢著庐山学道人。

# 送萧二

拟向田间老此身,寒郊怨别甚于春。又闻故里朋游尽,到日知逢何处人。

# 湘川野望

怀王独与佞人谋,闻道忠臣入乱流。今日登高望不见,楚云湘水各悠悠。

# 将至道州寄李使君

九疑深路绕山回,木落天清猿昼哀。犹隔箫韶一峰在,遥传五马向东来。

# 与虞沔州谒藏真上人

故侯将我到山中,更上西峰见远公。共问置心何处好,主人挥手指虚空。

# 题招隐寺

昨日临川谢病还,求田问舍独相关。宋时有井如今在,却种胡麻不买山。

## 过珥渎单老 老一作宅

毫末成围海变田,单家依旧住溪边。比来已向人间老,今日相过却少年。

## 族兄各年八十馀见招游洞

鹤发婆娑乡里亲,相邀共看往年春。拟将儿女归来住,且是茅山见老人。

## 登高回乘月寻僧 一作登高回醉中乘月
### 与崔法曹寻楚僧方外各赋一绝

插鬓茱萸来未尽,共随明月下沙堆。高缁寂寂不相问,醉客无端入定来。

## 赠殷 一本有御史二字 亮

日日河边见水流,伤春未已复悲秋。山中旧宅无人住,来往风尘共白头。

## 夜发袁 一作乌,一作猿 江寄李颍川刘
### 侍御 时二公留贬在此。一本题止夜发乌江作五字。

半夜回舟入楚乡,月明山水共苍苍。孤猿更叫 一作发 秋风里,不是愁人亦断肠。

## 对酒示申屠学士

三 一作千 重江水万重山,山里春风 一作青春 度日闲。且向白云求一醉,莫教愁梦到乡关。

# 对月答袁一作元明府

山下孤城月上迟,相留一醉本无期。明年此夕游何处,纵有清一作秋光知对一作见谁。

# 送前上饶严明府摄玉山

家在故林吴楚间,冰为溪水玉为山。更将旧政化邻邑,遥见逋人相逐还。

# 听歌回马上赠崔法曹一本题止听歌回三字

秋风里许杏花开,杏树傍边醉客来。共待夜深听一曲,醒人骑马断肠回。

# 酬骆侍御答诗

风传画阁空知晓,雨湿江城不见春。堆案绕床君莫怪,已经愁思古时人。

# 送孙直游郴州

孤舟上水过湘沅,桂岭南枝花正繁。行客自知心有托,不闻惊浪与啼猿。

# 麓山寺会送尹秀才

湖上逢君亦不闲,暂将离别到深山。飘蓬惊鸟那自定,强欲相留云树间。

## 送董颋

霜雁群飞下楚田,羁人掩泪望秦天。君行江海无定所,别后相思何处边。

## 别张员外

木叶纷纷湘水滨,此中何事往频频。临风自笑归时一作何晚,更送浮云逐故人。

## 送张评事

城郭喧喧争送远,危梁袅袅渡东津。杨花展转引征骑,莫怪山中多看人。

## 送吕少府

共醉流芳独归去,故园高士日相亲。深山古路无杨柳,折取桐花寄远人。

## 送人游岭南

少别华阳万里游,近南风景不曾秋。红芳绿笋是行路,纵有啼猿听却幽。

## 妻亡后别妻弟

杨柳青青满路垂,赠行惟折古松枝。停舟一对湘江哭,哭罢无言君自知。

## 和崔法曹建溪闻猿

曾向巫山峡里行, 羁猿一叫一回惊。闻道建溪肠欲断, 的知断著第三声。

## 湘 南 即 事

卢橘花开枫叶衰, 出门何处望京师。沅湘日夜东流一作归去, 不为愁人住少时。

## 代书寄京洛旧游

今年十月温风起, 湘水悠悠生白蘋。欲寄远书还不敢, 却愁惊动故乡人。

## 蕲州行营作

蕲水城西向北看, 桃花落尽柳花残。朱旗半卷山川小, 白马连嘶草树寒。

## 题武当逸禅师兰若

我身一作生本似一作是远行客, 况是乱时多病身。经山涉水向何处, 羞见竹林禅定人。

## 谷城逢杨评事

远自五陵独窜身, 筑阳山中归路新。横流夜长不得渡, 驻马荒亭逢故人。

## 听韩使君美人歌

仙人此夜忽凌波,更唱瑶台一遍歌。嫁与将军天上住,人间可得再相过。

## 转 应 词

边草,边草,边草尽来共<sub>一作兵</sub>老。山南山北雪晴,千里万里月明。明月,明月,胡笳一声愁绝。

## 精 舍 对 雨

空门寂寂澹吾身,溪雨微微洗客尘。卧向白云晴未尽,任他黄鸟醉芳春。

## 宿 灌 阳 滩

十月江边芦叶飞,灌阳滩冷上舟迟。今朝未遇高风便,还与沙鸥宿水湄。

## 酬赠张众甫

野人无本意,散木任天材。分向空山老,何言上苑来。迢遥千里道,依倚九层台。出处宁知命,轮辕岂自媒。更惭张处士,相与别蒿莱。

## 客舍秋怀呈骆正字士则

无言堪自喻,偶坐更相悲。木落惊年长,门闲惜草衰。买山犹未得,谏猎又非时。设被浮名系,归休渐欲迟。

## 寄中书李舍人纾

萍翻蓬自卷，不共本心期。复入重城里，频看百草滋。水流归思
远，花发长年悲。尽日春风起，无人见此时。

## 赠康老人洽

酒泉布衣旧才子，少小知名帝城里。一篇飞入九重门，乐府喧喧闻
至尊。宫中美人皆唱得，七贵因之尽相识。南邻北里日经过，处处
淹留乐事多。不脱弊裘轻锦绮，长吟佳句掩笙歌。贤王贵主于我
厚，骏马苍头如己有。暗将心事隔风尘，尽掷年光逐杯酒。青门几
度见春归，折柳寻花送落晖。杜陵往往逢秋暮，望月临风攀古树。
繁霜入鬓何足论，旧国连天不知处。尔来倏忽五十年，却忆当时思
眇然。多识故侯悲宿草，曾看流水没桑田。百人会中一身在，被褐
饮瓢终不改。陌头车马共营营，不解如君任此生。

## 暮春游长沙东湖赠辛兖州巢父二首

湘流分曲浦，缭绕古城东。岸转千家合，林开一镜空。人生无事
少，心赏几回同。且复忘羁束，悠悠落照中。

回环路不尽，历览意弥新。古木畲田火，澄江荡桨人。缓歌寻极
浦，一醉送残春。莫恨长沙远，他年忆此辰。

## 同兖州张秀才过王侍御参谋宅赋十韵 柳字

十年官不进，敛迹无怨咎。漂荡海内游，淹留楚乡久。因参戎幕
下，寄宅湘川口。葪竹开广庭，瞻山敞虚牖。闲门早春至，陌巷新
晴后。覆地落残梅，和风袅轻柳。逢迎车马客，邀结风尘友。意惬
时会文，夜长聊饮酒。秉心转孤直，沈照随可否。岂学屈大夫，忧

惭对渔叟。

## 同辛兖州巢父卢副端岳相思献酬之作<br>因抒归怀兼呈辛魏二院长杨长宁

暮角发高城,情人坐中起。临觞不及醉,分散秋风里。虽有明日
期,离心若千里。前欢反惆怅,后会还如此。焉得夜淹留,一回终
宴喜。羁游复牵役,皆去重湖水。早晚泛归舟,吾从数君子。

## 酬袁太祝长卿小湖村山居书怀见寄

背江居隙地,辞职作遗人。耕凿资馀力,樵渔逐四邻。麦秋桑叶
大,梅雨稻田新。篱落栽山果,池塘养海鳞。放歌聊自足,幽思忽
相亲。余亦归休者,依君老此身。

## 送汶水王明府

何时别故乡,归去佩铜章。亲族移家尽,闾阎百战场。背关馀古
木,近塞足风霜。遗老应相贺,知君不下堂。

## 奉同汴州李相公勉送郭布殿中出巡

轩车出东阁,都邑绕南河。马首先春至,人心比岁和。省风传隐
恤,持法去烦苛。却想埋轮者,论功此日多。

## 送东阳顾明府罢归

祖帐临鲛室,黎人拥鹢舟。坐蓝高士去,继组鄙夫留。白日落寒
水,青枫绕曲洲。相看作离别,一倍不禁愁。

## 抚州对事后送外生宋垓
## 归饶州觐侍呈上姊夫

淮汴初丧乱，蒋山烽火起。与君随亲族，奔迸辞故里。京口附商客，海门正狂风。忧心不敢住，夜发惊浪中。云开方见日，潮尽炉峰出。石壁转棠阴，鄱阳寄茅室。淹留三十年，分种越人田。骨肉无半在，乡园犹未旋。尔家习文艺，旁究天人际。父子自相传，优游聊卒岁。学成不求达。道胜那厌贫。时入闾巷醉，好是羲皇人。顷因物役牵，偶逐簪组辈。谤书喧朝市，抚己惭浅昧。世业大小礼，近通颜谢诗。念渠还领会，非敢独为师。

### 永康孙明府颋秩满将归枉路访别

门前水流咽，城下乱山多。非是还家路，宁知枉骑过。风烟复欲隔，悲笑屡相和。不学陶公醉，无因奈别何。

### 将赴湖南留别东阳旧僚兼示吏人

智力苦不足，黎甿殊未安。忽从新命去，复隔旧僚欢。晓路整车马，离亭会衣冠。冰坚细流咽，烧尽乱峰寒。耆老相饯送，儿童亦悲酸。桐乡寄生怨，欲话此情难。

## 抚州处士胡泛见送北回两馆
## 至南昌县界查溪兰若别

移樽铺山曲，祖帐查溪阴。铺山即远道，查溪非故林。凄然诵新诗，落泪沾素襟。郡政我何有，别情君独深。禅庭古树秋，宿雨清沈沈。挥袂千里远，悲伤去住心。

## 将巡郴永途中作

行役留三楚,思归又一春。自疑冠下发,聊此镜中人。机息知名误,形衰恨道贫。空将旧泉石,长与梦相亲。

## 桂阳北岭偶过野人所居聊书即事呈王永州邕李道州圻

犬吠空山响,林深一径存。隔云寻板屋,渡水到柴门。日昼风烟静,花明草树繁。乍疑秦世客,渐识楚人言。不记逃乡里,居然长子孙。种田烧险谷,汲井凿高原。畦叶藏春雉,庭柯宿旅猿。岭阴无瘴疠,地隙有兰荪。内户均皮席,枯瓢沃野餐。远心知自负,幽赏讵能论。转步重崖合,瞻途落照昏。他时愿携手,莫比武陵源。

## 下鼻亭泷行八十里聊状艰险寄青苗郑副端朔阳

泷水天际来,鼻山地中圻。盘涡几十处,叠溜皆千尺。直写卷沉沙,惊翻冲绝壁。淙淙振崖谷,汹汹竟朝夕。人语不自闻,日光乱相射。舣舟始摇漾,举棹旋奔激。既下同建瓴,半空方避石。前危苦未尽,后险何其迫。倏闪疾风雷,苍皇荡魂魄。因随伏流出,忽与跳波隔。远想欲回轩,岂兹还泛鹢。云涯多候馆,努力勤登历。

## 少女生日感怀

五逢晬日今方见,置尔怀中自惘然。乍喜老身辞远役,翻悲一笑隔重泉。欲教针线娇难解,暂弄琴书性已便。还有蔡家残史籍,可能分与外人传。

## 张评事涉秦居士系见访郡斋即同赋中字

轺车忽枉辙，郡府自生风。遣吏山禽在，开樽野客同。古墙抽腊笋，乔木飏春鸿。能赋传幽思，清言尽至公。城欹残照入，池曲大江通。此地人来少，相欢一醉中。

## 小　雪

花雪随风不厌看，更多还肯失一作恐蔽林峦。愁人正在书一作西窗下，一片飞来一片寒。

## 句

邻里龙沙北。　临川六咏

麦秋桑叶大，梅雨稻田新。篱落栽山果，池塘养锦鳞。

# 全唐诗卷二七五

## 张建封

张建封,字本立,南阳人。少喜文章,尚气节。历官御史大夫、徐泗濠节度使。有诗文二百三十篇,今存诗二首。

### 竞 渡 歌

五月五日天晴明,杨花绕江啼晓莺。使君未出郡斋外,江上早闻齐和声。使君出时皆有准,马前已被红旗引。两岸罗衣破晕香,银钗照日如霜刃。鼓声三下红旗开,两龙跃出浮水来。棹影斡波飞万剑,鼓声劈浪鸣千雷。鼓声渐急标将近,两龙望标目如瞬。坡上人呼霹雳惊,竿头彩挂虹霓晕。前船抢水已得标,后船失势空挥桡。疮眉血首争不定,输岸一朋心似烧。只将输赢分罚赏,两岸十舟五来往。须臾戏罢各东西,竞脱文身请书上。吾今细观竞渡儿,何殊当路权相持。不思得岸各休去,会到摧车折楫时。

### 酬韩校书愈打球歌

仆本修文持笔者,今来帅领红旌下。不能无事习蛇矛,闲就平场学使马。军中伎痒骁智材,竞驰骏逸随我来。护军对引相向去,风呼月旋朋先开。俯身仰击复傍击,难于古人左右射。齐观百步透短门,谁羡养由遥破的。儒生疑我新发狂,武夫爱我生雄光。杖移鬃底拂尾后,星从月下流中场。人不约,心自一。马不鞭,蹄自疾。凡情莫辨捷中能,拙目翻惊巧时失。韩生讶我为斯艺,劝我徐驱作安计。不知戎事竟何成,且愧吾人一言惠。

# 于良史

于良史,徐州张建封从事。诗七首。

## 春 山 夜 月

春山一作来多胜事,赏玩夜忘归。掬水月在手,弄花香满衣。兴来无远近,欲去惜芳菲。南望鸣钟一作钟鸣处,楼台深翠微。

## 宿蓝田山口奉寄沈员外

山暝飞群鸟,川长泛四邻。烟归河畔草,月照渡头人。朋友怀东道,乡关恋北辰。去留无所适,岐路独迷津。

## 冬日野望寄李赞府 一本无野望二字

地际朝阳满,天边宿雾收。风兼残雪起,河带断冰流。北阙驰心极,南图尚旅游。登临思不已,何处得销愁一作忧。

## 闲居寄薛华 一作据

隐几读黄老,闲居耳目清。僻居人事少,多病道心生。雨洗山林湿,鸦鸣池馆晴。晚来因废卷,行药至西城一作残日上高城。

## 江上送友人

看尔动行棹,未收离别筵。千帆忽见及,乱却故人船。纷泊雁群起,逶迤沙溆连。长亭十里外,应是少人烟。

## 田家秋日送友

苍茫日初宴,遥野云初收。残雨北山里,夕阳东渡头。舟依渔溓合,水入田家流。何意君迷驾,山林应有秋。

## 自　吟

出身三十年,发白衣犹碧。日暮倚朱门,从朱污袍赤。

# 崔　膺

崔膺,博陵人。张建封爱其才,以为客。诗二首。

## 感　兴

富贵难义合,困穷易感恩。古来忠烈士,多出贫贱门。世上桃李树一作树桃李,但结繁华子。白屋抱关人,青云壮心死。本以势利交,势尽交情已。如何失情后,始叹门易轨。

## 别佳人 一作崔涯诗

垄上流泉垄下分,断肠呜咽不堪闻。嫦娥一入月中去,巫峡千秋空白云。

# 冯　宿

冯宿,字拱之,婺州人。贞元中,登进士第,张建封辟为掌书记。长庆初,以刑部郎中知制诰。太和初,为河南尹。历工刑二部侍郎、东川节度使。集四十卷,今存诗二首。

## 御沟新柳

夹道天渠远,垂丝御柳新。千条宜向日,万户共迎春。轻翠含烟发,微音逐吹频。静看思渡口,回望忆江滨。袅袅分游骑,依依驻旅人。阳和如可及,攀折在兹辰。

## 酬白乐天刘梦得 一作尹河南酬乐天梦得

共称洛邑难其选,何幸天书用不才。遥约和风新草木,且令新雪静尘埃。临岐有愧倾三省,别酌无辞醉百杯。明岁杏园花下集,须知春色自东来。每春,尝接诸公杏园宴会。

# 陆长源

陆长源,字泳之,海之孙也。历汝州刺史。贞元中,为宣武节度司马,总留后事。军乱,遇害。诗三首。

## 乐府答孟东野戏赠

芙蓉初出水,菡萏露中花。几吹著枯木,无奈值空槎。

## 酬孟十二新居见寄

大道本夷旷,高情亦冲虚。因随白云意,偶逐青萝居。青萝纷蒙密,四序无惨舒。馀清濯子襟,散彩还吾庐。去岁登美第,策名在公车。将必继管萧,岂惟蹑应徐。首夏尚清和,残芳遍丘墟。褰帏荫窗柳,汲井滋园蔬。达者贵知心,古人不愿馀。爱君蒋生径,且著茂陵书。

## 答东野夷门雪

郊客于汴,将归,赋夷门雪赠别,长源答此。

好丹与素道不同,失意得途事皆别。东邻少年乐未央,南客思归肠
欲绝。千里长河冰复冰,云鸿冥冥楚山雪。

## 句

忽然一曲称君心,破却中人百家产。　讽刺　以下并《纪事》

城外平人驱欲尽,帐中犹打衮花球。


# 张众甫

张众甫,字子初,清河人,河南寿安县尉。罢秩,侨居云
阳。后拜监察御史,为淮宁军从事。诗三首。

## 寄兴国池鹤上刘相公

驯狎经时久,褵褷短翮存。不随淮海变,空愧稻粱恩。独立秋天
静,单栖夕露繁。欲飞还敛翼,讵一作谁敢望乘轩。

## 送李司直使吴　得家花斜沙字,依次用。

使臣一作君方拥传,王事远辞家。震泽逢残雨,新丰过一作遇落花。
水萍千叶散,风柳万条斜。何处看一作有离恨,春江无限沙。

## 送李观之宣州谒袁中丞赋得三州渡

古渡大江滨,西南距要津。自当舟楫路,应济往来人。翻浪惊飞

鸟,回风起绿苹。君看波上客,岁晚独垂纶。

# 王武陵

王武陵,字晦伯,太原人,官尚书郎。诗二首。

## 宿慧山寺 并序

戊辰秋八月,吴郡朱遐景自秦还吴,南次无锡,命余及故人窦丹列会于惠山之精舍。是时山林始秋,高兴在木;凉风白云,起于座隅;逍遥于长松之下,偃息于盘石之上。仰视云岭,俯瞰寒泉,夕阳西归,皓月东出,群动皆息,视身如空,立言妙论,以极穷奥,丹列有遁世之志,遐景有尘外之心。余亦乐天知命,怡然契合,视富贵如浮云,一歌一咏,以抒情性。夫良辰嘉会,古人所惜,序述不作,是阙文也。山林之下,景物秀茂,赋诗道意,以纪方外之游。

秋日游古寺,秋山正苍苍。泛舟次岩壑,稽首金仙堂。下有寒泉流,上有珍禽翔。石门吐明月,竹木涵清光。中夜河沈沈,但闻松桂香。旷然出尘境,忧虑澹已忘。

## 秋暮登北楼

秋满空山悲客心,山楼晴望散幽襟。一川红树迎霜老,数曲清溪绕寺深。寒气急催遥塞雁,夕风高送远城砧。三年海上音书绝,乡国萧条惟梦寻。

# 朱 宿

朱宿,字遐景,吴郡人,官拾遗。诗二首。

# 宿慧山寺

古寺隐秋山,登攀度林樾。悠然青莲界,此地尘境绝。机闲任昼昏,虑澹知生灭。微吹递遥泉,疏松对残月。庭虚露华缀,池净荷香发。心悟形未留,迟迟履归辙。

岁月人间促,烟霞此地多。殷勤竹林寺,更得几回过。

# 全唐诗卷二七六

## 卢 纶

卢纶,字允言,河中蒲人。大历初,数举进士不第,元载取其文以进,补阌乡尉,累迁监察御史,辄称疾去,坐与王缙善,久不调。建中初,为昭应令。浑瑊镇河中,辟元帅判官,累迁检校户部郎中。贞元中,舅韦渠牟表其才,驿召之,会卒。集十卷,今编诗五卷。

### 送惟良上人归江南 一作郢上人

落日映危樯,归僧向岳阳。注瓶寒浪静,读律夜船香。苦雾沈山影,阴霾一作霞发海光。群生一何负,多一作临病礼一作别医王。

### 送韩都护还边

好勇知名早,争雄上将间。战多春入塞,猎惯夜登一作烧山。阵合龙蛇动,军移草木闲。今来部曲尽,白首过萧关。

### 送吉中孚校书归楚州旧山 中孚自仙官入仕

青袍芸阁郎,谈笑挹侯王。旧篆藏云穴,新诗满帝乡。名高闲不得,到处人争识。谁知冰雪颜,已杂风尘色。此去复如何,东皋岐路多。藉芳一作茅临紫陌,回首忆一作望沧波。年来倦萧索,但说淮

南乐。并楫湖上—作中游，连樯月中—作下泊。沿溜—作流入闾—作间，
—作阁。门，千灯夜市喧。喜逢邻舍伴，遥语问乡园。下淮风自急，
树杪分郊邑。送客随岸行，离人出帆—作船立。渔村绕水田，澹澹
—作浦隔晴烟。欲就林中醉，先期石上眠。林昏天未曙，但向云边
去。暗入无路山，心知有花处。登高日转明，下望见春城。洞里草
空长，冢边人自耕。寥寥行异境，过尽千峰影。露色凝古坛，泉声
落寒井。仙成不可期，多别自堪悲。为问桃源客，何人见乱时。一
本此篇分作绝句十一首。

## 送姨弟裴均尉诸暨 此子先君元相旧判官

相悲得成长，同是外家恩。旧业废三亩，弱年成—作承一门。城开
山日早，吏散渚禽喧。东阁谬容止，予心君冀言。

## 送邓州崔长史

出山车骑次诸侯，坐领图书见督邮。绕郭桑麻通浙口，满川风景接
襄州。高城鸟过方催夜，废垒蝉鸣不待秋。闻说元规偏爱月，知君
长得伴登楼。

## 送盐铁裴判官入蜀

传诏收方贡，登车著赐衣。榷商蛮客富，税地芋田肥。云白风雷
歇，林清洞穴稀。炎凉君莫问，见即在忘归。

## 送魏广下第归扬州

楚乡云水内，春日众山开。淮浪参差起，江帆次第来。独归初失
桂，共醉忽停杯。汉诏年年有，何愁掩上才。

# 送潘述应宏词下第归江南

愁与醉相和，昏昏竟若何。感年怀阙久，失意梦乡多。雨里行青草，山前望白波。江楼覆棋好，谁引仲宣过。

# 送从舅成都县丞广归蜀

褒谷通岷岭，青冥此路深。晚程椒瘴热，野饭荔枝阴。古郡三刀夜，春桥万里心。唯应对杨柳，暂醉卓家琴。

# 送宋校书赴宣州幕

南想宣城郡，清江野戍闲。艨艟高映浦，睥睨曲随山。名寄图书内，威生将吏间。春行板桥暮，应伴庾公还。

# 送李纵别驾加员外郎却赴常州幕

霄汉正联飞，江湖又独归。暂欢同赐被，不待易朝衣。山雨迎军晚，芦风候火微。还当宴铃阁，谢守亦光辉。

# 送元赞府重任龙门县

二职亚陶公，归程与梦同。柳垂平泽雨，鱼跃大河风。混迹威长在，孤清志自雄。应嗤向隅者，空寄路尘中。

# 送黎燧尉阳翟

玉貌承严训，金声称上才。列筵青草偃，骤马绿杨开。潘县花添发，梅家鹤暂来。谁知望恩者，空逐路人回。

## 送丹阳赵少府 即给事中涓亲弟

恭闻林下别，未至亦沾裳。荻岸雨声尽，江天虹影长。佩韦宗懒慢，偷橘爱芳香。遥想从公后，称荣在上堂。

## 送菊潭王明府

组绶掩衰颜，辉光里第间。晚凉一作凉宵经灞水，清昼入商山。行境逢花发，弹琴见鹤还。唯应理农后，乡老贺君闲。

## 送陈明府赴萍县

素舸载陶公，南随万里风。梅花成雪岭，橘树当家僮。祠掩荒山下，田开野荻中。岁终书善绩，应与古碑同。

## 送申屠正字往湖南迎亲兼谒赵和州因呈上侍郎使君并戏简前历阳李明府

晓月朣朦一作胧映水关，水边因到历阳山。千艘财一作物货朱桥下，一曲闾阎青荻间。坦腹定逢潘令醉，上楼应伴庾公闲。欢馀若问南行计，知念天涯负米还。

## 送李尚书郎君昆季侍从归觐滑州

凤雏联翼美王孙，彩服戎装拟塞垣。金鼎对筵调野膳，玉鞭齐骑引行轩。冰河一曲旌旗满，墨诏千封雨露繁。更说务农将罢战，敢持歌颂庆晨昏。

## 送张调参军侍从归觐荆南因寄长林司空十四曙 得潜字

玉勒侍行襜，郄超未有髯。守儒轻猎骑一作骑猎，承诲访沉潜。云势将峰杂，江声与屿兼。还当见王粲，应念二毛添。

## 送马尚书郎君侍从归觐太原

玉人垂玉鞭，百骑带橐鞬。从赏野邮静，献新秋果鲜。塞屯丰雨雪，虏帐失山川。遥想称觞后，唯当共被眠。

## 送张成季往江上赋得垂杨

垂杨真可怜，地胜觉春偏。一穗雨声里，千条池色前。露繁光的皪，日丽影团圆。若到隋堤望，应逢花满船。

## 送陕府王司法

东门雪覆尘，出送陕城人。粉郭朝喧市，朱桥夜掩津。上寮应重学，小吏已甘贫。谢朓曾为掾，希君一比邻。

## 送太常李主簿归觐省

粲粲美仍都，清闲一贵儒。定交分玉剑，发咏写冰壶。风景随台位，河山入障一作阵图。上堂多庆乐，肯念谷中愚。

## 送从叔程归西川幕

千山冰雪晴，山静锦花明。群鹤栖莲府，诸戎拜柳营。浪依巴字息，风入蜀关清。岂念在贫巷，竹林鸣鸟声。

# 送万巨

把酒留君听琴,难堪岁暮离心。霜叶无风自落,秋云不雨空阴。人愁荒村路细,马怯寒溪水深。望断<sub>一作尽</sub>青山独立,更知何处相寻。

## 途中遇雨马上口号留别张刘二端公

阴雷慢转野云长,骏<sub>一作骢</sub>马双嘶爱雨凉。应念龙钟在泥滓<sub>一作客</sub>,欲摧肝胆事王章<sub>一作君王</sub>。

# 送夔州班使君

晓日照楼船,三军拜峡前。白云随浪散,青壁与城连。万岭岷峨雪,千家橘柚川。还知楚<sub>一作如赴</sub>河内,天子许经年。

## 送从舅成都丞广<sub>一本有南字</sub>归蜀 <sub>一作李端诗</sub>

巴字天边水,秦人去是归。栈长山雨响,溪乱火田稀。俗富行应乐,官雄禄岂微。魏舒终有泪,还识宁家衣。

# 无题 <sub>第七句缺</sub>

耻将名利托交亲,只向尊前乐此身。才大不应成滞客,时危且喜是闲人。高歌犹爱思归引,醉语惟夸漉酒巾。□□□□□□□,岂能偏遣老风尘。

# 题念济寺

灵空闻偈夜清净,雨里花枝朝暮开。故友<sub>一作里</sub>九泉留语别,逐臣千里寄书来。

## 河口逢江州朱道士因听琴

庐山道士夜携琴,映月相逢辨语音。引坐霜中弹一弄,满船商客有
归心。

## 送夏侯校书归华阴别墅

山前白鹤村,竹雪覆柴门。候客定为黍,务农因燎原。乳冰悬暗
井,莲石照晴轩。贳酒邻里睦,曝衣一作禾场圃喧。依然望君去,余
性亦一作一何昏。

## 送绛州郭参军

炎天故绛路,千里麦花香。董泽雷声发一作晚,汾桥水气凉。府趋
随宓贱,野宴接王祥。送客今何幸,经宵醉玉堂。

## 中书舍人李座上送颍阳徐少府

颍阳春色似河阳,一望繁花一县香。今日送官一作君君最恨,可怜
才子白须长。

## 与从弟瑾同下第后出关言别

同作金门献赋人,二年悲见故园春。到阙不沾新雨露,还家空带旧
风尘。

杂花飞尽柳阴阴,官路逶迤绿草深。对酒已成千里客,望山空寄两
乡心。

出关愁暮一沾裳,满野蓬生古战场。孤村树色昏残雨,远寺钟声带
夕阳。

谁怜苦志已三冬,却欲躬耕学老农。流水白云寻不尽,期君何处得

相逢。

## 赴虢州留别故人

世故相逢各未闲,百年多在别离间。昨夜秋风今夜雨,不知何处入
空山。

## 冬夜赠别友人

愁听千家流水声,相思独向月中行。侵阶暗草秋—作冬,又作寒。霜
重,遍一作绕郭寒山夜月明。连年客舍唯多病,数亩田园又废耕。
更送乘轺归上国,应怜贡禹未成名。

## 送顾秘书献书后归岳州

黄叶落不尽,苍苔随雨生。当轩置尊酒,送客归江城。竹里闻机
杼,舟中见弟兄。岳阳贤太守,应为改乡名。

## 送卫司法河中觐省 即故王吏部延昌外甥

出身因强学,不以外家荣。年少无遗事,官闲有政声。晓山临野
渡,落日照军营。共赏高堂下,连行弟与兄。

## 送从叔牧永州

五侯轩盖行何疾,零陵太守登车日。零陵太守泪盈巾,此日长安方
欲春。虎府龙节照岐路,何苦愁为江海人。彼方韶景无时节,山水
诸花恣开发。客投津戍少闻猿,雁过潇湘更逢雪。郡斋无事好闲
眠,粳稻油油绿满川。浪里争迎三蜀货,月中喧泊九江船。今朝小
阮同夷老,欲问明年—作君借几年。

## 送赵真长归夏县旧山依阳征君读书

临杯忽泫然，非是恶离弦。尘陌望松雪，我衰君少年。幽一作闲僧曝山果，寒鹿守冰泉。感物如有待，况依回也贤。

## 留别耿沣侯钊冯著

相识少相知，与君俱已衰。笙镛新宅第，岐路古山陂。学道功难就，为儒事本迟。惟当与渔者，终老遂其私。

## 送浑炼归觐却赴阙庭

露幕拥簪裾，台庭饯伯鱼。彩衣人竞看，银诏帝亲书。知子当元老，为臣饯二疏。执珪期已迫，捧膳步宁徐。而我诚愚者，夫君岂病诸。探题多决胜，馔玉每分馀。荣比成功后，恩同造化初。甄尘方欲合，笼翮或将舒。榆荚钱难比，杨花雪不如。明朝古堤路，心断玉人车。

## 送崔郐拾遗

皎洁无瑕清玉壶，晓一作晚乘华毂向天衢。石建每闻宗谨孝，刘歆不敢衒师儒。谏修郊庙开宸虑，议按休征浅瑞图。今日攀车复何者，辕门垂白一愚夫。

## 送浑别驾赴舒州

江平芦荻齐，五两贴樯低。绕郭覆晴雪，满船一作川闻曙鸡。鳣鲂宜入贡，橘柚亦成蹊。还似海沂日，风清无鼓鼙。

## 送从叔士准赴任润州司士

云起山城暮，沈沈江上天。风吹建业雨，浪入广陵船。久是吴门客，尝闻谢守贤。终悲去国远，泪尽竹林前。

## 送尹枢令狐楚及第后归觐

佳人比香草，君子即芳兰。宝器金罍重，清音玉珮寒。贡文齐受宠，献礼—作醴两承欢。鞍马并汾地，争迎陆与潘。

## 东潭宴饯河南赵少府

十载奉戎轩，日闻君子言。方将贺荣爵，遽乃怆离尊。岸转台阁丽，潭清弦管繁。松篁难晦节，雨露不私恩。坐使吏相勉，居为儒所尊。可怜桃李树，先发信陵门。

## 赋得馆娃宫送王山人游江东

苍苍枫树林，草合废宫深。越水风浪起，吴王歌管沈。燕归巢已尽，鹤语冢难寻。旅泊彼何夜，希君抽玉琴。

## 送畅当还旧山

常逢明月马尘间，是夜照君归处山。山中松桂花尽发，头白属君如等闲。

## 敩颜鲁公送挺赟归翠微寺

挺赟惠学该儒释，袖有颜徐真草迹。一斋三请纪行诗，诮我垂鞭弄鸣镝。寺悬金榜半山隅，石路荒凉松树枯。虎迹印雪大如斗，闰月暮天过得无。

## 送契玄法师赴内道场

昏昏醉老夫，灌顶遇醍醐。嫔御呈心镜，君王赐髻珠。降魔须战否，问疾敢行无。深契何相秘，儒宗本不殊。

## 送畅当赴山南幕

含情脱佩刀，持以佐贤豪。是月霜霰下，伊人行役劳。事将名共易，文与行空高。去矣奉戎律，悲君为我曹。

## 颜侍御厅丛篁咏送薛存诚

玉干百馀茎，生君此堂侧。拂帘寒雨响，拥砌深溪色。何事凤凰雏，兹焉理归翼。

## 秋晚河西县楼送浑中允赴朝阙

高楼吹玉箫，车马上河桥。岐路自奔隘，壶觞终寂寥。芳兰生贵里，片玉立清朝。今日台庭望，心遥非地一作路遥。

## 达奚中丞东斋壁画山水各赋一
## 物得树杪悬泉送长安赵元阳少府

素壁画飞泉，从云落树颠。练垂疑叶响，云并觉枝　作松偏。利物得双剑，为儒当一贤。应思洒尘陌，调膳亦芳鲜。

## 送信州姚使君

朱幡一作幡徐转候一作拥群官，猿鸟无声郡宇宽。楚国上腴收赋重，汉家良牧得人难。铜铅满穴山能富，鸿雁连群一作洲地亦寒。几日政声闻一作关，一作开。户外，九江行旅得相欢。

# 送　畅　当

四望无极路，千里流大河。秋风满离袂，唯老事唯多。

## 送史兵曹判官赴楼烦

渥洼龙种散云时，千里繁花乍别—作合离。中有重臣承需泽，外无轻虏犯旌旗。山川自与郊坰合，帐幕时因水草移。敢谢亲贤得琼玉，仲宣能赋亦能诗。

## 送昙延法师讲罢赴上都

金缕袈裟国大师，能销坏宅火烧时。复来拥膝说无住，知向人天何处期。

## 送道士郗彝素归内道场

病老正相仍，忽逢张道陵。羽衣风浙浙，仙貌玉棱棱。叱我问中寿，教人祈上升。楼居五云里，几与武皇登。

## 赋得彭祖楼送杨德宗归徐州幕

四户八窗明，玲珑逼上清。外栏黄鹄下，中柱紫芝生。每带云霞色，时闻箫管声。望君兼有月，幢盖俨层城。

## 送钱从叔辞丰州幕归嵩阳旧居

白须宗孙侍坐时，愿持寿酒前致词。鄙词何所拟，请自边城始。边城贵者李将军，战鼓遥疑天上闻。屯田布锦周千里，牧马攒花溢万群。白云本是乔松伴，来绕青营复飞散。三声画角咽不通，万里蓬根一时断。丰州闻说似凉州，沙塞晴明部落稠。行客已去依独戍，

主人犹自在高楼。梦亲旌旆何由见，每阻一作值清风一回面。洞里
先生那怪迟，人天无路自无期。砂泉丹井非同味，桂树榆林不并
枝。吾翁致身殊得计，地仙亦是三千岁。莫著戎衣期上清，东方曼
倩逢人轻。

## 送静居法师

五色香幢重复重，宝舆升座发神钟。蒼卜名花飘不断，醍醐法味洒
何浓。九天论道当宸眷，七祖传心合圣踪。愿比灵山前世别，多生
还得此相逢。

## 送刘判官赴丰州 一作赴天德军

衔杯吹急管，满眼起风砂。大漠山沈雪，长城草发花。策行须耻
战，虏在莫言家。余亦祈勋者，如何别左车。

## 将赴京留献令公

沙鹤惊鸣野雨收，大河风物飒然秋。力微恩重谅难报，不是行人不
解愁。

## 落第后归山下旧居留别刘起居昆季

寂寞过朝昏，沈忧岂易论。有时空卜命，无事可酬恩。寄食依邻
里，成家望子孙。风尘知世路，衰贱到君门。醉里因多感，愁中欲
强言。花林逢废井，战地识荒园。怅别临晴野，悲春上古原。鸟归
山外树，人过水边村。潘岳方称老，嵇康本厌喧。谁堪将落羽，回
首仰飞翻。

## 将赴闿乡灞上留别钱起员外

暖景登桥望,分明春色来。离心自惆怅,车马亦裴回。远雪和霜积,高花占日开。从官竟何事,忧患已相催。

## 虢州逢侯钊同寻南观因赠别 时居停务

相见翻惆怅,应怜责废官。过深惭禄在,识浅赖刑宽。独失耕农业,同思弟侄欢。衰贫羞客过,卑束会君难。放鹤登云壁,浇花绕石坛。兴还江海上,迹在是非端。林密风声细一作结,山高雨色一作气寒。悠然此中别,宾仆亦阑干一作珊。

## 赴池州拜覩舅氏留上考功郎
## 中舅 时舅氏初贬官池州

孤贱易蹉跎,其如酷似何。衰荣同族少,生长外家多。别国桑榆在,沾衣血泪和。应怜失行雁,霜霰寄烟波。

## 送从侄滁州觐省

爱尔似龙媒,翩翩千里回。书从外氏学,竹自晋时栽。拥棹逢鸥舞,凭阑见雨来。上堂多庆乐,不醉莫停杯。

## 奉和圣制麟德殿宴百僚

云辟一作阙御筵张,山呼圣寿长。玉栏丰瑞草,金陛立神羊。台鼎资庖膳,天星奉酒浆。蛮夷陪作位,犀象舞成行。网已祛三面,歌因守四方。千秋不可极,花发满宫香。

# 和考功王员外抄秋忆终南旧居

一作和大理裴卿抄秋忆山下旧居。一作岑参诗,一作常衮诗。

静忆溪边宅,知君许谢公。晓霜凝末耜,初日照梧桐。涧鼠喧藤蔓,山禽窜石丛。白云当岭雨,黄叶绕阶风。野果垂桥上,高泉落水中。欢荣来自间,嬴贱赏—作往曾—作难同。月满珠藏海,天晴鹤在笼。馀阴如可寄,愿得隐墙东。

# 酬畅当寻嵩岳麻道士见寄

闻逐樵夫闲看棋,忽逢人世是秦时。开云种玉嫌山浅,渡海传书怪鹤迟。阴洞石床—作幢微有字,古坛松树半无枝。烦君远示青囊篆,愿得相从一问师。

# 酬李端长安寓居偶咏见寄

一本作酬畅当寻嵩山麻道士见寄第二首

自别前峰隐,同为外累侵。几年亲酒会,此日有僧寻。学稼功还弃,论边事亦沉。众欢徒满目,专爱久离心。览鬓丝垂镜,弹琴—作弦泪洒襟—作琴。访田悲洛下,寄宅忆山阴。薄溜漫青石,横云架碧林。坏檐藤障密,衰菜—作楝棘篱深。流散俱多故,忧伤并在今。唯当俟高躅,归止共抽簪。

# 和常舍人晚秋集贤院即事十二韵寄赠江南徐薛二侍郎

纶阁九华前,森沈彩—作绮仗连。洞门开旭日,清禁肃秋天。霜满朝容备,钟馀漏—作晓唱传。摇珰陪羽扇,端弁入炉烟。麟笔删金篆,龙绡荐玉编。汲书荀勖定,汉史蔡邕专。御竹潜通笋,宫池暗泻泉。乱丛萦弱蕙,坠叶洒枯莲。列署齐游日,重江并谪年。登封思议草,侍讲忆同筵。沧海风涛广,黔山瘴雨偏。唯应缄上宝,赠远一呈妍。

## 酬苗员外仲夏归郊居遇雨见寄

雷响风仍急,人归鸟亦还。乱云方至水,骤雨已喧山。田鼠依林上,池鱼戏草间。因兹屏一作高比埃雾,一咏一开颜。

## 和太常王卿立秋日即事

嵩一作山高云日明,潘岳赋初成。篱槿花无色,阶桐叶有声。绛纱垂箪净,白羽拂衣轻。鸿雁悲天远,龟鱼觉水清。别弦添楚思,牧马动边情。田雨农官问,林风苑吏惊。松篁终茂盛一作盛茂,蓬艾自衰荣。遥仰凭轩夕,惟应喜一作善,一作苦。宋生。

# 全唐诗卷二七七

## 卢　纶

### 和李使君三郎早秋城北亭楼宴崔司士因寄关中弟张评事时遇

黄花古城路,上尽见青山。桑柘晴川口,牛羊落照间。野情随卷幔,军士一作事隔重关。道合偏多赏,官微独不闲。鹤分琴久罢,书到雁应还。为谢登龙客,琼枝寄一攀。

### 和赵端公九日登石亭上和州家兄

洛浦想江津,悲欢共此辰。采花湖岸菊,望国旧楼人。雁别声偏苦,松寒色转新。传书问渔叟,借寇尔何因。

### 酬赵少尹戏示诸侄元阳等因以见赠

八龙三虎俨成行,琼树花开鹤翼张。且请同观舞鸲鹆,何须竟哂食槟榔。归时每爱怀朱橘,戏处常闻佩紫囊。谬入阮家逢庆乐,竹林因得奉壶觞。

### 奉和户曹叔夏夜寓直寄呈同曹诸公并见示

敛板捧清词,恭闻侍直时。暮尘归众骑,邃宇舍诸司。华月先灯

至,清风与簟随。乱萤光熠熠,行树影离离。龙卧人宁识,鹏抟鹥
岂知。便因当五夜,敢望竹林期。

## 和金吾裴将军使往河北宣慰因访张氏昆季旧居兼寄赵侍郎赵卿拜陵未回

飞轩不驻轮,感激汉儒臣。气慑千夫勇,恩传万里春。古原收野
燎,寒笛怨空邻。书此达良友,五一作杜陵风雨频。

## 和太常李主簿秋中山下别墅即事

清秋来几时,宋玉已先知。旷朗霞映竹,澄明山满池。葺桥双鹤赴
一作起,收果众猿随。韶乐方今奏,云林徒蔽亏。

## 酬韦渚秋夜有怀见寄

萧条良夜永,秋草对衰颜。露下鸟初定,月明人自闲。独悲无旧
业,共喜出时艰。为问功成后,同游何处山。

## 同吉中孚梦桃源

春雨夜不散,梦中山亦阴。云中碧潭水,路暗红花林。花水自深
浅,无人知古今。
夜静春梦长,梦逐仙山客。园林满芝术,鸡犬傍篱栅。几处花下
人,看予笑头白。

## 同柳侍郎题侯钊侍郎

### 新昌里 一作酬侯钊侍郎春日见寄

清源君子居,左右尽一作满图书。三径春自足,一瓢欢有馀。庭莎
成野席,阑药是家蔬。幽显岂殊迹,昔贤徒病诸。

## 酬孙侍御春日见寄

经过里巷春,同是谢家邻。顾我觉衰早,荷君留醉频。松高犹覆草,鹤起暂萦尘。始悟达人志,患名非患贫。

## 和王员外冬夜寓直

高步长裾锦帐郎,居然自是汉贤良。潘岳叙年因鬓发,扬雄托谏在文章。九天韶乐飘寒月,万户香尘裛晓一作夜霜。坐见重门俨朝骑,可怜云路独翱翔。

## 酬金部王郎中省中春日见寄

南宫树色晓森森,虽有春光未有阴。鹤侣正疑芳景引,玉人那为簿书沈。山含瑞气偏当日,莺逐轻风不在林。更有阮郎迷路处,万株红树一溪深。

## 奉和陕州十四翁中丞寄雷州二十翁司户

联飞独不前,迥落海南天。贾傅竟行矣,邵公唯泫然。瘴开山更远,路极水无边。沈劣本多感,况闻原上篇。

## 和李中丞酬万年房署少府过汾州景云观因以寄上房与李早年同居此观

显晦澹无迹,贤哉常晏如。如何警孤鹤,忽乃传双鱼。叙以泉石旧,怅然风景馀。低回青油幕,梦寐白云居。玉洞桂香满,雪坛松影疏。沈思瞩仙侣,纡组正军书。积学早成道,感恩难遂初。梅生谅多感,归止岂吾一作无庐。

## 酬陈翃郎中冬至携柳郎
## 窦郎归河中旧居见寄

三旬一休沐,清景满林庐。南郭群儒从,东床两客居。烧一作晨烟
浮雪野,麦垄润冰渠。班白皆持酒,蓬茅尽有书。终期买寒渚,同
此利蒲鱼。

## 酬李益端公夜宴见赠

戚戚一西东,十年今始同。可怜歌酒夜,相对两衰翁。

## 和陈翃郎中拜本府少尹兼侍
## 御史献上侍中因呈同院诸公

金印垂鞍白马肥,不同疏广老方归。三千士里文章伯,四十年来锦
绣衣。节比青松当涧直,心随黄雀绕檐飞。乡中贺者唯争路,不识
传呼獬豸威。

## 和王仓少尹暇日言怀

清秋多暇日,况乃是夫君。习静通仙事,书空阅篆一作篆文。剑飞
终上汉,鹤梦不离云。无限烟霄路,何嗟迹未分。

## 和崔侍郎游万固一作回寺

闻说中方高树林,曙华先照啭春禽。风云才子冶游思,蒲柳老人惆
怅心。石路青苔花漫漫,雪檐垂溜玉森森。贺君此去君方至,河水
东流西日沉。

## 和裴延龄尚书寄题果州谢舍人仙居

飘然去谒八仙翁,自地从天香满空。紫盖迥标双鹤上,语音犹一作遥在五云中。青溪不接渔樵路,丹井唯传草木风。歌此因思捧金液,露盘长庆汉皇宫。

## 酬崔侍御早秋卧病书情见寄
## 时君亦抱疾在假中

掷地金声信有之,莹然冰玉见清词。元凯癖成官始贵,相如渴甚貌逾衰。荒园每觉虫鸣早,华馆常闻客散迟。寂寞罢琴风满树,几多黄叶落蛛丝。

## 酬灵澈上人 一作口号戏赠灵澈上人时奉事入城。

军人奉役本无期,落叶一作叶落花开总不知。走马城中头雪白,若为将面见汤师。

## 敬酬大府二十四舅览诗卷因以见示

郄公怜戆亦怜愚,忽赐金盘径寸珠。彻底碧潭滋涸溜,压枝红艳照枯株。九门洞启延高论,百辟联行挹大儒。顾己文章非酷似,敢将幽劣俟洪炉。

## 雨中酬友人

看山独行归竹院,水绕前阶草生遍。空林细雨暗一作明暗寂无声,唯有愁心两相见。

## 酬 人 失 题

孤鸾将鹤群,晴日丽一作映春云。何幸晚飞者,清音长此闻。

## 哭司农苗主簿

原头殡御绕新茔,原下一作上行人望哭声。更想秋山连古木,唯应
石上见君名。

## 得耿沣司法书因叙长安故友零落
## 兵部苗员外发秘省李校书端相次
## 倾逝潞府崔功曹峒长林司空丞曙
## 俱谪远方余以摇落之时对书增叹
## 因呈河中郑仓曹畅参军昆季

鬓似衰蓬心似灰,惊悲相集老相催。故友九泉留语别,逐臣千里寄
书来。尘容带病何堪问,泪眼逢秋不喜开。幸接野居宜屣一作纵
步,冀君清夜一作论,一作梦。一申哀。

## 同兵部李纾侍郎刑部
## 包佶侍郎哭皇甫侍御曾

攀龙与泣麟,哀乐不同尘。九陌霄汉侣,一灯冥漠人。舟沉惊海
阔,兰折怨霜频。已矣复何见,故山应更春。

纶与吉侍郎中孚司空郎中曙苗员外
发崔补阙峒耿拾遗沣李校书端风尘
追游向三十载数公皆负当时盛称荣
耀未几俱沉下泉畅博士当感怀前踪
有五十韵见寄辄有所酬以申悲旧兼
寄夏侯侍御—作郎审侯仓曹钊

禀命孤且贱，少为病所婴。八岁始读书，四方遂有兵。童心幸不
羁，此去负平生。是月胡入洛，明年天陨星。夜行登灞陵，悄恍靡
所征。云海一翻荡，鱼龙俱不宁。因浮襄江流，远寄鄱阳城。鄱阳
富学徒，诮我戆无营。谕以诗礼义，勖随宾荐名。舟车更滞留，水
陆互阴晴。晓望怯云阵，夜愁惊鹤声。凄凄指宋郊，浩浩入秦京。
沴气既风散，皇威如日明。方逢粟比金，未识公与卿。十上不可
待，三年竟无成。偶为达者知，扬我于王廷。素志且不立，青袍徒
见萦。昏屦凤自保，静躁本殊形。始趋甘棠阴，旋遇密人迎。考实
绩无取，责能才固轻。新丰古离宫，宫树锁云扃。中复莅兹邑，往
惟曾所经。缭垣何逶迤，水殿亦峥嵘。夜雨滴金砌，阴风吹玉楹。
官曹虽检率，国步日夷平。命蹇固安分，祸来非有萌。因逢骇浪
飘，几落无辜刑。巍巍登坛臣，独止天杜倾。悄悄失途子，分将秋
草并。百年甘守素，一顾乃拾青。相逢十月交，众卉飘已零。感旧
谅戚戚，问孤恳茕茕。侍郎文章宗，杰出淮楚灵。掌赋若吹籁，司
言如建瓴。郎中善馀庆，雅韵与琴清。郁郁松带雪，萧萧鸿入冥。
员外真贵儒，弱冠被华缨。月香飘桂实，乳溜滴琼英。补阙思冲
融，巾拂艺亦精—作六艺亦精明。彩蝶戏芳圃，瑞云凝—作滋翠屏。拾
遗兴难侔，逸调旷无程。九酝贮弥洁，三花寒转馨。校书才智雄，

举世一娉婷。赌墅鬼神变,属词鸾凤惊。差肩曳长裾,总辔奉和铃。共赋瑶台雪,同观金谷筝一作笙。倚天方比剑,沉井一作水忽如瓶。神昧不可问,天高莫尔听。君持玉盘珠,泻我怀袖盈。读罢涕交颐,愿言跻百龄。

## 酬李叔度秋夜喜相遇
## 因伤关东僚友丧逝见赠

寒月照秋城,秋风泉涧鸣。过时见兰蕙,独夜感衰荣。酒散同移疾一作病,心悲似远行。以愚求作友,何德敢称荣。谷变波长急,松枯药未成。恐看新鬓色,怯问故人名。野泽云阴散,荒原日气生。羁飞本难定,非是恶弦惊。

## 同李益伤秋

岁去人头白,秋来树叶黄。搔头向黄叶,与尔共悲伤。

## 白　发　叹

发白晓梳头,女惊妻泪流。不知丝色后,堪得几回秋。

## 逢　病　军　人

行多有病一作无力住无粮,万里还乡未到乡。蓬鬓哀吟古城下,不堪秋气入金疮。

## 村南逢病叟

双膝过颐顶在肩,四邻知姓不知年。卧驱鸟雀惜禾黍,犹恐诸孙无社钱。

## 七夕诗<sub>同用秋字，一作他乡七夕。</sub>

祥光若可求，闺女夜登楼。月露浩方下，河云凝不流。铅华潜警曙，机杼暗传秋。回想敛馀眷，人天俱是愁。

## 七夕诗 <sub>同用期字</sub>

凉风吹玉露，河汉有幽期。星彩光仍隐，云容掩复离。良宵惊曙早，闰岁怨秋迟。何事金闺子，空传得网丝。

## 长 门 怨

空空<sub>一作宫</sub>古廊殿，寒月落斜晖。卧听未央曲，满箱歌舞衣。

## 妾 薄 命

妾年初二八，两度嫁狂夫。薄命今犹在，坚贞扫地无。

## 伦开府席上赋得咏美人名解愁

不敢苦相留，明知不自由。翚眉乍欲语，敛笑又低头。舞态兼些<sub>一作微兼</sub>醉，歌声似带羞。今朝总见也，只不<sub>一作要</sub>解人愁。

## 王评事驸马花烛诗

万条银烛引天人，十月长安半夜春。步障三千临将<sub>一作无间</sub>断，几多珠翠落香尘。

一人女婿万人怜，一夜调<sub>一作裯</sub>疏抵百年。为报司徒好将息，明珠解转又能圆。

人主人臣是亲家，千秋万岁保荣华。几时曾向高天上，得见今宵月里花。

比翼和鸣双凤凰,欲栖—作玉梅金帐满城香。平明却入天泉里,日气曈昽五色光。

## 和赵给事白蝇拂歌

华堂多众珍,白拂称殊异。柄裁沈节香袭人,上结为文下垂穗。霜缕霏微莹且柔,虎须乍细龙髯稠。皎然素色不因染,淅尔凉风非为秋。群蝇青苍恣游息,广庑万品无颜色。金屏成点玉成瑕,昼眠宛转空咨嗟。此时满筵看一举,荻花忽旋杨花舞。焘如寒隼惊暮禽,飒若繁埃得轻雨。主人说是故人留,每诫如新比白头。若将挥玩闲临水,愿接波中一白鸥。

## 萧常侍瘿柏亭歌

柏之异者山中灵,何人断绝为君亭。云翻浪卷不可识,鸟兽成形花倒植。莓苔旧点色尚青,霹雳残痕节犹黑。金貂主人汉三老,构此穷年下朝早。心规目制不暂疲,匠者受之无一词。清晨拂匣菱生镜,落日凭阑星满池。攒甍斗拱无斤迹,根瘿联悬同素壁。数层乱泻云里峰,万片争呈雪中石。重帘不动自飘香,似到瀛洲白玉—作雪堂。水精如意刁金—作方同,一作方含。色,云母屏风透—作遂掩光。四阶绵绵被纤草,草上依微众山道。松间汲井烟翠寒,洞里围棋天景好。愚儒敢欲贺成功,鸾凤栖翔固不同。应念废材今接地,一枝思寄户庭中。

## 慈恩寺石磬歌

灵山石磬生海西,海—作波涛平处与山齐。长眉老僧同佛力,咒使鲛人往求得。珠穴沈成绿浪痕,天衣拂尽苍苔色。星汉徘徊山有风,禅翁静扣月明中。群仙下云龙出水,鸾鹤交飞半空里。山—作城精木魅不可听,落叶秋砧一时起。花宫杳杳一作梵宫香散响泠泠,无数沙门昏梦醒。古廊灯下见行道,疏林一作柳池边闻诵经。徒壮一作使洪钟秘高阁,万金费尽工雕凿。岂如全质挂青松,数叶残云一片峰。吾师宝之寿中国,愿同劫石无终极。

## 送张郎中还蜀歌

秦家御史汉家郎,亲专两印征殊方。功成走马朝天子,伏槛论一作谈边若流水。晓离仙署趋紫微,夜接高儒读青史。泸南五将望君还,愿以天书示百蛮。曲栈重江初过雨,前旌后骑不同山。迎车拜舞多耆老,旧卒新营遍青草。塞口云生火候迟,烟中鹤唳军行早。黄花川下水交横,远映一作雁孤霞蜀国晴。邛竹笋长椒瘴起,荔枝花发杜鹃鸣。回首岷峨半天黑,传觞接膝何由得。空令豪士仰威名,无复贫交恃颜色。垂杨不动雨纷纷,锦帐胡瓶争送君。须臾醉起箫筎发,空见红一作双旌入白一作塞云。

## 宴席赋得姚美人拍筝歌 美人曾在禁中

出帘仍有钿筝随,见罢翻令恨识迟。微收皓腕缠红袖,深遏朱弦低翠眉。忽然高张应繁一作疏节,玉指回旋若飞雪。凤箫韶一作龙管寂不喧,绣幕纱窗俨秋月。有时轻弄和郎歌,慢处声迟情更多。已愁红脸能伴醉,又恐朱门难再过。昭阳伴一作宫甲最聪明,出到人间才长成。遥知禁曲难翻处,犹是君王说小名。

## 陈翃郎中北亭送侯钊
### 侍御一作送刘侍御赋得带冰流歌

溪中鸟鸣春景旦,一派寒冰忽开散。璧方镜员流不断,白云鳞鳞满河汉。叠处浅,旋处深。撇捩寒鱼上复沉,群鹅鼓舞扬清音。主人有客簪白笔，玉壶贮水光如一。持此赠君君饮之，圣君识君冰玉姿。

## 栖岩寺隋文帝马脑盏歌

天宫宝器隋朝物，锁在金函比金骨。开函捧之光乃发，阿修罗王掌中月。五云如拳轻复浓，昔曾噀酒今藏龙。规形环影相透彻，乱雪繁花千万重。可怜贞质无今古，可叹隋陵一抔土。宫中艳女满宫春，得亲此宝能几人。一留寒殿殿将坏，唯有幽光通隙尘。山中老僧眉似雪，忍死相传保扃镝。

## 难绾刀子歌

黄金鞘里青芦叶，丽若剪成铦且翠—作捷。轻冰薄玉状不分，一尺寒光堪决云。吹毛可试不可触，似有虫搜阙裂文。淬之几堕前池水，焉知不是蛟龙子。割鸡刺虎皆若空，愿应君心逐君指。并州难绾竟何人，每成此物如有神。

## 腊日—作月观咸宁王部曲娑勒擒豹歌

山头瞳瞳日将出，山下猎围照初日。前林有兽未识名，将军促骑无人声。潜形踠—作蜿伏草不—作未动，双雕旋转群鸦鸣。阴方质子才三十，译语受词蕃语揖。舍鞍解甲疾如风，人忽虎蹲兽人立。欻然扼颊批其颐，爪牙委地涎淋漓。既苏复吼拗仍怒，果协英谋生致之。拖自深丛目如电，万夫失容千马战。传呼贺拜声相连，杀气腾凌阴满川。始知缚虎如缚鼠，败房降羌生—作在眼前—作皆目睹。祝尔嘉词尔—作身无苦，献尔—作看将随犀象舞。苑中流水禁中山，期尔攫搏开天颜。非熊之兆庆无极，愿纪雄名传百蛮。

## 赋得白鸥歌送李伯康归使

积水深源一作沈，白鸥翻一作飞翻。倒影光素，于潭之间。衔鱼鱼落
一作衔鱼落乱惊鸣，争扑莲丛莲叶一作华倾一作争扑莲丛叶倾。尔不见波
中鸥鸟闲无营，何必汲汲劳其生。柳花冥濛大堤口，悠扬相和乍无
有。轻随去浪杳不分，细舞清一作春风亦一作一何有一作久。似君换
得白鹅时，独凭阑干雪满池。今日还同看鸥鸟，如何羽翮复参差。
复参差，海涛澜漫何由期。

## 皇帝一本有圣字感词

提剑风雷一作云动，垂衣日月明。禁花呈瑞色，国老见星精。发棹
鱼先跃，窥巢鸟不惊。山呼一万岁，直入九重城。

天香一作衣五凤彩，御马六龙文。雨露清驰道，风雷一作云翊上军。
高斾一作楼花外转，行漏乐一作岳前闻。时见金鞭举，空中指瑞云。

妙算干戈止，神谋宇宙清。两阶文物盛，七德武功成。校猎长杨
苑，屯军细柳营。归来献明主，歌舞溢一作满，一作隘。春城。

天乐下天中，云辂俨在空。铅黄艳河汉，笑语合笙镛。已见长一作
今随风，仍闻不避一作射熊一作貔。君王亲试舞一作问，闾阖静无风。

# 全唐诗卷二七八

## 卢 纶

天长久词<small>三首,附宫中乐二首,一作天长词,一作天长地久词。</small>

玉砌红花树,香风不敢吹。春光解天意,偏发殿南枝。<small>天长久,万年昌。</small>

虹桥千步廊,半在水中央。天子方清<small>一作消</small>暑,宫娃起夜<small>一作人重暮</small>妆。<small>天长久,万年昌。</small>

辞辇复当熊,倾心奉六<small>一作上宫</small>。君王若看貌<small>一作见</small>,甘在众妃中。<small>天长久,万年昌。</small>

云日呈祥礼物殊,彤庭生献五单于。塞垣<small>一作天</small>万里无飞鸟,可是<small>一作在边城</small>用郅都。

台殿云深<small>一作凉</small>秋色<small>一作风日</small>微,君王初赐六宫衣。楼船泛罢<small>一作罢泛</small>归犹早,行遣<small>一作道</small>才人斗射飞。

## 和张仆射塞下曲

鹫翎金仆姑,燕尾绣蝥弧。独立扬新令,千营共一呼。

林暗草惊风,将军夜引弓。平明寻白羽,没在石棱中。

月黑雁飞高,单于夜遁逃。欲将轻骑逐,大雪满弓刀。

野幕敞琼筵,羌戎贺劳旋。醉和金甲舞,雷鼓动山川。

调箭又呼鹰,俱闻出世一作百中能。奔狐一作猿将迸雉,扫尽古丘陵。
亭亭七叶贵,荡荡一隅清。他日题麟阁,唯应独不名一作谁知独有名。

# 古 艳 诗

残妆色浅黛鬟开,笑映朱帘觑客来。推醉唯知弄花钿,潘郎不敢使
人催。
自拈裙带结同心,暖处偏知一作多香气深。爱捉狂夫问闲事,不知
歌舞用黄金。

## 孤松吟酬浑赞善

深山荒松枝,雪压半离披。朱门青松树,万叶承一作乘清露。露重
色逾鲜,吟风似远泉。天寒香自发,日丽影常圆。阴郊一夜雪,榆
柳皆枯折。回首望君家,翠盖满琼花。捧君青松曲,自顾同衰木。
曲罢不相亲,深山头白人。

## 从军行 一作李端诗,题云塞上。

二十在边城,军中得勇名。卷旗收一作争败马,占一作断碛拥一作护残
兵。覆阵乌鸢起,烧山草木明一作鸣。塞闲思远猎,师老厌分营。
雪岭无人迹,冰河足雁声。李陵甘此没,惆怅汉公卿。

## 和马郎中画鹤赞

高高华亭,有鹤在屏。削玉点漆,乘轩姓丁。暮云冥冥,双垂雪翎。
晨光炯炯,一直朱顶。含音俨容,绝粒遗影。君以为真,相期缑岭。

## 送朝长史赴荆南旧幕 末二句缺

元瑜思旧幕,几夜梦旌旄。暑退兼葭雨,秋生鼓角天。月明三峡

路,浪里九江船。□□□□□,□□□□□。

## 送渭南崔少府归徐郎中幕 <sub>第七句缺</sub>

叶下山边路,行人见自悲。夜寒逢雪处,日暖到村时。语少心长苦,愁深醉<sub>一作意</sub>自迟。□□□□□,羡有幕中期。

## 寄郑七纲

小来落托复迍邅,一辱君知二十年。舍去形骸容傲慢,引随兄弟共团圆。羁游不定同云聚,薄宦相萦若网牵。他日吴公如记问,愿将黄绶比青毡。

## 逢南中使因寄岭外故人

见说南来处,苍梧接桂林。过秋天更暖,边<sub>一作近</sub>海日长阴。巴路缘云出,蛮乡入洞深。信回人自老,梦到月应沉。碧水通春色,青山寄远心。炎方难久客,为尔一沾襟<sub>一作莫使鬓毛侵</sub>。

## 代员将军罢战后归旧里
### 赠朔北<sub>一作地</sub>故人 <sub>一作常衮诗</sub>

结发事疆场,全生俱到<sub>一作到海</sub>乡。连云防铁岭,同日破渔阳。牧马胡天晚<sub>一作晓</sub>,移军碛路长。枕戈眠古戍,吹角立繁霜。归老勋仍在,酬恩虏<sub>一作虑</sub>未亡<sub>一作忘</sub>。独行<sub>一作愁</sub>过邑里,多病对农桑。雄剑依尘橐<sub>一作席</sub>,阴<sub>一作兵</sub>符寄药囊。空馀麾下将<sub>一作士</sub>,犹逐羽林郎。

## 江北忆崔汶

夜问江西客,还知在楚乡。全身出部伍,尽室逐渔商。晴日游瓜步,新年对汉阳。月昏惊浪白,瘴起觉云黄。望岭家何处,登山泪几行。闽中传有雪,应且住南康。

## 早春归盩厔旧居<small>一作别业</small>
## 却寄耿拾遗沣李校书端

野日初晴麦垄分,竹园相接<small>一作村巷</small>鹿成群。几<small>一作万</small>家废井生青<small>一作秋,一作新</small>草,一树繁花傍<small>一作对</small>古坟。引水忽惊冰满涧,向田空见石和云。可怜荒<small>一作芳</small>岁青山下<small>一作里</small>,惟有松枝好寄<small>一作寄与君</small>君。

## 春日山中忆崔峒吉中孚 <small>一作寄李舍人</small>

延步爱清晨,空山日照春。蜜房那有主,石室自无邻。泉急鱼依藻,花繁鸟近人。谁言失徒侣,唯与老相亲。

## 客舍喜崔补阙司空拾遗访宿

步月访诸邻,蓬居宿近臣。乌<small>一作弊</small>裘先醉客,清镜早朝人。坏壁烟垂网,香街火照尘。悲荣俱是分,吾亦乐吾贫。

## 苦雨闻包谏议欲见访戏赠

草气厨烟咽不开,绕床连壁尽生苔。常时多病因多雨,那敢烦君车马来。

## 客舍苦雨即事寄钱起郎士元二员外

积雨暮凄凄,羁人状鸟<small>一作独自栖</small>栖。响空宫树接,覆水野云低。穴蚁多随草,巢蜂半坠泥。绕池墙薜合,拥溜瓦松齐。旧圃平如海,新沟曲似溪。坏阑留众蝶,敧栋止<small>一作上</small>群鸡。莠盛终无实,槎枯返<small>一作遂</small>有荑。绿萍藏废井,黄叶隐危堤。闾里欢将绝,朝昏望亦迷。不知霄汉侣，何路可相携<sub></sub>一作事攀跻。

## 郊居对雨寄赵涓给事包佶郎中

暑雨青山里，随风到野居。乱沤浮曲砌，悬溜响一作滴前除。尘镜
愁多掩，蓬头懒更梳。夜窗凄枕席，阴壁润图书。萧飒宜一作移新
竹，龙钟拾野蔬。石泉空自咽，药圃不堪锄。浊水淙深辙，荒兰拥
败渠。繁枝留宿鸟，碎浪出寒一作隐游，一作隐行。鱼。桑屐一作履时
登望，荷衣自卷舒。应怜在泥滓，无路托高车。

## 蓝溪期萧道士采药不至

春风生百药一作草，几处术苗香。人远花空落，溪深日复长。病多
知药性，老近忆仙方。清一作青节何由见，三山桂自芳。

## 雪谤后书事上皇甫大夫

盛德总群英，高标仰国桢。独安巡狩日，曾掩赵张名。业就难辞
宠，朝回更授兵。晓川分牧马，夜雪覆连营。长策威殊俗，嘉谋翊
圣明。画图规阵势，梦笔纪山行。绶拂池中影，珂摇竹外声。赐欢
征妓乐，陪醉问一作见公卿。却忆经前事，翻疑得此生。分深存没
感，恩在子孙荣。览镜愁将老，扪心喜复惊。岂言沈族重，但觉杀
身轻。有泪沾坟典，无家集弟兄。东西遭世难，流浪识交情。阅古
宗文举，推才慕正平。应怜守贫贱，又欲事躬耕。

## 春日忆司空文明

桃李风多日欲阴，百劳飞处落花深。贫居静久难逢信，知隔春山不
可寻。

## 卧病寓居龙兴观枉冯十七著
## 作书知罢摄洛阳赴缑氏因题十
## 四韵寄冯生并赠乔尊师 时予罢推官

乞假依山宅，蹉跎属岁周。弱荑轻采拾，钝质称归休。潘岳衰将至，刘桢病未瘳。步迟乘羽客，起晏滞书邮。幸以编方验，终贻骨肉忧。灼龟炉气冷，曝药树阴稠。语命心堪醉，伤离梦亦愁。荤膻居已绝，鸾鹤见无由。世累如尘积，年光剧水流。蹑云知有路，济海岂无舟。倚玉翻成难，投砖敢望酬。卑栖君就禄，赢惫我逢秋。腐叶填荒辙，阴萤出古沟。依然在遐想，愿子励风猷。

### 秋夜寄冯著作

河汉净无云，鸿声此夜闻。素心难—作虽比石，苍鬓欲如君。露槿月中落，风萤池上分。何言千—作十载友，同迹不同群。

## 洛阳早春忆吉中孚校书司
## 空曙主簿因寄清江上人

值迥逢高驻马频，雪晴闲看洛阳春。莺声报远同芳信，柳色邀欢似故人。酒貌昔将花共艳，鬓毛今与草争新。年来百事皆无绪，唯与汤师结净因。

### 偶逢姚校书凭附书达河南郐推官因以戏赠

寄书常切到常迟，今日凭君君莫辞。若—作君问玉人殊易识，莲花府里最清赢。

## 夜中得循州赵司马侍郎书因寄回使

瘴海寄双鱼,中宵达我居。两行灯下泪,一纸岭南书。地说炎蒸极,人称老病馀。殷勤报一作祝贾傅,莫共酒杯疏。

## 晚次新丰北野老家书事呈赠韩质明府

机鸣春响日暾暾,鸡犬相和汉古村。数派清泉黄菊盛,一林寒露紫梨繁。衰翁正席矜新社,稚子齐襟读古论。共说年来但无事,不知何者是君恩。

## 书情上大尹十兄

紫陌绝纤埃,油幢千骑来。剖辞纷若雨,奔吏殷成雷。圣泽初忧壅,群心本在台。海鳞方泼剌,云翼暂徘徊。芳室芝兰茂,春蹊桃李开。江湖馀派少,鸿雁远声哀。命厌蓍龟诱,年惊弟侄催。磨铅惭砥砺,挥策愧驽骀。玉管能喧谷,金炉可变灰。应怜费思者,衔泪亦衔枚。

## 春思贻李方陵　一本无陵字

长安三月春,难别复难亲。不识冶游伴,多逢憔悴人。渐知欢澹薄,转觉老殷勤。去矣尽如此,此辞悲未陈。

## 驿中望山戏赠渭南陆赞主簿

官微多惧事多同,拙性偏无主驿功。山在门前登不得,鬓毛衰尽路一作落尘中。

## 太白西峰偶宿车祝二尊师
## 石室晨登前巘凭眺书怀即事
## 寄呈凤翔齐员外张侍御 一作郎

弱龄诚昧鄙,遇胜惟求止。如何羁滞中,得步青冥里。青冥有桂丛,冰雪两仙翁。毛节未归海,丹梯闲倚空。逍遥拟上清,洞府不知名。醮罢雨雷至,客辞山忽明。山明鸟声乐,日气生岩一作石壑。岩一作石壑树修修,白云如水流。白云消散尽,陇塞俨然秋。积阻关河固,绵联烽戍稠。五营承庙略,四野失边愁。吁嗟系尘役,又负灵仙迹。芝术自芳香,泥沙几沉溺。书此欲沾衣,平生事每违。烟霄不可仰,鸾鹤自追随。

## 赠 韩 山 人

见君何事不惭颜,白发生来未到山。更叹无家又无药,往来唯在酒徒间。

## 赠 李 果 毅

向日磨金镞,当风著锦衣。上城邀贼语,走马截雕飞。

## 春日书情赠别司空曙

壮志随年尽,谋身意一作独, 作觅,一作竟。未安。风尘交契阔一作绝,老大别离难。腊近晴多暖,春迟夜却寒。谁堪一作怜少兄弟,三十又一作复无官一作五十未为官。

## 冬晓呈邻里

终夜寝衣冷,开门思曙光。空阶一丛叶,华室四邻霜。望阙觉天迥,忆山愁路荒。途中<sub>一作中途</sub>一留滞,双鬓飒然苍。

## 首冬寄河东昭德里书事贻郑损仓曹

清冬和暖天,老钝昼多眠。日爱闾巷静,每闻官吏贤。寒蓝供家食,腐叶<sub>一作药</sub>宿厨烟。且复执杯酒,无烦轻议边。

## 浑赞善东斋戏赠陈归

长裾珠履飒轻尘,闲以琴书列上宾。公子无雠可邀请,侯嬴此坐是何人。

## 春日卧病示赵季黄 时陷在贼中

病中饶泪眼常昏,闻说花开亦闭门。语少渐知琴思苦,卧多唯觉鸟声喧。黄埃满市图书贱,黑雾连山虎豹尊。今日支离顾形影,向君凡在几重恩。

## 秋幕中夜<sub>一作幕中秋度</sub>独坐迟明因陪陈翃郎中晨谒上公因<sub>一作聊</sub>书即事兼呈同院诸公

风凄露泫然,明月在山巅。独倚古庭树,仰看深夜天。叶翻萤不定,虫思草无边。南舍机杼发,东方云景鲜。簪裘肃已整,车骑俨将前。百雉拱双戟,万夫尊一贤。琳琅多谋蕴,律吕更相宣。晓桂香浥露,新鸿晴满川。熙熙造化功<sub>一作功化</sub>,穆穆唐尧年。顾己草同贱,誓心金匮坚。蹇辞惭自寡,渴病老难痊。书此更何问,边韶唯昼眠。

## 寄赠库部王郎中 时充折籴使

谔谔汉名臣,从天令若春。叙辞皆诏旨,称宦一作使即星辰。草木
承风偃,云雷施泽均。威惩治粟尉,恩洽让田人。泉货方将散,京
坻自此陈。五营俱益灶,千里不停轮。未远金门籍,旋清玉塞尘。
硕儒推庆重,良友一作史颂公一作功频。鹤发逢新镜,龙门跃旧鳞。
荷君偏有问,深感浩难申。

## 寄赠畅当山居

古村荒石路,岁晏独言归。山雪厚三尺,社榆粗十围。虬龙宁守
蛰,鸾鹤岂矜飞。君子固安分,毋听劳者讥。

## 偶宿山中忆畅当

深山夜雪晴,坐忆晓山明。读易罢三卷,弹琴当五更。薜萝枯有
影,岩壑冻无声。此夕一相望,君应知我诚。

## 秋中野望寄舍弟绥兼令呈上西川尚书舅

忧来思远望,高处殊非惬。夜露湿苍山,秋陂满黄叶。人随雁迢
递,栈与云重叠。骨肉暂分离,形神遂疲苶。红旌渭阳骑,几日劳
辇涉。蜀道蔼松筠,巴江盛舟楫。小生即何限,简牍偏盈箧。旧恨
尚填膺,新悲复萦睫。因求种瓜利,自喜归耕捷。井臼赖依邻,儿
童亦胜汲一作妓。尘容不住照,雪鬓那堪镊。唯有餐霞心,知夫一作
未与天接。

## 行药前轩呈董山人

不觉老将至,瘦来方自惊。朝昏多病色,起坐有劳声。膝暖一作体

缓苦肌一作睛痒,藏虚唯耳鸣。桑公富灵术,一为保馀生。

# 玩春因寄冯卫二补阙戏呈

## 李益 时君与李新除侍御史

掖垣春色自天来,红药当阶次第开。萱草丛丛尔何物,等闲穿破绿
莓苔。

# 新移北厅因贻同院诸公兼呈畅博士

华轩迩台座,顾影忝时伦。弱质偃弥旷,清风来亦频。恩辉坐凌
迈,景物恣芳新。终乃愧吾友,无容私此身。

# 与张擢对酌

张翁对卢叟,一榼山村酒。倾酒请予歌,忽蒙张翁呵。呵予官非
屈,曲有怨词多。歌罢谢张翁,所思殊不同。予悲方为老,君责一
何空。曾看乐官录,向是悲翁曲。张老闻此词,汪汪泪盈目。卢叟
醉言粗,一杯凡数呼。回头顾张老,敢欲戏为儒。

# 喜从弟激初至

儒服策羸车,惠然过我庐。叙年惭已长,称从意何疏。作吏清无
比,为文丽有馀。应嗤受恩者,头白读兵书。

# 寻贾尊师

玉洞秦时客,焚香映绿萝。新传左慈诀,曾与右军鹅。井臼阴苔
遍,方书古字多。成都今日雨,应与酒相和。

## 秋中过独孤郊居 即公主子

开<sub>一作闲</sub>园过水到郊居，共引家童拾野蔬。高树夕阳连古巷，菊花梨叶满荒渠。秋山近处行过寺，夜雨寒时起读书。帝里诸亲别来久，岂知王粲爱樵渔。

## 同耿拾遗春中题第四郎新修书院 一作同钱员外春中题薛载少府新书院

得接西园会，多因野性同。引藤连树影，移石<sub>一作柏</sub>间花丛。学就晨昏外，欢生礼乐中。春游随墨客，夜宿伴潜公。散帙灯惊燕，开帘月带风。朝朝在门下，自与五侯通。

## 春日题杜叟山下别业

白鸟群飞山半晴，渚田相接有泉声。园中晓露青丛合，桥上春风绿野明。云影断来峰影出，林花落尽草花生。今朝醉舞同君乐，始信幽人不爱荣。

## 过终南柳处士

五<sub>一作一</sub>老正相寻，围棋到煮金。石摧丹井闭，月过洞门深。猿鸟三时下，藤萝十里阴。绿泉多草气，青壁少花林。自愧非仙侣，何言见道心。悠哉宿山口，雷雨夜沈沈。

## 宿澄上人院

竹窗闻远水，月出似溪中。香覆经年火，幡飘后夜风。性昏知道晚，学浅喜言同。一悟归身处，何山路不通。

# 题李沆林园

古巷牛羊出,重门接柳阴。闲看入竹路,自有向山心。种药齐幽石,耕田到远林。愿同词赋客,得兴一作与谢家深。

# 全唐诗卷二七九

## 卢　纶

### 过司空曙村居

南北与山邻,蓬庵庇一身。繁霜疑有雪,枯草似无人。遂性在一作
存耕稼,所交唯贱贫。何言张掾傲,每重德璋亲。

### 题念济寺晕上人院

泉响竹潇潇,潜公居处遥。虚空闻偈夜,清净雨花朝。放鹤临山
阁,降龙步石桥。世尘徒委积,劫火定焚烧。苔壁云难聚,风篁露
易摇。浮生亦无著,况乃是芭蕉。

### 题杨虢县竹亭

夜宿密公室,话馀将昼兴。绕阶三径雪,当户一池冰。家训资风
化,心源隐政能。明朝复何见,莱一作叶草古沟塍。

### 过楼观李尊师 一作过李尊师院

城阙望烟霞,常悲仙路赊。宁知樵子径,得到葛洪家。犬吠松间
月,人行洞里花。留诗千岁一作载鹤,送客五云车。访一作傲世山空
在,观棋日未斜。不知尘俗士,谁解种胡麻。

## 雪谤后逢李叔度

相逢空握手,往事不堪思。见少情难尽,愁深语自迟。草生分路处,雨散出山时。强得宽离恨,唯当说后期。

## 春日过李侍御 一作郎

高柳满春城,东园有鸟声。折花朝露滴,漱石野泉清。心许陶家醉,诗逢谢客呈。应怜末行吏,曾是鲁诸生。

## 出山逢耿沣

云雪离披山一作千万里,别来曾住最高峰。暂到人间归不得,长安陌上又相逢。

## 题金吾郭将军石伏茅堂 一作常衮诗

云戟曙沈沈,轩墀清且深。家传成栋美,尧宠结茅心。玉佩多依石,油幢亦在林。炉香诸洞暖,殿影众山阴。草奏风生笔,筵开雪满琴。客从龙阙至,僧自虎溪寻。萧洒延清赏,风流会素襟。终朝息尘步,一醉间华簪。

## 题贾山人园林

竹影朦胧松影长,素琴清箪好风凉。连春诗会烟花满,半夜酒醒兰蕙香。五字每将称玉友,一尊曾不顾金囊。长沙流谪君非远,莫遣英名负洛阳。

## 秋夜同畅当宿藏公院

礼足一垂泪,医王知病由。风萤方喜夜,露槿已伤秋。顾以儿童一作童子爱,每从仁者求。将祈一作来竟何得,灭迹在缁流。

## 重同畅当奘公院闻琴

误以音声祈远公,请将徽轸付秋风。漾漾硖流吹不尽,月华如在白波中。

## 同耿沣宿陆澧旅舍

当轩云月开,清夜故人杯。拥褐觉霜下,抱琴闻雁来。迎风君顾步,临路我迟回。双鬓共如此,此欢非易陪。

## 题苗员外竹间亭

高甃绝行尘,开帘似有春。风倾竹上雪,山对酒边人。步暖先逢日,书空远见邻。还同内斋暇,登赏及诸姻。

## 奉陪侍中登白楼 一作奉陪浑侍中五日登白鹤楼

高楼倚玉梯,朱槛与云齐。顾盼亲一作临霄汉,谈谐息鼓鼙。洪河斜一作回更直,野雨急仍低。今日陪尊俎,唯当一作还应醉似泥。

## 九日奉陪侍郎 一作陪浑侍中登白楼

碧霄孤鹤发清音,上宰因添望阙心。睥睨三层连步障,茱萸一朵映华簪。红霞似绮河如带,白露团珠菊散金。此日所从何所问,俨然冠剑一作盖拥成林。

## 春日喜雨奉和马侍中宴白楼

鹳鹤相呼绿野宽,鼎臣闲倚玉栏干。洪河拥沫流仍急,苍岭和云色更寒。艳艳风光呈瑞岁,泠泠歌颂振雕盘。今朝醉舞共一作同乡老，不觉倾—作颖敧—作斜獬豸冠。

## 奉陪侍中游石笋溪十二韵

朝日照灵山，山溪浩纷错。图书无旧记，鲧禹应新凿。双壁泻天河，一峰吐莲萼。潭心乱雪卷，岩腹繁珠落。彩蛤攒锦囊，芳萝袅花索。猿群曝阳岭，龙穴腥阴壑。静得渔者言，闲闻洞仙博。敧松倚朱幰，广石屯油幕。国泰事留侯，山春纵康乐。间关殊状鸟，烂熳无名药。欲验少君方，还吟大隐作。旌幢不可驻，古塞新沙漠。

## 九日奉陪侍中宴白—本有鹤字楼

露白菊氛氲，西楼盛袭—作宠盛文。玉筵秋令节，金钺汉元勋。说剑风生座，抽琴鹤绕云。谀儒无以答，愿得备前军。

## 九日奉陪侍中宴后亭

玉壶倾菊酒，一顾得淹留。彩笔征枚叟，花筵舞莫愁。管弦能驻景，松桂不停秋。为谢蓬蒿辈，如何霜霰稠。

## 九日奉陪令公登白楼同咏菊

琼尊犹有—作有仙菊，可以献留侯。愿比三花秀，非同百卉秋。金英分蕊—作叶细，玉露结房稠。黄雀知恩在，衔飞亦上楼。

## 奉陪浑侍中上巳日泛渭河

青—作素舸锦帆开，浮天接上台。晚莺和玉笛，春浪动金罍。舟楫方朝海，鲸鲵自曝腮。应怜似萍者，空逐榜人回。

## 奉陪侍中春日过武安君庙

长裾间貔虎，遗庙盛攀登。白羽三千骑，红林一万层。元臣达幽契，祝史告明征。抚坐悲今古，瞻容感废兴。回风卷丛柏，骤雨湿诸陵。倏忽烟花霁，当营看月生。

## 过玉〔真〕(贞)公主影殿

夕照临一作闲窗起暗尘，青松绕一作锁殿不知春。君看白发诵经者，半是宫中歌舞人。

## 题嘉祥殿南溪印禅师壁画影堂

双屟一作屦参差锡杖斜，衲衣交膝对天花。瞻容一作空悟问修持劫，似指前溪无数沙。

## 题 伯 夷 庙

中条山下黄礓石，垒作夷齐庙里神。落叶满阶尘满座，不知浇酒为一作是何人。

## 早春游樊川野居却寄李端校书兼呈崔峒补阙司空曙主簿耿沣拾遗

白水遍沟塍，青山对杜陵。晴明人望鹤，旷野鹿随僧。古柳连巢折，荒堤带草崩。阴桥全覆雪，瀑一作深溜半垂冰。斗鼠摇松影，游龟落石层。韶光偏不待，衰败巧相仍。桂树曾争折，龙门几共登。琴师阮校尉，诗和柳吴兴。舐笔求书扇，张屏看画蝇。卜邻空遂约,问卦独无征。投足经危路,收才遇直绳。守农穷自固,行乐病何能。掩帙蓬蒿晚,临川景气澄。飒然成一叟,谁更慕鸶腾。

## 同钱郎中晚春过慈恩寺

不见僧中旧,仍逢雨后春。惜花将爱寺,俱是白头人。

## 曲 江 春 望

菖蒲翻叶柳交枝,暗上莲舟鸟不知。更到无花最深处,玉楼金殿影参差。

翠黛红妆画鹢中,共惊云色带微风。箫管曲长吹未尽,花南水北雨濛濛。

泉声遍野入芳洲,拥沫吹花草上一作上碧流。落日一作二月行人渐无路,巢乌一作蜂乳燕满高楼。

## 春日陪李庶子遵善寺东院晓望

映竹水田分,当山起雁群。阳峰高对寺,阴井下通云。雪昼一作尽唯逢鹤,花时此见君。由来禅诵地,多有谢公文。

## 华 清 宫

汉家天子好经过,白日青山宫殿多。见说只今生草处,禁泉荒石已相和。

水一作天气朦胧满一作暖画梁,一回开殿满山香。宫娃几许经歌舞,白首翻令忆建章。

## 题兴善寺后池

隔窗栖白鹤一作鸟,似与镜湖邻。月照何年树,花逢几遍一作世,一作番,一作度。人。岸莎青有路,苔径一作径石绿无尘。永愿容依止,僧一作山中老此身。

## 陪中书李纾舍人夜泛东池

看月复听琴,移舟出树阴。夜村机杼急,秋水芰荷深。石静龟潜上,萍开果一作叶暗沉。何言奉杯酒一作杯酒兴,得见五湖心。

## 宴赵氏昆季书院因与会文并率尔投赠

诗礼挹馀波,相欢在琢磨。琴尊方会集,珠玉忽骈罗。谢族风流盛,于门福庆多。花攒骐骥枥,锦绚凤凰窠。咏雪因饶妹,书经为爱鹅。仍闻广练被,更有远儒过。

## 题 天 华 观

峰嶂徘徊霞景新,一潭寒水绝纤鳞。朱字灵书千万轴一作卷,苍髯道士两三人。芝童解说壶中事,玉管能留天上春。眼见仙丹求不得,汉家簪绂一作绶在羸身。

## 宿 石 瓮 寺

殿有寒灯草有萤,千林万壑寂无声。烟凝积水龙蛇蛰,露湿空山星汉明。昏霭雾中悲世界,曙霞光里见王城。回瞻相好因垂泪,苦海波涛何日平。

## 题 悟 真 寺

万峰交掩一峰开,晓色常从天上来。似到西方诸佛国,莲花影里数楼一作层台。

## 题云际寺上方

松高萝蔓轻,中有石床平。下界水长急,上方灯自明。空门不易
启,初地本无程。回步忽山尽,万缘从此生。

## 九日同司直九叔崔侍御登宝鸡南楼

把菊叹将老,上楼悲未还。短长新白发,重一作稠叠旧青山。霜气
清襟袖,琴声引醉颜。竹林唯七友,何幸亦登攀。

## 同王员外雨后登开元寺
## 南楼因寄西岩警一作昙上人

过雨开楼看晚虹,白云相逐水相通。寒蝉噪暮野无日,古树伤秋天
有风。数穗远烟凝垄上,一枝繁果忆山中。何言暂别东林友,惆怅
人间事不同。

## 同赵进马元阳春日登长春宫
## 古城望河中因寄郑损仓曹　损,进马之舅。

城头春霭晓濛濛,指望关桥满袖风。云骑闲嘶宫柳外,玉人愁立草
花中。钟分寺路山光绿,河绕军州日气红。迹忝已成一本此二字缺
方恋赏,此时离恨与君同。

## 同崔峒补阙慈恩寺避暑

寺凉高树合,卧石绿阴中。伴鹤惭仙侣,依僧学老翁。鱼沉荷叶
露,鸟散竹林风。始悟尘居者,应将火宅同。

## 春日登楼有怀

花正浓时人正愁，逢花却欲替花羞。年来笑伴皆归去，今日晴明一作春风独上楼。

## 长　安　春　望

东风吹雨过青山，却望千门草一作柳色闲。家在梦中何日到，春生一作归，又作来。江上几人还。川原缭绕浮云外，宫阙参差落照间。谁念为儒逢世难一作多失意，独将衰鬓客秦关。

## 冬日登城楼有怀因赠程腾

生涯何事多羁束，赖此登临畅心目。郭南郭北无数山，万井逶迤流水间。弹琴对酒不知暮，岸帻题诗身自一作旦闲。风声肃肃雁飞绝，云色茫茫欲成雪。遥思海客天外归，坐想征人两头别。世情多以一作似风尘隔，泣尽无因画一作对筹策。谁知白首窗下人，不接朱门坐中客。贱亦不足叹，贵亦不足陈。长卿未遇杨朱泣，蔡泽无媒原宪贫。如今万乘方用武，国命天威借貔虎。穷达皆为身外名，公侯可废刀头取。君不见汉家边将在边庭，白羽三千出井陉。当风看猎拥珠翠，岂在终年穷一经。

## 过　仙　游　寺

上方下方雪中路，白云流水如闲步一作闲数步。数峰行尽一作峰到尽时犹未归，寂寞经声竹阴暮。

## 同路郎中韩侍御春日题野寺

寺前山远古陂宽，寺里人稀一作移春草寒。何事最堪悲色相，折花将与老僧看。

### 奉和李益游栖岩寺 一作登西岩寺，一作常衮诗。

林香雨气新，山寺绿无尘。遂结云外赏一作侣，共游天上春。鹤鸣
金阙一作阁丽，僧语一作话竹房邻。待月水流急，惜花风起频。何方
非坏境，此地有归人。回首空门路，皤一作皓然一幻身。

### 秋夜同畅当宿潭上西亭

圆月出山头，七贤林下游。梢梢寒叶坠，滟滟月波流。凫鹄共思
晓，菰蒲相与秋。明当此中别，一为望汀洲。

### 山　中　一　绝

饥食松花渴饮泉，偶从山后到山前。阳坡软草厚如织，因一作闲与
鹿麛相伴眠。

### 与畅当夜泛秋潭

萤火飏莲丛，水凉多夜风。离人将落叶，俱在一船中。

### 秋夜宴集陈翃一作雄郎中圃
### 亭美校书郎张正元归乡

泉清兰菊稠，红果落城沟。保庆台榭古，感时琴瑟秋。硕儒欢颇
至，名士礼能周。为谢邑中少，无惊池上鸥。

### 春　游　东　潭

移舟试望家，漾漾似天涯。日暮满潭雪，白鸥和柳花。

## 同薛存诚登栖岩寺

衰蹇步难前,上山如上天。尘泥来自晚,猿鹤到何先。万壑应孤磬,百花通一泉。苍苍此明月,下界正沉眠。

## 河中府崇福寺看花

闻道山花如火红,平明登寺已经风。老僧无见亦无说,应与看人心不同。

## 冬日宴郭监林亭

玉勒聚如云,森森鸾鹤群。据梧花罥接,沃盥石泉分。华味惭初识,新声喜尽闻。此山招老贱,敢不谢夫君。

## 奉和李舍人昆季咏玫瑰花寄
### 赠徐侍郎 一作郎中,一作常衮诗。

独鹤寄烟霜,双鸾思晚芳。旧阴依谢宅,新艳出萧一作丘墙。蝶散一作起摇轻露,莺衔入夕阳。雨朝胜濯锦,风夜剧焚香。断一作丽日一作烧千层一作重艳,孤霞一一作万片光。密来惊叶少,动处觉枝长。布影期高赏,留春为远方。尝闻赠琼玖,叩和愧升一作登堂。

## 同耿沣司空曙二拾遗题韦员外东斋花树

绿砌红花树,狂风独木吹。光中疑有焰,密处似无枝。鸟动香轻发,人愁影屡移。今朝数片落,为报汉郎知。

## 观袁修一作傪侍郎一作崔郎中涨新池

引水香一作春山近,穿云复绕林。才闻篱外响,已觉石边深。满处侵苔色，澄来见柳阴。微风月明夜，知有五湖心。

## 和徐法曹赠崔洛阳斑竹杖以诗见答

玉干一寻馀，苔花锦不如。劲堪和醉倚，轻好向空书。采拂稽山曲，因依释氏居。方辰将独步，岂与此君疏。

## 早一作仲秋望华清宫中树因以成咏 一作常衮诗

可怜云木丛，满禁碧濛濛。色润灵一作虚泉近，阴清辇路通。玉坛标八桂，金井识双桐。交映凝寒露，相和起夜风。数枝盘石上，几叶落云中。燕拂宜秋霁，蝉鸣觉昼空。翠屏更隐见，珠缀共玲珑。雷雨生成早，樵苏禁令雄。野藤高助绿，仙果迥呈红。惆怅缭垣暮，兹山闻暗蛩。

## 小鱼咏寄泾州杨侍郎

莲花影里暂相离，才出浮萍值罟师。上得龙门还失浪，九江何处是归期。

## 贼中与严越卿曲江看花

红枝欲折紫枝殷一作繁，隔水连宫不用攀。会待长风吹落尽，始能开眼向青山。

## 同畅当咏蒲团

团团锦花结，乃是前溪蒲。拥坐称儒褐，倚眠宜病夫。唯当学禅寂，终老与之俱。

## 焦篱店醉题 时看弄邵翁伯

洛下渠头百卉新，满筵歌笑独伤春。何须更弄邵一作却翁伯，即我此身如此人。

## 陈翃中丞东斋赋白玉簪

美矣新成太华峰，翠莲枝折叶重重。松阴满涧闲飞鹤，潭影通云暗上龙。漠漠水香风颇馥，涓涓乳溜味何浓。因声远报浮丘子，不奏登封时不容。

## 新茶咏寄上西川相公
## 二十三舅大夫二十舅

三献蓬莱始一尝，日调金鼎阅芳香。贮之玉合才半饼，寄与阿连一作谁题数行。

## 泊扬子江岸

山映一作影南徐暮，千帆入古一作吉津。鱼惊出浦火，月照渡江人。清镜催双鬓，沧波寄一身。空怜莎草色，长接故园春。

## 晚次鄂州 至德中作

云开远见汉阳城，犹是孤帆一日程。估客昼眠知浪静，舟人夜语觉潮生。三湘衰一作愁鬓逢秋色，万里归心对月明。旧业已随征战尽，更堪江上鼓鼙声。

## 夜投<small>一本有终南二字</small>丰德寺
## 谒海<small>一作液</small>上人<small>一作李端诗</small>

半夜中峰有磬声,偶逢樵者问山名。上方月晓闻僧语<small>一作话</small>,下路<small>一作界</small>林疏见客行。野鹤巢边松最老,毒龙潜处水偏清。愿得远公知姓字,焚香洗钵过浮生。

## 江行次武昌县

家寄五湖间,扁舟往复还。年年生白发,处处上青山。去国空知远,安身竟不闲。更悲江畔柳,长是北人攀。

## 夜泊金陵

圆月出高城,苍苍照水营。江中正吹笛,楼上又无更。洛下仍传箭,关西欲进兵。谁知五湖外,诸将但<small>一作将吏更</small>争名。

## 渡浙江

前船后船未相及,五两头平北风急。飞沙卷地日色昏,一半征帆浪花<small>一作潮浪湿</small>。

# 全唐诗卷二八〇

## 卢 纶

### 李端公 一作严维诗,题作送李端。

故关衰草遍,离别自一作正堪悲。路出寒云外,人归暮雪时。少孤为客早一作惯,多难识君迟。掩泪空相向,风尘何处期。

### 秋晚山中别业

树老野泉清,幽人好独行。去闲知路静,归晚喜山明。兰茇通荒井,牛羊出古城。茂陵秋最冷一作晚,谁念一书生。

### 关口逢徐迈

废寺连荒垒,那知见子真。关城夜有雪,冰渡晓无人。酒里唯多一作移病,山中愿作邻。常闻兄弟乐,谁肯信一作唯见谢家贫。

### 山中咏古木

高木已萧索,夜雨复秋风。坠叶鸣丛一作荒竹,斜根拥断蓬。半侵山色一作影里,长在水声中。此地何人到,云门去一作间路亦通。

## 酬李端公<sub>一本无端字</sub>野寺病居见寄

野寺钟昏<sub>一作昏钟</sub>山正阴, 乱藤高竹<sub>一作下</sub>水声深。田夫就饷还依草, 野雉惊飞不过林。斋沐暂思同静室, 清羸已觉助禅心。寂寞日长谁问疾, 料君惟取古方寻。

## 送少微上人游蜀

瓶钵绕禅衣, 连宵宿翠微。树开巴水远, 山晓蜀星稀。识遍中朝贵, 多谙外学非。何当一传付, 道侣愿知归。

## 送宁国夏侯丞

楚国青芜上, 秋云似白波。五湖长路少, 九派乱<sub>一作断</sub>山多。谢守通诗宴, 陶公许醉过。怃然<sub>一作无钱</sub>饯离阻, 年鬓两蹉跎。

## 送 袁 偁

谏猎名空久, 多因病与贫。买书行几市, 带雨别何人。客路山连水, 军州日映尘。凄凉一分手, 俱恨老相亲。

## 赠 别 李 纷

头白乘驴悬布囊, 一回言别泪千行。儿孙满眼无归处, 唯到尊前似故乡。

## 罪<sub>一作非</sub>所送苗员外上都

谋身当议罪, 宁遣友朋闻。祸近防难及, 愁长事<sub>一作思</sub>未分。寂寥惊远语, 幽闭望归云。亲戚如相见, 唯应泣向君。

## 送李校书赴东川幕

泥坂望青城，浮云与栈平。字形知国号，眉势识山名。编简尘封阁，戈铤雪照营。男儿须聘用，莫信笔堪耕。

## 至德中赠内兄刘赞

时难访亲戚，相见喜还悲。好学年空在，从戎事已迟。听琴泉落处，步履雪深时。惆怅多边信，青山共有期。

## 春日灞亭同苗员外寄皇甫侍御 一作庾侍郎

坐见春云暮，无因报所思。川平人去远，日暖雁飞迟。对酒山长在，看花鬓自衰。谁堪登灞岸，还作旧一作异乡悲。

## 送颜推官游银夏谒韩大夫

丛篁一作杯叫寒笛，满眼塞山青。才子尊前画，将军石上铭。猎声云外响，战血雨中腥。苦乐从来事，因君一涕零。

## 咸阳送房济侍御归太原幕 昔尝与济同游此邑

旧居无旧邻，似见故乡一作园春。复对别离酒，欲成衰老人。客衣频染泪，军旅亦多尘。握手重相勉，平生心所因。

## 宝泉寺送李益端公归邠宁幕

参差岩障东，云日晃龙宫。石净非因雨，松凉不为风。恋泉将鹤并，偷果与猿同。眼界尘虽染，心源蔽一作路已通。莲花国何限，贝叶字无穷。早晚登麟阁，慈门欲付公。

## 送何召下第后归蜀

褒斜行客过，栈道响危空。路湿云初上，山明一作暄日正中。水程
通海货，地利杂吴风。一别金门远，何人复荐雄。

## 宿定陵寺 寺在陵内

古塔荒台出禁墙，磬声初尽漏声长。云生紫殿幡花湿，月照青山松
柏香。禅室夜闻风过竹，奠筵朝启露沾裳。谁悟威灵同寂灭，更堪
砧杵发昭阳。

## 送彭开府往云中觐使君兄

一门三代贵，非是主恩偏。破虏山铭在，承家剑艺全。夺旗貂帐
侧，射虎雪林前。雁塞逢兄弟，云州发管弦。冻河光带日，枯草净
无烟。儒者曾修一作亲武，因贻上将篇。

## 送 李 缃

旧国仍连五将营，儒衣何处谒公卿。波翻远水兼葭动，路入寒村机
杼鸣。嵇康书论多归兴，谢氏家风有学名。为问西来雨中客，空山
几处是前程。

## 送内弟韦宗仁归信州觐省

常嗟外族弟兄稀，转觉心孤是送归。醉掩壶觞人有泪，梦惊波浪日
一作愁穿魂梦月无辉。烹鱼绿岸烟浮一作迷草，摘一作采橘青溪露湿衣。
闻说江楼长卷幔，几回风起望胡威。

## 长安疾后首秋夜即事 一作陈羽诗

九重深锁禁城秋,月过南宫渐映楼。紫陌夜深槐露滴,碧空云尽火星流。清风刻漏传三殿,甲第歌钟乐五侯。楚客病来乡思苦,寂寥灯下不胜愁。

## 送崔琦赴宣州幕

五马临流待幕宾,羡君谈笑出风尘。身闲就养宁辞远,世难移家莫厌贫。天际晓山三峡路,津头腊市九江人。何处遥知最惆怅,满湖青草雁声春。

## 送杨皞东归

登楼掩泣话归期,楚树荆云发远思。日里扬帆闻戍鼓,舟中酹一作酌酒见山祠。西江风浪何时尽,北客音一作鱼书欲寄谁。若说溢城杨司马,知君望国有新诗。

## 至德中途中书事却寄李僴

乱离无处不伤情,况复看碑对古城。路绕寒山人独去,月临秋水雁空惊。颜衰重喜归乡国,身贱多惭问姓名。今日主人还共醉,应怜世故一儒生。

## 奉和太常王卿酬中书李舍人
## 中书寓直春夜对月见寄

露如轻雨月如霜,不见星河见雁行。虚晕入池波自泛,满轮当苑桂多香。春台几望黄龙阙,云路宁分白玉郎。是夜巴歌应金石,岂殊萤影对清光。

## 酬包佶郎中览拙卷后见寄

令伯支离晚读书,岂知词赋称相如。枉一作狂逢花木无新思,拙就一作伏溪潭一作源损旧居。禁路看山歌一作珂自缓,云司玩月漏应疏一作夜应初。沉忧敢望金门召,空愧巴歈并一作问子虚。

## 送史宷滑州谒贾仆射

朱门洞启俨行车,金镝装囊半是书。君向东州问徐胤,羊公何事灭吹鱼。

## 送鲍中丞赴太原

分路引鸣驺,喧喧似陇头。暂移西掖望,全解北门忧。专幕临都护,分一作亲曹制督邮。积冰营不下,盛雪猎方休。白草连胡帐,黄云拥戍楼。今朝送旌旆,一减鲁儒羞。

## 送耿拾遗沨充括图书使往江淮

传令收遗籍,诸儒喜饯君。孔家唯有地,禹穴但生云。编简知还一作还知续,虫鱼亦自分。如逢北山隐,一为谢移文。

## 送郭判官赴振武

黄河九曲流,缭绕古边州。鸣雁飞初夜,羌胡正晚秋。凄凉一作清金管思,迢递玉人愁。七叶推一作虽多庆,须怀杀敌忧。

## 春江夕望

洞庭芳草遍,楚客莫思归。经难人空老,逢春雁自飞。东西兄弟远,存没友朋稀。独立还垂泪,天南一布衣。

## 送元昱尉义兴

欲成云海别，一夜梦天涯。白浪缘江雨，青山绕县花。风标当剧部，冠带称儒家。去矣谢亲爱，知予发已华。

## 送黎兵曹往陕府结亲 所昏即君从母女弟

郎马两如龙，春朝上路逢。鸳鸯初集水，薜荔欲依松。步帐歌一作障珂声转，妆台烛影重。何言在阴者，得是戴侯宗。

## 送乐平苗明府

累职比柴桑，清秋入楚乡。一船灯照浪，两岸树凝霜。亭吏趋寒雾，山城敛曙光。无辞折腰久，仲德在鸳行。

## 晚到盩厔耆老家

老翁曾旧识，相引出柴门。苦话别时事，因寻溪上村。数年何处客，近日几家存。冒雨看禾黍，逢人忆子孙。乱藤穿井口，流水到篱根。惆怅不堪住，空山月又昏。

## 卧病书怀

苦心三十载，白首遇艰难。旧地成孤客，全家赖钓竿。貌衰缘药尽，起晚为山寒。老病今如此，无人更问看。

## 落第后归终南别业

久为名所误，春尽始归山。落羽羞言命，逢人强破颜。交疏贫病里，身老是非间。不及东溪月，渔翁夜往还。

## 送朝邑<sub></sub>一作夏县张明一作少府 此公善琴

千室暮山西，浮云与树齐。剖辞云落纸，拥吏雪成泥。野火芦千顷，河田水万畦。不知琴月夜，谁得听乌啼。

## 送李方东归 即故李校书端亲弟

故交三四人，闻别共沾巾。举目是陈事，满城无至亲。身从丧日病，家自俭年贫。此去何堪远，遗孤在旧邻。

## 秋晚霁后野望忆夏侯审

天晴禾黍平，畅目亦伤情。野店云日丽，孤庄砧杵鸣。川原唯寂寞，岐路自纵横。前后无俦侣，此怀谁与呈。

## 送王尊师 一作道士

梦别一仙人，霞衣满鹤身。旌幢天路晚一作远，桃杏海山春。种玉非求稔，烧金不为贫。自怜头白早一作向白，难一作谁与葛洪亲。

## 送抚州周使君 即侍中之婿

周郎三十馀，天子赐鱼书。龙节随云水，金铙动里闾。松声三楚远，乡思百花初。若转弘农守，萧咸事不如。

## 赠别司空曙

有月曾同赏，无秋不共悲。如何与君别，又是菊花时。

## 送王录事赴任苏州 即舍人堂弟

古堤迎拜路，万里一帆前。潮作浇田雨，云成煮海烟。吏闲唯重法,俗富不忧边。西掖今宵咏,还应一作须寄阿连。

## 大梵山寺院奉呈趣上人赵中丞

渐欲一作散发休人事,僧房学闭关。伴鱼浮水上,看鹤向林间。寺古秋仍早,松深暮更闲。月中随道友,夜夜坐空山。

## 送恒操上人归江外觐省

依佛不违亲,高堂与寺邻。问安双树晓,求膳一僧贫。持咒过龙庙,翻经化海人。还同惠休去,儒者亦沾巾。

## 上巳日陪齐相公花楼宴

钟陵暮春月,飞观延群英。晨霞耀中轩,满席罗金琼。持杯凝远睇,触物结幽情。树色一作杪参差绿,湖光潋滟明。礼卑瞻绛帐,恩浃厕华缨。徒记山阴兴,披襟一作念此,一作今日。乃为荣。

## 寒　食

孤客飘飘岁载华,况逢寒食倍思家。莺啼远墅多从柳,人哭荒坟亦有花。浊水秦渠通渭急,黄埃京洛上原斜。驱车西近长安好,宫观参差半隐霞。

## 舟 中 寒 食

寒食空江曲,孤舟渺水前。斗鸡沙鸟异,禁火岸花然。口霁开愁望,波喧警醉眠。因看数茎鬓,倍欲惜芳年。

## 元日早朝呈故省诸公

万戟凌霜布,森森瑞气间。垂衣当晓日,上寿对南山。济济延多士,跣跣舞百蛮。小臣无事谏,空愧伴鸣环。

## 元日朝回中夜书情寄南宫二故人

鸣珮随鹓鹭,登阶见冕旒。无能裨圣代,何事别沧洲。闲夜贫还醉,浮名老渐羞。凤城春欲晚,郎吏忆同游。

## 裴给事宅白牡丹 一作裴潾诗

长安豪贵惜春残,争玩街西一作赏新开紫牡丹。别有玉盘承露冷,无人起就月中看。

## 送韦判官得雨中山

前峰后岭碧濛濛,草拥惊泉树带风。人语马嘶听不得,更堪长路在云中。

## 送宛丘任少府

带绶别乡亲,东为千里人。俗讹唯竞祭,地古不留春。野戍云藏火,军城树拥尘。少年何所重,才子又清贫。

## 送永阳崔明府

鹤唳兼葭晓一作岸,中流见楚城。浪清风乍息,山白月犹明。废路开荒木,归人种古营。悬闻正讹俗,邴曼更一作最知名。

## 割飞二刀子歌

我家有剺刀,人云鬼国铁。裁罗裁绮无钝时,用来三年一股折。南中匠人淳用钢,再令盘屈随手伤。改锻割飞二刀子,色迎霁雪锋含霜。两条神物秋冰薄,刃淬初蟾鞘金错。越戟吴钩不足夸,斩犀切玉应怀怍。日试曾磨汉水边,掌中恬栗声冷然。神惊魄悸却收得,刀头已吐微微烟。刀乎刀乎何烨烨,魑魅须藏怪须慑。若非良工变尔形,只向裁缝委箱箧。

## 送郎士元使君赴郢州

赐衣兼授节,行日郢中闻。花发登山庙,天晴—作清阅水军。渔商三楚接,郡邑九江分。高兴应难遂,元戎有大勋。

## 春 词

北苑罗裙带,尘衢锦绣鞋。醉眠芳树下,半被落花埋。

## 清如玉壶冰

玉壶冰始结,循吏政初成。既有虚心鉴,还如照胆清。瑶池惭洞澈,金镜让澄明。气若朝霜动,形随夜月盈。临人能不蔽,待物本无情。怯对圆光里,妍蚩自此呈—作生。

## 山店 —作王建诗

登登山路行时尽,决决溪泉到处闻。风动叶声山犬吠,——作几家松火隔秋云。

# 全唐诗卷二八一

## 崔琮

崔琮,登大历二年进士第。诗一首。

### 长至日上公献寿

应律三阳首,朝天万国同。斗边看子月,台上候祥风。五夜钟初动<sub>一作晓</sub>,千门日正融。玉阶文物盛,仙仗武貔雄。率舞皆群辟,称觞即上公。南山为圣寿,长对未央宫。

## 李竦

李竦,大历二年登进士第,官户部尚书、邓岳观察使。诗一首。

### 长至日上公献寿

候晓金门辟,乘时玉<sub>一作宝</sub>历长。羽仪瞻上宰,云物丽初阳。汉礼方传珮,尧年正捧觞。日行临观阙,帝锡洽珪璋。盛美超三代,洪休降百祥。自怜朝末坐,空此咏无疆。

# 张惟俭

　　张惟俭，宣城当涂人，大历六年进士第，官和州刺史。诗一首。

## 赋得西戎献白玉环

当时无外守，方物四夷通。列土金河北，朝天玉塞东。自将荆璞比，不与郑环同。正朔虽传汉，衣冠尚带戎。幸承提佩宠，多愧琢磨功。绝域知文教，争趋上国风。

# 章八元

　　章八元，睦州桐庐人，登大历六年进士第。贞元中，调句容主簿卒。诗一卷，今存六首。

## 新安江行

江源南去一作出永，野渡暂维梢。古戍悬鱼网，空林露鸟巢。雪晴山脊见，沙浅浪痕交。自笑无媒者，逢人作一作即解嘲。

## 酬刘员外月下见寄

夜凉河汉白，卷箔出南轩。过月鸿争远，辞枝叶暗翻。独一作高谣闻丽曲，缓步接清言。宣室思前席，行看拜主恩。

## 寄都官刘员外

旧宅平津邸，槐阴接汉宫。鸣驺驰道上，寒日一作见月直庐中。白雪歌偏丽,青云宦早通。悠然—作悠—缝掖,千里限—作快清风。

## 题慈恩寺塔

十层突兀在虚空,四十门开面面风。却怪鸟飞平地上,自惊人语半
天中。回梯暗踏如穿洞,绝顶初攀似出笼。落日凤城佳气合,满城
春树雨濛濛。

## 归桐庐旧居寄严长史

昨辞夫子棹归舟,家在桐庐忆旧丘。三月暖时花竞发,两溪分处水
争流。近闻江老传乡语,遥见家山减旅愁。或在醉中逢夜雪,怀贤
应向剡川游。

## 天台道中示同行

八重岩崿叠晴空,九色烟霞绕洞宫。仙道多因迷路得,莫将心事问
樵翁。

# 张　莒

　　张莒,长山人,登大历九年进士第。大中时,官吏部员外
郎。诗一首。

## 元日望含元殿御扇开合 大历十三年吏部试

万国来朝—作初岁,千年—作秋覩—作睹圣君。辇迎仙仗出,扇匝御香
焚。俯对朝容近,先知曙色分。冕旒开处见,钟磬合时闻。影动承
朝日,花攒似庆云。蒲葵那可比,徒用隔炎氛。

# 史 延

史延,登大历九年进士第。诗一首。

## 清明日赐百僚新火

上苑连侯第,清明及暮春。九天初改火,万井属良辰。颁赐恩逾洽,承时庆自—作亦均。翠烟和柳嫩,红焰出花新。宠命尊三老,祥光烛万人。太平当此日,空复荷陶甄—作钧。

# 韩 濬

韩濬,江东人,大历九年进士及第。诗一首。

## 清明日赐百僚新火

朱—作玉骑传红烛,天厨赐近臣。火随黄道见,烟绕白榆新。荣耀分他日—作室,恩光共此辰。更调金鼎膳,还暖玉堂人。灼灼千门晓,辉辉万井春。应怜萤聚夜—作者,瞻望及东—作独无邻。

# 郑 辕

郑辕,大历九年进士。诗一首。

## 清明日赐百僚新火

改火清明后,优恩赐近臣。漏残丹禁晚,燧发白榆新。瑞彩来双阙,神光焕四邻。气回侯第暖,烟散帝城春。利用调羹鼎,馀辉烛缙绅。皇明如照隐,愿及聚萤人。

# 王　濯

王濯,大历九年进士第。诗一首。

## 清明日赐百僚新火

御火传香殿,华光及侍臣。星流中使马,烛耀九衢人。转一作传影连金屋,分辉丽锦茵。焰迎红蕊发,烟染绿条春。助律和风早,添炉暖气新。谁怜一寒士,犹望照东邻。

# 独孤绶

独孤绶,大历十年登进士第,举博学宏词。尝试驯象赋,德宗称之,特书第三。诗一首。

## 投珠于泉

至道归淳朴,明珠被弃捐。天真来照乘,成性却沈泉。不是灵蛇吐,非缘一作犹疑合浦还。岸傍随月落,波底共星悬。致远终无胫,怀贪遂息肩。欲知恭俭德,所宝在惟贤。

# 仲子陵

仲子陵,峨眉人,大历中登第,历官常侍。诗一首。

## 秦　镜

万古一作里秦时镜,从来抱至精。依台月自吐,在匣水常清。烂烂
金光发,澄澄物象生。云天皆洞鉴,表里尽虚明。但见人窥胆,全
胜响应声。妍媸定可识,何处更逃情。

# 张　佐

张佐,大历中进士。诗二首。

## 秦　镜

楼上秦时镜,千秋独有名。菱花寒不落,冰质夏长清。龙在形难
掩,人来胆易呈。升台宜远照,开匣乍藏明。皎色新磨出,圆规旧
铸成。愁容如可鉴,当欲拂尘缨。

## 忆游天台寄道流 见众妙集

忆昨天台到赤城,几朝仙籁耳中生。云龙出水风声急,海鹤鸣皋日
色清。石笋半山移步险,桂花当涧拂衣轻。今来尽是人间梦,刘阮
茫茫何处行。

# 丁　泽

丁泽,大历十年试东都第一。诗三首。

## 龟负图 东都试

天意将垂象,神龟出负图。五方行有配,八卦义宁孤。作瑞旌君

德,披文协帝谟。乘流喜得路,逢圣幸存躯。莲叶池通泛,桃花水
自浮。还寻九江去,安肯曳泥途。

## 上元日梦王母献白玉环

梦中朝上日,阙下拜天颜。仿佛瞻王母,分明献玉环。灵姿趋甲
帐,悟道契玄关。似见霜姿白,如看月彩弯。霓裳归物外,凤历晓
人寰。仙圣非相远,昭昭寤寐间。

## 良田无晚岁

人功虽未及,地力信非常。不任耕耘早,偏宜黍稷良。无年皆有
获,后种亦先芳。肮肮盈千亩,青青保万箱。何须祭田祖,讵要察
农祥。况是春三月,和风日又长。

# 阎济美

> 阎济美,大历十年进士第。元和初,刺华州。贞元末,历
> 福建观察使,终工部尚书。诗二首。

## 下第献座主张谓

謇谔王臣直,文明雅量全。望炉金自跃,应物镜何偏。南国幽沉
尽,东堂礼乐宣。转令游艺士,更惜至公年。芳树欢新景,青云泣
暮天。唯愁凤池拜,孤贱更谁怜。

## 天津桥望洛城残雪

新霁洛城端,千家积雪寒。未收清禁色,偏向上阳残。

# 张少博

张少博,大历进士。诗二首。

## 尚书郎上直闻春漏

建礼含香处,重城待漏辰。徐声传凤阙,晓唱辨鸡人。银箭听将尽,铜壶滴更新。催筹当五夜,移刻及三春。杳杳从天远,泠泠出禁频。直庐残响曙,肃穆对钩陈。

## 雪夜观象阙待漏

残雪初晴后,鸣珂奉阙庭。九门传晓漏,五夜候晨扃。北斗横斜汉,东方落曙星。烟氛初动色,簪珮未分形。雪重犹垂白,山遥不辨青。鸡人更唱处,偏入此时听。

# 周　彻

周彻,大历进士。诗一首。

## 尚书郎上直闻春漏

建礼通华省,含香直紫宸。静闻铜史漏,暗识桂宫春。滴沥疑将绝,清泠发更新。寒声临雁沼,疏韵应鸡人。迥入千门彻,行催五夜频。高台闲自听,非是驻征轮。

# 高 拯

高拯,大历十三年进士第。诗一首。

## 及第后赠试官

公子求贤未识真,欲将毛遂比常伦。当时不及三千客,今日何如十
九人。

# 王 表

王表,大历十四年登进士第,官至秘书少监。诗三首。

## 赋得花发上林 大历十四年侍郎潘炎试

御苑一作上院春何早,繁花已绣一作满林。笑迎明主仗,香拂美人簪。
地接楼台近,天垂雨露深。晴光来戏蝶,夕景动栖禽。欲托凌云
势,先开捧日心。方知桃李树,从此别一作必成阴。

## 清明日登城春望寄大夫使君

春城闲望爱晴天,何处风光不眼前。寒食花开千树雪,清明日出万
家烟。兴来促席唯同舍,醉后狂歌尽少年。闻说莺啼却惆怅,诗成
不见谢临川。

## 成 德 乐

赵女乘春上画楼,一声歌发满城秋。无端更唱关山曲,不是征人亦

泪流。

# 独孤授

独孤授,大历十四年登第。诗一首。

## 花 发 上 林

上苑韶容早,芳菲正吐花。无言向春日,闲笑任年华。润色笼轻
霭,晴光艳晚霞。影连千户竹,香散万人家。幸绕楼台近,仍怀雨
露赊。愿君垂采摘,不使落风沙。

# 王 储

王储,大历十四年登第。诗一首。

## 赋得花发上林

东陆和风至,先开上苑花。秾枝藏宿鸟,香蕊拂行车。散白怜晴
日,舒红爱晚霞。桃间留御马,梅处入胡笳。城郭连增媚,楼台映
转华。岂同幽谷草,春至发犹赊。

# 周 渭

周渭,大历十四年登第。诗二首。

## 赋得花发上林

灼灼花凝雪,春来发上林。向风初散蕊,垂叶欲成阴。人过香随

远,烟晴色自深。净时空结雾,疏处未藏禽。葇茸何年值,间关几
日吟。一枝如可冀,不负折芳心。

## 赠龙兴观主吴崇岳

楮为冠子布为裳,吞得丹霞寿最长。混俗性灵常乐道,出尘风格早
休粮。枕中经妙谁传与,肘后方新自写将。百尺松梢几飞步,鹤栖
板上礼虚皇。

# 全唐诗卷二八二

## 李　益

　　李益,字君虞,姑臧人。大历四年登进士第,授郑县尉。久不调,益不得意,北游河朔,幽州刘济辟为从事。尝与济诗,有怨望语。宪宗时,召为秘书少监、集贤殿学士,自负才地,多所凌忽,为众不容,谏官举其幽州诗句,降居散秩。俄复用为秘书监,迁太子宾客、集贤学士,判院事,转右散骑常侍。太和初,以礼部尚书致仕卒。益长于歌诗,贞元末,与宗人李贺齐名。每作一篇,教坊乐人以赂求取,唱为供奉歌辞。其《征人歌》、《早行篇》,好事画为屏障。集一卷,今编诗二卷。

### 从军有苦乐行　时从司空鱼公北征。鱼一作冀。

劳者且莫一作勿歌,我欲一作歌送君觞。从军有苦乐,此曲乐未央。仆居在一作木居,又作本起。陇上,陇水断人肠。东过秦宫路,宫路一作树入咸阳。时逢汉帝出,谏猎至长杨。讵驰游侠窟,非结少年场。一旦承嘉惠,轻身一作命重恩光。秉笔参帷帟,从军至朔方。边地多阴风,草木自凄凉。断绝海云去,出没胡沙长。参差引雁翼,隐辚腾军装。剑文夜如水,马汗冻成霜。侠气五都少,矜功六郡良。山河起目前,睚眦死路傍。北逐驱獯一作种虏,西临复旧疆。昔还赋一作鲜馀资,今出乃赢粮。一矢毙夏服,我弓不再张。寄语一作言丈夫雄,若乐身自当。

## 登长城 <sub>一题作塞下曲</sub>

汉家今上郡,秦塞古长城。有日云长惨,无风沙自惊。当今圣天
子,不战四夷平。

## 杂　曲

妾本蚕家女,不识贵门仪。藁砧持玉斧,交结五陵儿。十日或一
见,九日在路岐。人生此夫婿,富贵欲何为。杨柳徒可折,南山不
可移。妇人贵结发,宁有再嫁资。嫁女莫望高,女心愿所宜。宁从
贱相守,不愿贵相离。蓝叶郁重重,蓝花若榴色。少妇归少年,华
光<sub>一作光华</sub>自相得。谁言配君子,以奉百年身。有义即夫婿,无义
还他人。爱如寒炉火,弃若秋风扇。山岳起面前,相看不相见。丈
夫非小儿,何用强相知。不见朝生菌,易成还易衰。征客欲临路,
居人还出门。北风河梁上,四野愁云繁。岂不恋我家,夫婿多感
恩。前程有日月,勋绩在河源。少妇马前立,请君听一言。春至草
亦生,谁能无别情。殷勤展心素,见新莫忘故。遥望孟门山,殷勤
报君子。既为随阳雁,勿学西流水。尝闻生别离,悲莫悲于此。同
器不同荣,堂下即千里。与君贫贱交,何异萍上水。托身天使然,
同生复同死。

## 送辽阳使还军

征人歌且行,北上辽阳城。二月戎马息,悠悠边草生。青山出塞
断,代地入云平。昔者匈奴战,多闻杀汉兵。平生报国愤<sub>一作意</sub>,日
夜角弓鸣。勉君万里去,勿使虏尘惊。

## 赋得早燕送别

碧草缦一作漫如线，去来双〔飞燕〕(燕飞)。长门未有春，先入班姬殿。梁空绕不一作复息，檐寒窥欲遍。今至随红萼一作蕊，昔还悲素扇。一别与秋鸿，差池讵相见。

## 秋晚溪中寄怀大理齐
## 司直时齐分司洛下，有东山之期。

凤翔属明代，羽翼文葳蕤。昆仑进琪树，飞舞下瑶池。振仪自西眷，东夏复分螯。国典唯平法，伊人方在斯。荒宁一作亭桁杨肃，芳辉兰玉滋。明质鸷高景，飘飖服缨绥。天寒清洛苑，秋夕白云司。况复空岩侧，苍苍幽桂期。岁寒坐流霰，山川犹别离。浩思凭尊酒，氛氲独含辞。

## 溪中月下寄杨子尉封亮

蘅若夺幽色，衔思恍无惊。宵长霜雾一作霰多，岁晏淮海风。团团山中月，三五离夕一作席同。露凝朱弦绝，觞至兰玉空。清光液流波，盛明难再逢。尝恐河汉远，坐窥烟景穷。小人谅处阴，君子树大一作元功。永愿厉高翼，慰我丹桂丛。

## 春晚赋得馀花落 得起字

留春春竟去，春去花如此。蝶舞绕应稀，鸟惊飞讵已。衰红辞故萼，繁绿扶雕蕊。自委不胜愁，庭风那更起。

## 闻亡友王七嘉禾寺得素琴

故人惜此去，留琴明月前。今来我访旧，泪洒白云天。讵欲匣孤响,送君归夜泉。抚琴犹可绝,况此故无弦。何必雍门奏,然后泪<sub>一作使</sub>潺湲。

## 校书郎杨凝往年以古镜觊别今追赠以诗

明镜出匣时,明如云间月。一别青春鉴,回光照华发。美人昔自爱,鞶带手中<sub>一作所</sub>结。愿以<sub>一作似</sub>三五期,经天无玷缺。

## 置酒行 <small>一本无行字</small>

置酒命所欢,凭觞遂为戚。日往不再来,兹辰坐成昔。百龄非久长,五十将半百。胡为劳我形,已须<sub>一作鬓,又作鬓</sub>。还复白。西山鸾鹤群<sub>一作顾</sub>,矫矫烟雾翩。明霞<sub>一作诀</sub>发金丹,阴洞潜水碧。安得凌风羽,崦嵫驻灵魄。无然坐衰老,惭叹<sub>一作观</sub>东陵柏。

## 长社窦明府宅夜送王屋道士常究子

旦随三鸟去,羽节凌霞光。暮与双凫宿,云车下紫阳。天坛临月近,洞水出山长。海峤年年别,丘陵徒自伤。

## 观回军三韵

行行上陇头,陇月<sub>一作麦</sub>暗悠悠。万里将军没,回旌陇戍<sub>一作树</sub>秋。谁令呜咽水,重入故营流。

## 华 山 南 庙

阴山临古道,古庙闭山碧<sub>一作庙闭空山碧</sub>。落日春草中,搴芳荐瑶席。明灵达精意,仿佛如不隔。岩<sub>一作微</sub>雨神降时,回飙入松柏。常闻坑儒后,此地返秦<sub>一作曾返璧</sub>。自古害忠良,神其辅宗祐。

# 喜邢校书远至对雨同赋远晚饭阮返五韵

雀噪空城阴，木衰羁思远。已一作似蔽青山望，徒悲白云晚。别离千里风，雨中同一饭。开径说逢康，临觞方接阮。旅宦竟何如，劳飞思自返。

## 城西竹园送裴佶王达

葳蕤凌风竹，寂寞离人觞。怆怀非外至，沉郁自中肠。远行从此始，别袂重凄霜。

## 月下喜邢校书至自洛

天河夜未央，漫漫复苍苍。重君远行至，及此明月光。华星映衰柳，暗水入寒塘。客心定何似，馀欢方自长。

## 北　至　太　原

炎祚昔昏替，皇基此郁盘。玄命久已集，抚运良乃一作乃良艰。南厄羊肠险，北走雁门寒。始于一戎定，垂此亿世安。唐风本忧思，王业实艰难。中历虽横溃，天纪未可干。圣明所兴国，灵岳固不殚。咄咄薄游客，斯言殊不刊。

## 入华山访隐者经仙人石坛

二考四一作四岳下，官曹少休沐。久负青山诺，今还获所欲。尝闻玉清洞，金简受玄箓。凤驾升天行，云游恣霞宿一作云霞恣游宿。平明矫轻策，扪石入空曲。仙人古石坛，苔绕青瑶局。阳桂凌烟紫，阴罗冒水绿。隔世一作山闻丹经，悬泉注明玉。前惊羽人会，白日天居肃。问我将致辞，笑之自相目。竦身云遂起，仰见双白鹄。堕其一纸书,文字类鸟足。视之了不识,三返又三复。归来问方士,举世莫解读。何必若蜉蝣,然后为踢促。鄙哉宦游子,身志俱降辱。再往不及期,劳歌叩山木。

## 罢　镜

手中青铜镜,照我少年时。衰飒一如此,清光难复持。欲令孤月掩,从遣半心疑。纵使逢人见,犹胜自见悲。

## 华阴东泉同张处士诣藏律师
## 兼简县内同官因寄齐中书

苍崖抱寒泉,沦照洞金碧。潜鳞孕明晦,山灵闷幽一作精赜。前峰何其诡,万变穷日夕。松老风易悲,山秋云更白。故人邑中吏,五里仙雾隔。美质简琼瑶,英声铿金石。烦君竟相问,问我此何适。我因赞时理,书寄西飞翮。哲匠熙百工,日月被光泽。大国本多士,荆岑无遗璧。高网弥八纮,皇图明四辟。群材既兼畅,顾我在草泽。贵无身外名,贱有区中役。忽忽百龄内,殷殷千虑迫。人生已如寄,在寄复为客。旧国不得归,风尘满阡陌。

## 答郭黄中孤云首章见赠

孤云生西北,从风东南飘。帝乡日已远,苍梧无还飙。已矣玄凤叹,严霜集灵苕。君其勉我怀,岁暮孰不凋。

## 合源溪期张计不至

霜露肃时序,缅然方独寻。暗溪迟仙侣,寒涧闻松禽。寂历兹夜一作夜兹永,清明秋序深。微波澹澄夕,烟景含虚林。素志久沦否,幽怀方自吟一作今。

# 竹　溪

访竹越云崖，即林若溪绝。宁知修干下，漠漠秋苔洁。清光溢空曲，茂色临幽澈。采摘愧芳鲜，奉君岁暮节。

## 送诸暨王主簿之任

别愁已万绪，离曲方三奏。远宦一辞乡，南天异风候。秦城岁芳老，越国春山秀。落日望寒涛，公门闭清昼。何用慰相思，裁书寄关右。

## 罢秩后入华山采茯苓逢道者

委绥来一作采名山，观奇恣所停。山中若有闻，言此不死庭。遂逢五老人，一谓西岳灵。或闻樵人语，飞去入昴星。授我出云路，苍然凌石屏。视之有文字，乃古黄庭经。左右长松列，动摇风露零。上蟠千年枝，阴虬负青冥。下结九秋霰，流膏为茯苓。取之砂石间，异若龟鹤形。况闻秦宫女，华发变已青。有如上帝心，与我千万龄。始疑有仙骨，炼魂可永宁。何事逐豪游，饮啄以膻腥。神物亦自闷，风雷护此扃。欲传山中宝，回策忽已暝。乃悲世上人，求醒终不醒。

## 自朔方还与郑式瞻崔称郑子
## 周岑赞同会法云寺三门避暑

予本疏放士，褐来非外矫。误落边尘中，爱山见山少。始投清凉宇，门值烟岫表。参差互明灭，彩翠竟昏晓。泠泠远风来，过此群木杪。英英二三彦，襟旷去烦扰一作挠。游川出潜鱼，息阴倦飞鸟。徇物不可穷，唯于此心了。

## 来从窦车骑行 自朔方行作

束发逢世屯,怀恩抱明义。读书良有感一作不武,学剑惭非智。遂别鲁诸生,来从窦车骑。追兵赴边急,络马黄金辔。出入燕南陲,由来重意气。自经皋兰战,又一作入破楼烦地。西北护三边,东南留一尉。时过欻如云一作如云雨,参差不自一作自不意。将军失恩泽,万事从此异。置酒高台上,薄暮秋风至。长戟与我归,归来同弃置。自酌还自饮,非名又非利。歌出易水寒,琴下雍门泪。出逢平乐旧,言在天阶侍。问我从军苦,自陈少年贵。丈夫交四海,徒论身自致。汉将不封侯,苏卿劳一作来,又作还。远使。今我终此曲,此曲诚不易。贵人难识心,何由知忌讳。

## 夜 发 军 中

边马栎上惊,雄剑匣中鸣。半夜军书至,匈奴寇六城。中坚分暗阵,太乙起神兵。出没风云合,苍黄豺虎争。今日边庭战,缘赏不缘名。

## 将赴朔方早发汉武泉

弭盖出故关,穷秋首边路。问我此何为,平生重一顾。风吹山下草,系马河边树。奉役良有期,回瞻终未屡。去乡幸未远,戎衣今已故。岂惟幽朔寒,念我机中素。去矣勿复言,所酬知音一作者遇。

## 城傍少年 一作汉宫少年行

生长边城傍,出身事弓马。少年有胆气,独猎阴山下。偶与匈奴逢,曾擒射雕者。名悬壮士籍,请君少相假。

# 游 子 吟

女羞夫婿薄，客耻主人贱。遭遇同众流，低回愧相见。君非青铜镜，何事空照面。莫以衣上尘，不谓心如练。人生当荣盛，待士勿言倦。君看白日驰，何异弦上箭。

# 饮 马 歌

百马饮一泉，一马争上游。一马喷成泥，百马饮浊流。上有沧浪客，对之空叹息。自顾缨上尘，裴回终日夕。为问泉上翁，何时见沙石。

# 莲塘驿 在盱眙界

五月渡淮水，南行绕山陂。江村远鸡应，竹里闻缲丝。楚女肌发美，莲塘烟露滋。菱花覆碧渚，黄鸟双飞时。渺渺溯洄远，凭风托微词。斜光动流睇，此意难自持。女歌本轻艳，客行多怨思。女萝蒙幽蔓，拟上青桐枝。

# 五 城 道 中

金铙随玉节，落日河边路。沙鸣后骑来，雁起前军度。五城鸣斥堠，三秦新召募。天寒白登道，塞浊阴山雾。仍闻旧兵老，尚在乌兰戍。笳箫汉思繁，旌旗边色故。寝兴倦弓甲，勤役伤风露。来远赏不行，锋交勋乃茂。未知朔方道，何年罢兵赋。

# 与王楚同登青龙寺上方

连冈出古寺，流睇移芳宴。鸟没汉诸陵，草平秦故殿。摇光浅深树，拂木一作水参差燕。春心断易迷，远目伤难遍。壮日各轻年，暮年方自见。

## 登夏州城观送行人赋得六州胡儿歌

六州胡儿六蕃语，十岁骑羊逐<sub>一作射</sub>沙鼠。沙头牧马孤雁飞，汉军
游骑貂锦衣。云中征戍三千里，今日征行<sub>一作人</sub>何岁归。无定河边
数株柳，共送行人一杯酒。胡儿起作和<sub>一作六蕃</sub>歌，齐唱呜呜尽垂
手。心知旧国西州远，西向胡天望乡久。回头忽作异方声，一声回
尽征人首。蕃音房曲一<sub>一作自</sub>难分，似说边情向塞云。故国关山无
限路，风沙满眼堪断魂。不见天边青作<sub>一作草</sub>冢，古来愁杀汉昭君。

## 从军夜次六胡北饮马磨剑石为祝殇辞

我行空碛，见沙之磷磷，与草之幂幂，半没胡儿磨剑石。当时洗剑
血成川，至今草与沙皆赤。我因扣石问以言，水流呜咽幽草根，君
宁独不怪阴磷？吹火荧荧又为碧，有鸟自称蜀帝魂。南人伐竹湘
山下，交根接叶满泪痕。请君先问湘江水，然我此恨乃可论。秦亡
汉绝三十国，关山战死知何极。风飘雨洒水自流，此中有冤消不
得。为之弹剑作哀吟，风<sub>一作蓬</sub>沙四起云沈沈。满营战马嘶欲尽，
毕昴不见胡天阴。东征曾吊长平苦，往往晴明独风雨。年移代去
感精魂，空山月暗闻鼙鼓。秦坑赵卒四十万，未若格斗伤戎虏。圣
君破胡为六州，六州又尽为<sub>一作空</sub>胡丘。韩公三城断胡路，汉甲百
万屯边秋。乃分司空授朔土，拥以玉节临诸侯，汉为一雪万世仇。
我今抽刀勒剑石，告尔万世为唐休。又闻招魂有美酒，为我浇酒祝
东流。殇为魂兮，可以归还故乡些；沙场地无人兮，尔独不可以久
留。

## 登天坛夜见海 <sub>一本海下有日字</sub>

朝游碧峰三十六,夜上天坛月边宿。仙人携我搴玉英,坛上夜半东方明。仙钟撞撞近海日,海中离离三山出。霞梯赤城遥可分,霓旌绛节倚彤云。八鸾五凤纷在御,王母欲上朝元君。群仙指此为我说,几见尘飞沧海竭。竦身别我期丹宫,空山处处遗清风。九州下视杳未旦,一半浮生皆梦中。始知武皇求不死,去逐瀛洲羡门子。

## 大礼毕皇帝御丹凤门改元建中大赦

大明曈曈天地分,六龙负日升天门。凤凰飞来衔帝箓,言我万代金皇孙。灵鸡鼓舞承天赦,高翔百尺垂朱幡。宸居穆清受天历,建中甲子合上元。昊穹景命即已至,王<sub>一作三</sub>事乃可酬乾坤。升中告成答玄贶,泥金检玉昭鸿恩。云亭之事略可记,七十二君宁独尊。小臣欲上封禅表<sub>一作章</sub>,久而未就<sub>一作召归文一作陵园</sub>。

## 轻　薄　篇

豪不必驰千骑,雄不在垂双鞭。天生俊气自相逐,出与雕鹗同飞翻。朝行九衢不得意,下鞭走马城西原。忽闻燕雁一声去,回鞍挟弹平陵园。归来青楼曲未半<sub>一作卒</sub>,美人玉色当金尊。淮阴少年不相下,洒酣半笑倚市门。安知我有不平色,白口欲落红尘昏。死生容易如反掌,得意失意由一言。少年但饮莫相问,此中报仇亦<sub>一作兼报恩</sub>。

## 野田行 <sub>一作于鹄诗</sub>

日没出古城,野田何茫茫。寒狐啸<sub>一作上</sub>青冢,鬼火烧白杨。昔人未为泉下客,行到此中曾断肠。

# 古　别　离

双剑欲别风一作心凄然,雌沉水底雄上天。江回汉转两不见,云交雨合知何年。古来万事皆由命,何用临岐苦涕涟一作涕苦相连。

## 效古促促曲为河上思妇作

促促何促促,黄河九回曲。嫁与棹船郎,空床将影宿。不道君心不如石,那教一作令妾貌长如玉。

## 汉宫少年行

君不见上宫警夜营八屯,冬冬街鼓朝朱轩。玉阶霜仗拥未合,少年排入铜龙门。暗闻弦管九天上,宫漏沈沈清吹繁。平明走马绝驰道,呼鹰挟弹通缭垣。玉笼金锁养黄口,探雏取卵伴王孙。分曹陆博快一掷,迎欢先意笑语喧。巧为柔媚学优孟,儒衣嬉戏冠沐猿。晚来香街经柳市,行过倡舍宿桃根。相逢杯酒一作酒后一言失,回朱点白闻至尊。金张许史伺颜色,王侯将相莫敢论。岂知人事无定势,朝欢暮戚如掌翻。椒房宠移子爱夺,一夕秋风生戾园。徒用黄金将买赋,宁知白玉暗成痕。持杯收水水已覆,徙薪避火火更燔。欲求四老张丞相,南山如天不可上。

# 全唐诗卷二八三

## 李 益

### 竹窗闻风寄苗发司空曙

微风惊暮坐,临牖思悠哉。开门复动竹,疑是故人来。时滴枝上露,稍沾—作沿阶下苔。何当一入幌,为拂绿琴埃。

### 赋 得 垣 衣

漠漠复霏霏,为君垣上衣。昭阳辇下草,应笑此生非。掩蔼—作奄霭,—作庵蔼。青春去—作暮,苍茫白露稀—作晞。犹胜萍逐水,流浪不相依。

### 送 人 流 贬

汉章虽约法,秦律已除名。谤远人多惑,官微不自明。霜风先独树,瘴雨失荒城。畴昔长沙事,三年召贾生。

### 送 人 南 归

人言下江疾,君道下江迟。五月江路恶,南风惊浪时。应知近家喜,还有异乡悲。无奈孤舟夕,山歌闻竹枝。

## 水亭夜坐赋得晓雾

月落寒雾起,沉思浩通川。宿禽啭木散,山泽一苍然。漠漠沙上路
一作鹭,沄沄洲外田。犹当依远树,断续欲穷天。

## 送常曾侍御使西蕃寄题西川

凉王宫殿尽,芜没陇云西。今日闻君使,雄心逐鼓鼙。行当收汉
垒,直可取蒲泥。旧国无由到,烦君下一作走马题。

## 入南山至全师兰若

木陨一作落水归壑,寂然无念一作始心。南行有真子,被褐息山阴。
石路瑶草散,松门寒景深。吾师亦何爱一作授,自起定中吟。

## 送韩将军还边

白马羽林儿,扬鞭薄暮时。独将轻骑出,暗与伏兵期。雨雪移军
远,旌旗上垒迟。圣心戎寄重,未许让恩私。

## 晚春卧病喜振上人见访

卧床如一作殊旧日,窥户易伤春。灵寿扶衰力,芭蕉对病身。道心
空寂寞,时物自芳新。旦夕谁相访,唯当摄一作揖上人。

## 春 行

侍臣朝谒罢,戚里自相过。落日青丝骑,春风白纻歌。恩承三殿
近,猎向五陵多。归路南桥望,垂杨拂细波。

## 洛阳河亭奉酬留守群公追送 一作李逸诗

离亭饯落晖,腊酒减春一作征衣。岁晚烟霞重,川寒云树微。戎装
千里至,旧路十年归。还似汀洲雁,相逢又背飞。

## 寻纪道士偶会诸叟

山阴寻一作逢道士,映竹羽衣新。侍坐双童子,陪游五老人。水花
松下静,坛草雪中春。见说桃源洞,如今犹避秦。

## 同萧炼师宿太乙庙

微月空山曙,春祠谒少君。落花坛上拂一作扫,流水洞中闻。酒引
芝童羹,香馀桂子一作女焚。鹤飞将羽节,潜向赤城分。

## 送同落第者东归

东门有行客,落日满前山。圣代谁知者,沧洲今独还。片云归海
暮,流水背城闲。余亦依嵩颍一作岭,松花深闭关。

## 送柳判官赴振武

边庭汉仪重,旌甲似一作事云中。虏地山川壮,单于鼓角雄。关寒
塞榆落,月白胡天风。君逐嫖姚将,麒麟有战功。

## 述怀寄衡州令狐相公

调元方翼圣,轩盖忽言东。道以中枢密,心将外理同。白头生远
浪,丹叶下高枫。江上萧疏雨,何人对谢公。

## 喜入兰陵望紫阁峰呈宣上人

薙草开三径，巢林喜一枝。地宽留种竹，泉浅欲开池。紫阁当疏
牖，青松入坏篱。从今安僻陋，萧相是吾师。

## 喜见外弟又言别

十年离乱一作乱离后，长大一相逢。问姓惊初见，称名忆旧容。别
来沧海事，语罢暮天钟。明日巴陵道，秋山又几重。

## 立春日宁州行营因赋朔风吹飞雪

边声日夜合，朔风惊复来。龙山不可望，千里一裴回。捐扇破谁
执，素纨轻欲裁。非时妒桃李，自是舞阳台。

## 献 刘 济

草绿古燕州，莺声引独游。雁归天北畔，春尽海西头。向日花偏
落，驰年水自流。感恩知有地，不上望京楼。

## 哭柏岩禅师

遍与傍人别，临终尽不愁。影堂谁为扫，坐塔自看修。白日钟边
晚，青苔钵上秋。天涯禅弟子，空到柏岩游。

## 赴邠宁留别

身承汉飞将，束发即言兵。侠少何相问，从来事不平。黄云断朔
吹，白雪拥沙城。幸应边书募，横戈会取名。

# 紫骝马

争场看斗鸡，白鼻紫骝嘶。漳水春闱晚，丛台日向低。歇鞍珠作汗，试剑玉如—作为泥。为谢红梁燕，年年妾独栖。

# 夜上受降城闻笛 —作戎昱诗

入夜思归—作归思切，笛声清更哀。愁人不愿听，自到枕前来。风起塞云断，夜深关月开。平明独惆怅，落—作飞尽一庭梅。

# 同崔邠—作颁登鹳雀楼

鹳雀楼西—作南，—作前。百尺樯，汀洲云树共茫茫。汉家萧鼓空流水，魏国山河半夕阳。事去千年犹恨速，愁来一日即为—作知长。风烟—作尘并起—作是思归—作乡望，远目非春亦自伤。

# 奉酬崔员外副使携琴宿使院见示

忽闻此夜携琴宿，遂叹常时尘吏喧。庭木已衰空月亮，城砧自急对霜繁。犹持副节留军府，未荐高词直掖垣。谁问南飞长绕树，官微同在谢公门。

# 送贾校书东归寄振上
## 人 —作振上人院喜见贾弇兼酬别

北风吹—作南雁数声悲，况指前林是别时。秋草不堪频送远，白云何处更相期。山随匹马行看暮，路入寒城独去迟。为向东州故人道，江淹已拟惠休诗。

# 过马嵬二首

路至墙垣问樵者，顾予云是太真宫。太真血染马蹄尽，朱阁影随天际空。丹壑不闻歌吹夜，玉阶唯有薜萝风。世人莫重霓裳曲，曾致干戈是此中。

金甲银旌尽已回，苍茫罗袖隔风埃。浓香犹自随鸾辂，恨魄无由一作因离马嵬。南内真人悲帐殿，东溟方士问蓬莱。唯留坡畔弯环月，时送残辉入夜台。此首一作李远诗。

## 盐州过胡儿饮马泉 一作过五原胡儿饮马泉

绿杨著水草如烟，旧是胡儿饮马泉。鹦鹉泉在丰州城北，胡人饮马于此。几处吹笳明月夜，何人倚剑白云天。从来冻合关山路，今日分流汉使前。莫遣行人照容鬓，恐惊憔悴入新年。

## 宿冯翊夜雨赠主人

危心惊夜雨，起望漫悠悠。气耿残灯暗，声繁高树秋。凉轩辞夏扇，风幌揽轻裯。思绪蓬初断，归期燕暂留。关山蔼已失，脸泪迸难收。赖君时一笑，方能解四愁。

## 送襄阳李尚书

天寒发梅柳，忆昔到襄州。树暖然红烛，江清展碧油。风烟临岘首，云水接昭丘。俗尚春秋学，词称文选楼。都门送旌节，符竹领诸侯。汉沔分戎寄，黎元减圣忧。时追山简兴，本自习家流。莫废思康乐，诗情满沃洲。

## 春日晋祠同声会集得疏字韵

风壤瞻唐本,山祠阅晋馀。水亭开帟幕,岩榭引簪裾。地绿苔犹少,林黄柳尚疏。菱苕生皎镜,金碧照澄虚。翰苑声何旧,宾筵醉止初。中州有辽雁,好为系边书。

## 再赴渭北使府留别

结发逐鸣鼙,连兵追谷蠡。山川搜伏虏,铠甲被重犀。故府旌旗在,新军羽校一作檄齐。报恩身未死,识路马还嘶。列嶂高烽举,当营太白低。平戎七尺剑,封检一丸泥。截海取一作收蒲类,跑泉饮鹨鹈。汉庭中选重,更事五原西。

## 送归中丞使新罗册立吊祭 一作李端诗

东望扶桑日,何年是到时。片帆通雨露,积水隔华夷。浩渺风来远,虚明鸟去迟。长波静云月,孤岛宿旌旗。别叶传秋意,回潮动客思。沧溟无旧路,何处问前期。

## 赋得路傍一株柳送邢校书赴延州使府

路傍一株柳,此路向延州。延州在何处,此路起悠悠一作边愁。

## 重赠邢校书

俱从四方事一作士,共会九秋中。断蓬与落叶,相值各因风。

## 照　镜

衰鬓朝临镜,将看却一作各自疑。惭君明似月,照我白如丝。

## 书院无历日以诗代书问路侍御六月大小

野性迷尧历，松窗有道经。故人为柱史，为我数阶蓂。

## 闻鸡赠主人

胶胶司晨鸣，报尔东方旭。无事恋君轩，今君重凫鹄。

## 登白楼见白鸟席上命鹧鸪辞

一鸟如霜雪，飞向一作下白楼前。问君何以至，天子太平年。

## 石楼山见月 一作宿青山石楼

紫塞连年戍，黄砂碛路穷。故人一作山今夜宿，见月石楼中。

## 惜春伤同幕故人孟郎中一本有杜侍御三字
## 兼呈去年看花友

畏老身全一作今老，逢春解惜春。今年看花伴，已少去年人。

## 嘉禾寺见亡友王七题壁

今日忆君处，忆君君岂知。空馀暗尘字，读罢泪仍垂。

## 听唱赤白桃李花

赤白桃李花，先皇在时曲。欲向西宫唱，西宫〔宫〕(官)树绿。

## 江南词 一作曲

嫁得瞿塘贾，朝朝误妾期。早知潮有信，嫁与弄潮儿。

## 赠内兄卢纶

世故中年别,馀生此会同。却将悲一作愁与病,来一作独对朗陵翁。

## 答窦二曹长留酒还榼

榼小非由一作图榼,星郎是酒星。解酲元有数,不用吓刘伶。

## 答广宣供奉问兰陵居

居北有朝路,居南无住人。劳师问家第,山色是南邻。

## 乞宽禅师瘿山罍呈宣供奉

石色凝秋藓,峰形若夏云。谁留秦苑地,好赠杏溪君。

## 观 骑 射

边头射雕将,走马出中军。远见平原上,翻身向暮云。

## 幽州赋诗见意时佐
### 刘幕 一作题太原落漠驿西堠

征戍在桑干,年年蓟水寒。殷勤驿西路一作堠,北一作此去一作路向一作到长安。

## 军次阳城烽舍北流泉

何地可潸然,阳城烽树一作舍边。今朝望乡客,不饮北流泉。

## 金 吾 子

绣帐博山炉,银鞍冯子都。黄昏莫攀折,惊起欲栖乌。

### 山鹧鸪词 一本题上无山字

湘江斑竹枝,锦翅鹧鸪飞。处处湘云合,郎从何处归。

### 立秋前一日览镜

万事销身外,生涯在镜中。唯将满鬓雪,明日对秋风。

### 代人乞花

绣户朝眠起,开帘满地花。春风解人意,欲一作吹落妾西家。

### 上 洛 桥

金谷园中柳,春来似舞腰。何堪好风景,独上洛阳桥。

### 扬 州 怀 古

故国歌钟地,长桥车马尘。彭城阁边柳,偏似不胜春。

### 水 宿 闻 雁

早雁忽为双,惊秋风水窗。夜长人自起,星月满空江。

### 扬 州 早 雁

江上三千雁,年年过故宫。可怜江上月,偏照断根蓬。

### 下 一本有漏字 楼

话旧全一作今应老一作远,逢春喜又悲。看花行拭泪,倍觉下楼迟。

## 度破讷沙二首 <sub>一作塞北行次度破讷沙</sub>

眼见风来沙旋移,经年不省草生时。莫言<sub>一作无端</sub>塞北无春到<sub>一作</sub>
<sub>色</sub>,总有春来何处知。

破讷沙头雁正飞,鹈鹕泉上战初归。平明日出东南地,满碛寒光生
铁衣。

## 拂 云 堆

汉将新从虏地来,旌旗半<sub>一作送</sub>上拂云堆。单于每<sub>一作马近一作向</sub>沙
场猎,南望阴山<sub>一作山阴</sub>哭始回。

## 中桥北送穆质兄弟应制戏赠萧二策

洛水桥边雁影疏,陆机兄弟驻行车。欲陈汉帝登封草,犹待萧郎寄
内书。

## 九月十日雨中过张伯佳<sub>一作雄</sub>期<br>柳镇未至以诗招之

柳吴兴近无消息,张长公贫苦寂寥。唯有角巾沾雨至,手持残菊向
西招。

## 汴 河 曲

汴水东流无限春,隋家宫阙<sub>一作苑</sub>已<sub>一作尽</sub>成尘。行人莫上长堤望,
风<sub>一作吹</sub>起杨花愁杀人。

## 塞 下 曲

蕃州部落能结束,朝暮<sub>一作朝</sub>驰猎黄河曲。燕歌未断塞鸿飞,牧马

群嘶边草绿。

秦筑长城城已摧,汉武北上单于台。古来征战虏不尽,今日还复天
兵来。

黄河东流流九折,沙场埋恨何时绝。蔡琰没去造胡笳,苏武归来持
汉节。

为报如今都护雄,匈奴且莫下云中。请书塞北阴山石,愿比燕然车
骑功。一本合作一首。

## 夜上西城听梁州曲二首

行人夜上西城宿,听唱梁州双管逐。此时秋月满关山,何处关山无
此曲。

鸿雁新从北地来,闻声一半却飞回。金一作交河戍客一作卒肠应断,
更在秋风百尺台。

## 暖 川 一作征人歌

胡风冻合鹧鸪泉,牧马千群逐一作浴暖川。塞外征行一作人无尽日,
年年移帐雪中天。

## 过 马 嵬

汉将如云不直言,寇来翻罪绮罗恩。托君休一作莫洗莲花血,留记
千年妾泪痕。

## 答许五端公马上口号

晚逐旌旗俱白首,少游京洛共缁尘。不堪身外悲前事,强向杯中觅
旧春。

## 牡　丹 一作咏牡丹赠从兄正封

紫蕊一作艳丛开未到家，却教游客赏繁华。始知年少求名处，满眼空中别有花。

## 边　思

腰悬锦带佩吴钩，走马曾防玉塞秋。莫笑关西将家子，只将诗思入凉州。

## 奉和武相公春晓闻莺 一作蜀川闻莺

蜀道山川心易惊一作西道山川意不平，绿窗残梦晓闻莺。分明似一作自写　作雪文君恨，万怨千愁弦上声。

## 送客还幽州

惆怅秦城送独归，蓟门云树远依依。秋来一作空莫射南飞雁，从一作纵遣乘春更北飞。

## 柳杨送客 一作扬州万里送客

青枫江畔白蘋洲，楚客伤离不待秋。君见隋朝更何事，柳杨一作津南渡水悠悠。

## 从 军 北 征

天山雪后海风寒，横笛偏吹行路难。碛里征人三十万，一时回向一作首月明一作中看。

## 听晓 一作鸣 角

边霜昨夜堕关榆 一作繁霜一夜落平芜，吹角当城汉 一作片月孤。无限一
作数塞鸿飞不度，秋风卷 一作吹入小单于。

## 宫　怨

露湿晴花春 一作宫殿香，月明歌吹在昭阳。似将海水添宫漏，共滴
一作作长门一夜长。

## 暮过回乐烽

烽火高飞百尺台，黄昏遥自 一作见碛西 一作南来。昔时征战回应乐，
今日从军乐未回。

## 奉和武相公郊居寓目

黄扉晚下禁垣钟，归坐南闱山万重。独有月中高兴尽，雪峰明处见
寒松。

## 诣红楼院寻广宣不遇留题

柿叶翻红霜景秋，碧天如水倚红楼。隔窗爱竹有人问，遣向邻房觅
户钩。

## 回　军　行

关城榆叶早疏黄，日暮沙云古战场。表请回军掩尘骨，莫教士卒哭
龙荒。

# 邠宁春日

桃李年年上国新,风沙日日塞垣人。伤心更见庭前柳,忽有千条欲占春。

# 古瑟怨

破瑟悲秋已减弦,湘灵沉怨不知年。感君拂拭遗音在,更奏新声明月天。

# 夜宴观石将军舞

微月东南上戍楼,琵琶起舞锦缠头。更闻横笛关山远,白草胡沙西塞秋。

# 春夜闻笛

寒山吹笛唤春归,迁客相看一作逢泪满衣。洞庭一夜无穷雁,不待天明尽北飞。

# 扬州送客 一本题下有闻笛二字

南行直入鹧鸪群,万岁桥边一送君。闻道一作笛里望乡闻一作听不得,梅花暗落岭头云。

# 统汉峰一作烽下 一作过降户至统漠烽

统汉峰一作烽西降户营,黄河战一作沙白骨拥长城。只今已勒燕然石,北一作此地无人空月明。

## 避暑女冠

雾袖烟裾云母冠,碧琉璃一作花瑶簟井冰寒。焚香欲使一作降三清一作青鸟,静拂一扫桐阴上玉坛。

## 行　舟

柳花飞一作吹入正行舟,卧引菱花信碧流。闻道风光满扬子,天晴共上望乡楼。

## 隋 宫 燕

燕语如伤旧国春,宫花一一作旋落已成尘。自从一闭风光后,几度飞来不见人。

## 送人归岳阳

烟草连天枫树齐,岳阳归路子规啼。春江万里巴陵戍,落日看沉碧水西。

## 上汝州郡楼

黄昏鼓角似边州,三十年前上此楼。今日山城一作川对垂泪,伤心不独为悲秋。

## 临滹沱见蕃使列名

漠南春色到滹沱,碧柳青青塞马多。万里关山今不闭,汉家频许郅支和。

# 写　情

水纹珍簟思悠悠，千里佳期一夕休。从此无心爱良夜，任他明月下西楼。

## 夜上受降城闻笛

回乐峰一作烽前沙似雪，受降城下一作上，一作外。月如霜。不知何处吹芦管一作笛，一夜征人尽望乡。

## 赴渭北宿石泉驿南望黄堆烽

边城已在虏城中，烽火南飞入汉宫。汉庭议事先黄老，麟阁何人定战功。

## 逢归信偶寄

无事将心寄柳条，等闲书字满芭蕉。乡关若有东流信，遣送扬州近驿桥。

## 赠毛仙翁

玉树溶溶仙气深，含光混俗似无心。长愁忽作鹤飞去，一片孤云何处寻。

# 长　干　行

　　黄鲁直云：李白集中《长干行》二篇，其后篇乃李益所作。胡震亨从之，增入益集。

忆妾深闺里，烟尘不曾识。嫁与长干人，沙头候风色。五月南风兴，思君下巴陵。八月西风起，想君发扬子。去来悲如何，见少离别多。湘潭几日到,妾梦越风波。昨夜狂风度,吹折江头树。渺渺暗无边,行人在何处。好乘浮云骢,佳期兰渚东。鸳鸯绿浦上,翡翠锦屏中。自怜十五馀,颜色桃花红。那作商人妇,愁水复愁风。

## 和丘员外题湛长史旧居

昔降英王顾,屏身幽岩曲。灵波结繁箫,爽籁赴鸣玉。运转春华至,岁来山草绿。青松掩落晖,白云竟空谷。伊人抚遗叹,恻恻芳又缛。云谁敩美香,分毫寄明牧。

## 送客归振武

骏马事轻车,军行万里沙。胡山通嗢落,汉节绕浑邪。桂满天西月,芦吹塞北箫。别离俱报主,路极不为赊。

## 府 试 古 镜

旧是秦时镜,今藏古匣中。龙盘初挂月,凤舞欲生风。石黛曾留殿,朱光适在宫。应祥知道泰,鉴物觉神通。肝胆诚难隐,妍媸信易穷。幸居君子室,长愿免尘蒙。

## 赠 宣 大 师

一国沙弥独解诗,人人道胜惠林师。先皇诏下征还日,今上龙飞入内时。看月忆来松寺宿,寻花思作杏溪期。因论佛地求心地,只说常吟是住持。

## 汉宫词 一作韩翃诗

汉室翃集作家在长陵小市东翃集作中,珠帘绣户对春风。君王昨日移仙仗,玉辇将迎入汉中翃集作宫。

## 江南曲 一作韩翃诗

长乐花枝雨点销,江城日暮好相邀。春楼不闭葳蕤锁,绿水回连宛转桥。

## 宿石邑山中

浮云不共此山齐,山霭苍苍望转迷。晓月暂飞高树里,秋河隔在数峰西。

## 寄赠衡州杨使君

湘竹斑斑湘水春,衡阳太守虎符新。朝来笑向归鸿道,早晚南飞见主人。

## 途中寄李二 一作戎昱诗

杨柳含烟灞岸春,年年攀折为行人。好风若借低枝便,莫遣青丝扫路尘。

## 寄许炼师 一作戎昱诗

扫石焚香礼碧空,露华偏湿蕊珠宫。如何说得天坛上,万里无云月在中。

## 失 题 此卢纶诗,题作赴虢州留别故人。

世故相逢各未闲,百年多在别离间。昨夜秋风今夜雨,不知何处入空山。

# 塞 下 曲

伏波惟愿裹尸还，定远何须生入关。莫遣只轮归海窟，仍留一箭射天山。

# 上 黄 堆 烽

心期紫阁山中月，身过黄堆烽上云。年发已从书剑老，戎衣更逐霍将军。

# 句

闲庭草色能留马，当路杨花不避人。 见张为《主客图》

# 全唐诗卷二八四

## 李　端

李端,字正己,赵郡人,大历五年进士。与卢纶、吉中孚、韩翃、钱起、司空曙、苗发、崔峒、耿沛、夏侯审唱和,号大历十才子。尝客附马郭暧第,赋诗冠其坐客。初授校书郎,后移疾江南,官杭州司马卒。集三卷,今编诗三卷。

### 古别离二首

水国叶黄时,洞庭霜落夜。行舟闻—作问商估,宿在枫林下。此地送君还,茫茫似梦间。后期知几日,前路转多山。巫峡通湘浦,迢迢隔云雨。天晴见海峤—作峤,一作桥,月落闻津鼓。人老自多愁,水深难急流。清宵歌一曲,白首对汀洲。

与君桂阳别,令君岳阳待。后事忽差池,前期日空在。木落雁嗷嗷,洞庭波浪高。远山云似盖,极浦树如毫。朝发能几里,暮来风又起。如何两处愁,皆在孤舟里。昨夜天月明,长川寒且清。菊花开欲尽,荠菜泊来生。下江帆势速,五两遥相逐。欲问去时人,知投何处宿。空令猿啸时,泣对湘簟—作潭竹。

### 折杨柳　—作折杨柳送别

东城攀柳叶,柳叶低着草。少壮莫轻年,轻年有衰老。柳发遍川冈,登高堪断肠。雨烟轻漠漠,何树近君乡。赠君折杨柳,颜色岂能久。上客莫沾巾,佳人正回首。新柳送君行,古柳伤君情。突兀临荒渡,婆娑出旧营。隋家两岸尽,陶宅五株荣一作平。日暮偏愁望,春山有鸟声。一本截后八句为五律。

## 留别柳中庸

惆怅流水时,萧条背城路。离人出古亭,嘶马入寒树。江海正风波,相逢一作挂蓬在一作向何处。

## 野亭三韵送钱员外

野菊开欲稀,寒泉流渐浅一作缓。幽人步林后,叹此年华晚。倚杖送行云,寻思故山远。

## 归山招王逵

日长原野静,杖策步幽巇。雉雏麦苗阴,蝶飞溪草晚。我生好闲放,此去殊未返。自是君不来,非关故山远。

## 过谷口元赞善所居 一作赠池阳谷口

入谷访君来,秋泉已堪涉。林间人独坐,月下山相接。重露湿苍苔,明灯照黄一作红叶。故交一不见,素发何稠叠。

## 旅次岐山得山友书却寄凤翔张尹

本与戴征君,同师竹上坐。偶为名利引,久废论真果。昨日山信回,寄书来责我。

# 九日赠司空文明

我有惆怅词,待君醉时说。长来逢九日,难与菊花别。摘却正开
花,暂言花未发。

# 芜　城

昔人登此地,丘垄已前悲。今日又非昔,春风能几时。风吹城上
树,草没城边路。城里月明时,精灵自来去。洪迈取后四句为绝句。

# 送吉中孚拜官归楚州

才子神骨清,虚竦一作疏眉眼明。貌应同卫玠,鬓且异潘生。初戴
莓苔帻,来过丞相宅。满堂归道师,众口宗诗伯。须臾里巷传,天
子亦知贤。出诏升高士,驰声在少年。自为才哲爱,日与侯王会。
匡主一言中,荣亲千里外。更闻仙士友,往往东回首。驱石不成
羊,指一作捐丹空毙狗。孤帆淮上归,商估夜相依。海雾寒将尽,天
星晓欲稀。潮头来始歇,浦口喧争发。乡树尚和云,邻船犹带月。
到洞必伤情,巡房见旧名。醮疏坛路涩,汲少井栏倾。别我长安
道,前期共须老。方随水向山,肯惜花辞岛。怅望执君衣,今朝风
景好。

# 荆　州　泊

南楼西下时,月里闻来棹。桂水舳舻回一作还,荆州津济闹。移帷
望一作掩星汉,引带思容貌。今夜一江人,唯应妾身觉。

# 春游乐 一作曲

游童苏合弹一作带,倡女蒲葵扇。初日映城时,相思忽相见。褰裳

蹋路草,理鬟回花面。薄暮不同归,留情此芳甸。

## 千里思

凉州风月美,遥望居延路。泛泛下天云,青青缘塞树。燕山苏武上,海岛田横住。更是草生时,行人出门去。

## 白鹭咏

迥起来应近,高飞去自遥。映林同落雪,拂水状翻潮。犹有幽人兴,相逢到碧霄。

## 冬夜与故友聚送吉校书

途穷别则怨,何必天涯去。共作出门人,不见归乡路。殷勤执杯酒,怅望送亲故。月色入闲轩,风声落高树。云霄望且远,齿发行应暮。九日泣黄花,三秋悲白露。君行过洛阳,莫向青山度。

## 与苗员外山一作出行

古人留路去,今日共君行。若待青山尽,应逢白发生。谁知到兰若,流落一书名。

## 早春同庾侍郎题青龙上方院

相见惜馀辉,齐行登古寺。风烟结远恨,山水含芳意。车马莫前归,留看巢鹤至。

## 送从叔赴洪州

荣家兼佐幕,叔父似还乡。王粲名虽重,郄超髯未长。鸣桡过夏口,敛笏见浔阳。后夜相思处,中庭月一方。

# 送路司谏侍从叔赴洪州

郄超本绝伦,得意在芳春。勋业耿家盛,风流荀氏均。声名金作赋,白皙玉为身。敛笏辞天子,乘龟从丈人。度关行且猎,鞍马何蹩躠。猿啸暮应愁,湖流春好涉。浔阳水分送,于越山相接。梅雨细如丝,蒲帆轻似叶。逢风燕不定,值石波先叠。楼见远公庐,船经徐稚业。邑人多秉笔,州吏亦负笈。村女解收鱼,津童能用楫。唯我有荆扉,无成未得归。见君兄弟出,今日自沾衣。

## 病后游青龙寺

病来形貌秽,斋沐入东林。境静闻神远,身羸向道深。芭蕉高自折,荷叶大先沉。

## 夜寻司空文明逢深上人因寄晋侍御

鹤裘筇竹杖,语笑过林中。正是月明夜,陶家见远公。自嫌山客务,不与汉官同。

## 长安书事寄薛戴

朔雁去成行,哀蝉响如昨。时芳一憔悴,暮序何萧索。笑语且无聊,逢迎多约略。三山不可见,百岁空挥霍。故事尽为愁,新知无复乐。夫君又离别,而我加寂寞。惠远纵相寻,陶潜只独酌。主人恩则厚,客子才自薄。委曲见提携,因循成蹇剥。论边书未上,招隐诗还作。贵者已朝餐,岂能敦宿诺。飞禽虽失树,流水长思壑。千里寄琼枝,梦寐青山郭。

# 鲜于少府宅看花

谢家能植药，万簇相紫倚。烂熳绿苔前，婵娟青草里。垂栏复照户，映竹仍临水。骤雨发芳香，回风舒锦绮。孤光杂—作耀新故，众色更重累。散碧出疏茎，分黄成细蕊。游蜂高更下，惊蝶坐还起。玉貌对应惭，霞标—作操方不似。春阴怜弱蔓，夏日同短晷。回落报—作劳荣衰，交关斗红紫。花时苟未赏，老至谁能止。上客屡移床，幽僧劳凭几。初合虽薄劣，却得陪君子。敢问贤主人，何如种桃李。

## 慈恩寺怀旧 并序

余去夏五月，与耿㧑、司空文明、吉中孚同陪故考功王员外来游此寺。员外，相国之子，雅有才称，遂赋五物，俾君子射而歌之。其一曰凌霄花，公实赋焉，因次诸屋壁以识其会。今夏，又与二三子游集于斯，流涕语旧。既而携手入院，值凌霄更花，遗文在目，良友逝矣，伤心如何。陆机所谓同宴一室，盖痛此也。观者必不以秩位不侔，则契分曾（一作甚）厚；词理不至，则悲哀在中。因赋首篇，故书之。

去者不可忆，旧游相见时。凌霄徒更发，非是看花期。倚玉交文友，登龙年月久。东阁许联床，西郊亦携手。彼苍何暧昧，薄劣翻居后。重入远师溪，谁尝陶令酒。伊昔会禅宫，容辉在眼中。篮舆来问道，玉柄解谈空。孔席亡颜子，僧堂失谢公。遗文一书壁，新竹再移丛。始聚终成散，朝欢暮不同。春霞方照日，夜烛忽迎风。蚁斗声犹在，鸮灾道已穷。问天应默默，归宅太匆匆。凄其履还路，莽苍云林暮。九陌似无人，五陵空有雾。缅怀山阳笛，永恨平原赋。错莫过门栏，分明识行路。上智本全真，郤公况重臣。唯应抚灵运，暂是忆嘉宾。存信松犹小，缄哀草尚新。鲤庭埋玉树，那忍见门人。

# 赠 薛 戴

晓雾一作露忽为霜，寒蝉还罢响。行人在长道，日暮多归想。射策
本何功，名登绛帐中。遂矜丘室重，不料阮途穷。交结惭时辈，龙
钟似老翁。机非鄙夫正，懒是平生性。欹枕鸿雁高，闭关花药盛。
厨烟当雨绝，阶竹连窗暝。欲赋苦饥行，无如消渴病。旧业历胡
尘，荒原少四邻。田园空有处，兄弟未成人。毛义心长苦，袁安家
转贫。今呈胸臆事，当为泪沾巾。

# 东 门 送 客

绿杨新草路，白发故乡人。既壮还应老，游梁复滞秦。逢花莫漫
折，能有几多春。

# 送 韩 绅 卿

春雨昨开花，秋霜忽沾草。荣枯催日夕，去住皆须老。君望汉家
原，高坟渐成道。

# 襄 阳 曲

襄阳堤路长，草碧柳枝黄。谁家女儿临夜妆，红罗帐里有灯光。雀
钗翠羽动明珰，欲出不出脂粉香。同居女伴正衣裳，中庭寒月白如
霜。贾生十八称才子，空得门前一断肠。

# 胡 腾 儿 一作歌

胡腾身是凉州儿，肌肤如玉鼻如锥。桐布轻衫前后卷，葡萄长带一
边垂。帐前跪作本音语，拾一作拈襟搅一作摆袖为君舞。安西旧牧

收泪看,洛下词人抄曲与。扬眉动目踏花毡,红汗交流珠帽偏。醉
却东倾又西倒,双靴柔弱满灯前。环行急蹴皆应节,反手又腰如却
月。丝桐忽奏一曲终,呜呜画角城头发。胡腾儿,胡腾儿,故乡路
断知不知。

## 赠 康 洽

黄须康兄酒泉客,平生出入王侯宅。今朝醉卧又明朝,忽忆故乡头
已白。流年恍惚瞻西日,陈事苍茫指南陌。声名恒压鲍参军,班位
不过扬执戟。迩来七十遂无机,空是咸阳一布衣。后辈轻肥贱衰
朽,五侯门馆许因依。自言万物有移改,始信桑田变成海。同时献
赋人皆尽,共壁题诗君独在。步出东城风景和,青山满眼少年多。
汉家尚壮今则老,发短心长知奈何。华堂举杯白日晚,龙钟相见谁
能免。君今已反我正来,朱颜宜笑能几回。借问朦胧花树下,谁家
畲插筑高台。

## 瘦 马 行

城傍牧马驱未过,一马徘徊起还卧。眼中有泪皮有疮,骨毛焦瘦令
人伤。朝朝放在儿童手,谁觉举头看故乡。往时汉地相驰逐,如雨
如风过平陆。岂意今朝驱不前,蚊蚋满身泥上腹。路人识是名马
儿一作衰,畴昔三军不得骑。玉勒金鞍既已远一作过,追奔获兽有谁
知。终身枥上食君草,遂与驽骀一时老。倘借长鸣陇上风,犹期一
战安西道。

## 杂一作樵歌呈郑锡司空文明

昨宵梦到亡何乡,忽见一人山之阳。高冠长剑立石堂,鬓眉飒爽瞳
子方。胡麻作饭琼作浆,素书一帙在柏床。啖我还丹拍我背,令一

作命我延年在人代。乃书数字与我持,小儿归去须读之。觉来知是虚无事,山中雪平云覆地。东岭啼猿三四声,卷帘一望心堪碎。蓬莱有梯不可蹑,向海回头泪盈睫。且闻童子是苍蝇,谁谓庄生异蝴蝶。学仙去来辞故人,长安道路多风尘。

## 杂　歌

汉水至清泥则浊,松枝至坚萝则弱。十三女儿事他家,颜色如花终索寞。兰生当门燕巢幕,兰芽未吐燕泥落。为姑偏忌诸嫂良,作妇翻嫌婿家恶。人生照镜须自知,无盐何用妒西施。秦庭野鹿忽为马,巧伪乱真君试思。伯奇掇蜂贤父逐,曾参杀人慈母疑。酒沽千日人不醉,琴弄一弦心已悲。常闻善交无尔汝,谗口甚甘良药苦。山鸡锦翼岂凤凰,垄鸟人言止鹦鹉。向栩非才徒隐灶,用文有命那关户。犀烛江行见鬼神,木人登席呈歌舞。乐生东去一作仕终居赵,阳虎北辕翻适楚。世间反覆不易陈,缄此贻君泪如雨。

## 乌　栖　曲

白马逐朱一作牛车,黄昏入狭斜。狭斜柳树乌争宿,争枝未得飞上屋。东房少妇婿从军,每听乌啼知夜分。

## 送　客　东　归

昨夜东风吹尽雪,两京路上梅花发。行人相见便东西,日暮溪头饮马别。把君衫袖望垂杨,两行泪下思故乡。

## 王　敬　伯　歌

妾本舟中女,闻君江上琴。君初感妾意一作叹,妾亦感君心。遂出合欢被,同为交颈禽。传杯唯畏浅,接膝犹嫌远。侍婢奏箜篌,女郎歌宛转。宛转怨如何,中庭霜渐多。霜多叶可惜,昨日非今夕。
徒结万重欢,终成一宵客。王敬伯,绿水青山从此隔。

## 救生寺望春寄畅当

东西南北望,望远悲潜蓄。红黄绿紫花,花开看不足。今年与子少
相随,他年与子老相逐。

## 荆门一本此下有雨字歌送兄赴夔州

余兄佐郡经西楚,饯行因赋荆门雨。霹雳燮燮声渐繁,浦里人家收
市喧。重阴大点过欲尽,碎浪柔文相与翻。云间怅望荆衡路,万里
青山一时暮。琵琶寺里响空廊,熨火陂前湿荒戍。沙尾长樯发渐
稀,竹竿草屧涉流归。夷陵已远一作远色半成烧,汉上游倡始濯衣。
船门相对多商估,葛服龙钟篷下语。自是湘州石燕飞,那关齐地商
羊舞。曾为江客念江行,肠断秋荷雨打声。摩天古木不可见,住岳
高僧空得名。今朝拜首临欲别,遥忆荆门雨中发。

## 妾　薄　命

忆妾初嫁君,花鬟如绿云。回灯入绮帐,转面脱罗裙。折步教人
学,偷香与客熏。容颜南国重,名字北方闻。一从失恩意,转觉身
憔悴。对镜不梳头,倚窗空落泪。新人莫恃新,秋至会无春。从来
闭在长门者,必是宫中第一人。

# 全唐诗卷二八五

## 李 端

### 关 山 月

露湿月苍苍,关头榆叶黄。回轮照海远,分彩上楼长。水冻频移幕,兵疲数望乡。只应城影外,万里共胡霜。

### 度 关 山

雁塞日初晴,狐一作孤关雪复一作覆雪平。危楼一作竿缘广漠,古窦傍长城。拂剑金星出,弯弧玉羽鸣一作轻。谁知系虏者,贾谊是书生。
洪迈取前四句为绝句。

### 巫山高 一作巫山高和皇甫拾遗

巫山十二峰一作重,皆在碧虚中。回合云藏月一作日,霏微雨带风。猿声寒过涧一作度水,树色暮连空。愁向高唐望,清秋见楚宫。

### 雨 雪 曲

天山一丈雪,杂雨夜霏霏。湿马胡歌乱,经烽汉火微。丁零苏武别一作住,疏勒范羌归。若看一作著关头下一作过,长榆叶定稀。

# 春 游 乐

柘弹连钱马,银钩妥一作倭堕鬟。摘桑春陌上,踏草夕阳间。意合辞先露,心诚貌却闲。明朝若相忆,云雨出巫山。

# 山 下 泉

碧水映丹霞,溅溅度浅沙。暗通山下草,流出洞中花。净色和云落,喧声绕石斜。明朝更寻去,应到阮一作刘郎家。

## 送客赴洪州 一作送郑侍御

草色随骢马,悠悠共出秦。水传云梦晓,山接洞庭春。帆影连三峡,猿声在四邻。青门一分手,难见杜陵人。

# 与郑锡游春

东门垂柳长,回首独心伤。日暖临芳草,天晴忆故乡。映花莺上下,过水蝶飞扬。借问同行客,今朝泪几行。

## 送友人 一作送友人南游

闻说湘川路,年年古木一作吊古多。猿啼巫峡夜,月照洞庭波。穷海人还去,孤城雁与过。青山不同赏一作不可到,来往自蹉跎。

# 题从叔沇林园

阮宅闲园暮,窗中见树阴。樵歌依远草,僧语过长林。鸟哢一作上花间曲一作井,人弹竹里琴。自嫌身未老,已有住山心。

## 送少微上人入一作游蜀

削发本求道,何方不是归。松风开法席一作径,江一作莲月濯禅衣。飞阁蝉鸣早,漫天客过稀。戴颙常执笔,不觉此身非。

## 雨后游辋川

骤雨归山尽,颓阳入辋川。看虹登晚墅,踏石过青泉。紫葛藏仙井,黄花出野田。自知无路去,回步就人烟。

## 同皇甫侍御题惟一上人房

焚香居一室,尽日见空林。得道轻年暮,安禅爱夜深。东西皆是梦,存没岂关心。唯羡诸童子,持经在竹阴。

## 同苗一作裴员外宿荐福寺僧舍

潘安秋兴动,凉夜宿僧房。倚杖云离月,垂帘竹有霜。回风生一作吹远径,落叶飒长廊。一与交亲会,空贻别后伤。

## 送客往一作赴湘江

识君年已老,孤棹向潇湘。素发临高镜,清晨入远乡。三山分夏口,五两映浔阳。更逐巴东一作江客,南行泪几行。

## 送友人游蜀

嘉陵天气好,百里见双流。帆影缘巴字一作寺,钟声出汉州。绿原春草晚,青木暮猿愁。本是风流地,游人易白头。

## 送友人游江东

江上花开尽，南行见杪<sub></sub>一作少见春。鸟声悲古木，云影入通津。返景斜连草，回潮暗动蘋。谢公今在郡，应喜得诗人。

## 送乐平苗明府得家字

本自求彭泽，谁云道里赊。山从石一作古壁断，江向弋阳斜。暮一作草色随枫树，阴云暗荻花。诸侯旧调鼎，应重宰臣家。

## 过　宋　州

睢阳陷虏日，外绝救兵来。世乱忠臣死，时清明主哀。荒郊春草遍，故垒野花开。欲为将军哭，东流水不回。

## 茂陵山行陪韦金部 一作招金部韦员外

宿雨朝来歇，空山秋气清。盘云双鹤下，隔水一蝉鸣。古道黄花落，平芜赤烧生。茂陵虽有病，犹得伴君行。

## 江上逢司空曙 一作岳阳逢司空文明得关中书

共尔一作有鬓年故，相逢万里馀。新春两行泪，故一作旧国一封书。夏口帆初落一作泊，浐一作浔，一作衡。阳雁正一作已疏。唯当执杯酒，暂食汉江鱼。《襄阳耆旧传》：汉水中有鱼甚美。

## 逢王泌自东京至

逢君自乡至，雪涕问田园。几处生乔木，谁家在旧村。山峰横二室，水色映千门。愁见游从处，如今花正繁。

# 山中期吉中孚

行人路不同,花落到山中。水暗兼葭雾,月明杨柳风。年华惊已掷,志业飒然空。何必龙钟后,方期事远公。

# 酬前大理寺评事张芬

君家旧林壑,寄在乱峰西。近日春云满,相思路亦迷。闻钟投野寺,待月过前溪。怅望成幽梦,依依识故蹊。

# 赋得山泉送房造

泉水山边去,高人月下看。润松秋色净,落涧夜声寒。委曲穿深竹,潺湲过远一作浅滩。圣朝无隐者,早晚罢渔竿。

# 宿兴善寺后堂池 一本无堂字

草堂高树下,月向后池生。野客如一作同僧静一作坐,新荷共水平。锦鳞沉不食,绣羽乱相鸣。即事思江海,谁能万里行。

# 忆皎然上人

未得从师去,人间万事劳。云门不可见,山木已应高。向日开柴户,惊秋问敝袍。何由宿峰顶,窗里望波涛。

# 赠衡岳隐禅师

旧住衡州寺,随缘偶北来。夜禅一作寒山雪下,朝汲竹门开。半偈传初一作空皆尽,群生意未回。唯当与樵者,杖锡入天台。

## 云阳观—作宿华阳洞寄袁稠 —作元阳观寄元称

花洞晚阴阴—作满沉沉,仙坛隔杏林。漱泉春谷冷,捣药夜窗深。石
上开仙酌,松间对玉琴。戴家溪北住,雪后去相寻。

## 晚游东田寄司空曙

暮来思远客,独立在东田。片雨—作影无妨景—作雨,残虹不映天。
别愁逢夏果,归兴入秋蝉。莫作骑官意,陶潜—作公未必贤。

## 题崔端公园林

上士爱清辉,开门向翠微。抱琴看鹤去,枕石待云归。野坐苔生
席,高眠竹挂衣。旧山东望远,惆怅暮花飞。

## 早春雪夜寄卢纶兼呈秘书元丞

闻君随谢朓,春夜宿前川—作山前。看竹云垂地—作岭,寻僧月满田
—作雪满船。熊寒方入树,鱼乐稍离船。独夜羁愁客,惟知惜故—作
暮年。

## 早春夜集耿拾遗宅

如何逋客会,忽在侍臣家。新草犹停雪,寒梅未放花。衔杯鸡欲
唱,逗月雁应斜。年齿俱憔悴,谁堪故国赊。

## 元丞宅送胡濬及第东归觐省

登龙兼折桂,归去当一作赏高车—作居。旧楚枫犹在,前隋柳已疏。
月中逢海客,浪里得乡书。见说江边住,知君不厌鱼。

## 送魏广下第归扬州宁亲

游宦今空返,浮淮一雁秋。白云阴泽国,青草绕扬州。调膳过花下,张筵到水头。昆山仍有玉,岁晏莫淹留。

## 归山与酒徒一作友人别

野客本无事,此来非有求。烦君征乐饯一作药送,未免忆山愁。红烛侵明月,青娥促白头。童心久已尽,岂为艳歌留。

## 冬夜寄韩一作韦弇　一作秋夜寄司空文明

独坐知霜下,开门见木衰。壮应随日去,老岂与人期。废井虫鸣早,阴阶菊发迟。兴来空忆戴,不似剡溪时。

## 闻吉道士还俗因而有赠

闻有华阳客,儒裳谒紫微。旧山连药卖,孤鹤带云归。柳市名犹在,桃源梦已稀。还乡见鸥鸟,应愧背船飞。

## 韦员外东斋看花

入花凡几步,此树独相一作将留。发艳红枝合,垂烟绿水幽。并开偏觉好,未落已成一作看愁。一到芳菲下,空招一作赊两鬓秋。

## 边　头　作

邠郊泉脉动,落日上城楼。羊马水草足,羌胡帐幕稠。射雕过海岸,传一作残箭怯一作胁边州。何事归朝将,今年又拜侯。

## 宿深上人院听远泉

泉声宜远听,入夜对支公。断续来方尽,潺湲咽又通。何年出石下,几里在山中。君一作若问穷源处,禅心与此同。

## 茂陵村行赠何兆

春天黄鸟啭,野径白云间。解带依芳草,支颐想故山。人行九州路,树老五陵间。谁道临邛远,相如自忆还。

## 送友人还洛

去国渡关河,蝉鸣古树多。平原正超忽,行子复蹉跎。去事不可想,旧游难再过。何当嵩岳下,相见在烟萝。

## 送戴征士还山

柔桑锦臆雉,相送到烟霞。独隐空山里,闲门几树花。草生杨柳岸,鸟啭竹林家。不是谋生拙,无为末路赊。一作肥遁超然逝,优游兴味赊。

## 秋日旅舍别司空文明

凉风飒穷巷,秋思满高一作同云。吏隐俱不就,此心仍别君。素怀宗淡泊,羁旅念功勋。转忆西林寺,江声月下闻。

## 旅舍对雪赠考功王员外

杨花惊满路,面市忽狂风。骤下摇兰叶,轻飞集竹丛。欲将琼树比,不共玉人同。独望徽之棹,青山在雪中。

# 送丁少府往唐上

因君灞陵别，故国一回看。共食田文饭，先之梅福官。江风转一作
薄日暮，山月满潮寒。不得同舟望，淹留岁月阑。

## 赠李龟年

青春事汉主，白首入秦城。遍识才人字一作时人号，多知旧曲名。风
流随故事，语笑合新声。独有垂杨树，偏伤日暮情。

## 送郭补阙归江阳

东门春尚浅，杨柳未成阴。雁影愁斜日，莺声怨故林。隋宫江上
远，梁苑雪中深。独有怀归客，难为欲别心。

## 早春会王逵主人得蓬字

今年华鬓色，半在故人中。欲写无穷恨，先期一醉同。绿丛犹覆
雪，红萼已凋风。莫负归山契，君看陌上蓬。

## 宿山寺思归

僧房秋雨歇，愁卧夜更深。欹枕闻鸿雁，回灯见竹林。归萤入草
尽，落月映窗沉。拭泪无人觉，长谣向壁阴。

## 送客赴江陵寄郢州郎士元

露下晚蝉愁，诗人旧怨秋。沅湘莫留滞，宛洛好遨游。饮马逢黄
菊，离家值白头。竟陵明月夜，为上庾公楼。

## 送客赋得巴江夜猿

巴水天边路,啼猿伤客情。迟迟云外尽,杳杳树中生。残月暗将落,空霜寒欲明。楚人皆掩泪,闻到第三声。

## 秋日忆㑹上人

一从持钵别,更未到人间。好静居贫寺,遗名弃近山。雨前缝百衲,叶下闭重关。若便浔阳去,须将旧客还。

## 寄上舍人叔

车马朝初下,看山忆独寻。会知逢水尽,且爱入云深。残雨开斜日,新蝉发迥林。阮咸虽别巷,遥识此时心。

## 送古之奇赴安西幕

畴昔十年兄,相逢五校营。今宵举杯酒,陇月见军城。堠火经阴绝,边人接晓行。殷勤送书记,强虏几时平。

## 送张芬归江东兼寄柳中庸

久是天涯客,偏伤落木时。如何故国见,更欲异乡期。鸟暮东西急,波寒上下迟。空将满眼泪,千里怨相思。

## 送丘丹归江东

故山霜落久,才子忆荆扉。旅舍寻人别,秋风逐雁归。梦愁枫叶尽,醉惜菊花稀。肯学求名者,经年未拂衣。

## 卧病寄苗员外

故人初未贵，相见得淹留。一自朝天去，因成计日游。月明应独醉，叶下肯同愁。因恨刘桢病，空园卧见秋。

## 送杨皋擢第归江东 一作送表丈杨皞

隋堤望楚国，江上一归人。绿气千樯暮，青风万里春。试才初得桂，泊渚肯伤蘋。拜手终凄怆，恭承中外亲。

## 题郑少府林园

谢家今日晚一作暖，词客愿抽毫。枥马方回影，池鹅正理毛。竹筒传水远，麈尾坐僧高。独有宗雷贱，过君著一作看敝袍。

## 送吉中孚拜官归业

南入华阳洞，无人古树寒。吟诗开旧帙，带绶上荒坛。因病求归易，沾恩更隐难。孟宗应献鲊，家近守渔官。

## 送杨少府赴阳翟 即舍人之弟

冠带仁兄后，光辉寿母前。陆云还入洛，潘岳更张筵。井邑嵩山对，园林颍水连。东人欲相送，旅舍已潸然。

## 慈恩寺暕上人房招耿拾遗

悠然对惠远，共结故山期。汲井树阴下，闭门亭午时。地闲花落厚，石浅水流迟。愿与神仙客，同来事本师。

# 宿山寺雪夜寄吉中孚

独爱僧房竹,春来长到池。云遮皆晃朗,雪压半低垂。不见侵山叶,空闻拂地枝。鄙夫今夜兴,唯有子猷知。

## 赠 赵 神 童

圣朝殊汉令,才子少登科。每见先鸣早,常惊后进多。独居方寂寞,相对觉蹉跎。不是通家旧,频劳文举过。

## 宿云际寺赠深上人

暂别青蓝寺,今来发欲斑。独眠孤烛下,风雨在前山。坏宅终须去,空门不易还。支公有方便,一愿启玄关。

## 送从兄赴洪州别驾兄善琴

援琴兼爱竹,遥夜在湘沅。鹤舞月将下,乌啼霜正繁。乱流喧橘岸,飞雪暗荆门。佐郡无辞屈,其如相府恩。

## 山中期张芬不至

石一作古堤春草碧,双燕向西飞。怅望云天暮,佳人何处归。药栏虫网遍,苔井水痕稀。谁道嵇康懒,山中自掩扉。

## 寄 畅 当

麦秀草芊芊,幽人好昼眠。云霞生岭上,猿鸟下床前。颜子方敦行,支郎久住禅。中林轻暂别,约略已经年。

## 送义兴元少府

逢君惠连第一作弟，初命〔便〕(更)光辉。已得群公祖，终妨太傅讯。
路长人反顾，草断燕回飞。本是江南客，还同衣锦归。

## 卧病别郑锡

病来喜无事，多卧竹林间。此日一相见，明朝还掩关。幽人爱一作
怨芳草，志士惜颓颜。岁〔晏〕(宴)不我弃，期君在故山。

## 书志赠畅当 并序

余少尚神仙，且未能去。友人畅当以禅门见导，余心知必是，未得
其门，因寄诗以咨焉。

少喜一作嘉神仙术，未去已蹉跎。壮志一为累，浮生事渐多。衰颜
不相识，岁暮定相过。请问宗居士，君其奈老何。

## 送诸暨裴少府 公先人，元相公判官。

山公访嵇绍，赵武见韩侯。事去恩犹在，名成泪却流。一官同北
去，千里赴南州。才子清风后，无贻相府忧。

## 送郑宥入蜀迎觐

宁亲西陟险，君去异王阳。在世谁非客，还家即是乡。剑门千转
尽，大剑山，即剑门也。巴水一支长。嘉陵江、潼江、小剑水，皆巴水也。请语
愁猿道，无烦促泪行。

## 送耿拾遗沨使江南括图书

驱传草连天，回风满树蝉。将过夫子宅，前一作亦问孝廉船。汉使

收三箧,周诗采百篇。别来将一作君终有泪,不是怨流年。

## 送王少府游河南

马卿方失意,东去谒诸侯。过宋人应少,游梁客独愁。鸟翻千室暮,蝉急两河秋。仆本无媒者,因君泪亦流。

## 送别驾赴晋陵即舍人叔之兄

诸宗称叔父,从子亦光辉。谢朓中书直,王祥别乘归。江帆冲雨上,海树隔潮微。南阮贫无酒,唯将泪湿衣。

## 卧病寄阎宷

病中贪好景,强步出幽居。紫葛垂山径,黄花绕野渠。荒林飞老鹤,败堰过游鱼。纵忆同年友,无人可寄书。

## 晚夏闻蝉寄一本有戴字广文 一作郎士元诗

昨日莺啭声一作始闻莺,今朝蝉忽一作又鸣。朱颜向华发,定是几年程。故国白云远,闲居青草生。因垂数行泪,书报一作寄十年兄。

## 归山居寄钱起

怅望青山下,回头泪满巾。故乡多古树,落日少行人。发鬓将回色,簪缨未到身。谁知武陵路,亦有汉家臣。

## 晓 发 瓜 州

晓发悲行客,停桡独未前。寒江半有月,野戍渐无烟。棹唱临高岸,鸿嘶发远田。谁知避徒御,对酒一潸然。

## 江上喜逢司空文明

秦人江上见，握手泪沾巾。落日见秋草，暮年逢故人。非夫长作客，多病浅谋身。台阁旧亲友，谁曾见苦辛。

## 同苗发慈恩寺避暑

追凉寻宝刹，畏日望璇题。卧草同鸳侣，临池似虎溪。树闲人迹外，山晚鸟行西。若问无心法，莲花隔淤泥。

## 送潘述宏词下第归江外 第七句缺二字

唱高人不和，此去泪难收。上国经年住，长江满目流。弈棋知胜偶，射策请焚舟。应是田一作由□□，玄成许尔游。

## 送张少府赴夏县

虽为州县职，还欲抱琴过。树古闻风早，山枯见雪多。鸡声连绛市，马色傍黄河。太守新临郡，还逢五袴歌。

## 酬秘书元丞郊园卧疾见寄

闻说漳滨卧，题诗怨岁华。求医主高手，报疾到贫家。撤枕销行蚁，移杯失画蛇。明朝九衢上，应见土人车。

## 送成都韦丞还蜀

蜀门云树合，高栈有猿愁。驱传加新命，之官向旧游。晨装逢酒雨，夜梦见刀州。远别长相忆，当年莫滞留。

## 晚秋旅舍寄苗员外

争途苦不前,贫病遂连牵。向暮同行客,当秋独长年。晚花唯有菊,寒叶已无蝉。吏部逢今日,还应瓮下眠。

## 送惟良上人归润州

拟诗偏不类,又送上人归。寄世同高鹤,寻仙称一作山补坏衣。雨行江草短,露坐海帆稀。正被空门缚,临岐乞解围。

## 送何兆下第还蜀

重江不可涉,孤客莫晨装。高一作古木莎城小一作下,残星一作霞栈道长。袅猿枫子落,过一作送雨荔枝香。劝尔成都住,文翁有草一作学堂一作旧房。

## 送友人宰湘阴

从宦舟行远,浮湘又入闽。兼葭无朔雁,桂栝有蛮神。传吏闲调象,山精暗讼人。唯须千树橘,暂救李衡贫。

## 送元晟归江东旧居

泽国舟车接,关门雨雪乖。春天行故楚,夜月下清淮。讲易居山寺,论诗到郡斋。蒋家人暂别,三路草连阶。

## 送黎少府赴阳翟

诗礼称才子,神仙是丈人。玉山那惜醉,金谷已无春。白马如风疾,青袍夺草新。不嫌鸣吠客,愿用百年身。

## 送夏侯审游蜀

西望烟绵树，愁君上蜀时。同林息商客，隔栈见罘师。石滑羊肠险，山空杜宇悲。琴心正幽怨，莫奏凤凰诗。

## 单推官厅前双桐咏

封植因高兴，孤贞契素期。由来得地早，何事结花迟。叶重凝烟后，条寒过雨时。还同李家树，争赋角弓诗。

## 送宋校书赴宣州幕

浮舟压芳草，容裔逐江春。远避看书吏，行当入幕宾。夜潮冲老树，晓雨破轻蘋。鸳鹭多伤别，栾家德在人。

## 送赵给事侄尉丹阳

太傅怜群从，门人亦贱回。入官先爱子，赐酒许同杯。淮海春多雨，兼葭夜有雷。遥知拜庆后，梅尉称仙才。

## 宿瓜洲寄柳中庸

怀人同不寐，清夜起论文。月魄正出海，雁行斜上云。寒潮来滟滟，秋叶下纷纷。便送江东去，徘徊只待君。

## 夜宴虢县张明府宅逢宇文评事

虢田留古宅，入夜足秋风。月影来窗里，灯光落水中。征诗逢谢客，饮酒得陶公。更爱疏篱下，繁霜湿菊丛。

## 冬夜集张尹后阁

乘龟兼戴豸,白面映朱衣。安石还须起,泉明不得归。应门常吏在,登席旧寮稀。远客长先醉,那知亚相威。

## 将之泽潞留别王郎中

弱年知己少,前路主人稀。贫病期相惜,艰难又忆归。事成应未卜,身贱又无机。幸到龙门下,须因羽翼飞。

## 晚 次 巴 陵

雪后柳条新,巴陵城下人。烹鱼邀水客,载酒奠山一作江神。云去低一作归斑竹,波回一作风来动白蘋。不堪逢楚老,日暮正江春。

## 送荀道士归庐山

先生归有处,欲别笑无言。绿水到山口,青林连洞门。月明寻石路,云雾望花源。早晚还乘鹤,悲歌向故园。

## 送张淑归觐叔父

日惨长亭暮,天高大泽闲。风中闻草木,雪里见江山。马向塞云去,人随古道还。阮家今夜乐,应在竹林间。

## 送郭参军赴绛州

登车君莫望,故绛柳条春。蒲泽逢胡雁,桃源见晋人。佐军髯尚短,掷地思还新。小谢常携手,因之醉路尘。

## 送袁稠游江南

江南衰草遍,十里见长亭。客去逢摇落,鸿飞入杳冥。空城寒雨细,深院晓灯青。欲去行人起,徘徊恨酒醒。

## 送夏中丞赴宁国任

楚县入青枫,长江一派通。板桥寻谢客,古邑事陶公。片雨收山外,连云上汉东。陆机犹滞洛,念子望南鸿。

## 送卫雄下第归同州

不一作下才先上第,词客却空还。边地行人少,平芜尽日闲。一蝉陂树里,众火陇云间 一作陇头关。羡汝归茅屋,书窗见远一作晚山。

## 送单少府赴扶风

少年趋盛府,颜色比花枝。范甽非童子,杨修岂小儿。叨陪丈人行,常恐阿戎欺。此去云霄近,看君逸足驰。

## 题山中别业

旧宅在山中,闲门与寺通。往来黄叶路,交结白头翁。晚笋难成竹,秋花不满丛。生涯只粗粝,吾岂讳言穷。

## 送司空文明归江上旧居

野菊有黄花,送君千里还。鸿来燕又去,离别惜容颜。流水通归梦,行云失故关。江风正摇落,宋玉莫登山。

## 送新城戴叔伦明府

遥想隋堤路,春天楚国情一作晴。白云当海断,青草隔淮生。雁起斜还直,潮回远复平。莱芜不可到,一醉送君行。

## 送雍丘任少府

丛车饯才子,路走许东偏。远水同春色,繁花胜雪天。鸟行侵楚邑,树影向殷田。莫学生乡思,梅真正少年。

## 送雍郢州

厌郎思出守一作寺,遂领汉东军。望月逢殷浩,缘江送范云。城闲烟草遍,浦迥雪林分。谁伴楼中宿,吟诗估客闻。

## 寄王密卿

酒乐今年少,僧期近日频。买山多为竹,卜宅不缘贫。志业归初地,文章寄此身。稽康虽有病,犹得见情人。

## 与萧远上人游少华山寄皇甫侍御

寻危兼采药,渡水又登山。独与高僧去,逍遥落日间。渐看闾里远,自觉性情闲。回首知音在,因令怅望还。

## 代村中老人答

京洛风尘后,村乡烟火稀。少年曾失所,衰暮欲何依。夜静临江哭,天寒踏雪归。时清应不见,言罢泪盈衣。

# 赠 故 将 军

平生在边日,鞍马若星流。独出间千里,相知满九州。恃功凌主
将,作气见王侯。谁道廉颇老,犹能报远雠。

# 送陆郎中归田司空幕

汉家分列宿,东土佐诸侯。结束还军府,光辉过御沟。农桑连紫
陌,分野入青州。覆被恩难报,西看成白头。

# 酬晋侍御见寄

野客蒙诗赠,殊恩欲报难。本求文举识,不在子真官。细雨双林
暮,重阳九日寒。贫斋一丛菊,愿与卜宾看。

# 送铜泽王归城

昔闻公族出,其一作宾从亦高车。为善唯求乐,分贫必及疏。身承
汉枝叶,手习鲁诗书。尚说无功德,三年在石渠。

# 江上别柳中庸

秦人江上见,握手便沾衣。近日相知少,往年亲故稀。远游何处
去,旧业几时归。更向巴陵宿,堪闻雁北飞。

# 喜皇甫郎中拜谕德兼集贤学士

为郎三载后,宠命一朝新。望苑迁词客,儒林拜丈人。莺飞绮阁
曙,柳拂画堂春。几日调金鼎,诸君欲望尘。

## 送黎兵曹往陕府结婚

东方发车骑,君是上头人。奠雁逢良日,行媒及仲春。时称渡河妇,宜配坦床宾。安得同门吏,扬鞭入后尘。

## 送窦兵曹

梨花开上苑,游女著罗衣。闻道情人怨,应须走马归。御桥迟日暖,官渡早莺稀。莫遣佳期过,看看蝴蝶飞。

## 留别故人 —作李颀诗

此别不可道,此心当语谁。春风灞水上,饮马桃花时。误作好文士,只应游宦迟。留书下朝客,我有故山期。

## 奉送宋中丞使河源

东周遣戍役,才子欲离群。部领河源去,悠悠陇水分。笳声悲塞草,马首渡关云。辛苦逢炎热,何时及汉军。

## 都亭驿送郭判官之幽州幕府

幕府参戎事,承明伏奏归。都亭使者出,杯酒故人违。细雨沾官骑,轻风拂客衣。还从大夫后,吾党亦光辉。

## 送王羽林往秦州

秦州贵公子,汉日羽林郎。事主来中禁,荣亲上北堂。辒车花拥路,宝剑雪生光。直扫三边靖,承恩向建章。

## 送友入关 一本题上有代从兄衡四字

闻君帝城去，西望一沾巾。落日见秋草，暮年逢故人。非才长作客，有命懒谋身。近更婴衰疾，空思老汉滨。

## 代 宗 挽 歌

祖庭三献罢，严卫百灵朝。警跸移前殿，宫车上渭桥。寒霜凝羽葆，野吹咽笳箫。已向新京兆，谁云天路遥。

## 张左丞挽歌二首

素帟低寒水，清笳出晓风。鸟来伤贾傅，马立葬滕公。松柏青山上，城池白日中。一朝今古隔，唯有月明同。

祸集钩方失，灾生剑忽飞。无由就日拜，空忆自天归。门吏看还葬，宫官识赐衣。东堂哀赠毕，从此故臣稀。

## 奉和王元二相避暑怀杜太尉

一作奉和王元二相公于中书东厅避暑凄然怀杜太尉。

艰难尝共理，海晏更相悲。况复登堂处，分明避暑时。绿槐千穗绽，丹药一番迟。蓬荜今何幸，先朝一作闻大雅诗。

## 青龙寺题故昙上人房

远公留故院，一径雪中微。童子逢皆老，门人问亦稀。翻经徒有处，携履遂无归。空念寻巢鹤，时来傍影飞。

## 早 春 夜 望

旧雪逐泥沙，新雷发草芽。晓霜应傍鬓，夜雨莫催花。行矣前途晚,归与故国赊。不劳报春尽,从此惜年华。

## 宴伊东岸

晴洲无远近,一树一潭春。芳草留归骑,朱樱掷舞人。空花对酒落,小翠隔林新。竟日皆携手,何由遇此辰。

## 云际中峰居喜见苗发 一作祖咏诗

自得中峰住,深林亦闭关。经秋无客到,入夜有僧还。暗洞泉声小,荒村树影闲。高窗不可望,星月满空山。

## 宿洞庭

白水连天暮,洪波带日流。风高云梦夕,月满洞庭秋。沙上渔人火,烟中贾客舟。西园与南浦,万里共悠悠。

## 江上赛神

疏鼓应繁丝,送神归九疑。苍龙随赤凤,帝子上天时。骤雨归山疾,长江下日迟。独怜游宦子,今夜泊天涯。

## 奉和元丞侍从游南城别业

垂朱领孙子,从宴在池塘。献寿回龟顾,和羹跃鲤香。高松先草晚,平石助泉凉。馀橘期相及,门生有陆郎。

## 送从舅成都丞广南归蜀 一作卢纶诗

巴字天边水,秦人去是归。栈长山雨响,溪乱火田稀。俗富行应乐,官雄禄岂微。魏舒终有泪,还湿宁家衣。

# 全唐诗卷二八六

## 李　端

赠郭驸马 郭令公子暖尚升平公主，令于席上成此诗。

青春都尉最风流，二十功成便拜侯。金距斗鸡过上苑，玉鞭骑马出长楸。熏香荀令偏怜少，傅粉何郎不解愁。日暮吹箫杨柳陌，路人遥指凤凰楼。

方塘似镜草芊芊，初月如钩未上弦。新开金埒看调马，旧赐铜山许铸钱。杨柳入楼吹玉笛，芙蓉出水妒花钿。今朝都尉如相顾一作许，原脱长裾学少年。

### 宿淮浦忆司空文明

愁心一倍长离忧，夜思千重恋旧游。秦地故人成远梦，楚天凉雨在孤舟。诸溪近海潮皆应，独树边淮叶尽流。别恨转一作最深何处写，前程唯有一登楼。

### 送濮阳录事赴忠州

成名不遂一作莫叹双旌远，主一作空印还为一郡雄。赤叶黄花随野岸，青山白水映江枫。巴人夜语一作话孤舟里，越鸟春啼万一作众壑中。闻说古书多未校，肯令才子久西东。

## 送马尊师 一作送侯道士

南入商山松路深,石床溪水昼阴阴。云中采药随青一作旄节,洞里耕田映绿林。直上烟霞空举手,回经丘垄自伤心。武陵花木应长在,愿与渔一作门人更一寻。

## 题元注林园

谢家门馆似山林,碧石青苔满树阴。乳鹊眄巢花巷静,鸣鸠鼓翼竹园深。桔槔转水兼通药,方丈留僧共听琴。独有野人箕踞惯,过君始得一长吟。

## 野寺病居喜卢纶见访

青青麦垄白云阴,古寺无人新草深。乳燕拾泥依古井,鸣鸠拂羽历花林。千年驳藓明山履,万尺垂萝入水心。一卧漳滨今欲老,谁知才子忽相寻。

## 送皎然上人归山

适来世上岂缘名,适去人间岂为情。古寺山中几日到,高松月下一僧行。云阴鸟道苔一作山方合,雪映龙潭水更清。法主欲归须有说,门人流泪厌浮生。

## 赠 道 士

姓氏不书高士传,形神自得逸人风。已传花洞将秦接,更指茅山与蜀通。懒说岁年齐绛老,甘为乡曲号涪翁。终朝卖卜无人识,敝服徒行入市中。

# 题云际寺准上人房

高僧居处似天台,锡仗铜瓶对绿苔。竹巷雨晴春一作新鸟啭,山房
日午老人来。园中鹿过椒枝动,潭底龙游水沫开。独夜焚香礼遗
像,空林月出始应回。

## 山中寄苗员外

鸟鸣花发空山里,衡岳幽人藉草时。既近浅流安笔砚,还因平石布
蓍龟。千寻楚水横琴望,万里秦城带酒思。闻说潘安方寓直,与君
相见渐难期。

## 忆故山赠司空曙

汉主金门正召才,马卿多病自迟回。旧山暂别老将至,芳草欲阑归
去来。云在高天风会起,年如流水日长一作相催。知君素有栖禅
意,岁晏蓬门迟一作待尔开。

## 闲园即事赠考功王员外

南陌晴云稍变霞,东风动柳水纹斜。园林带雪潜生草,桃李虽一作
迎春未有花。幸接上宾登郑驿,羞为长女似黄家。今朝一望还成
暮一作梦,欲别芳菲恋岁华。

## 寄庐山真上人

高僧无迹本难寻,更得禅行去转深。青草湖中看五老,白云山上宿
双林。月明潭色澄空性,夜静猿声证道心。更〔说谢〕(谢说)公南座
好,烟萝到地几重阴。

## 题觉公新兰若

头白禅师何处还,独开兰若树林间。鬼因巫祝传移社,神见天人请
施山。猛虎听经金磬动,猕猴献蜜雪窗闲。新斋结誓如相许,愿与
雷宗永闭关。

## 赠 道 者

窗—作空中忽有鹤飞声,方士因知道欲成。来取图书安枕里,便驱
鸡犬向山行。花开深洞仙门小,路过悬桥羽节轻。送客自伤身易
老,不知何处待先生。

## 代弃妇答贾客 一作妾薄命

玉垒城边争走马,铜鞮市里共乘舟。鸣环动珮恩无—作能尽,掩袖
低巾泪不流。畴昔将歌邀客醉,如今欲舞对君羞。忍怀贱妾平生
曲—作好,独上襄阳旧酒楼。

## 和李舍人直中书对月见寄

名卿步月正淹留,上客裁诗怨别游。素魄近成班女扇,清光远似庾
公楼。婵娟更称凭高望,皎洁能传自古愁。盈手入怀皆不见,阳春
曲丽转难酬。

## 卧病闻吉中孚拜官寄元秘书昆季

汉家采使不求声,自慰文章道欲行。毛遂登门虽异赏,韩非入传滥
齐名。云归暂爱青山出,客去还愁白发生。年少奉亲皆愿达,敢将
心事向玄成。

## 江上逢柳中庸

旧住衡山曾夜归，见君江客忆荆扉。星沉岭上人行早，月过湖西鹤
唳稀。弱竹万株频碍帻，新泉数步一褰衣。今来唯有禅心在，乡路
翻成向翠微。

## 戏赠韩判官绅卿

少寻道士居嵩岭，晚事高僧住沃洲。齿发未知何处老，身名且被外
人愁。欲随山水居茅洞，已有田园在虎丘。独怪子猷缘掌马，雪时
不肯更乘舟。

## 送 周 长 史

青枫树里宣城郡，独佐诸侯上板桥。江客亦能传好信，山僧多解说
南朝。云阴出浦看帆小，草色连天见雁遥。别有空园落桃杏，知将
丝组系兰桡。

## 题故将军庄

曾将数骑过一作战桑干，遥对单于饬马鞍。塞北征儿谙一作思用剑，
关西宿将许登坛。田园芜没归耕晚，弓箭开离出猎难。唯有老身
如刻画，犹期圣主解衣看。

## 夜投丰德寺谒海上人 一本作卢纶诗

半夜中峰有磬声，偶寻一作逢樵者问山名。上方月晓闻僧语，下界
林疏见客行。野鹤巢边松最老，毒龙潜处水偏清。愿得远山知姓
字，焚香洗钵过馀生。

## 塞　上 一作卢纶诗,题作从军行。

二十在边城,军中得勇名。卷旗收败马,占碛拥残兵。覆阵乌鸢
起,烧山草木明。塞闲思远猎,师老厌分营。雪岭无人迹,冰河足
雁声。李陵甘此没,惆怅汉公卿。

## 送彭将军云中觐兄

闻说苍鹰守,今朝欲下鞴。因令白马将,兼道觅封侯。略地关山
冷,防河雨雪稠。翻弓骋猿臂,承箭惜貂裘。设伏军谋密,坑降塞
邑愁。报恩唯有死,莫使汉家羞。

## 奉赠苗员外

朱户敞高扉,青槐碍落晖。八龙承庆重,三虎递朝归。坐竹人声
绝,横琴鸟语稀。花惭潘岳貌,年称老莱衣。叶暗新樱熟,丝长粉
蝶飞。应怜鲁儒贱,空与故山违。

## 酬丘拱外甥览余旧文见寄

丘迟本才子,始冠即周旋。舅乏郤鉴爱,君如卫玠贤。礼将金友
等,情向玉人偏。鄙俗那劳似,龙钟却要怜。投砖聊取笑,赠绮一
何妍。野坐临黄菊,溪行踏绿钱。岩高云反下,洞黑水潜穿。僻岭
猿偷栗,枯池雁唼莲。身居霞外寺,思发月明田。犹恨紫尘网,昏
昏过岁年。

## 赠岐山姜明府

昨夜闻山雨,归心便似迟。几回惊叶落,即到白头时。雁影将魂
去,虫声与泪期。马卿兼病老,宋玉对秋悲。谢客才为别,陶公已

见思。非关口腹累,自是雪霜姿。酿酒栽黄菊,炊粳折绿葵。山河
方入望,风日正宜诗。牧竖寒骑马,边烽晚立旗。兰凋犹有气,柳
脆不成丝。别后如相问,高僧知所之。

## 下第上薛侍郎

蓬荜春风起,开帘却自悲。如何飘梗处,又到采兰时。明镜方重
照,微诚寄一辞。家贫求禄早,身贱报恩迟。幸得皮存矣,须劳翼
长之。铭肌非厚答,肉骨是前期。纵觉新人好,宁忘旧主疑。终惭
太丘道,不为小生私。

## 奉和秘书元丞杪秋忆终南旧居

高门有才子,能履古人踪。白社陶元亮,青云阮仲容。田园忽归
去,车马杳难逢。废巷临秋水,支颐向暮峰。行鱼避杨柳,惊鸭触
芙蓉。石窦红泉细,山桥紫菜重。凤雏终食竹,鹤侣暂巢松。愿接
烟霞赏,羁离计不从。

## 送归中丞使新罗 一作李益诗

东望扶桑日,何年是到时。片帆通雨露,积水隔华夷。浩淼风来
远,虚冥鸟去迟。长波静云月,孤岛宿旌旗。别叶传秋意,回潮动
客思。沧溟无旧路,何处问前期。

## 暮春寻终南柳处士

庞眉一居士,鹑服隐尧时。种豆初成亩,还丹旧日师。入溪花径
远,向岭鸟行迟。紫葛垂苔壁,青菰映柳丝。偶来尘外事,暂与素
心期。终恨游春客,同为岁月悲。

## 雪夜寻太白道士

雪路夜朦胧，寻师杏树东。石坛连竹静，醮火照山红。再拜开金箓，焚香使玉童。蓬瀛三岛至，天地一壶通。别客曾留药，逢舟或借风。出游居鹤上，避祸入羊中。过洞偏回首，登门未发蒙。桑田如可见，沧海几时空。

## 得山中道友书寄苗钱二员外

有谋皆辙轲，非病亦迟回。壮志年年减，驰晖日日催。还山不及伴，到阙又无媒。高卧成长策，微官称下才。诗人识何谢，居士别宗雷。迹向尘中隐，书从谷口来。药栏遭鹿践，洞户被猿开。野鹤巢云窦，游龟上水苔。新欢追易失，故思渺难裁。自有归期在，劳君示劫灰。

## 酬前驾部员外郎苗发

马融方值校，阅简复持铅。素业高风继，青春壮思全。论文多在夜，宿寺不虚年。自署区中职，同荒郭外田。山邻三径绝，野意八行传。煮玉矜新法，留符识旧仙。涵苔溪溜浅，摇浪竹桥悬。复洞潜栖燕，疏杨半翳蝉。咏歌虽有和，云锦独成妍。应以冯唐老，相讥示此篇。

## 宿荐福寺东池有怀故园因寄元校书

暮雨风吹尽，东池一夜凉。伏流回弱荇，明月入垂杨。石竹闲开碧，蔷薇暗吐黄。倚琴看鹤舞，摇扇引桐香。旧笋方辞箨，新莲未满房。林幽花晚发，地远草先长。抚枕愁华鬓，凭栏想故乡。露馀清汉直，云卷白榆行。惊鹊仍依树，游鱼不过梁。系舟偏忆戴，炊黍愿期张。末路还思借,前恩讵敢忘。从来叔夜懒,非是接舆狂。众病婴公干,群忧集孝璋。惭将多误曲,今日献周郎。

## 送王副使还并州

并州近胡地,此去事风沙。铁马垂金络,貂裘犯雪花。曾持两郡印,多比五侯家。继世新恩厚,从军旧国赊。戍烟千里直,边雁一行斜。想到清油幕,长谋出左车。

## 晚春过夏侯校书值其沉醉戏赠

欹冠枕如意,独寝落花前。姚馥清时醉,边韶白日眠。曝裈还当屋,张幕便成天。谒客唯题凤,偷儿欲觇毡。失杯犹离席,坠履反登筵。木是墙东隐,今为瓮下仙。卧龙髯乍磔,栖蝶腹何便。阮籍供琴韵,陶潜馀秫田。人逢觳阳望,春似永和年。顾我非工饮,期君行见怜。尝知渴羌好,亦觉醉胡贤。炙熟樽方竭,车回辖且全。噀风仍作雨,洒地即成泉。自鄙新丰过,迟回惜十年。

## 哭张南史因寄南史侄叔宗

争路忽摧车,沉钩未得鱼。结交唯我少,丧旧自君初。谏草文难似,围棋智不如。仲宣新有赋,叔夜近无书。地闭滕公宅,山荒谢客庐。奸良从此恨,福善竟成虚。酿酒多同醉,烹鸡或取馀。阮咸虽永别,岂共仲容疏。

## 长安感事呈卢纶

十五事文翰,大儿轻孔融。长裾游邸第,笑傲五侯中。谏猎一朝寝,论边素未工。蹉跎潘鬓至,蹭蹬阮途穷。贷布怜宁与,无金命未通。王陵固似戆,郭最遂非雄。敛板辞群彦,回车访老农。咏诗怀洛下，送客忆山东。沉病魂神浊，清斋思虑空。羸将卫玠比，冷共邺侯同。草舍才遮雨，荆窗不碍风。梨教通子守，酒是远师供。扣虱欣时泰，迎猫达岁丰。原门唯有席，井饮但加葱。少壮矜齐德，高年觉宋聋。寓书先论懒，读易反求蒙。昔慕能鸣雁，今怜半死桐。秉心犹似矢，搔首忽如蓬。赤叶翻藤架，黄花盖菊丛。聊将呈匠伯，今已学愚公。

## 游终南山因寄苏奉礼士尊师苗员外

半岭逢仙驾，清晨独采芝。壶中开白日，雾里卷朱旂。猿鸟知归路，松萝见会时。鸡声传洞远，鹤语报家迟。童子闲驱石，樵夫乐看棋。依稀醉后拜，恍惚梦中辞。海上终难接，人间益自疑。风尘甘独老，山水但相思。愿得烧丹诀，流沙永待一作侍师。

## 长安书事寄卢纶

弱冠家庐岳，从师岁月深。翻同老夫见，殊寡少年心。及此时方晏，因之名亦沉。趋途非要路，避事乐空林。素业在山下，青泉当树阴。交游有凋丧，离别代追寻。向秀初闻笛，钟期久罢琴。残愁犹满貌，馀泪可沾襟。勿以朱颜好，而忘白发侵。终期入灵洞，相与炼黄金。

## 送郭良辅下第东归

献策不得意，驰车东出秦。暮年千里客，落日万家春。

## 妾薄命

自从君弃妾，憔悴不羞人。唯馀坏粉泪，未免映衫匀。

## 送暕上人游春

独将支遁去,欲往戴颙家。晴野人临水,春山树发花。

## 晦日同苗员外游曲江

晦日同携手,临流一望春。可怜杨柳陌,愁杀故乡人。

## 溪行逢雨与柳中庸

日落众山昏<sub>一作星分</sub>,萧萧暮雨繁。那堪两处宿,共听一声猿。

## 和张尹忆东篱菊

传书报刘尹,何事忆陶家。若为篱边菊,山中有此花。

## 幽 居 作

山舍千年树,江亭万里云。回潮迎伍相,骤雨送湘君。

## 题云际寺暕上人故院

白发匆匆色,青山草草心。远公仍下世,从此别东林。

## 观邻老栽松

虽过老人宅,不解老人心。何事残阳里,栽松欲待阴。

## 赠 胡 居 士

孔融过五十,海内故人稀。相府恩犹在,知君未拂衣。

## 荐福寺送元伟

送客攀花后，寻僧坐竹时。明朝莫回望，青草马行迟。

## 哭苗垂 一作过故友墓

旧友无由见，孤坟草欲长。月斜邻笛尽，车马出山阳。

## 客行赠冯著

旅行虽别路，日暮各思归。欲下今朝泪，知君亦湿衣。

## 芜　城 一作芜城怀古

风吹城上树，草没城边一作下路。城里月明时，精灵自来去。此首即前《芜城篇》末四句。

## 赠山中老人

白首独一身，青山为四邻。虽行故乡陌，不见故乡人。

## 拜新月 一作耿沣诗

开帘见新月，便即下阶拜。细语人不闻，北风吹裙带。

## 听　筝

鸣筝金粟柱，素手玉房前。欲得周郎顾，时时误拂弦。

## 赠 何 兆

文章似扬马，风骨又清羸。江汉君犹在，英灵信未衰。

# 同司空文明过坚上人

## 故院 一作过坚上人影堂逢司空曙

我与雷居士,平生事远公。无人知是旧,共到影堂中。

## 杂　诗

主第辞高饮,石家赴宵会。金谷走车来,玉人骑马待。

## 感　兴

香炉最高顶,中有高人住。日暮下山来,月明上山去。

## 问张山人疾

先生沉病意何如,蓬艾门前客转疏。不见领徒过绛帐,唯闻与婢削丹书。

## 江上送客

故人南去汉江阴,秋雨萧萧云梦深。江上见人应下泪,由来远客易伤心。

## 闺　情

月落星稀天欲明,孤灯未灭梦难成。披衣更向门前望,不忿朝来鹊喜声。

## 送刘侍郎

几人同去一作入谢宣城,未及酬恩隔死生。唯有夜猿知客恨,峄阳溪路第三声。

## 重送郑宥归蜀因寄何兆

黄花西上路何如,青壁连天雁亦疏。为报长卿休涤器,汉家思见茂陵书。

## 宿石涧店闻妇人哭

山店门前一妇人,哀哀夜哭向秋云。自说夫因征战死,朝来逢著旧将军。

## 与 道 者 别

闻说沧溟今已浅,何当白鹤更归来。旧师唯有先生在,忍见门人掩泪回。

## 长门怨 一作长信宫

金壶漏尽禁门开,飞燕昭阳侍寝回。随分独眠秋殿里,遥闻语笑自天来。

## 忆友怀野寺旧居 一作答司空文明怀野寺旧居

自嫌野性共人疏,忆向西林更结庐。寄谢山阴许都讲,昨来频得远公书。

## 听夜雨寄卢纶

暮雨萧条过凤城,霏霏飒飒重还轻。闻君此夜东林宿,听得荷池几番一作度声。

# 昭 君 词

李陵初送子卿回，汉月明时惆怅一作明照帐来。忆著长安旧游处，千门万户玉楼台。

## 春晚游鹤林寺寄使府诸公

野寺寻春花已迟，背岩惟有两三枝。明朝携酒犹堪醉，为报春风且莫吹。

# 全唐诗卷二八七

## 畅 当

> 畅当,河东人。初以子弟被召从军,后登大历七年进士第。贞元初,为太常博士,终果州刺史。与弟诸皆有诗名。诗一卷。

### 南充谢郡客游澧州留赠

#### 宇文中丞 一作王昌龄诗,误。

仆本漾落人,辱当州郡使。量力颇及早,谢归今即已。萧萧若凌虚,襟带顿销靡。车服率然来,涔阳作游子。郁郁寡开颜,默默独行李。忽逢平生友,一笑方在此。秋情宁风日,楚思浩云水。为语弋林者,冥冥鸿远矣。

### 宿报恩寺精舍

钟梵送沈景,星多露渐光。风中兰靡靡,月下树苍苍。夜殿若山横,深松如涧凉。羸然虎溪子,迟我一虚床。杳杳空寂舍,濛濛莲桂香。拥褐依西壁,纱灯霭中央。

### 自平阳一作平阿馆赴郡

晨兴平阳一作平阿馆,见月沉江水。溶溶山雾披,肃肃沙鹭起。奉

恩谬符竹,伏轼省顽鄙。何当施教化,愧迎小郡吏。寥落火耕俗,
征途青冥里。德绥及吾民,不德将鹿矣一作刑施无乃耳。擒奸非性
能,多愍会衰齿。恭承共理诏,恒惧坠诸地。

## 天柱隐所重答江州应物 下四字一作韦江州

寂寞一怅望,秋风山景清。此中惟草色,翻意见人行。荒径饶松
子,深萝绝鸟声。阳崖全带日,宽嶂偶通耕。拙昧难容世,贫寒一作
闲别有情。烦君琼玖赠,幽懒百无成。

## 山居酬韦苏州见寄

孤柴一作茅泄烟处,此中山叟居。观云宁有事,耽酒讵知馀。水定
鹤翻去,松歌峰俨如。犹烦使君问,更欲结深一作环庐。

## 春日过奉诚园 一作曲江,一作玉林园。

帝里阳和日一作早,游人到御园。暖催新景气,春认旧兰荪。咏德
先臣没,成蹊大树存。见桐犹近井,看柳尚依门。献地非更宅,遗
忠永奉恩。又期攀桂后,来赏百花繁。

## 军中醉饮寄沈八刘叟 一作杜甫诗

酒渴爱江清,馀酣漱晚汀。软莎欹坐稳,冷石醉眠醒。野膳随行
帐,华音发从伶。数杯君不见,都已遣沈冥。

## 偶宴西蜀摩诃池

珍木郁清池,风荷一作和风左右披。浅觞宁及醉,慢舸不知移。荫
箪流光冷,凝簪照影欹。一作荫竹箪光冷,照流簪影欹。胡为独羁者,雪
涕向涟漪。

## 奉送杜中丞赴洪州

诏出凤凰宫,新恩连帅雄。江湖经战阵,草木待仁风。豪右贪<sub></sub>一作弱须威爱,纡繁德简通。多惭君子顾,攀饯路尘中。

## 九日陪皇甫使君泛江宴赤岸亭

羁旅逢佳节,逍遥一作追游忽见招。同倾菊花酒,缓棹木兰桡。平楚堪愁思,长江去一作亦寂寥。猿啼不离峡,滩沸镇如潮。举目关山异,伤心乡国遥。徒言欢满座,谁觉客魂消。

## 蒲中道中二首

苍苍中条山,厥形极奇魄。我欲涉其崖,濯足黄河水。
古刹栖柿林,绿阴覆苍瓦。岁晏来品题,拾叶总堪写。

## 登鹳雀楼

迥临飞鸟上,高出世尘间。天势围平野,河流入断山。

## 宿潭上二首

夜潭有仙舸,与月当水中。嘉宾爱明月,游子惊秋风。
青蒲野陂水,白露明月天。中夜秋风起,心事坐潜然。

## 别卢纶

故交君独在,又欲与君离。我有新秋泪,非关宋玉一作秋气悲。

## 题沈八斋

江斋一入何亭亭,因寄沦涟心杳冥。绿绮琴弹白雪引,乌丝绢勒黄庭经。

# 畅 诸

## 早 春

献岁春犹浅,园林未尽开。雪和新雨落,风带旧寒来。听鸟闻归雁,看花识早梅。生涯知几日,更被一年催。

# 全唐诗卷二八八

## 陆　贽

陆贽,字敬舆,嘉兴人。登进士第,中博学宏词。调郑尉,罢归,复以书判拔萃补渭南尉。德宗立,由监察御史召为翰林学士。贞元八年,拜中书侍郎同平章事,裴延龄构之,贬忠州别驾。顺宗立,召还,诏未至,卒,赠兵部尚书,谥曰宣。集二十七卷,今存三首。

### 晓过南宫闻太常清乐

南宫闻古乐,拂曙听初惊。烟霭遥迷处,丝桐暗辨名。节随新律改,声带绪风轻。合雅将移俗,同和自感情。远音兼晓漏,馀响过春城。九奏明初日,寥寥天地清。

### 禁中春松

阴阴清禁里,苍翠满春松。雨露恩偏近,阳和色更一作正浓。高枝分晓日一作月,虚吹一作灵韵杂宵钟。香助炉烟远,形疑盖影重。愿符千载一作岁寿,不羡五株封。倘一作长,一作幸。得回天眷,全胜老碧峰。

## 赋得御园芳草

阴阴御园里,瑶草日光长。霢靡含烟雾,依稀带夕阳。雨馀葽更
密,风暖蕙初香。拥杖缘驰道,乘舆入建章。湿烟摇不散,细影乱
无行。恒恐韶光晚,何人辨早芳。

## 句

绕阶流瀰瀰,来砌树阴阴。 任江淮尉题厅 见《语林》

# 张 濛

张濛,与陆贽同时。诗一首。

## 晓过南宫闻太常清乐

玉珂经礼寺,金奏过南宫。雅调乘清晓,飞声向远空。慢随飘去
雪,轻逐度来风。迥出重城里,傍闻九陌中。应将肆夏比,更与五
英同。一听南薰曲,因知大舜功。

# 常 沂

常沂,与陆贽同时。诗一首。

## 禁中春松

映殿松偏好,森森列禁中。攒柯沾圣泽,疏盖引皇风。晚色连秦
苑,春香满汉宫。操将金一作真石固,材与直臣同。翠影宜青琐,苍

枝秀碧空。还知沐天眷,千载更葱茏。

# 周　存

　　周存,与陆贽同时。诗二首。

## 禁中春松

几岁含贞节,青青紫禁中。日华留偃盖,雉尾转春风。不为繁霜
改,那将众木同。千条攒翠色,百尺澹晴空。影密金茎近,花明凤
沼通。安知幽涧侧,独与散樗丛。

## 西戎献马

天马从东道,皇威被远戎。来参八骏列,不假贰师功。影别流沙
路,嘶流上苑风。望云时踯足,向月每争雄。禀异才难状,标奇志
岂同。驱驰如见许,千里一朝通。

# 黎　逢

　　黎逢,登大历十二年进士第。诗二首。

## 小苑春望宫池柳色

上林新柳变,小苑暮天晴。始望和烟密,遥怜拂水轻。色承阳气
暖,阴带御沟清。不厌随风弱,仍宜向日明。垂丝遍阁榭,飞絮触
帘旌。渐到依依处,思闻出谷莺。

## 夏首犹清和 一作张聿诗

早夏宜初景，和光起禁城。祝融将御节，炎帝启朱明。日送残花晚
一作日映林花丽，风过一作高风御苑清。郊原浮麦气，池沼发荷英。树
影临山动一作爽，禽飞入汉轻。幸逢尧禹化，全胜谷中情。

# 张 昔

张昔，大历进士第。诗一首。

## 小苑春望宫池柳色

小苑春初至，皇衢日更清。遥分万条柳，回出九重城。隐映龙池
润，参差凤阙明。影宜宫雪曙，色带禁烟晴。深浅残阳变，高低晓
吹轻。年光正堪折，欲寄一枝荣。

# 丁 位

丁位，大历进士第。诗一首。

## 小苑春望宫池柳色

小苑宜春望，宫池柳色轻。低昂含晓景，萦转带新晴。似盖芳初
合，如丝荫渐成。依依连水暗，袅袅出墙明。虽以阳和发，能令旅
思生。他时花满路，从此接迁莺。

# 元友直

元友直，结之子，大历进士。诗一首。

## 小苑春望宫池柳色

柳色新池遍，春光御苑晴。叶依青阁密，条向碧流倾。路暗阴初重，波摇影转清。风从垂处度，烟就望中生。断续游蜂聚，飘飖戏蝶轻。怡然变芳节，愿及一枝荣。

# 杨　系

杨系，大历进士第。诗一首。

## 小苑春望宫池柳色

胜游从小苑，宫柳望春晴。拂地青丝嫩，萦风绿带轻。光含烟色远，影透水文清。玉笛吟何得，金闺画岂成。皇风吹欲断，圣日映逾明。愿驻高枝上，还同出谷莺。

# 崔　绩

崔绩，大历进士第。诗一首。

## 小苑春望宫池柳色

帝京春气早，御柳已先荣。嫩叶随风散，浮光向日明。悠扬生别意,断续引芳声。积翠连驰道,飘花出禁城。柔条依水弱,远色带烟轻。南望龙池畔,斜光照晚晴。

# 张季略

张季略,大历进士第。诗一首。

## 小苑春望宫池柳色

韵光归汉苑,柳色发春城。半见离宫出,才分远水明。青葱当淑景,隐映媚新晴。积翠烟初合,微黄叶未生。迎春看尚嫩,照日见先荣。倘得辞幽谷,高枝寄一名。

# 裴 达

裴达,大历进士第。诗一首。

## 小苑春望宫池柳色

胜游经小苑,闲望上春城。御路韶光发,宫池柳色轻。乍浓含雨润,微澹带云晴。幂历残烟敛,摇扬落照明。几条垂广殿,数树影高旌。独有风尘客,思同雨露荣。

# 裴 逵

裴逵,大历进士第。诗一首。

## 南至日太史登台书云物

圆丘才展礼,佳气近初分。太史新簪笔,高台纪彩云。烟空和缥
缈,晓色共氛氲。道泰资贤辅,年丰荷圣君。恭惟司国瑞,兼用察
人一作天文。应念怀铅客,终朝望碧雰。

# 沈 回

沈回,大历进士第。诗一首。

## 小苑春望宫池柳色

今来游上苑,春染柳条轻。濯濯方含色,依依若有情。分行临曲
沼,先发媚重城。拂水枝偏弱,摇风丝已生。变黄随淑景,吐翠逐
新晴。伫立徒延首,裴回欲寄诚。

# 全唐诗卷二八九

## 杨　凭

杨凭，字虚受，弘农人，与弟凝、凌皆工文辞。大历中，踵擢进士第，时称三杨。凭重交游，尚气节，与穆质、许孟容、李鄘相友善，号杨穆许李。历事节度府，召为监察御史，累拜京兆尹。与李夷简素有隙，因摘发他罪，欲抵以死，宪宗以凭治京兆有绩，但贬临贺尉。俄徙杭州长史，以太子詹事卒。诗一卷。

### 长安春夜宿开元观

霓裳下晚烟，留客杏花前。遍问人寰事，新从洞府天。长松皆扫月，老鹤不知年。为说蓬瀛路，云涛几处连。

### 晚泊江戍

旅棹依遥戍，清湘急晚流。若为南浦宿，逢此北风秋。云月孤鸿晚，关山几路愁。年年不得意，零落对沧洲。

### 巴江雨夜

五岭天无雁，三巴客问津。纷纷轻汉暮，漠漠暗江春。青草连湖岸，繁花忆楚人。芳菲无限路，几夜月明新。

# 边 塞 行

九原临得水,双足是重城。独许为儒老,相怜从骑行。细丛榆塞迥,高点雁山晴。圣主嗤炎汉,无心自勒兵。

# 乐游园望月

炎灵全盛地,明月半秋时。今古人同望,盈亏节暗移。彩凝双月迥,轮度八川迟。共惜鸣珂去,金波送酒卮。

# 千 叶 桃 花

千叶桃花胜百花,孤荣春晚驻年华。若教避俗秦人见,知向河源旧侣夸。

# 春 中 泛 舟

仙郎归奏一作秦过湘东,正值三湘二月中。惆怅满川桃杏醉,醉看还与曲江同。

# 雨 中 怨 秋

辞家远客怆秋风,千里寒云与断蓬。日暮隔山投古寺,钟声何处雨濛濛。

# 秋日独游曲江

信马闲过忆所亲,秋山行尽路无尘。主人莫惜松阴醉,还有千钱沽酒人。

# 寄　别

晚烟洲雾并苍苍，河雁惊飞不作行。回旆转舟行数里，歌声犹自逐清湘。

# 边　情

新种如今屡请和，玉关边上幸无他。欲知北海苦辛处，看取节毛馀几多。

# 早 发 湘 中

按节鸣笳中贵催，红旌白旆满船开。迎愁溢浦登城望，西见荆门积水来。

# 海　榴

海榴殷色透帘栊，看盛看衰意欲同。若许三英随五马，便将浓艳斗繁红。

# 春　情

暮雨朝云几日归，如丝如雾湿人衣。三湘二月春光早，莫逐狂风缭乱飞。

# 送客往荆州

巴丘过日又登城，云水湘东一日平。若爱春秋繁露学，正逢元凯镇南荆。

## 赠 马 炼 师

心嫌碧落更何从,月帔花冠冰雪容。行雨若迷归处路,近南<small>一作前</small>
惟见祝融峰。

## 湘 江 泛 舟

湘川洛浦三千里,地角天涯南北遥。除却同倾百壶外,不愁谁奈两
魂销。

## 送　别

江岸梅花雪不如,看君驿驭向南徐。相闻不必因来雁,云里飞辀落
素书。

### 赠窦牟 <small>一作窦洛阳牟见简篇章偶赠绝句</small>

直用天才众却瞋,应欺李杜久为尘。南荒不死中华老,别玉翻同西
国人。

# 全唐诗卷二九〇

## 杨　凝

杨凝,字懋功。由协律郎三迁侍御史,为司封员外郎,徙吏部,稍迁右司郎中,终兵部郎中。集二十卷,今存一卷。

### 送　别

樽酒邮亭暮,云帆驿使归。野鸥寒不起,川雨冻难飞。吴会家移遍,轩辕梦去稀。姓杨皆足泪,非是强沾衣。

### 送客东归

君向古营州,边一作春风战地愁。草青缦一作蒙别路,柳亚拂孤楼。人意伤难醉,莺啼咽不流。芳菲只合乐,离思返如秋。

### 送客归湖南

湖南树色一作叶尽,了了辨一作见潭州。雨散今为别,云飞何处游。情来偏似醉,泪进一作送不成流。那向萧条路,缘湘篁一作黄竹愁。

### 送客归淮南

画舫照河堤,暄风百草齐。行丝直网蝶,去燕旋遗泥。郡向高天近,人从别路迷。非关御沟上,今日各东西。

# 春　情

旧宅洛川阳,曾游游侠场。水添杨柳色,花绊绮罗香。赵瑟多愁曲,秦家足艳妆。江潭远相忆,春梦不胜长。

## 秋夜听捣衣

砧杵闻秋夜,裁缝寄远方。声微渐湿露,响细未经霜。兰牖唯遮树,风帘不碍凉。云中望何处,听此断人肠。

# 从　军　行

都尉出居延,强兵集五千。还将张博望,直救范祁连。汉卒悲箫鼓,胡姬湿采旄。如今意气尽,流泪挹流泉。

## 和　直　禁　省

宵直丹宫近,风传碧树凉。漏稀银箭滴,月度网轩光。凤诏裁多暇,兰灯梦更长。此时颜范贵,十步旧连行。

# 留　别

玉节随东阁,金闺别旧僚。若为花满寺,跃马上河桥。

## 送客往洞庭

九江归路远,万里客舟还。若过巴江水,湘东满碧烟。

# 别　友　人

倦客惊危路,伤禽绕树枝。非逢暴公子,不敢涕流离。

### 初渡淮北岸

别梦虽难觉,悲魂最易销。殷勤淮北岸,乡近去家遥。

### 咏 雨

尘浥多人路,泥归足燕家。可怜缭乱点,湿尽满宫花。

### 柳 絮

河畔多杨柳,追游尽狭斜。春风一回送,乱入莫愁家。

### 花 枕

席上沉香枕,楼中荡子妻。那堪一夜里,长湿两行啼。

### 送客往鄜州

新参将相—作略事营—作西平,锦带骍弓结束轻。晓上关城吟画角,暗驰—作驱羌马发支兵。回中地近—作远风常急,鄜畤年多草自生。近喜扶阳系戎相,从来卫霍笑长缨。

### 送客往夏州

怜君此去过居延,古塞黄云共渺然。沙阔独行寻—作寻边马迹,路迷遥指戍楼—作人烟。夜投孤店愁吹笛,朝望行尘避控弦。闻有故交今从骑,何须著论更言钱。

### 春霁晚—作晓望

细雨晴深小苑东,春云开气逐光风。雄儿走马神光上,静女看花佛寺中。书剑学多心欲懒,田园荒废望频空。南归路极天连海,惟有相思明月同。

## 唐昌观玉蕊花

瑶华琼蕊种何年,萧史秦嬴向紫烟。时控彩鸾过旧邸,摘花持献玉皇前。

## 别 李 协

江边日暮不胜愁,送客沾衣江上楼。明月峡添明月照,蛾眉峰似两眉愁。

## 初 次 巴 陵

西江浪接洞庭波,积水遥连天上河。乡信为凭谁寄去,汀洲燕雁渐来多。

## 上 巳

帝京元巳足繁华,细管清弦七贵家。此日风光谁不共,纷纷皆是拂垣花。

## 春 怨

花满帘栊欲度春,此时夫婿在咸秦。绿窗孤寝难成寐,紫燕双飞似弄人。

## 送客归常州

行到河边从此辞,寒天日远暮帆迟。可怜芳草成衰草,公子归时过绿时。

## 送 别

春愁不尽别愁来,旧泪犹长新泪催。相思倘寄相思字一作子,君到扬州扬子回。

## 送 客 入 蜀

剑阁迢迢梦想间,行人归路绕梁山。明朝骑马摇鞭去,秋雨槐花子午关。

## 送 别

仙花笑尽石门中,石室重重掩绿空。暂下云峰能几日,却回烟驾驭春风。

## 残 花

五马踟蹰在路岐,南来只为看花枝。莺衔蝶弄红芳尽,此日深闺那得知。

## 戏 赠 友 人

湘阴直与地阴连,此日相逢忆醉年。美酒非如平乐贵,十升不用一千钱。

## 赠同游 首句缺一字

此□风雨后,已觉减年华。若待皆无事,应难更有花。管弦临夜急,榆柳向江斜。且莫看归路,同须醉酒家。

# 送 人 出 塞

北风吹雨雪,举目已凄凄。战鬼秋频哭,征鸿夜不栖。沙平关路
直,碛广郡楼低。此去非东鲁,人多事鼓鼙。

# 寻僧元皎因病

此僧迷有著,因病得寻师。话尽山中事,归当月上时。高松连寺
影,亚竹入窗枝。闲忆草堂路,相逢非素期。

# 夜 泊 渭 津

飘飘东去客,一宿渭城边。远处星垂岸,中流月满船。凉归夜深
簟,秋入雨馀天。渐觉家山小,残程尚几年。

# 晚夏逢友人

一别同袍友,相思已十年。长安多在客,久病忽闻蝉。骤雨才沾
地,阴云不遍天。微凉堪话旧,移榻晚风前。

# 别 谪 者

此地闻犹恶,人言是所之。一家书绝久,孤驿梦成迟。八月三湘
道,闻猿冒雨时。不须祠楚相,臣节转堪疑。

# 行 思

千里岂云去,欲归如路穷。人间无暇日,马上又秋风。破月衔高
岳,流星拂晓空。此时皆在梦,行色独匆匆。

## 感怀题从舅宅

郄家庭树下，几度醉春风。今日花还发，当时事不同。流言应未息，直道竟难通。徒遣相思者，悲歌向暮空。

## 与 友 人 会

蝉吟槐蕊落，的的是愁端。病觉离家远，贫知处事难。真交无所隐，深语有馀欢。未必闻歌吹，羁心得暂宽。

## 下第后蒙侍郎示意指于新先辈宣恩感谢

才薄命如此，自嗟兼自疑。遭逢好交日，黜落至公时。倚玉甘无路，穿杨却未期。更惭君侍坐，问许可言诗。

# 全唐诗卷二九一

## 杨 凌

杨凌,字恭履。少以篇什著声,官终侍御史。诗一卷。

### 奉酬韦滁州寄示

淮扬为郡暇,坐惜流芳歇。散怀累榭风,清暑澄潭月。陪燕辞三楚,戒途绵百越。非当远别离,雅奏何由发。

### 梅里旅夕

沧洲东望路,旅棹怆羁游。枫浦蝉随岸,沙汀鸥转流。露天星上月,水国夜生秋。谁忍持相忆,南归一叶舟。

### 钟陵雪夜酬友人

穷腊催年急,阳春怯和歌。残灯闪壁尽,夜雪透窗多。归路山川险,游人梦寐过。龙洲不可泊,岁晚足惊波。

### 润州水楼

归心不可留,雪桂一丛秋。叶雨空江月,萤飞白露洲。野蝉依独树,水郭带孤楼。遥望山川路,相思万里游。

# 江 上 秋 月

陇雁送乡心，羁情属岁阴。惊秋黄叶遍，愁暮碧云深。月色吴江上，风声楚木林。交亲几重别，归梦并愁侵。

# 阁 前 双 槿

群玉开双槿，丹荣对绛纱。含烟疑出火，隔雨怪舒霞。向晚争辞蕊，迎朝斗发花。非关后桃李，为欲继年华。

# 小苑春望宫池柳色

上苑闲游早，东风柳色轻。储胥遥掩映，池水隔微明。春至条偏弱，寒馀叶未成。和烟变浓淡，转日异阴晴。不独芳菲好，还因雨露荣。行人望攀折，远翠暮愁生。

# 送 客 往 睦 州

水阔尽南天，孤舟去渺然。惊秋路傍客，日暮数声蝉。

# 送 客 之 蜀

西蜀三千里，巴南水一方。晓云天际断，夜月峡中长。

# 剡 溪 看 花

花落千回舞，莺声百啭歌。还同异方乐，不奈客愁多。

# 江 中 风

白浪暗江中，南泠路不通。高樯帆自满，出浦莫呼风。

## 咏 破 扇

粉落空床弃,尘生故箧留。先来无一半,情断不胜愁。

## 贾 客 愁

山水路悠悠,逢滩即艓留。西江风未便,何日到荆州。

## 即 事 寄 人

中禁鸣钟日欲高,北窗欹枕望频搔。相思寂寞青苔合,唯有春风啼伯劳。

## 早 春 雪 中

新年雨雪少晴时,屡失寻梅看柳期。乡信忆随回雁早,江春寒带故阴迟。

## 北 行 留 别

日日山川烽火频,山河重起旧烟尘。一生孤负龙泉剑,羞把诗书问故人。

## 秋 原 野 望

客雁秋来次第逢,家书频寄两三封。夕阳天外云归尽,乱见青山无数峰。

## 春霁花萼楼南闻宫莺

祥烟瑞气晓来轻,柳变花开共作晴。黄鸟远啼鸡鹊观,春风流出凤凰城。

# 明　妃　怨

汉国明妃去不还,马驮弦管向阴山。匣中纵有菱花镜,羞对单于照旧颜。

# 句

南园桃李花落尽,春风寂寞摇空枝。《诗式》

# 全唐诗卷二九二

## 司空曙

司空曙,字文明(一作初),广平人。登进士第,从韦皋于剑南。贞元中,为水部郎中。终虞部郎中,诗格清华,为大历十才子之一。集三卷,今编诗二卷。

### 题玉真观公主山池院

香殿留遗影,春朝玉户开。羽衣重素几,珠网俨轻—作尘埃。石自蓬山得,泉经太液来。柳丝遮绿浪,花粉落青苔。镜掩鸾空在,霞消凤不回。唯馀古桃—作坛树,传是上仙栽。

### 送永阳崔明府

古国群舒地,前当桐柏关。连绵江上雨,稠叠楚南山。沙馆行帆息,枫洲—作州,又作舟。候吏还。乘篮若有暇,精舍在林间。

### 送曹三同—作原猗—作桐椅游山寺

山蹋青芜尽,凉秋古寺深。何时得连策,此夜更闻琴。穷水云同穴,过僧虎共林。殷勤如念我,遗尔挂冠心。

## 送崔校书赴梓幕

碧峰天柱下,鼓角镇南军。管记催飞檄,蓬莱辍校文。栈霜朝似雪,江雾晚成云。想出褒中望,巴庸方路分。

## 送夔州班使君

鱼一作蜀国巴庸路,麾幢汉守过。晓橦争市隘,夜鼓祭神多。云白当山雨,风清满峡波。夷陵旧人吏,犹诵两岐歌。

## 送菊潭王明府

业成洙泗客,皓发著儒衣。一与游人别,仍闻带印归。林多宛地古,云尽汉山稀。莫爱浔阳隐,嫌官计亦非。

## 送太易上人赴东洛

遥见登山处,青芜雪后春。云深岳庙火,寺宿洛阳人。饵药将斋折,唯诗与道亲。凡经几回别,麈尾不离身。

## 和王卿一作太常立秋即事

秋宜何处看,试问白云官。暗入蝉鸣树,微侵蝶绕兰。向风凉稍动,近口暑犹残。九陌浮埃减,千峰爽气攒。换衣防竹暮,沉果讨泉寒。宫响传花杵,天清出露盘。高禽当侧弁,游鲔对凭栏。一奏招商曲,空令继唱难。

## 和李员外与舍人咏玫一作冬瑰花寄徐侍郎

仙吏紫薇郎,奇花共玩芳。攒星排绿蒂,照眼发红光。暗妒翻阶药一作叶,遥连直署香。游枝蜂绕易,碍刺鸟衔妨。露湿凝衣粉,风吹散蕊黄。蒙茏珠树合,焕烂锦屏张。留客胜看竹,思人比爱棠。如传采蘋咏,远思满潇湘。

## 冬夜耿拾遗王秀才就宿因伤故人

旧时闻笛泪,今夜重沾衣。方恨同人<sub>一作袍</sub>少,何堪相见稀。竹烟凝涧壑,林雪似芳菲。多谢劳车马,应怜独掩扉。

## 早春游慈<sub>一作报</sub>恩南池

山寺临池水,春愁望远生。蹋桥逢鹤起,寻竹值泉横。新柳丝犹短,轻<sub>一作柔</sub>蘋叶未成。还如虎溪上,日暮伴僧行。

## 雨夜见投之作

出户繁星尽,池塘暗不开。动衣凉气度,遶树远声来。灯外初行电,城隅偶<sub>一作忽</sub>隐雷。因知谢文学,晓望比尘埃。

## 龙池寺望月寄韦使君阎别驾

清光此夜中,万古望应同。当野山沉雾,低城树有风。花宫纷共邃,水府皓相空。遥想高楼上,唯君对<sub>一作望</sub>庾公。

## 秋夜忆兴善院寄苗发

右军多住寺,此夜后池秋。自与山僧伴,那因洛客愁。卷帘霜霭霭,满目水悠悠。若有诗相赠,期君忆惠休。

## 病中寄郑十六兄 <sub>一本题下有槩字</sub>

倦枕欲徐行,开帘秋月明。手便筇杖冷,头喜葛巾轻。绿草前侵水,黄花半上城。虚消此尘景,不见十年兄。

# 卫明府寄枇杷叶以诗答

倾筐呈绿叶，重叠色何鲜。讵是秋风里，犹如晓露前一作传。仙方当见重，消疾本应便。全胜甘蕉赠，空投谢氏篇。

# 过庆宝寺 一作耿沣诗，题作废宝光寺。

黄叶前朝寺，无僧寒一作闲殿开。池晴龟出曝，松暮一作暝鹤飞回。古井一作砌碑横草，阴廊画杂苔。禅宫亦销一作衰歇，尘世转堪哀。

# 奉和张大夫酬高山人

野客居铃阁，重门将校稀。豸冠亲谷弁，龟印识荷衣。座右一作坐久寒飙一作泉爽，谈馀暮角微。苍生须太傅，山在岂容归。

# 送严使君游山

家楚依三户，辞州选一钱。酒杯同寄世，客棹任销年。赤烧兼山远，青芜与浪连。青春明月夜，知上鄂君船。

# 送柳震归蜀

白日双流静，西看蜀国春。桐花能乳鸟，竹节竞祠神。蹇步徒相望，先鞭不可亲。知从江仆射，登幡更何人。

# 送乐平苗明府

天际山多处，东安古邑一作邑更深。绿田通竹里，白浪隔枫林。诗有江僧和，门唯越客寻。应将放鱼化，一境表吾心。

## 赠送郑钱二郎中

梅含柳已动,昨日起东风。惆怅心徒壮,无如鬓作翁。百年飘若水,万绪尽归空。何可宗禅客,迟回岐路中。

## 酬郑十四望驿不得同宿见赠因寄张参军

逢君喜成泪,暂似故乡中。谪宦犹多惧,清宵不得终。月烟高有鹤,宿一作霜草净无虫。明日郄超会,应思下客同。

## 暮春野望寄钱起 一作耿湋诗

草长花落树,赢病强寻春。无复少年意,空馀华发新。青原高一作晴见水,白社静逢人。寄谢南宫客,轩车不可一作见亲。

## 送王使君小子孝廉登科归省

年少通经学,登科尚佩觿。张冯本名士,蔡廓是佳儿。鞍马临岐路,龙钟对别离。寄书胡太守,请一作清与故人知。

## 云阳寺石竹花

一自幽山别,相逢此寺中。高低俱出一作有叶,深浅不分丛。野蝶难争白,庭榴暗让红。谁怜芳最久,春露到秋风。

## 送高胜重谒曹王

江上一作水青枫岸,阴阴万里春。朝辞郢城酒,暮见洞庭人。兴比乘舟访,恩怀倒屣亲。想君登旧榭,重喜扫芳尘。

# 闲园书事招畅当

闻蝉昼眠后，欹枕对蓬蒿。羸病懒寻戴，田园方咏陶。傍檐虫挂静，出树蝶飞高。惆怅临清镜，思君见鬓毛。

## 过钱员外

为郎头已白，迹向市朝稀。移病居荒宅，安贫著败衣。野园随客醉，雪寺伴僧归。自说东峰下，松萝满故扉。

## 赠庾侍御

年少身无累，相逢忆此时。雪过云寺宿，酒向竹园期。白发今催老，清琴但起悲。唯应逐宗炳，内学愿为师。

## 赠李端

共忆南浮一作楼日，登高望若何。楚田湖草远，江寺海榴多。载酒寻山宿，思人带雪过。东西几回别，此会各蹉跎。

## 送流人

闻说南中事，悲君重窜身。山村枫子鬼，江庙石郎神。童稚留荒宅，图书托故人。青门好风景，为尔一沾巾。

## 过胡居士一作湖上睹王右丞遗文

旧日相知尽，深居独一身。闭门空一作唯有雪，看竹永无人。每许前山隐，曾怜陋巷贫。题诗今尚在，暂为拂流一作留尘。

## 送郎使君赴郢州

使君持节去,云水满前程。楚寺多连竹,江楂远映城。登楼向月望,赛庙傍山行。若动思乡咏,应贻谢步兵。

## 贼平后送人北归

世乱同南去,时清独北还。他乡生白发,旧国见青山。晓月过残垒,繁星宿故关。寒禽与衰草,处处伴愁颜。

## 观猎骑 一作公子行

缠臂绣纶巾,貂裘窄称身。射禽风助箭,走一作骤马雪翻一作飞尘。金埒争开道,香车为驻轮。翩翩不知处,传一作应是霍家亲。

## 同苗员外宿荐福常师房 一作秋喜卢纶同宿寺

浮生共多故,聚宿喜君同。人息时闻磬,灯摇乍有风。霜阶疑一作寒霜凝水际,夜木似山中。一愿持一作投如意,长来事远公。

## 送乔广下第归淮南

遥想长淮尽,荒堤楚路斜。戍旌标白浪,罟网入青葭。啼一作归鸟仍临水,愁人更见一作看花。东堂一枝在,为子惜年华。

## 风　筝

高风吹玉柱,万籁忽齐飘。飒树迟难度,萦空细渐销。松泉鹿门夜,笙鹤洛滨朝。坐与真僧听,支颐向寂寥。

## 闲居寄苗发

渐向浮生老,前期竟若何。独身居处静,永夜坐时多。厌逐青林客,休吟白雪歌。支公有遗寺,重与谢一作戴安过。

## 送王先生归南山

儒中年最老,独有济南生。爱子方传业,无官自耦耕。竹通山舍远,云接雪一作玉田平。愿作门人去,相随隐姓名。

## 寄天台秀师

天台瀑布寺,传有白头师。幻迹示一作是羸病,空门无住持。雪晴看鹤去,海夜与龙期。永愿亲瓶屦,呈功一作澄心得问疑。

## 送夏侯审赴宁国

青圻连白浪,晓日渡南津。山叠陵阳树,舟多建业人。烟霞高占一作古寺,枫竹暗停一作亭神。如接玄晖集,江丞独一作城犹见亲。

## 云阳馆与韩绅一作韩升卿宿别

故人江海别,几度隔山川。乍见翻疑梦,相悲各问年。孤灯寒照雨,湿竹暗浮烟。更有明朝恨,离杯惜共传。

## 送卢使君赴夔州

铙管随旌斾,高秋远上巴。白波连雾雨,青壁断兼葭。凭几双童静,登楼万井斜。政成知变俗,当应画轮车。

# 夜 闻 回 雁

雁响天边过，高高望不分。飔飗传细雨，嘹唳隔长云。散向谁家尽，归来几客闻。还将今夜意，西海话苏君。

## 赋得的的帆向浦

向浦参差去，随波远近还。初移芳草里，正在夕阳间。隐映回孤驿，微明出乱山。向空看不尽，归思满江关。

## 秋思呈尹植裴说 <small>一本题下有郑洞二字</small>

静向懒相偶，年将衰共催。前途欢不<small>一作未</small>集，往事恨空来。昼景委红叶，月华销<small>一作铺</small>绿苔。沉思竟何有，坐结玉琴哀。

## 闲园即事寄㪣公

欲就东林寄一身，尚怜儿女未成人。柴门客去残阳在，药圃虫喧秋雨频。近水方同梅市隐，曝衣多笑阮家贫。深山兰若何时到，羡与闲云作四邻。

## 题㪣上人院

闭门不出自焚香，拥褐看山岁月长。雨后绿苔生石井，秋来黄叶遍绳床。身闲何处无真性，年老曾言<small>一作来</small>隐故乡。更说本师同学在，几时携手见<small>一作向</small>衡阳。

## 长安晓望寄程补阙 <small>一作包何诗</small>

迢递山河拥帝京，参差宫殿接云平。风吹晓漏经长乐，柳带晴烟出禁城。天净笙歌临路发<small>一作奏</small>，日高车马隔尘行。独有浅才甘未达,多惭名在鲁诸生。

## 下第日书情寄上叔父

微才空觉滞京师,末学曾为叔父知。雪里题诗偏见赏,林间饮酒独令随。游客尽伤春色老,贫居还惜暮阴移。欲归江海寻山去,愿报何人得桂枝。

## 南原一作浦望汉宫

荒原空有汉宫名,衰草茫茫雉堞平。连雁下时秋水在,行人过尽暮烟生。西陵歌吹何年绝,南陌登临此日情。故事悠悠不可问,寒禽野水自纵横。

## 早夏寄元校书

独游野径送一作自芳菲,高竹林居接翠微。绿岸草深中入遍,青丛花尽蝶来稀。珠荷荐果香寒簟,玉柄摇风满夏衣。蓬荜永无车马到,更当斋夜忆玄晖。

## 赠衡岳一作岳阳隐禅师

拥褐安居南岳头,白云高寺见衡州。石窗湖水摇寒月,枫树猿声报夜秋。讲席旧逢山一作沙鸟至,梵经初向竺僧求。垂垂一作自知身老将传法,因下人间遂北一作逐此游。

## 题 凌 云 寺

春山古寺绕沧波,石磴盘空鸟道过。百丈金身开翠壁,万龛灯焰隔烟萝。云生客到侵衣湿,花落僧禅覆地多。不与方袍同结社,下归尘世竟如何。

## 晦日益州北池陪宴

临泛从公日,仙舟翠幕张。七桥通碧沼一作洞,双树接花塘。玉烛收寒气,金波隐夕光。野闻一作闲歌管思,水静绮罗香。游骑萦林远,飞桡截岸长。郊原怀灞浐,陂滗写江潢。常侍传花诏,偏裨问羽觞。岂令南岘首,千载播馀芳。

## 送曲山人之衡州

白石先生眉发光一作老,已分甜一作绀雪饮红浆。衣巾半染烟霞气一作色,语笑兼和药草香。茅洞玉声流暗水,衡山碧色一作气映朝阳。千年城郭如相问,华表峨峨有夜霜。

## 立 秋 日

律变新秋至,萧条自此初。花酣莲报谢,叶在柳呈疏。澹日非一作月多云映,清风似雨馀。卷帘凉暗度,迎一作却扇暑先除。草静多翻燕,波澄乍露鱼。今朝散骑省,作赋兴何如。

## 咏 古 寺 花

共爱芳菲此树中,千跗万萼一作蕊裹一作裛枝红。迟迟欲去犹回望,覆地无人满寺风。

## 酬张芬有赦后见赠 一作司空图诗

紫凤朝衔五色书,阳春忽布一作报网罗除。已将心变寒灰后,岂料光生腐草馀。建水风烟收客泪,杜陵花竹梦郊居。劳君故有诗相赠,欲报琼瑶恨不如。

## 哭苗员外呈张参军 苗公即参军舅氏

思君宁家宅，久接竹林期。尝值偷琴处，亲闻比玉时。高人不易合，弱冠早相知—作道。试艺临诸友，能文即我师。凌寒松未老，先暮槿何衰。季子生前别，羊昙醉后悲。寿堂乖一恸，奠席阻长辞。因沥殊方泪，遥成墓下诗。

## 金 陵 怀 古

辇路江枫暗，宫庭野草春。伤心庾开府，老作北朝臣。

## 发渝州却寄韦判官

红烛津亭夜见君，繁弦急管两纷纷。平明分—作携手空江转，唯有猿声满—作啸水云。

## 送卢彻之太原谒马尚书

榆落雕飞关塞秋，黄云画角见并州。翩翩羽骑双旌后，上客亲—作新随郭细侯。

## 峡口送友人

峡口花飞欲尽春，天涯去住泪沾巾。来时万里同为客，今日翻成送故人。

## 故郭婉仪挽歌

一日辞秦镜，千秋别汉宫。岂唯泉路掩，长使月轮空。苦色凝朝露，悲声切暝风。婉仪馀旧德，仍载礼经中。

## 送翰林张学士岭南勒圣碑

汉恩天外洽，周颂日边称。文独司空羡，书兼太尉能。出关逢北雁，度岭逐南鹏。使者翰林客，馀春归灞陵。

## 送吉校书东归

少年芸阁吏，罢直暂归休。独与亲知别，行逢江海秋。听猿看楚岫，随雁到吴洲。处处园林好，何人待子猷。

## 早春游望

东风春未足，试望秦城曲。青草状寒芜，黄花似秋菊。壮将欢共去，老与悲相逐。独作游社人，暮过威辇宿。

## 秋日趋府上张大夫

重城洞启肃秋烟，共说羊公在镇年。鞞鼓暗惊林叶落，旌旗遥拂雁行偏。石过桥下书曾受，星降人间梦已传。谪吏何能沐风化，空将歌颂拜车前。

## 竹里径

幽径行迹稀，清阴苔色古。萧萧风欲来，乍似蓬一作逢山雨。

## 黄子陂

岸芳春色晓，水影夕阳微。寂寂深烟里，渔舟夜不归。

## 田鹤

散下渚田中，隐见菰蒲里。哀鸣自相应，欲作凌风起。

## 药　园

春园芳已遍，绿蔓杂红英。独有深山客，时来辨药名。

## 石　井

苔色遍春石，桐阴入寒井。幽人独汲时，先乐残阳影。

## 板　桥

横遮野水石，前带荒村道。来往见愁人，清风柳阴好。

## 石　莲　花

今逢石上生，本自波中有。红艳秋风里，谁怜众芳后。

## 远　寺　钟

杳杳疏钟发，因一作月风清复引。中宵独听之，似与东林近。

## 松　下　雪

不随晴野尽，独向深松积。落照入寒光，偏能伴幽寂。

## 新　柳

全欺芳蕙晚，似妒寒梅疾。撩乱发青条，春风来几日。

## 唐昌公主院看花

遗殿空长闭，乘鸾自不回。至今荒草上，寥落旧花开。

## 别 张 赞

今日山晴后,残蝉菊发时。登楼见秋色,何处最相思。

## 晚 思

蛩馀窗下月,草湿阶前露。晚景凄我衣,秋风入庭一作何树。

## 留一作别卢秦卿 一作郎士元诗

知有前期在,难分一作欢如此夜中。无将故人酒,不及石尤一作古淳风。

## 登岘亭

岘山回首望秦关,南向荆州几日还。一作一身放放向荆蛮,平楚茫茫失路关。今日登临唯有泪,不知风景在何山。

## 哭麹山人 一作耿沣诗

忆昔秋风起,君曾叹逐臣。何言芳草日,自作九泉人。

## 过坚上人故院与李端同赋

旧依支遁宿,曾与戴颙来。今日空林下,唯知见绿苔。

## 病中嫁女妓

万事伤心在目前,一身垂泪对花筵。黄金用尽教歌舞,留与他人乐少年。

# 江 村 即 事

钓罢归来不系船,江村月落正堪眠。纵然一夜风吹去,只在芦花浅水边。

# 全唐诗卷二九三

## 司空曙

### 送郑明府贬岭南

青枫江色晚,楚客独伤春。共对一尊酒,相看万里人。猜嫌成谪宦,正直不防身。莫畏炎方久,年年雨露新。

### 寄卫明府常见短靴褐裘又<br>务持诵是以有末句之赠

柴桑官舍近东林,儿稚初髫即道心。侧寄绳床嫌凭几,斜安苔帻懒穿簪。高僧静望山僮逐,走吏喧来水鸭沉。翠竹黄花皆佛性,莫教尘境误相侵。

### 酬李端校书见赠

绿槐垂—作初穗乳乌飞,忽忆山中独未归。青镜流年看发变,白云芳草与心违。乍—作多逢酒客春—作朝游惯,久别林僧夜坐稀。昨日闻君到城阙,莫将簪弁胜—作责荷衣。

### 过卢秦卿旧居

五柳茅茨楚国贤,桔槔蔬圃水涓涓。黄花寒后难逢蝶,红叶晴来忽有蝉。韩康助采君臣药,支遁同看内外篇。为问潜夫空著论,如何<sub></sub>一作何如侍从赋甘泉。

## 秋　园 <sub>一本题下有戏题二字</sub>

伤秋不是惜年华,别忆春风碧玉家。强向衰丛见芳意,茱萸红实似繁花。

## 送王使君赴太原拜节度副使

新从刘太尉,结束向并州。络脑青丝骑,盘囊锦带钩。出关逢将校,下岭拥戈矛。匣<sub>一作雪</sub>闭黄云冷,山传画角秋。剑锋将破虏,函<sub>一作远道罢登楼。岂作书生老,当封万户侯。

## 拟百劳歌

朱丝纽<sub>一作细弦</sub>金点杂,双蒂芙蓉共开合。谁家稚女著罗裳,红粉青眉娇暮妆。木难<sub>一作栖作</sub>床牙作席,云母屏风光照壁。玉颜年几新上头,回身<sub>一作头</sub>敛笑多自羞。红销月落不复见,可惜当时谁拂面。

## 迎　神

吉日兮临水,沐青兰兮白芷。假山鬼兮请东皇,托灵均兮邀帝子。吹参差兮正苦,舞婆娑兮未已。鸾旌圆盖望欲来,山雨霏霏江浪起。神既降兮我独知,目成再拜为陈词。

## 送　神

神之去,回风裊裊云容与。桂尊瑶席不复陈,苍山绿水暮愁人。

## 残莺百啭歌同王员外耿拾遗
## 吉中孚李端游慈恩各赋一物

残莺一何怨,百啭相寻续。始辨下将高,稍分长复促。绵蛮巧状语,机节终如曲。野客赏应迟,幽僧闻讵足。禅斋深树夏阴清,零落空馀三两声。金谷筝中传不似,山阳笛里写难成。忆昨乱啼无远近,晴宫晓色偏相引。送暖初随柳色来,辞芳暗逐花枝尽。歌残莺,歌残莺,悠然万感生。谢朓羁怀方一听,何郎闲吟本多情。乃知众鸟非侪比,暮噪晨鸣倦人耳。共爱奇音那可亲,年年出谷待新春。此时断绝为君惜,明日玄蝉催发白。

### 过终南一本有山字柳处士

云起山苍苍,林居萝薜荒。幽人老深境,素发与青裳一作襄。雨涤莓苔绿,风摇松桂一作菌荙香。洞泉分溜一作派浅,岩笋出丛长。败屦安松砌,馀棋在石床。书名一为别,还路已堪伤。

### 春送郭大之官

明府之官官舍春,春风辞我两三人。可怜江县闲无事,手板支颐独咏贫。

### 送郑锡 曙曾事此公季父

汉阳云树清无极,蜀国风烟思不堪。莫怪别君偏有泪,十年曾事晋征南。

### 同张参军喜李尚书寄新琴

新琴传凤凰,晴景称高张。白玉连徽净,朱丝系一作弦击爪长。轻

埃随拂拭，杂一作新籁满铿锵。暗想山泉合，如亲兰蕙芳。正声消
郑卫，古状掩笙簧。远识贤人意，清风愿激扬。

## 苦　热

暑气发炎州，焦烟远未收。啸风兼炽焰，挥汗讶成流。鹳鹊投林
尽，龟鱼拥石稠。漱泉齐饮酎，衣葛剧兼裘。长簟贪欹枕，轻巾懒
挂头。招商如有曲，一为取新秋。

## 送人归黔府

伏波箫鼓水云中，长戟如霜大旆红。油幕晓开飞鸟绝，翩翩上将独
趋风。

## 杂　兴

月没辽城暗出师，双龙金角晓天悲。黄尘满目随风散，不认将军燕
尾旗。

## 岁暮怀崔峒耿沣

腊月江天见春色，白花青柳疑寒食。洛阳旧社各东西，楚国游人不
相识。

## 观　妓

翠蛾红脸不胜情，管绝弦馀发一声。银烛摇摇尘暗下，却愁红粉泪
痕生。

## 过长林湖西酒家

湖草青青三两家，门前桃杏一般花。迁人到处唯求醉，闻说渔翁有

酒赊。

# 过阎采病居

每逢佳节何曾坐,唯有今年不得游。张邴卧来休送客,菊花枫叶向
谁秋。

# 送 程 秀 才

悠悠多路岐,相见又别离。东风催节换,焰焰春阳散。楚草渐烟
绵,江云亦芜漫。送子恨何穷,故关如梦中。游人尽还北,旅雁辞
南国。枫树几回青,逐臣归不得。

# 长林令卫象饧丝结歌

主人雕盘盘素丝,寒女眷眷墨子悲。乃言 一作答乃 假使饧为之,八
珍重沓失颜色。手援玉箸不敢持,始状芙蓉新出水。仰坼重衣倾
万蕊,又如合欢交乱枝,红茸向暮花参差。吴蚕络茧抽尚绝,细缕
纤毫看欲灭。雪发羞垂倭堕鬓,绣囊畏并茱萸结。我爱此丝巧,妙
绝世间无,为君作歌陈座隅。

# 酬崔峒见寄 一作江湖秋思

趋陪禁掖雁行随 一作稀,迁放江潭鹤发垂。素浪遥疑太液水,青枫
忽似万年枝。嵩南春遍愁 一作伤魂梦,壶 一作湖口云深隔路岐。共
望汉朝多沛泽,苍蝇早晚得先知。

# 闻 春 雷

水国春雷早,阗阗若众车。自怜迁逐者,犹滞蛰藏馀。

# 晚秋西省寄上李韩二舍人

昼漏传清唱，天恩一作隅，一本缺。禁旅秋。雁亲承露掌，砧隔曝衣楼。赐膳中人送，馀香侍女收。仍闻劳上直，晚步凤池头。

## 下武昌江行望涔阳

悠悠次一作向楚乡，楚一作樊口下涔阳。雪隐洲渚暗，沙高芦荻黄。渔人共留滞，水鸟自喧翔。怀土年空尽，春风又淼茫。

## 送史申之峡州

峡口巴江外一作水，无风浪亦翻。蒹葭新有雁，云雨不离猿。行客思乡远，愁人赖酒昏。檀郎好联句，共·作莫滞谢家门。

## 送　王　闰

相送临寒水，苍然望故关。江芜连梦泽，楚雪入商山。话我他年旧，看君此日还一作闲。因将自悲泪，一洒别离间。

## 江园书事寄卢纶

种柳南江边，闭门三四年。艳花一作俗人那胜竹，凡鸟不如蝉。嗜酒渐婴一作思渴，读书多欲眠。半生故交在，白首远相怜。

## 送郑况往淮南

西楚见南关，苍苍落日间。云离大雷树，潮入秣陵山。登戍因高望，停桡放溜闲。陈公有贤榻，君去岂空还。

## 题江陵临沙驿楼

江天清更愁,风柳入江楼。雁惜楚山晚,蝉知秦树秋。凄凉多独醉,零落半同游。岂复<sub></sub>一作获平生意,苍然兰杜洲。

## 新　蝉　<small>一作耿沣诗</small>

今朝蝉忽鸣,迁一作羁客若为情。便一作渐觉一年老一作谢,能令万感生。微风方一作初满树,落日稍沉城。为问同怀者,凄凉听几声。

## 送　张　弋

拥棹江天旷,苍然下郢城。冰霜葭菼变,云泽鹨鸪鸣。酒倦临流醉,人逢置榻迎。尝闻藉东观,不独鲁诸生。

## 送僧无言归山

袈裟出尘外,山径几盘缘。人到白云树,鹤沉青草田。龛泉朝请盥,松籁夜和禅。自昔闻多学,逍遥注一篇。

## 和卢校书文若早入使院书事 <small>第六句缺一字</small>

解带独裴回,秋风如水来。轩墀湿繁露,琴几拂轻埃。晨鸟犹在叶,夕虫馀□苔。苍然发高兴,相仰坐难陪。

## 送史泽之长沙

谢朓怀西府,单车触火云。野蕉依戍客,庙竹映湘君。梦渚巴山断,长沙楚路分。一杯从别后,风月不相闻。

# 田　家

田家喜雨足，邻老相招携。泉溢沟塍坏，麦高桑柘低。呼儿催放
犊，宿一作邀客待烹鸡。搔首蓬门下，如一作知将轩冕齐。

## 送 卢 堪

羁贫不易去，此日始西东。旅舍秋霖叶一作林夜，行人寒一作塞草风。
酒醒馀恨在，野馔暂游同。莫使祢生刺，空留怀袖中。

## 送柳震入蜀

粉堞连青气，喧喧杂万家。夷人祠竹节，蜀鸟乳桐花。酒报新丰
景，琴迎抵峡斜。多闻滞游客，不似在天涯。

## 送李嘉祐正字括图书兼往扬州觐省

不事兰台贵，全多韦带风。儒官比刘向，使者得陈农。晚烧平芜
外，朝阳叠浪东。归来喜调膳，寒笋出林中。

## 送 刘 侍 御

狱成收夜烛，整豸出登车。黄叶辞荆楚，青山背汉初。早朝新羽
卫，晚下步徒胥。应念长沙谪，思乡不食鱼。

## 送庞判官赴黔中

天远风烟异，西南见一方。乱山来蜀道，诸水出辰阳。堆案青油
暮，看棋画角长。论一作谕文谁可制，记室有何郎。

## 送人游岭南

万里南游客,交州见柳条。逢迎人易合,时日酒能消。浪晓浮青
雀,风温解黑貂。囊金如未足,莫恨故乡遥。

## 送曹同<sub>一作桐</sub>椅

青春<sub>一作山</sub>三十馀,众艺尽无如。中散诗传画,将军扇续书。楚田
晴下雁,江日暖游<sub>一作多</sub>鱼。惆怅空相送,欢游自此疏。

## 送鄂州张别驾襄阳觐省

苍苍岘亭<sub>一作峰</sub>路,腊月汉阳<sub>一作江</sub>春。带雪半山寺,行沙隔水人。
王祥因就宦,莱子不违亲。正恨殊乡别,千条楚柳新。

## 送魏季羔游长沙觐兄 <sub>一本无季字</sub>

芦获湘江水,萧萧万里秋。鹤高看迥野,蝉远入中流。访友多成
滞,携家不厌游。惠连仍有作,知得从兄酬。

## 杂　言

伏馀西景移,风雨<sub>一作与洒</sub>轻绤。燕拂青芜地,蝉鸣红叶枝。

## 玩花与卫象<sub>一作卫长林</sub>同醉

衰鬓千茎雪<sub>一作白</sub>,他乡一树花。今朝与君醉,忘却在长沙。

## 送王尊师归湖州

烟芜满洞青山绕,幢节飘空紫凤飞。金阙乍看迎日丽,玉箫遥听隔
花微。多开石髓供调膳,时御霓裳奉易衣。莫学辽东华表上,千年

始欲一回归。

## 九日洛<small>一作落</small>东亭

风息斜阳尽，游人曲落间。采花因覆酒，行草转看山。柳散新霜下，天晴早雁还。伤秋非骑省，玄发白成斑。

## 九 日 送 人

送人冠獬豸，值节佩茱萸。均赋征三壤，登车出五湖。水风凄落日，岸叶飒衰芜。自恨尘中使，何因在路隅。

## 哭 王 注

已叹漳滨卧，何言驻隙难。异才伤促短，诸友哭门阑。古道松声暮，荒阡草色寒。延陵今葬子，空使鲁人观。

## 遇谷口道士

一见林中客，闲知州县劳。白云秋色远，苍岭夕阳高。自说名因石，谁逢手种桃。丹经倘相授，何用恋青袍。

## 喜外弟卢纶见<small>一作访</small>宿

静夜四无邻，荒居旧业贫。雨中黄叶树，灯下白头人。以我独沉久，愧君相见频。平生自有<small>一作有深</small>分，况是蔡家亲。

## 深上人见访忆李端

雁稀秋色尽，落日对寒山。避事多称疾，留僧独闭关。心归尘俗外，道胜有无间。仍忆东林友，相期久不还。

## 宿青龙寺故昙上人院

年深宫院在，旧客自相逢。闭户临寒竹，无人有夜钟。降龙今已去，巢鹤竟何从。坐见繁星晓，凄凉识旧峰。

## 送张炼师还峨嵋山

太一天坛天柱西，垂萝为幌一作挽石为梯。前登灵境青霄绝，下视人间白日低。松籁一作韵万声和管磬，丹光五色杂虹一作云霓。春山一入寻无路，鸟响烟深一作深林水满溪。

## 逢江客问南中故人因以诗寄

南客何时去，相逢问故人。望乡空泪落，嗜酒转家贫。疏懒辞微禄，东西任老身。上楼多看月，临水共伤春。五柳终期隐，双鸥自可亲。应怜折腰吏，冉冉在风尘。

## 送皋法师

江草知寒柳半衰，行吟怨别独迟迟。何人讲席投如意，唯有东林远法师。

## 送郑佶归洛阳

苍苍楚色水云间，一醉春风送尔还。何处乡心最堪羡，汝南初见洛阳山。

## 分流水

古时愁别泪，滴作分流水。日夜东西流，分流几千里。通塞两不见，波澜各自起。与君相背飞，去去心如此。

## 和耿拾遗元日观早朝

元日一作朔争朝阙,奔流若会溟。路尘和薄雾,骑火接低星。门响一作漏促双鱼钥,车喧百子铃。冕旒当翠殿,幢戟满彤庭。积一作表岁方编瑞,乘春即省一作宥刑。大官一作诸侯陈禹玉,司历献尧蓂。寿酒三觞退,箫韶九奏停。太阳开物象,霈泽及生灵。南陌高山碧一作祥光紫,东方晓气青。自怜扬子贱,归草太玄经。

## 塞下一作上曲

寒柳接胡桑,军门向大荒。幕营随月魄,兵气长星芒。横吹催春酒,重裘隔夜霜。冰开不防虏,青草满辽阳。

## 关 山 月

苍茫明月上,夜久光如积。野幕冷胡霜,关楼宿边客。陇头秋露暗,碛外寒沙白。唯有故乡人,沾裳此闻笛。

## 御制雨后出城观览敕朝臣已下属和

上上开鹑野,师师出凤城。因知圣主念,得一作能遂老农情。垄麦垂秋合,郊尘得雨清。时新荐玄祖,岁足富一作布苍生。却马川原静,闻鸡水土平。薰弦歌舜德,和鼎致尧名。览物欣多稼,垂衣御大明。史官何所录,称瑞满天京。

## 奉和常舍人一本有袞字晚秋
## 集贤院即事寄徐薛二侍郎

蔼蔼凤凰宫,兰台玉署通。夜霜凝树羽,朝日照相风。官附一作亚三台贵,儒开百氏宗。司言陈禹命一作拜,侍讲发尧聪。香卷青编内,铅分绿字中。缀签从太史,锵珮揖群公。池接天泉碧,林交御果红。寒龟登故<sub>一作败</sub>叶,秋蝶恋疏丛。颜谢征文并,钟裴直<sub>一作议</sub>事同。离群惊海鹤,属思怨江枫。地远姑苏外,山长越绝东。惭当哲匠后,下曲本难工。

## 题鲜于秋<sub>一作映</sub>林园

雨后园林好,幽行迥<sub>一作回,又作向</sub>野通。远山芳草外,流水落花中。客醉悠悠惯,莺啼处处同。夕阳<sub>一作伤春</sub>自一望,日暮杜陵东。

## 登 秦 岭

南登秦岭头,回首始堪忧。汉阙青门远,商山蓝水流。三湘迁客去,九陌故人游。从此思乡泪,双垂不复收。

## 独游寄卫长林

草绿春阳动,迟迟泽畔游。恋花同野蝶,爱水剧江鸥。身外唯须醉,人间尽<sub>一作半</sub>是愁。那知鸣玉者,不羡卖瓜侯。

## 望 水

高楼<sub>一作原</sub>晴见水,楚色霭相和。野极空如练<sub>一作雪</sub>,天遥不辨波。永无人迹到,时有鸟行过。况是苍茫外,残阳照最<sub>一作更</sub>多。

## 望 商 山 路

南见青山道,依然去国时。已甘长避地,谁料有还期。雨霁残阳薄,人愁独望迟。空残华发在,前事不堪思。

# 题落叶

霜景催危叶,今朝半树空。萧条故国异,零落旅人同。飒岸浮寒水,依阶拥夜虫。随风偏可羡,得到洛阳宫一作城中。

# 寄准上人

昨闻归旧寺,暂别欲经年。樵客应同步一作出,邻僧定伴禅。后峰秋有雪,远涧夜鸣泉。偶与支公论,人间自共传。

# 送况上人还荆州因寄卫侍御象

惠持游蜀久,策杖欲一作忽西还。共别此宵月,独归何处山。对鸥沙皋畔,洗足野云间。知有玄晖会,斋心受八关。

# 别卢纶 一作纶别曙诗

有月多同赏,无秋不共悲。如何与君别,又是菊黄时。

# 雪二首

乐游春苑望鹅毛,宫殿如星树似毫。漫漫一川横渭水,太阳初出五陵高。

王屋南崖见洛城,石龛松寺上方平。半山槲叶当窗下,一夜曾闻雪打声。

# 酬卫长林岁日见呈

地暖雪花摧,天春斗柄回。朱泥一丸药,柏叶万年杯。旅雁辞人去,繁霜满镜来。今朝彩盘上,神燕不须雷。

## 杜鹃行 一作杜甫诗

古时杜宇称望帝,魂作杜鹃何微细。跳枝窜叶树木中,抢翔瞥捩雌
随雄。毛衣惨黑自憔悴,众鸟安肯相尊崇。隳形不敢栖华屋,短翮
唯愿巢深丛。穿皮啄朽嘴欲秃,苦饥始得食一虫。谁言养雏不自
哺,此语亦足为愚蒙。声音咽哕若有谓,号啼略与婴儿同。口干垂
血转迫促,似欲上诉于苍穹。蜀人闻之皆起立,至今相效传遗风。
乃知变化不可穷,岂知昔日居深宫,嫔妃左右如花红。

## 寄 胡 居 士

日暖风微南陌头,青田红树起春愁。伯劳相逐行人别,岐路空归野
水流。遍地寻僧同看雪,谁期载酒共登楼。为言惆怅嵩阳寺,明月
高松应独游。

## 寒　塘

晓发梳临水,寒塘坐见秋。乡心正无限,一雁度南楼。

## 为李魏公赋谢汧公

白雪高吟际,青霄远望中。谁言路遐旷,宫徵暗相通。

## 梁城老人怨 一作陈羽诗

朝为耕种人,暮作刀枪鬼。相看父子血,共染城壕水。

# 全唐诗卷二九四

## 崔峒

崔峒,博陵人。登进士第,为拾遗、集贤学士,终于州刺史。《艺文传》云,终右补阙,大历十才子之一也。诗一卷。

### 扬州选蒙相公赏判雪后呈上

自得山公许,休耕海上田。惭看长史传,欲弃钓鱼船。穷巷殷忧日,芜城雨雪天。此时瞻相府,心事比旌悬。

### 客舍书情寄赵中丞

东楚复西秦,浮云类此身。关山劳策蹇,僮仆惯投人。孤客来千里,全家托四邻。生涯难自料,中夜问一作见〔情亲〕(亲情)。

### 客舍有怀因呈诸在事

读书常苦节,待诏岂辞贫。暮雪犹驱马,晡餐又寄人。愁来占吉梦,老去惜良辰。延首平津阁,家山日已春。

### 书怀寄杨郭李王判官

惯作云林客,因成懒漫人。吏欺从政拙,妻笑理家贫。李郭应时望,王杨入幕频。从容丞相阁,知忆故园春。

## 奉和给事寓直

桂枝家共折,鸡树代相传。忝向鸾台下,仍看雁影连。夜闲方步月,漏尽欲朝天。知去丹墀近,明王许荐贤。

## 初入集贤院赠李献仁 曾于常山联官

燕代官初罢,江湖路便分。九迁从命薄,四十幸人闻。迹愧趋丹禁,身曾系白云。何由返沧海,昨日谒明君。

## 酬李补阙雨中寄赠

十年随马宿,几度受人恩。白发还乡井,微官有子孙。竹窗寒雨滴,苦砌夜虫喧。独愧东垣友,新诗慰旅魂。

## 初除拾遗酬丘二十二

### 见寄 一作初拜命酬丘丹见赠

江海久垂纶,朝衣忽挂身。丹墀初一作方谒帝,白发免羞人。才愧文章士,名当谏诤臣。空馀荐贤分一作力,不敢负交亲。

## 刘展下判官相招以诗答之

国有非常宠,家承异姓勋。背恩惭皎日,不义若浮云。但使忠贞在,甘从玉石焚。窜身如有地,梦寐见明君。

## 送侯山人赴会稽

仙客辞萝月,东来就一官。且归沧海住,犹向白云看。猿叫江天暮,虫声野浦寒。时游镜湖里,为我把鱼竿。

## 宿禅智寺上方演大师院

石林一作床高几许，金刹在中峰。白日空山梵，清一作晴霜后夜钟。
竹窗回翠壁，苔径入寒松。幸接无生法，疑心怯所从。

## 题空山人石室

早晚悟无生，头陀不到城。云山知夏腊，猿鸟见修行。地僻无溪
路，人寻逐水声。年年深谷里，谁识远公名。

## 登蒋山开善寺 一作李嘉祐诗

山殿秋云里，香烟出翠微。客寻朝磬至一作食，僧背夕阳归。下界
千门见，前朝一作期万事非。看心兼送目，蒨葱暮依依。

## 题崇福寺禅院

僧家竟何一作更无事，扫地与焚香。清磬度山翠，闲云来竹房。身
心尘外远，岁月坐中长。向晚禅堂掩一作闭，无人空夕阳。

## 秋晚送丹徒许明府赴上国因寄江南故人

秋暮之彭泽，篱花远近逢。君书前日至，别后此时重。寒夜江边
月，晴天海上峰。还知南地一作北客，招引住新丰。

## 送薛仲方归扬州

佳句应无敌，贞心不有猜一作暂回。惭为丈人行，怯见后生才。泛
舸贪斜月，浮槎值早梅。绿杨新过雨，芳草待君来。

## 送韦员外还京

十年离乱后,此去若为情。春晚香山绿,人稀豫<sub>一作颍</sub>水清。野陂
看独树,关路逐残莺。前殿朝明主,应怜白发生。

## 润州送友人

见君还此地,洒泪向江边。国士劳相问,家书无处传。荒城胡<sub>一作</sub>
<sub>闲</sub>马迹,塞木戍人烟。一路堪愁思,孤舟何渺然。

## 送张芬东归

喧喧五衢上,鞍马自驱驰。落日临阡陌,贫交欲别离。早知时事
异,堪<sub>一作岂</sub>与世人随。握手将何赠,君心我独知。

## 送苏修游上饶

爱尔无羁束,云山恣意过。一身随远岫,孤棹任轻波。世事关情
少,渔家寄宿多。芦花浅淡<sub>一作泊船处</sub>,江月奈人何。

## 送陆明府之盱眙

陶令之官去,穷愁惨别魂。白烟横海戍,红叶下<sub>一作近</sub>淮村。澹浪
摇山郭,平芜到县门。政成堪吏隐,免负<sub>一作就</sub>府公恩。

## 江南回逢赵曜因送任十一赴交城主簿

江上长相忆,因高北望看。不知携老幼,何处度艰难。屈指同人
尽,伤心故里残。遥怜驱匹马,白首到微官。

## 送薛良史往越州谒从叔

辞家年一作日已久，与子分偏一作仍深。易得相思一作思乡泪，难为欲别心。孤云随浦口，几日到山阴。遥想兰亭下，清风满竹林。

## 送丘二十二之一作归苏州

积水与寒烟，嘉禾路几千。孤猿啼海岛，群雁起湖田。曾见一作寄长洲苑一作沙什，尝闻大雅篇。却将封事去，知尔爱一作意闲眠。

## 登润州芙蓉楼

上古人何在，东流水不归。往来潮有信，朝暮事成非。烟树临沙静，云帆入海稀。郡楼多逸兴，良牧谢玄晖。

## 江上书怀

骨肉天涯别，江山日落时。泪流襟上血，发变一作白镜中丝。胡越书难到，存亡梦岂知。登高回首罢，形影自相随。

## 春日忆姚氏外甥

离乱人相失，春秋雁自飞。只缘行路远，未必寄书稀。二月花无数，频年意有违。落晖看过后，独坐泪沾衣。

## 送真上人还兰若

得道云林久一作下，年深暂一归。出山逢世乱，乞食觉人稀。半偈初传法，中一作千峰又掩扉。爱憎一作离应不染，尘俗自依依。

# 润州送师弟自江夏往台州

远客乘流去,孤帆向夜开。春风江上使,前日汉阳来。别路犹千里,离心重一杯。剡溪木未落,羡尔过天台。

# 送李道士归山

秋城临古路,城上望君还。旷野入寒草,独行随远山。授人鸿宝内,将犬白云间。早晚烧丹罢,遥知冰雪寒。

# 宿江西窦主簿厅 与此公亡兄联官

广庭方缓步,星汉话中移。月满关山一作水关道,乌一作鸟啼霜树枝。时艰难会合,年长重亲知。前事成金石,凄然泪欲垂。

# 喜逢妻弟郑损因送入京

乱后自江城,相逢喜复惊。为经多载别,欲问小时名。对酒悲前事,论文畏后生。遥知盈卷轴,纸贵在江城。

# 咏门下画小松上元王杜三相公 一作钱起诗

昔闻生涧底,今见起毫端。众草此时没,何人知岁寒。岂能裨栋宇,且贵出门阑。只在丹青意,凌云也不难。

# 寄上礼部李侍郎

吴楚相逢处,江湖共泛时。任风舟去远,待月酒行迟。白发常同叹,青云本要期。贵来君却少,秋至老偏一作堪悲一作愁去我先悲。玉佩明朝盛,苍苔陋巷滋。追寻恨无路,唯有梦相思。

## 书情寄上苏州韦使君兼呈吴县李明府

数年湖上谢浮名,竹杖纱巾遂性情。云外有时逢寺宿,日西无事傍江行。陶潜县里看花发,庾亮楼中对月明。谁念献书来万里,君王深在九重城。

## 题桐庐李明府官舍 一作赠同官李明府

讼堂寂寂对烟霞,五柳门前聚晓一作集晚鸦。流水声中视公事,寒山影里见人家。观风竞一作共美新为政,计日还知旧一作应更触邪。可惜陶潜无限酒一作兴,不逢篱菊正开花。

## 赠窦十九 时公车待诏长安

灵台暮宿意多违,木落花开羡客归。江海几时传锦字,风尘不觉化缁衣。山阳会里同人少,灞曲农时故老稀。幸得汉皇容直谏,怜君未遇觉人非。

## 虔州见郑表新诗因以寄赠

梅花岭里见新诗,感激情深过楚词。平子四愁今莫比,休文八咏自同时。萍乡露冕真堪惜,凤沼鸣珂已讶迟。才子风流定难见,湖南春卓但相思。

## 赠 元 秘 书

旧书稍稍出风尘,孤客逢秋感此身。秦地谬为门下客,淮阴徒笑市中人。也闻阮籍寻常醉,见说陈平不久贫。幸有故人茅屋在,更将心一作闲事问情亲。

## 送韦八少府判官归东京

玄成世业紫真官，文似相如貌胜潘。鸿雁南飞人独去，云山一别岁
将阑。清淮水急桑林晚，古驿霜多柿叶寒。琼树相思何日见，银钩
数字莫为难。

## 送冯八将军奏事毕归滑台幕府

王门别后到沧洲，帝里相逢俱白头。自叹马卿常带疾，还嗟李广不
封侯。棠梨宫里瞻龙衮，细柳营中著虎裘。想到滑台桑叶落，黄河
东注杏园秋。

## 送王侍御佐婺州

一作郎士元诗，题云《盖少府新除江南尉问风俗》。

闻君作尉一作不须惆怅向江潭，吴越风烟到自谙。客路寻常经竹径一
作随竹影，人家大底傍山岚。缘溪花木偏宜远，避地衣冠尽向一作在
南。惟有夜猿啼海树，思乡望北一作国意难堪。

## 越中送王使君赴江华

皂盖春风自越溪，独寻芳树一作草桂阳西。远水浮云随马去，空山
弱筱向云低。遥知异政荆门北，旧许新诗康乐齐。万里相思在何
处，九疑残雪白猿啼。

## 送皇甫冉往白田

江边尽日雉鸣飞，君向白田何日归。楚地兼葭连海迥，隋朝杨柳映
堤稀。津楼故市无行客，山馆空庭闭落晖。试问疲人与征战，使君
双泪定沾衣。

# 题 兰 若

绝顶茅庵老此生,寒云孤木独经行。世人那得知幽径,遥向青一作
中峰礼磬声。

## 送贺兰广赴选

而今用武尔攻文,流辈干时独卧云。白发青袍趋会府,定应衡镜却
惭君。

## 清江曲内一绝 折腰体

八月长江去浪平,片帆一道带风轻。极目不分天水色,南山南是岳
阳城。

## 武康郭外望许纬先生山居

湖上千峰带落晖,白云开处见柴扉。松门一径仍生草,应是仙人一
作先生向郭稀。

# 全唐诗卷二九五

## 苗　发

苗发,宰相晋卿之子。终都官员外郎,大历十才子之一也。诗二首。

### 送司空曙之苏州

盘门吴旧地,蝉尽草秋时。归国人皆久,移家君独迟。广陵经水宿,建邺有僧期。若到西霞寺,应看江总碑。

### 送孙德谕罢官一作任往

黔州孙父曾牧此州,因寄家也。

中岁分符典石城,两朝趋陛谒承明。阙下昨承归老疏,天南今切去乡情。亲知握手三秋一作回别,几杖扶身万里行。伯道暮年无嗣子,欲将家事托门生。

## 吉中孚

吉中孚,鄱阳人。大历十才子之一。始为道士,后官校书郎,登宏辞。兴元中,历翰林学士、户部侍郎。诗一卷,今存一首。

## 送归中丞使新罗册立吊祭

官称汉独坐,身是鲁诸生。绝域通王制,穷天向水程。岛中分万
象,日处转双旌。气积鱼龙窟,涛翻水浪声。路长经岁去,海尽向
山行。复道殊方礼,人瞻汉使荣。

# 夏侯审

夏侯审,大历十才子之一,官侍御史。诗一首。

## 咏被中绣鞋

云里蟾钩落凤窝,玉郎沉醉也摩挲。陈王当日风流减,只向波间见
袜罗。

# 王 烈

王烈,大历间人。诗五首。

## 行 路 难

行客满长路,路长一作难良足哀。白日持角弓,射人而取财。千金
谁家子,纷纷死黄埃。见者不敢言,言者不得回。家人各望归,岂
知长不来。

## 雪

雪飞当梦蝶,风度几惊人。半夜一窗晓,平明千树春。花园应失

路,白屋忽为邻。散入仙厨里,还如云母尘。

## 酬崔峒

徇世甘长往,逢时忝一官。欲朝青琐去,羞向白云看。荣宠无心易,艰危抗节难。思君写怀抱,非敢和幽兰。

## 塞上曲二首

红颜岁岁老金微,砂碛年年卧铁衣。白草城中春不入,黄花戍上雁长飞。

孤城夕对戍楼闲,回合青冥万仞山。明镜不须生白发,风沙自解老红颜。

# 卫　象

卫象,大历间江南诗人,官侍御。诗二首。

## 伤李端

才子浮生促,泉台此路赊。官卑扬执戟,年少贾长沙。人去门栖鵩,灾成酒误蛇。唯馀封禅草,留在茂陵家。

## 古　词

鹊血雕-作调弓湿未干,鹔鹴新淬-作染剑光-作花寒。辽东老将鬓成雪,犹向旄头夜夜看。

# 崔季卿

崔季卿，岵之从孙。诗一首。

## 晴江秋望

八月长江万里晴，千帆一道带风轻。尽日不分天水色，洞庭南是岳阳城。

# 何 兆

何兆，蜀人。诗二首。

## 赠 兄

洛阳纸价因兄贵，蜀地红笺为弟贫。南北东西九千里，除兄与弟更无人。

## 玉蕊花 一作严休复诗

羽车潜下玉龟山，尘世何缘睹蕣颜。惟有多情天卜雪，好风吹卜绿云鬟。

## 句

芙蓉十二池心漏，蒼卜三千灌顶香。 见《焦氏笔乘》

# 奚　贾

奚贾,富春人。诗三首。

## 严陵滩下寄常建

日入溪水静,寻真此亦难。乃知沧洲人,道成仍一作成道因钓竿。漾楫乘一作坐微月,振衣生早寒。纷吾成独往,自速耽考槃。已息汉阴诮,且同濠上观。旷然心无涯,谁问容膝安。

## 谒李尊师

万物返常性,惟道贵自然。先生容一作亦其微,隐几为列仙。炼魄闭琼户,养毛飞洞天。将知道遥久,得道无岁年。

## 寻许山人亭子

桃源若远近,渔子棹轻舟。川路行难尽,人家到渐幽。山禽拂席起,溪水入庭流。君是何年隐,如今成白头。

## 句

眠涧花自落,步林鸟不飞。

豁谷何萧条,日入人独行。

落日下平楚,孤烟生洞庭。　见《诗式》

# 全唐诗卷二九六

## 张南史

张南史,字季直,幽州人。好弈棋。其后折节读书,遂入诗境,以试参军。避乱,居扬州。再召,未赴而卒。诗一卷。

### 富阳南楼望浙江风起

南楼渚风起,树杪见沧波。稍觉征帆上,萧萧暮雨一作五两多。沙洲殊未极,云水更相和。欲问任公子,垂纶意若何。

### 奉酬李舍人秋日寓直见寄

秋日金华直,遥知玉佩清。九重门更肃,五色诏初成。槐落宫中影,鸿高苑外声。翻从魏阙下,江海寄幽情。

### 同韩侍郎秋朝使院

重门启曙关,一叶报秋还。露井桐柯湿,风庭鹤翅闲。忘情簪白笔,假梦入青山。惆怅只应此,难裁语默间。

### 送朱大一作文游塞 一作送朱大北游

岁暮一作欲为别,江湖聊自宽。且无人事处一作恋,谁谓客行难。郢曲怜公子,吴州忆伯鸾。苍苍远山际,松柏独宜寒。

# 送郑录事赴太原

叹息不相见，红颜今白头。重为西候别，方起北风愁。六月胡天冷，双城汾水流。卢谌即故吏，还复向并州。

# 送余赞善使还赴薛尚书幕

音书不可论，河塞雪纷纷。雁足期苏武，狐裘见薛君。城池通紫陌，鞍马入黄云。远棹—作忆漳渠水，平流几处分。

# 送李侍御入茅山采药

苦县家风在，茅山道录传。聊听骢马使，却就紫阳仙。江海生岐路，云霞入洞天。莫令千岁鹤，飞到草堂前。

# 寄中书李舍人

昨宵凄断处，对月与临风。鹤病三江上，兰衰百草中。题诗随谢客，饮酒寄黄翁。早岁心相待，还因贵贱同。

# 和崔中丞中秋月

秋夜月偏明，西楼独有情。千家看露湿，万里觉天清。映水金波动，衔山桂树生。不知飞鹊意，何用此时惊。

# 西陵怀灵一上人兼寄朱放

淮海风涛起，江关忧思长。同悲鹊绕树，独坐雁随阳。山晚云藏—作和雪，汀寒月照霜。由来濯缨处，渔父爱沧浪。

## 寄静虚上人云门

寒日白云里,法侣自提携。竹径通城下,松门隔水西。方同沃洲去,不自武陵迷。仿佛心疑<sub></sub>一作知处,高峰是会稽。

## 送司空十四北游宋州

九拒危城下,萧条送尔归。寒风吹画角,暮雪犯征衣。道里犹成间,亲朋重与违。白云愁欲断,看入大梁飞。

## 殷卿宅夜宴

日暗城乌宿,天寒枥马嘶。词人留上客,妓女出中闺。积雪连灯照,回廊映竹迷。太常今夜宴,谁不醉如泥。

## 宣城雪后还望郡中寄孟
## 侍御 一作立春后开元观送强文学还京

腊后年华变,关西驿骑遥。塞鸿连暮雪,江柳动寒条。山水还鄜郡,图书入汉朝。高楼非别处,故使百忧销。

## 独孤常州北亭

北泅敞高明,凭轩见野情。朝回五马迹,吏胜白花名。海树凝烟远,湖田见鹤清。云光侵素壁,水影荡闲楹。俗赖褰帷谒,人欢倒屣迎。始能崇结构,独有谢宣城。

## 早春书事奉寄中书李舍人

儒服山东士,衡门洛下居。风尘游上路,简册委空庐。戎马生郊日,贤人避地初。窜身初浩荡,投迹岂踌躇。翠羽怜穷鸟,琼枝顾

散樗。还令亲道术,倒欲混樵渔。敝缊袍多补,飞蓬鬓少梳。诵诗
陪贾谊,酌酒伴应璩。鹤膝兵家备,凫茨俭岁储。泊舟依野水,开
径接园蔬。暂阅新山泽,长怀故里闾。思贤乘朗月,览古到荒墟。
在竹惭充箭,为兰幸免锄。那堪闻相府,更遣诣公车。蹇足终难
进,颦眉竟未舒。事从因病止,生寄负恩馀。不见神仙久,无由鄙
吝袪。帝庭张礼乐,天阁绣簪裾。日色浮青琐,香烟近玉除。神清
王子敬,气逐马相如。铜漏时常静,金门步转徐。唯看五字表,不
记八行书。宿昔投知己,周旋谢起予。只应高位隔,讵是故情疏。
为报周多士,须怜楚子虚。一身从弃置,四节苦居诸。柳发三条
陌,花飞六辅渠。灵盘浸沆瀣,龙首映储胥。北海樽留客,西江水
救鱼。长安同日远,不敢咏归欤。

## 陆胜一作瑛宅秋暮雨中探韵同作

同人永日自相将,深竹闲园偶辟疆。已被秋风教忆鲙,更闻寒雨劝
飞觞。归心莫问三江水,旅服徒一作从沾九日一作月霜。醉里欲寻
骑马路,萧条几处有垂杨。

## 春日道中寄孟侍御

春来游子傍一作伤归路,时有白云遮一作邀独行。水流乱赴石潭响,
花开一作发不知山树名。谁家鱼网求鲜食,几处人烟事火耕。昨日
已尝村酒熟,一杯思与孟嘉倾。

## 江北春望赠皇甫补阙

闲园柳绿井桃红,野径荒墟左右通。清迥独连江水北,芳菲更似洛
城东。时看雨歇人一作云归岫,每觉潮来树起风。闻道金门堪避
世,何须身与海鸥同。

# 酬张二仓曹杨子闲居见寄兼呈韩郎中左补阙皇甫冉

孤云独鹤自悠悠，别后经年尚泊舟。渔父致词相借问，仙郎能赋许依投。折芳远计三春草，乘兴闲看万里流。莫怪杜门频乞假，不堪扶病拜龙楼。

## 秋夜闻雁寄南十五兼呈空和尚 一作和空上人

晚节闻君道趣深，结茅栽树近东林。禅一作大师几度曾摩顶，高士何年更发心。北渚三更闻过雁，西城万木动寒砧。不见支公与玄度，相思拥膝坐长吟。

### 雪 以下六首俱一字至七字

雪，雪。花片，玉屑。结阴风，凝暮节。高岭虚晶，平原广洁。初从云外飘，还向空中噎。千门万户皆静，兽炭皮裘自热。此时双舞洛阳人，谁悟郢中歌断绝。

### 月

月，月。暂盈，还缺。上虚空，生溟渤。散彩无际，移轮不歇。桂殿入西秦，菱歌映南越。正看云雾秋卷，莫待关山晓没。天涯地角不可寻，清光永夜何超忽。

### 泉

泉，泉。色净，苔鲜。石上激，云中悬。津流竹树，脉乱山川。扣玉千声应，含风百道连。太液并归池上，云阳旧出宫边。北陵井深凿不到，我欲添泪作潺湲。

# 竹

竹,竹。披山,连谷。出东南,殊草木。叶细枝劲,霜停露宿。成林处处云,抽笋年年玉。天风乍起争韵,池水相涵更绿。却寻庾信小园中,闲对数竿心自足。

# 花

花,花。深浅,芬葩。凝为雪,错为霞。莺和蝶到,苑占宫遮。已迷金谷路,频驻玉人车。芳草欲陵芳树,东家半落西家。愿得春风相伴去,一攀一折向天涯。

# 草

草,草。折宜,看好。满地生,催人老。金殿玉砌,荒城古道。青青千里遥,怅怅三春早。每逢南北离别,乍逐东西倾倒。一身本是山中人,聊与王孙慰怀抱。

# 全唐诗卷二九七

## 王　建

　　王建，字仲初，颍川人。大历十年进士。初为渭南尉，历秘书丞、侍御史。太和中，出为陕州司马，从军塞上。后归咸阳，卜居原上。建工乐府，与张籍齐名。宫词百首，尤传诵人口。诗集十卷，今编为六卷。

### 送　人

白日向西一作天没，黄河复东流。人生足著地，宁免四方游。我行无返顾，祝一作况子勿回头。当须向前去，何用起离忧。但恐无广路，平地作山丘。令我车与马，欲疾反停留。蜀客多积货，边人易封侯。男儿恋家乡，欢乐为仇雠。丁宁相劝勉，苦口幸无尤。对面无相成，不如豺虎俦。彼远不寄书，此寒莫寄裘。与君俱绝迹，两念无因由。

### 主 人 故 亭

主人昔专城，城南起高亭。贵与宾客游，工一作上者夜不宁。酒食宴圁人，栽接望早成。经年使家僮，远道求异英。郡中暂闲暇，绕树引诸生。开泉浴山禽，为爱山中声。世间事难保，一日各徂征。死生不相及，花落实方荣。我来至此中，守吏非本名。重君昔为主,相与下马行。旧岛日日摧,池水不复清。岂无后人赏,所贵手自营。浇酒向所思,风起如有灵。此去不重来,重来伤我形。

## 古 从 军

汉家<sup>一作军</sup>逐单于,日没处<sup>一作交</sup>河曲。浮云道旁起,行子车下宿。枪城围鼓角,毡帐依山谷。马上悬壶浆,刀头分颊<sup>一作顿</sup>肉。来时高堂上,父母亲结束。回面<sup>一作首</sup>不见家<sup>一作客</sup>,风吹破衣服。金疮在<sup>一作生</sup>肢节,相与拔<sup>一作取</sup>箭镞。闻道西凉州,家家妇女<sup>一作人</sup>哭。

## 邯 郸 主 人

远客无主人,夜投邯郸市。飞蛾绕残烛,半夜人醉起。垆边酒家女,遗我缃绮被。合成双凤花,宛转不相离。纵令颜色改<sup>一作故</sup>,勿遣合欢异。一念始为难,万金谁足贵。门前长安道,去者如流水。晨风群鸟翔,裴回别离此。

## 泛 水 曲

载酒入烟浦,方舟泛绿波。子酌我复饮,子饮我还歌。莲深微路通<sup>一作通路</sup>,峰曲幽气<sup>一作风</sup>多。阅芳无留瞬,弄桂不停柯。水上秋日<sup>一作月</sup>鲜,西山碧峨峨。兹欢良可贵,谁复更来过。

## 江南杂体二首

江上风倏倏,竹间湘水流。日夜桂花落,行人去悠悠。复见离别处,虫声阴雨秋。

处处江草<sup>一作山</sup>绿,行人发潇湘。潇湘回雁多,日夜思故乡。春梦不知数,空山兰蕙<sup>一作桂</sup>芳。

# 远 征 归

万里发辽阳,处处问家乡。回车不淹辙,雨雪满衣裳。行见日月
疾,坐思道路长。但令不征戍,暗镜生重光。

# 思 远 人

妾思常悬悬,君行复绵绵。征途向何处,碧海与青天。岁久一作羁
人自有念,谁令长在边。少年若不归,兰室如黄泉。

# 伤近者不见

离人隔中庭,幸不为远征。雕梁下有壁,闻语亦闻行。天涯尚寄
信,此处不传情。若能并照水,形影自分明。

# 元 日 早 朝

大国礼乐备,万邦朝元正。东方色未动,冠剑门已盈。帝居在蓬
莱,肃肃钟漏清。将军领羽林,持戟巡宫城。翠华皆宿陈,雪仗罗
天兵。庭燎远煌煌,旗上日月明。圣人龙火衣,寝殿开璇扃。龙楼
横紫烟,宫女天中行。六蕃倍一作陪位次,衣服各异形。举头看玉
牌,不识宫殿名。左右雉一作翟,又作翠。扇开,蹈舞分满庭。朝服带
金玉,珊珊相触声。泰阶备雅乐,九奏鸾凤鸣。裴回庆云中,竽一作
笙磬寒铮铮。三公再献寿,上帝锡永贞。天明告四方,群后保太
平。

# 闻故人自征戍回

昔闻著征戍,三年一还乡。今来不换兵,须死在战场。念子无气
力,徒学事戎行。少年得生还一作随,有同堕穹苍。自去报尔家,再

行上高堂。尔弟修废枌，尔母缝新裳。恍恍恐不真，犹未苦一作来
若承望。每日空出城，畏渴携壶浆。安得缩地经，忽使在我傍。亦
知远行劳，人悴马玄黄。慎莫多停留，苦我一作哉居者肠。

## 七泉寺上方

长年好名山，本性今得从。回看尘迹遥，稍见麋鹿踪。老僧云中
居，石门青重重。阴泉养成龟，古壁飞却一作虬龙。扫石礼新经，悬
幡上高峰。日夕猿鸟合，觅食听山钟。将火寻远泉，煮茶傍寒松。
晚随收药人，便宿南涧中。晨起冲露行，湿花枝茸茸。归依向禅
师，愿作香火翁。

## 从元太守夏宴西楼

六月晨亦热，卑居多烦昏。五马游西城，几杖随朱轮。西楼临方
塘，嘉木当华轩。凫鹥满中流，有酒复盈尊。山东地无山，平视大
海垠。高风凉气来，灏景沉清源。青衿俨坐傍，礼容益敦敦一作存
存。愿为颜氏徒，歌咏夫子门。

## 酬柏侍御闻与韦处士同游灵台寺见寄

西域传中说，灵台属雍州。有泉皆圣迹，有石皆佛头。所出苍卜
香，外国俗一作欲来求。毒蛇护其下，樵者不可偷。古碑在云巅，备
载置寺由。魏家移下来，后人始增修。近与韦处士，爱此山之幽。
各自具所须，竹笼盛茶瓯。牵马过危栈，襞衣涉奔流。草开平路
尽，林下大石稠。过郭一作回廊转经峰，忽见东西楼。瀑布当寺门，
迸落衣裳秋。石苔铺紫花，溪叶裁碧油一作流。松根载一作戴殿高，
飘飘仙山浮。县中贤大夫，一月前此游。赛神贺得雨，岂暇多停
留。二十韵新诗，远寄寻山俦。清泠玉洞泣，冷切石磬愁。君名高

难闲,余身愚终休。相将长无因,从今生离忧。

## 荆南赠别李肇著作转韵诗

辉天复耀一作辉地,再为歌咏始。素传学道徒一作素业传学徒,清门有
君子。文涧泻潺潺,德峰来垒垒。两京二十一作十二年,投食公卿一
作卿相间。封章既不下,故旧多惭颜。卖马市耕牛,却归湘浦山。
麦收一作秋蚕上簇,衣食应丰足。碧涧伴僧禅,秋山对雨宿。且欢
身体适一作遥,幸免缨组束。上宰镇荆州,敬重同岁游。欢逢通世
友,简授画一作尽戎筹。迟迟就公食,怆怆别野裘。主人开宴席,礼
数无形迹。醉笑或颠吟,发谈皆损益。临鳌理芳鲜,升堂引宾客。
早岁慕嘉名,远思今始平。孔门忝同辙,潘馆一作室幸诸甥。自知
再婚娶,岂望为亲情。欣欣还切切,又二千里别。楚笔防寄书,蜀
茶忧远热。关山足一作正重叠,会合何时节。莫叹一作劝各从军,且
愁岐路分。美人停玉指,离瑟不中闻。争向巴山夜,猿声满碧云。

## 早发金堤驿

虫声四野合,月色满城白。家家闭户眠,行人发孤驿。离家尚苦
热,衣服唯轻绤。时节忽复迁,秋风彻经脉。人睡落堑辙,马惊入
芦荻。慰远时问程,惊昏忽摇策。从军岂云乐,忧患常萦积。唯愿
在一作住贫家一作在家贫,团圆过朝夕。

## 和裴相公道中赠别张相公

云间双凤鸣,一去一归城。鞍马朝天色一作邑,封章恋阙情。日临
宫一作〔官〕(宫)树高,烟盖沙草平。会当戎事息,联影绕池一作江行。

## 和钱舍人水植诗

盆里盛野泉,晚鲜幽更一作池好。初活草根浮,重生荷叶小。多时水马一作鸟出,尽日蜻蜓绕。朝早独来看,冷星沉碧晓。

## 题寿安南馆

明蒙一作发竹间亭,天暖幽桂碧。云生四面山,水接当阶石。湿树一作堤浴鸟痕,破苔卧鹿迹。不缘尘驾触,堪一作复作商皓宅。

## 送张籍归江东

清泉浣尘缁,灵药释昏狂。君诗发大雅,正气回我肠。复令五彩姿,洁白归天常。昔岁同讲道,青襟在师傍。出处两相因,如彼衣与裳。行行成此归,一作行成归此去,一作归计。离我适咸阳。失意未还家,马蹄尽四方。访余咏新文,不倦道路长。僮仆怀昔念,亦如还故乡。相亲惜昼夜,寝息不异床。犹将在远道,忽忽起思量。黄金未为罍,无以挹酒浆。所念俱贫贱,安得相发扬。回车远归省,旧宅江南厢。归乡非得意一本缺此五字,但贵情义彰。五月天气热,波涛毒于汤。慎勿多饮酒,药膳愿自强。

## 励　学

买地不肥实,其繁系耕凿。良田少锄理,兰焦香亦薄。勿以听者迷,故使宫徵错。谁言三岁童,还能分善恶。孜孜日求益,犹恐业未博。况我性顽蒙,复不勤修学。有如朝暮食,暂亏忧陨获。若使无六经,贤愚何所托。

# 山中寄及第故人

长长南山松,短短北涧杨。俱承日月照,幸免斤斧伤。去年与子
别,诚言暂还乡。如何弃我去,天路忽腾骧。谁谓有双目,识貌不
识肠。岂知心内乖,著我薜萝裳。寻君向前事,不叹今异翔。往往
空室中,寤寐<sub>一作语</sub>说珪璋。十年居此溪,松桂日苍苍。自从无佳
<sub>一作故</sub>人,山中不<sub>一作少</sub>辉光。尽弃所留药,亦焚旧草堂。还君誓已
书,归我学仙方。既为参与辰,各愿<sub>一作愿各</sub>不相望。始终名利途,
慎勿罹咎殃。

# 求　　友

鉴形须明<sub>一作初</sub>镜,疗疾须良医。若无傍人见,形疾安自知。世路
薄言行,学成弃其师。每怀一饭恩,不重劝勉词。敩学既不诚,朋
友道日亏。遂作名利交,四海争奔驰。常慕正直人,生死不相离。
苟能成我身,甘与<sub>一作为</sub>僮仆随。我言彼当信,彼道我无疑。针药
及病源,以石投<sub>一作探</sub>深池。终朝举善道,敬爱当行之。纵令误所
见,亦贵本相规。不求立名声,所贵去瑕玼<sub>一作疵</sub>。各愿贻子孙,永
为后世资。

# 寄李益少监兼送张实游幽州

大雅废已久,人伦失其常。天若不生君,谁复为文纲。迷者得道
路,溺者遇舟航。国风人已变,山泽增辉光。星辰有其位,岂合离
帝傍。贤人既退征,凤鸟<sub>一作皇</sub>安来翔。少小慕高名,所念隔山冈。
集卷新纸封,每读常焚香。古来难<sub>一作谁</sub>自达,取鉴在<sub>一作有</sub>贤良。
未为知音故,徒恨名不彰。谅无金石坚,性命岂能长。常恐一世
中,不上君子堂。伟<sub>一作傃</sub>哉清河子,少年志坚强。箧中有素文,千

里求发扬。自顾音韵乖，无因合宫商。幸君达精诚，为我求回章。

## 寄崔列中丞

火山无冷地一作气，浊流无清源。人生在艰世，何处避谗言。诸侯
镇九州，天子开四门。尚有忠义士，不得申其冤。嘉木移远植，为
我当行轩。君子居要途，易失主人恩。我爱古人道，师君直且温。
贪泉誓不饮，邪路誓不奔。如何非冈坂，故使车轮翻。妓妾随他
人，家事幸获一作护存。当时门前客，默默空冤烦。从今遇明代，善
恶亦须论。莫以曾见疑，直道遂不敦。

## 喻　时

去者如弊帏，来者如新衣。鲜华非久长，色落还弃遗。讵知行者
夭，岂悟壮者衰。区区未死间，回面相是非。好闻苦不乐，好视忽
生疵。乃明万物情，皆逐人心移。古今尽如此，达士将何为。

## 赠 王 侍 御

愚者昧邪正，贵将平道行。君子抱仁义，不惧一作罹天地倾。三受
主人辟，方出咸阳城。迟疑匪自崇，将显求贤名。自来掌军书，无
不尽臣诚。何必操白刃，始致海内平。恭一作忝事四海人，甚于敬
公卿。有恶如己辱，闻善如己荣。或人居饥寒，进退陈中情。彻晏
一作宴听苦辛，坐卧身不宁。以心应所求，尽家犹为轻。衣食有亲
疏，但恐逾礼经。我今愿求益，讵敢为友生。幸君扬素风，永作来
者程。

## 宋 氏 五 女

贝州宋处士若(一作廷)芬五女：若华、若昭、若伦、若宪、若茵(一作

苟)。

五女誓终养,贞孝内自持。兔丝自萦纡,不上青松枝。晨昏在亲傍,闲则读书诗。自得圣人心,不因儒者知一作资。少年绝音华,贵绝父母词。素钗垂两髦,短窄一作穿古时衣一作仪。行成闻四方,征诏环珮随。同时入皇宫,联影步玉墀。乡中尚其风,重为修茅茨。圣朝有良史,将此为女师。

## 送于丹移家洺州

忆昔门馆前,君当童子年。今来见成长,俱过远一作述所传。诗礼不外学,兄弟相攻研。如彼贩海翁,岂种溪中田。四方尚尔文,独我敬尔贤。但爱金玉声,不贵金玉一作石坚。孤遗一室中,寝食不相捐。饱如肠胃同,疾苦肤体连。耕一作居者求沃土,沤者求深源。彼邦君子居,一日可徂一作得迁。念此居处近,各为衣食牵。从今不见面,犹胜异山川。既乖欢会期,郁郁两难宣。素琴苦一作无徽,安得宫商全。他皆缓别日,我愿促行轩。送人莫长歌,长歌离恨延。羸马不知去,过门常盘旋。会当为尔邻,有地容一泉。

## 留 别 舍 弟

孤贱相长一作长相育,未曾为远游。谁不重欢爱,晨昏阙珍羞。出门念衣单,草木当穷秋。非疾有忧叹,实为人子尤。世情本难合,对面隔山丘。况复干戈地,懦夫何所投。与尔俱长成,尚为沟壑忧。岂非轻岁月,少小不勤修。从今解思量,勉力谋善猷。但一作伊得成尔身,衣食宁我求。固合受此训,堕一作惰慢为身羞一作雠。岁暮当归来,慎莫怀远游。

# 坏屋

官家有坏屋，居者愿离得。苟或幸其迁一作还，回一作因循任倾侧。
若当君子住，一日还修饰。必使换榱一作橡楹，先须木端直。永令
雀与鼠，无处求栖息。坚固传后人，从今勉劳力。以兹喻臣下，亦
可成邦国。虽曰愚者词，将来幸无惑。

## 送薛蔓应举

四海重贡献，珠熙一作贝称至珍。圣朝开礼闱，所贵集嘉宾。若生
在世间，此路出常伦。一士登甲科，九族光彩新。憧憧车马徒，争
路一作踏长安尘。万目视高天一作天高，升者得一作宁苦辛。况子当
少年，丈一作文人在咸秦。出门见宫阙，献赋侍一作待朱轮。有贤大
国丰，无子一家贫。男儿富邦家，岂为荣其身。煌煌文明代，俱幸
生此辰。自顾非国风，难以合圣人。子去东堂上，我归南涧滨。愿
君勤作书，与我山中邻。

## 将归故山留别杜侍御 一作郎

有川不得涉，有路不得行。沈沈百忧中，一日如一生。错来干诸
侯，石田废春耕。虎戟卫重门，何因达中诚。日月俱照辉一作耀，山
川异阴晴。如何百里间，开目不见明。我今归故山，誓与草木并。
愿君去丘坂，长使道路平。

## 送韦处士老舅

忆昨痴小年，不知有经籍。常随童子游，多向外家一作人剧。偷花
入邻里，弄笔书墙壁。照水学梳头，应门未穿帻。人前赏文性，梨
果蒙不惜。赋字咏新泉，探题得幽石。自从出关辅，三十年作客。

风雨一飘飖,亲情多阻隔。如何二千里,尘土驱塞瘠。良久陈苦辛,从头叹衰白。既来今又去,暂笑还成戚。落日动征车,春风卷离席。云台观西路,华岳祠一作峰前柏。会得过帝乡,重寻旧行迹。

## 送同学故人

各为四方人,此地同事师。业成有先后,不得长相随。出林多道路,缘冈复绕陂。念君辛苦行,令我形体疲。黄叶堕车前,四散当此时。亭上夜萧索,山风水离离。

## 幽州送申稷评事归平卢

行子绕天北,山高塞一作寒复深。升堂展客礼,临水濯缨襟一作衿,一作尘缨。驱驰戎地马,聚散林间禽。一杯泻东流,各愿无异心。蓟亭虽苦寒,春夕勿重衾。从军任白头,莫卖故山岑。

## 温　门　山

早入温门山,群峰乱如戟。崩崖欲相触,呀一作谽谺断行迹。脱屦寻浅流,定足畏攲石。路尽十里溪,地多千岁柏。洞门昼阴黑,深处惟石壁。似见丹砂光,亦闻钟乳滴。灵池出山底,沸水冲地脉。暖气成湿烟,濛濛窗中白。随僧入古寺,便是云外客。月出天气凉,夜钟山寂寂。

## 代故人新姬侍疾

双毂不回辙,子疾已在旁。侍坐长摇扇,迎医渐一作暂下床。一作近医暂下床。新施箱中幔,未洗来时妆。奉君缠绵意,幸愿莫相忘。

# 采　桑

鸟鸣—作啼桑叶间,绿条复柔柔—作叶绿条复柔。攀看去手近,放—作散下长长钩。黄花盖野田,白马少年游。所念岂回顾—作志,良人在高楼。

# 晓　思

晓气生绿水,春条露霏霏—作靡靡。林间栖鸟散,远念征人起。幽花宿含彩,早蝶寒弄翅。君行非晨风,讵能从门至。首联—作春条露霏霏,晓气生绿水。

# 早　起

回灯正衣裳—作冠,出户星未稀。堂前候姑—作始起,环珮生晨辉。暗池光幂历,密树花葳蕤。九城钟漏绝,遥听直郎归。

# 酬张十八病中寄诗

本性慵远行,绵绵病自生。见君绸缪思,慰我寂寞情。风幌夜不掩,秋灯照雨明。彼愁此又忆,一夕两盈盈。

# 全唐诗卷二九八

## 王 建

### 凉 州 行

凉州四边沙皓皓一作浩浩，汉家无人开旧道。边头州县尽胡兵，将军别一作当筑防秋城。万里人家一作征人皆已没，年年旌节发西京。多来中国收妇女，一半生男一作来为汉语。蕃人旧日不耕犁，相学如今种禾黍。驱羊亦著锦为衣，为惜毡裘防斗一作树时。养蚕缫茧成匹帛，那堪一作得，一作将。绕帐作旌旗。城头山鸡鸣角角，洛阳家家学一作教胡乐。

### 寒 食 行

寒食家家出古城，老人看屋少年行。丘垄年年无旧道，车徒散行一作车踪散乱入衰草。牧儿一作童驱牛下冢头一作边，畏有家人来洒扫。远人无坟水头祭，还引妇姑望乡拜。三日无火烧纸钱，纸钱一作衰哀那得到黄泉。但看垄上无新土，此中白骨应无主。

### 促刺词 一作促促行

促刺复促刺一作促促复刺刺，水中无鱼山无石。少年虽嫁不得一作将归，头白犹著父母衣。田边旧宅一作四边宅非所一作我有，我身不及逐鸡飞。出门若有归死处，猛虎当衢一作途向前去。百年不遣踏君一作居门，在家谁唤为新妇。岂不见他邻舍娘，嫁来常在舅姑傍。

## 陇头水

陇水何年陇头别，不在山中亦呜咽。征人塞耳马不行，未到陇西闻水声。谓是西流入蒲海，还闻北去一作海绕龙城。陇东陇西多屈曲，野麋饮水长簇簇。胡兵夜回水旁住，忆著来时磨剑处。向前无井复一作亦无泉，放马回看陇头一作西树。

## 北邙行 一作北邙山

北邙山头少闲土一作坐，尽是洛阳人旧墓。旧墓一作洛阳人家归葬多，堆著黄金无买处。天涯悠悠葬日促，冈坂崎岖不停毂。高张素幕绕铭旌，夜唱挽歌山下宿。洛阳城北复一作西并城东，魂车祖马长相逢。车辙广若长安路，蒿草少一作多于松柏树。洞底盘陀一作山头洞底石一作古渐稀，尽向坟前作羊虎。谁家石碑文字灭，后人重取书年月。朝朝车马送葬回，还起大宅与高台。

## 温泉宫行

十月一日天子来，青绳御路无尘埃。宫前内里汤各别，每个白玉芙蓉开。朝元阁向山上起，城绕青山龙一作笼暖水。夜开金殿看星河，宫女知更月明里。武皇得仙王母去，山鸡昼鸣一作啼宫中树。温泉决决出宫流，宫使年年修玉楼。禁兵去尽无射猎，日西麋鹿登城头。梨园弟子偷曲谱，头白人间教歌舞。

## 春 词

红烟满户日照梁，天丝软弱一作缺虫飞扬。菱花霍霍绕帏光，美人对镜著衣裳。庭中并种相思树,夜夜还栖双凤凰。

# 辽 东 行

辽东万里辽水曲,古戍无城复无屋。黄云盖地雪<sub>一本缺此三字作山</sub>,
不惜黄金买<sub>一作贵</sub>衣服。战回各自收弓箭,正西回面家乡远。年年
郡县送征人,将与辽东作丘坂。宁为草木乡中生,有身不向辽东
行。

# 塞 上 梅 <sub>一作曲</sub>

天山路傍一株<sub>一作枝</sub>梅,年年花发黄云下。昭君已殁汉使回,前后
征人惟系马。日夜风吹满陇头,还随陇水东西流。此花若近长安
路,儿僮年少无攀处。

# 戴 胜 词

戴胜谁与尔为名,木<sub>一作水</sub>中作窠墙上鸣。声声催我急种谷,人家
向田不归宿。紫冠采采<sub>一作深深</sub>褐羽斑,衔得蜻蜓飞过屋。可怜白
鹭满绿池,不如戴胜知天时。

# 秋 千 词

长长丝绳紫复碧,袅袅横枝高百尺。少年儿女重秋千,盘巾<sub>一作中</sub>
结带分两边。身轻裙薄易生力,双手向空如鸟翼。下来立定<sub>一作地</sub>
重系衣,复畏斜风高不得。傍人送上那足贵,终赌<sub>一作睹</sub>鸣<sub>一作明</sub>珰
斗<sub>一作闻</sub>自<sub>一作斗</sub>身起。回回若与高树齐,头上宝钗从堕地。眼前争
胜难为休,足踏平地看始愁。

# 开池得古钗

美人开池北堂下，拾得宝钗金<sub>一作全</sub>未化。凤凰半在双股齐，钿花落处生<sub>一作作</sub>黄泥。当时堕地觅不得，暗想窗中还夜啼。可知将来对夫婿，镜前学梳古时髻。莫言至死亦不遗，还似前人初得时。

# 赛 神 曲

男抱琵琶女作舞，主人再拜听神语。新妇上酒勿<sub>一作莫</sub>辞勤，使尔舅姑无所苦。椒浆湛湛桂座新，一双长箭系红巾。但愿牛羊满家宅，十月报赛南山神。青天无风水复<sub>一作损</sub>碧，龙马上鞍牛服轭。纷纷醉舞踏衣裳，把酒路旁劝行客。

# 田 家 留 客

人家<sub>一作客</sub>少能留我屋，客有新浆马有粟。远行僮仆应苦饥，新妇厨中炊欲熟。不嫌田家破门户，蚕房新泥无风土。行人但饮<sub>一作饭</sub>莫畏贫，明府上来何<sub>一作可</sub>苦辛。丁宁回语屋<sub>一作房</sub>中妻，有客勿令儿夜啼。双冢<sub>一作井</sub>直西有县路，我教丁男送君去。

# 精 卫 词

精卫谁教尔填海，海边石子青磊磊。但得海水作枯池，海中鱼龙<sub>一作鳖</sub>何所为。口穿岂为空衔石，山中草木无全枝。朝在树头暮海里，飞多羽折时堕水。高山未尽海未平，愿我身死子还生。

# 老 妇 叹 镜

嫁时明镜老犹在，黄金镂画<sub>一作缕</sub>尽双凤背。忆昔咸阳初买来<sub>一作时</sub>，灯前自绣芙蓉带。十年不开一片铁，长向暗中梳白发。今日后床重照看,生死终当此长别。

# 望 夫 石

望夫处,江悠悠。化为石,不回头。上一作山头日日风复雨,行人归
来石应语。

# 别 鹤 曲

主人一去池水绝,池鹤散飞不相别。青天漫漫碧水一作海重,知向
何山风雪中。万里虽然音影在一作隔,两心终是死生同。池边巢破
松树死,树头年年乌生子。

# 乌 栖 曲

章华宫人一作中夜上楼,君王望月西山头。夜深宫殿门不锁,白露
满山山叶堕。

# 雉 将 雏

雉咿喔,雏出鷇。毛斑斑,嘴啄啄。学飞未一作不得一尺高,还逐母
行旋母脚。麦垄浅浅难一作虽蔽身,远去恋雏低怕人。时时土中鼓
两翅,引雏拾虫不相离。

# 白纻歌二首

天河漫漫北斗璨一作灿,宫中乌啼知夜半。新缝白纻舞衣成,来迟
邀得吴王迎。低鬟转面掩双袖,玉钗浮动秋风生。酒多夜长夜一作
天未一作不晓,月明灯光两相照,后庭歌声一作舞更窈窕。
馆娃宫中春日暮,荔枝木瓜花满树。城头乌栖休击鼓,青娥弹瑟白
纻舞。夜天曈曈不见星,宫中火照西江明。美人醉起无次第,堕钗

遗珮满中庭。此时但愿可君意,回昼为宵亦不寐,年年奉君君莫
弃。

# 短 歌 行

人初生,日初出。上山迟,下山疾。百年三万六千朝,夜里分将强
半日。有歌有舞须早为,昨日健于今日时。人家见生男女好,不知
男女催人老。短歌行,无乐声。

# 饮马长城窟

长城窟,长城窟边多马骨。古来此地无井泉,赖得秦家筑城卒。征
人饮马愁不回,长城变作望乡堆。蹄踪—作迹未—作不干人去近,续
后马来泥污—作泞尽。枕弓睡著待水生,不见阴山在前阵。马蹄足
脱装马头—作马装头,健儿战死谁封侯。

# 乌 夜 啼

庭树乌,尔何不向别处栖,夜夜夜半当户啼。家人把烛出洞户—作
房,惊栖失群飞落树。一飞直欲飞上天,回回不离旧栖处。未明重
绕主人屋,欲下空中黑相触。风飘雨湿亦不移,君家树头多好枝。

# 簇 蚕 辞

蚕欲老,箔—作薄头作茧丝皓皓。场宽地高风日多,不向中庭瞰—作
燃蒿草。神蚕急作莫悠扬,年来—作老为尔祭神桑。但得青天不下
雨,上无苍蝇下无鼠。新妇拜簇愿茧稠,女洒桃浆男打鼓。三日开
箔—作薄雪团团,先将新茧送县官。已闻乡里催织作,去—作送与谁
人身上著。

# 渡 辽 水

渡辽水,此去咸阳五千里。来时父母知隔生,重一作里,一作裹。著衣裳如送死。亦有白骨归咸阳,营家一作茔家各与题本乡。身在应无回渡一作渡辽日,驻马相看辽水傍。

# 空 城 雀

空城雀,何不飞来人家住,空城无人种禾黍。土间生子草间长,满地蓬蒿幸无主。近村虽有高树枝,雨中无食长苦饥。八月小儿挟弓箭,家家畏向一作我田头飞。但能不出空城里,秋时百草皆有子。报言一作黄口黄口莫啾啾,长尔得成无横死。

# 水 运 行

西江运船立红帜,万棹千帆绕江水一作去。去年六月无稻苗,已说水乡人饿一作饥死。县官部船日算程,暴风恶雨亦不停。在生有乐当有苦,三年作官一年行。坏舟畏鼠复畏漏,恐向太仓折升斗。辛勤耕种非毒药,看著不入农夫口。用尽百金不为费,但得一金即为利。远征海稻供边食,岂如多种边头地。

# 当 窗 织

叹息复叹息,园中有枣行人食。贫家女为富家一作大当窗织,翁母隔墙不得力。水寒手涩丝脆断,续来续去心肠烂一作急。草虫促促一作织机下啼一作鸣,两日催成一匹半。输官上顶一作头有零落,姑未得衣身不著。当窗却羡青楼倡,十指不动衣盈箱。

## 失钗怨 一作叹

贫女铜钗惜于一作如玉，失却来寻一本缺一一作三日哭。嫁时女伴与一作为作妆，头戴此钗如凤凰。双杯行酒六亲喜，我家新妇宜拜堂。镜中乍无失髻一作鬓无样，初起犹疑在一作堕床上。高楼翠钿飘舞尘，明日从头一遍新。

## 春 燕 词

新燕新燕一作春燕春燕何不定，东家绿池西家井。飞鸣当户影悠扬，一绕檐头一绕梁。黄姑说向新妇女一作去，去年堕子污衣箱。已能辞山复过海，幸我堂前故巢在。求食慎勿爱高飞，空中饥鸢为尔害。辛勤作窠一作巢在画梁一本缺此三字，愿得年年主人富。

## 主 人 故 池

高一作曲，一作西。池高阁上一作相连起，荷叶团团盖秋水。主人已远凉风生，旧客不来芙蓉死。

## 古 宫 怨

乳一作乱乌哑哑飞复啼，城一作宫头晨夕宫中栖。吴王别殿绕江水，后宫不开美人死。

## 关 山 月

关山月，营开道白前军发。冻轮当碛光悠悠，照见三堆两堆骨。边风割面天欲明，金沙岭西一作头看看没。

## 赠 离 曲

合欢叶堕梧桐秋,鸳鸯背飞水分流。少年使我忽相弃,雌号雄鸣夜悠悠。夜长月没虫切切,冷风入房灯焰灭。若知中一作去路各西东,彼此不忘一作结同心结。收取头边蛟龙枕,留著箱中双雉裳。我今焚却旧房物,免使他人登尔床。

## 宛转词 一作古谣

宛宛转转胜上纱,红红绿绿苑中花。纷纷泊泊夜飞鸦,寂寂寞寞离人家。

## 水 夫 谣

苦哉生长当驿边,官家使我牵驿船。辛苦日多乐日少,水宿沙行如海鸟。逆风上水万斛重,前驿迢迢后一作波淼淼。半夜缘堤雪和雨,受他驱遣还复去。衣一作夜寒衣湿披短蓑一作莎,臆穿足裂忍痛何。到明辛苦无一作何处说,齐声腾踏牵船出一作歌。一间茅屋何所直,父母之乡一作邦去不得。我愿此水作平田,长使水夫不怨天。

## 田 家 行

男声欣欣女颜悦,人家不怨言语别。五月虽热麦风清,檐头索索缲车鸣。野蚕作茧人不取,叶间扑扑秋蛾生。麦收上场绢在轴,的知输得官家足。不望一作愿入口复上身,且免向城卖黄犊。回一作田家衣食无厚薄,不见县门身即乐。

## 去 妇

新妇去年胼一作胝手足,衣不暇缝蚕废簇。白头使我忧家事,还如

夜里烧残烛。当初为取—作信傍人语,岂道如今自辛苦。在时纵嫌
织绢迟,有丝不上邻家—作人机。

# 神 树 词

我家家西老棠树,须晴即晴雨即雨。四时八节上杯盘,愿神莫—作
不离神处所。男不着丁女在舍,官事上下无言语。老身长健树婆
娑,万岁千年作神主。

# 祝 鹊

神鹊神鹊好言语,行人早回多利赂。我今庭中栽好树,与汝作巢当
报汝。

# 古 谣 —作杂咏

一东一西垄—作陇头水,一聚一散天边霞。一来一去道上客,一颠
一倒池中—作上麻。

# 公 无 渡 河

渡头恶天—作风两岸远,波涛塞川如叠坂。幸无白刃驱向前,何用
将身自弃捐。蛟龙啮骨—作尸鱼食血—作肉,黄泥直下无青天。男
儿纵轻妇人语,惜君性命还须取。妇人无力挽断—作短衣,舟沈身
死悔难追。公无渡河,公须—本无须字自为。

# 海 人 谣

海人无家海里住,采珠役—作丝象为岁赋。恶波横天山塞路,未央
宫中常满库。

# 行　见　月

月初生,居人见月一月行。行一作月行一年十二月,强半马上看盈一作圆缺。百年欢乐能几何,在家见少行见多。不缘衣食相驱遣,此身谁愿长奔波。箧中有帛仓有粟,岂向天涯走碌碌。家人一作中见月望我归,正是道上思家时。

# 七　夕　曲

河边独自看一作对星宿,夜织天丝一作孙难接续。抛梭振镊一作蹑动明一作鸣珰,为有秋期眠一作恨不足。遥愁一作想今夜河水隔,龙驾车辕鹊填石。流苏翠帐星渚间,环珮无声灯寂寂。两情缠绵忽如故,复畏秋风生晓路一作露。幸回郎意日一作住斯须,一年中别今始初,明星未出一作明少停车。

# 两　头　纤　纤

两头纤纤青玉玦,半白半黑头上发。逼逼仆仆一作腷腷膊膊春冰裂,磊磊落落桃花一作初结。

# 独　漉　歌

独独漉漉　作独漉独漉,鼠食猫肉。乌口中,鹤一作雀露宿,黄河水直人心曲。

# 寄　远　曲

美人别来无处所,巫山月明湘江雨。千回相一作想见不分明,井底看星梦中语。两心相对尚难知,何况万里不相疑。一本无后二句。

# 伤韦令孔雀词

可怜孔雀初得时，美人为尔别开池。池边凤凰作伴侣，羌声鹦鹉无
言语一作寻花飞。雕笼玉架嫌不栖，夜夜思归向南舞一作南海枝。如
今憔悴人见恶，万里更求新孔雀。热眠雨水饥拾一作食虫，翠尾盘
泥金彩一作粉落。多时人养不解飞，海山风黑何处归。

# 伤邻家鹦鹉词

东家小女不惜钱，买得鹦鹉独自怜。自从死却家中女，无人更一作
复共鹦鹉语。十日不饮一作食一滴浆，泪渍绿毛头似鼠。舌关哑咽
畜哀怨，开笼放飞离人眼。短声亦绝翠臆翻，新墓崔嵬旧巢远。此
禽有志女有灵，定为连理相并生。

# 春 来 曲

春欲来，每日望春门早开。黄衫白马带尘土，逢著探春人却回。御
堤内园晓过急，九衢大宅家人入。青帝一作看春少女染桃花，露妆
初出红犹湿。光风暾暾蝶宛宛，绕一作庭树气匝枝一作花柯软。可
怜寒食街中郎，早起著得单衣裳。少年即见一作是春好处，似我白
头无好树。

# 春 去 曲

春已去，花亦不知春去处。缘冈绕涧却归来，百回一作一日看著无
花树。就中一夜东风恶，收红拾紫无遗落。老夫不比少年儿，不中
数与春别离。

# 东 征 行

桐柏水西贼星落,枭雏夜飞林木恶。相国刻日波涛清,当朝自请东
南征。舍人为宾侍郎副,晓觉蓬莱欠珮声。玉阶舞蹈谢旌节,生死
向前山可穴。同时赐马并赐衣,御楼看带弓刀发。马前猛士三百
人,金书左右红旗新。司庖常一作掌膳皆得对,好事将军封尔身。
男儿生杀在手里,营门老将皆忧死。疃疃白日当南山,不立功名终
不还。

# 荆 门 行

江边行人暮悠悠,山头殊未见荆州。岘亭西南路多曲,栎林深深石
镞镞一作簇簇。看炊红米煮白鱼,夜向鸡鸣店家宿。南中三月蚊蚋
生,黄昏不闻人语声。生纱帷疏薄如雾,隔衣嘈作答切肤耳边鸣。
欲明不待灯火起,唤得官船过蛮水。女儿停客茆屋新,开门扫地桐
花里。犬声扑扑寒溪烟,人家烧竹种山田。巴云欲雨薰石热,麋鹿
度一作过,一作饮。江虫出穴。大蛇过处一山腥,野牛惊跳双角折。
斜分汉水横千一作湘山,山青水绿荆门关。向前问个长沙路,旧是
屈原沉溺处。谁家丹旐已南来,逢著流人从此一作北去。月明山鸟
多不栖,下枝飞上高枝啼。主人念远心不怿,罗衫卧对一作对舞章
台一作对卧章华夕。红烛父横各自归,酒醒还是他乡客。壮年留滞
尚思家,况复一作是白头在天涯。

# 镜 听 词

重重摩挲嫁时镜,夫婿远行凭镜听。回身不遣别人知,人意丁宁镜
神圣。怀中收拾双锦带,恐畏街头见惊怪。嗟嗟嚓嚓音切下堂
阶,独自灶前来跪拜。出门愿不闻悲哀,郎一作身在任郎回未一作不

回。月明地上人过尽,好语多同皆道来。卷帷上床喜不定,与郎裁衣失翻正。可中三日得相见,重绣锦<sub>一作镜囊</sub>磨镜面。

## 行宫词

上阳宫到蓬莱殿,行宫岩岩遥相见。向前天子行幸多,马蹄车辙山川遍。当<sub>一作常</sub>时州县每年修,皆留内人看玉案。禁兵夺得明堂后,长闭<sub>一作闲</sub>桃源与绮绣<sub>一作岫</sub>。开元歌舞古<sub>一作百</sub>草头,梁州乐人世嫌旧。官家乏人作宫户,不泥宫墙研宫树。两边仗屋半崩摧,夜火入林烧殿柱。休封中岳六十年,行宫不见人眼穿。

## 羽林行

长安恶少出名字,楼下劫商楼上醉。天明下直明光宫,散入五陵松柏中。百回杀人身合死,赦书尚有收城功。九衢一日消息定,乡吏籍中重改姓。出来依旧属羽林,立在殿前射飞禽。

## 射虎行

自去射虎得虎归,官差射虎得虎迟。独行以死当虎命,两人因<sub>一作相疑</sub>终不定。朝朝暮暮空手回,山下绿苗成道径。远立不敢<sub>一作教</sub>污箭镞,闻死还来分虎肉。惜留猛虎著<sub>一作看</sub>深山,射杀恐畏终身闲。

## 远将归

远将归,胜未别离时。在家相见熟,新归<sub>一作妇</sub>欢不足。去愿车轮迟,回思马蹄速。但令在舍<sub>一作家</sub>相对贫,不向<sub>一作愿</sub>天涯金绕身。

# 寻橦歌

人间百戏皆可学,寻橦不比诸馀乐。重梳短髻下金钿,红帽青巾各一边。身轻足捷胜男子,绕竿四面争先缘。习多倚附歌<sub></sub>一作欹竿滑,上下蹁跹皆著袜。翻身垂颈欲落地,却住把腰一作橦初似歇。大竿百夫擎不起,袅袅半在青云一作天里。纤腰女儿不动容,戴行直舞一曲终。回头但觉人眼见,矜难恐畏天无风。险中更险何曾一作无蹉失,山鼠悬头猿挂膝。小垂一手当舞盘,斜惨双蛾看落日。斯须改变一作遍曲解新,贵欲一作舞欢他平地人。散时满面一作自觉,一作地。生颜色,行步依前无气力。

# 铜雀台

娇爱更何日,高台空数层。含啼映双袖,不忍看西陵。漳水东流无复来,百花辇路为苍苔。青楼月夜长寂寞,碧云日暮空裴回。君不见邺中万事非昔时,古人不在今人悲。春风不逐君王去,草色年年旧宫路。宫中歌舞已浮云,空指行人往来处。

# 鸡鸣曲

鸡初鸣,明星照东屋;鸡再鸣,红霞生海腹。百官待漏双阙前,圣人亦挂山龙服。宝钗命妇灯下起,环珮玲珑晓光里。直内初烧玉案香,司更尚一作常滴铜壶水。金吾卫里直一作更郎妻,到明不睡听晨鸡。天头日月相送迎,夜栖旦鸣人不迷。

# 送衣曲

去秋送衣渡黄河,今秋送衣上陇一作龙坂。妇人不知道径处,但问一作闻新移军近远。半年著道经雨湿,开笼见风衣领急。旧来十月初点衣,与郎著向营中集。絮时厚厚绵纂纂,贵欲征人身上暖。愿身莫著裹尸归,愿妾不死长送衣。

## 斜 路 行

世间娶容非一作不娶妇,中庭牡丹胜松树。九衢大道人不行,走马奔车逐斜路。斜路行熟直路荒,东西岂是一作不横太行。南楼弹弦北户舞,行人到此多回一作彷徨。头白如丝面如茧,亦学少年行不返。纵令自解思故乡,轮折蹄穿白日晚。谁将古曲换斜音,回取行人斜路心。

## 织 锦 曲

大一作一女身为织锦户,名在县家供进簿。长头起样呈作官,闻道官家中苦难。回花侧叶与人别,唯恐一作愁秋天丝线干。红缕葳蕤紫茸软,蝶飞参差花宛转。一梭声尽重一梭,玉腕不停罗袖卷。窗中夜久睡髻偏,横钗欲堕垂著肩。合衣卧时参没后,停灯起在鸡鸣前。一匹千金亦不卖,限日未成宫一作官里怪。锦江水涸贡转多,宫中尽著单丝罗。莫言山积无尽日,百尺高楼一曲歌。

### 捣衣曲 一作送衣曲

月明中庭捣衣石,掩帷下堂来捣帛。妇姑相对神一作初力生,双揎白腕调杵声。高楼敲玉节会成,家家不睡皆起听。秋天丁丁复冻冻,玉钗低昂衣带动。夜深月落冷如刀,湿著一双纤手痛。回编易裂看生熟,鸳鸯纹成水波曲。重烧熨斗帖两头,与郎裁作迎寒裘。

## 秋夜曲二首

天清漏长霜泊泊,兰绿收荣桂膏涸。高楼云鬓弄婵娟,古瑟暗断秋风弦。玉关遥隔万里道，金刀不剪双泪泉。香囊火死香气少，向帷合眼何时晓一作向谁眠阁何时晓。城乌作营啼野月，秦州一作川少妇生离别。

秋灯向壁掩洞房，良人此夜直明光。天河悠悠漏水长，南楼一作南斗北斗两相当。

## 题台州一作天台隐静寺

隐静灵仙一作山寺天凿，杯度飞来建岩壑。五峰直上插银河，一涧当空泻寥廓。崆峒黯淡碧琉璃一作琉璃殿，白云吞吐红莲阁。不知势压天几重，钟声常闻一作在月中落。

# 全唐诗卷二九九

## 王 建

### 送 人 游 塞

初晴天堕丝,晚色上春枝。城下路分处,边头人去时。停车数行日,劝酒问回期。亦是茫茫客,还从此别离。

### 塞上逢故人

百战一身在,相逢白发生。何时得乡信,每日算归程。走马登寒垒,驱羊入废城。羌笛三两曲,人醉海西营。

### 南 中

天南多鸟声,州县半无城。野市依蛮姓,山村逐水名。瘴烟沙上起,阴火雨中生。独有求珠客,年年入海行。

### 汴 路 水 驿

晚泊水边驿,柳塘初起风。蛙鸣蒲叶下,鱼入稻花中。去舍已云远,问程犹向东。近来多怨别,不与少年同。

## 淮南使回留别窦侍御

恋恋春恨结,绵绵淮草深。病身愁至夜,远道畏逢阴。忽逐酒杯会,暂同风景心。从今一分散,还是晓枝禽。

## 汴 路 即 事

千里河一作何烟直,青槐夹岸长。天涯同此路,人语各殊方。草市迎江货,津桥税海商。回看故宫柳,憔悴不成行。

## 山 居

屋在瀑泉西,茅檐一作房,一作屋。下有溪。闭门留野鹿,分食养一作与山鸡。桂熟长收子,兰生不作畦。初开洞中路,深处转松梯。

## 醉后忆山中故人 一作故人山中

花开草复秋,云水自悠悠。因醉暂无事,在山一作生难免愁。遇晴须看月,斗一作闻健且登楼。暗想山中伴,如今尽白头。

## 送 流 人

见说长沙去一作路,无亲亦共愁。阴云鬼门夜,寒雨瘴江秋。水国山魈引,蛮乡洞主留。渐看归处远一作阻,垂白住炎州。

## 贫 居

眼底贫家计,多时总莫嫌。蠹生腾药纸一作篋,字暗一作脱换书签。避雨拾一作湿黄叶一作避湿堆黄叶,遮风下黑帘。近来身不健,时就六壬占。

# 过赵居士拟置草堂处所

休师竹林北,空可两三间。虽爱独居好,终来相伴闲。犹嫌近前树,为碍一作爱看南山。的有深耕处,春初须早还。

## 新开望山处

新开望山处,今朝减病眠。应移千里道,犹一作独自数峰偏。故欲遮春巷,还来绕暮天。老夫行步弱,免到寺门前。

## 题 东 华 观

路尽烟水一作光外,院门题上清。鹤雏灵一作虚解语,琼叶软无声。白发道心熟,黄衣仙骨轻。寂寥虚境里一作还归对忧乐,何处觅长生。

## 饭　僧

别屋炊香饭,薰辛不入家。温一作滤泉调葛面一作粉,净手摘藤花。蒲鲊除青叶,芹齑带紫芽。愿师常伴食,消气有姜茶。

## 照　镜

忽自见憔悴,壮年人亦疑。发缘多病落,力为不行衰。暖手揉双目,看图引四肢。老来真爱道,所恨觉还迟。

## 归昭应留别城中

喜得近京城,官卑意亦荣。并床欢未定,离室思还生。计拙偷闲住,经过买日行。如无自来分,一驿是遥程。

## 答寄芙蓉冠子

一学芙蓉叶，初开映水幽。虽经小一作巧儿手，不称老夫头。枕上眠常一作初戴，风前醉恐柔。明年有闺阁，此样必难求。

## 长 安 春 游

骑马傍闲坊，新一作春衣著雨香。桃花红粉醉，柳树一作絮白云狂。不觉愁春去，何曾得日长。牡丹相次发，城里又须忙。

## 冬 夜 感 怀

晚年恩爱少，耳目静于僧。竟一作一夜不闻语，空房唯有灯。气嘘寒被湿，霜入破窗一作冷阶月照，一作月照冷阶。凝。断得人间事，长如此亦能。

## 初到昭应呈同僚

白发初为吏，有惭年少郎。自知身上拙，不称世间忙一作强。秋雨悬墙绿，暮山宫一作官树黄。同官若容许，长借老僧房。

## 县丞厅即事

宫殿半山上，人家高下居。古厅眠受魇，老史语多虚。雨水洗荒竹，溪沙填废渠。圣朝收外府，皆自九天除。

## 闲 居 即 事

老病贪光景，寻常不下帘。妻愁耽酒僻，人怪考诗严。小婢偷红纸，娇儿弄白髯。有时看旧卷，未免意中嫌。

# 林　居

荒林四面通,门在野田中。顽仆长如客一作友,贫居未胜蓬。旧绵衣不暖,新草屋多风。唯去山南近,闲亲贩药翁。

## 原上新居十三首

新占原头地,本无山可归。荒藤生叶晚,老杏著花稀。厨舍近一作新泥灶,家人初饱薇。弟兄今四散,何日更相依。

一家榆柳新,四面远无邻。人少愁闻病,庄孤幸得贫一作邻。耕牛长愿饱,樵仆每怜勤。终日忧衣食,何由〔脱〕(得)此身。

长安无旧识,百里是天一作生涯。寂寞思逢客一作友,荒凉喜见花。访僧求贱药,将一作捋马中一作市豪家。乍一作昨得新蔬菜,朝盘忽觉奢。

鸡鸣村舍遥,花发亦萧条。野竹初生笋,溪田未得苗。家贫僮仆瘦,春冷菜蔬焦。甘分长如此,无名在圣朝。

春来梨枣尽,啼哭小儿饥。邻富鸡常一作长去,庄贫客渐稀。借牛耕地晚,卖树一作谷纳钱迟。墙下当官路,依山补竹篱。

自扫一间房,唯铺独卧床。野羹溪菜滑,山纸水苔香。陈药初和白一作蜜,新经未入黄。近来心力少,休读养生方。

拟作读经人,空房置净巾。锁茶藤箧密,曝药竹床新。老病应随业,因缘不离身。焚香向居士,无计出诸尘。

移家近住村,贫苦自安存。细问梨果植,远求花药根。倩人开废井,趁犊入新园。长爱当山立,黄昏不闭门。

和暖绕林行,新贫足喜声。扫渠忧竹旱,浇一作洗地引兰生。山客凭栽一作移树,家僮使入城。门前粉壁上,书著县官名。

住处钟鼓外,免争当路桥。身闲时却困,儿病可一作向来娇。鸡睡日阳暖,蜂一作蝶狂一作忙花艳烧。长安足门户,叠叠看登朝。

近来年纪到,世事总无心。古碣凭人拓,闲诗任客吟。送经还野苑,移石入幽林。谷口春风恶,梨花盖地深。

懒更学诸馀,林中扫地居。腻衣穿不洗,白发短慵梳。苦相常多泪,劳生一作心自悟虚一作少娱。闲行人事绝,亲故亦无书。

住处去山近,傍园麋鹿行。野桑穿井长,荒竹过墙生。新识邻里面,未谙村社情。石田无力及,贱赁与人耕。

## 送李评事使蜀

劝酒不依巡,明朝万里人。转江云栈细,近驿板桥一作柳条新。石冷啼猿影,松昏戏鹿尘。少年为客好,况是益州春。

## 新 修 道 居

世间无所入,学道处新成。两面有山色,六时闻磬声。闲加经遍数,老爱字分明。若得离烦恼,焚香过一生。

## 赠洪誓一作哲师

老僧真古画,闲坐语中听。识病方书圣,谙山草木灵。人来多一作还施药,愿满不持经。相伴寻溪竹,秋苔袜履青。

## 题法云禅院僧

不剃头多日,禅来白发长。合村迎住寺,同学乞修房。觉少持经力,忧无养病粮。上山犹得在,自解衲衣裳。

## 赠 溪 翁

溪田借四邻,不省解忧身。看日和仙药,书符救病人。伴僧斋过夏,中酒卧经旬。应得丹砂一作霜力,春来黑发新。

## 谢李续一作绩主簿

馆舍幸相近,因风及病身。一官虽隔水,四韵一作五字是同人。衰卧朦胧晓,贫居冷落春。少年无不好,莫恨满头尘。

## 寒　食一作张籍诗

田舍清明日,家家出火迟。白衫眠古巷,红索搭高枝。纱带生难结,铜钗重欲垂。斩新衣踏一作著尽,还似去年时。

## 贻 小 尼 师

新剃青头发,生来未扫一作画眉。身轻礼拜稳,心慢记经迟。唤起犹侵晓,催斋已过时。春晴阶下立,私地弄花枝。

## 惜　欢

当欢须且欢,过后买应难。岁去停灯守,花开把火一作烛看。狂来欺酒浅,愁尽觉天宽。次第头皆白,齐年人已一作几个残。

## 山 中 惜 花

忽一作愁看花渐稀,罪一本缺过酒醒时一作迟。寻觅风来处,惊张夜落时。游丝缠一作萦故蕊,宿夜守空枝。开取当轩一作溪地,年年树底期。

## 和武门下伤韦令孔雀

孤号秋阁阴,韦令在时禽。觅伴海山黑,思乡橘柚深。举头闻旧曲,顾尾惜残金。憔悴不飞去,重君池上心。

# 题所赁宅牡丹花

赁宅得花饶,初开恐是妖。粉一作霞光深紫腻,肉色退一作远红娇。
且愿风留著,惟愁日炙燋一作销。可怜零落蕊,收取作香烧。

# 隐 者 居

山人住处高,看日上蟠桃。雪缕青山脉,云生白鹤毛。朱书护身
咒,水噀断邪刀。何物中一作堪长食,胡麻慢火熬。

# 昭 应 官 舍

绕厅春草合,知道县家闲。行见雨遮院,卧看人上山。避风新浴
后,请假未醒间。朝客轻卑吏,从他不住还。

# 送严大夫赴桂州

岭头分界候一作堠,一半属湘潭。水驿门旗出,山峦洞主参。辟邪
犀角重,解酒荔枝甘。莫叹京华远,安南更有南。

# 望 行 人

自从江树秋,日日望江楼。梦见离珠浦,书来在桂州。不一作愿同
鱼比目一作比目鱼,终恨水分流。久个开明镜,多应是白头。

# 塞 上

漫漫复凄凄,黄沙暮渐迷。人当故乡立,马过旧营嘶。断雁逢冰
碛,回军占雪溪。夜来山下哭,应是送降奚。

## 杜中丞书院新移小竹

此地本无竹，远从山寺移。经年求养法，隔日记浇时。嫩绿卷新叶，残黄收故枝。色经寒不动，声与静相宜。爱护出常数，稀稠看自知。贫来缘—作原未有，客散独行迟。

## 同于汝锡赏白牡丹

晓日花初吐，春寒白未凝。月光裁—作栽不得，苏合点难胜。柔腻于—作沾云叶，新鲜掩鹤膺。统心黄倒晕，侧茎—作面紫重棱。乍敛看如睡，初开问欲应。并香幽蕙死，比艳美人憎。价数千金贵，形相两眼疼。自知颜色好，愁被彩光凌。

## 送吴—作李郎中赴忠州

西台复南省，清白上天知。家每因穷—作贫散，官多为直移。遥—作巡边—作遥装，—作摇鞭。过驿近，买药出城迟。朝野—作达凭人—作朝达留诗别，亲情伴酒悲。故园愁去后，白发想回时。何处忠州界，山头卓—作丘望旗。

## 照　　镜

终日自缠绕，此身无适缘。万愁生旅夜，百病凑衰年。少睡憎明屋，慵行待暖—作晚天。痒头梳有虱，风耳炙闻蝉。摇—作换白方多错，回金法不全。家贫—作悲何所恋，时在老僧边。

## 秋日送杜虔州

忆—作记得宿新宅，别来馀蕙香。初闻守郡远—作远郡，一日卧空床。野—作井驿烟火湿，路人消息狂。山楼添鼓角，村栅立旗枪。晚渚露荷败,早衙风桂凉。谢家章句出,江月少辉光。

## 送郑权尚书南海

七郡双旌贵,人皆不忆回。戍头龙脑铺,关口象牙堆。敕设薰炉出,蛮辞咒节开。市喧山贼破,金贱海船来。白氎家家织,红蕉处处栽。已将身报国,莫起望乡台。

## 题别遗爱草堂兼呈李十使君 李十亦尝隐庐山白鹿洞

曾住炉峰下,书堂对药台。斩新萝径合,依旧竹窗开。砌水亲看决,池荷手自栽。五年方暂至,一宿又须回。纵未长归得,犹胜不到来。君家白鹿洞,闻道亦生苔。

## 赏 牡 丹

此花名价别,开艳益皇都。香遍苓菱一作凌死,红烧踯躅枯。软光笼细脉,妖色暖鲜肤。满蕊攒黄粉,含棱缕绛苏。好和薰御服,堪画入宫图。晚态愁新妇,残妆望病夫。教人知个数,留客赏斯须。一夜轻风起,千金买亦无。

# 全唐诗卷三〇〇

## 王　建

### 赠王枢密

建初为渭南尉,值内官王守澄尽宗人之分,因过饮,语及汉桓灵信任中官起党锢兴废之事。守澄深憾,曰:"吾弟所作宫词,天下皆诵于口,禁掖深邃,何以知之?"建不能对,为诗以赠,其事遂寝。

三一作先朝行坐镇相随,今上春宫见小一作长时。脱下御衣先赐一作偏得著,进来龙马每一作便教骑。长承密旨归家少,独奏一作对边机一作情出殿迟。自是姓同亲向说,一作不是当家频向说,一作不为姓同偏向说。九重争得一作遣外人知。

### 早秋过龙武李将军书斋

高树一作寺蝉声秋巷里,朱门冷静似闲居。重装一作修墨画数茎竹,长著香薰一架书。语笑侍儿知礼数,吟哦野客任狂疏。就中爱读英雄传,欲立功勋恐不如。

### 江陵即事

瘴云梅雨不成泥,十里津楼一作头压大堤。蜀女下沙迎水客,巴童傍驿卖山鸡。寺多红药烧人眼,地足青苔染马蹄。夜半独眠愁在远，北看归路隔蛮溪。

## 题花子赠渭州陈判官

腻如云母轻如粉，艳胜香黄薄胜蝉。点绿斜蒿新叶嫩，添红石竹晚花鲜。鸳鸯比翼人初帖，蛱蝶重飞样未传。况复萧郎有情思，可怜春日镜台前。

## 送从侄拟赴江陵少尹

江陵一作荆州少尹好闲官，亲故皆来劝自宽。无事日长贫不易，有才年少屈终难。沙头欲一作且买红螺盏，渡口多呈白角盘。应向章华台下醉，莫冲云雨夜深寒。

## 华清宫感旧

尘到朝元一作火照中原边使急一作闻道朝元天使急，千官夜发六龙回。辇前月照罗衫一作衣泪，马上一作宫里风吹蜡烛一作炬灰。公主妆楼金锁涩，贵妃汤殿玉莲一作池开。有时云外闻天乐，知一作疑，一作即，一作应。是先皇沐浴来。

## 九仙公主旧庄

仙居五里外门西，石路亲回御马蹄。天使来栽宫里树，罗衣自买院前溪。野牛行傍一作渡浇花井，本主分将灌药畦。楼上凤凰飞去后，白云红叶属山鸡。

## 郭 家 溪 亭

高亭望见长安树，春草冈西旧院斜。光动绿烟遮岸竹，粉开红艳塞溪花。野泉闻洗亲王马，古柳曾停贵主车。妆阁书楼倾侧尽，云山新卖与官家。

## 题金家竹溪

少年因病离天仗，乞得归家自养—作养病身。买断竹溪无别主，散
分泉水与新邻。山头鹿下长惊犬，池面鱼行不怕人。乡使到来—作
门常款语，还闻世上有功臣。

## 题应圣观 观即李林甫旧宅

精思堂上画三身，回作仙宫度美人。赐额御书金字贵，行香天乐羽
衣新。空廊鸟啄—作雨滴花砖缝，小殿虫缘玉像尘。头白女冠—作官
犹说得，蔷薇—作枯株不似已前春。

## 同于汝锡游降圣观

秦时桃树满山坡，骑鹿先生降大罗。路尽溪头逢地少，门连内里见
天多。荒泉坏简朱砂暗，古塔残经篆字讹。闻说开元斋醮日，晓移
行漏帝亲过。

## 逍遥翁溪亭

逍遥翁—作公在此裴回，帝改溪名起石台。车马到春常借问，子孙
因选暂归来。稀疏野竹人移折，零落蕉花雨打开。无主青山何所
直，卖供官税不如灰。

## 寻李山人不遇

山客长须—作闲少在时，溪中放鹤洞中棋。生金有气寻还远，仙药
成窠见即移。莫为无家陪寺食—作宿，应缘将米寄人炊。从头石上
留名去，独向南峰问老师。

# 题石瓮寺

青崖白石一作古寺夹城东，泉脉钟声内里通。地压龙蛇一作神龙山色别，屋连宫殿匠名同。檐灯经夏纱笼黑，溪叶先秋腊树红。天子亲题诗总在，画扉长锁碧一作壁宪中。

# 早登西禅寺阁

上方台殿第三层，朝壁红窗日气凝。烟雾开时分远寺一作渚，山川晴处见崇陵。沙湾漾水图新粉，绿野荒阡晕色缯。莫说城南月灯一作灯月阁，自诸楼看总难胜。

# 题江寺兼求药子

隋朝旧寺楚江头，深谢师僧引客游。空赏野花无过夜，若看琪树即须秋。红珠落地求谁与，青角垂阶自不收。愿乞野人三两粒，归家将助小庭幽。

# 题诜法师院

三年说戒龙宫里，巡礼还来向水行。多爱贫穷人远请，长修破落寺先成。秋天盆底新荷色，夜地房前小竹声。僧院不求诸处好，转经唯有一窗明。

# 酬于汝锡晓雪见寄

欲明天色一作风定白漫漫，打叶穿帘雪一作正未干一作雪打书窗竹叶干。薄落阶前人踏尽，差池树里鸟衔残。旋销迎暖沾墙少，斜舞遮春到地难。劳动更裁新样绮，红灯一夜剪刀寒。

# 从军后寄山中友人

爱仙无药<sub>一作计</sub>住溪贫，脱却山衣事<sub>一作伴</sub>汉臣。夜半听鸡梳白发，天明走马入红尘。村童近去嫌腥食，野鹤高飞避俗人。劳动先生远相示<sub>一作视</sub>，别来弓箭不离身。

## 寄汴州令狐相公

三军江口拥双旌，虎帐长开自教兵。机锁恶徒狂寇尽，恩驱老将壮心生。水门向晚茶商闹，桥市通宵酒客行。秋日梁王池阁好，新歌散入管弦声。

## 别李赞侍御

同受艰难骠骑营，半年中听揭枪声。草头送酒驱村乐，贼里看花著探兵。讲易工夫寻已圣，说诗门户别来情。荐书自入无消息，卖尽寒衣却出城。

## 和蒋<sub>一作滕</sub>学士新授章服

五色箱中绛服春，笏花成就白鱼新。看宣赐处惊回眼，著谢恩时便称身。瑞草唯承天上露，红鸾不受世间尘。翰林同贺文章出，惊动茫茫下界人。

## 岁晚自感

人皆欲得长年少，无那排门白发催。一向破除愁不尽，百方回避老须来。草堂未办终须置，松树难成亦且栽。沥酒愿从今日后，更逢二十度花开。

## 昭 应 官 舍

痴顽终日羡人闲,却喜因官得近山。斜对寺楼分寂寂,远从溪路借
潺潺。眇身多病唯亲药,空院无钱不要关。文案把来看未会,虽一
作须书一字甚惭颜。

## 寄 旧 山 僧

因依老宿发心初,半学修一作观心半读书。雪后一作夜每常同席一作
屋卧,花时未省两山居。猎人箭底求伤雁,钓户竿头乞一作救活鱼。
一一作自向风尘取烦恼,不知一作一身衰病日难除。

## 武 陵 春 日

寻春何事却悲凉,春到他乡忆故乡。秦女洞桃歅涧碧,楚王堤柳舞
烟黄。波涛入梦家山远,名利关身客路长。不似冥心叩尘寂,玉编
金轴有仙方。

## 寄分司张郎中

一别京华年岁久,卷中多见岭南诗。声名已压众人上,愁思未平双
鬓知。江郡迁移犹远地,仙官荣宠是分司。青天白日当头上,会有
求闲不得时。

## 上武元衡相公

旌旗坐镇蜀江雄,帝命重开旧阁崇。褒贬唐书天历上,捧持尧日庆
云中。孤情迥出鸾凰远,健思潜搜海岳空。长得萧何为国相,自西
流水尽朝宗。

# 上张弘靖相公

传封三世尽河东一作河东三世尽传封，家占中条第一峰。旱一作旱岁天
教作霖雨，明时帝用补山龙。草开旧路沙痕在，日照新池凤迹重。
卑散自知霄汉隔，若为门下赐从容。

# 上裴度舍人

小松双对凤池开，履迹衣香一作重逼上台。天意皆从彩毫出，宸心
尽向紫烟来。非时玉案呈宣旨，每日金阶谢赐一作赐对回。仙侣何
因记名姓，县丞头白走尘埃。

# 上杜元颖相公

学士金銮殿后居，天中行坐侍龙舆。承恩不许离床谢，密诏常教倚
案书。马上唤遮红嘴鸭，船头看钓赤鳞鱼。闲曹散吏无相识，犹记
荆州拜谒初。

# 赠卢汀谏议

青蛾不得在床前，空室焚香独自眠。功证诗篇离景象，药一作乐成
官位属神仙。闲过寺观长冲夜，立送封章直上天。近见兰台诸吏
说，御诗一作题新集未教传。

# 贺杨巨源博士拜虞部员外

合归兰署已多时，上得金梯亦未迟。两省郎官开道路，九州山泽属
曹司。诸生拜别收书卷，旧客看来读制词。残著几丸仙一作丹药
在，分张一作章还遣病夫知。

# 赠郭将军

承恩新拜上将军,当直巡更近五云。天下表章经院过,宫中语笑隔墙闻。密封计策非时奏,别赐衣裳到处薰。向晚临阶看号簿,眼前风景任支分。

# 赠田将军

初从学院别先生,便领偏师得战名。大小独当三百阵,纵横只用五千兵。回残匹帛归天库,分好旌旗入禁营。自执金吾长上直,蓬莱宫里夜巡更。

# 赠胡泟一作证将军

书生难得是金吾,近日登科记总无。半夜进傩当玉殿,未明排仗到铜壶。朱牌面上分官契,黄纸头边押敕符。恐要蕃中新道路,指挥重画五城图。

# 留别田尚书

拟报平生未杀身,难离门馆起居频。不看匣里钗头古,犹恋机中锦样新。一旦甘为漳岸老,全家却作杜陵人。朝天路在骊山下,专望红旗拜旧尘。

# 送唐大夫罢节归山

年少平戎老学仙,表求一作成骸骨乞生全。不堪腰下悬金印,已向云西一作间寄玉田。旄节抱归官路上,公卿送到国门前。人间鸡犬同时去,遥听笙一作仙歌隔水烟。

## 送司空神童

杏花坛上授书时,不废中庭趁蝶飞。暗写五经收部秩,初年七岁著衫衣。秋堂白发先生别,古巷青襟旧伴归。独向凤城持荐表,万人丛里有光辉。

## 送振武张尚书

回天转地是将军,扶助一作册春宫上五云。抚背恩虽同骨肉,拥旄名未敌功勋。尽收壮勇填兵数,不向蕃浑夺马群。闲即单于台下猎,威声直到海西闻。

## 送吴谏议上饶州

鄱阳太守是真人,琴在床头篆在身。曾向先皇边谏事,还应上帝处称臣。养生自有年支药,税户应停月进银。净扫水堂无侍女,下街一作衙唯共鹤殷勤。

## 赠阎少保

髭须虽白体轻健,九十三来却少年。问一作闻事爱知天宝里,识人皆是武皇前。玉装剑佩身长带,绢写方书子不传。侍女常时教合药,亦闻私地学求仙。

## 送魏州李相公

百代功勋一日成,三年五度换双旌。闲来不对人论战,难处长先自请行。旗下可闻诛败将,阵头多是用降兵。当朝面受新恩去,算料妖星不敢生。

# 赠索暹将军

浑身著箭瘢犹在，万槊千刀总过来。轮剑直冲生马队，抽旗旋踏死
人堆。闻休斗战心还痒，见说烟尘眼即开。泪滴先皇阶下土，南衙
班里趁朝回。

# 赠王屋道士赴诏

玉皇符诏－作到下天坛，玳瑁头簪白角冠。鹤遣院－作洞中童子养，
鹿凭山下老人看。法成不怕刀枪利－作丹梯峻，体－作髓实常欺石榻
寒。能断世－作人间腥血味，长生只要一丸丹。

# 赠　王　处　士

松树当轩雪满池，青山掩障－作帐碧纱帱－作帷。鼠来案上常偷水，
鹤在床前亦看棋。道士写将行气法，家童授与步虚词。世间有似
君应少，便－作愿乞从今作我师。

# 洛中张籍新居

最是城中闲静处，更回门向寺前开。云山且喜重重见，亲故应须得
得来。借倩学生排药合，留连处士乞松栽。自君移到无多日，墙上
人名满绿苔。

# 题裴处士碧虚溪居

鸟声真似深山里，平地人间自－作也不同。春圃紫芹－作苗长卓卓，
暖泉青草一丛丛。松台前后花皆别，竹坞高低水尽通。细问来时
从近远，溪名载入县图中。

## 送阿史那将军安西迎旧使灵榇 一作送史将军

汉家都护边头没,旧将麻衣万里迎。阴地背行山下火,风天错到一作上碛西城。单于送葬还垂泪,部曲招魂亦道名。却入杜陵秋巷里,路人来去读铭旌。

## 赠崔礼驸马

> 按《唐书》,肃代诸宗时,驸马无崔礼其人。顺宗东阳公主下嫁崔杞,
> 恐作杞是。

凤凰楼阁连宫树,天子崔郎自爱贫。金埒减添栽药地,玉鞭平与卖书人。家中弦管听常少,分外诗篇看一作有即新。一月一回陪内宴,马蹄犹厌踏香尘。

## 赠太清卢一作宫道士

上清道士未升天,南岳中华作散仙。书卖八分通字学,丹烧九转定人年。修行近日形如鹤一作稚,导引多时骨似绵。想向诸山寻一作巡礼遍,却回还守老君前。

## 送宫人入道

休梳丛鬓洗红妆,头戴芙蓉出未央。弟子抄将一作留歌遍叠,宫人分散舞衣裳。问师初得经中字,入静犹烧内里香。发愿蓬莱见王母,却归人世一作城阙,又作阙下。施仙方。

## 上李吉甫相公

圣朝齐贺说逢殷,霄汉无云日月真。金鼎调和一作元天膳美,瑶池

沐浴赐衣新。两河开地山川正,四海休兵造化仁。曾向山东为散吏,当今窦宪是贤臣。

## 上李益庶子

紫烟楼阁碧纱亭,上界诗仙独自行。奇险驱回还寂寞,云山经用始鲜明。藕绡纹缕裁来滑,镜水波涛滤得清。昏思愿因秋露洗,幸容阶下礼先生。

## 题元郎中新宅

近移松树初栽药,经帙书签一切新。铺设暖房迎道士,支分闲院著医人。买来高石虽然贵,入得朱门未免贫。惟一作虽有好诗名字出,倍教年少损心神。

## 初授太府丞言怀

除书小下一作不属微班,唤作官曹便不闲。检案事多关市井,听人言志一作不在云山。病童唤一作嗔著唯行慢,老马鞭多转放顽。此去仙宫无一里,遥看松树众家一作皆攀。

## 赠李愬仆射

唐州将士死牛同,尽逐双旌旧镇空。独破淮西功业一作家传大,新除陇右世家雄。知时每笑论兵法,识势还轻立战功。次第各分茅土贵,殊勋并在　门中。

## 书赠旧浑二曹长

二年同在华清下,入县门中最近邻。替饮觞筹知户小,助成书屋见家贫。夜棋临散停分客,朝浴先回各送人。僮仆使来传语熟,至今行酒校殷勤。

# 上 崔 相 公

枯桂衰兰一遍春,唯将道德定君臣。施行圣泽山川润,图画天文彩
色新。开阁覆看祥瑞历,封名直进薜萝人。应一作愁怜老病一作渐老
无知己,自别溪中满鬓尘。

# 寄杨十二秘书

初移古寺正南方,静是浮山远是庄。人定犹行背街鼓,月高还去打
僧房。新诗欲写中朝满,旧卷常抄外国将。闲出天门醉骑马,可怜
蓬阁秘书郎。

# 谢田赞善见寄

五侯三任一作仕,一作贵。未相一作将称,头白如丝作县丞。错判符曹
群吏笑,乱书岩石一山憎。自知酒病衰肠怯,遥怕春残百鸟凌。年
少力生犹不敌,况加憔悴闷腾腾。

# 晚 秋 病 中

万事风吹过耳轮,贫儿活计亦曾闻。偶逢新语书红叶,难得闲人话
白云。霜下野花浑著地,寒来溪鸟不成群。病多体痛无心力,更被
头边药气熏。

# 薛二十一作十二池亭

每个树边消一日,绕池行匝又须行。异花多是非时有,好竹皆当要
处生。斜竖小桥看岛势,远移山石作泉声。浮萍著岸风吹歇一作
散,水面无尘晚更清。

## 故梁国公主池亭

平阳池馆枕秦川，门锁南山一朵烟。素奈花开西子面，绿榆枝散沈郎钱。装檐玳瑁随风落，傍岸鸂鶒逐暖眠。寂寞空馀歌舞地，玉箫声绝凤归天。

## 题 柱 国 寺

皇帝施钱修此院，半居天上半人间。丹梯暗出三重阁，古像斜开一面山。松柏自穿空地少，川原不税小僧闲。行香天使长相续，早起离城日午一作暮还。

## 昭应官舍书事

县在华清宫北面，晓看楼殿正相当。庆云出处依时报，御果呈一作颁来每度尝。腊月近汤泉不冻，夏天临渭屋多凉。两衙一作年早被官拘束，登阁巡溪亦属忙。

## 昭应李郎中见贻佳作次韵奉酬

窗户风凉一作吹四面开，陶公爱晚上高台。中庭不热青山入，野水初晴白鸟来。精思道心缘境熟，粗疏文字见一作和诗回。诸生围绕新篇读，玉阙仙官少此才。

## 闲 说 一作闻说

桃花百叶不成春，鹤寿千年也未神。秦陇州缘鹦鹉贵，王侯家为牡丹贫。歌头舞遍回回别，鬓样眉心一作分日日新。鼓动六街骑马出，相逢总是学狂人。

# 自 伤

衰门海内几多人，满眼公卿总不亲。四授官资元七品，再经婚娶尚
单身。图书亦为频移尽，兄弟还因数散贫。独自在家长似客，黄昏
哭向野田春。

## 田侍中宴席

香熏罗幕暖成烟，火照中庭烛满筵。整顿舞衣呈玉腕，动摇歌扇露
金钿。青蛾侧座—作华堂闲坐调双管，彩凤斜飞入五弦。虽是沂公
门下客，争将肉眼看云天—作神仙。

## 寒食日看花

早入公门到夜归，不因寒食少闲时。颠狂绕树猿离锁，跳踯缘冈马
断羁。酒污衣裳从客笑，醉饶言语觅花知。老来自喜身无事，仰面
西园得咏诗。

## 和少府崔卿微雪早朝

蓬莱春雪晓犹残，点地成花绕百官。已傍祥鸾迷殿角，还穿瑞草入
袍襕。无多白玉阶前湿，积渐青松叶上干。粉画南山棱—作城郭
出，初晴一半隔云看。

## 和胡将军寓直

宫鸦栖定—作尽禁枪攒，楼殿深严—作沉月色寒。进状直穿金戟槊，
探更先傍玉钩栏。漏传五点班初合，鼓动三声仗已端。遥见正南
宣不坐，新栽松树唤人看。

## 春日五一作午门西望

百官朝下五门西，尘起春风过玉堤一作满御堤。黄帕盖鞍呈了一作过马，红罗系项一作顶，一作缠项。斗回鸡。江邻几杂志：晏元献改此联为呈马了，斗鸡回。馆一作宫松枝一作叶重一作古城叶重墙头出，御一作渠柳条长水面齐。唯有教坊南草绿一作色，古苔一作城阴地一作处冷凄凄。

## 长 安 早 春

霏霏漠漠绕皇州，销雪欺寒不自由。先向红妆添晓梦，争来白发送新愁。暖催衣上缝罗一作人胜，晴报窗中点彩球。每度暗来还暗去，今一作年年须遣蝶迟一作蜂，一作遮。留。

## 早 春 病 中

日日春风阶下起，不吹光彩上寒株。师教绛服禳衰月，妻许青衣侍病大。健羡人家多力子，祈求道士有神符。世间方法从谁问一作六法从难信，卧处还看药草图。

## 上 阳 宫

上阳花木不曾秋，洛水穿宫处处流。画阁红楼宫女笑，玉箫金管路人愁。幔城入涧橙花发，玉辇登山桂叶稠。曾读列仙土母传，九天未胜此中游。

## 李 处 士 故 居

露浓烟重草萋萋，树映阑干柳拂堤。一院落花无客醉，半窗残月有莺啼。芳筵想像情难尽，故榭荒凉路欲迷。风景宛然人自改，却经一作惊门外一作巷马频嘶。

## 寄贾岛 一作张籍赠项斯诗

尽日吟诗坐忍饥，万人中觅似君稀。僵眠冷榻朝犹卧一作门当古巷风偏入，驴一作鹤放秋田夜不归。傍暖旋一作并收红一作新落叶，觉一作欲寒犹一作重著旧生衣。曲江池畔一作北雁时时到，为一作尤爱鸂鶒雨后飞。一作两翼飞，一作水里飞。

## 村居即事

休看小字大书名，向日持经眼却明。时过无心求富贵，身闲不梦见公卿。因寻寺里薰辛断，自别城中礼数生。斜月照房新睡觉，西峰半夜鹤来声。

## 维扬冬末寄幕中二从事

江上数株桑枣树，自从离乱更荒凉。那堪旅馆经残腊，只把空书寄故乡。典尽客衣三尺雪，炼精诗句一头霜。故人多在芙蓉幕，应笑孜孜道未光。

## 寄杜侍御

何须服药觅升天，粉阁为郎即是仙。买宅但幽从索价，栽松取活不争钱。退朝寺里寻荒塔，经宿城南看野泉。道气清凝一作宁分晓爽，诗情冷瘦一作秀滴秋鲜。学通儒一作传释三千卷，身拥旌旗二十年。春巷偶过同户饮，暖窗时与一作语对床眠。破除心力缘书癖，伤瘦一作损花枝为酒颠。今日总一作愁来归圣代一作今日总离车马地，丈人先达幸相怜。

## 寄上韩愈侍郎

重登一作于大学领儒流，学浪词锋压九州。不以雄名疏一作殊野贱，唯将直气折王侯。咏伤松桂一作柏青山瘦，取尽珠玑碧海愁。叙述异篇经总别一作核，鞭驱险句最一作物先投。碑文合遣贞魂谢，史笔应令谄骨羞。清俸探将还酒债，黄金旋得起书楼。参一作客来拟设官人礼，朝退多逢月阁一作下游。见说一作向云泉求住处，若无知荐一生休。

## 赠华州郑大夫

此官出入凤池头，通化门前第一州。少华山云当驿起，小敷溪水入城流。空闲地内人初满，词讼牌前草渐稠。报状拆开知足雨，赦书宣过喜无囚。自来不说双旌贵，恐替长教百姓愁。公退晚凉无一事一作吏散月高衙府静，步行携客上南楼。

## 寄贺田侍中东平功成

使回高品满城传，亲见沂公在阵前。百里旗幡冲即断，两重衣甲射皆穿。探知点检兵应怯，算得新移栅未坚。营被数惊乘势破，将经频败遂生全。密招残寇防人觉，遥斩元凶恐自专。首让诸军无敢近，功归部曲不争先。开通州县斜连海，交割山河直到燕。战马散驱还逐草，肉牛齐散却耕田。府中独拜将军贵，门下兼分宰相权。唐史上头功第一，春风双节好朝天。

## 送裴相公上太原

还携堂印向并州，将相兼权是武侯。时难独当天下事，功成却进手中筹。再三陈乞炉烟里，前后封章玉案头。朱架一作桀早朝立一作排剑戟,绿槐残雨一作花里看张油。遥知塞雁从今好,直得渔阳已北愁。边铺警巡旗尽换,山城候馆一作欲过壁重修。千群白刃兵迎节,十对红妆妓打球。圣主分明交暂去,不须高起见京楼。

# 全唐诗卷三〇一

## 王　建

### 题柏岩禅师影堂

山中砖塔闭,松下影堂新。恨不生前识,今朝礼画身。

### 送　人

河亭收酒器,语尽各西东。回首不相见,行车秋雨中。

### 春　意　二　首

去日丁宁别,情知寒食归。缘逢好天气,教熨看花衣。
谁是杏园主,一枝临古岐。从伤早春意,乞取欲一作旧开枝。

### 夜　闻　子　规

子规啼不歇,到晓口应穿。况是不眠夜,声声在耳边。

### 四　望　驿　松

当初北涧一作此间别,直至此庭中。何意闻鞞一作声耳,听君一作他枝上风。

# 江　馆

水面细风生,菱歌慢慢声。客亭临小市,灯火夜妆明。

## 题江台驿 一作江台驿有题

水北金台路,年年行客稀。近闻天子使,多取雁门归。

# 赠　谪　者

何罪过长沙,年年北望家。重封岭头信,一树海边花。

# 戏酬卢秘书

芸香阁里人,采一作手摘御园春。取此和仙药,犹治老病身。

# 小　松

小松初数尺,未有直生枝。闲即傍边立,看多长却迟。

# 秋　夜

夜久叶露滴,秋虫入户飞。卧多骨髓冷,起覆旧绵衣。

# 水　精

映水色不别,向月光还度。倾在荷叶中,有时看是露。

# 香　印

闲坐烧印香一作香印,满户松柏气。火尽转分明,青苔碑上字。

## 秋　灯

向壁暖悠悠—作对孤灯，罗—作秋帏寒寂寂。斜照碧山图，松间一片石。

## 落　叶

陈绿向—作尚参差，初红已重叠。中庭初—作新扫地，绕树—作池三两叶。

## 园　果

雨中梨果病，每树无数个。小儿出入—作户看，一半鸟啄破。

## 野　菊

晚艳出荒篱，冷香著秋水。忆向山中见—作寻，伴蚤—作虫石壁里。

## 荒　园

朝日满园霜，牛冲篱落坏。扫掠黄叶中，时时一窠薤。

## 南　涧

野桂香满溪，石莎寒覆水。爱此南涧头，终日潺湲—作潺里。

## 晚　蝶

粉翅嫩如水，绕砌乍依风。日高山露解，飞入菊—作枣花中。

## 田　家

啾啾雀满树，霭霭东坡雨。田家夜无食，水中摘禾黍。

## 新嫁娘词三首

邻家人未—作不识,床上坐堆堆。郎来傍门户,满口索钱财。

锦幛两边横,遮掩侍—作待娘行。遣郎铺簟席,相并拜亲情。

三日入厨下,洗手作羹汤。未谙姑食性,先遣小姑—作娘尝。

## 故 行 宫

寥落古行宫,宫花寂寞红。白头宫女在,闲坐说玄宗。

## 酬从侄再看诗本　一作酬从侄借诗本

眼—作看暗没功夫,慵来剪刻粗—作磨,—作客须。自看花样古,称得少

年无。

## 别自栽小树

去年今日栽,临去见花开。好住守空院,夜间人不来。

## 早 发 汾 南

桥上车马发,桥南烟树开。青山斜不断,迢递故乡来。

## 宫中三台词二首

鱼藻池边射鸭,芙蓉园里看花。日色柘袍—作黄相似,不著红鸾扇

遮。

池北池南草绿—作色,殿前殿后花红。天子千年—作秋万岁,未央明

月清风。

# 江南三台词四首

扬州桥边少一作小妇，长安一作干城一作市里商人。二一作三年不得消息，各自拜鬼求神。

青草湖一作台边草色，飞猿岭上猿声。万里湘江一作三湘客到，有风有雨人行。

树头花落花开，道一作岸上人去人来。朝愁暮愁一作恨即老，百年几度三台。

闻一作斗身强健且一作早为，头白齿落难追。准拟百年千岁，能得一作不知几许多时。

## 御　猎

青山直绕一作入凤城头，浐水斜分入御沟。新教一作校内人唯射鸭，长随天子苑东游。

## 长　门　烛

秋夜床前蜡烛微，铜壶滴尽晓钟迟。残光一作花欲一作吹灭还吹著，年少宫人未一作不睡时。

## 过绮岫宫 东都永宁县西五里

玉楼倾倒一作侧粉墙空，重叠青山绕故宫。武帝去来罗袖尽，野花黄蝶领春风。

# 朝天词十首寄上魏博田侍中

山川初展一作定国图宽，未识龙颜坐不安。风动白髦旌节下，过时天子御楼看。

相感君臣总泪流,恩深舞蹈不知休。初从战地来无物,唯奏新添十八州。

催修水一作奏催三殿宴沂公,与别一作别与诸侯总不同。隔月太常先习乐,金书牌纛彩云中。

无人敢夺在先筹,天子门边送与球。遥索彩一作十箱新样锦,内人异出一作到马前头。

御马牵来亲自试,珠球到处玉蹄知。殿头宣赐连催上,未解红缨不敢骑。

老作三公经献寿,临时犹自语差池。私从班里来长跪,捧上金杯便合仪。

四海无波乞放闲,三封手疏一作跪犯一作献龙颜。他时若有边尘动,不待天书自出山。

胡马悠悠未尽归,玉关犹隔吐蕃旗。老臣一一作三表求高卧,边事从今欲一作遣问谁。

威容难画改频频,眉目分毫恐不真。有诏别图书阁上,先教粉本定风神。

重赐弓刀内宴回,看人城外满楼一作高台。君臣不作多时别,收尽边旗当日来。

# 霓裳词十首

弟子部中留一色,听风听水一作雨作霓裳。散声未足重来授,直到床前见上皇。

中管五弦初半曲,遥教合上隔帘听。一声声向天头落,效一作学得仙人夜唱经。

自直一作入梨园得出稀,更番上曲不教归。一时跪拜霓裳彻,立地阶前赐紫一作彩衣。

旋翻新<sub>一作自修</sub>曲谱声初足<sub>一作起</sub>,除却<sub>一作在</sub>梨园未教人。宣与<sub>一作示</sub>书家分手写,中官走马赐功臣。

伴教霓裳有贵妃,从初直到曲成时。日长耳里闻声熟,拍数分毫错总知。

弦索拟拟隔彩云,五更初发一山<sub>一作满宫</sub>闻。武皇自<sub>一作目</sub>送西王母,新换<sub>一作染</sub>霓裳月<sub>一作日</sub>色裙。

敕赐宫人澡浴回,遥看美女院门开。一山星月霓裳动,好字先从殿里<sub>一作后</sub>来。

传呼法部按霓裳,新得承恩别作行。应是<sub>一作日</sub>晚贵妃楼上看,内人旱下<sub>一作出</sub>彩罗箱。

朝元阁上山风起<sub>一作风初起</sub>,夜听霓裳玉露<sub>一作露坐</sub>寒。宫女月中<sub>一作明</sub>更替<sub>一作潜</sub>立,黄金梯滑并行难。

知向<sub>一作在</sub>华清年<sub>一作秋</sub>月满,山头山底种长生。去时留下霓裳曲,总<sub>一作半</sub>是离宫别馆声。

## 宫前早春 <sub>一作华清宫</sub>

酒幔高楼一百家,宫前杨柳寺前花。内园分得温汤水,二<sub>一作三</sub>月中旬已进<sub>一作破</sub>瓜。

## 奉同曾郎中题石瓮寺得嵌韵

寺门<sub>一作天宫</sub>连内绕丹岩,下界云开数过帆<sub>一作尘盖云间落数帆</sub>。遥指上皇翻曲处,百官题字满西嵌。

## 旧 宫 人

先帝旧宫宫女在,乱丝犹挂凤凰钗。霓裳法曲浑抛却,独自花间扫玉阶。

## 新授戒尼师

新短方裙叠作棱,听钟洗钵绕青蝇。自知戒相分明后,先出坛场礼大僧。

## 太和公主和蕃

塞黑云黄欲渡河,风沙眯眼雪相和。琵琶泪湿行声小,断得人肠不在多。

## 元太守同游七泉寺

盘磴回廊古塔深,紫芝红药入云寻。晚吹箫管秋山里,引得猕猴出象一作橡林。

## 望 定 州 寺

回看佛阁青山半,三四年前到上头。省得老僧留不住,重寻更可一作可更有因由。

## 道中寄杜书记

西南东北暮天斜,巴字江边楚树花。珍重荆州杜书记,闲时多在广师家。

## 听　琴

无事此身离白云,松风溪水不曾闻。至心听著仙翁引,今看青山围绕君。

## 赠 陈 评 事

识君虽向歌钟会,说事不离云水间。春夜酒醒长起坐,灯前一纸洞庭山。

## 寄 画 松 僧

天香寺里古松僧,不画枯松落石层。最爱临江两三树,水禽栖处解无藤。

## 花 褐 裘

对织芭蕉雪毳新,长缝双袖窄裁身。到头须向边城著,消杀秋风称猎尘一作愁杀秋风射猎尘。

## 夜看美人宫棋

宫棋布局不依经,黑白分明一作相和子数停。巡拾玉沙天汉晓,犹残织女两三星。

## 上 田 仆 射

一方新地隔河烟,曾一作会接诸生听管弦。却忆去年寒食会,看花犹在水堂前。

## 江 陵 道 中

菱叶参差萍叶重,新蒲半折夜来风。江村水落平地出,溪畔渔船青草中。

# 冬至后招于秀才

日近山红暖气新,一阳先入御沟春。闻闲一作君立马一作乘闲走马重
来此,沐浴明年称意身。

## 别　曲

毒蛇在肠疮满背,去年别家今别弟。马头对哭各东西,天边柳絮无
根蒂。

## 长 安 别

长安清明好时节,只宜相送不宜别。恶心一作他床上铜片明,照见
离人白头发。

## 宫 人 斜

未央墙西青草路,宫人斜里红妆墓。一边载出一边来,更衣不减寻
常数。

## 春　词

良人朝早一作早朝半夜起,樱桃如珠露如水。下堂把火送郎回,移
枕重眠晓窗里。

## 野　池

野池水满连秋堤,菱花结实蒲叶齐。川口雨晴风复止,蜻蜓上下鱼
东西。

## 题崔秀才里居

自知名出休呈卷,爱去人家远处居。时复打门无别事,铺头来索买残书。

## 酬柏侍御答酒

茱萸酒法大家同,好是盛来白碗中。这度自知颜色重,不消诗里弄溪翁。

## 别　药　栏

芍药丁香手里栽,临行一日绕千回。外人应怪难辞别,总是山中自取来。

## 长　门

长门闭定不求生,烧却头花卸却筝。病卧玉窗秋雨下,遥闻别院唤人声。

## 题　渭　亭

云开远水傍秋天,沙岸蒲帆隔野烟。一片蔡州青草色,日西铺在古台边。

## 过喜祥山馆

夜过深山算驿程,三回黑地听泉声。自离军马身轻健,得向溪边尽足行。

# 送　迁　客

万里潮州一逐臣,悠悠青草海边春。天涯莫道无回日,上岭还逢向北人。

# 废　寺

废寺乱来为县驿,荒松老柏不生烟。空廊屋漏画僧尽,梁上犹书天宝年。

# 题 禅 师 房

浮生不住叶随风,填海移山总是空。长向人间愁老病,谁来闲坐此房中。

# 看 石 楠 花

留得行人忘却归,雨中须是石楠枝。明朝独上铜台路,容见花开少许时。

# 长安县后亭看画

水冻横桥雪满池,新排石笋绕巴篱。县门斜掩无人吏,看画双飞白鹭鸶。

# 华岳庙二首

女巫遮客买神盘,争取琵琶庙里弹。闻有马蹄生拍树,路人来去向南看。
自移西岳门长锁,一个行人一遍开。上庙参天今见在,夜头风起觉神来。

## 酬赵侍御

年少同为邺下游,闲寻野寺醉登楼。别来衣马从胜旧,争向边尘满白头。

## 镊白

总道老来无用处,何须白发在前生。如今不用偷年少,拔却三茎又五茎。

## 送山人二首

嵩山古寺离来久,回见溪桥野叶黄。辛苦老师看守处,为悬秋药闭空房。

山客狂来跨白驴,袖中遗却颍阳书。人间亦有妻儿在,抛向嵩阳古观居。

## 扬州寻张籍不见

别后知君在楚城,扬州寺里觅君名。西江水阔吴山远,却打船头向北行。

## 宿长安县后斋

新向金阶奏罢兵,长安县里绕池行。喜欢得伴山僧宿,看雪吟诗直到明。

## 夜看扬州市

夜市千灯照碧云,高楼红袖客纷纷。如今不似时平日,犹自笙歌彻晓闻。

## 寄韦谏议

百年看似暂一作片时间,头白一作白首求官亦未闲。独有龙门韦谏
议,三征不起恋青山。

## 寻补阙旧宅

知得清名二十年,登山上坂乞新篇。除书近拜侍臣去,空院鸟啼风
竹前。

## 初冬旅游

远投人宿趁房迟,僮仆伤寒马亦饥。为客悠悠十月尽,庄头栽竹已
过时。

## 江馆对雨

鸟声愁雨似秋天,病客思家一向眠。草馆门临广州路,夜闻蛮语小
江边。

## 雨过山村

雨里鸡鸣一两家,竹溪村路板桥斜。妇姑相唤浴蚕去,闲看一作著
中庭栀子花。

## 山　店　一作卢纶诗

登登石路何时尽,决决溪泉到处闻。风动叶声山犬吠,一一作几家
松火隔秋云。

## 雨中寄东溪韦处士

雨中溪破无干地,浸著床头湿著书。一个月来山水隔,不知茅屋若为居。

## 乞　竹

乞取池西三两竿,房前栽著病时看。亦知自惜难判割,犹胜横根引出栏。

## 人 家 看 花

年少狂疏逐君马,去来憔悴到京华。恨无闲地栽仙药,长傍人家看好花。

## 未 央 风

五更先起玉阶东,渐入千门万户中。总向高楼吹舞袖,秋风还不及春风。

## 归 山 庄

长安寄食半年馀,重向人边乞荐书。山路独归冲夜雪,落斜骑马避柴车。

## 寒 食 忆 归

京中曹局无多事,寒食贫儿要在家。遮莫杏园胜别处,亦须归看傍村花。

## 留别张广文

谢恩新入凤凰城,乱定相逢合眼明。千万求方好将息,杏花寒食<sub>的</sub>同行。

## 送郑山人归山

玉作车辕蒲作轮,当初不起<sub>一作记</sub>颍阳人。一家总入嵩山去,天子何因<sub>一作因何</sub>得谏臣。

## 伤堕水乌

一乌堕水百乌啼,相吊相号绕故堤。眼见行人车碾过,不妨同伴各东西。

## 看　棋

彼此抽先局势平,傍人道死的还生。两边对坐无言语,尽日时闻下子声。

## 设<sub>一作税</sub>酒寄独孤少府

自看和酿一依方,缘看<sub>一作绿著</sub>松花色较黄。不分君家新酒熟,好诗<sub>一作时</sub>收得被回将。

## 赠人二首 <sub>一作赠工部郎中</sub>

金炉烟里要班头,欲得归山可自由。每度报朝愁入阁,在先教示小千牛。

多在蓬莱少<sub>一作可</sub>在家,越绯衫上有红霞。朝回不向诸馀处,骑马城西检校花。

# 楼　前

天宝年前勤政楼，每年三日作千秋－作秋千。飞龙老马曾教舞，闻著音声总－作忽举头。

## 寄刘蕡问疾

年少病多应为酒，谁家将息过今春。赊来半夏重熏－作煎尽，投著山中旧主人。

## 听　雨 －作司空图诗

半夜思家睡里愁，雨声落落－作滴滴屋檐头。照泥星出依前黑，淹烂庭花不肯休。

# 新　晴

夏夜新晴星校少，雨收残水入天河。檐前熟著－作著熟衣裳坐，风冷浑无扑火蛾。

## 秋日后 －作新晴后

住处近山常足雨，闻晴瞄曝旧芳茵。立秋日后无多热，渐觉生衣不著身。

# 哭孟东野二首

吟损－作哭尽秋天月不明，兰无香气鹤无声。自从东野先生死，侧近云山得散行。

老松临死不生枝，东野先生早哭儿。但是洛阳城里客，家传一本杏－作长殇诗。

## 寄蜀中薛涛校书 <sub>一作胡曾诗</sub>

万里桥边女校书，枇杷花里闭门<sub>一作寄闲居</sub>。扫眉才子于今<sub>一作无多</sub>少<sub>一作知多少</sub>，管领春风总不如。

## 路中上田尚书

去路<sub>一作妇</sub>何词见六亲，手中刀尺不如人。可怜池阁秋风夜，愁<sub>一作怨</sub>绿娇红一遍新。

## 于主簿厅看花

小叶稠枝粉压摧，暖风吹动鹤翎开。若无别事为留滞，应便抛<sub>一作抛却</sub>贫家宿看来。

## 江楼对雨<sub>一作面</sub>寄杜书记

竹烟花雨<sub>一作竹风斜雨</sub>，又作竹烟江雨。细相和，看著闲书睡更多。好是主人无事日，应持小酒<sub>一作拍</sub>按新歌。

## 观 蛮 妓

欲说昭君敛翠蛾，清声委曲怨于歌。谁家年少春风里，抛与金钱唱好多。

## 送顾非熊秀才归丹阳

江城柳色海门烟，欲到茅山始下船。知道君家当瀑布，菖蒲潭在草堂前。

# 老 人 歌

白发老一作歌人垂泪行,上皇生日出京城。如今供奉多新意,错唱当时一半声。

# 和元郎中从八月十二一作一 至十五夜玩月五首

半秋一作夜初入中旬夜,已向阶前守月明。从未圆时看却好,一分分一作一见傍轮生。

乱云遮却台东月,不许教依次第看。莫为诗家先见镜一作境,一作影,被他笼与作艰难。

今夜月明胜昨夜,新添桂树近东枝。立多地湿欹床坐,看过墙西寸寸迟。

月似圆来色渐一作渐渐凝,玉盆盛水欲侵棱。夜深尽放家一作佳人睡一作醉,直到天明不炷灯。

合望月时常望月,分明不得似今年。仰头五一作午夜风中立一作坐,从未圆时一作团圆直到圆。

# 对 酒

为病比来浑断绝一作酒,缘一作因花不免却知闻。从米事一作乐事关身少,主领春风只在君。

# 晓望华清宫

晓来楼阁更鲜明,日出阑干见鹿行。武帝自知身不死,看修玉殿号长生。

## 赠李愬仆射二首

和雪翻营一夜行,神旗冻定马无声。遥看火号连营赤,知是先锋已
上城。

旗幡四面下—作著营稠,手诏频来老将忧—作愁。每日城南空挑战,
不知生缚入唐州。

## 秋夜对雨寄石瓮寺二秀才

夜山秋雨—作秋山夜雨滴空廊,灯照堂—作房前树叶光。对坐读书终
—作经卷后,自披—作铺衣被—作服扫僧房。

## 华清宫前柳

杨柳宫前忽地春,在先—作先归惊动探春人。晓来唯欠骊山雨,洗
却枝头—作秋条绿上—作土尘。

## 别 杨 校 书

从军秣—作抹,—作走。马十三年,白发营中听早蝉。故作老丞身不
避,县名昭应管山泉。

## 和门下武相公春晓闻莺

侵黑行飞一两声,春寒啭小未分明。若教更解诸馀语,应向宫花不
惜—作说情。

## 田侍郎—作中归镇　—作上魏博田侍中八首

去处长将决胜筹,回回身在阵前头。贼城破后先锋入,看著红妆不
敢收。

熨帖朝衣抛战袍,夔龙班里侍中高。对时先奏牙间<sub>一作门</sub>将,次第天恩与节旄。

踏著家乡马脚轻,暮山秋色眼前明。老人上酒齐头<sub>一作行</sub>拜,得侍中来尽再生。

功成谁不拥藩方,富贵还须是本乡。万里双旌汾水上,玉鞭遥指白云庄。

鼓吹幡旗<sub>一作旗幡</sub>道两边,行男走女喜骈阗<sub>一作阗阗</sub>。旧交省得当时别,指点如今却少年。

广场破阵乐初休,彩纛高于百尺楼。老将气雄争起舞,管弦回作大缠头。

笳<sub>一作威</sub>声万里动燕山<sub>一作寒烟</sub>,草白天清塞马闲。触处不如<sub>一作知生</sub>别处乐<sub>一作不知生处乐</sub>,可怜秋月照江关<sub>一作山</sub>。

将士请衣忘却贫,绿窗红烛酒楼新。家家尽踏还乡曲,明月街中不绝人。

## 寄广文张博士

春明门外作卑官,病友经年不得看。莫道长安近于日,升天却易到城难。

## 早 春 书 情

渐老风光不著人,花溪柳陌早逢<sub>一作大家</sub>春。近来行到门前少,趁暖闲眠似病人。

## 唐昌观玉蕊花

一树笼松玉刻成,飘廊点地色轻轻。女冠夜觅香来处,唯见阶前碎<sub>一作璧</sub>月明。

## 眼病寄同官

天寒眼痛少心情,隔雾看人夜里行。年少往来常不住,墙西冻地马蹄声。

## 九日登丛台

平原池阁在谁家,双塔丛台野菊花。零落故宫无入路,西来涧水绕城斜。

## 题酸枣县蔡中郎碑

苍苔满字土埋龟,风雨销磨绝妙词。不向图经中旧见,无人知是蔡邕碑。

## 江陵使至汝州

回看巴路在云间,寒食离家麦熟还。日暮数峰青似染,商人说是汝州山。

## 十五夜望月寄杜郎中

中庭地白树栖鸦,冷露无声湿桂花。今夜月明人尽望,不知秋思在<sub>一作落</sub>谁家。

## 寄同州田长史

除听好语耳常聋,不见诗人眼底<sub>一作亦</sub>空。莫怪出城为长史,总<sub>一作</sub>只缘山在白云中。

# 外 按

夹城门向野田开,白鹿非时出洞来。日暮秦陵尘土起,从东外按使
初回。

# 全唐诗卷三〇二

## 王　建

### 宫词一百首

蓬莱正殿压金一作云鳌，红日初生碧海涛。闲一作开著五门遥北望，柘一作赭黄新帕一作筑御床高。

殿前传点各依班，召对西来八一作六诏蛮。上得青花龙尾道，侧身偷觑正南山。

龙一作笼烟日暖紫一作紫气日瞳瞳，宣政门当一作开玉殿一作仗风。五刻阁前卿相出，下帘声在半天中。

白玉窗前一作中起草臣，樱桃初赤一作出赐尝新。殿头传语金阶远，只进词来谢圣人。

内人对御叠花笺，绣坐移来玉案边。红蜡烛前一作光中呈草本，平明舁一作御出阁门宣。

千牛仗下放朝初，玉案傍边立起居。每日进一作请来金凤纸，殿头无事不多一作教书。

延英引对碧衣郎，江砚宣毫各别床。天子下帘亲考试，宫人手里过茶汤。一作元稹诗。

未一作永，一作平。明一作朱门开著九重关，金画黄龙五色幡。直到一作宣至银台一作床排仗合，圣人三殿对一作册西番。

少年天子重一作爱边功，亲到凌烟画阁中。教觅勋臣写图本一作真样，长将一作生殿里作屏风。

丹凤楼门一作前把火开，五云金辂下天来一作先排法驾出蓬莱。阶一作砌，一作棚。前走马人宣尉一作传语，天子南郊一宿一作当日回。

楼前立仗看宣赦，万岁声长拜舞一作再拜齐。日照彩盘高百尺，飞仙争上取金鸡。

集贤殿里图书满，点一作校勘头边御印同。真迹进来依数字一作知字数，别收锁在玉函中。

秘一作秋殿清斋刻漏长，紫微宫女夜焚一作烧香。拜陵日近一作到公卿发，卤簿分头入一作出太常。

新调白马怕一作拍鞭声，供奉骑来绕殿行。为一作先报诸王侵早入一作起，隔门催进打球名。

对御难争第一筹，殿前不打背身球。内人唱好龟兹急，天子鞘一作梢回一作龙舆过玉楼。

新衫一样殿头黄，银带排方獭尾长。总把玉一作金鞭骑御马，绿鬈红额麝香一作烟香。

罗衫叶叶绣重重，金凤银鹅各一丛。每遍舞时一作头分两向一作句，太平万岁字当中。

鱼藻宫一作池中锁翠娥，先皇行处不曾过。如今池底休铺锦，菱角鸡头积渐多。

殿前明日中和节，连夜琼林散舞衣。传报所司分蜡烛，监开一作门金一作宫锁放人归。

五更三一作五点索金车，尽放宫人出看花。仗下一时一作边催立马，殿头先报内园家。

城东北面一作南北望云楼，半下珠帘半上钩。骑马行人长远一作速过,恐—作忽防天子在楼头。

射生宫女宿红妆,把—作请得新弓各自张。临上马时齐赐酒,男儿跪拜谢君王。

新秋白兔大于拳,红耳霜毛趁草眠。天子不教人射杀,玉鞭遮到马蹄前。

内鹰笼脱解红绦—作绦,斗胜争飞出手高。直上碧—作到青云还却下,一双金爪掬—作菊花毛。

竞渡船头掉彩旗,两边溅—作泥水湿罗衣。池东争向池西岸—作去,先到先书上字归。

灯前飞入—作出玉阶虫,未卧常闻半夜钟。看著中元斋日到,自盘金线绣真容。

红灯睡里唤春云,云—作月上三更直宿分。金砌雨来行步滑,两人抬起隐花裙。

一时起立吹箫管,得宠人来满殿迎。整顿衣裳皆著却—作节,舞头当拍第三声。

琵琶先抹六么—作绿腰头,小管丁宁侧调愁。半夜美人双唱起—作起唱,一声声出凤凰楼。

春池日暖少风波,花里牵船水上歌。遥索剑南新样锦,东宫先钓—作报得鱼多。

十三初学擘箜篌,弟子名中被点留。昨日教坊新进入,并房宫女与梳头。

红蛮杆拨贴—作帖胸前,移坐当头近御筵。用力独弹金殿响,凤凰飞下—作出四条弦。

春风吹雨洒—作曲信旗—作旌竿—作春风吹展曲旗竿,得出—作自得深宫不怕寒。夸道自家能走—作上马,团—作园中横过觅人看。

粟金腰—作犀带象—作碧牙锥,散插红翎玉突枝。旋猎一边还引马,归来鸡兔—作花鸭绕鞍垂。

云驳花骢各试行，一般毛色一般缨。殿前来往重骑过，欲得君王别赐名。

每夜停灯熨御衣，银熏笼底火霏霏—作微微。遥听帐里君王觉，上直钟声—作上番声钟始得归。

因吃樱桃病放归，三年著破—作尽旧罗衣。内中人识从来去—作内中侍从来还去，结得金—作头花上贵妃。

欲迎天子看花去，下得金阶却悔行。恐见失恩人旧院，回来—作头忆著五弦声。

往来旧院不堪—作中修，近敕宣徽—作教近金銮别起楼。闻有美人新进入—作入内，六宫未见一时愁—作宫中未识大家愁。

自夸—作知歌舞胜诸人，恨未承恩—作邀勒君王出内频。连夜—作奉敕宫中修别—作理院，地衣帘额一时新。

闷来无处可思量，旋下金阶旋忆—作下床。收得山丹红蕊粉，镜前—作窗中洗却麝香黄。

蜂须蝉翅薄松松，浮动搔头似有风。一度出时抛一遍，金条零落满函中。

合暗报来门锁了，夜深应别唤笙歌。房房下著珠帘睡，月过金阶白—作冷露多。

御厨不食索时新，每见花开即苦　作是春。白日卧多娇似病，隔帘教唤女医人。

从丛洗手绕金盆，旋拭红巾入殿门。众里遥抛新—作金摘—作橘子，在前收得便承恩。

御池—作波水色春来好，处处分流白玉渠。密奏君王知—作和入月—作用，唤人相伴洗裙裾。

移来女乐部头边，新赐花檀木—作大五弦。缭得红罗手帕子，中—作当心细一作香,一作更。画一双蝉。

新晴草一作水色绿一作暖温曖,山一作岸雪初消渐出一作水,一作浐水,一作水渐。浑。今日踏青归校晚,传声留著望春一作苑东门。

两楼一作檐相一作新换一作新楼两换珠帘额,中尉明朝设内家。一样金盘五千面,红酥点出牡丹花。

尽送春来一作球,一作舞送香球。出内家,记巡传把一枝花。散时各自烧红烛,相逐行归不上车。

家常爱著旧衣裳,空插红梳不作妆。忽地下阶裙带解,非时应得见君王。

别一作宣敕教歌不出房,一声一遍奏一作报君王。再三博士留残拍,索向宣徽作彻章。

行中第一争一作头先舞,博士傍边亦被欺。忽觉管弦偷破拍一作先破拍,一作偷急遍,急翻一作翻翻罗袖不教知。

私缝黄帔一作同黄缝校舍钗梳,欲得金仙观里一作内居。近被君王一作天恩知识字,收来案上检文书。

月冷江清一作日冷天晴近猎一作腊时,玉阶金瓦雪澌澌一作离离。浴堂门外抄名入,公主家人谢面脂。

未承恩泽一家愁,乍到宫中忆外头。求守一作首管弦声款逐一作新学管弦声尚涩,侧商调里唱伊州。

东风泼火一作泼雨新休,舁一作弄尽春泥扫一作风荡雪沟。走马犊车当御路,汉阳宫一作公主进一作谢鸡球。

风帘水阁压芙蓉,四面钩栏在水中。避热不归金殿宿,秋河织女夜妆一作灯红。

圣人生日明朝是,私地教人一作先须属内监。自写金花红榜子,前头先进一作在前进上凤凰衫。

避暑一作脱昭阳一作仪不掷卢,井边含水喷鸦雏。内中数日无呼唤,拓一作写得滕王蛱蝶图。

内宴初秋一作休入二更,殿前灯火一天一作时明。中宫传旨音声散一
作官官分半音声住,诸院门开触处行。

玉蝉一作钱金雀一作掌三层插,翠髻高丛一作鬓绿鬓虚。舞处春风吹
落地,归来一作当时别赐一头梳。

树叶初成鸟护一作出窠,石榴花里一作底笑声多。众一作舞中遗却金
钗子,拾得从他要赎一作么。一作赏罗,一作拾得从饶购赎罗。以下五首,一
作花蕊夫人诗。

小殿初成一作新装粉未一作欲干,贵妃姊妹自来看。为逢好日先移
入,续向街一作阶西索牡丹。

内人相续报花开,准拟君王便看来。逢一作缝着五弦琴一作红绣袋,
宜春院里按歌回。

巡吹慢遍不相和,暗数看谁一作暗看谁人曲校多。明日梨花园一作园
花里见,先须逐一作直得内家歌。

黄金合里盛红雪,重结香罗四出花。一一傍边书敕字,中官一作分
明送与大臣家。

未一作天明东上阁一作阁门开,排仗声从后殿一作殿里来。阿监两边
相对立,遥闻索马一时回。

宫人早起一作拍手笑相呼,不识阶一作庭前扫地夫。乞与金钱争借
问,外头还似此间无。以下十首,一作花蕊夫人诗。

小随阿姊一作不随阿妹学吹笙,见好一作好见君王赐一作乞与一作乞赐名。
夜拂玉床朝把镜,黄金殿外一作阶下不教行。

日高殿里有香烟,万岁声长动九天。妃子院中初一作新降诞,内人
争乞一作分得洗儿钱。

宫花不共一作与外花一作边同,正月长生一作先一半一作朵红。供御樱
桃看守别,直无鸦鹊到园中。

殿前铺设两边楼，寒食宫人步打球。一半走来争一作齐跪拜，上棚先谢得头筹。

太仪前日暖房来，嘱向朝一作昭阳乞药栽。敕赐一窠红踯躅，谢恩未了奏花开。

御一作床前新一作谢赐紫罗襦，步步一作不下金阶上软舆。宫局总来为喜乐，院中新拜内尚书。

鹦鹉谁教转舌关，内人手里养来奸。语多更觉一作近更承恩泽，数对君王忆陇山。

分朋一作明闲坐赌樱桃，收却投壶玉腕劳。各把沉香双陆子，局中斗累阿谁高一作斗得全高高。

禁寺红楼内里通，笙歌引驾夹城东一作香山引驾夹城中。裹头宫监堂一作蕃女帝前立，手把牙鞘竹弹弓。

春风院院落花堆，金锁生衣一作衣生掣不开。更筑歌台起妆殿，明朝先进画图来。

舞来汗湿罗衣彻，楼上人扶下玉梯。归到院中重洗面，金花盆一作盆水里泼银一作红泥。以下三首，一作花蕊夫人诗。

宿妆残粉未明天，总立一作在昭阳花树边。寒食内人长白打，库中先散与金钱。

众中偏一作爱得君王笑一作唤，偷把金箱笔砚开。书破红蛮隔子上，旋推一作催当直美一作内人来。

教遍宫娥唱遍一作尽词，暗中头白没人知。楼中日日歌声好，不问从初学阿谁。

青楼一作黛眉，一作蛾眉。小一作少妇研裙长，总被抄名入教坊。春设殿前多一作为队舞，朋一作棚头各自一作别请衣裳。

水中芹叶土中花，拾得还将避众家。总待别人般数尽，袖中拈出一作捻得郁金芽。一作艾心芹叶初生小，只斗时新不斗花。总待大家般数尽，袖中拈出郁金芽。一作花蕊夫人诗。

玉箫改调筝移柱一作移纤指，催换一作赴红罗绣舞筵。未戴一作著柘枝
花帽子，两行宫监在帘前。

窗窗户户院相当，总有珠帘玳瑁床。虽道君王不来宿，帐中长是炷
牙一作衙香。一作帐中长下著香囊。

雨入珠帘满殿凉，避风新出玉一作石盆汤。内人恐要秋衣著，不住
熏笼换好香。

金吾除夜进傩名，画袴朱衣四队行。院院烧灯如白日，沉香火底坐
吹笙一作斗音声。

树头树底觅残红，一片西飞一片东。自是桃花贪结子，错教人恨五
更风。

金殿当头紫阁重，仙人掌上玉芙蓉。太平天子朝迎今作元日，五色
云车一作中驾六龙。

鸳鸯瓦上瞥一作忽然声一作惊，昼寝宫娥梦里惊一作声。元是我王一作
吾皇金弹子，海棠花下打流莺。

忽地金舆向月陂，内人接著便相随。却回龙武军前过，当处一作殿
教开一作看卧鸭池一作儿。

画作天河刻作牛，玉梭金镊采桥头。每年宫里一作女穿针夜，敕赐
诸亲一作新恩乞巧楼。

春来睡困不梳头，懒逐君王苑北游。暂向玉花阶上坐，簸钱赢得两
三筹。

步行送入一作出长门里一作远，不许来辞旧院花。只恐他时身到此，
乞恩求赦一作乞求恩赦放还家。一作乞来自在得还家。

缣一作嫌罗不著索轻容，对面教人染退一作褪红。衫子成来一遍出，
明朝半片在园中一作今朝看处满园中。

弹棋玉指两参差，背局一作阶迥临虚斗著危。先打角头红子落，上

三金字一作子半边垂。

后宫宫女无多少,尽向一作起得园中笑一团。舞蝶落花相觅一作看著,春风共语亦应难。一作花蕊夫人诗。

宛转黄金白柄长,青荷叶子画鸳鸯。把来不是呈新样,欲进微风到御床。

供御香方加减频,水沉山麝每回新。内中不许相传出,已被医家写与人。

药童食后送云浆,高殿无风扇少凉。每到日中重掠鬓,衩衣骑马绕宫廊。

# 句

单于不向南牧马,席箕遍满天山下。 咏席箕帘 《韵府群玉》,《酉阳杂俎》云:席箕,一名塞芦,生胡地。古诗亦有千里席箕草之句。

却公不易胜,莫著外家欺。 见《事文类聚》

锦江诗弟子,时寄五花笺。 以下见《海录碎事》

花烧落第眼,雨破到家程。

一朝金凤庭前下,当是虚皇诏沈曦。

宣城四面水茫茫,草盖江城竹夹墙。

# 全唐诗卷三〇三

## 刘 商

　　刘商,字子夏,彭城人。少好学,工文,善画。登大历进士第,官至检校礼部郎中,汴州观察判官。集十卷,今编诗二卷。

### 铜 雀 妓

魏主矜蛾眉,美人美于玉。高台无昼夜,歌舞竟未足。盛色如转圜,夕阳落深谷。仍令身殁后,尚纵平生欲。红粉泪纵横—作红粉横泪痕,调弦向空屋。举头君不在,惟见西陵木。玉辇岂再来,娇鬟为谁绿。那堪秋风里,更舞阳春曲。曲罢—作终情不胜,凭阑向西哭。台边生野草,来去胃罗縠。况复陵寝间,双双见麋鹿。

### 哭韩淮端公兼上崔中丞

坚贞与和璧,利用归丁将。金玉徒自宝,高贤无比方。挺生岩松姿,孤直凌雪霜。亭亭结清阴,不竞桃李芳。读书晒霸业,翊赞思皇王。千载有疑议,一言能否臧。儒风久沦弊,颜闵寿不长。邦国岂—作既珍瘁,斯人今又亡。别离长春草,存没隔楚乡。闻问尚书恸,泪凝向日黄。奄忽蓶露晞,杳冥泉夜长。贤愚自修短,天色空苍苍。铭旌敛归魂,荆棘生路傍。门柳日萧索,缋帷掩空堂。灯孤晦处明,高节殁后彰。芳兰已灰烬,幕府留馀香。常爱独坐尊,绣衣如雁行。至今虚左位,言发泪沾裳。

## 秋夜听严绅巴童唱竹枝歌

巴人远从荆山一作江客,回首荆山楚云隔。思归夜唱竹枝歌,庭槐
叶落秋风多。曲中历历叙乡土,乡思绵绵楚词古。身骑吴牛不畏
虎,手提蓑笠欺风雨。猿啼日暮江岸边,绿芜一作林连山水连天。
来时十三今十五,一成新衣已再补。鸿雁南飞报邻伍,在家欢乐辞
家苦。天晴露白钟漏迟,泪痕满面看竹枝。曲终寒竹风袅袅,西方
落日东方晓。

## 乌夜啼 一作乌栖曲

绕树哑哑惊复栖,含烟碧树高枝齐一作迷。月明露湿枝亦滑,城上
女墙西月低。愁人出户听乌啼,团团明月堕墙西。月中有桂树,日
中有伴侣。何不上天去,一声啼到曙。

## 随阳雁歌送兄南游

塞鸿声声飞不住,终日南征向何处。大漠穷阴多沍寒,分飞不得长
怀安。春去秋来年岁疾,湖南蓟北关山难。寒飞万里胡天雪,夜度
千门汉家月。去住应多两地情,东西动作经年别。南州风土复何
如,春雁归时早寄书。

## 赋得射雉歌送杨协律表弟赴婚期

昔日才高容貌古,相敬如宾不相睹。手奉蘋蘩喜盛门,心知礼义感
君恩。三星照户春空尽,一树桃花竟不言。结束车舆强游往,和风
霁日东皋上。鸾凤参差陌上行,麦苗紫垄雉初鸣。修容尽饰将何
益,极虑呈材欲导情。六艺从师得机要,百发穿杨含绝妙。白羽风

驰碎锦毛,青娥怨处嫣然笑。杨生词赋比潘郎,不似前贤貌不扬。听调琴弄能和室,更解弯弧足自防。秋深为尔持圆扇,莫忘鲁连飞一箭。

## 泛舒城南溪赋得沙鹤歌奉饯张侍御赴河南元博士赴扬州拜觐仆射

终日间阁逐群鸡,喜逢野鹤临清溪。绿苔春水水中影,夜月平沙沙上栖。惊谓汀洲白蘋发,又疑曲渚前年雪。紫顶昂藏肯狎人,一声嘹亮一作唳冲天阙。素质翮翮带落晖,湖南渭阳相背飞。东西分散别离促,宇宙苍茫相见稀。皇华地仙如鹤驭,乘驾飘飘留不住。延望乘虚入紫霞,陌头回首空烟树。会使抟风羽翮轻,九霄云路随先鸣。

## 姑苏怀古送秀才下第归江南

姑苏台枕吴江水,层级鳞差向天倚。秋高露白万林空,低望吴田三百里。当时雄盛如何比,千仞无根立平地。台前夹一作来月吹玉鸾,台上迎凉撼金翠。银河倒泻君王醉,滟酒峨冠眄西子。宫娃酣态舞娉婷,香飘四飒一作贴青城一作真珠坠。伍员结舌长嘘噫,忠谏无因到君耳。城乌啼尽海霞销,深掩金屏日高睡。王道潜隳伍员死,可叹斗间瞻王气。会稽勾践拥长才,万马鸣蹄扫空垒。瓦解冰销真可耻,凝艳妖芳安足恃。可怜荒堞晚冥濛,麋鹿呦呦达一作绕遗址。君怀逸气还东吴,吟狂日日游姑苏。兴来下笔到一作倒奇景,瑶盘进洒蛟人珠。大鹏矫翼翻云衢,嵩峰霁后凌天孤。海潮秋打罗刹石,月魄夜当彭蠡湖。有时凝思家虚无,霓幢仿佛游仙都。琳琅暗夏玉华殿,天香静袅金芙蕖。君声日下闻来久,清赡何人敢敌手。我逃名迹遁西林,不得瀍陵倾别酒。莫便五湖为隐沦,年年三十升仙人。

# 金 井 歌

文明化洽天地清,和气一作元气氤氲孕至灵一作精。瑞雪不散抱层
岭,阳谷霞光射山顶。薙草披沙石窦开,生金曜日明金井。虞衡相
贺为祯祥,畏人采撅持殳戕。羊驰马走尘满道,郡邸封章开建章。
君王俭德先简易,赡国肥家在仁义。山泽藏金与万人,宣言郡邑无
专利。闾阎少长竞奔凑,黄金满袖家富有。欢心蹈舞歌皇风,愿载
讴歌青史中。

# 柳条歌送客

露井夭桃春未到,迟日犹寒柳开早。高枝低枝飞鹂黄,千条万条覆
宫墙。几回离别折欲一作欲折尽,一夜东风吹又长。毵毵拂人行不
进,依依送君无远近。青春去住随柳条,却寄来人以为信。

# 胡笳十八拍

## 第 一 拍

汉室将衰兮四夷一作方不宾,动干戈兮征战频。哀哀父母生育我,
见离乱兮当此辰。纱窗对镜未经事,将谓珠帘能蔽身。一朝胡骑
入中国,苍黄处处逢胡人。忽将薄命委锋镝,可惜红颜随虏尘。

## 第 二 拍

马上将余向绝域,厌生求死死不得。戎羯腥膻岂是人,豺狼喜怒难
姑息。行尽天山足霜霰,风土萧条近胡国。万里重阴鸟不飞,寒沙
莽莽无南北。

## 第 三 拍

如羁囚兮在缧绁,忧虑万端无处说。使余刀兮剪余发,食余肉兮饮

余血。诚知杀身愿如此,以余为妻不如死。早被蛾眉累此身,空悲
弱质柔如水。

## 第 四 拍

山川路长谁记得,何处天涯是乡国。自从惊怖少精神,不觉风霜损
颜色。夜中归梦来又去,朦胧岂解传消息。漫漫胡天叫不闻,明明
汉月应相识。

## 第 五 拍

水头宿兮草头坐,风吹汉地衣裳破。羊脂沐发长不梳,羔子皮裘领
仍左。狐襟貉袖腥复膻,昼披行兮夜披卧。毡帐时移无定居,日月
长兮不可过。

## 第 六 拍

怪得春光不来久,胡中风土无花柳。大翻地覆谁得知,如今正南看
北斗。姓名音信两不通,终日经年常闭口。是非取与在指拢,言语
传情不如手。

## 第 七 拍

男儿妇人带弓箭,塞马蕃羊卧霜霰。寸步东西岂自由,偷生乞死非
情愿。龟兹觱篥愁中听,碎叶琵琶夜深怨。竟夕无云月上天,故乡
应得重相见。

## 第 八 拍

忆昔私家恣娇小,远取珍禽学驯扰。如今沦弃念故乡,悔不当初放
林表。朔风萧萧寒日暮,星河寥落胡天晓。旦夕思归不得归,愁心
想似笼中鸟。

## 第 九 拍

当日苏武单于问,道是宾鸿解传信。学他刺血写得书,书上千重万
重恨。髯胡少年能走马,弯弓射飞无远近。遂令边雁转怕人,绝域

何由达方寸。

## 第 十 拍

恨凌辱兮恶腥膻,憎胡地兮怨胡天。生得胡儿欲弃捐,及生母子情
宛然。貌殊语异憎还爱,心中不觉常相牵。朝朝暮暮在眼前,腹生
手养宁不怜。

## 第 十 一 拍

日来月往相催迁,迢迢星岁欲周天。无冬无夏卧霜霰,水冻草枯为
一年。汉家甲子有正朔,绝域三光空自悬。几回鸿雁来又去,肠断
蟾蜍亏复圆。

## 第 十 二 拍

破瓶落井空永沉,故乡望断无归心。宁知远使问姓名,汉语泠泠传
好音。梦魂几度到乡国,觉后翻成哀怨深。如今果是梦中事,喜过
悲来情不任。

## 第 十 三 拍

童稚牵衣双在侧,将来不可留又忆。还乡惜别两难分,宁弃胡儿归
旧国。山川万里复边戍,背面无由得消息。泪痕满面对残阳,终日
依依向南北。

## 第 十 四 拍

莫以胡儿可羞耻,恩情亦各言其子。手中十指有长短,截之痛惜皆
相似。还乡岂不见亲族,念此飘零隔生死。南风万里吹我心,心亦
随风度辽水。

## 第 十 五 拍

叹息襟怀无定分,当时怨来归又恨。不知愁怨情若何,似有锋铓扰
方寸。悲欢并行情未快,心意相尤自相问。不缘生得天属亲,岂向
仇雠结恩信。

## 第 十 六 拍

去时只觉天苍苍,归日始知胡地长。重阴白日落何处,秋雁所向应
南方。平沙四顾自迷惑,远近悠悠随雁行。征途未尽马蹄尽,不见
行人边草黄。

## 第 十 七 拍

行尽胡天千万里,唯见黄沙白云起。马饥跑雪衔草根,人渴敲冰饮
流水。燕山仿佛辨烽戍,鼙鼓如闻汉家垒。努力前程是帝乡,生前
免向胡中死。

## 第 十 八 拍

归来故乡见亲族,田园半芜春草绿。明烛重燃煨烬灰,寒泉更洗沉
泥玉。载持巾栉礼仪好,一弄丝桐生死足。出入关山十二年,哀情
尽在胡笳曲。

## 杂言同豆卢郎中郭南七里桥哀悼姚仓曹

桥边足离别,终日为悲辛。登桥因叹逝,却羡别离人。桥下东流
水,芳树樱桃蕊。流水与潮回,花落明年开。可怜三语掾,长作九
泉灰。宿昔欢游在何处,花前饮足求仙去。

## 春 日 卧 病

楚客经年病,孤舟人事稀。晚晴江柳变,春暮一作梦塞鸿归。今日
方知命,前身一作年自觉非。不能忧岁计,无限故山薇。

## 题禅居废寺

凋残精舍在,连步访缁衣。古殿门空掩,杨花雪乱飞。鹤巢松影
薄,僧少磬声稀。青眼能留客,疏钟逼夜归。

## 题山寺 一作题悟空寺

扁舟水淼淼,曲岸复长塘。古寺春山上,登楼忆故乡。云烟横极浦,花木拥回廊。更有思归意,晴明陟上方。

## 题杨侍郎新亭

毗陵过柱史,简易在茅茨。芳草如一作和花种,修篁带笋移。径幽人未赏,檐静燕初窥。野客怜霜壁,青松画一枝。

## 同徐城季明府游重光寺题晃师壁 一作同游重光寺题僧壁

野寺僧房远,陶潜引客来。鸟喧残果落,兰败几花开。真性知无住,微言欲望回。竹风清磬晚,归策步苍苔。

## 送林衮侍御东阳秩满赴上都

几年乌府内,何处逐凫归。关吏迷骢马,铜章累绣衣。野亭山草绿,客路柳花飞。况复长安远,音书从此稀。

## 送人之江东

含香仍佩玉,宜入镜中行。尽室随乘兴,扁舟不计程。渡江霖雨霁,对月夜潮生。莫虑当炎暑,稽山水木清。

## 送李元规昆季赴举

见诵甘泉赋,心期折桂归。凤雏皆五色,鸿渐又双飞。别思看衰柳,秋风动客衣。明朝问礼处,暂觉雁行稀。

## 送杨闲侍御拜命赴上都

贺客移星使,丝纶出紫微。手中霜作简,身上绣为衣。骢马朝天疾,台乌向日飞。亲朋皆避路,不是送人稀。

## 赋得月下闻蛩送别

物候改秋节,炎凉此夕分。暗虫声遍草,明月夜无云。清迥檐外见,凄其篱下闻。感时兼惜别,羁思自纷纷。

## 重阳日寄上饶李明府

重阳秋雁未衔芦,始觉他乡节候殊。旅馆但知闻蟋蟀,邮童不解献茱萸。陶潜何处登高醉,倦客停桡一事无。来岁公田多种黍,莫教黄菊笑杨朱。

## 同诸子哭张元易

盛德高名总是空,神明福善大朦胧。游魂永永无归日,流水年年自向东。素帷旅榇乡关远,丹旐孤灯客舍中。伯道共悲无后嗣,孀妻老母断根蓬。

## 合肥至日愁中寄郑明府

失计为卑吏,三年滞楚乡。不能随世俗,应是昧行藏。白璧空无玷,黄沙只自伤。暮天乡思乱,晓镜鬓毛苍。灰管移新律,穷阴变一阳。岁时人共换,幽愤日先长。拙宦惭知己,无媒悔自强。迍邅羞薄命,恩惠费馀光。众口诚难称,长川却易防。鱼竿今尚在,行此掉沧浪。

## 送庐州贾使君拜命

考绩朝称贵,时清武用文。二天移外府,三命佐元勋。佩玉兼高位,拟金阅上军。威容冠是铁,图画阁名芸。人咏甘棠茂,童谣竹马群。悬旌风肃肃,卧辙泪纷纷。特达恩难报,升沉路易分。侯嬴不得从,心逐信陵君。

# 全唐诗卷三〇四

## 刘　商

### 怨　妇

净扫黄金阶，飞霜皎如雪。下帘弹箜篌，不忍见秋月。

### 绿　珠　怨

从来上台榭，不敢倚阑干。零落知成血，高楼直下看。

### 古　意

达晓-作连曙寝衣冷，开帷-作门霜露凝。风吹昨夜泪，一片枕前冰。

### 哭　萧　抡

何处哭故人，青门水如箭。当时水头别，从此不相见。

### 送从弟赴上都

车骑秦城远，囊装楚客贫。月明思远道，诗罢诉何人。

### 登相国寺阁

晴日登临好，春风各望家。垂杨夹城路，客思逐杨花。

## 酬濬上人采药见寄

玉英期共采,云岭独先过。应得灵芝也,诗情一倍多。

## 曲水寺枳实

枳实绕僧房,攀枝置药囊。洞庭山上橘,霜落也应黄。

## 酬 问 师

虚空无处所,仿佛似琉璃。诗境何人到,禅心又过诗。

## 殷秀才求诗

倾盖见芳姿,晴天琼树枝。连城犹隐石,唯有卞和知。

## 行 营 即 事

万姓厌干戈,三边尚未和。将军夸宝剑,功在杀人多。

## 送刘寰北归

南巢登望县城孤,半是青山半是湖。知尔素多山水兴,此回归去更来无。

## 送王闰归苏州

深山穷谷没人来,邂逅相逢眼渐开。云鹤洞宫君未到,夕阳帆影几时回。

## 送人往虔州

莫叹乘轺道路赊,高楼日日望还家。人到南康皆下泪,唯君笑向此中花。

## 送僧往湖南 一作送清上人

闲出东林日影斜，稻苗深浅映袈裟。船到南湖风浪静，可怜秋水照莲花。

## 送元使君自楚移越

露冕行春向若耶，野人怀惠欲移家。东风二月淮阴郡，唯见棠梨一树花。

## 移居深山谢别亲故

不食黄精不采薇，葛苗为带草为衣。孤云更入深山去，人绝音书雁自飞。

## 送王永二首 一作合溪送王永归东郭

君去春山谁共游，鸟啼花落水空流。如今送别临溪水，他日相思来水头。

绵衣似热夹衣寒，时景虽和春已阑。诚知暂别那惆帐，明日藤花独自看。

## 送　别

灞岸青门有弊庐，昨来闻道半丘墟。陌头空送长安使，旧里无人可寄书。

## 送　王　贞

清阳玉润复多才，邂逅佳期过早梅。槿花亦可浮杯上，莫待东篱黄菊开。

## 送薛六暂游扬州

志在乘轩鸣玉珂，心期未快隐青萝。广陵行路风尘合，城郭新秋砧杵多。

## 送杨行元赴举

晚渡邗沟惜别离，渐看烽火马行迟。千钧何处穿杨叶，二月长安折桂枝。

## 行营送人

鞞鼓喧喧对古城，独寻归鸟马蹄轻。回来看觅莺飞处，即是将军细柳营。

## 滑州送人先归

河水冰消雁北飞，寒衣未足又春衣。自怜漂荡经年客，送别千回独未归。

## 送濬上人

木落前山霜露多，手持寒锡远一作送头陀。眼看庭树梅花发，不见诗人独咏歌。

## 高邮送弟遇北游

门临楚国舟船路，易见行人易别离。今日送君心最恨，孤帆水下又风吹。

## 送豆卢郎赴海陵

烟波极目已沾襟,路出东塘水更深。看取海头秋草色,一一作恰如
江上别离心。

## 送 女 子

青娥宛宛聚为裳,乌鹊桥成别恨长。惆怅梧桐非旧影,不悲鸿雁暂
随阳。

## 酬道芬寄画松

闻道铅华学沈宁,寒枝淅沥叶青青。一株将比囊中树,若个年多有
茯苓。

## 山翁持酒相访以画松酬之

白社风霜惊一作逼暮年,铜瓶桑落慰秋天。怜君意厚留新画,不著
松枝当酒钱。

## 题 潘 师 房

渡水傍山寻石壁一作壑,白云飞处洞门开。仙人来往行无迹,石径
春风长绿苔。

## 谢自然却还旧居

仙侣招邀自有期,九天升降五云随。不知辞罢虚皇日,更向人间住
几时。

# 寄李俌

挂却衣冠披薜荔，世人应是笑狂愚。年来渐觉髭须黑，欲寄松花君用无。

# 赠头陀师

少壮从戎马上飞，雪山童子未缁衣。秋山年长头陀处，说我军前射虎归。

# 赠严四草屦

轻微营削将何用，容足偷安事颇同。日入信陵宾馆静，赠君闲步月明中。

# 题刘偃庄

何事退耕沧海畔，闲看富贵白云飞。门前种稻三回熟，县里官人四考归。

# 题黄陂夫人祠

苍山云雨逐明神，唯有香名万岁春。东风三月黄陂水，只见桃花不见人。

# 题道济上人房

何处营求出世间，心中无事即身闲。门外水流风叶落，唯将定性对前山。

# 梨 树 阴

福庭人静少攀援,雨露偏滋影易繁。磊落紫香香一作金风亚树,清阴满地昼当轩。

# 秋 蝉 声

萧条旅舍客心惊,断续僧房静又清。借问蝉声何所为,人家古寺两般声。

# 归山留别子侄二首

车马驱驰人在世,东西南北鹤随云。莫言贫病无留别,百代簪缨将付君。

不逐浮云不羡鱼,杏花茅屋向阳居。鹤鸣华表应传语,雁度霜天懒寄书。

# 与湛上人院画松

水墨乍成岩下树,摧残半隐洞中〔云〕(天)。猷公曾住天台寺,阴雨猿声何处闻。

# 白沙宿窦常宅观妓

扬子澄江映晚霞,柳条垂岸一千家。主人留客江边宿,十月繁霜见杏花。

# 上巳日两县寮友会集时主邮不遂驰赴
## 辄题以寄方寸一作上巳日县寮会集不遂驰赴

踏青看竹共佳期,春水晴山被禊词。独坐邮亭心欲醉,樱桃一作花落尽暮愁时。

## 怀 张 璪

苔石苍苍临涧水,阴风袅袅动松枝。世间唯有张通会,流向衡阳那
得知。

## 与 于 中 丞

万顷荒林不敢看,买山容足拟求安。田园失计全芜没,何处春风种
蕙兰。

## 袁十五远访山门

僻居谋道不谋身,避病桃源不避秦。远入青山何所见,寒花满径白
头人。

## 行 营 病 中

心许征南破虏归,可言羸病卧戎衣。迟迟不见怜弓箭,惆怅秋鸿敢
近飞。

## 合谿水涨寄敬山人

共爱碧谿临水住,相思来往践莓苔。而今却欲嫌谿水,雨涨春流隔
往来。

## 不 羡 花

惆帐朝阳午又斜,剩栽桃李学仙家。花开花落人如旧,谁道容颜不
及花。

## 醉　后

春草一作月秋风老此身,一瓢长醉任家贫。醒来还爱浮萍草,漂寄官河不属人。

## 题水洞二首

桃花流出武陵洞,梦想仙家云树春。今看水入洞中去,却是桃花源里人。

长看岩穴泉流出,忽听悬泉入洞声。莫摘山花抛水上,花浮出洞世人惊。

## 代人村中悼亡二首

花落茅檐转寂寥,魂随暮雨此中销。迩来庭柳无人折,长得垂枝一万条。

虚室无人乳燕飞,苍苔满地履痕稀。庭前唯有蔷薇在,花似残妆叶似衣。

## 观　猎　三　首

梦非熊虎数年间,驱尽豺狼宇宙闲。传道单于闻校猎,相期不敢过阴山。

日隐寒山猎未归,鸣弦落羽雪霏霏。梁园射尽南飞雁,淮楚人惊阳鸟啼。

松月东轩许独游,深恩未报复淹留。梁园日暮从公猎,每过青山不举头。

## 画　石

苍藓千年粉绘传，坚贞一片色犹全。那知忽遇非常用，不把分铢补
上天。

## 咏双开莲花

菡萏新花晓并开，浓妆美笑面相隈。西方彩画迦陵鸟，早晚双飞池
上来。

## 夜闻邻管

何事霜天月满空，鹍雏百啭向春风。邻家思妇更长短，杨柳如丝在
管中。

## 山中寄元二侍御二首

心期汗漫卧云扃，家计漂零水上萍。桃李向秋凋落尽，一枝松色独
青青。

拖紫锵金济世才，知君倚玉望三台。深山穷谷无人到，唯有狂愚独
自来。

## 上崔十五老丈

天汉乘槎可问津，寂寥深景到无因。看花独往寻诗客，不为经时谒
丈人。

## 袁德师求画松

柏偃松攲势自分，森梢古意出浮云。如今眼暗画不得，旧有三株持
赠君。

## 早夏月夜问王开

清风首夏夜犹寒,嫩笋侵阶竹数竿。君向苏台长见月,不知何事此中看。

## 裴十六厅即事

主人能政讼庭闲,帆影云峰户牖间。每到夕阳岚翠近,只言篱障倚前山。

## 春日行营即事

风引双旌马首齐,曹南战胜日平西。为儒不解从戎事,花落春深闻鼓鼙。

## 画树后呈濬师

翔凤边风十月寒,苍山古木更摧残。为君壁上画松柏,劲雪严霜君试看。

## 吊从甥

日晚河边访茕独,衰柳寒芜绕茅屋。儿童惊走报人来,孀妇开门一声哭。

## 句

邮筒不解献茱萸。《容斋随笔》

赵侯首带鹿耳巾,规模出自陶弘景。鹿耳巾歌 《海录碎事》

# 全唐诗卷三〇五

## 陈 翊 一作诩

陈翊，字载物，闽县人。大历中登进士第。贞元中，官户部郎中、知制诰。诗十卷，今存七首。

### 登 城 楼 作

井邑白云间，严城远带山。沙墟阴欲暮，郊色淡方闲。孤径回榕岸，层峦破枳关。寥寥分远望，暂得一开颜。

### 宴 柏 台

华台陈桂席，密榭宴清真。柏叶犹霜气，桃花似汉津。青尊照深夕，绿绮映芳春。欲忆相逢后，无言岭海人。

### 过马侍中亭

草色照双扉，轩车到客稀。苔衣香屦迹，花绶少尘飞。薄望怜池净，开畦爱雨肥。相过忘日晷，坐待白云归。

### 寄邵校书楚苌

爱酒时称僻，高情自不凡。向人方白眼，违俗有青岩。云际开三径，烟中挂一帆。相期同岁晚，闲兴与松杉。

## 龙 池 春 草

青春光凤苑,细草遍龙池。曲渚交蘋叶,回塘惹柳枝。因风初苒苒,覆岸欲离离。色带金堤静,阴连玉树移。日光浮霢靡,波影动参差。岂比生幽远,芳馨众不知。

## 郊行示友人

水开长镜引诸峦,春洞花深落翠寒。醉向丝萝惊自醒,与君清耳听松湍。

## 送 别 萧 二

橘花香覆白蘋洲,江引轻帆入远游。千里云天风雨夕,忆君不敢再登楼。

# 刘 复

刘复,登大历进士第,官水部员外郎。诗十六首。

## 游 仙

税驾倚扶桑,逍遥望九州。二老佐轩辕,移戈戮蚩尤。功成弃之去,乘龙上天游。天上见玉皇,寿与天地休。俯视昆仑宫,五城十二楼。王母何窈眇,玉质清且柔。扬袂折琼枝一作芳,寄我天东头。相思千万岁,大运浩悠悠。安用知吾道,日月不能周。寄音青鸟翼,谢尔碧海流。

# 寺 居 清 晨

高枕对晓月，衣巾清且凉。露华朝未晞，滴沥含虚光。隔竹闻汲
井，开扉见焚香。幽心感衰病，结念依法王。青冥早云飞，杳霭一作
渺空鸟翔。此情皆有释一作适，悠然知所忘。

# 出 东 城

步出一作步步东城门，独行已彷徨。伊洛泛清流，密林含朝阳。芳
景虽可瞩，忧怀在中肠。人生几何时，苒苒随流光。愿得心所亲，
尊酒坐高堂。一为浮沉隔，会合殊未央。双戏水中凫，和鸣自翻
翔。我无此羽翼，安可以比方。

# 经 禁 城

日没路且长，游子欲涕零。荒城无人路，秋草飞寒萤。东南古丘
墟，莽苍驰郊坰。黄云晦断岸，枯井临崩亭。昔人竟何之，穷泉独
冥冥。苍苔没碑版，朽骨无精灵。俯仰寄世间，忽如流波萍。金石
非汝寿，浮生等臊腥。不如学神仙，服食求丹经。

# 出三城留别幕中三判官

翔禽托高柯，倦客念主人。恩义有所知一作委，四海同一身。况皆
旷一作广大姿，翰音见良辰。陈规佐武略，高视据要津。常愿投素
诚，今果得所申。金罍列四座，广厦无氛尘。留连徂暑中，观望历
数旬。河山险以固，士卒勇且仁。饬装去未归，相追越城闉。愧无
青玉案，缄佩永不泯。

## 送刘秀才南归 一作陈存诗

鸟啼杨柳垂,此别千万里。古路入商山,春风生灞水。停车落日
在,罢酒离人起。蓬户寄龙沙,送归情讵已。

## 送王 一作汪 伦

春江一作天日未曛,楚客酺送君。翩翩孤黄鹤,万里沧洲云。四方
各有志一作心,岂得常顾群。山连巴湘远,水与荆吴分。清光日修
阻一作阻修,尺素安可论。相思寄梦寐,瑶草空氛氲。

## 长 相 思

长相思,在桂林,苍梧山远潇湘深。秋堂零泪倚金瑟,朱颜摇落随
光阴。长宵嘹唳鸿命侣,河汉苍苍隔牛女。宁知一水不可渡,况复
万山修且阻。彩丝织绮文双鸳,昔时赠君君可怜。何言一去瓶落
井,流尘歇灭金炉前。

## 长 歌 行

淮南木落秋云飞,楚宫商歌今正悲。青春白日不与我,当垆举酒劝
君持。出门驱驰四方事,徒用辛勤不得意。三山海底无见期,百龄
世问莫虚弃。君不见金城帝业汉家有,东制诸侯欲长久。奸雄窃
命风尘昏,函谷重关不能守。龙蛇出没经两朝,胡虏凭陵大道销。
河水东流宫阙尽,五陵松柏自萧萧。

## 春 游 曲

春风戏狭斜,相见莫愁家。细酌蒲桃酒,娇歌玉树花。裁衫催白
纻,迎客走朱车。不觉重城暮,争栖柳上鸦。

# 杂　曲

宝剑饰文犀，当风似切泥。逢君感意气，贳酒杜陵西。赵女颜虽少，宛驹齿正齐。娇多不肯别，更待夜乌啼。

# 春　雨

细雨度深闱，莺愁欲懒啼。如烟飞漠漠，似露湿凄凄。草色行看靡，花枝暮欲低。晓听钟鼓动，早送锦障泥。

# 夕次襄邑

何处成吾道，经年远路中。客心犹向北，河水自归东。古戍飘残角，疏林振夕风。轻舟难载月，那与故人同。

# 夏　日

映日纱窗深且闲，含桃红日石榴殷。银瓶绠转桐花井，沉水烟销金博山。文簟象床娇倚瑟，彩奁铜镜懒拈环。明朝戏去谁相伴，年少相逢狭路间。

# 送黄晔明府岳州湘阴赴任 一作刘三复诗

拟占名场第一科，龙门十上困风波。三年护塞从戎远，万里投荒失意多。花县到时铜墨贵，叶舟行处水云和。遥知布惠苏民后，应向祠堂吊汨罗。

# 禅门寺暮钟

簨虡高悬于阗钟，黄昏发地殷龙宫。游人忆到嵩山夜，叠阁连楼满太空。

# 冷朝阳

冷朝阳，金陵人，登大历进士第，为薛嵩从事。诗十一首。

## 同张深秀才游华严寺

同游云外寺，渡水入禅关。立扫窗前石，坐看池上山。有僧飞锡到，留客话松间。不是缘名利，好来长伴闲。

## 中秋与空上人同宿华严寺

扫榻相逢宿，论诗旧梵宫。磬<sub>一作钟</sub>声迎鼓尽，月色过山穷。庭簇<sub>一作宿</sub>安禅草，窗飞带火虫。一宵何惜别，回首隔秋风。

## 宿 柏 岩 寺

幽寺在岩中，行唯一径通。客吟孤峤月，蝉噪数枝风。秋色生苔砌，泉声入梵宫。吾师修道处，不与世间同。

## 登灵善寺塔

飞阁青霞里，先秋独早凉。天花映窗近，月桂拂<sub>一作覆</sub>檐香。华岳三峰小，黄河一带长。空闻指归路，烟处有垂杨。

## 瀑 布 泉

潺湲半空里，霖落石房边。风激珠光碎，山欹练影偏。急流难起浪，迸沫只如烟。自古惟今日，凄凉一片泉。

## 冬日逢冯法曹话怀

分襟二年内，多少事相干。礼乐风全变，尘埃路渐难。秋林新叶落，霜月满庭寒。虽喜逢知己，他乡岁又阑。

## 送唐六赴举

秋色生边思，送君西入关。草衰空大野，叶落露青山。故国烟霞外，新安道路间。碧霄知己在一作遇，香桂月中攀。

## 送远上人归京

夏腊岁方深，思归彻曙吟。未离销雪院，已有过云心。寒磬清函谷，孤钟宿华阴。别京游旧寺，月色似双一作霜林。

## 别　郎　上　人

过云寻释子，话别更依依。静室开来久，游人到自稀。触风香气尽，隔水磬声微。独傍孤松立，尘中多是非。

## 立　　春

玉律传佳节，青一作春阳应此一作北辰。土牛呈岁稔，彩燕表年春。腊尽星回次，寒馀月建寅。风光行一作何处好，云物望中新。流水初销冻，潜鱼欲振鳞。梅花将柳色，偏思越乡人。

## 送　红　线

　　　　潞州节度使薛嵩有青衣，善弹阮咸琴，手纹隐起如红线，因以名之。
　　一日辞去，朝阳为词。
采菱歌怨木兰舟，送客魂销百尺楼。还似洛妃乘雾去，碧天无际水空一作东流。

# 于尹躬

　　于尹躬，大历进士。元和间为中书舍人，左迁洋州刺史。诗一首。

## 南至日太史登台书云物

至日行时令，登台约礼文。官称伯赵氏，色辨五方云。昼漏听初发，阳光望渐分。司天为岁备，持简出人群。惠爱周微物，生灵荷圣君。长当有嘉瑞，郁郁复纷纷。

# 柳　郴 一作郯

　　柳郴，大历间进士。集一卷，今存诗二首。

## 赠 别 二 首

江浦程千里，离尊泪数行。无论吴与楚，俱是客他乡。
何处最悲辛，长亭临古津。往来舟楫路，前后别一作有离人。

## 句

他乡生白发，旧国有青山。 贼平后送客还乡　见《纪事》

# 李子卿

　　李子卿，大历末与崔损同第。诗一首。

# 望终南春雪

山势抱西秦, 初年瑞雪频。色摇鹑野霁, 影落凤城春。辉耀银峰逼, 晶明玉树亲。尚寒由气劲, 不夜为光新。荆岫全疑近, 昆丘宛合邻。馀辉倘可借, 回照读书人。

# 全唐诗卷三○六

## 朱 湾

朱湾,字巨川,西蜀人,自号沧洲子。贞元、元和间,为李勉永平从事。诗一卷。

### 九日登青山

昔人惆怅处,系马又一作共登临。旧地烟霞在,多时草木深。水将空合色,云与我无心。想见一作缅想龙山会,良辰亦似今。

### 秋夜宴王郎中宅赋得露中菊

众芳春竞发,寒菊露偏滋。受气何曾异,开花独自迟。晚成犹待赏一作有分,欲采未过时。忍弃东篱下,看随秋草衰一作看他迭盛衰。

### 奉使设宴戏掷笼筹

今日陪樽俎,良筹复在兹。献酬君有礼,赏罚我无私。莫怪斜相向,还将正自持。一朝权入手,看取令行时。

### 咏双陆骰子

采采应缘白,钻心不为名。掌中犹可重,手下莫言轻。有对唯求敌,无私直任争。君看一掷后,当取擅场声。

## 咏壁上酒瓢呈萧明府

不是难提挈,行藏固有期。安身未得所,开口欲从谁。应物心无
倦,当垆柄会持。莫将成废器,还有对樽时。

## 咏　玉

歌一作献玉屡招疑,终朝省复思。既哀黄鸟兴,还复白圭诗。请益
先求友,将行必择师。谁知不鸣者,独下董生帷。

## 送陈偃赋得白鸟翔翠微
### 一作赋得白鹤翔翠微送陈偃下第

不知鸥与鹤,天畔弄晴晖。背日分明见,临川相映微。净中云一
点,回处雪孤飞。正好南一作高枝住一作立,翩翩何所归一作依。

## 题段上人院壁画古松

石上盘古根,谓言天生有一作朽。安知草木性,变在画师手。阴深
方丈间,直趣幽且闲。木纹离披势搓挱,中裂空心火烧出。扫成三
寸五寸枝,便是一作作千年万年物。莓苔浓淡色一作意不同,一面一
作半死皮生蠹虫。风霜未必来到此,气色杳在寒山中。孤标可玩不
可取,能使支公道场古。

## 逼寒节寄崔七 崔七,湖州崔使君之子。

闲庭只是长莓苔,三径曾无车马来。旅馆尚愁寒食火,羁心懒向不
然灰。门前下客虽弹铗,溪畔穷鱼且曝腮。他日趋庭应问礼,须言
陋巷有颜回。

## 长安喜雪 一作陈羽诗

千门万户雪花浮,点点无声落瓦沟。全似玉尘消更积,半成冰片结还流。光含晓色清天苑,轻逐微风绕御楼。平地已沾盈尺润,年丰须荷富人侯。

## 宴杨驸马山亭 一作陈羽诗

垂杨拂岸草茸茸,绣户窗前花影重。鲙下玉盘红缕细,酒开金瓮绿醅浓。中朝驸马何平叔,南国词人陆士龙。落日泛舟同醉处,回潭百丈映千峰。

## 过宣上人湖上兰若

十年湖上结幽期,偏向东林遇远师。未道姓名童子识,不酬言语上人知。闲花落日滋苔径,细雨和烟著柳枝。问我别来何所得,解将无事当无为。

## 同达奚宰游窦子明

## 仙坛 一作同张明府游仙台

松桧阴深一径微,中峰石室到人稀。仙官不住青山在,故老相传白日飞。华表间栽何岁木,片云留著去时衣。今朝茂宰寻真处,暂驻双凫且莫归。

## 平陵寓居再逢寒食

几回江上泣途穷,每遇良辰叹转蓬。火燧知从新节变,灰心还与故人同。莫听黄鸟愁啼处,自有花开久一作向客中。贫病固应无挠事,但将怀抱醉春风。

# 寻隐者韦九山人于东溪草堂

寻一作穷得仙源访隐沦，渐来深处渐无尘。初行竹里唯通马，直到
花间始见人。四面云山谁作主，数家烟火自为邻。路傍樵客何须
问，朝市如今不是秦。

# 假摄池州留别东溪隐居

一官仍是假，岂愿数离群。愁鬓看如雪，浮名认是云。暂辞南国
隐，莫勒北山文。今后松溪月，还应梦见君。

# 咏 柏 板

赴节心长在，从绳道可一作自观。须知片木用，莫向一作作散材看。
空为歌偏苦，仍愁和即难。既能亲掌握，愿得接同欢。

# 筝 柱 子

散木今何幸一作在，良工不弃捐。力微惭一柱，材薄仰一作命群弦。
且喜声相应，宁辞迹屡迁。知音如见赏，雅调为君传。

# 送李司直归浙东幕兼寄鲍行一作参军
# 持节大夫初拜东平郡王 一作朱长文诗

翩翩书记早曾闻，二十年来愿见君。今日相逢悲白发，同时几许在
青云。人从北固山边一作前去，水到西陵一作谿渡口分。会一作曾作
王门曳裾客，为余前谢鲍参军。

# 七 贤 庙

常慕晋高士，放心日沉冥。湛然对一壶，土木为我形。下马访陈

迹，披榛诣荒庭。相看两不言，犹谓醉未醒。长啸或可拟，幽琴难再听。同心不共世，空见薛门青。

## 同清江师月夜听坚正二上人
## 为怀州转法华经歌

若耶谿畔云门僧，夜闲燕坐听真乘。莲花秘偈药草喻，二师身住口不住。凿井求泉会到源，闭门避火终迷路。前心后心皆此心，梵音妙音柔软音。清泠霜磬有时动，寂历空堂宜夜深。向来不寐何所事，一念才生百虑息。风翻乱叶林有声，雪映闲庭月无色。玄关密迹难可思，醒人悟兮醉人疑。衣中系宝觉者谁，临川内史字得之。

## 寒城晚角 滑州作

高台高高画角雄，五更初发寒城中。寒城北临大河水，淇门贼烽隔岸是。长风送过黎阳川，我军气雄贼心死。羁人此夜寐不成，万里边情枕上生。乍似陇头戍，寒泉幽咽流不住；又如巴江头，啼猿带雨断续愁。忽忆嫖姚北征伐，空山宿兵寒对月。一声老将起，三奏行人发；冀马为之嘶，朔云为之结。二十年来天下兵，到处不曾无此声。洛阳陌，长安路。角声朝朝兼暮一作角声暮，平居闻之尚难度。何况天山征戍儿，云中下营雪里吹。

## 重阳日陪韦卿宴

何必龙山好，南亭赏不暌。清规陈侯事，雅兴谢公题。入座青峰近，当轩远树齐。仙家自有月，莫叹夕阳西。

# 全唐诗卷三〇七

## 丘 丹

丘丹,苏州嘉兴人,诸暨令,历尚书郎。隐临平山,与韦应物、鲍防、吕渭诸牧守往还。存诗十一首。

### 忆 长 安

#### 四 月

忆长安,四月时,南郊万乘旌旗。尝酎玉卮更献,含桃丝笼交驰。芳草落花无限,金张许史相随。

### 状 江 南

#### 季 冬

江南季冬月,红蟹大如鸥。湖水龙为镜,炉峰气作烟。

### 和韦使君秋夜见寄

露滴梧叶鸣,秋风桂花发。中有学仙侣,吹箫弄山月。

### 奉酬韦苏州使君

久作烟霞侣,暂将簪组亲。还同褚伯玉,入馆忝州人一作民。

# 和韦使君听<small>一作临</small>江笛送陈侍御 <small>一作陆侍郎</small>

离樽闻夜笛，寥亮入寒城。月落车马散，凄恻主人情。

# 奉酬韦使君送归山之作

侧闻郡守至，偶乘黄犊出。不别桃源<small>一作园</small>人，一见经累日。蝉鸣念秋稼，兰酌动离瑟。临水降麾幢，野艇才容膝。参差碧山路，目送江帆疾。涉海得骊珠，栖梧惭凤质。愧非郑公里，归扫蒙笼室。

# 奉酬重送归山

卖药有时至，自知来往疏。遽辞池上酌，新得山中书。步出芙蓉府，归乘毂觫车。猥蒙招隐作，岂愧班生庐。

# 经湛长史草堂 <small>一作题湛长史旧居有序</small>

无锡县西郊七里，有慧山寺，即宋司徒右长史湛茂之别墅也。旧名历山，故南平王刘铄有《过湛长史历山草堂》诗，湛有酬和。其文野而兴，特以松石自怡，逍遥沉寂，终见止足之意，可谓当时高贤矣。至齐竟陵王友江淹，亦有继作。余登兹山，以睹三篇，列于石壁，仰览遗韵，若穆清风。遽访湛氏胄裔，山下犹有一二十族，得十三代孙。略观其谱书，笺墨尘蠹，年世虽邈，茔垅尚存。余披《宋史》，略不见其人，心每恻叹。悲夫！斯人也，而史阙书，然有其一篇，则为不朽矣。因复追缉六韵，以次三贤之末。时有释若冰者，踪迹兹山，修念之馀，凿嵌注堑，酾入诸界，无非金碧，钵帽之资，悉偿工费，是以道友邑僚，风玩嘉赏。呜呼，得非茂之之缘果而阴骘于上人。不然者，何竭虑之至耶？余圣唐山令臣也，屏居临平山墅亦有年矣，尝讽茂之篇句云"衰废归丘樊，岁寒见松柏"，不觉禅意超散，若在庐霍之间矣。异时同归，犹茂之之不忘也。嗟乎湛君，用刊岩石，俟俟后世之知我者，得不继之乎？贞元六年，岁在庚午，检校尚书户部员外郎兼侍御史丘丹志。

身退谢名累，道存嘉止足。设醴降华幡，挂冠守空谷。偶寻野外寺，仰慕贤者躅。不见昔簪裾，犹有旧松竹。烟霞虽异世，风韵如在瞩。余即江海上一作人，归辙青山曲。

## 萧山祇园寺

东晋许征君，西方彦上人。生时犹定见，悟后了前因。一本无此四句。灵塔多年古，高僧苦行频。碑存才记日，藤老岂知春。车一作散骑归萧瞀，云林识许询。千秋不相见，悟定是吾身。

## 奉使过石门观瀑 有序

　　谢康乐，宋景平中为永嘉守，有宿石门岩上诗。余六代叔祖，梁中书侍郎，天监中有过石门瀑布诗，后亦为此郡。小子大历中奉使，窃有继作，虽不足克绍祖德，追踪昔贤，盖造奇怀感之志也。

溪上望悬泉，耿耿云中见。披榛上岩岫，峭壁正东面。千仞泻联珠，一潭喷飞霰。嵯藻满山响，坐觉炎氛变。照日类虹霓，从风似绡练。灵奇既天造，惜处穷海甸。吾祖昔登临，谢公亦游衍。王程惧淹泊，下磴空延眷。千里雷尚闻，峦回树葱蒨。此来共贱役，探讨愧前彦。永欲洗尘缨，终当惬此愿。

## 秋夕宿石门馆

暝从石门宿，摇落四岩空。潭月漾山足，天河泻涧中。杉松寒似雨，猿鸟夕惊风。独卧不成寝，苍然想谢公。

# 贾　弇

　　贾弇，长乐人，登大历进士第，为校书郎。诗一首。

# 状 江 南

## 孟 夏

江南孟夏天,慈竹笋如编。虙气为楼阁,蛙声作管弦。

# 沈仲昌

沈仲昌,临汝人。登天宝九年进士第。诗一首。

## 状 江 南

### 仲 秋

江南仲秋天,驷鼻大如船。雷是樟亭浪,苔为界石钱。

# 谢良辅

谢良辅,天宝十一年进士第,德宗时商州刺史。诗四首。

## 忆 长 安

### 正 月

忆长安,正月时,和风喜气相随。献寿彤庭万国,烧灯青玉五枝。
终南往往残雪,渭水处处流澌。

### 十 二 月

忆长安,腊月时,温泉彩仗新移。瑞气遥迎凤辇,日光先暖龙池。
取酒虾蟆陵下,家家守岁传卮。

## 状 江 南

### 仲　春

江南仲春天,细雨色如烟。丝一作疏为武昌柳,布作石门泉。

### 孟　冬

江南孟冬天,荻穗软如绵。绿绢芭蕉裂,黄金橘柚悬。

# 鲍　防

　　鲍防,字子慎,襄阳人。天宝末进士第,历福建江西观察使。贞元中,累礼部侍郎,迁工部尚书致仕。防善属文,尤工诗,与中书舍人谢良弼友善,时号鲍谢。诗八首。

## 忆 长 安

### 二　月

忆长安,二月时,玄鸟初至祫祠。百啭宫莺绣羽,千条御柳黄丝。更有曲江一作池胜地,此来寒食佳期。

## 状 江 南

### 孟　春

江南孟春天,荇叶大如钱。白〔雪〕(云)装梅树,青袍似苇田。

## 杂　感

汉家海内承平久,万国戎王皆稽首。天马常衔苜蓿花,胡人岁献葡萄酒。五月荔枝初破颜,朝离象郡夕函关。雁飞不到桂阳岭,马走先过一作从林邑山。甘泉御果垂仙阁,日暮无人香自落。远物皆重近皆轻,鸡虽有德不如鹤。

## 送薛补阙入朝 一作鲍溶诗

平原门下十馀人,独受恩多未杀身。每叹陆家兄弟少,更怜杨氏子孙贫。柴门岂一作已断施行马,鲁酒那堪一作能醉近臣。赖有军中遗令在,犹将谈笑对一作静风尘。

## 人日陪宣州范中丞传正与范侍御
## 传真一作贞宴东峰亭 一作鲍溶诗

人日春风绽早梅,谢家兄弟看花来。吴姬对酒歌千曲,秦女留人酒百杯。丝柳向空轻一作初婉转,玉山看日渐裴回。流光易去欢难得,莫厌频频上此台。

## 上巳寄孟一作呈,下有浙东二字中丞 一作鲍溶诗

世间禊事风流处,镜里云山若画屏。今日会稽王内史,好将宾客醉兰亭。

## 秋暮忆中秋夜与王璠侍御
## 赏月因怆远离聊以奉寄

　　　　见鲍溶集,作寄王璠侍御。
前月月明夜,美人同远一作清光。清一作音尘一以间,今夕坐相忘一作望。风落芙蓉露,疑一作凝馀绣被香。

## 元日早朝行

　　　　见鲍溶集。旌旗以下,缺三字。下有断尔春风前,直如朱绳非尔妍

二句。师旷以下句俱无。

乾元发生春为宗,盛德在木一作天斗建东。东方岁星大明宫,南山喜气摇晴空。望云五等舞万玉,献寿一声出千峰。文昌随一作垂彩礼乐正,太平一作白下直旌旗红。师旷应律调黄钟,王良运策调时龙。玄冥无事归朔土,青帝放身入朱宫。九韶九变五声里,四方四友一身中。天何言哉乐无穷,广成彭祖为三公。野臣潜随击壤老,日下鼓腹歌可封。

# 杜　奕

杜奕,贞元时人。诗一首。

## 忆 长 安

### 三　月

忆长安,三月时,上苑遍是花枝。青门几场送客,曲水竟一作竞日题诗。骏马金鞭一作鞍无数,良辰美景追随。

# 郑　概

郑概,贞元时人。诗二首。

## 忆 长 安

### 六　月

忆长安,六月时,风台水榭一作阁逶迤。朱果雕笼香透,分明紫禁寒随。尘惊九衢客散,赪珂一作汗滴沥青骊。

# 状 江 南

## 孟　秋

江南孟秋天,稻花白如毡。素腕惭新藕,残妆妒晚莲一作烟。

# 陈元初

　　陈元(元,一作允)。初,校书郎,居麻源。僧灵一有《送元初卜居麻源》诗。诗一首。

# 忆 长 安

## 七　月

忆长安,七月时,槐花点散一作散点罘罳。七夕针楼竞出,中元香供初移。绣毂金鞍无限,游人处处归迟一作随。

# 吕　渭

　　吕渭,字君载,河中人,第进士,为浙西支使,后贬歙州司马。贞元中,累迁礼部侍郎,出为潭州刺史。诗五首。

# 忆 长 安

## 八　月

忆长安,八月时,阙下天高旧仪。衣冠共颂金镜,犀象对舞丹墀。更爱终南灞上,可怜秋草碧滋。

# 状 江 南

## 仲 冬

江南仲冬天,紫蔗节如鞭。海将盐作雪,出用火耕田。

## 贞元十一年知贡举挠阁 —作闷
## 不能定去留寄诗前主司

独坐贡闱里,愁多芳草生。仙翁昨日事,应见此时情。

## 皇帝移晦日为中和节 —作王季友诗,误。

皇心不向晦,改节号中和。淑气同风景,嘉名别咏歌。湔裙移旧俗,赐尺下新科。历象千年正,醵醵四海多。花随春令发,鸿 —作鸟 度岁阳过。天地齐休庆,欢声欲荡波。

## 经湛长史草堂

岩居旧风景,人世今成昔。木落古山空,猿啼秋月白。谁同西府僚,几谢南平客。摧残松桂老,萧散烟云夕。迹留异代远,境入空门寂。惟有草堂僧,陈诗在石壁。

# 范 灯

范灯,贞元时人。诗二首。

## 忆 长 安

### 九 月

忆长安,九月时,登高望见昆池。上苑初开露菊,芳林正献霜梨。更想千门万户,〔月〕(自)明砧杵参差。

# 状 江 南

## 季 夏

江南季夏天,身热汗如泉。蚊蚋成雷泽,袈裟作水田。

# 樊 珣

樊珣,贞元时人。诗二首。

## 忆 长 安

### 十 月

忆长安,十月时,华清士马相驰。万国来朝汉阙,五陵共猎秦祠。
昼夜歌钟不歇,山河四塞京师。

## 状 江 南

### 仲 夏

江南仲夏天,时雨下如川。卢橘垂金弹,甘蕉吐白莲。

# 刘 蕃

刘蕃,登天宝六年进士第。诗二首。

## 忆 长 安

### 十 一 月

忆长安,子月时,千官贺至丹墀。御苑雪开琼树,龙堂冰作瑶池。

兽炭毡炉正好,貂裘狐白相宜。

# 状 江 南

## 季 秋

江南季秋天,栗熟<sub>一作实</sub>大如拳。枫叶红霞举,苍芦<sub>一作芦花</sub>白浪川<sub>一作穿</sub>。

# 全唐诗卷三〇八

## 张志和

张志和,字子同,婺州金华人。年十六,举明经。肃宗时待诏翰林。后不复仕进,居江湖,自称烟波钓叟。诗九首。

### 太 寥 歌

化元灵哉,碧虚清哉,红霞明哉。冥哉茫哉,惟化之工无疆哉。

### 空 洞 歌

无自而然,自然之元。无造而化,造化之端。廓然悫然,其形团圞。反尔之视,绝尔之思,可以观。

### 渔 父 歌

《西吴记》云:湖州磁湖镇道士矶,即志和所谓西塞山前也。志和有《渔父词》,刺史颜真卿,与陆鸿渐、徐士衡、李成矩倡和。

西塞山前白鹭飞,桃花流水鳜鱼肥。青箬笠,绿蓑衣,斜风细雨不须归。

钓台渔父褐为裘,两两三三舴艋舟。能纵棹,惯乘流,长江白浪不曾忧。

雪溪湾里钓渔翁,舴艋为家西复东。江上雪,浦边风,笑著荷衣不叹穷。

松江蟹舍主人欢,菰饭莼羹亦共餐。枫一作梧叶落,荻花干,醉宿渔舟不觉寒。

青草湖中月正圆,巴陵渔父棹歌连。钓车子,橛头船,乐在风波不用仙。

## 上巳日忆江南禊事

黄河西绕郡城流,上巳应无祓禊游。为忆渌江春水色,更随宵梦向吴洲。

## 渔　父

八月九月芦花飞,南谿老人重钓归。秋山入帘翠滴滴,野艇倚槛云依依。却把渔竿寻小径,闲梳鹤发对斜晖。翻嫌四皓曾多事,出为储皇定是非。

# 张松龄

张松龄,志和兄也。诗一首。

## 和答弟志和渔父歌

松龄惧志和放浪不返,为筑室越州东郭,和其词以招之。

乐是一作在风波钓是闲,草堂松径已胜攀。太湖水,洞庭山,狂风浪起且须还。

# 陆　羽

陆羽,字鸿渐,撰《茶经》三卷。或云自太子文学徙太常寺太祝,不就。诗二首。

## 歌

太和中,复州有一老僧,云是陆弟子,常讽此歌。

不羡黄金罍,不羡白玉杯。不羡朝入省,不羡暮入台。惟羡西江水,曾向金陵城下来。

## 会稽东小山

月色寒潮入剡溪,青猿叫断绿林西。昔人已逐东流去,空见年年江草齐。

## 句

辟疆旧林间,怪石纷相向。　玩月辟疆园　见《纪事》

绝涧方险寻,乱岩亦危造。　见《海录碎事》

泻从千仞石,寄逐九江船。　题康王谷泉　见《统志》

# 全唐诗卷三〇九

## 郭 郧

郭郧,毗陵人,大历、贞元间诗人。诗一首。

### 寒食寄李补阙

兰陵士女满晴川,郊外纷纷拜古埏。万井间阎皆禁火,九原松柏自生烟。人间后事悲前事,镜里今年老去年。介子终知禄不及,王孙谁肯一相怜。

## 韦同则

韦同则,建中时诗人。诗一首。

### 仲 月 赏 花

梅花似雪柳含烟,南地风光腊月前。把酒且须拚却醉,风流何必待歌筵。

## 李夷简

李夷简,字易之。贞元初登进士第,累迁殿中侍御史。元和时,拜御史中丞。历山南节度,寻拜御史大夫,进门下侍郎同平章事。诗一首。

## 西亭暇日书怀十二韵献上一本有

### 武元衡三字相公 亭为衡镇蜀时构

胜赏不在远,恍然念玄一作冥搜。兹亭有殊致,经始富人侯。澄澹分沼沚,萦回间林丘。荷香夺芳麝,石溜当鸣球。抚俗来康济,经邦去咨谋。宽明洽时论,惠爱闻氓讴。代斲岂容易,守成获优游。文翁旧学校,子产昔田畴。琬琰富佳什,池台想旧游。谁言矜改作,曾是日增修。宪省忝陪属,岷峨嗣徽猷。提携当有路,勿使滞刀州。

# 李 约

李约,字存博,汧公勉之子,自称萧斋。官兵部员外郎。诗十首。

## 城南访裴氏昆季

相思起中夜,凫驾访柴荆。早雾桑柘隐,晓光溪涧明。村蹊蒿棘间,往往断新耕。贫野烟火微,昼无乌鸢声。田头逢饷人,道君南山行。南山千里峰,尽是相思情。野老无拜揖,村童多裸形。相呼看车马,颜色喜相惊。荒圃鸡豚乐,雨墙禾莠生。欲君知我来,壁上空书名。

## 岁 日 感 怀

曙气变东风,蟾壶夜漏穷。新春几人老,旧历四时空。身贱悲添岁,家贫喜过冬。称觞惟有感,欢庆在儿童。

# 从军行三首

看图闲教阵,画地静论边。乌垒天西戍,鹰姿塞上川。路长唯一作
须算月一作日,书远每题年。无复生还望,翻思未别前。

栅壕一作高三面斗,箭尽举烽频。营柳和烟暮,关榆带雪春。边城
多老将,碛路少归人。杀一作点尽金一作三河卒,年年添塞尘。

候火起雕城,尘沙拥战声。游军藏汉帜,降骑说蕃情。霜落一作降
滹沱一作滤池浅,秋深太白明。嫖姚方虎视,不觉一作学说一作请添
兵。

# 赠 韦 况

我有心中事,不与韦三说。秋夜洛阳城,明月照张八。

# 观 祈 雨

桑条无叶土生烟,箫管迎龙水庙前。朱门几处看歌舞,犹恐春阴咽
管弦。

# 江 南 春

池塘春暖水纹开,堤柳垂丝间野梅。江上年年芳意早,蓬瀛春色逐
潮来。

# 过 华 清 宫

君王游乐万机轻,一曲霓裳四海兵。玉辇升天人已尽,故宫犹有树
长生。

# 病中宿宜阳馆闻雨

难眠夏夜抵秋赊,帘幔深垂窗烛斜。风吹桐竹更无雨,白发病人心到家。

# 全唐诗卷三一〇

## 于 鹄

于鹄,大历、贞元间诗人也。隐居汉阳,尝为诸府从事。
诗一卷。

### 江 南 曲

偶一作闲向江边采白蘋,还随女伴赛江神。众中不敢一作得分明语,
暗掷金钱卜远人。

### 山中寄樊仆射 一作寄襄阳樊司空

却忆东溪日,同年事鲁一作同袍并学儒。僧房闲共宿,酒肆醉相扶。
天畔一作江上双旌贵,山中病客孤。无谋一作媒还有计,春谷种桑榆。

### 题宇文裔一作裴山寺读书院

读书林下寺,不出动经年。草一作书阁连一作通僧院,山厨共石泉。
云一作雪庭一作亭无履迹,龛壁有灯烟。年少今头白,删诗到几篇。

### 赠兰若僧

一身禅诵苦,洒扫古花宫。静室门常闭,深萝月不通。悬灯乔木
上,鸣磬乱幡中。附入高僧传,长称二远公。

# 题 邻 居

僻巷邻家少,茅檐喜并居。蒸梨常共灶,浇薤亦同渠。传屐朝寻药,分灯夜读书。虽然在城市,还得似樵渔。

# 山 中 自 述

三十无名客,空山独卧秋。病多知药性,年长信人愁。萤影竹窗下,松声茅屋头。近来心更静,不梦世间游。

# 山 中 寄 韦 钲 <sub>一作证</sub>

懒成身病日一作似病,因醉卧多时。送客出豀少,读书终卷迟。幽窗闻坠叶一作露,晴一作秋景见游丝。早晚来收药,门前有紫芝。

# 南 豀 书 斋

茅屋往来久,山深不置门。草生垂井口,花落拥篱根。入院将雏鸟,寻萝抱子猿。曾逢异人说,风景似桃源。

# 夜会李太守宅 一作宿太守李公宅

郡斋常夜扫一作静,不卧独吟诗。把烛近幽客,升堂戴接䍦。微风吹冻叶,馀一作残雪落寒枝。明日逢山伴,须令隐者知。

# 题柏 一作北 台山僧

上方唯一室,禅定对山一作金容。行道临孤壁,持斋听远钟。枯藤离旧树,朽石落高一作危峰。不向云间一作中见,还一作唯应梦里逢。

# 寄续尊师

得道任发白,亦一作每逢城市游。新经天上取,稀一作灵药洞中收。
春木带枯叶,新蒲生漫流。年年望灵鹤,常在此山头。

## 题南峰一作终南褚道士 一作尊师

得道南山一作终南久,曾教四皓棋。闭一作闲门医病鹤,倒箧养神龟。
松际风长在,泉中草不衰。谁知茅屋里,有路向峨嵋。

# 赠不食姑

不食非关药,天生是女仙。见人还起拜,留伴亦开田。无窟一作屋
寻溪宿,兼衣扫叶眠。不知何代女,犹带剪刀钱。

## 送李明府归别业

寄家丹水边,归去种春田。白发无知己,空山又一年。鹿裘长酒
气,茅屋有茶烟。亦拟辞人世,何溪有瀑泉。

## 题树下禅师 一作僧

久行多不定,树下是禅床。寂寂心一作身无住,年年日自长。虫蛇
同宿一作在涧,草木共经霜。已见南人说,天台有旧一作上房。

# 宿王尊师隐居

夜爱云林好,寒天月里行。青牛眠树影,白犬吠猿声。一磬山一作
上院静,千灯谿路明。从来此峰客,几个得长生。

# 题服柏先生

服柏不飞炼，闲眠闭草堂。有泉唯一作谁盥漱，留火为焚香。新雨闲门静，孤松满院凉。仍闻枕中术，曾一作亲授汉淮王。

## 哭凌霄山光上人

身没碧峰里，门人改葬期。买山寻主远，垒塔化人迟。鬼火穿一作烧空院，秋萤入素帷。黄昏溪路上，闻哭竺乾师。

## 途中寄杨涉 一作陟

萧萧卢获晚一作叶，一径入荒陂。日色云收一作轻处，蛙声雨歇时。前村见来久，羸马自行迟。闻作王门客，应闲一作寒白接䍦。

## 送韦判官归蓟门

桑乾归路远，闻说亦愁人。有雪常经夏，无花空到春。下营云外火，收一作牧马月中尘。白首从戎客，青衫一作袍未离身。

## 出　塞 一本有曲字

葱岭秋尘起，全一作收军取月支。山川引行阵，蕃汉列旌旗。转战疲兵少，孤城外救迟。边人逢圣代，不见偃戈时。

微雪军将一作将军出，吹笛天未明。观兵登古戍，斩将对双旌。分阵瞻山势，潜兵一作军制马鸣。如今青一作新史上，已有灭胡名。

单于骄爱猎，放火到军城。乘一作待月调新马一作弩，防秋置远营。空山朱戟影，寒碛铁衣声。度水逢一作逢著降胡说，沙阴有伏兵。

## 赠李太守

几年为郡一作太守,家似布衣贫。沽酒迎幽客,无金与近臣。捣茶书院静,讲易药堂春。归阙功成后,随车有野人。

## 送张司直入单于 一作送客游边

若过一作到并州北,谁人不忆家。寒深无伴侣一作去伴,路尽有平沙。碛冷唯逢雁,天春不见花。莫随征一作边将意,垂老事轻车。

## 惜　花

夜来花欲尽,始一作偏惜两三枝。早起寻稀处,闲眠记落时。蕊焦蜂自散,蒂折蝶还移一作稀。攀著殷勤别,明年更有期。

## 春　山　居

独来多任性,惟与白云期。深处花开尽,迟眠人不知。水流山暗处,风起月明时。望见南峰近,年年懒更移。

## 游　瀑　泉　寺

日夕寻未遍,古木寺高低。粉壁犹遮岭,朱楼尚隔溪。厨窗通涧鼠,殿迹立山鸡。更有无人处,明朝独向西。

## 送宫人入道归山

十岁一作五吹箫入汉宫,看修水殿种芙蓉。自伤白发辞金屋,许著黄衣一作喜戴黄冠向玉一作雪峰。解语老猿开晓户,学飞雏一作引雏飞鹤落一作下高松。定知别后宫中伴,应听缑山半夜钟。

# 巴 女 谣

巴女骑牛唱竹枝,藕丝菱叶傍江时。不愁日暮还家错,记得芭蕉出槿篱。

# 公 子 行

少年初拜大长秋,半醉垂鞭见列侯。马上抱鸡三市斗,袖中携剑五陵游。玉箫金管迎归院,锦袖红妆拥上楼。更向院西一作东新买宅,月波一作碧波,一作月陂。春水入门流。

# 长 安 游

久卧长安春复秋,五侯长乐客长愁。绣帘朱毂逢花住,锦幰银珂触雨游。何处少年吹玉笛,谁家鹦鹉语红楼。年年只是看他贵,不及南山任白头。

# 别 齐 太 守

花里南楼春夜寒,还如王屋上天坛。归山不道无明月,谁共一作肯相从到晓看。

# 登 古 城

独上闲城却下迟,秋山惨惨冢累累。当时还有登城者,荒草如今知是谁。

# 哭 刘 夫 子

近问南州客,云亡已数春。痛心曾受业,追服恨无亲。孀妇归乡里,书斋属四邻。不知经乱后,奠祭有何人。

# 醉后寄山中友人

昨日山家春酒浓，野人相劝久从容。独忆卸冠眠细草，不知谁送出深松。都忘醉后逢廉度，不省归时见鲁恭。知己尚嫌身酩酊，路人应恐笑龙钟。

## 温 泉 僧 房

云里前朝寺，修行独几年。山村无施食，盥漱亦安禅。古塔巢溪鸟，深房闭谷泉。自言曾一作僧入室，知处梵王天。

## 题 美 人

秦女窥人不解羞，攀花趁蝶出墙头。胸前空带宜男草，嫁得萧郎爱远游。

## 寻 李 暹

任性常多出，人来得见稀。市楼逢酒住，野寺送僧归。檐下悬秋叶，篱头晒褐衣。门前南北路，谁肯入柴扉。

## 寻李逸人旧居

旧隐松林下，冲泉入两涯一作崖。琴书随弟子，鸡犬在邻家。茅屋长黄菌，槿篱生白花。幽坟无处访，恐是入烟霞。

## 赠 碧 玉

新绣笼裙荳蔻花，路人笑上返金车。霓裳禁曲无人解，暗问梨园弟子家。

# 舟中月明夜闻笛

浦里移舟候信风,芦花漠漠夜江空。更深何处人吹笛,疑是孤一作龙吟寒水中。

# 送迁客二首

得罪谁人送,来时不到家。白头无侍子,多病向天涯。莽苍凌江水,黄昏见塞花。如今贾谊赋,不谩说长沙。

流人何处去,万里向江州。孤驿瘴烟重,行人巴草秋。上帆南去远,送雁北看愁。遍问炎方客,无人得白头。

# 赠王道者 一作赠隐者

去寻长一作多不出一作在,一作见,门似绝人行。床下石苔满,屋头秋草生。学琴寒月一作冬日短,写易晚一作晓窗明。唯到一作有黄昏后,溪中闻磬声。

# 题合溪乾洞 又见刘商集,题作题潘师房。

渡水傍山寻绝壁,白云飞处洞天开。仙人来往行无迹,石径春风长绿苔。

# 过张老园林 一作村园

身老无修饰,头巾用白纱。开门朝扫径,辇一作滤水夜浇花。药气闻深巷,桐阴到数家。不愁还酒债,腰下有丹砂。

# 寓　意

一作荆南陪楚尚书惜落花,一作襄阳席上看花时因小蛮作。

自小一作老大看花长一作情，一作犹。不足，江边寻得数株一作沿江正遇一
枝红。黄昏人散东一作春风起一作日斜人散东风起，吹落一作向谁家明月
中。

## 哭 王 都 护

老将明王识，临终拜上公。告哀乡路远，助葬一作战戍城空。素幔
朱门里，铭旌秋巷中。史官如不滥，独传说英雄。

## 饯司农宋卿立太尉碑了还江东

追立新碑日，怜君苦一身。远移深涧石，助立故乡人。草色荒坟
绿，松阴古殿春。平生心已遂，归去得垂纶。

## 送唐大夫让节一本有度使二字归山 一作送唐中丞入道

年老功成一作臣乞罢兵，玉阶匍匐进双旌。朱门鸳瓦为仙观，白领
狐裘出帝城。侍女一作婢休梳官样髻，蕃一作阍童新改道家名。到
时浸发春泉里，犹梦红一作江楼箫管声。

## 买 山 吟

买得幽山一作居属汉阳，槿篱疏处种桃榔。唯有猕猴来往熟，弄人
抛果满书堂。

## 古 词 三 首

素丝带金地，窗间掬飞尘。偷得凤凰钗，门前乞行人。
新长青丝发，哑哑言语黠。随人敲铜镜，街头救明月。
东家新长儿，与姜同时生。并长两心熟，到大相呼名。

## 秦越人洞中咏

扁鹊得仙处，传是西南峰。年年山下人，长见骑白龙。洞门黑无
底，日夜唯雷风。清斋将入时，戴星一作花兼抱松。石径阴且寒，地
响知一作如远钟。似行山林外，闻叶履一作屐声重。低碍更俯身，渐
远昼夜同。时时白蝙蝠，飞入茅衣中。行久路转窄，静闻水淙淙。
但愿逢一人，自得朝天宫。

## 宿西山修下元斋咏

幽人在何处，松桧深冥冥。西峰望紫云，知处一作有安期生。沐浴
溪水暖，新衣礼仙名。脱屐一作履入静堂，绕像随礼行。碧纱笼寒
灯，长幡缀金铃。林下听法人，起坐一作践枯叶声。启奏修律仪，天
曙山鸟鸣。分行布营茅，列坐满中庭。持斋候撞钟，玉函散宝经。
焚香开卷时，照耀金室明。投简石洞深，称过一作遇上帝灵。学道
能苦心，自古无不成。

## 过凌霄洞天谒张先生祠

戢戢一作落落乱一作万峰里，一峰独凌天。下看如一作知尖高，上有十
里泉。志一作至人爱幽深，一住五十一作十五年。悬牍一作犊到其上，
乘牛耕药田。衣食不下求，乃是云中仙。山僧独知处，相引冲碧
烟。断崖昼昏黑，槎臬横只一作双椽。面壁攀石棱，养力方敢前。
累歇日已没，始到茅堂边。见客不问谁，礼质无周旋。醉卧枕欹树
一作木，寒坐展青毡。折松扫藜床，秋果颜色鲜。炼蜜敲石炭，洗澡
乘瀑泉。一本无此二句。白犬舐客衣，惊走闻腥膻。乃知轩冕徒，宁
比云壑眠。

# 早上凌霄第六峰入紫谿礼白鹤观祠

路转第六峰，传是十里程。放石试浅深，硱壁蛇鸟惊。欲下先褰衣，路底一作低避枯茎。回途歇嵌窟一作崛，整带重冠缨。及到紫石溪，晻晻已天明。渐近神仙居，桂花湿溟溟。阴苔无人踪，时得白鹤翎。忽然见朱楼，象牌题玉京。沉沉五云影，香风散紫萦。清斋上玉一作列上堂，窗户悬水精。青童撞一作捣金屑，杵臼声丁丁。膻腥遥问谁，稽首称姓名。若容在溪口，愿乞残雪英。

## 山中访道者 一作入白芝溪寻黄尊师

触烟入溪口，岸岸一作茫茫唯桎杼。其中尽一作飞碧流，十里不通屐。出林山始转一作尚未明，绝一作细径缘一作悬峭壁。把藤借行势，侧足凭石脉。歔一作颥牙断行处，光滑猿猱一作猴迹。忽然风景异，乃到神仙宅。天晴茅屋头，残云蒸气白。隔窗梳发声，久立闻吹笛一作帻。抱琴出门来，不顾一作是人间客。山院不洒扫，四时自虚寂。落叶埋长松，出地才数一作满尺。曾读上清经，知一作去注长生籍。愿示不死方，何山有琼液。

## 寄卢俨员外秋衣词

寄远空以心，心诚亦难知。箧中有秋帛，裁作远客衣。缝制虽女功，尽度手自持。容貌常目中，长短不复疑。斜缝密且坚，游客多尘缁。意欲都无言，浣濯耐岁时。殷勤托行人，传语慎勿遗。别来年已老，亦闻鬓成丝。纵然更相逢，握手唯是悲。所寄莫复弃，愿见长相思。

# 种　树

一树新栽益四邻,野夫如到旧山春。树成多是人先老,垂白看他攀折人。

## 哭李暹 一作赵嘏诗

驱马街中哭送君,灵车碾雪隔城闻。唯有山僧与樵客,共舁孤榇入幽坟。

# 古挽歌

双辙出郭门,绵绵东西道。送死多于生,几人得终老。见此切肺肝一作肝肠,不如一作唯有归山好。不闻哀哭声,默默安怀抱。时尽从物化一作奄终,又免生忧挠一作搞。世间寿者稀,尽为悲伤恼一作早。送哭谁家车一作郎,灵幡一作车紫带长。青童抱何物,明月与香囊。可惜罗衣色,看舁入水泉。莫愁埏道暗,烧漆得千年。以上二篇,一本合作一首。

阴一作劫风吹黄蒿,挽歌度秋水。车马却归城,孤坟月明一作明月里。

# 悼孩子

年长始一男,心亦颇自娱。生来岁未周,奄然却归无。裸送不以衣,瘗埋于中衢。乳母抱出门,所生亦随呼。婴孩无哭仪,礼经不可逾。亲戚相问时,抑悲空叹吁。襁褓在旧床,每见立踟蹰。静思益伤情一作惜,畏老为独夫。

# 别旧山

旧伴同游尽却回,云中独宿守花开。自是去人身渐老,暮山流水任东来。

## 寄 周 恽

家在荒陂长似秋,蓼花芹叶水虫幽。去年相伴寻山客,明月今宵何
处游。

## 野田行 一作李益诗

日暮出古城,野田何茫茫。寒狐上孤冢,鬼一作猎火烧白杨。昔人
未为泉下客,若到此中还断肠。

## 塞上一作出塞曲

行人朝走马,直走蓟城傍。蓟城通汉北,万里别吴乡。海上一烽
火,沙中百战场。军书发上郡,春色度河阳。袅袅汉宫柳,青青胡
地桑。琵琶出塞曲,横笛断君肠。

## 襄阳寒食 一本此下有寄宇文藉五字

烟水初销见万家,东风吹柳万条斜。大堤欲上谁相伴,马踏春泥半
是花。

## 泛舟入后谿 一作羊士谔诗

雨馀芳草净沙尘,水绿沙平一带春。唯有啼鹃似留客,桃花深处更
无人。

# 全唐诗卷三一一

## 刘长川

刘长川,肃、代间诗人。诗二首。

### 宝 剑 篇

宝剑不可得,相逢几许难。今朝一度见,赤色照人寒。匣里星文动,环边月影残。自然神鬼伏,无事莫空弹。

### 将赴东都上李相公

四海兵初偃,平津阁正开。谁知大炉下,还有不然灰。

## 郑 常

郑常,肃、代间人。诗一卷,今存三首。

### 寄邢—作常逸人

羡君无外事,日与世情违—作稀。地僻人难到,溪深鸟自飞。儒衣荷叶老,野饭药苗肥。畴昔江湖—作若问湖边意,而—作如今忆共归。

## 送头陀上人赴庐山寺

僧家无住著，早晚出东林。得一作行道非一作无真相，头陀是苦心。
持斋山果熟，倚锡野云深。溪寺谁相待，香花与梵音。

## 谪居汉阳白沙口阻雨因题驿亭

汉阳无远近一作知近远，见说过溢城。云雨经春客，江山几日程。终
随鸥鸟去，只待海潮生。前路逢渔父，多惭一作愁问姓名。

# 陈　存

陈存，大历、贞元间诗人。诗六首。

## 穆　陵　路

西游匣长剑，日暮湘楚间。歇马上秋草，逢人问故关。孤村绿塘
水，旷野白云山。方念此中去，何时此路还。

## 清　溪　馆　作

指途清溪里，左右唯深林。云蔽望乡处，雨愁为客心。遇人多物
役，听鸟时幽音。何必沧浪水，庶兹浣尘襟。

## 寓居武丁馆

暑雨飘一作飙已过，凉飙触幽衿。虚馆无喧尘，绿槐多昼阴。俯视
古苔积，仰聆早蝉吟。放卷一长想，闭门千里心。

## 楚州赠别周愿侍御

漂泊楚水来，舍舟坐高馆。途穷在中路，孤征慕前伴。风雨一留宿，关山去欲懒。淮南木叶飞，夜闻广陵散。

## 送刘秀才南归 一作刘复诗

鸟啼杨柳垂，此别千万里。古路入商山，春风去灞水。停车落日在，罢酒离人起。蓬户寄龙沙，送归情讵已。

## 丹阳作 一作朱彬诗

暂入新丰市，犹闻旧酒香。抱琴沽一醉，尽日卧垂杨。

# 王 观

王观，大历、贞元间人，或云太和时人。诗一首。

## 早 行

鸡唱催人起，又生前去愁。路明残月在，山露宿云收。村店烟火动，渔家灯烛幽。趋名与趋利，行役几时休。

# 崔 瓘

崔瓘，字汝器，博陵人，累官至澧州刺史。大历中，迁湖南观察使，为别将臧玠所害。诗一首。

## 赠 营 妓

《诗话总龟》云:崔左辖瓘牧江外郡,祖席夜阑,一营妓先辞归,崔与
诗曰:

寒檐寂寂雨霏霏,候馆萧条烛烬微。只有今宵同此宴,翠娥伴醉欲
先归。

# 郑　审

郑审,繇之子,乾元中袁州刺史。大历初秘书监,出为江
陵少尹。诗二首。

## 酒席赋得匏瓢

华阁与贤开,仙瓢自远来。幽林尝伴许,陌巷亦随回。挂影怜红
壁,倾心向绿杯。何曾斟酌处,不使玉山颓。

## 奉使巡检两京路种果树事毕入秦因咏

圣德周天壤,韶华满帝畿。九重承涣汗,千里树芳菲。陕塞馀阴
薄,关河旧色微。发生和气动,封植众心归。春露条应弱,秋霜果
定肥。影移行子盖,香扑使臣衣。入径迷驰道,分行接禁闱。何当
扈仙跸,攀折奉恩辉。

# 朱　彬

朱彬,大历、贞元间诗人。诗一首。

### 丹阳作 一作陈存诗

暂入新丰市，犹闻旧酒香。抱琴沽一醉，尽日卧垂杨。

# 李彦远 一作昈

> 李彦远，大历、贞元间诗人。诗一首。

## 采　桑

采桑畏日高，不待春眠足。攀条有馀态，那矜一作怜貌如玉。千金岂不赠，五马空踯躅。何以变真性，幽篁雪中绿。

# 范元凯

> 范元凯，内江人，与兄崇凯俱有才名。诗一首。

## 章仇公兼琼席上咏真珠姬 章仇公，大历中蜀州刺史

神女初离碧玉阶，彤云犹拥牡丹鞋。应知子建怜罗袜，顾步裴回拾翠钗。

# 全唐诗卷三一二

## 刘　迴

刘迴,字阳卿,知几子,以刚直称。大历初吉州刺史,终谏议大夫、给事中。集五卷,今存诗四首。

### 烂柯山四首

按此诗见《信安志》烂柯山石刻,并见者,李幼卿、李深、谢勋、羊滔、薛戎五人,或一时同咏,或先后继唱,皆列于后。

白云引策杖,苔径谁往还。渐见松树偃,时闻鸟声闲。豁然喧氛尽,独对万重山。最高顶

石桥架绝壑,苍翠横鸟道。凭槛云脚下,颓阳日犹蚤。霓裳倘一遇,千载长不老。石桥

灵境偶一寻,洞天碧云上。烂柯有遗迹,羽客何由访。日暮怅欲还,晴烟满千嶂。仙人棋

绳床宴坐久,石窟绝行迹。能在人代中,遂将人代隔。白云风飏飞一作孤峰上,非欲待归客。石室二禅师

## 李幼卿

李幼卿,字长夫,陇西人。大历中,以右庶子领滁州刺史。

滁州有庶子泉,以幼卿得名。诗五首。

## 前年春与独孤常州兄花时为别倏已三年矣今莺花又尔睹物增怀因之抒情聊以奉寄 时蒙溪幽居在义兴,益增怀溯。

近日霜毛一番新,别时芳草两回春。不堪花落花开处,况是江南江北人。薄宦龙钟心懒慢,故山寥落水涔沦。缘君爱我疵瑕少,愿窃仁风寄老身。《纪事》云:幼卿有别业,在常州义兴,曰玉潭庄。任滁州日,以书托刺史独孤及,及为题玉潭云:碧玉徒强名,冰壶难比德。唯当寂照山,可并涔沦色。幼卿所谓故山寥落水涔沦是也。

### 游烂柯山四首

拂雾理孤策,薄霄眺层岑。迥升烟雾外,豁见天地心。物象不可及,迟回空咏吟。

巨石何崔嵬,横桥架山顶。傍通日月过,仰望虹霓迥。圣者开津梁,谁能度兹岭。

二仙自围棋,偶与樵夫会。仙家异人代,俄顷千年外。笙鹤何时还,仪形尚相对。

石室过云外,二僧俨禅寂。不语对空山,无心向来客。作礼未及终,忘循旧形迹。

# 李 深

李深,字士达,兵部郎中、衢州刺史。诗四首。

## 游烂柯山四首

寻源路不迷,绝顶与云齐。坐引群峰小,平看万木低。双林春色上,正有子规啼。

嵌空横洞天,磅礴倚崖巘。宛如虹势出,可赏不可转。真兴得津梁,抽簪永游衍。

羽客无姓名,仙棋但闻见。行看负薪客,坐使桑田变。怀古正怡然,前山早莺啭。

稽首期发蒙,吾师岂无说。安禅即方丈,演法皆寂灭。鸣磬雨花香,斋堂饭松屑。

# 羊　滔

羊滔,泰山人,大历中宏词及第。诗四首。

## 游 烂 柯 山

步登春岩里,更上最远山。聊见宇宙阔,遂令身世闲。清辉赏不尽,高驾何时还。

石梁耸千尽,高盼出林□。亘壑蹑丹虹,排云弄清影。路期访道客,游衍空井井。第二句缺一字。

采薪穷冥搜,深路转清映。安知洞天里,偶坐得棋圣。至今追灵迹,可用陶静性。

沙门何处人,携手俱灭迹。深入不动境,乃知真圆寂。有时归罗浮,白日见飞锡。

# 薛 戎

薛戎,字元夫,河中人。历衢、湖、常三州刺史,终浙东观察使。诗四首。

## 游 烂 柯 山

登岩已寂历,绝顶更岧峣。响像如天近,窥临与世遥。悠然畅心目,万虑一时销。

圣游本无迹,留此示津梁。架险知何适,遗名但不亡。只今成佛宇,化度果难量。

二仙行自适,日月徒迁徙。不语寄手谈,无心引樵子。蒙分一丸药,相偶穷年祀。

仙山习禅处,了知通李释。昔作异时人,今成相对寂。便是不二门,自生瞻仰意。

# 谢 勮

谢勮,不知何许人。诗四首。

## 游 烂 柯 山

独凌清景出,下视众山中。云日遥相对,川原无不通。自致高标末,何心待驭风。

宛演横半规,穿崇翠微上。云扃掩苔石,千古无人赏。宁知后贤心,登此共来往。

仙弈示樵夫，能言忘归路。因看斧柯烂，孙子发已素。孰云遗迹久，举意如旦暮。

仙僧会真要，应物常渊默。惟将无住理，转与信人说。月影清江中，可观不可得。

# 全唐诗卷三一三

## 崔元翰

崔元翰,名鹏,以字行,博陵人。擢进士第一人,又举宏词,历官礼部员外、知制诰。终比部郎中。集三十卷,今存诗七首。

### 奉和圣制三日书怀因以示百寮

佳节上 —作尚元巳,芳时属暮春。流觞想兰亭,捧剑传金人。风轻水初绿,日迟—作晴花更新。天文信昭回,皇道颇敷陈。恭己每从俭,清心常保真。戒兹游衍乐,书以示群臣。

### 奉和圣制重阳旦日百寮曲江宴示怀

偶圣睹昌期,受恩惭弱质。幸逢良宴会,况是清秋日。远岫对壶觞,澄澜映簪绂。炮羔备丰膳,集凤调鸣律。薄劣厕英豪,欢娱忘衰疾。平皋行雁下,曲渚双凫出。沙岸菊开花,霜枝果垂实。天文见成象,帝念资勤恤。探道得玄珠,斋心居特室。岂如横汾唱,其事徒—作从骄逸。

### 奉和圣制中元日题奉敬寺

妙道非本说,殊途成异名。圣人得其要,俱以化群生。风吹从上苑,龙宫连外城。花鬘列后一作广殿,云车驻前庭。松竹含新秋一作韵,轩窗有馀清。缅怀崆峒事,须继箫管一作管弦声。离相境都寂,忘言理更精。域中信称大,天下乃为轻。屈己由济物,尧心岂所荣。

## 奉和登玄武楼观射即事书怀赐孟涉应制

宁岁常有备,殊方靡不宾。禁营列武卫,帝座彰威神。讲事一临幸,加恩遍抚巡。城高凤楼耸,场迥兽侯新。饮羽连百中,控弦逾六钧。拣材尽爪士,受任皆信臣。光赏文藻丽,便繁心膂亲。复如观太清,昭烂垂芳辰。

## 清明节郭侍御偶与李侍御孔<br>校书王秀才游开化寺卧病不得<br>同游赋得十韵兼呈马十八郎丞公

山色入层城,钟声临复岫。乘闲息边事,探异怜春候。曲阁下重阶,回廊遥对霤。石间花遍落,草上云时覆。钻火见樵人,饮泉逢野兽。道情亲法侣,时望登朝右。执宪纠奸邪,刊书正讹谬。茂才当时选,公子生人秀。赠答继篇章,欢娱重朋旧。垂帘独衰疾,击缶酬金奏。

## 杂言奉和圣制至承光院见自生<br>藤感其得地因以成咏应制

新藤正可玩,得地又蓬时。罗生密叶交绿蔓,欲布清阴垂紫蕤。已带朝光暖,犹含轻露滋。遥依千华殿,稍上万年枝。馀芳连桂树,积润傍莲池。岂如幽谷无人见,空覆荒榛杂兔丝。圣心对此应有

感,隐迹如斯谁复知。怀贤劳永叹,比物赋新诗。聘丘园,访茅茨,
为谢中林士,王道本无私。

## 雨中对后檐丛竹

含风摇砚水,带雨拂墙衣。乍似秋江上,渔家半掩扉。

# 独孤良器

　　独孤良器,贞元中,官右司郎中。诗一首。

## 赋得沉珠于泉

皎洁沉泉水,荧煌照乘珠。沉非将宝契,还与不贪符。风折璇成
浪,空涵影似浮。深看星并入,静向月同无。光价怜时重,亡情信
道枢。不应无胫至,自为暗投殊。

# 高崇文

　　高崇文,字崇文。其先自渤海徙幽州,崇文少籍平卢军。
贞元中,随韩全义镇长武城,累官金吾将军。全义入觐,崇文
掌行营节度留务。宪宗朝,拜东川节度使。西蜀平,封南平郡
王,同中书门下平章事。卒,谥曰威武。诗一首。

## 雪 席 口 占

崇文宗武不崇文,提戈出塞号将军。那个髇儿射雁落,白毛空里乱
纷纷。

# 罗　珦 一作炯

　　罗珦,会稽人,家于庐州。贞元中,刺本郡,以治行闻,再迁京兆尹。诗一首。

## 行县至浮查山寺

三十年前此布衣,鹿鸣西上虎符归。行时宾从过前寺,到处松杉长旧围。野老竞遮官道拜,沙鸥遥避隼旟飞。春风一宿琉璃地,自有泉声惬素机。

# 皇甫澈 一作激

　　皇甫澈,贞元中蜀州刺史。诗四首。

## 赋四相诗 并序

　　蜀州刺史厅壁记:居相位者,前后四公,谟明弼谐,迁转历此,顾已无取,忝迹于斯,景行遗烈,嗟叹之不足也。谨述其行事,咏其休美,庶将来君子,知圣朝之德云尔。

### 中书令汉阳王张柬之

周历革元命,天步值艰阻。烈烈张汉阳,左祖清诸武。休明神器正,文物旧仪睹。南向翊大君,西宫朝圣母。茂勋镂钟鼎,鸿劳食茅土。至今称五王,卓立迈万古。

## 中书令钟绍京

景龙仙驾远,中禁奸衅结。谋猷叶圣朝,披鳞奋英节。青宫阊阖启,涤秽氛浸灭。紫气重昭回,皇天新日月。从容庙堂上,肃穆人神悦。唐元佐命功,辉焕何烈烈。

## 礼部尚书门下侍郎平章事李岘

时来遇明圣,道济宁邦国。猗欤瑚琏器,竭我股肱力。进贤黜不肖,错枉举诸直。宦官既却坐,权奸─作竖亦移职。载践每若惊,三已无愠色。昭昭垂宪章,来世实作则。

## 门下侍郎平章事王缙

舟楫济巨川,山河资秀气。服膺究儒业,屈指取高位。北征戮骄悍,东守辑携贰。论道致巍巍,持衡无事事。知己不易遇,宰相固有器。瞻兹华璧中,来者谁其嗣。

# 张　登

张登,南阳人。江南士〔掾〕(橡)满岁,计相表为殿中侍御史,董赋江南,俄拜漳州刺史。集六卷,今存诗七首。

## 上巳泛舟得迟字

令节推元巳,天涯喜有期。初筵临泛地,旧俗袚禳时。枉渚潮新上,残春日正迟。竹枝游女曲,桃叶渡江词。风鹢今方退,沙鸥亦未疑。且同山简醉,倒载莫褰帷。

## 送王主簿游南海

平生推久要,留滞共三年。明日东南路,穷荒雾露天。旷怀常寄酒,素业不言钱。道在贫非病,时来丑亦妍。过山乘蜡屐,涉海附楼船。行矣无为恨,宗门有大贤。

## 重阳宴集同用寒字

锡宴逢佳节,穷荒亦共欢。恩深百日泽,雨借九秋寒。望气人谣洽,临风客以难。座移山色在,杯尽菊香残。欲识投醪遍,应从落帽看。还宵须命烛,举首谢三官。

## 仲秋夜郡内西亭对月 第七句缺一字

天高月满影悠悠,一夜炎荒并觉秋。气与露清凝众草,色如霜白怯轻裘。高临华宇还知隙,静映长江不共流。□直西倾河汉曙,遗风犹想武昌楼。

## 冬至夜郡斋宴别前华阴卢主簿 并序　序内缺一字

　　范阳卢君,道漳以适越,越人悦之,税车休徒,三旬之间,然后饬行李之命。时日南至,登与宾客僚吏,会别于郡斋,骊酒卜夜,夜艾酒酣而不能自已,故咸请诗之,由是探韵而赋。赋不出志,大抵感时伤远,又美卢君择其所从而不惑,□颂征南,有奔走之德焉。

虎宿方冬至,鸡人积夜筹。相逢一尊酒,共结两乡愁。王俭花为府,卢谌幄内谬。明朝更临水,怅望岭南流。

## 小雪日戏题绝句

甲子徒推小雪天,刺桐犹绿槿花然。融和长养无时歇,却是炎洲雨露偏。

## 招 客 游 寺

江城吏散卷一作倦春阴,山寺鸣钟隔雨深。招取遗民赴僧社,竹堂分坐静看心。

## 句

孤高齐帝石,萧洒晋亭峰。 见《漳州名胜志》
境旷穷山外,城标涨海头。

# 韦执中

> 韦执中,京兆人,河南县令,历泉州刺史。诗一首。

## 陪韩退之窦贻周同寻刘尊师不遇得师字

早尚逍遥境,常怀汗漫期。星郎同访道,羽客杳何之。物外求仙侣,人间失我师。不知柯烂者,何处看围棋。

# 邵 真

> 邵真,成德军李宝臣书记也。宝臣子惟岳倚田悦,拒命。真切谏,不从。兵败,召真议归顺。悦遣扈岌来责。惟岳惧,斩真以谢。后王武俊表其忠,赠户部尚书。诗一首。

## 寻 人 偶 题

日昃不复午,落花难归树。人生能几何,莫厌相逢遇。

# 何频瑜

何频瑜,建中中蓝田尉。诗一首。

## 墙阴残雪

积雪还因地,墙阴久尚残。影添斜月白,光借夕阳寒。皎洁开帘近,清荧步履看。状花飞著树,如玉不成盘。冰薄方宁及,霜浓比亦难。谁怜高卧处,岁暮叹袁安。

# 骆 浚

骆浚,起家度支司书,后尝典州郡,有令名。诗一首。

## 题度支杂事典庭中柏树

《语林》云:度支使见此诗,语李吉甫,因显用。

干耸一条青玉直,叶铺千叠绿云低。争如燕雀偏巢此,却是鸳鸯不得栖。

# 罗 让 一作尚

罗让,字景宣,迥之子。少以文学知名,举进士、宏辞、贤良方正,皆高第。历尚书郎,散骑常侍,终江西观察使。集三十卷,今存诗二首。

## 梢　云 一作曹松

殊质资灵贶,凌空发瑞云。梢梢含树彩一作影,郁郁动霞文。不比
因风起,全非触石分。叶光闲泛滟,枝杪静氛氲。隐见心无宰,裴
回庆自君。翻飞如可托,长愿在横汾。

## 闰月定四时

月闰随寒暑,畴人定职司。馀分将考日,积算自成时。律候行宜
表,阴阳运不欺。气薰灰琯验,数扐卦辞推。六律文明序,三年理
暗移。当知岁功立,唯是奉无私。

# 全唐诗卷三一四

## 陈　京

　　陈京，字庆复，陈宣都王叔明五世孙。擢进士第，累迁太常博士，擢右补阙，与赵需、张荐共劾卢杞，终秘书少监。诗一首。

### 享文恭太子庙乐章

歌以德发，声以乐贵。乐善名存，追仙礼异。鸾旌拱修，凤鸣合次。神听皇慈，仲月皆至。

## 韦渠牟

　　韦渠牟，京兆万年人。少慧悟，涉览经史。初为道士，后为僧。韩滉表试校书郎。德宗诞日，召之，同佛老师讲论大义，爱其辨博，因奏七十诣诗。旬日，再转右补阙、内供奉，迁谏议大夫。数召对奏事，终太常卿。诗集十卷，今存二十一首。

### 步虚词十九首

玉简真人降，金书道箓通。烟霞方蔽日，云雨已生风。四极威仪异,三天使命同。那将人世恋,不去上清宫。

羽驾正翩翩,云鸿最自然。霞冠将月晓,珠珮与星连。镂玉留新诀,雕金得旧编。不知飞鸾鹤,更有几人仙。

上帝求仙使,真符取玉郎。三才闲布象,二景郁生光。骑吏排龙虎,笙歌走凤凰。天高人不见,暗入白云乡。

鸾鹤共裴回,仙官使者催。香花三洞启,风雨百神来。凤篆文初定,龙泥印已开。何须生羽翼,始得上瑶台。

羽节忽排烟,苏君已得仙。命风驱日月,缩地走山川。几处留丹灶,何时种玉田。一朝骑白虎,直上紫微天。

静发降灵香,思神意智长。虎存时促步,龙想更成章。扣齿风雷响,挑灯日月光。仙云在何处,仿佛满空堂。

几度游三洞,何方召百神。风云皆守一,龙虎亦全真。执节仙童小,烧香玉女春。应须绝岩内,委曲问皇人。

上法杳无营,玄修似有情。道宫琼作想,真帝玉为名。召岳驰旌节,驱雷发吏兵。云车降何处,斋室有仙卿。

羽卫一何鲜,香云起暮烟。方朝太素帝,更向玉清天。凤曲凝犹吹,龙骖俨欲前。真文几时降,知在永和年。

大道何年学,真符此日催。还持金作印,未要玉为台。羽节分明授,霞衣整顿裁。应缘五云使,教上列仙来。

独白授金书,萧条咏紫虚。龙行还当马,云起自成车。九转风烟合,千年井灶馀。参差从太一,寿等混元初。

道学已通神,香花会女真。霞床珠斗帐,金荐玉舆轮。一室心偏静,三天夜正春。灵官竟谁降,仙相有夫人。

上界有黄房,仙家道路长。神来知位次,乐变叶宫商。竞把琉璃盏,都倾白玉浆。霞衣最芬馥,苏合是灵香。

珠佩紫霞缨,夫人会八灵。太霄犹有观,绝宅岂无形。暮雨裴回降，仙歌宛转听。谁逢玉妃辇，应检九真经。

西海辞金母，东方拜木公。云行疑带雨，星步欲凌风。羽袖挥丹凤，霞巾曳彩虹。飘飖九霄外，下视望仙宫。

玉树杂金花，天河织女家。月邀丹凤鸟，风送紫鸾车。雾縠笼绡带，云屏列锦霞。瑶台千万里，不觉往来赊。此首一作吴筠诗。

舞凤凌天出，歌麟入夜听。云容衣眇眇，风韵曲泠泠。扣齿端金简，焚香检玉经。仙宫知不远，只近太微星。

紫府与玄洲，谁来物外游。无烦骑白鹿，不用驾青牛。金化颜应驻，云飞鬓不秋。仍闻碧海上，更用玉为楼。此首一作吴筠诗。

箐鹤复骖鸾，全家去不难。鸡声随羽化，犬影入云看。酿玉当成酒，烧金且转丹。何妨五色绶，次第给仙官。

## 览外生卢纶诗因以示此

卫玠清谈性最强，明时独拜正员郎。关心珠玉曾无价，满手琼瑶更有光。谋略久参花府盛，才名常带粉闱香。终期内殿联诗句，共汝朝天会柏梁。

## 赠窦五判官

故旧相逢三两家，爱君兄弟有声华。文辉锦彩珠垂露，逸兴江天绮散霞。美玉自矜频献璞，真金难与细披沙。终须撰取新诗品，更比芙蓉出水花。

# 窦　参

　　窦参，字时中，岐州人。以门荫累官中丞。德宗以为宰相，后贬郴州别驾，赐死。诗三首。

## 湖上闲居 一作闲居湖上

避影将息阴,自然知音稀。向来深林中,偶亦有所窥。飞鸟口衔食,引雏上高枝。高枝但各有一作但各子其子,安知宜不宜。止止复何云,物情何自私一作方可知。

## 迁谪江表久未归

一自经放逐,裴回无所从。便为寒一作出山云,不得随飞龙。名岂不欲保,归岂不欲早。苟一作苦无三月资,难适千里道。离心与羁思,终日常草草。人生年几齐,忧苦即先老。谁能假羽翼,使我畅怀抱。

## 登潜山观

山势欲相抱,一条微径盘。攀萝歇复行,始得凌仙坛。闻道葛夫子,此中炼还丹。丹成五色光,服之生羽翰。灵草空自绿,馀霞谁共餐。至今步虚处,犹有孤飞鸾。幽幽古殿门,下压浮云端。万丈水声落,四时松色寒。既入无何乡,转嫌人事难。终当远尘俗,高卧从所安。

# 卢　群

卢群,字载初,范阳人。曹王皋节度江西,奏为判官。入为监察御史,累迁兵部郎中、秘书监,终天成军节度使。诗一首。

## 淮西席上醉歌

祥瑞不在凤凰麒麟,太平须得边将忠臣。卫霍真诚奉主,貔虎十万
一身。江河潜注息浪,蛮貊款塞无尘。但得百寮师长肝胆,不用三
军罗绮金银。

# 韦　皋

　　韦皋,字城武(一作武臣),京兆人。始仕为建陵挽郎。张
镒节度凤翔,署营田判官。德宗狩奉天,授陇州刺史。置奉义
军,拜节度使。帝自梁洋还,召为左金吾卫将军,迁大将军。
贞元元年,出为剑南西川节度使,在蜀二十馀年,封南康郡王。
诗三首。

## 天 池 晚 棹

雨霁天池生意足,花间谁咏采莲曲。舟浮十里芰荷香,歌发一声山
水绿。春暖鱼抛水面纶,晚晴鹭立波心玉。扣舷归载月黄昏,直至
更深不假烛。

## 赠何遹 第三句缺一字

腰间宝剑七星文,掌上弯弓挂六钧。箭发□云双雁落,始知秦地有
将军。

## 忆一作寄玉箫

　　玉箫者,江夏姜使君家青衣也。皋微时,客于姜,与之有情,以玉指
环及一诗遗之,订后约。久之,玉箫郁念成疾死,姜以环著中指葬焉。

后皋镇蜀,生日,东川献歌姬,亦名玉箫,而貌正同,中指肉隐起如所著玉环,时以为感皋意再生云。

黄雀衔来已数春,别时留解赠佳人。长江不见鱼书至,为遣相思梦入秦。

# 李 愿

李愿,陇右人,晟之子。以父勋拜太子宾客,终检校司空、河中节度。诗二首。

## 观 翟 玉 妓

女郎闺阁春,抱瑟坐花茵。艳粉宜斜烛,羞蛾惨问人。寄情摇玉柱,流盼整罗巾。幸以芳香袖,承君宛转尘。

## 思 妇

良人久不至,惟恨锦屏孤。憔悴衣宽日,空房问女巫。

# 王智兴

王智兴,字匡谏,怀州人。起牙将,自贞元至太和,历战功,进位侍中,封雁门郡王。诗一首。

## 徐州使院赋

长庆中,智兴为徐州节度。一日,从事于使院会饮赋诗,智兴召护军俱至。从事屏去翰墨,智兴曰:"适闻作诗,何独见某而罢?"复以笺陈席上,小吏亦置笺于智兴前,于是引毫立成云云,四座惊叹。

三十年前老健儿，刚被郎中遣作诗。江南花柳从君咏，塞北烟尘我
独知。

# 袁　高

袁高，字公颐，恕己之孙，擢进士第。建中中，拜京畿观察
使。坐累，贬韶州刺史，复拜给事中。宪宗时，特赠礼部尚书。
诗一首。

## 茶　山　诗

禹贡通远俗，所—作始图在安人。后王失其本，职吏不敢陈。亦有
奸佞者，因兹欲求伸。动生千金费，日使万姓贫。我来顾渚源，得
与茶事亲。氓辍耕农未—作黎氓辍农桑，采采—作采掇实苦辛。一夫旦
当役，尽室皆同臻。扪葛上欹壁，蓬头入荒榛。终朝不盈掬，手足
皆鳞皴—作皱鳞。悲嗟遍空山，草木为不春。阴岭芽未吐，使者牒
已频。心争造化功，走挺麋鹿均。选纳无昼夜，捣声昏继晨。众工
何枯栌，俯视弥伤神。皇帝尚巡狩，东郊路多堙。周回绕天涯，所
献愈艰勤。况减兵革困，重兹固疲民。未知供御馀，谁合分此珍。
顾省忝邦守，又惭复因循。茫茫沧海间，丹愤何由申。

# 崔子向

崔子向，贞元间为检校监察御史，后终南海从事。诗三
首。

## 送惟详律师自越之义兴

阳羡诸峰顶,何曾异剡山。雨晴人到寺,木落夜开关。缝衲纱灯亮
一作晃,看心锡仗闲。西方知有社,未得与师还。

## 上鲍大夫 防

行尽江南塞北时,无人不诵鲍家诗。东堂桂树何年折,直至如今少
一枝。

## 题 越 王 台

越井岗头松柏老,越王台上生秋草。古木多年无子孙,牛羊一作野
人践踏成官道。

# 张 署

张署,河间人。贞元中监察御史,谪临武令,历刑部郎,
虔、澧二州刺史,终河南令。诗一首。

## 赠 韩 退 之

九疑峰畔二江前,恋阙思乡日抵年。白简趋朝曾并命,苍梧左宦一
联翩。鲛人远泛渔舟水,鹏鸟闲飞露里天。涣汗几时流率土,扁舟
西下共归田。

# 归 登

归登,字冲之,吴县人,崇敬之子。贞元初,策贤良,为右

拾遗,转右补阙、起居舍人。顺宗为皇太子,登父子侍读。及
即位,以东宫恩,拜给事中,迁工部侍郎。复为皇太子诸王侍
读,累进工部尚书。卒,谥曰宪。诗一首。

## 享惠昭太子庙乐章 请神

嘉荐既陈,祀事孔明。间歌在堂,万舞在庭。外则尽物,内则尽诚。
凤笙如闻,歆其洁精。

# 全唐诗卷三一五

## 朱　放

朱放,字长通,襄州人,隐于越之剡溪。嗣曹王皋镇江西,辟节度参谋。贞元初,召为拾遗,不就。诗一卷。

### 剡溪行却寄新别者

潺湲寒溪上,自此成离别。回首望归人,移舟逢暮雪。频行识草树,渐老伤年髪。唯有白云心,为向东山月。

### 九日陪刘中丞宴昌乐寺送梁廷评

独坐三台妙,重阳百越间。水心观远俗,霜气入秋山。不弃遗簪旧,宁辞落帽还。仍闻西上客,咫尺谒天颜。

### 经故贺宾客镜湖道士观

已得归乡里,逍遥一外臣。那随流水去,不待镜湖春。雪里登山屐,林间漉酒巾。空馀道士观,谁是学仙人。

### 送著公归越　一作皇甫曾诗

谁能愁此别,到越会相逢。长忆云门寺,门前千万峰。石床埋积雪,山路倒枯松。莫学白道一作衣士,无人知去踪。

## 秣陵送客入京

秣陵春已至,君去学归鸿。绿水琴声切,青袍草色同。鸟喧金谷树,花满洛阳宫。日日相思处,江边杨柳风。

## 灵—作云门寺赠灵一上人

所思劳旦—作日夕,惆怅去湘—作湖东。禅客知何在,春山几处同。独行残雪里,相见暮云中。请住东林寺,弥—作穷年事远公。

## 江 上 送 别

浦边新见柳摇时,北客相逢只自悲。惆怅空知思后会,艰难不敢料前期。行看汉月愁征战,共折江花怨别离。向夕孤城分首处,寂寥横笛为君吹。

## 归桐庐旧居寄严长史 —作章八元诗

昨辞天子棹归舟,家在桐庐忆旧丘。三月暖时花竞发,两溪分处水争流。近闻江老传乡语,遥见家山减旅愁。或在醉中逢夜雪,怀贤应向剡川游。

## 竹

青林—作什何森然,沈沈独曙前。出墙同渐沥,开户满婵娟。箨卷初呈粉,苔侵乱上钱。疏中思水过,深处若山连。叠夜常栖露—作鹭,清朝乍有蝉。砌阴迎缓策,檐翠对欹眠。迸笋双分箭,繁梢一向偏。月过惊散雪,风动极闻泉。幽谷添诗谱,高人欲制篇。萧萧意何恨,不独往湘川。

## 铜 雀 妓

恨唱歌声咽,愁翻舞袖迟。西陵日欲暮,是妾断肠时。

## 毗 陵 留 别

别离非一处,此处最伤情。白发将春草,相随日日生。

## 题竹一作鹤林寺

岁月人间促,烟霞此地多。殷勤竹林寺,能一作更得几回过。

## 答陆〔澧〕(沣)

松叶堪为酒,春来酿几多。不辞山路远,踏雪也相过。

## 杨子津送人

今朝杨子津,忽见五溪人。老病无馀事,丹砂乞五斤。

## 山中谒皇甫曾

寻源路已尽,笑入白云间。不解乘轺客,那知有此山。

## 剡山夜月 一颗剡溪舟行

月在沃洲山上,人归剡县溪边。漠漠黄花覆水,时时白鹭惊船。

## 九日与杨凝崔淑期登江上山
## 会有故不得往因赠之

欲从携手登高去,一到门前意已无。那得更将头上发,学他年少插茱萸。

## 山中听子规 一作顾况诗

幽人自爱山中宿,又近葛洪丹井西。窗中有个长松树,半夜子规来
上啼。

## 乱后经淮阴岸

荒村古岸谁家在,野水浮云处处愁。唯有河边衰柳树,蝉声相送到
扬州。

## 送 张 山 人

知君住处足风烟,古寺荒村在眼前。便欲移家逐君去,唯愁未有买
山钱。

## 别 李 季 兰

古岸新花开一枝,岸傍花下有分离。莫将罗袖拂花落,便是行人肠
断时。

## 游 石 涧 寺

闻道幽深石涧寺,不逢流水亦难知。莫道山僧无伴侣,猕猴 一作猴
猿长在古松枝。

## 新安所居答相访人所居萧使君为制

谢公见我多愁疾 一作病,为我开门对碧山。君若欲来看猿鸟,不须
争把桂枝攀。

# 送 魏 校 书

长恨江南足别离,几回相送复相随。杨一作柳花撩乱扑流水,愁杀
人行知不知。

# 送 温 台

眇眇天涯君去时,浮云流水自相随。人生一世长如客,何必今朝是
别离。

# 句

爱彼云外人,求取涧底泉。

风吹芭蕉圻,鸟啄梧桐落。　并《诗式》

# 全唐诗卷三一六

## 武元衡

　　武元衡,字伯苍,河南缑氏人。建中四年,登进士第,累辟使府,至监察御史,后改华原县令。德宗知其才,召授比部员外郎。岁内,三迁至右司郎中,寻擢御史中丞。顺宗立,罢为右庶子。宪宗即位,复前官,进户部侍郎。元和二年,拜门下侍郎平章事,寻出为剑南节度使。八年,征还秉政,早朝为盗所害,赠司徒,谥忠愍。《临淮集》十卷,今编诗二卷。

### 古　意

蜀国春与秋,岷江朝夕流。长波东接海,万里至扬州。开门面淮甸,楚俗饶欢宴。舞榭黄金梯,歌楼白云一作雪面。荡子未言归,池塘月如练。

### 塞　下　曲

草枯马蹄轻,角弓劲如石。骄虏初欲来,风尘暗南国。走檄召都尉,星火剿羌狄。吾身许报主,何暇避锋镝。白露湿铁衣,半夜待攻击。龙沙早立功,名向一作高燕然勒。

# 独 不 见

荆门一柱观,楚国三休殿。环珮俨神仙,辉光生顾盼。春风细腰舞,明月高堂宴。梦泽水连云,渚宫花似霰。俄惊白日晚,始悟炎凉变。别岛—作川凫异波潮—作涛,离鸿分海县。南北断相闻,叹嗟独不见。

# 旬假南—作西亭寄熊郎中

旬休屏戎事,凉雨北窗眠。江城一夜雨一作一夜江城梦,万里绕山川。草木散幽气,池塘鸣早蝉。妍芳落春后,旅思生秋前。红槿粲一作报庭艳,绿蒲繁渚烟。行歌独谣酌,坐发朱丝弦。哀玉一作生不可扣,华烛一作舫徒湛然。闻君乐一作东林卧,郡阁旷周旋。酬对龙象侣,灌一作泛注清泠泉。如何无碍智,犹苦病缠牵。

# 晨兴寄赠窦—作何使君 一作晨兴赠友寄呈窦使君

江陵岁方晏,晨起眄庭柯。白露伤红叶,清风断绿萝。徇时真气索,念远怀忧一作幽怀多。夙昔乐一作东山意,纵横南浦波。有美婵娟子,百虑攒双蛾。缄情郁不舒,幽行骈复罗一作幽竹自骈罗。为予一作子歌苦寒,酌一本缺,一作旨。酒朱颜酡。世事浮云一作两鬓倏云变,功名将奈何。

# 秋 日 对 酒

行年过始衰,秋至独先悲。事往怜一作悟神魄,感深滋涕洟。百忧纷在虑一作百虑纷然在,一醉兀无思。宝瑟拂尘匣,徽音一作清韵凝朱丝。幽圃蕙兰气,烟窗松桂姿。我乏济时略,杖节抚藩一作坤维。山川大兵后,牢落空城池。惊沙犹振野,绿草生荒陂。物变风雨顺,人怀天地慈。春耕事秋战,戎马去封陲。波澜暗超忽,坚白亦磷缁。客有自嵩颍,重征栖隐期。丹诀学仙晚,白云归谷迟。君恩不可报,霜露绕南枝。

## 安邑里中秋怀寄高员外

原宪素非贫,嵇康自寡欲。守道识通穷,达命齐荣辱。庭梧变葱蒨,篱菊扬芳馥。坠叶翻夕霜,高堂瞬华烛。况兹寒夜永,复叹流年促。感物思殷勤,怀贤心踯躅。雄词封禅草,丽句阳春曲。高德十年兄,异才千里足。咫尺邈雪霜,相望如琼玉。欲识岁寒心,松筠更秋绿。

## 送　唐　次

都门去马嘶,灞水春—作东流浅。青槐驿路长—作直,白日离尊—作亭晚。望望烟景微,草色行人远。

## 秋夜雨中怀友

庭空雨鸣骄,天寒雁啼苦。青灯淡吐光,白发悄无语。几年不与—作共联床吟,君方客吴我犹—作客楚。

## 望　夫　石

佳名—作人望夫处,苔藓封孤石。万里水连天,巴江—作山暮云碧。湘妃泣下竹成斑—作泪竹下成林,子规夜啼江树白—作水深。

## 行　路　难

君不见道傍废井傍开花,原是昔年骄贵家。几度美人来照影,濯纤笑引银瓶绠。风飘雨散今奈何,绣闼雕甍绿苔多。笙歌鼎沸君莫矜,豪奢未必长多金。休说编氓朴无耻,至竟终须合天理。非故败他却成此,苏张终作多言鬼。行路难,路难不在九折湾。

## 长 相 思

长相思,陇云愁,单于台上望伊州。雁书绝,蝉鬓秋。行人天一一本缺二字,一作山北。畔,暮雨海西头。殷勤大河水,东注不还流。

## 出 塞 作

夙驾逾人境,长驱出塞垣。边风引去骑,胡沙拂征辕。奏笳山月白,结阵瘴云昏。虽云风景异华夏,亦喜一本缺此二字地理通楼烦。白羽矢飞先火炮,黄金甲耀夺朝暾。要须洒扫龙沙净,归谒明光一报恩。

## 桃源行送友

武陵川径入幽遐,中有鸡犬秦人家,家傍流水多桃花。桃花两边种来久,流水一通一作道何时有。垂条落蕊暗春风,夹岸芳菲至山口。岁岁年年能寂寥,林下青苔日为厚。时有仙鸟来衔花,曾无世人此携手。可怜不知若为名,君往一作任从之多所更。古驿荒桥平路尽,崩湍怪石小溪行。相见维舟登览处,红堤绿岸宛然成。多君此去从仙隐,令人晚节悔营营。

## 长安叙怀寄崔十五

延首直城西,花飞绿草齐。迢遥隔山水,怅望思游子。百啭黄鹂细雨中,千条翠柳衡门里。门对长安九衢路,愁心不惜芳菲度。风尘冉冉秋复春,钟鼓喧喧朝复暮。汉家宫阙在中天,紫陌朝臣车马连。萧萧霓旌合仙仗,悠悠剑佩入炉烟。李广少时思报国,终军未遇敢论边。无媒守儒行,荣悴纷相映。家甚长卿贫,身多公干病。不知身病竟如何,懒向青山眠薜萝。鸡黍空多元伯惠,琴书不见子猷过。超名累岁与君同,自叹还随鹢退风。闻说唐生子孙在,何当一为问穷通。

## 兵行褒斜谷作

古地接龟沙,边风送征雁。霜明草正腓,峰逼日易晏。集旅布嵌谷,驱马历层涧。岷河源涉屡,蜀甸途行惯。矢橐弧室岂领军,儋爵食禄由从宦。注意奏凯赴都畿,速令提兵还石坂。三川顿使气象清,卖刀买犊消忧患。

## 西亭早秋送徐员外

鼎铉辞台座,麾幢领益州。曲池连月晓,横角一作笛满城秋。有美皇华使,曾同白社游。今年一作来重相见,偏觉艳歌愁。

## 送徐员外还京 一作使还上都

九折朱轮动,三巴白露生。蕙兰秋意晚,关塞别魂惊。宝瑟连宵怨,金罍尽醉倾。旄头星未落,分手辘轳鸣。

## 送柳郎中一作柳侍御,一作李侍郎裴起居

沱江水绿波,喧鸟去乔柯。南浦别离处,东风兰杜多。长亭春婉娩,层汉路蹉跎。会有归朝日,班超奈老何。

## 八月十五酬从兄常望月有怀

坐爱圆景满,况兹秋夜长。寒光生露草,夕韵出风篁。地远惊金奏,天高失一作共雁行。如何北楼望,不得共一作及在池塘。

## 酬太常从兄留别 一作送太常十二兄罢册南诏却赴上都

乡路日一作自兹始,征轩行复留。张骞随汉节,王濬守刀州。泽国
烟花度,铜梁雾雨愁。别离无可奈,万恨锦江流。

## 春日与诸公泛舟

千里雪山开,沱江春水来。驻帆云缥缈,吹管鹤裴回。身外流年
驶,尊前落景催。不应归棹远,明月一作日在高台。

## 送兄归洛使谒严司空

六岁蜀城守,千茎蓬鬓丝。忧心不自遣,骨肉又伤离。楚峡饶云
雨,巴江足梦思。殷勤孔北海,时节易流一字诸本缺移。

## 同洛阳诸公饯卢起居

萧条寒日晏,凄惨别魂惊。宝瑟无声怨,金囊故赠轻。赤墀方载
笔,油幕尚言兵。暮宿青泥驿,烦君泪满缨。

## 台 中 题 壁

柏台年未老,蓬鬓忽苍苍。无事裨明主,何心弄宪章。雀声愁霰
雪,鸿思恨关梁。会脱簪缨去,故山瑶草芳。

## 江上寄隐者

归舟不计程,江月屡亏盈。霭霭沧波路,悠悠离别情。兼葭连水
国,鼙鼓近梁城。却忆沿江叟,汀洲春草生。

## 送严绅游兰溪

剡岭穷边海,君游别岭西。暮云秋水阔,寒雨夜猿啼。地僻秦人少,山多越路迷。萧萧驱匹马,何处是兰溪。

## 秋　思

秋室一作空浩烟雾,风柳怨寒蜩。机杼夜声切,蕙兰芳意消。美人湘水曲,桂楫洞庭遥。常恐时光谢,蹉跎红艳凋。

## 夏日别卢太卿 一作江津对雨送卢侍御

汉水清且广,江波渺复深。叶舟烟雨夜,之子别离心。汀草结春怨,山云连暝阴。年年南北泪,今古共沾襟。

## 西亭题壁寄中书李相公 一作寄上中书李相公

昏旦倦兴寝,端忧力尚一作坐向微。廉颇不觉老,蘧瑗始知非。授钺虚三顾,持衡旷万机。空馀蝴蝶梦,迢递故山归。一作会应舟楫便,烟雨五湖归。

## 八月十五夜与诸公 一无此三字锦楼望月得中字

玉轮初满空,迥出锦城东。相向秦楼镜,分飞碣石鸿。桂香随窈窕,珠缀隔玲珑。不及前秋月一作见,圆辉一作光,一作明。凤沼中。

## 四一作西川使宅有韦令公一作太尉时孔
## 雀存焉暇日与诸公同玩座中兼故府
## 宾妓兴嗟一作叹久之因赋此诗用广其意

荀令昔居此，故巢留越禽。动摇金翠尾，飞舞碧梧一作玉池，又作墀，又作阶。阴一作音。上客彻瑶瑟，美人伤蕙心。会一作知因南国使，得一作归放海云深。

## 窦三中丞去岁有台中五言四韵未及
## 酬报今领黔南途经蜀门百里而近愿
## 言款觌封略间然因追曩篇持以赠之

在昔谬司宪，常僚惟有君。报恩如皎日，致位等青云。削稿书难见，除苛事早吟。双旌不可驻，风雪路歧分。

## 春分与诸公同宴呈陆三十四郎中

南国宴佳宾，交情老倍亲。月惭红烛泪，花笑白头人。宝瑟常馀怨，琼枝不让春。更闻歌子夜，桃李艳妆新。

## 津梁寺采新茶与幕中诸公遍
## 赏芳香尤异因题四韵兼呈陆郎中

灵州一作卉碧岩下，黄英初散芳。涂涂犹宿露，采采不盈筐。阴窦藏烟湿，单衣染焙香。幸将调鼎味，一为奏明光。

## 元和癸巳余领蜀之七年奉诏征还二月二十八日清明途经百牢关因题石门洞 一作石洞门

昔佩兵符去,今持相印还。天光临井络,春物度巴山。鸟道青冥外,风泉洞壑间。何惭班定远,辛苦玉门关。

## 夕次潘 一作蟠 山下

南国独行日,三巴春草齐。漾波归海疾,危栈入云迷。锦谷岚烟里,刀州晚照西。旅情方浩荡,蜀魄满林啼。

## 夏日对雨寄朱放拾遗

才非谷永传,无意谒王侯。小暑金将伏,微凉麦正秋。远山欹枕见,暮雨闭门愁。更忆东林寺,诗家第一流。

## 早春送欧阳炼师归山

双鹤五云车,初辞汉帝家。人寰新甲子,天路旧烟霞。羽节临风驻,霓裳逐雨斜。昆仑有琪树,相忆寄瑶华。

## 长 安 春 望

宿雨净烟霞,春风绽百花。绿杨中禁路,朱载五侯家。草色金堤晚,莺声御柳斜。无媒犹未达,应共惜年华。

## 经严秘校维故宅

掩泪山阳宅,生涯此路穷。香销芸阁闭,星落草堂空。丽藻浮名里,哀声夕照中。不堪投钓 一作吊 处,邻笛怨春风。

## 秋夜寄江南旧游

寥落九秋晚，端忧时物残。隔林萤影度，出禁漏声寒。愁雨洞房掩，孤灯遥夜阑。怀贤梦南国，兴尽水漫漫。

## 送陆书一本下有记字还吴

君住包山下，何年入帝乡。成名归旧业，叹别见秋光。橘柚吴洲远，芦花楚水长。我行经此路，京口向云阳。

## 山中月夜寄朱张二舍人

午夜更漏里，九重霄汉间。月华云阙迥，秋色凤池闲。御锦通清禁，天书出暗关。嵇康不求达，终岁在空山。

## 送冯谏议赴河北宣慰

汉代衣冠盛，尧年雨露多。恩荣辞紫禁，冰雪渡黄河。待诏孤城启，宣风万岁一作里和。今宵燕分野，应见使星过。

## 夜坐闻雨寄严十少府

多负云霄志，生涯岁序侵。风翻凉叶乱，雨滴洞房深。迢递三秋梦，殷勤独夜心。怀贤不觉寐，清磬发东林。

## 资圣寺贲法师晚春茶会

虚室昼常掩，心源知悟空。禅庭一雨后，莲界万花中。时节流芳暮，人天此会同。不知方便理，何路出樊笼。

## 慈恩寺起上人院

禅堂支许同,清论道源穷。起灭秋云尽,虚无夕霭空。池澄山倒影,林动叶翻风。他日焚香待,还来礼惠聪。

## 送魏正则擢第归江陵

客路商山外,离筵小暑前。高文常独步,折桂及韶年。关国通秦限,波涛隔汉川。叨同会府选,分手倍依然。

## 酬韩弇归崖见寄

惆怅人间事,东山遂独游。露凝瑶草晚,鱼戏石潭秋。轩冕应相待,烟霞莫遽留。君看仲连意,功立始沧洲。

## 河东赠别炼师

多累有行役,相逢秋节分。游人甘失路,野鹤亦离群。戎马犯边垒,天兵屯塞云。孔璋才素健,羽檄定纷纷。

## 秋日将赴江上杨弘微时任凤翔寄诗别

寂寞两相阻,悠悠南北心。燕惊沧海远,鸿避朔云深。夜梦江亭月,离忧陇树阴。兼秋无限思,惆怅属瑶琴。

## 夏与熊王二秀才同宿僧院

共将缨上尘,来问雪山人。世网从知累,禅心自证真。境空宜入梦,藤古不留春。一听林公法,灵嘉愿寄身。

## 宜阳所居白蜀葵答咏柬诸公

冉冉众芳歇,亭亭虚室前。敷荣时已背,幽赏地宜偏。红艳世方重,素华徒可怜。何当君子愿,知不竞喧妍。

## 送寇侍御司马之明州

斗酒上河梁,惊魂去越乡。地穷沧海阔,云入剡山长。莲唱蒲萄一作鱼熟,人烟橘柚香。兰亭应驻楫,今古共风光。

## 送 严 侍 御

巴檄故人去,苍苍枫树林。云山千里合,雾雨四时阴。峡路猿声断,桃源犬吠深。不须贪胜赏,汉节待南侵。

## 酬 元 十 二

偶寻乌府客,同醉习家池。积雪初迷径,孤云遂失期。风前劳引领,月下重相思。何必因尊酒,幽心两自知。

## 秋晚途次坊州界寄崔玉一作五员外

崎岖崖谷迷,寒雨暮成泥。征路出山顶,乱云生马蹄。望乡程杳杳,怀远思凄凄。欲识分麾重,孤城万堑西。

## 度 东 径 岭

又过雁门北,不胜南客悲。三边上岩见,双泪望乡垂。暮角云中戍,残阳天际旗。更看飞白羽,胡马在封陲。

## 送李正字之一作归蜀

已献甘泉赋,仍登片玉科。汉官新组绶,蜀国旧烟萝。剑壁秋云断,巴江夜月多。无穷别离思,遥寄竹枝歌。

## 玉泉寺与润上人望秋山怀张少尹

山寒天降霜,烟月共苍苍。况此绿岩晚,尚馀丹桂芳。禅心殊众诸本缺此二字乐,人世满秋光。莫怪频回首,孤云思帝乡。

## 酬崔使君寄麈尾

贤人嘉尚同,今制古遗风。寄我襟怀里,辞君掌握中。金声劳振远,玉柄借谈空。执玩驰心处,迢迢巴峡东。

## 送邓州潘使君赴任

川陆一都会,旌旗千里舒。虎符中禁授,熊轼上流居。橘柚金难并,池塘练不如。春风行部日,应驻士元车。

## 和李中丞题故将军林亭

帝里清和节,侯家邸第春。烟霏瑶草露一作路,苔暗杏梁尘。城郭悲歌旧,池塘丽句新。年年车马客,钟鼓乐他人。

## 送韦侍御司议赴东都

洛京千里近,离绪亦纷纷。文宪芙蓉沼,元方羔雁群。河关一作间连巩树,嵩少接秦云。独有临风思一作秋风引,睽携不可闻。

# 送吴侍御司马赴台州

卢耽佐郡遥,川陆共-作苦迢迢。风景轻-作经吴会,文章变越谣。
烟林繁橘柚,云海浩波潮。余有灵山梦,前君到石桥。

# 送七兄赴歙州

车马去憧憧,都门闻晓钟。客程将日远,离绪与春浓。流水逾千
度,归云隔万重。玉杯倾酒尽,不换惨凄容。

## 德宗皇帝挽歌词三首 第二首第一句缺一字

道启轩皇圣,威扬夏禹功。讴歌亭育外,文武盛明中。日月光连
璧,烟尘屏大风。为人祈福处,台树与天涌。

圣历□勤政,瑶图庆运长。寿宫开此地,仙驾缈何乡。风断清箶
调,云愁绿旆扬。上升知不恨,弘济任城-作成王。

尝闻阊阖前,星拱北辰箓。今来大明祖,辇驾桥山曲。松柏韵幽
音,鱼龙焰寒烛。岁岁秋风辞,兆人歌不足。

## 顺宗至德大圣皇帝挽歌词三首

桥山同轨会,轩后葬衣冠。东海风波变,西陵松柏攒。鼎湖仙已
去,金掌露宁干。万木泉扃月,空怜凫雁寒。

谷卫晓徘徊,严城阊阖开。乌号龙驭远,遏密凤声哀。昆浪黄河
注,崦嵫白日颓。恭闻天子孝,不忍望铜台。

哀挽渭川曲,空歌汾水阳。夜泉愁更咽,秋日惨无光。缵夏功传
启,兴周业继昌。回瞻五陵上,烟雨为苍苍。

## 昭德皇后挽歌词

玉宸将迁坐,金鸡忽报晨。珮环仙驭远,星月夜台新。剑没川空冷,菱寒镜不春。国门<sub>一作家</sub>车马会,多是濯龙亲。

## 春晚奉陪相公<sub>一无此四字</sub>西亭宴集

林花<sub>一作苑</sub>春向兰,高会重邀欢。感物惜芳景,放怀因彩翰。玉颜秾处并,银烛焰中看。若折持相赠,风光益别难。

# 全唐诗卷三一七

## 武元衡

### 送崔判官使—作还太原

劳君车马此逡巡，我与刘君本世亲。两地山河分节制，十年京洛共风尘。笙歌几处胡天月，罗绮长留蜀国春。报主由来—作末由，一作白应。须尽故，相期—作烟尘万里宝刀新。

### 幕中诸公有观猎之作因继之

刀州城北剑山东，甲士屯云骑散风。旌旆遍张林岭动，豺狼驱尽塞垣空。衔芦远雁愁矰缴，绕树啼猿怯避弓。为报府中诸从事—作从事说，燕然未勒莫论功。

### 同幕中诸公送李侍御归朝 —作台

昔年专席奉清朝，今日持书即旧僚。珠履会中箫管思，白云归处帝乡遥。巴江暮雨连三峡，剑壁危梁上九霄。岁月不堪相送尽，颓颜更被—作为别离凋。

### 送张六谏议归朝

诏书前日下丹霄，头戴儒冠脱皂貂。笛怨柳营烟—作花漠漠，云愁江馆雨萧萧。鸳鸿得路争先翥，松柏一作桧凌寒一作霜独一作贵，一作识。后凋。归去朝端如有问，玉关门一作玉门关外老班超。

## 酬严司空荆南一作州见寄

金貂再领一作入三公府，玉帐连封万户侯。帘卷青山巫峡晓，烟开碧树一作云凝碧岫渚宫秋。刘琨坐啸风清塞，谢朓题一作裁诗月满楼。白雪调高歌不得，美人南国一作阳台相顾，国一作望。翠蛾愁。一本此题载二首，首联作"汉家征镇委条侯，虎节龙旌居上头"。三联作"金笳曾掩胡人泪，丽句初传明月楼"。馀同。

## 南徐别业早春有怀

生涯扰扰竟何成，自爱深居隐姓名。远雁临空翻夕照，残云带雨过春城。花枝入户犹含润，泉水侵阶乍有声。虚度年华不相见，离肠怀土并关情。

## 摩诃池宴

摩诃池上春光早，爱水看花日日来。秾李雪开歌扇掩，绿杨风动舞腰回。芜台事往空留恨，金谷时危悟惜才。昼短欲将清夜继，西园自有月裴回。

## 至栎阳崇道寺闻严十少府趋侍

云连万木夕沈沈，草色泉声古院深。闻说羊车趋盛府，何言琼树在东林。松筠自古多年契，风月怀贤此夜心。惆怅送君身未达，不堪摇落听秋砧。

## 春暮郊居寄朱舍人

幽深不让一作谢子真居，度日闲眠世事疏。春水满池新雨霁，香风入户落花馀。目随鸿雁穷苍翠,心寄溪云任卷舒。回首知音青琐闼,何时一为荐相如。

## 送温况游蜀

游人西去客三巴,身逐孤蓬不定家。山近峨眉飞暮雨,江连濯锦起朝霞。云深九折刀州远,路绕千岩剑阁斜。应到严君开卦处,将余一为问生涯。

## 崔敷叹春物将谢恨不同览时余方为事牵束及往寻不遇题之留赠

九陌迟迟丽景斜,禁街西访隐沦赊。门依高柳空飞絮,身逐闲云不在家。轩冕强来趋世路,琴尊空负赏年华。残阳寂寞东城去,惆怅春风落尽花。

## 秋灯对雨寄史近崔积

坐听宫城传晚漏,起看衰叶下寒枝。空庭绿草结离念一作闲行处,细雨黄花赠所思一作独对时。蟋蟀已惊良一作凉节度一作至,茱萸偏忆故人期。相逢莫厌尊前醉,春去秋来自不知。

## 春题龙门香山寺

众香大上梵仙宫,钟磬寥寥半碧空。清景乍开松岭月,乱流长响石楼风。山河杳映春云外,城阙参差茂一作晓树中。欲尽出寻那可得,三千世界本无穷。

## 酬陆三与邹十八侍御

城分流水郭连山,拂露一作雾开怀一解颜。令尹关中仙史会,河阳

县里玉人闲。共怜秋隼惊飞至，久想一作报云鸿待侣还。莫恨一作
怪殷勤留此地，东崖桂树昔同攀。

## 酬谈校书长安秋夜对月寄诸故旧

故园千里渺遐情，黄叶萧条白露生。惊鹊绕枝风满幌，寒钟送晓月
当楹。蓬山高价传新韵，槐市芳年挹盛名。莫怪孔融悲岁序，五侯
门馆重娄卿。

## 送田三端公还鄂州

孤云迢递恋沧洲，劝酒梨花对白头。南陌送归车骑合，东城怨别管
弦愁。青油幕里人如玉，黄鹤楼中月并钩。君去庾公应借问，驰心
千里大江流。

## 送李一作韦秀才赴滑州诣大夫舅

陌头车马去翩翩，白面怀书美少年。东武扬公姻娅一作好重，西州
谢傅舅甥贤。长亭叫月新秋雁，官渡含风古树蝉。知己满朝留不
住，贵臣河上拥旌旃。

## 秋 日 书 怀

金貂玉铉奉君恩，夜漏晨钟老掖垣。参决万机空有愧，静观群动亦
无言。杯中壮志红颜歇，林下秋声绛叶翻。倦鸟不知归去日，青芜
白露满郊园。

## 南 昌 滩

渠江明净峡逶迤，船到名滩拽签迟。橹窗动摇妨作梦，巴童指点笑
吟诗。畲馀宿麦黄山腹，日背残花白水湄。物色可怜心莫限，此行

都是独行时。

## 奉和圣制丰年多庆九日示怀

令节寰宇泰,神都佳气浓。赓歌禹功盛,击壤尧年丰。九奏碧霄里,千官皇泽中。南山澄—作澹凝黛,曲水清涵空。金玉美王度,欢康谣—作谣康国风。睿文垂日月,永与天无穷。

## 夏日陪冯许二侍郎与严秘书游昊天观览旧题寄同里杨华州中丞 —作夏日陪朝寮同游昊天观

三伏草木变,九城—作城车马烦。碧霄回骑射—作吹,丹洞入桃源。台殿云浮栋,绥缨鹤在轩。莫将真破妄,聊用静持喧。石鳖古苔冷,水筠凉簟翻。黄公垆下叹—作饮,旌旆国东门。

## 奉和圣制重阳日即事

玉烛降寒露,我皇歌古—作大风。重阳德泽展—作振,万国欢娱同。绮陌拥行骑,香尘凝晓空。神都自蔼蔼,佳气助—作动葱葱。律吕阴阳—作金石畅,景光天地通。徒然被鸿霈—作濡,无以报玄功。

## 秋日台中寄怀简诸僚

宪府日多事,秋光照碧林。干云岩翠合,布石地苔深。忧悔耿遐抱,尘埃缁素襟。物情牵踢促,友道旷招寻。颓节风霜变,流年芳景侵。池荷足幽气,烟竹又繁阴。簪组赤墀恋,池鱼沧海心。涤烦滞幽赏,永度—作期振瑶华音。

## 奉酬淮南中书相公见寄 并序

皇帝改元之二年,余与越公同制入辅,并为黄门侍郎。夏五月,连

拜弘文、崇文大学士。冬十月，诏授检校吏部尚书兼门下侍郎，彤弓旅
矢，出镇西蜀。后九月，赵公加大司马之秩，右弼如故，龙旗虎符，出制
淮海。时号扬益，俱为重藩。左右皇都，万里何远。公手提兵柄，心匠
化源；芳词况余，情勤靡极；质文相映，金玉锵然。蜀道之阻长，楚郊之
风物，襟灵所属，尽在斯矣。永怀赵公岁寒交好之情，因成诗人不可方
思之义，聊书匪报，以款遐心。

扬州隋故都，竹使汉名儒。翊圣恩华异，持衡节制殊。朝廷连受
脉，台座接讦谟。金玉裁王度，丹书奉帝俞。九重辞象魏，千〔里〕
（万）握兵符。铁马秋临塞，虹旌夜渡泸。江长梅笛怨，天远桂轮孤。
浩叹烟霜晓，芳期兰蕙芜。雅言书一札，宾一作滨海雁东隅。岁月
奔波尽，音徽雾雨濡。蜀江分井络，锦浪入淮湖。独抱相思恨，关
山不可逾。

## 甫一作武构西亭偶题因呈监军及幕中诸公

瀛海无因泛，昆丘岂易寻。数峰聊在目，一境暂清心。悦彼松柏
性，爱兹桃李阴。列芳凭有土，丛干聚成林。信矣子牟恋，归欤尼
父吟。暗香兰露滴，空翠蕙楼深。负鼎位尝忝，荷戈年屡侵。百城
烦鞅掌，九仞喜岖嵚。巴汉溯沿楫，岷峨千万岑。恩偏不敢去，范
蠡畏熔金。

## 和杨弘微春日曲江南望

迟景霭悠悠，伤春南陌头。暄风一澹荡，遐思几殷忧。龙去空仙
沼，鸾飞掩妓楼。芳菲馀雨露，冠盖旧公侯。朱戟千门闭，黄鹂百
啭愁。烟濛宫树晚，花咽石泉流。寒谷律潜应，中林兰自幽。商山
将避汉，晋室正藩周。黍稷闻兴叹，琼瑶畏见投。君心即吾事，微
向一作尚在沧洲。

# 长安秋夜怀陈京昆季

钟鼓九衢绝，出门千里同。远情高枕夜，秋思北窗空。静见烟凝烛，闲听叶坠桐。玉壶思洞彻，琼树忆葱笼。萤影疏帘外，鸿声暗雨中。羁愁难会面，懒慢责微躬。甲乙科攀桂，图书阁践蓬。一瓢非可乐，六翮未因风。寥落悲秋尽，蹉跎惜岁穷。明朝不相见，流泪菊花丛。

# 冬日汉江南行将赴夏口
# 途次江陵界寄裴尚书

五部拥双旌，南依墨客卿。关山迥梁甸，波浪接溢城。烟景迷时候，云帆渺去程。蛤珠冯月吐，芦雁触罗惊。浦树凝寒晦，江天湛镜清。赏心随处惬，壮志逐年轻。舟楫不可驻，提封如任一作有情。向方曾指路，射策许言兵。兰渚歇芳意，菱歌非应声。元戎武昌守，羊祜幸连营。

# 奉酬中书李相公早朝
# 于中书候传点偶书所怀

寥落曙钟断，微明烟月沉。翠霞仙仗合，清漏披垣深。北极星遥拱，南山阙迥临。兰钉竟晓焰，琪树欲秋阴。霄汉惭联步，貂蝉愧开簪。德容温比玉，王度式如金。鱼水千年运，箫韶九奏音。代天惊度日，掷地喜开襟。文武时方泰，唐虞道可寻。忝陪申及甫，清净奉尧心。

## 春 日 偶 作

纵横桃李枝,淡荡春风吹。美人歌白苎,万恨在蛾眉。

## 夏 夜 作

夜久喧暂息,池台惟月明。无因驻清景,日出事还生。

## 左 掖 梨 花

巧笑解迎人,晴雪香堪惜。随风蝶影翻,误点朝衣赤。

## 同陈六侍御寒食游禅定一无定字藏山上人院

年少轻行乐,东城南陌头。与君寂寞意,共作草堂游。

## 赠 佳 人

步摇金翠玉搔头,倾国倾城胜莫愁。若逞仙姿游洛浦,定知神女谢风流。

## 休暇日中书相公致斋禁省因以寄赠

尝闻圣主得贤臣,三接能令四海春。月满禁垣斋沐夜,清吟属和更何人。

## 春 兴

杨柳阴阴细雨晴,残花落尽见流莺。春风一夜吹香梦,梦一作又逐春风到洛城。

## 酬裴起居西亭留题 <small>一作留赠</small>

艳歌能起关山恨,红烛偏<small>一作远</small>凝寒<small>一作边塞情</small>。况是池塘风雨夜,
不堪丝<small>一作弦</small>管尽离声。

## 送张侍御<small>一作司录</small>赴京

江南烟雨塞鸿飞,西府文章谢朓归。相送汀州兰棹<small>一作杜晚</small>,菱歌
一曲泪沾<small>一作盈</small>衣。

## 鄂　渚　送　友

云帆淼淼巴陵渡,烟树苍苍故郢城。江上梅花无数落<small>一作发</small>,送君
南浦不胜情。

## 送裴戡行军 <small>一作饯裴行军赴朝命</small>

珠履三千醉不欢,玉人犹苦夜<small>一作若饮</small>冰寒。送君偏<small>一作空</small>有无言
泪,天<small>一作足</small>下关山行路难。

## 宿　青　阳　驿

空山摇落三秋暮,萤过疏帘月露团。寂寞银<small>一作孤</small>灯愁不寐,萧萧
风竹夜窗寒。

## 送崔舍人起居

赤墀同拜紫泥封,驷牡连征侍九重。惟有白须张司马,不言名利尚
相从。

## 酬严维秋夜见寄

遥夜思悠悠，闻钟远梦休。乱林萤烛暗，零露竹风秋。启户云归栋，褰帘月上钩。昭明逢圣代，羁旅别沧洲。骑省潘郎思，衡闱宋玉愁。神仙惭李郭，词赋谢曹刘。松柏应无变，琼瑶不可酬。谁堪此时景，寂寞下高楼。

## 途次近蜀驿蒙恩赐宝刀及飞龙厩马使还奉寄中书李郑二公 一作李郑二中书

草草事行役，迟迟违一作出，一作入。故关。碧帷一作幢遥隐一作融雾，红旆渐依山。感激酬一作惭恩泪，星霜去国颜。捧刀金锡字，归马玉连环。威凤翔双阙，征夫纵百蛮。一作龙凤辞三署，干戈护百蛮。应怜宣室召，温树不同攀。

## 归　燕

春色遍芳菲，闲檐双燕归。还同旧侣至，来绕故巢飞。敢望烟霄达，多惭羽翮微。衔泥傍金砌，拾蕊到荆扉。云海经时别，雕梁长日依。主人能一顾，转盼自光辉。

## 送许著作分司东都

瑶瑟激凄响，征鸿翻夕阳。署分刊竹简，书蠹护芸香。马色关城晓，蝉声驿路长。石渠荣正礼，兰室重元方。不作经年别，离魂亦暂伤。

# 闻相公三兄小园置宴以元衡寓直因寄上`

## 兼呈中书三兄 一作九日致斋禁省和中书李相公

休一作斋沐限中禁,家山传胜游。露寒潘省夜,木落庾园秋。兰菊
回幽步,壶觞洽一作绝旧俦。位高天禄阁,词异畔牢愁。孤思琴先
觉,驰晖水竞一作共流。明朝不相见,清祀在圜丘。

## 酬陆员外歙州许员外郢州二使君

吴洲云海接,楚驿梦林长。符节分忧重,鹓鸿去路翔。艳歌愁翠
黛,宝瑟韵清商。洲草遥池合,春风晓旆张。晋臣多乐广,汉主识
冯唐。不作经年别,离魂亦未伤。

## 渐至涪州先寄王使君

治教通夷俗,均输问大田。江分巴字水,树入夜郎烟。毒雾含秋
气,阴岩蔽曙天。路难空计日,身老不由年。将命宁知远,归心讵
可传。星郎复何事,出守五溪边。

## 石 州 城

丈夫心爱横行,报国知嫌命轻。楼兰经百战,更道戍龙城。锦字窦
车骑,胡笳李少卿。生离两不见,万古难为情。

## 寒 食 下 第

柳挂九衢丝,花飘万家雪。如何憔悴人,对此芳菲节。

## 途 中 即 事

南征复北还,扰扰百年间。自笑红尘里,生涯不暂闲。

甲午岁—作秋相国李公有北园寄赠之
作吟玩历时屡促酬答机务不暇未及报
章今古遽分电波增感留墓剑而心许感
—作偶邻笛而意伤寓哀冥寞以广遗韵云

机事劳西掖,幽怀寄北园。鹤巢深更静,蝉噪断犹喧。仙酝百花
馥,艳歌双袖翻。碧云诗变雅,皇泽叶流根。未报雕龙赠,俄伤泪
剑痕。佳城关—作开白日,哀挽向—作去青门。礼命公台重,烟霜陇
树繁。天高不可问,空使辅星昏。

和杨三舍人晚秋与崔二舍人张秘监苗
考功同游昊天观时中书寓直不得陪随
因追往年曾与旧僚联游此观纪题在壁
已有沦亡书事感怀辄以呈寄兼呈东省
三给事之作杨君见征鄙词因以继和

瑶圃高秋会,金闺奉诏辰。朱轮天上客,白石—作日洞中人。珮响
泉声杂,朝衣羽服亲。九重青琐闭,三秀紫芝新。化药秦方士,偷
桃汉侍臣。玉笙王子驾,辽鹤令威身。叹逝颓波速—作远,缄词丽
曲春。重将凄恨意,苔壁问遗尘。

酬李十一尚书西亭暇日
书怀见寄十二韵之作

鼎铉昔云忝,西南分主忧。烟尘开僰道,旌节护蛮陬。任重功无
立,力微恩未酬。据鞍惭齿发,责帅惧春秋。高德闻郑履,俭居称

晏裘。三刀君入梦,九折我回辀。时景屡迁易,兹言期退休。方追故山事,岂谓台阶留。遐抱一作抱清净理,眷言兰杜幽。一缄琼玖赠,万里别离愁。巴岭云外没,蜀江天际流。怀贤耿遥思,相望凤池头。

## 秋怀奉寄朱补阙

上苑繁霜降,骚人起恨初。白云深陋巷,衰草遍闲居。暮色秋烟重,寒声牖叶虚。潘生秋思苦,陶令世情疏。已制归田赋,犹陈谏猎书。不知青琐客,投分竟何如。

## 奉酬中书相公至日圜丘行事合于中书宿斋移止于集贤院叙情见寄之什

郊庙祗严祀,斋庄觐上玄。别开金虎观,不离紫微天。树古长杨接,池清一作深太液连。仲山方补衮一作职,文举自伤年。风溢一作涩铜壶漏,香凝绮阁烟。仍闻白雪唱,流咏满鹍弦。

## 途　次 一下有昭应二字

去国策羸马,劳歌行路难。地崇秦制险,人乐汉恩宽。御沼澄泉碧,宫梨佛露丹。鼎成仙驭远,龙化宿云残。不问三苗一作朝宠,谁陪万国欢。至今松桂色,长助玉楼寒。

## 题故蔡国公主九华观上池院

朱门临九衢,云木蔼仙居。曲沼天波接,层台凤舞馀。曙烟深碧筱,香露湿红蕖。瑶瑟含风韵,纱窗积翠虚。秦楼今寂寞,真界竟何如。不与蓬瀛异,迢迢远玉除。

## 路 歧 重 赋

芳郊欲别阑干泪,故国难期聚散云。分手更逢江驿暮,马嘶猿叫一
作啸不堪闻。

## 重送卢三十一起居

相如拥传有光辉,何事阑干泪湿衣。旧府东山馀妓在,重将歌舞送
君归。

## 送 张 谏 议

汉庭从事五人来,回首疆场独未回。今日送君魂断处,寒云一作江
寥落数株梅。

## 同诸公夜宴监军玩花之作 一作同幕府夜宴惜花

五侯门馆百花繁,红烛摇风白雪翻。不似凤凰池畔见,飘扬今隔上
林园。

## 郊居寓目偶题

晨趋禁掖暮郊园,松桂苍苍烟露繁。明月上时群动息,雪峰高处正
当轩一作门。

## 题 嘉 陵 驿

悠悠风旆绕山川,山驿空濛雨似烟。路半嘉陵头已白,蜀门西上更
一作更上青天。

## 送柳郎中裴起居

望乡台上秦人在一作去，学射山中杜魄哀。落日河桥千骑别，春风
寂寞旆旌回。

## 秋日出游偶作

黄花丹叶满江城，暂爱江头风景清。闲步欲舒山野性，貔貅不许独
行人一作行。

## 夏夜饯裴行军赴朝命

三年同看锦城花，银烛连宵照绮霞。报国从来先意气，临歧不用重
咨嗟。

## 摩诃池送李侍御之凤翔

柳暗花明池上山，高楼歌酒换离颜。他时欲寄相思字，何处黄云是
陇间一作关。

## 送魏正则擢第归江陵

商山路接玉山深，古木苍然尽一作昼合阴。会府登筵君最少，江城
秋至肯惊心。

## 登阖闾古城

登高望远自伤情，柳发花开映古城。全盛已随流水去，黄鹂空啭旧
春声。

# 塞上春怀

东风河外五城喧，南客征袍满泪痕。愁至独登高处望，蔼然云树重伤魂。

## 塞外月夜寄荆南熊侍御

南依刘表北刘琨，征战年年箫鼓喧。云雨一乖千万里，长城秋月洞庭猿。

## 单于罢战却归题善阳馆

单于南去善阳关，身逐归云到处闲。曾是五年莲府客，每闻胡虏哭阴山。

## 韦常侍以宾客致仕同诸公题壁

孤云永日自徘徊，岩馆苍苍遍绿苔。望苑忽惊新诏下，彩鸾归处玉笼开。

## 学仙难

玉殿笙歌汉帝愁，鸾龙俨驾望瀛洲。黄金化尽方士死，青天欲上无缘由。

## 唐昌观玉蕊花

琪树芊芊一作年年玉蕊新，洞宫长闭彩霞春。日暮落英铺地雪，献花应过一作无复九天人。

## 春晓一作晚闻莺

寥寥一作寂寂兰台一作堂晓梦惊，绿林残一作斜月思孤莺。犹一作独疑
蜀魄千年恨，化作冤禽万啭声。

## 闻严秘书与正字及诸客夜会因寄

衡门寥落岁阴穷，露湿莓苔叶厌风。闻道今宵阮家会，竹林明月七
人同。

## 戏赠韩二秀才

名高折桂方年少，心苦为文命未通。闻说东堂今有待，飞鸣何处及
春风。

## 闻王仲周所居牡丹花发因戏赠

闻说庭一作亭花发暮春，长安才子看须频。花开花落无人见，借问
何人是主人。

## 酬王十八见招

王昌家直在城东，落尽庭花昨夜风。高兴不辞千日醉，随君走马向
新丰。

## 赠道者 一作赠送

麻衣如雪一枝梅，笑掩微妆入梦来。若到越溪逢越女，红莲池里白
莲开。

## 渡　淮

暮涛凝雪长淮水,细雨飞梅五月天。行子不须愁夜泊,绿杨多<sup>一作</sup>高处有人烟。

## 与崔十五同访裴校书不遇

梨花落尽柳花时,庭树流莺日过迟。几度相思不相见,春风何处有佳期。

## 夏日寄陆三达陆四逢并王念八仲周

士衡兄弟旧齐名,还似当年在洛城。闻说重门方隐相,古槐高柳夏阴清。

## 秋原寓目

木落风高天宇开一作旷,秋原一望思悠哉。边城今少一作足射雕骑,连雁嗷嗷何处来。

## 赠歌人 一作赠佳人

林莺一哢四时春,蝉翼罗衣白玉人。曾逐使君歌舞地,清声一作泉长啸一作咽翠眉颦。

## 同苗郎中送严侍御赴黔中因访仙源之事

武陵源在朗江东,流水飞花仙洞中。莫问阮郎千古事,绿杨深处翠霞空。

## 使次盘豆驿望永乐县 一无下四字

山川不记何年别，城郭应非昔所经。欲驻征车终日望，天一作大河
云雨晦冥冥。

## 缑山道中口号

秋山寂寂一作寞秋水清，寒郊木叶飞无声。王子白云仙去久，洛滨
行路夜吹笙。

## 岁暮送舍人

边城岁暮望乡关，身一作方逐戎旌未得还。欲别临歧无限泪，故园
花发寄君攀。

## 寓兴呈崔员外诸公

三月杨花飞满空，飘飖十里雪如风。不知何处香醪熟，愿醉佳园芳
树中。

## 单 于 晓 角

胡儿吹角汉城头，月皎霜寒大漠秋。三奏未终天便晓，何人不起望
乡愁。

## 汴河闻笛 一作闻角

何处金笛月里悲，悠悠边客梦先知。单于城下一作上关山曲，今日
中原总解吹。

## 寻三藏上人

北风吹雪暮萧萧，问法寻僧上界遥。临水手持笻竹杖，逢君不语指芭蕉。

## 山　　居

身依泉壑将时背，路入烟萝得地深。终岁不知城郭事，手栽林<sub>一作</sub>松竹尽成阴。

## 长安贼中寄题江南所居茱萸树

手种茱萸旧井傍，几回春露又秋霜。今来独向秦中见，攀折无时不断肠。

## 春斋夜雨忆郭通微

桃源在在<sub>一作未去</sub>阻风尘，世事悠悠又遇春。雨滴闲阶清夜久，焚香偏忆白云人。

## 送严秀才　<sub>一下有赴举二字</sub>

瀰瀰别离肠已断，江山迢递信仍稀。送君偏下临歧泪，家在南州身未归。

## 春日酬熊执易南亭花发见赠

千株桃杏参差发，想见花时人却愁。曾<sub>一作堂</sub>忝陆机琴酒会，春亭惟愿一淹留。

## 中春亭雪夜寄西邻韩李二舍人

广庭飞雪对愁人，寒谷由来不悟春。却笑山阴乘兴夜，何如今日戴家邻。

## 立秋日与陆华原—作陆三于县界南馆
## 送邹十八　一作立秋华原南馆别二客

风入昭一作泥阳池馆秋，片云孤鹤一作雁两难留。明朝独向青山郭，唯有蝉声催白头。

## 酬韦胄曹登天长寺上方见寄

青门一作山几度沾襟泪，并在东林雪外峰。今日重烦相忆处，春光知一作花绕凤池浓。

## 陌 上 暮 春

青青南陌柳如丝，柳色莺声晚日迟。何处最伤游客思，春风三月落花时。

## 春 日 偶 作

飞花寂寂燕双双，南客衡门对楚江。惆怅管弦何处发，春风吹到读书窗。

## 春暮寄杜嘉兴昆弟

柳色千家与万家，轻风细雨落残花。数枝琼玉无由见，空掩柴扉度岁华。

## 重送白将军

红烛芳筵惜夜分,歌楼管咽思难闻。早知怨别人间世,不下青山老白云。

## 和李丞题李将军林园

落英飘蕊雪纷纷,啼鸟如悲霍冠军。逝水不回弦管绝,玉楼迢递锁浮云。

## 同张惟送霍总 一作送崔总赴池州

春风箫管怨津楼,三奏行人醉不留。别后相思江上岸,落花飞处杜鹃愁。

## 赠别崔起居

三十年前会府同,红颜销尽两成翁。别泪共将何处洒,锦江南渡足春风。

## 春 日 偶 题

山川百战古刀州,龙节来分圣主忧。一作三川会合古刀州,纡绂来分宵盱忧。静守化条无一事,春风独上望京一作夕阳楼。

## 听 歌

月上重楼丝管秋,佳人夜唱古梁州。满堂谁是知音者,不惜千金与莫愁。

## 酬 韦 胄 曹

相逢异县蹉跎意,无复少年容易欢。桃李美人攀折尽,何如松柏四
时寒。

## 同幕府夜宴惜花

芳草落花明月榭,朝云暮雨锦城春。莫愁红艳风前散,自有青蛾镜
里人。

## 代佳人赠张郎中

洛阳佳丽本神仙,冰雪颜容桃李年。心爱阮郎留不住,独将珠泪湿
红铅。

## 饯裴行军赴朝命

来时圣主假光辉,心恃朝恩计日归。谁料忽成云雨别,独将边泪洒
戎衣。

## 秋日经潼关感寓

昔年曾逐汉征东,三授兵符百战中。力保山河嗟下世,秋风牢落故
营空。

## 赠 歌 人

仙歌静转玉箫催,疑是流莺禁苑来。他日相思梦巫峡,莫教云雨晦
阳台。

愈、李程为副，崔郾、陈珮、杨嗣复、庾敬休为判官，损益仪规，
号为详衷。终太子太师、检校司徒。集五十卷，今存诗二首。

### 和黄门相公诏还题石门洞 黄门，武元衡也。

紫氛随马处，黄阁驻车情。嵌壑惊山势，周滩恋水声一作清。地分
三蜀限，关志百牢名，琬琰攀酬郢，微言鼎饪情。用韵重。

### 享太庙乐章

开邸除暴，时迈勋尊。三元告命，四极骏奔。金枝翠叶，辉烛瑶琨。
象德亿载，贻庆汤孙。

# 赵宗儒

　　赵宗儒，字秉文，邓州穰人。举进士，初授弘文馆校书郎，
拜左拾遗，充翰林学士，与父晔秘书少监同日并命，当时荣之。
贞元十二年，以给事中同中书门下平章事。罢相，为右庶子，
端居守道，勤奉朝请。迁吏部侍郎，改尚书。前后三镇方任，
八领选部，历宪、穆、敬、文四朝，以司空致仕。诗一首。

### 和黄门武相公诏还题石门洞

益部恩辉降，同荣汉相还。韶芳满归路，轩骑出重关。望日朝天
阙，披云过蜀山。更题风雅韵，永绝翠岩间。

# 柳公绰

　　柳公绰，字宽，京兆华原人。举贤良方正，直言极谏。武

元衡节度剑南,与裴度俱为判官,相引重,召为吏部郎中。元和初,进太医箴,迁御史中丞,历六镇。太和中,终兵部尚书。性耿介,有大臣节。为文不尚浮靡,所取士如许康佐、郑郎、卢简辞、崔玙、夏侯孜、李拭、韦长,皆知名显贵。诗三首。

### 和武相锦楼玩月得浓字 时为西川营田副使

此夜年年月,偏宜此地逢。近看江水浅,遥辨雪山重。万井金花一作风肃,千林玉露浓。不唯楼上思,飞盖亦陪从。

### 题梓州牛头寺

一出西城第二桥,两边山木晚萧萧。井花净洗行人耳,留听溪声入夜潮。

### 赠 毛 仙 翁

桃源千里远,花洞四时春。中有含真客,长为不死人。松高枝叶茂,鹤老羽毛新。莫遣同篱槿,朝荣暮化一作绝尘。

# 张正一

　　张正一,德宗末左补阙,以上书召见,王叔文之党疑其言己阴事,令韦执谊谮之,坐贬。诗一首。

## 和武相公中秋锦楼玩月
### 得苍字 时为西川观察判官

高秋今夜月,皓色正苍苍。远水澄如练,孤鸿迥带霜。旅人方积吟思不喧。怀君欲有赠,宿昔贵忘言。

## 九日小园独谣赠<sub>赠一作奉寄</sub>门下武相公

小园休沐暇,暂与故山期。树杪悬丹枣,苔阴落紫梨。舞丛新菊遍,绕格<sub>一作树</sub>古藤垂。受露红兰晚,迎霜白薤肥。上公留凤沼<sub>一作诏</sub>,冠剑侍清祠。应念<sub>一作命</sub>端居者,长惭补衮诗。

## 怀伊川赋

龙门南岳尽伊原,草树人烟目所存。正是北州梨枣熟,梦魂秋日到郊园。

# 郑　絪

　　郑絪,字文明,荥阳人。擢进士、宏词。初为张延赏掌书记,入为起居郎、翰林学士,累迁中书舍人。宪宗立,拜中书侍郎同平章事。太和中,以太子少傅致仕。絪少好学,大历中有高名。后践历华显,出入中外,逾四十年,守道寡欲,不为烜赫事,时推耆德。集三十卷,今存诗五首。

## 奉和武相公省中宿斋酬李相公见寄

高阁安仁省,名园广武庐。沐兰朝太一,种竹咏华胥。禁静疏钟彻,庭开<sub>一作闲</sub>爽韵虚。洪钧齐万物,缥帙整群书。寒露滋新菊,秋风落故蕖。同怀不同赏,幽意竟何如。

## 寒夜闻霜钟

霜钟初应律,寂寂出重林。拂水宜清听,凌空散迥音。春容时未歇,摇曳夜方深。月下和虚籁,风前间一作闻远砧。净兼寒漏彻,闲畏曙更侵。遥相千山外,泠泠何处寻。

## 奉酬宣上人九月十五日东亭望月见赠因怀紫阁旧游

中年偶逐鸳鸯侣,弱岁多从麋鹿群。紫阁道流今不见,红楼禅客早曾闻。松斋月朗星初散,苔砌霜繁夜欲分。一览彩笺佳句满,何人更咏惠休文。

## 九日登高怀邵二

簪茱泛菊俯平阡,饮过三杯却惘然。十岁此辰同醉友,登高各处已三年。

## 享太庙乐章

於穆时文,受天明命。允恭玄默,化成理定。出震嗣德,应乾传圣。猗欤缉熙,千亿流庆。

## 句

情人共惆怅,良友不同游。《纪事》云:绚九日有怀邵二诗,又怀林十二云云,其重友如此。

# 郑馀庆

郑馀庆,字居业。大历中举进士第,初为严震山南从事。贞元初,历库部郎中,为翰林学士,以工部侍郎知吏部选,后拜中书侍郎同平章事。宪宗时,为尚书左仆射,详定典制,引韩

## 见郭侍郎题壁

万里枫江偶问程，青苔壁上故人名。悠悠身世限南北，一别十年空复情。

# 全唐诗卷三一八

## 李吉甫

　　李吉甫,字弘宪,以父栖筠荫,补仓曹参军,为太常博士。宪宗立,拜考功郎中、知制诰,入翰林为学士,转中书舍人。元和二年,同平章事,后为淮南节度。虽居外,每朝廷得失,辄以闻,帝尊任之,官而不名。卒,赠司空。吉甫该洽典故,详练故实,善任贤良,朝伦式序。集二十卷,今存诗四首。

### 癸巳岁吉甫圜丘摄事合于中书后阁宿斋常负忝愧移止于集贤院会门下相公以七言垂寄亦有所酬短章绝韵不足抒意因叙所怀奉寄相公兼呈集贤院诸学士

淮海同三入,枢衡过六年。后汉牟融六年任职。庙斋兢永夕,书府会群仙。粉壁连霜曙,冰池对月圆。岁时忧里换,钟漏静中传。蓬发颜空老,松心契独全。赠言因傅说,垂训在三篇。

### 夏夜北一作后园即事寄门下武相公

结构非华宇,登临一作仙似古原。僻殊萧相宅,芜胜邵平园。避暑依南庑,追凉在北轩。烟霞霄外静,草露月中繁。鹊绕惊还止,虫思,繁宿稍沉光。朱槛叨陪赏,尤宜清漏长。

# 徐 放

徐放,字达夫,武元衡西川从事。元和九年,为衢州刺史,
见韩愈徐偃王庙碑。诗一首。

## 奉和武相公中秋锦楼玩月得来字

玉露中秋夜,金波碧落开。鹊惊初泛滥,鸿思共裴回。远月一作日
清光遍,高空爽气来。此时陪永望,更得上燕台。

# 崔 备

崔备,建中进士第,为西川节度使判官,终工部郎中。诗
六首。

## 和武相公中秋锦楼玩月 得前字、秋字二篇

清景同千里,寒光尽一年。竟天多雁过,通夕少人眠。照别江楼
上,添愁野帐前。隋侯恩未报,犹有一作感夜珠圆。
四时皆有月,一夜独当秋。照耀初含露,裴回正满楼。遥连雪山
净,迥入锦江流。愿以清光末,年年许从游。

## 奉陪武相公西亭夜宴陆郎中

宾阁玳筵开,通宵递玉杯。尘随歌扇起,雪逐舞衣回。剪烛清光
发,添香暖气来。令君敦宿好,更为一裴回。

## 清溪路中寄诸公 一作寄韦于二侍御

偏郡隔云岑,回溪路更深。少留攀桂树,长一作畏渴望梅林。野笋
资公膳,山花慰客心。别来无信息,可谓井瓶沉。

## 奉酬中书相公至日圜丘行事合于中书
## 宿直移止于集贤院叙情见寄之什 一作崔曙诗

典籍开书府,恩荣避鼎司。郊丘资有事,斋戒守无为。宿雾蒙琼
树,馀香覆玉墀。进经逢乙夜,展礼值明时。勋共山河列,名同竹
帛垂。年年佐尧舜,相与致雍熙。

## 使院忆山中道侣兼怀李约

松竹去名岳,衡茅思旧居。山君水上印,天女月中书。旧秩芸香
在,空奁药气馀。褐衣宽易揽,白发少难梳。病柳伤摧折,残花惜
扫除。忆巢同倦鸟,避网甚跳鱼。阮巷一作嵇阮惭交绝,商岩一作求
羊愧迹疏。与君非宦侣,何日共樵渔。

# 萧　祜

　　萧祜,字祐之,兰陵人。以处士征,拜拾遗。元和初,历御
史中丞、桂管防御观察使。为人闲澹贞退,善鼓琴、赋诗,精妙
书画,游心林壑,名人高士多与之游。诗二首。

## 奉陪武相公西亭夜宴
## 陆郎中 时为武元衡幕僚

弘阁陈芳宴,佳宾此会难。交逢贵日重,醉得少时欢。舒黛凝歌

浅,居高缺复盈。处柔知坎德,持洁表阴精。利物功难并,和光道
已成。安流方利涉,应鉴此时情。

## 圆 灵 水 镜

浮光上东洛,扬彩满圆灵。明灭沦江水,盈虚逐砌虁。不分沙岸
白,偏照海山清。练色临窗牖,蟾光霭户庭。成轮疑璧影,初魄类
弓形。远近凝清质,娟娟一作依微出众星。

## 虹 藏 不 见

迎冬小雪至,应节晚虹藏。玉气徒成象,星精不散光。美人初比
色,飞鸟罢呈祥。石涧收晴影,天津失彩梁。霏霏空暮雨,杳杳映
残阳。舒卷应时令,因知圣历长。

## 白 露 为 霜

早寒青女至,零露结为霜。入夜飞清景,凌晨积素光。驷星初晰
晰,葭葵复苍苍。色冒沙滩白,威加木叶黄。鲜辉袭纨扇,杀气掩
干将。葛屦那堪履,徒令君子伤。

## 赋得金茎露

武帝贵长生,延年饵玉英。铜盘贮珠露,仙掌抗金茎。拂曙氛埃
敛,凌空沆瀣清。岩峣捧瑞气,龙嵷出宫城。势入浮云耸,形标霁
色明。大君当御宇,何必去蓬瀛。

# 张　耒

　　张耒,建中进士。诗五首。

# 圆 灵 水 镜

凤池开月镜,清莹写寥天。影散微波上,光含片玉悬。菱花凝泛
滟,桂树映清鲜。乐广披云日,山涛卷雾年。濯缨何处去,鉴物自
堪妍。回首看云液,蟾蜍势正圆。

# 景 风 扇 物

何处青蘋末,呈祥起远空。晓来摇草树,轻度净尘蒙。一作轻去动溟
蒙。水上微波动,林前媚景通。寥天鸣万籁,兰径长幽丛。渐飔抟
扶势,应从橐龠功。开襟若有日,愿睹大王风。

# 剑 化 为 龙

古剑诚难屈,精明有所从。沉埋方出狱,合会却成龙。牛斗光初
歇,蜿蜒气渐浓。云涛透百丈,水府跃千重。拖尾迷莲锷,张鳞露
锦容。至今沙岸下,谁得睹玄踪。

# 馀 瑞 麦

瑞麦生尧日,芃芃雨露偏。两歧分更合,异亩颖仍连。冀获明王
庆,宁唯太守贤。仁风吹靡靡,甘雨长芊芊。圣德应多稔,皇家配
有年。已闻天下泰,谁为济西田。

# 赋得〔首夏〕(夏首)犹清和　一作黎逢诗

早夏宜春景,和光起禁城。祝融将御节,炎帝启朱明。日送残花
晚,风过御苑清。郊原浮麦气,池沼发荷英。树影临山动,禽飞入
汉轻。幸逢尧禹化,全胜谷中情。

凌曲槛,夜色霭高台。不在宾阶末,何由接上台。

# 于　敖

　　于敖,字蹈中,江南人。登进士第,长庆中给事中,寻转工部侍郎,出为宣歙观察使,兼御史中丞。诗一首。

## 闻　莺

玉绳河汉晓纵横,万籁潜收莺独鸣。能将百啭清心骨,宁止闲窗梦不成。

# 皇甫镛

　　皇甫镛,字和卿,朝那人,第进士。元和中,为河南少尹。时兄镈领度支,聚敛句剥,天下怨恨。镛每极言,不听,乃求分司为右庶子。开成初,终太子少保。镛能文,尤工诗什。集十八卷,今存诗一首。

## 和武相公闻莺

华馆沈沈曙境清,伯劳初啭月微明。不知台座宵吟久,犹向花窗惊梦声。

# 全唐诗卷三一九

## 颜 粲

颜粲,登建中进士第。诗二首。

### 白 露 为 霜

悲秋将岁晚,繁露已成霜。遍渚芦先白,沾篱菊自黄。应钟鸣远寺,拥雁度三湘。气逼襦衣薄,寒侵宵梦长。满庭添月色,拂水敛荷香。独念蓬门下,穷年在一方。

### 吴宫教美人战 一作吴秘诗

有客陈兵画,功成欲霸吴。玉颜承将略,金钿指军符。转佩风云暗,鸣鼙锦绣趋。雪花频落粉,香汗尽流珠。掩笑谁干令,严刑一作师必用诛。至今孙子术一作法,犹可静边隅。

## 徐 敞

徐敞,建中进士。诗五首。

### 月映清淮流

遥夜淮弥净,浮空月正明。虚无含气白,凝澹映波清。见底深还思,求音足笔端。一闻清佩动,珠玉夜珊珊。

## 游　石　堂　观

西山高高何所如,上有古昔真人居。嵌崖巨石自成室,其下磅礴含
清虚。我来斯邑访遗迹,乃遇沈生耽载籍。沈生为政哀茕〔嫠〕
(婺),又能索隐探灵奇。欣然向我话佳境,与我崎岖到山顶。甘瓜
剖绿出寒泉,碧瓯浮花酌春茗。嚼瓜啜茗身清凉,汗消绤绤如迎
霜。胡为空山百草花,倏尔笾豆肆我旁。始惊知周无小大,力寡多
方验斯在。妙用腾声冠盖间,胜游恣意烟霞外。故碑石像凡几年,
云郁雨霏生绿烟。我知游此多灵仙,缥缈月中飞下天。天风微微
夕露委,松梢飕飕晓声起。风去空遗箫管音,星翻寥落银河水。劝
君学道此时来,结茅独宿何辽哉。斋心玄默感灵卫,必见鸾鹤相裴
回。我爱崇山双剑北,峰如人首拄天黑。俗呼为人头山。群仙伛偻势
奔走,状若归尊趋有德。半岩有洞顶有池,出入灵怪潜蛟螭。我去
不得昼夜思,梦游曾信南风吹。南风吹我到林岭,故国不见秦天
迥。山花名药扑地香,月色泉声洞心冷。荫松散发逢异人,寂寞旷
然口不言。道陵公远莫能识,发短耳长谁独存。司农惊觉忽惆怅,
可惜所游俱是妄。蕴怀耿耿谁与言,直至今来意通形神开,拥传又
恨斜阳催。一丘人境尚堪恋,何况海上金银台。

# 王良士

　　王良士,贞元进士。为西川刘辟幕僚,辟败,应坐,高崇文
宥之。诗二首。

## 奉陪武相公西亭夜宴陆郎中

芳气袭猗兰,青云展旧欢。仙来红烛下,花发彩毫端。海岳期方远,松筠岁正寒。仍闻言赠处,一字重琅玕。

## 南至日隔霜仗望含元殿炉烟 —作车绹诗

抗殿疏龙首,高高接上玄。节当南至日,星是北辰天。宝—作霜戟罗仙仗,金炉引御烟。霏微双阙丽,容曳九门连。拂曙祥光满,分晴瑞色鲜。一阳今在历,生植仰陶甄。

# 独孤实

独孤实,尝为武元衡镇西川时僚吏。诗一首。

## 奉陪武相公西亭夜宴陆郎中

仙郎膺上才,夜宴接三台。烛引银河转,花连锦帐开。静看歌扇举,不觉舞腰回。寥落东方曙,无辞尽玉杯。

# 卢士政 —作玫

卢士政,山东人,为西川观察支使,后历瀛鄚节度,入为太子宾客分司。诗一首。

## 奉陪武相公西亭夜宴陆郎中

华堂良宴开,星使自天来。舞转朱丝—作弦逐,歌馀素扇回。水光

# 麴信陵

麴信陵，贞元元年进士第，为舒州望江令，有惠政。诗一卷，今存六首。

## 移 居 洞 庭

重林将叠嶂，此处可逃秦。水隔人间世，花开洞里春。荷锄分地利，纵酒乐天真。万事更何有，吾今已外身。

## 吴 门 送 客

乱山吴苑外，临水让王祠。素是伤情处，春非送客时。不须愁落日，且愿驻青丝。千里会应到，一尊谁共持。

## 长 安 道

朱门映绿杨，双阙抵通庄。玉珮声逾远，红尘犹自香。

## 出自贼中谒恒上人

再拜吾师喜复悲，誓心从此永归依。浮生恍忽若真梦，何事于中有是非。

## 过真律师旧院

寂然秋院闭秋光，过客闲来礼影堂。坚冰销尽还成水，本自无形何足伤。

## 酬谈上人咏海石榴

真僧相劝外浮华,万法无常可叹嗟。但试寻思阶下树,何人种此我看花。

## 句

台笠冒山雨,渚田耕荇花。　见《石林燕语》

# 张正元

　　张正元,登贞元五年进士第。诗二首。

## 冬日可爱 一作陈讽诗

寒日临清昼,辽大一望时,未消埋径雪,先暖读书帷。属思光难驻,舒情影若遗。晋臣曾比德,谢客昔言诗。散彩宁偏煦一作照,流阴信不追。馀辉如可就,回烛幸无私。

## 临 川 羡 鱼

有客百愁侵,求鱼正在今。广川何渺漫,高岸几登临。风水宁相阻,烟霞岂惮深。不应同逐鹿,讵肯比从禽。结网非无力,忘筌自有心。水存芳饵在,伫立思沈沈。

# 王履贞

　　王履贞,贞元七年登第。诗一首。

## 青 云 干 吕

异方占瑞气,干吕见青云。表圣兴中国,来王谒大君。迎祥殊大
乐,叶庆类横汾。自感<sub>一作是</sub>明时起,非因<sub>一作将</sub>触石分。映霄难辨
色,从吹乍成文。须使流千载,垂芳在典坟。

# 彭　伉

彭伉,宜春人,贞元七年登进士第,官评事。诗三首。

## 青 云 干 吕

祥辉上干吕,郁郁又纷纷。远示无为化,将明至道君。势凝千里
静,色向九霄分。已见从龙意,宁知触石文。状烟殊散漫,捧日更
氛氲。自使来宾国,西瞻仰瑞云。

圣布中区化,祥符异域云。含春初应吕,晕碧已成文。东起随风
暖,西流共日曛。升时嘉异月,为庆等凝汾。轻与晴烟比,高将晓
雾分。飘飘如可致,愿此翊明君。前首见《文苑英华》,此首见《唐诗纪事》,
并存之。

## 寄 妻

莫讶相如献赋迟,锦书谁道泪沾衣。不须化作山头石,待我堂前折
桂枝。

# 林　藻

林藻,字纬乾,莆阳人。贞元七年进士第,官岭南节度副

使。诗一卷,今存三首。

## 青云干吕 一作吴泌诗

应节偏干吕,亭亭在紫氛。缀空一作云初布一作度影,捧日已成文。结盖祥光迥,为楼一作峰翠色分。还同起封上,更似出横汾。作瑞来藩国,呈形表圣君。裴回如有托一作知有谓,谁道比闲云。

## 吴宫教战 一作叶季良诗

强吴矜霸略,讲武在深宫。尽出娇娥辈,先观上将风。挥戈罗袖卷,摍甲汗装红。轻一作掩笑分旗下,含羞入队中。鼓停行未整,刑举令方崇。自可威邻国,何劳骋战功。

## 梨 岭 见闽南唐雅

曾向岭头题姓字,不穿杨叶不言归。弟兄各折一枝桂,还向岭头联影飞。

# 李 观

李观,字元宾,赵州人。贞元八年进士、宏辞擢第,授太子校书郎。集三卷,诗四首。

## 赠 冯 宿

寒城上秦原,游子衣一作意飘飘。黑云截万里,猎火从中烧。阴空蒸长烟,杀气独不销。冰交石可裂,风疾山如摇。时无青松心,顾我独不凋。

## 宿裴友书斋

卧君山窗下，山鸟与我言。清风何飕飕，松柏中夜繁。久游失归趣，宿此似故园。林烟横近郊，黲月落古原。稚子不待晓，花间出柴门。

## 御 沟 新 柳

御沟回广陌，芳柳对行人。翠色枝枝满，年光树树新。畏逢攀折客，愁见别离辰。近映章台骑，遥分禁苑春。嫩阴初覆水，高影渐离尘。莫入胡儿笛，还令泪湿巾。

## 试中和节诏赐公卿尺诗

淑节韶光媚，皇明宠锡崇。具寮颁玉尺，成器幸良工。岂止寻常用，将传度量同。人何不取利，物亦赖其功。紫翰宣殊造，丹诚厉匪躬。奉之无失坠，恩泽自天中。

# 李 绛

　　李绛，字深之，赞皇人。登宏词科，授秘书省校书郎。贞元末，拜监察御史。元和中，以本官充翰林学士，改中书舍人，寻拜中书侍郎。辅政多所匡益，以疾求罢，出为河中观察使，改兖海节度使。宝历初，入为尚书左仆射，李逢吉恶之，罢为太子少师，分司东都。文宗即位，征为太常卿，复出为山南西道节度使，兵乱遇害。集二十二卷，今存诗二首。

## 省试恩赐耆老布帛 一作崔宗诗

涣汗中天发,殊私海外存。衰颜逢圣代,华发受皇恩。烛物明尧日,垂衣辟禹门。惜时悲落景,赐帛慰馀魂。厚泽沾翔泳,微生保子孙。盛明今尚齿,欢奉九衢樽。

## 和裴相国答张秘书赠马诗

高才名价欲凌云,上驷光华远赠君。念旧露垂丞相简,感知星动客卿文。纵横逸气宁称力,驰骋长途定出群。伏枥莫令空度岁,黄金结束取功勋。

# 崔 枢

崔枢,顺宗朝,历中书舍人,充东宫侍读,终秘书监。诗二首。

## 赐耆老布帛 一作张复元诗

殊私及耆老,圣德赈黎元。布帛忻天赐,生涯作主恩。情均皆挟纩,礼异贲丘园。庆洽时方泰,仁沾月告存。宁知酬雨露,空识荷乾坤。击壤将何幸,裴回望九门。

## 齐优开笼飞去所献楚王鹄

受命笼齐鹄,交欢献楚王。惠心先巧辩,戢羽见回翔。意适清风远,忧除白日长。度云摇旧影,过树阅新芳。直取名翻重,宁唯好不伤。谁言滑稽理,千载戒禽荒。

# 陆复礼

陆复礼,贞元八年宏词第一人。诗一首。

## 试中和节诏赐公卿尺诗

春仲令初吉,欢娱乐大中。皇恩贞百度,宝尺赐群公。欲使方隅同
法,还令规矩同。捧观珍质丽,拜受圣恩崇。如荷丘山重,思酬方
一作分寸功。从兹度天地,与国庆无穷。

# 李正辞

李正辞,贞元八年进士第。宪宗时,自拾遗转补阙。诗一
首。

## 赋得白云起封中 一作陈希烈诗

千年泰山顶,云起汉皇封。不作奇峰状,宁分触石容。为霖虽易
得,表圣自难逢。冉冉排空上,依依叠影重。素光非曳练,灵贶是
从龙。岂学无心出,东西任所从。

# 张嗣初

张嗣初,贞元八年进士。诗二首。

## 赋得白云起封中 <small>一作许康佐诗</small>

英英白云起,呈瑞出封中。表圣宁因地,逢时岂待风。浮光弥皎洁,流影更<small>一作忽</small>冲融。自叶尧年美,谁云汉日同。金泥光乍掩,玉检气潜通。欲与非烟并,亭亭不散空。

## 春色满皇州

何处年华好,皇州淑气匀。韶阳潜应律,草木暗迎春。柳变金堤畔,兰抽曲水滨。轻黄垂辇道,微绿映天津。丽景浮丹阙,晴光拥紫宸。不知幽远地,今日几枝新。

# 许康佐

　　许康佐,贞元中举进士、宏辞。累迁中书舍人、翰林学士,与王起俱为文宗宠礼,终礼部尚书。诗二首。

## 日暮碧云合

日际愁阴生,天涯暮云碧。重重不辨盖,沉沉乍如积。林色黯疑暝,隙光俄已夕。出岫且从龙,萦空宁触石。馀辉澹瑶草,浮影凝绮席。旴景讵能留,儿思轻尺璧。

## 白云起封中 <small>一作张嗣初诗</small>

英英白云起,呈瑞出封中。表圣宁依地,逢时岂待风。浮辉弥皎洁,流影更冲融。自叶尧天美,谁言汉日同。泥金光乍掩,检玉气俄通。犹愿非烟瑞,亭亭不散空。

# 许尧佐

　　许尧佐,康佐之弟,擢进士第,为太子校书郎,终谏议大夫。诗一首。

## 石季伦金谷园 一本题作金谷怀古

石氏遗文在,凄凉见故园。轻一作清风思奏乐,衰草忆一作念行轩。舞榭苍一作荒苔掩,歌台落叶繁。断云归旧壑,流水咽新源。曲沼残烟敛,丛篁宿鸟喧。唯馀池上月,犹似对金尊。

# 李君房 一作芳

　　李君房,贞元间人。诗一首。

## 石季伦金谷 一本有故字 园

梓泽风流地,凄凉迹尚存。残芳迷妓女,衰草忆王孙。舞态随人谢,歌声寄鸟言。池平森灌木,月落吊空园。流水悲难驻,浮云影自翻。宾阶馀薛石,车马讵喧喧。

# 杜　羔

　　杜羔,洹水人。贞元初,及进士第,后历振武节度使,以工部尚书致仕。诗一首。

## 享惠昭太子庙乐章登歌

因心克孝,位震遗芬。宾天道茂,轸怀气分。发祇乃祀,咳叹如闻。
二歌斯升,以咏德薰。

# 车　绹

车绹,贞元进士。诗一首。

## 南至日隔仗望含元殿香炉 一作王良士诗

抗殿疏元首,高高接上元。节当南至日,星是北辰天。宝戟罗仙
仗,金炉引瑞烟。霏微双阙丽,溶曳九州连。拂曙祥光满,分晴晓
色鲜。一阳今在历,生植愿陶甄。

# 全唐诗卷三二〇

## 权德舆

　　权德舆，字载之，天水略阳人。未冠，即以文章称，杜佑、裴胄交辟之。德宗闻其材，召为太常博士，改左补阙，兼制诰，进中书舍人，历礼部侍郎，三知贡举。宪宗元和初，历兵部、吏部侍郎，坐郎吏误用官阙，改太子宾客。俄复前官，迁太常卿，拜礼部尚书，同平章事。会李吉甫再秉政，帝又自用李绛，议论持异，德舆从容不敢有所轻重，坐是罢，以检校吏部尚书留守东都。复拜太常卿，徙刑部尚书，出为山南西道节度使。二年，以病乞还，卒于道，年六十。赠左仆射，谥曰文。德舆积思经术，无不贯综。其文雅正赡缛，动止无外饰，而酝藉风流，自然可慕，为贞元、元和间缙绅羽仪。文集五十卷，今编诗十卷。

### 奉和圣制九月十八日赐百寮追赏因书所怀

锡宴朝野洽，追欢尧舜情。秋堂丝管动，水榭烟霞生。黄花媚新霁，碧树含馀清。同和六律应，交泰万宇平。春一作睿藻下中天，湛恩阐文明。小臣谅何以一作幸，亦此摽华缨。

### 奉和圣制九日言怀赐中书门下及百寮

令节在丰岁，皇情喜乂一作久安。丝竹调六律，簪裾列千官。烟霜暮景清,水木秋光寒。筵开曲池上,望尽终南端。天文丽庆霄一作天丽庆霄汉,墨妙惊飞鸾。愿言黄花酒,永奉今日欢。

## 奉和圣制重阳日中外同欢
## 以诗言志因示百僚 一作群臣

玉醴宴嘉节,拜恩欢有馀。煌煌菊花秀,馥馥萸房舒。白露秋稼熟,清风天籁虚。和声度箫韶,瑞气深储胥。百辟皆醉止,万方今宴如。宸衷一作理在化成,藻思焕琼琚。微臣徒窃忭,岂足歌唐虞。

## 奉和圣制中春麟德殿会百寮观新乐

仲春一作月蔼芳景,内庭宴群臣。森森列干戚,济济趋钩陈。大乐本天地,中和序人伦。正声迈咸濩,易象含羲文。玉俎映朝服,金钿明舞茵一作裀。韶光雪初霁,圣藻风自薰。时泰恩泽溥,功成行缀新。赓歌仰昭回,窃比华封人。

## 奉和圣制中和节赐百官宴集因示所怀

万方庆嘉节,宴喜皇泽均。晓开荚叶一作荚初,景丽星一作百鸟春。藻思贞百度,著明并三辰。物情舒在阳,时令弘至仁。衢酒和乐被,薰弦声曲新。赓歌武弁侧,永荷玄化醇。

## 奉和圣制重阳日即事六韵

嘉节在阳数,至欢朝野同。恩随千钟洽,庆属五稼丰。时菊洗露华,秋池涵雾空。金丝响仙乐,剑舄罗宗公。天道光下济,睿词敷大中。多惭击壤曲,何以答一作达尧聪。

# 奉和圣制丰年多庆九日示怀

寒露应秋杪一作节，清光澄曙空。泽均行苇厚，年庆华黍一作黍禾丰。
声明一作名畅八表，宴喜陶九功。文丽日月合，乐和天地同。圣言
在推诚，臣职惟一作事匪躬。琐细何以报，翾飞淳化中。

## 赠文敬太子庙时享退文舞迎武舞乐章

干旄羽籥相亏蔽，一进一退殊行缀。昔献三雍盛礼容，今陈六佾崇
仪制。

## 读榖梁传二首 第二首第八句缺一字

荀寅士吉射，诚乃蔽聪明。奈何赵志父，专举晋阳兵。下令汉七
国，借此以为名。吾嘉徙薪智，祸乱何由生。

忆昔溴梁会，岂伊无诸侯。群臣自盟歃，君政如赘旒。有力则宗
楚，何人复尊周。空文徒尔贬，见此衇血流。

## 刘绍相访夜话因书即事

故人怆久别，兹夕款郊扉。山僮漉野酝，稚子褰书帷。清露泫珠
莹，金波流玉徽。忘言我造适，瞪视君无违。但令静胜躁，自使癯
者肥。不待蘧生年，从此知昔非。

## 卧病喜惠上人李炼师茅处士见访因以赠

沉疴结繁虑，卧见书窗曙。方外三贤人，惠然来相亲。整巾起曳
策，喜非车马客。支郎有佳文，新句凌碧云。霓裳何飘飘，浩志凌
紫氛。复有沉冥士，远系三茅君。各言麋鹿性，不与簪组群。清言
出象系，旷迹逃玄纁。心源暂澄寂，世故方纠纷。终当逐师辈，岩

桂香氲芬。

## 多病戏书因示长孺

行年未四十，已觉百病生。眼眩飞蝇影，耳厌远蝉声。甘辛败六藏，冰炭交七情。唯思曲肱枕，搔首掷华缨。

## 古　兴

月中有桂树，无翼难上天。海底有龙珠，下隔万丈渊。人生大限虽百岁，就中三十称一世。晦明乌兔相推迁，雪霜渐到双鬓边。沉忧戚戚多浩叹，不得如意居太—作大半。一气暂聚常恐散，黄河清兮白石烂。

## 感　寓

残雨倦欹枕，病中时序分。秋—作寒虫与秋叶，一夜隔窗闻。虚室对摇落，晤言无与群。冥心试观化，世故如丝棼。但看鸢戾天，岂见山出云。下里—作一歌徒击节，朱弦秘南薰。梧桐—作椅梧秀朝阳，上有威凤文。终待九成奏，来仪瑞吾君。

## 跌伤伏枕有劝酿酒者暂忘所苦因有一绝

一杯宜病士，四体委胡床。暂得遗形处，陶然在醉乡。

## 病 中 苦 热

三伏鼓洪炉，支离一病夫。倦眠身似火，渴歃汗如珠。悸乏心难定，沉烦气欲无。何时洒微雨，因与好风俱。

# 览镜见白发数茎光鲜特异

秋来皎洁白须光,试脱朝簪学酒<sub>一作舞</sub>狂。一曲酣歌还自乐,儿孙嬉笑挽衣裳。

## 南亭晓坐因以示璩

隐几日无事,风交松桂枝。园庐含晓雾,草木发华姿。迹似南山隐,官从小宰移。万殊同野马,方寸即灵龟。弱质常多病,流年近始衰。图书传授处,家有一男儿。

## 竹径偶然作

退朝此休沐,闭户无尘氛。杖策入幽径,清风随此君。琴觞恣偃傲,兰蕙相氛<sub>一作氤氲</sub>。幽赏方自适,林西烟景曛。

## 拜昭陵过咸阳墅

季子乏二顷,扬雄才一廛。伊予此南亩,数已逾前贤。顷岁辱明命,铭勋镂贞坚。遂兹操书致,内顾增缺然。乃葺场圃事,迨今三四年。适因昭陵拜,得抵咸阳田。田夫竞致辞,乡耋争来前。村盘既罗列,鸡黍皆珍鲜。古称禄代耕,人以食为天。自惭廪给厚,谅使井税先。涂涂沟塍雾,漠漠桑柘烟。荒蹊没古木,精舍临秋泉。池笼岂所安,樵牧乃所便。终当解缨络,田里谐因缘。

## 早春南亭即事

虚斋坐清昼,梅坼柳条鲜。节候开新历,筋骸减故年。振衣惭艾绶,窥镜叹华颠。独有开怀处,孙孩戏目前。

# 璩授京兆府参军戏书以示兼呈独孤郎

见尔府中趋,初官足慰吾。老牛还舐犊,凡鸟亦将雏。喜至翻成感,痴来或欲殊。因惭玉润客,应笑此非夫。

## 书 绅 诗

和静有真质,斯人称最灵。感物惑天性,触里一作理纷多名。祸机生隐微,智者鉴未形。败礼因近习,哲人自居贞。当令念虑端,鄙嫚不能萌。苟非不逾矩,焉得遂性情。谨之在事初,动用各有程。千里起步武,彗云自纤茎。心源一流放,骇浪奔长鲸。渊木苟端深,枝流则贞清。和理通性术,悠久方昭明。先师留中庸,可以导此生。

## 侍从游后湖宴坐

绝境殊不远,湖塘直吾庐。烟霞旦夕生,泛览诚可娱。慈颜俯见喻,辍尔诗与书。清旭理轻舟,嬉游散烦痾。宿雨荡残燠,惠风与之俱。心灵一开旷,机巧眇已疏。中流有荷花,花实相芬敷。田田绿叶映,艳艳红姿舒。繁香好风结,净质清露濡。丹霞无容辉,婺色亦踟蹰。秾芳射水木,欱叶游龟鱼。化工若有情,生植皆不如。轻舟任沿溯,毕景乃踌躇。家人亦恬旷,稚齿皆忻愉。素弦激凄清,旨酒盈樽壶。寿觞既频献,乐极随歌呼。圆月初出海,澄辉来满湖。清光照酒酣,俯倾百虑无。以兹心目畅,敌彼名利途。轻肥何为者,浆藿自有馀。愿销区中累,保此湖上居。无用诚自适,年年玩芙蕖。

# 晨坐寓兴

清晨坐虚斋,群动寂未喧。泊然一室内,因见万化源。得丧心既齐,清净教益敦。境来每自惬,理胜或不言。亭柯见荣枯,止水知清浑。悠悠世上人,此理法难论。

# 郊居岁暮因书所怀

养拙方去喧,深居绝人事。返耕忘帝力,乐道疏代累。脩然衡茅下,便有江海意。宁知肉食尊,自觉儒衣贵。烟霜当暮节,水石多幽致。三径日闲安,千峰对深邃。策藜出村渡,岸帻寻古寺。月魄清夜琴,猿声警朝寐。地偏芝桂长,境胜烟霞异。独鸟带晴光,疏篁净寒翠。窗前风叶下,枕上溪云至。散发对农书,斋心看道记。清言核名理,开卷穷精义。求誉观朵颐,危身陷芳饵。纷吾守孤直,世业常恐坠。就学缉韦编,铭心对欹器。元和畅万物,动植咸使遂。素履期不渝,永怀丘中志。

# 暮春闲居示同志

避喧非傲世,幽兴乐郊园。好古每开卷,居贫常闭门。曙钟来古寺,旭日上西轩。稍与清境会,暂无尘事烦。静看云起灭,闲望鸟飞翻。乍问山僧偈,时听渔父言。体羸谙药性,事简见心源。冠带惊年长,诗书喜道存。小池泉脉凑,危栋燕雏喧。风入松阴静,花添竹影繁。灌园输井税,学稼奉晨昏。此外知何有,怡然向一樽。

# 田　家　即　事

闲卧藜床对落晖,脩然便一作更觉世情非。漠漠稻花资旅食,青青荷叶制儒一作裳衣。山僧相访一作劝期中饭,渔父同游或夜归。待学向平婚嫁毕,渚烟溪月共忘机。

# 寓　兴

弱冠无所就,百忧钟一身。世德既颠坠,素怀亦埋沦。风烟隔嵩丘,羸疾滞漳滨。昭代未通籍,丰年犹食贫。敢求庖有鱼,但虑甑生尘。俯首愧僮仆,蹇步羞亲宾。岂伊当途者,一一由中人。已矣勿复言,吾将问秋旻。

# 浩　歌

杖策出蓬荜,浩歌秋兴一作愁思长。北风吹荷衣,萧飒景气凉。通逵抵山郭,里巷连湖光。孤云净远峰,绿水溢芳塘。鱼鸟乐天性,杂英互芬芳。我心独何为,万虑萦中肠。履道身未泰,工家谋不臧。心为世教牵,迹寄翰墨场。出处两未定,羁一作孤羸空自伤。沉忧不可裁,伫立河之梁。晚归茅檐下,左右陈壶觞。独酌复长谣,放心游八荒。得丧同一域,是非亦何常。胡为苦此生,矻矻徒自强。乃知一作泛杯中物,可使一作令忧患忘一作亡。因兹谢时辈,栖息无何乡。

# 与道者同守庚申

洞真善救世,守夜看　作著仙经。俾我外持内,当兹申配庚。斋心已恬愉,澡身自澄明。沉沉帘帏下,霭霭灯烛清。四支动有息,一室虚白生。收视忘趋一作取舍,叩齿集神灵。伊予嗜欲寡,居常痾恙轻。三尸既伏窜,九藏乃和平。无令耳目胜,则使性命倾。窅然深夜中,若与元气并。释宗称定慧,儒师著诚明。派分示三教,理诣无二名。吉祥能止止,委顺则生生。视履苟无咎,天祐期永贞。应物智不劳,虚中理自冥。岂资金丹术,即此驻颓龄。

# 丙寅岁苦贫戏题 内十句,共缺十九字

清朝起藜床,雪霜对枯篱。家人来告予,今日无晨炊。龉龊一已
整,新炭固难期。厚生彼何人,工拙各异宜。间岁从使檄,亲宾苦
川驰。虽非悖而〔入,与出〕常相随。吴门与南亩,颇亦持镃基。有
时〔遇丰年〕,岁计犹不支。颜渊谅贤人,陋巷能自怡。〔中忆裴〕子
野,泰然倾薄糜。愧非古人心,戚戚愁〔朝饥。近〕古犹不及,太上
那可希。奈何时风扇,使〔我正性〕衰。巧智竞忧劳,展转生浇漓。
吾观黄金〔印,未〕胜青松枝。粗令有鱼菽,岂复求轻肥。顾惭〔主
家〕拙,甘使群下嗤。如何致一杯,醉后无所知。

## 独 酌

独酌复独酌,满盏流霞色。身外皆虚名,酒中有全德。风清与月
朗,对此情何极。

## 知 非

名教自可乐,搢绅贵行道。何必学狂歌,深山对丰草。

## 诚 言

言之或未行,前哲所不取。方寸虽浩然,因之三缄口。

## 醉 后

美禄与贤人,相逢自可亲。愿将花柳月,尽赏醉乡春。

# 全唐诗卷三二一

## 权德舆

### 奉和李相公早朝于中书候传点
### 偶书所怀奉呈门下相公中书相公

五更钟漏歇,千门扃钥开。紫宸一作微残月下,黄道晓光来。辨色趋中禁,分班列上台。祥烟初缭绕,威凤正裴回。斧藻归全德,轮辕适众材。化成风偃草,道合鼎调梅。渥命随三接,皇恩畅九垓。嘉言造膝去,喜气沃心回。东阁延多士,南山赋有台。阳春那敢和,空此咏康哉。

### 奉和于司空二十五丈新卜城南郊居接
### 司徒公别墅即事书情奉献兼呈李裴相公

一德承昌运,三公翊至尊。云龙谐理代,鱼水见深恩。别墅池塘晓,晴郊草木蕃。沟塍连杜曲,茅土盛于门。卜筑因登览,经邦每讨论。退朝鸣玉会,入室断金言。材俊依东阁,壶觞接后园。径深云自起,风静叶初翻。宰物归心匠,虚中即化源。巴人宁敢和,空此愧游藩。

## 奉和新卜城南郊居得与卫右
## 丞邻舍因赋诗寄赠

上宰坐论道，郊居仍里仁。六符既昭晰，万象随陶钧。旭旦下玉
墀，鸣驺拂车茵。轩窗退残暑，风物迎萧辰。山泽蜃雨出，林塘鱼
鸟驯。岂同求羊径，共是羲皇人。石<sub>一作右</sub>君五曹重，左户三壤均。
居止烟火接，逢迎鸡黍频。大方本无隅，盛德必有邻。千年郢曲
后，复此闻阳春。

## 奉和韦曲庄言怀贻东曲外族诸弟

韦曲冠盖里，鲜原郁青葱。公台睦中外，墅舍邻西东。驺驭出国
门，晨曦正瞳昽。燕居平外土，野服参华虫。疆畎分古渠，烟霞连
灌丛。长幼序以齿，欢言无不同。忆昔全盛时，勋劭播休功。代业
扩宇内，光尘蔼墟中。慨息多永叹，歌诗厚时风。小生忝瓜葛，慕
义斯无穷。

## 和王侍郎病中领度支烦迫
## 之馀过西园书堂闲望

凭槛辍繁务，晴光烟树分。中邦均禹贡，上药验桐君。满径风转
蕙，卷帘山出云。锵然玉音发，馀兴在斯<sub>一作新文</sub>。

## 奉和度支李侍郎早朝

凤驾趋北阙，晓星启东方。鸣驺分骑吏，列烛散康庄。照灼华簪
并，逶迤绮陌长。腰金初辨色，喷玉自生光。献替均三壤，贞明集
百祥。下才叨接武，空此愧文昌。

## 奉和刘侍郎司徒奉诏伐叛书情呈宰相

玉帐元侯重，黄枢上宰雄。缘情词律外，宣力庙谋中。震耀恭天讨，严凝助岁功。行看画麟阁，凛凛有英风。

## 奉和鄜州刘大夫麦秋出师
## 遮虏有怀中朝亲故

天子爱全才，故人雄外台。绿油登上将，青绶亚中台。亭障鸣笳入，风云转旆来。兰坊分杳杳，麦垄望莓莓。月向雕弓满，莲依宝剑开。行师齐鹤列，锡马尽龙媒。壮志征梁甫，嘉招萃楚材。千寻推直干，百炼去纤埃。间阔劳相望，欢言幸早陪。每联花下骑，几泛竹间杯。芳讯双鱼远，流年两鬓催。何时介圭觐，携手咏康哉。

## 太原郑尚书远寄新诗走笔酬赠因代书贺

晓开阊阖出丝言，共喜全才镇北门。职重油幢推上略，荣兼革履见深恩。昔岁经过同二仲，登朝并命惭无用。曲台分季奉斋祠，直笔系年陪侍从。芬芳鸡舌向南宫，伏奏丹墀迹又同。公望数承黄纸诏，虚怀自号白云翁。戎装蹀躞纷出祖，金印煌煌宠司武。时看介士阅犀渠，每狎儒生冠章甫。晋祠汾水古并州，千骑双旌居上头。新握兵符应感激，远缄诗句更风流。缁衣诸侯谅称美，白衣尚书何可比。只今麟阁待丹青，努力加餐报天子。

## 奉和许阁老酬淮南崔十七端公见寄

文行蕴良图，声华挹大巫。抡才超粉署，驳议在黄枢。自得环中辨，偏推席上儒。八音谐雅乐，六辔骋康衢。密侍全一作金锵珮，雄才本弃繻。炉烟霏琐闼，宫漏滴铜壶。旧友双鱼至，新文六义敷。

断金挥丽藻,比玉咏生刍。交辟尝推重,单辞忽受诬。风波疲贾谊,歧路泣杨朱。溟涨前程险,炎荒旅梦孤。空悲鸢跕水,翻羡雁衔芦。故国方迢递,羁愁自郁纡。远猷来象魏,霈泽过番禺。尽室扁舟客,还家万里途。索居因仕宦,著论拟潜夫。帆席来应驶,郊园半已芜。夕阳寻古一作井径,凉吹动纤枯。忆昔同驱传,忘怀或据梧。幕庭依古刹,缗税给中都。瓜步经过惯,龙沙眺听殊。春山岚漠漠,秋渚露涂涂。德舆建中、兴元之间,与崔同为盐铁邑大夫,从事杨子既济寺。贞元初,德舆受辟于江西廉推,崔又知度支院在焉。孰谓原思病,非关宁武愚,方看簪獬豸,俄叹絷驹驶。芳讯风情在,佳期岁序徂。二贤欢最久,三益义非无。柏悦心应尔,松寒志不渝。子将陪禁掖,亭伯限江湖。交分终推毂,离忧莫向隅。分曹日相见,延首忆田苏。

## 奉和李给事省中书情寄刘苗
## 崔三曹长因呈许陈二阁老

常寮几处伏明光,新诏联翩夕拜郎。五夜漏清天欲曙,万年枝暖日初长。分曹列侍登文石,促膝闲谣接羽觞。共说汉朝荣上赏,岂令三友滞冯唐。

## 过张监阁老宅对酒奉酬见赠 其年停贡举

里仁无外事,徐步一开颜。荆玉收难尽,齐竽喜暂闲。秋风倾菊酒,霁景下蓬山。不用投车辖,甘从倒载还。

## 奉和张舍人阁老阁中直夜思
## 闻雅琴因以书事通简僚友

紫垣宿清夜,蔼蔼复沈沈。圆月衡汉净,好风松涤一作筱深。轩窗韵虚籁,兰雪怀幽音。珠露销暑气,玉徽结遐心。盛才本殊伦,雅诰方在今。伫见舒彩翮，翻飞归凤一作凤归林。

## 和兵部李尚书东亭诗

三接履声退，东亭斯旷然。风流披鹤氅，操割佩龙泉。云卷岩巘
叠，雨馀松桂鲜。岂烦禽尚游，所贵天理全。

## 和司门殷员外早秋省中
## 书一无书字直夜寄荆南卫象端公

共嗟王粲滞荆州，才子为郎忆旧游。凉夜偏宜粉署直，清言远待玉
人酬。风生北渚烟波阔，露下南宫星汉秋。早晚得为同舍侣一作
旅，知君两地结离忧。

## 酬陆三十二参浙东见寄

骢马别已久，鲤鱼来自烹。殷勤故人意，惆怅中林情。茫茫重江
外，杳杳一枝琼。搔首望良觌，为君华发生。

## 奉酬张监阁老雪后过中书见
## 赠一有辄字加两韵简南省僚旧

寓直久叨荣，新恩倍若惊。风清五夜永，节换一阳生。潘鬓年空
长，齐竽艺本轻。常时望连茹，今日剧悬旌。枉步欢方接，含毫思
又萦。烦君白雪句，岁晏若为情。

## 酬主客仲员外见贺正除

五年承乏奉如纶，才薄那堪侍从臣。禁署独闻清漏晓，命书惭对紫
泥新。周班每喜簪裾接，郢曲偏宜讽咏频。忆昔曲台尝议礼，见君
论著最相亲。

## 奉和太府一作常韦卿阁老左藏库中假山之作

春山仙掌百花开，九棘腰金有上才。忽向庭中摹峻极，如从洞里见昭回。小松已负干霄状，片石皆疑缩地来。都内今朝似方外，仍传丽曲寄云台。

## 奉和崔评事寄外甥刘同州并呈杜宾客许<br>给事王侍郎昆弟杨少尹李侍御并见寄之作

芳讯来江湖，开缄粲瑶碧。诗因乘黄赠，才擅雕龙格。深陈名教本，谅以仁义积。藻思成采章，雅音闻皦绎。清时左冯翊，贵士一作仕二千石。前日应星文，今兹敞华载。谢公尝乞音气墅，宁氏终相宅。往岁疲草玄，忘年齐举白。酒酣吟更苦，夜艾谈方剧。枣巷风雨秋，石头烟水夕。多逢长者辙，不屑诸公辟。酷似仰牟之，雄词挹亭伯。老骥念千里，饥鹰舒六翮。巨能舍郊扉，来偶朝中客。

## 和职方殷郎中留滞江汉<br>初至南宫呈诸公并见寄

十载一作岁别文昌，藩符寄武当。师贞上介辟，恩擢正员郎。藻思烟霞丽，归轩印绶光。顷佐山南，荣加章服。还希驻辇问，莫自叹冯唐。

## 奉酬从兄南仲见示十九韵

晋季天下乱，安丘佐关中。德辉霭家牒，侯籍推时功。簪缨盛西州，清白传素风。逢时有舒卷，缮性无穷通。吾兄挺奇资，向晦道自充。耕凿汝山下，退然安困蒙。诗成三百篇，儒有一亩宫。琴书满座右，艺术生墙东。丽藻粲相鲜，晨辉艳芳丛。清光杳无际，皓魄流霜空。邦有贤诸侯,主盟词律雄。荐贤比文举,理郡迈文翁。楼中赏不独,池畔醉每同。圣朝辟四门,发迹贵名公。小生何为者,往岁学雕虫。华簪映武弁,一年被微躬。开缄捧新诗,琼玉寒青葱。谬进空内讼,结怀远忡忡。时来无自疑,刷翮摩苍穹。

## 酬崔千牛四郎早秋见寄

浩歌坐虚室,庭树生凉风。碧云灭奇彩,白露萎芳丛。感此时物变,悠然遐想通。偶来被簪组,自觉如池龙。少年才藻新,金鼎世业崇。凤文已彪炳,琼树何青葱。联镳长安道,接武承明宫。君登玉墀上,我侍彤庭中。疲病多内愧,切磋常见同。起予览新诗,逸韵凌秋空。相爱每不足,因兹寓深衷。

## 酬灵彻上人以诗代书见寄 时在荐福寺坐夏

莲花出水地无尘,中有南宗了义人。已取贝多翻半字,还将阳焰谕三身。碧云飞处诗一作词偏丽,白月圆时信本真。更喜开缄销热恼,西方社里旧相亲。

## 酬蔡十二博士见寄四韵

芜城十年别,蓬转居不定。终岁白屋贫,独谣清酒圣。风尘韦带减,霜雪松心劲。何以浣相思,启元能尽性。君著《周易启元》十卷。

## 戏 和 三 韵

墨翟突不黔,范丹甑生尘。君今复劳歌,鹤发吹湿薪。前诏许真秩,何如巾软轮。君贞元十一年以隐君拜命,诏书令州府给传乘诣阙,到日授正官。

## 李十韶州寄途中绝句使者取
## 报修书之际口号酬赠

诏下忽临山水郡,不妨从事恣攀登。莫言向北千行雁,别有图南六
月鹏。

## 崔四郎协律以诗见寄兼惠蜀琴因以酬赠

临风结烦想,客至传好音。白雪缄郢曲,朱弦亘蜀琴。泠泠响幽
韵,款款寄遐心。岁晚何以报,与君期断金。

## 酬冯绛州早秋绛台感怀见寄

良牧闲无事,层台思眇然。六条紫印绶,三晋辨山川。洗媟一作碛
讴谣合,开襟眺听偏。秋光连大卤,霁景下新田。叶落径庭树,人
归曲沃烟。武符颁美化,亥字访疑年。经术推多识,卿曹亦累迁。
斋祠常并冕,官品每差肩。接部青丝骑,裁诗白露天。知音愧相
访,商洛正闲眠。

## 酬赵尚书杏园花下醉后见寄 时为太常卿

春光深处曲江西,八座风流信马蹄。鹤发杏花相映好,羡君终日醉
如泥。

## 酬赵尚书城南看花日晚先归见寄

杜城韦曲遍寻春,处处繁花满目新。日暮归鞍不相待,与君同是醉
乡人。

# 全唐诗卷三二二

## 权德舆

### 伏蒙十六叔寄示喜庆感怀三十韵因献之

受氏自有殷，树功缅前秦。圭田接土宇，侯籍相纷纶。十二代祖，前秦射安丘敬公，事具《十六国春秋》及《晋书》。八代祖，周宜昌公。七代祖，隋鄘城公。六代祖，皇朝封平凉公。皆以勋庸而受爵土也。道义集天爵，菁华极人文。握兰中台并，折桂东堂春。五代伯祖，屯田郎中府君。叔祖，水部员外郎府君，同登省闼，事具《南宫故事》。曾王父，成都府君。曾祖叔，梓州府君、长安府君，同以进士居甲科，载在《登科记》之内也。祖德蹈前哲，家风播清芬。王父，古羽林录事府君，与席文公建侯友善。又与苏司业源明、包著作融，为文章之友，唱酬往复，各有文集。先公秉明义，大节逢艰屯。独立挺忠孝，至诚感神人。命书备追锡，迹远道不伸。小生谅无似，积庆遭昌辰。九年西掖忝，五转南宫频。司理因旷职，曲台仍礼神。愧非夔龙姿，忽佐尧舜君。内惟负且乘，徒以弱似仁。岂足议大政，所忧玷彝伦。叔父贞素履，含章穷典坟。百氏若珠贯，九流皆犖分。黄钟蕴声调，白玉那缁磷。清论坐虚室，长谣宜幅巾。开关接人一作仁祠，支策无俗宾。种杏当暑热，烹茶含露新。井径交碧藓，轩窗栖白云。飞沉禽鱼乐，芬馥兰桂薰。经术弘义训，息男茂嘉闻。筮仕就色养，宴居忘食贫。四方有翘车，上国有蒲轮。行当反招隐，岂得常退身。秦吴

路杳杳,朔海望沄沄。侍坐驰梦寐,结怀积昏昕。发函捧新诗,慈
诲情殷勤。省躬日三复,拜首书诸绅。

## 酬李二十二兄主簿马迹山见寄 并序

族内兄畅,纯静而深,直方而文,与予同偶居丹阳。丹阳郭北四十
里所,有马迹山,山有奇峰怪石,且多昔贤真仙之所游践。方外士殷涣
然,通《易经》、老、严之旨,居于山下。从舅原均,探异好古,亦往来栖息
其间。贞元元年,兄以典校秘书,调补江陵松滋主簿,以地远不就职。
予以环卫冗秩,罢漕挽从事,且久家居食贫,里巷相接。其明年,兄命驾
游此山,予以疾故,不克偕往。既而猥辱钟陵檄召,兄自山中以诗一首
见贻,理精词达,清涤心府,三复其文,如至山下,终篇则戏以出处之迹
见诮。故予复之于此章,仍加六十字以就全数。

杳杳尘外想,悠悠区中缘。如何战未胜,曾是教所牵。远郊有灵
峰,凤昔栖真仙。鸾声去已久,马迹空依然。丹崖转初旭,碧落凝
秋烟。松风共萧飒,萝月想婵娟。内兄蕴遐心,嘉遁性所便。不能
栖枳棘,且复探云泉。中有冥寂人,闲读逍遥篇。联袂共支〔策〕
(荣),抠衣尝绝编。徐行石上苔,静韵风中弦。烟霞湿儒服,日月生
寥天。新诗来起予,璀璨六义全。能尽含写意,转令山水鲜。若闻
笙鹤声,宛在耳目前。登攀阻心赏,愁绝空怀贤。出处岂异途,心
冥即真筌。暂从西府檄,终卧东菑田。不嫌予步蹇,但恐君行膻。
如能固旷怀,谷口期穷年。

## 酬陆四十楚源春夜宿虎丘山对
## 月寄梁四敬之兼见贻之作

东风变〔蔫〕(蓟)薄,时景日妍和。更想千峰夜,浩然幽意多。蕙香
袭闲趾,松露泫乔柯。潭影漾霞月,石床封薜萝。夫君非岁时,已
负青冥姿。龙虎一门盛,渊云四海推。骎骎步骤衰,婉婉翥长离。

悬圃尽琼树，家林轻桂枝。声荣徒外奖，恬淡方自适。逸气凌颢清，仁祠访金碧。芊眠瑶草秀，断续云窦滴。芳讯发幽缄，新诗比良觌。故人石渠署，美价满中朝。落落杉松直，芬芬兰杜飘。雄词鼓溟海，旷达豁烟霄。营道幸同术，论心皆后凋。循环伐木咏，缅邈招隐情。惭兹拥肿才，爱彼潺湲清。拘牵尚多故，梦想何由并。终结方外期，不待华发生。

## 酬穆七侍郎早登使院西楼感怀

耿耿宵欲半，振衣庭户前。浩歌抚长剑，临风泛清弦。晴霜丽寒芜，微月露碧鲜。杉梧韵幽籁，河汉明秋天。良夜虽可玩，沉忧逾浩然。楼中迟启明，林际挥宿烟。晨风响钟鼓，曙色映山川。滔滔天外 作大江驶，杲杲朝日悬。因穷西南永，得见天地全。动植相纠纷，车从竞喧阗。鳣鲔跃洪流，麋麚倚荒阡。嗷嗷白云雁，嘒嘒清露蝉。一气鼓万殊，晦明相推迁。羲和无停鞅，不得常少年。当令志气神，及此鬓发玄。岂唯十六族，今古称其贤。夫君才气雄，振藻何翩翩。诗轻沈隐侯，赋拟王仲宣。小鸟抢榆枋，大鹏激三千。与君期晚岁，方结林栖缘。

## 奉和李大夫题郑评事江楼

达士无外累，隐儿依南郭。茅栋上江开，布帆当砌落。支颐散华发，攲枕曝灵药。入鸟不乱行，观鱼还自乐。何时金马诏，早岁建安作。往事尽筌蹄，虚怀寄杯杓。邦君驻千骑，清论时间酌。凭槛出烟埃，振衣向寥廓。心源齐彼是，人境胜岩壑。何必栖冥冥，然为一作后避矰缴。

## 春游茅山酬杜评事见寄

喜得赏心处，春山岂计程。连溪芳草合，半岭白云晴。绝涧漱一作饮冰碧，仙坛挹颢清。怀君在人境，不共此时情。

## 和韩侍御白发

白发今朝见，虚斋晓镜清。乍分霜简色，微映铁冠生。幕下多能事，周行挹令名。流年未可叹，正遇太阶平。

## 和邵端公醉后寄于谏议之作

莫羡檐前柳，春风独早归。阳和次第发，桃李更芳菲。

## 和李大夫西山祈雨因感张曲江故事十韵

亚相冠貂蝉，分忧统十联。火星当永日，云汉倬炎天。斋祷期灵贶，精诚契昔贤。中宵出驺驭，清夜一作旭旅牲牷。触日一作石看初起，随车应物先。雷音生绝巘，雨足晦平阡。潇洒四冥合，空濛万顷连。歌谣喧泽国，稼穑遍原田。故事三台盛，新文六义全。作霖应自此，天下待丰年。

## 同陆太祝鸿渐崔法曹载华见萧侍御留后说得卫抚州报推事使张侍御却回前刺史戴员外无事喜而有作三首

专城书素至留台，忽报张纲揽辔回。共看昨日蝇飞处，并是今朝鹊喜来。
鹤发州民拥使车，人人自说受恩初。如今天下无冤气，乞为邦君雪谤书。

众人哺啜喜君醒,渭水由来不杂泾。遮莫雪霜撩乱下,松枝竹叶自青青。

## 答韦秀才寄一首

中峰云暗雨霏霏,水涨花塘未得归。心忆琼枝望不见,几回虚湿薜萝衣。

## 户部王曹长杨考功崔刑部二院长并同钟陵使府之旧因以寄赠又陪郎署喜甚常僚因书所怀且叙所知 一作前好

忽惊西江侣,共作南宫郎。宿昔芝兰室,今兹鸳鹭行。子猷美风味,左户推公器。含毫白雪飞,出匣青萍利。子云尝燕居,作赋似相如。闲成考课奏,别贡贤良 一作能书。子玉谅贞实,持刑慎丹笔。秋天鸿鹄姿,晚岁松筠质。伊予诚薄才,何幸复趋陪。偶来尘右掖,空此忆中台。时节东流驶,悲欢追往事。待月登庚楼,排云上萧寺。盍簪莲府宴,落帽龙沙醉。极浦送风帆,灵山眺烟翠。解颐通善谑,喻指穷精义。搦管或飞章,分曹时按吏。雨散与蓬飘,秦吴两寂寥。方期全拥肿,岂望蹑扶摇。夜直分三署,晨趋共九霄。外庭时接武,广陌更连镳。北极星辰拱,南薰气序调。欣随众君子,并立圣明朝。

## 贡院对雪以绝句代八行奉寄崔阁老

寓宿春闱岁欲除,严风密雪绝双鱼。思君独步西垣里,日日含香草诏书。

## 初秋月夜中书宿直因呈杨阁老

欹枕直庐暇,风蝉迎早秋。沈沈玉堂夕,皎皎金波流。对掌喜新命,分曹谐旧游。相思玩华彩,因感庾公楼。

## 唐开州文编远寄新赋累惠良药咏叹仰佩不觉斐然走笔代书聊书还答

风雨竦庭柯,端忧坐空堂。多病时节换,所思道里长。故人朱两辐,出自尚书郎。下车今几时,理行远芬芳。琼瑶览良讯,茉莐满素囊。结根在贵州,蠲疾传古方。探撷当五月,殷勤逾八行。深情婉如此,善祝何可忘。复有金玉音,焕如龙凤章。一闻灵洞说,若睹群仙翔。三清飞庆霄,百汰成雄铓。体物信无对,洒心愿相将。昔年同旅食,终日窥文房。春风眺芜城,秋水渡柳杨。君为太史氏,弱质羁楚乡。今来忝司谏,千骑遥相望。归云夕鳞鳞,圆魄夜苍苍。远思结铃阁,何人交羽觞。仡见征颍川,无为薄淮阳。政成看再入,列侍炉烟傍。

## 待漏假寐梦归江东旧居

一下有因寄惠阇黎、茅处士。时德舆秉政,未果会也。

十年江浦卧郊园,闲夜分明结梦魂。舍下烟萝通古寺,湖中云雨到前轩。南宗长老知心法,东郭先生识化源。觉后忽闻清漏晓,又随簪珮入君门。

## 祗命赴京途次淮口因书所怀

弱植素寡偶,趋时非所任。感恩再登龙,求友皆断金。彪炳睹奇采,凄锵闻雅音。适欣佳期接,遽叹离思侵。靡靡遵远道,忡忡劳寸心。难成独酌谣,空奏伐木吟。沉寥清冬时,萧索白昼阴。交欢谅如昨,滞念纷在今。因风试矫翼,倦飞会归林。向晚清淮驶,回首楚云深。

## 省中春晚忽忆江南旧居戏书所怀因寄两浙亲故杂言

前年冠獬豸,戎府随宾介。去年簪进贤,赞导法宫前。今兹戴武弁,谬列金门彦。问我何所能,头冠忽三变。野性惯疏闲,晨趋兴暮还。花时限清禁,霁后爱南山。晚景支颐对尊酒,旧游忆在江湖久。庾楼柳寺共开襟,枫岸烟塘几携手。结庐常占练湖春,犹寄藜床与幅巾。疲羸只欲思三径,戆直那堪备七人。更想东南多竹箭,悬圃琅玕共葱蒨。裁书且附双鲤鱼,偏恨相思未相见。

### 寄李衡州 时所居即衡州宅

片石丛花画不如,庇身三径岂吾庐。主人千骑东方远,唯望衡阳雁足书。

### 寄临海郡崔稚璋

美酒步兵厨,古人尝宦游。赤城临海峤,君子今督邮。吏隐丰暇日,琴壶共冥搜。新诗寒玉韵,旷思孤云秋。志士诚勇退,鄙夫自包羞。终当就知己,莫恋潺湲流。

## 李韶州著书常论释氏之理贵州有能公遗迹诗以问之

常日区中暇,时闻象外言。曹溪有宗旨,一为勘心源。

## 马上赠虚公

马足早尘深，飘缨又满襟。吾师有甘露，为洗此时心。

## 郴州换印缄遣之际率成三
## 韵因寄李二兄员外使君

缄题桂阳印，持寄朗陵兄。刺举官犹屈，风谣政已成。行看换龟纽<sub></sub>一作组，奏最谒承明。

## 早发杭州泛富春江寄陆三十一公佐 一作祐

候晓起徒驭，春江多好风。白波连青云，荡漾晨光中。四望浩无际，沉忧将此同。未离奔走途，但恐成悲翁。俯见一作视触饵鳞，仰目凌霄鸿。缨尘日已厚，心累何时空。区区一作泛泛此人世，所向皆樊笼。唯应杯中物，醒醉为穷通。故人悬圃姿，琼树纷青葱。终当此山去，共结兰桂丛。

## 寄侍御从舅

初免职归山东。一作侍御从舅初免职归东山，寄以诗。

靡靡南轩蕙，迎风转芳滋。落落幽涧松，百尺无附枝。世物自多故，达人心不羁。偶陈幕中画，未一作永负林间期。感恩从慰荐，循性难萦维。野鹤无俗质，孤云多异姿。清〔泠〕(泠)松露泫，照灼岩花迟。终当税尘驾，来就东山嬉。

## 湖上晚眺呈惠上人

湖上烟景好，鸟飞云自还。幸因居止近，日觉性情闲。独酌乍临水，清机常见山。此时何所忆，净一作法侣话玄关。

## 新秋月夜一作下寄故人

客心宜静夜,月色澹新秋。影落三湘水,诗传八咏楼。何穷对酒望,几处卷帘愁。若问相思意,随君万里游。

## 自杨子归丹阳初遂闲居聊呈惠公

移疾喜无事,卷帘松竹寒。稍知名是累,日与静相欢。蹇浅逢机少,迂疏应物难。只思闲夜月,共向沃州看。

## 月夜过灵彻上人房因赠

此身会逐白云去,未洗尘缨还自伤。今夜幸逢清净境,满庭秋月对支郎。

## 戏赠张炼师

月帔飘飖摘杏花,相邀洞口劝流霞。半酣乍奏云和曲,疑是龟山阿母家。

## 戏赠天竺灵隐二寺寺主

石路泉流两寺分,寻常钟磬隔山闻。山僧半在中峰住,共占青峦与白云。

## 赠广通上人

身随猿鸟在深山,早有诗名到世间。客至上方留盥漱,龙泓洞水昼潺潺。

# 赠老将

白草黄云塞上秋，曾随骠骑出并州。辘轳剑折虬须白，转战功多独不侯。

## 戏赠表兄崔秀才

何事年年恋隐沦，成名须遣及青春。明时早献甘泉去，若待公车却误人。

## 醉后戏赠苏九翛

苏常好读元鲁山文，时或劝入关者，故戏及之。

白首书窗成巨儒，不知簪组遍屠沽。劝君莫问长安路，且读鲁山于芴于。于芴于，德秀所为歌也。

# 全唐诗卷三二三

## 权德舆

### 奉送韦起居老舅百日假满归嵩阳旧居

威凤翔紫气一作氛,孤云出寥天。奇采与幽姿,缥缈皆自然。尝闻陶唐氏,亦有巢由一作许全。以此耸风俗,岂必效羁牵。大君遂群方,左史蹈前贤。振衣去朝市,赐告归林泉。滑和固难久,循性得所便。有名皆畏途,无事乃真筌。旧壑穷杳宛一作冥,新潭漾沦涟。岩花落又开,山月缺复圆。轻策逗萝径,幅巾凌翠烟。机闲鱼鸟狎,体和芝术鲜。四皓本违一作避难,二疏犹待年。况今寰海一作宇清,复此鬓发玄。顾惭缨上尘,未绝区中缘。齐竽终自退,心寄嵩峰巅。

### 奉送孔十兄宾客承恩致政归东都旧居

达人旷迹通出处,每忆安居旧山去。乞身已见抗疏频,优礼新闻诏书许。家法遥传阙里训,心源早逐嵩丘侣。南史编年著盛名,东朝侍讲常虚伫。角巾华发忽自遂,命服金龟君更与。白云出岫暂逶迤,鸿鹄入冥无处所。归路依依童稚乐,都门蔼蔼壶觞举。能将此道助皇风,自可殊途并伊吕。

## 送密秀才吏部驳放后归蜀应崔大理序

蜀国本多士,雄文似相如。之子西南秀,名在贤能书。薄禄且未及,故山念归欤。迢迢三千里,返驾一赢车。玉垒长路尽,锦江春物馀。此行无愠色,知尔恋林庐。

## 送袁中丞持节册南诏五韵 净字

西南使星去,远彻通朝聘。烟雨僰道深,麾幢汉仪盛。途轻五尺险,水爱双流净。上国洽恩波,外臣遵礼命。离堂驻驷驭,且尽樽中圣。

## 人日送房二十六侍御归越

驿骑归时骢马蹄,莲花府映若邪溪。帝城人日风光早,不惜离堂醉似泥。

## 送张阁老中丞持节册吊回鹘

旌旆翩翩拥汉官,君行常得远人欢。分职南台知礼重,辍书东观见才难。金章玉节鸣驺远,白草黄云出塞寒。欲散别离一作愁唯有醉一作酒,暂烦宾从驻征鞍。

## 送二十叔赴任馀杭尉 琴字

拜首直城阴,樽开意不任。梅仙归剧县,阮巷奏离琴。春草吴门绿,秋涛浙水深。十年曾旅寓,应惬宦游心。

## 春送十四叔赴任渝州录事绝句 中字

随牒忽离南北巷,解巾都吏有清风。巴城锁印六联静,尽日闲谣解署中。

## 送韦十二丈赴襄城令三韵 柳字

留连出关骑,斟酌临歧酒。旧业传一经,新官栽五柳。去去望行尘,青门重回首。

## 送薛十九丈授将作主簿分司东都赋得春草

芊芊远郊外,杳杳春岩曲。愁处映微波,望中连净绿。日暮藉离筋,折芳心断续。

## 送正字十九兄归江东醉后绝句

命驾相思不为名,春风归骑出关程。离堂莫起临歧叹,文举终当荐祢衡。

## 送张詹事致政归嵩山旧隐 青字

解龟辞汉庭,却忆少微星。直指常持宪,平反更恤刑。闲思紫芝侣,归卧白云扃。明诏优筋力,安车适性灵。群公来蔼蔼,独鹤去冥冥。想到挥金处,嵩吟枕上青。

## 送许著作分司东都

月旦继平舆,风流仕石渠。分曹向瀍洛,守职正图书。棣萼荣相映,琼枝色不如。宾朋争漉酒,徒御侍一作待巾车。异日始离抱,维思烹鲤鱼。

## 送少清赴润州参军因思练旧居 得销字

二纪乐箪瓢,烟霞暮与朝。因君宦游去,记得春江潮。远别更搔首，初官方折腰。青门望离袂，魂为阿连销。

## 送濬上人归扬州禅智寺

蠹露宗通法已传，麻衣筇杖去悠然。扬州后学应相待，遥想幡花古寺前。

## 献岁送李十兄赴黔中酒后绝句

一樽岁酒且留欢，三峡黔江去路难。志士感恩无远近，异时应戴惠文冠。

## 送张仆射朝见毕归镇

青光照目青门曙，玉勒雕戈拥驺驭。东方连帅南阳公，文武吉甫如古风。独奉新恩来谒帝，感深更见新一作歌诗丽。共看三接欲为霖，却念百城同望岁。双旌去去恋储胥，归路莺花伴隼旟。今日汉庭求上略，留侯自有一编书。

## 送韦行军员外赴河阳

五代一作年武弁侍明光，辍佐中权拜外郎。记事还同楚倚相，传经远自汉扶阳。离堂处处罗簪组，东望河桥壮鼙鼓。三城晓角启轩门，一县繁花照莲府。上略儒风并者稀，翩翩驺骑有光辉。只今右一作左职多虚位，应待他时伏奏一作仗节归。

## 送韦中丞奉使新罗 往字

淳化洽声明，殊方均惠养。计书重译至，锡命双旌往。星辞北极远，水泛东溟广。斗柄辨宵程，天琛宜昼赏。孤光洲岛迴，净绿烟霞敞。展礼盛宾徒，交欢觌君长。经途劳视听，怆别萦梦想。延颈旬岁期，新恩在归靰。

## 送从翁赴任长子县令

家风本巨儒，吏职化双凫。启事才方惬，临人政自殊。地雄韩上党，秩比鲁中都。拜首春郊夕，离杯莫向隅。

## 送从弟广东归绝句

夏云如火铄晨辉，款段羸车整素衣。知尔业成还出谷，今朝莫怆断行飞。

## 送王炼师赴王屋洞

稔岁在芝田，归程入洞天。白云辞上国，青鸟会群仙。白以棋销日，宁资药驻年。相看话离合一作别，一作念，风驭忽泠然。

## 送薛温州 惊字

昨日馈连营，今来刺列城。方期建礼直，忽访永嘉程。郡内裁诗暇，楼中迟客情。凭君减千骑，莫遣海鸥惊。

## 送黔中裴中丞阁老赴任 回字

五谏留中禁，双旌辍上才。内臣持凤诏，大厩锡龙媒。宴语暧兰室，辉荣亚柏台。怀黄宜命服，举白叹离杯。景霁山川迥，风清雾露开。辰溪分浩淼，僰道接萦回。胜理环中得，殊琛徼外来。行看旬岁诏，传庆在公台。

## 送崔谕德致政东归

天子坐法宫，诏书下江东。懿此嘉遁士，蒲车赴丘中。褐衣入承明,朴略多古风。直道侍太子,昌言沃宸聪。岩居四十年,心与鸥鸟同。一朝受恩泽,自说如池龙。乞骸归故山,累疏明深衷。大君不夺志,命锡忽以崇。旭旦出国一作东门,轻装若秋蓬。家依白云峤,手植丹桂丛。竹斋引寒泉,霞月相玲珑。旷然解赤绶,去逐冥冥鸿。

## 送三十叔赴任晋陵 心字

德舆旧居在丹阳,去晋陵百里。

春云结暮阴,侍坐捧离襟。黄绶轻装去,青门芳草深。十年尘右职,三径寄退心。便道停桡处,应过旧竹林。

## 送安南裴都护

忽佩交州印,初辞列宿文。莫言方任远,且贵主忧分。迥转朱鸢路,连飞翠羽群。戈船航涨海,旌斾卷炎云。绝徼褰帷识,名香夹毂焚。怀来通北户,长养洽南薰。暂叹同心阻,行看异绩闻。归时无所欲,薏苡或烦君。

## 送别沅一作阮泛

念尔强学殖,非贯早从师。温温禀义方,惴惴习书诗。计偕来上国,宴喜方怡怡。经术既修明,艺文亦葳蕤。伊予谅无取,琐质荷洪慈。偶来贰仪曹,量力何可支。废业固相受,避嫌诚自私。徇吾刺促心,婉尔康庄姿。古人贵直道,内讼乖坦夷。用兹处大官,无乃玷清时。赢车出门去,怅望交涕洟。琢磨贵分阴,岁月若飙驰。千里起足下,丰年系镃錤。苟令志气坚,伫见缨珮随。斑斓五彩服,前路春物熙。旧游忆江南,环堵留蓬茨。湖水白于练,莼羹细若丝。别来十三年,梦寐时见之。宠荣忽逾量,茬苒不自知。晨兴

愧华簪,止足为灵龟。遻路各自爱,大来行可期。青冥在目前,努
力调羽仪。

## 送张曹长工部大夫奉使西番

殊邻覆露同,奉使小司空。西候车徒出,南台节印雄。吊祠将渥
命,导驿畅皇风。故地山河在,新恩玉帛通。塞云凝废垒,关月照
惊蓬。青史书归日,翻轻五利功。

## 九华观宴饯崔十七叔判官赴义武幕兼呈书记萧校书

炎光三伏昼,洞府宜幽步。宿雨润芝田,鲜风摇桂树。阴阴台殿
敞,靡靡轩车驻。晚酌临水清一作情,晨装出关路。偏荣本郡辟,倍
感元臣遇。记室有门人,因君达书素。

## 送文畅上人东游

桑门许辩才,外学接宗雷。护法麻衣净,翻经贝叶开。宗通一作尘
喧知不染,妄想自堪哀。或一作载结西方社,师游早晚回。

## 送灵武范司空

上略在安边,吴钩结束鲜。二公临右地,七萃拥中坚。旧垒销烽
火,新营辨井泉。伐谋师以律,贾勇士争先。塞迥晴看月,沙平远
际天。荣薰一作勋知屈指,应在盛秋前。

## 送商州杜中丞赴任

安康地里接商於,帝命专城总赋舆。夕拜忽辞青琐闼,晨装独捧紫
泥书。深山古驿分骈骑,芳草闲云逐隼旟。绮皓清风千古在,因君

一为谢岩居。

## 送殷卿罢举归淮南旧居

计偕十上竟无成,忽忆岩居便独行。志业尝探绝编义,风尘虚作弃
缥生。岁储应叹山田薄,里社时逢野酝清。惆怅中年群从少,相看
欲别倍关情。

# 全唐诗卷三二四

## 权德舆

### 送杜尹赴东都

商於留异绩,河洛贺新迁。朝选吴公守,时推杜尹贤。如纶披凤诏,出匣淬龙泉。风雨交中土,簪裾敞别筵。清明人比玉,照灼府如莲。伫报司州政,征黄似颍川。

### 送孔江州 一作送人之九江

九派寻阳郡,分明似画图。秋光连瀑布,晴翠辨香炉。才子厌兰省,邦君荣竹符。江城多暇日,能寄八行无。

### 送 浑 邓 州

年少守南阳,新恩印绶光。轻轩出绕雷,利刃发干将。风劲初下叶,云寒方护霜。想君行县处,露冕菊潭香。

### 埇桥达奚四于十九陈大三侍御 夜宴叙各赋二韵 一作埇桥夜宴叙别

满树铁冠琼树枝,樽前烛下心相知。明朝又与白云远,自古河梁多别离。

## 酬别蔡十二见赠

伊人茂天爵，恬澹卧郊园。傲世方隐几，说经久颛门。浩歌曳柴车，讵羡丹毂尊。严霜被鹑衣，不知狐白温。游心羲文际，爱我相讨论。潢污忽朝宗，传骑令载奔。峥嵘岁阴晚，愀怆离念繁。别馆丝桐清。寒郊烟雨昏。中饮见逸气，纵谈穷化元。伫见—作看公车起，圣代待乞言。

## 扬州与丁山人别

将军易—作亦道令威仙，华发清谈得此贤。惆怅今朝广陵别，辽东后会复何年。

## 送台州崔录事

不嫌临海远，微禄代躬耕。古郡纪纲职，扁舟山水程。诗因琪树丽，心与瀑泉清。盛府知音在，何时荐政成。

## 送信安刘少府 自常州参军选授

相看结离念，尽此林中渌。夷代轻远游，上才随薄禄。参卿滞—作若孙楚，隐市同梅福。吏散时泛弦，宾来闲覆局。襟情无俗虑，谈笑成逸躅。此路足滩声，羡君多水宿。

## 送李城门罢官归嵩阳 城门院在遗补院东

与君相识处，吏隐在墙东。启闭千门静，逢迎两掖通。罢官多暇日，肆业有儒风。归去尘寰外，春山桂树—作兰桂丛。

## 送上虞丞

越郡佳山水，菁<sub>一作清</sub>江接上虞。计程航一苇，试吏佐双凫。云壑窥仙籍，风谣验地图。因寻黄绢字，为我吊曹盱。

## 送卢评事婺州省觐

知向东阳去，晨装见彩衣。客愁青眼别，家喜玉人归。漠漠水烟晚，萧萧枫叶飞。双溪泊船处，候吏拜胡威。

## 送崔端公郎君入京觐省

已见风姿美，仍闻艺业勤。清秋上国路，白皙少年人。带月轻帆疾，迎霜彩服新。过庭若有问，一为说漳滨。

## 送张周二秀才谒宣州薛侍郎

儒衣两少年，春棹毂<sub>一作毂</sub>溪船。湖月供诗兴，岚风<sub>一作烟岚</sub>费酒钱。上帆涵浦岸<sub>一作投极浦</sub>，欹枕傲晴天。不用愁羁旅，宣城太守贤。

## 送张将军归东都旧业

功名不复求，旧业向东周。白草辞边骑，青门别故侯。摧残宝剑折，羸病绿珠愁。日暮寒风起，犹疑大漠秋。

## 送句容王少府簿领赴上都

上国路绵绵，行人候晓天。离亭绿绮奏，乡树白云连。江露湿征袂，山莺宜泊船。春风若为别，相顾起尊前。

## 送从弟谒员外叔父回归义兴

异乡兄弟少,见尔自依然。来酌林中酒,去耕湖上田。何朝逢暑
雨,几夜泊鱼烟。馀力当勤学,成名贵少年。

## 送梁道士谒寿州崔大夫

年少一仙官,清羸驾彩鸾。洞宫云渺渺,花路水漫漫。岁计芝田
熟,晨装月帔寒。遥知小山桂,五马待邀欢。

## 送郑秀才贡举

西笑一作去意如何,知随贡举一作士科。吟诗向月露,驱马出烟萝。
晚色平一作寒芜远,秋声候雁多。自怜归未得,相送一劳歌。

## 送谢孝廉移家越州

家承晋太傅,身慕鲁诸生。又见一帆去,共愁千里程。沙平古一作
烟树迥,潮满晓一作晚江晴。从此幽深去,无妨隐姓名。

## 送韩孝廉侍从赴举

贡士去翩翩,如君最少年。彩衣行不废,儒服代相传。晓月经淮
路,繁阴过楚天。清谈遇知己,应访孝廉船。

## 送陆拾遗祗召赴行在

鸂鹭承新命,翻飞入汉庭。歌诗能合雅,献纳每论经。月晓蜀江
迥,猿啼楚树青。幸因焚草暇,书札访沉冥。

## 送映师归本寺

还归柳市去,远远出人群。苔甃桐花落,山窗桂树薰。引泉通绝涧,放鹤入孤云。幸许宗雷到,清谈不易闻。

## 送宇文文府赴行在 行在一作官

送君当岁暮,斗酒破离颜。车骑拥寒水,雪云凝远山。且安黄绶屈,莫羡白鸥闲。从此图南路,青云步武间。

## 送岳州温录事赴任

解巾州主簿,捧檄不辞遥。独鹤九霄翼,寒松百尺条。晨装沾雨雪,旅宿候风潮。为政闲无事,清谈肃郡僚。

## 送山人归旧隐

工为楚辞赋,更著鲁衣冠。岁俭山田薄,秋深晨服寒。武人荣燕颔,志士恋渔竿。会被公车荐,知君久晦难。

## 惠上人房宴别

方袍相引到龙华,支策开襟路不赊。法味已同香积会,礼容疑在少施家。逸民羽客期皆至,疏竹青苔景半斜。究竟相依何处好,匡山古社足烟霞。

## 送裴秀才贡举

儒衣风貌清一作羞此别,去抵汉公卿。宾贡年犹少,篇章艺已成。临流惜暮景,话别起乡情。离酌不辞醉,西江春草生。

## 送袁太祝衢婺巡覆 同用山字

校缗税亩不妨闲,清兴自随鱼鸟间。知君此去足佳句,路出桐溪千万山。

## 送湖南李侍御赴本使赋采菱亭诗

旧俗采菱处,津亭风景和。沅江收暮霭,楚女发清歌。曲岸萦湘叶,荒阶上白波。兰桡向莲府,一为枉帆过。

## 送穆侍御归东都

知君儒服贵,彩绣两相辉。婉婉成名后,翩翩拥传归。江深烟屿没,山暗雨云飞。共待酬恩罢,相将去息机。

## 送崔端公赴度支江陵院三韵 照字

津亭风雪霁,斗酒留征棹。星传指湘江,瑶琴多楚调。偏愁欲别处,黯黯颓阳照。

## 送陆太祝赴湖南幕同用送字 三韵

不惮征路遥,定缘宾礼重。新知折柳赠,旧侣乘篮送。此去佳句多,枫江接云梦。

## 送李处士归弋阳山居 限姓名中用韵

暂来城市意何如,却忆葛一作菖阳溪上居。不惮薄田输井税,自将嘉句著州闾。波翻极浦樯竿出,霜落秋郊树影疏。想到家山无俗侣,逢迎只是坐篮舆。

## 送清洨上人谒信州陆员外

暂辞长老去随缘,候晓轻装寄客船。佳句已齐康宝月,清谈远指谢临川。滩经水濑逢新雪,路过渔潭宿暝烟。暇日若随千骑出,南岩只在郡楼前。

## 送别同用阔字 三韵

耿耿离念繁,萧萧凉叶脱。缁尘素衣敝,风露秋江阔。想得读书窗,岩花对巾褐。

## 送人使之江陵 赏字

嘉招不辞远,捧檄利攸往。行役念前程,宴游暌旧赏。征轺星乍动,江信潮应上。烟水飞一帆,霜风摇五两。纷纷别袂举,切切离鸿响。后会杳何时,悠然劳梦想。

## 馀干赠别张二十二侍御 一作馀干别张侍御

芜城陌上春风别,干越亭边岁暮逢。驱车又怆南北路,返照寒江千万峰。

## 杂言赋得风送崔秀才归白田
## 限三五六七言 暄字

响深涧,思啼猿。暗入蘋洲暖,轻随柳陌暄。澹荡乍飘云影,芳菲遍满花源。寂寞春江别君处,和烟带雨送征轩。

## 杂言同用离骚体送张评事襄阳觐省

黯离堂兮日晚,俨壶觞兮送远。远水霁兮微明,杜蘅秀兮白芷生。

波泫泫一作沄沄兮烟幂幂,凝暮色于空碧。纷离念兮随君,溯九江
兮经七泽。君之去兮不可留,五彩裳兮木兰舟。

## 岭上逢久别者又别

十年曾一别,征路一作旆此相逢。马首向何处,夕阳千万峰。

## 赠别表兄韦卿

新读兵书事护羌,腰间宝剑映金章。少年百战应轻别,莫笑儒生泪
数行。

## 古离别 一作古别离

人生天地间,瞥若六辔驰。夭寿既常数,奈何生别离。迹当中人
域,正性日已衰。是非千万境,杳霭情尘滋。出门事何常,暂别亦
难期。冉冉叹流景,悠悠限山陂。尽此一夕欢,华樽会前墀。鸡鸣
东方曙,凤驾临通逵。欲出强移步,欲留难致辞。两情不得已,念
此留何为。天明去已远,寂默居人归。入门复上堂,恍恍生惊疑。
经履同游处,犹言常相随。览物或临盘一作镜,翻怪来何迟。乃知
前日欢,本为今日悲。特此一作翻思别后心,宁及未见时。则知交
疏分,久久翻易持。报君未别后,别后当自知。

# 全唐诗卷三二五

## 权德舆

### 早夏青龙寺致斋凭眺感物
### 因书十四韵 寺壁有舅氏庶子诗

晓一作晚出文昌宫,憩兹青莲宇。洁斋奉明祀,凭览伤复古。秦为三月火,汉乃一抔土。诈力自湮沦,霸仪终莽卤。中南横峻极。积翠泄云雨。首夏谅清和,芳阴接场圃。仁祠阒严净,稽首洗灵府。虚室僧正禅,危梁燕初乳。通庄走声利,结驷乃旁午。观化复何如,刳心信为愈。盛时忽过量,弱质本无取。静永环中枢,益愧腰下组。尘劳期抖擞,陟降聊俯偻。遗韵留壁间,凄然感东武。

### 仲秋朝拜昭陵

清秋寿原上,诏拜承吉卜。尝读贞观书,及兹幸斋沐。文皇昔潜耀,随季自颠覆。抚运斯顺人,救焚非逐鹿。神祇戴元圣,君父纳大麓。良将授兵符,直臣调鼎铉。无疆传庆祚,有截荷亭育。仙驭凌紫氛,神游弃黄屋。方祇护山迹,先正陪岩腹。杳杳九嵏深,沈沈万灵肃。鸟飞田已辟,龙去云犹簇。金气爽林峦,乾冈走崖谷。吾皇弘孝理,率土蒙景福。拥佑乃清夷,威灵谅回复。礼承三公重,心愧二卿禄。展敬何所伸,曾以斧山木。

## 拜昭陵出城与张秘监阁老同里临行别
## 承在史馆未归寻辱清辞辄酬之

仲月当南吕,晨装拜毂林。逢君在东观,不得话离襟。策马缘云路,开缄扣玉音。还期才浃日,里社酒同斟。

## 酬冯监拜昭陵回途中遇雨见示

之子共乘轺,清秋拜上霄{寝宫有上霄门}。曙霞迎凤驾,零雨湿回镳。甘谷行初尽,轩台去渐遥。望中犹可辨,耘鸟下山椒。

## 朔旦冬至摄职南郊因书即事

大明南至庆{一作应天正},朔旦圆丘乐{六一作九成}。文轨尽同尧历象,斋祠忝备汉公卿。星辰列位祥光满,金石交音晓奏清。更有观台称贺处,黄云捧日瑞升平。

## 奉和张监阁老过八陵院题赠杜卿崔员外

崇饰山园孝理深,万方同感圣人心。已闻东阁招从事,每向西垣奉德音。公府从容谈婉婉,宾阶清切景沈沈。与君跬步如同舍,终日相期此盍簪。

## 奉和郑宾客相公摄官丰
## 陵扈从之作{时充卤簿使}

五辂导灵辀,千夫象缭垣。行宫移晓漏,彩仗下秋原。莫究希夷理,空怀涣汗恩。颐神方蹈道,传圣乃尊尊。共祝如山寿,俄惊凭几言。遐荒七月会,胚胲百灵奔。豹尾从风直,鸾旗映日翻。涂刍联法从,营骑肃旌门,杳霭虞泉夕,凄清楚挽喧。不堪程尽处,呜咽望文园。

## 詹事府宿斋绝句

清斋四体泰,白昼一室空。摧颓有古树,骚屑多悲风。

## 和王祭酒太社宿斋不得赴
## 李尚书宅会戏书见寄

元礼门前劳引望,句龙坛下阻欢娱。此时对局空相忆,博进何人更乐输。

## 酬裴端公八月十五日夜对月见怀

凉夜清秋半,空庭皓月圆。动摇随积水,皎洁满晴天。多病嘉期阻,深情丽曲传。偏怀赏心处,同望庚楼前。

## 奉和崔阁老清明日候许阁老交直之际
## 辱裴阁老书招云与考功苗曹长先城南
## 游览独行口号因以简赠 时德舆以疾,故有阻追游。

紫禁宿初回,清明花乱开。相招直城外,远远上春台。谏曹将列宿,几处期子玉。深竹与清泉,家家桃李鲜。折芳行载酒,胜赏随君有。愁疾自无悰,临风一搔首。

## 和张秘监阁老献岁过蒋大拾
## 遗因呈两省诸公并见示

二贤同载笔,久次入新年。焚草淹轻秩,藏书厌旧编。竹风晴翠动,松雪瑞光鲜。庆赐行春令,从兹仁九迁。

## 酬崔舍人阁老冬至日宿直省
## 中奉简两掖阁老并见示

令节一阳新,西垣宿近臣。晓光连凤沼,残漏近鸡人。白雪飞成曲,黄钟律应均。层霄翔迅羽,广陌驻归轮。清切晨趋贵,恩华夜直频。辍才时所重,九月中,杨阁老权知吏部选事。分命秩皆真。十月中,崔阁老正拜本官,德舆正除礼部,受命前一日,分草诏词。左掖期连茹,南宫愧积薪。九年叨此地,回首倍相亲。

## 八月十五日夜瑶台寺对月绝句

嬴女乘鸾已上天,仁祠空在鼎湖边。凉风遥夜清秋半,一望金波照粉田。仁祠,寺也,见《后汉书·楚王英传》。

## 夏 至 日 作

璇枢无停运,四序相错行。寄言赫曦景,今日一阴生。

## 二月二十七日社兼春分端居有怀简所思者

清昼开帘坐,风光处处生。看花诗思发,对酒客愁轻。社日双飞燕,春分百啭莺。所思终不见,还是一含情。

## 甲子岁元日呈郑侍御明府

万里烟尘合,秦吴遂渺然。无人来上国,洒泪向新年。世故看风叶,生涯寄海田。屠苏聊一醉,犹赖主人贤。

# 七　夕

佳期人不见,天上喜新秋。玉珮沾清露,香车渡浅流。东西一水隔,迢递两年愁。别有穿针处,微明月映楼。

## 嘉兴九日寄丹阳亲故

穷年路歧客,西望思茫茫。积水曾南渡,浮云失旧乡。海边寻别墅,愁里见重阳。草露荷衣冷,山风菊酒香。独谣看坠叶,远目遍秋光。更羡登攀处,烟花满练塘。

## 九日北楼宴集

萧飒秋声楼上闻,霜风漠漠起阴云。不见携觞工太守,空思落帽孟参军。风吟蟋蟀寒偏急,酒泛茱萸晚易醺。心忆旧山何日见,并将愁泪共纷纷。

## 奉陪李大夫九日龙沙宴会 迟字

龙沙重九会,千骑驻旌旗。水木秋光净,丝桐雅奏迟。烟芜敛暝色,霜菊发寒姿。今日从公醉,全胜落帽时。

## 腊日龙沙会绝句

帘外寒江千里色,林中樽酒七人期。宁知腊日龙沙会,却胜重阳落帽时。

## 严陵钓台下作

绝顶耸苍翠,清湍石磷磷。先生晦其中,天子不得臣。心灵栖颢气,缨冕犹缁尘。不乐禁中卧,却归江上春。潜驱东汉风,日使薄者醇。焉用佐天子,特此报故人。人一作则知大贤心,不独私其身。弛张有深致,耕钓陶天真。奈何清风后,扰扰论屈伸。交情同市道,利欲相纷纶。我行访遗台,仰古怀逸民。缯缴鸿鹄远,雪霜松桂新。江流去不穷,山色凌秋旻。人世自今古,清辉照无垠。

## 晓发武阳馆即事书情

清晨策羸车,嘲哳闻村鸡。行将骑吏亲,日与情爱暌。东风变林樾,南亩事耕犁。青菰冒白水,方塘接广畦。杂英被长坂,野草蔓幽蹊。泻一作舄卤成沃壤,枯株发柔荑。芳树莺命雏,深林麛引麕。杳杳途未极,团团日已西。哲士务缨弁一作绂,鄙夫恋蓬藜。终当税尘驾,盥濯依春溪。

## 丰城剑池驿感题

龙剑昔未发,泥沙一作池相晦藏。向非张茂先,孰辨斗牛光。神物不自达,圣贤亦彷徨。我行丰城野,慷慨心内伤。

## 奉使宜春夜渡新淦江陆路至黄檗馆路上遇风雨作

草草理夜装,涉江又登陆。望路殊未穷,指期今已促。传呼戒徒御,振辔转林麓。阴云拥岩端,霈一作霈雨当山腹。震雷如在耳,飞电来照目。兽迹不敢窥,马蹄唯务速。虔心若斋礼一作祷,濡体如沐浴。万窍相怒号,百泉暗奔瀑。危梁虑足跌,峻坂忧车覆。问我何以然,前日受微禄。转知人代事,缨组乃徽束。向一作何若家居时,安枕春梦熟。遵途稍已近,候吏来相续。晓霁心始安,林端见初旭。

## 细 柳 驿

细柳肃军令,条侯信殊伦。棘门乃儿戏,从古多其人。神武今不杀,介夫如搢绅。息驾幸兹地,怀哉悚精神。

## 渭 水

吕叟一作氏年八十,皤然持钓钩。意在静天下,岂唯食营丘。师臣有家法,小白犹一作乃尊周。日暮驻征策,爱兹清渭流。

## 宫人斜绝句

一路斜分古驿前,阴风切切晦秋烟。铅华新旧共冥寞,日暮愁鸥一作鸦飞野田。

## 敷 水 驿

空见水名敷,秦楼昔事无。临风驻征骑,聊复捋髭须。

## 朝 元 阁

缭垣复道上层霄,十月离宫万国朝。胡马忽来清跸去,空馀台殿照山椒。

## 石 瓮 寺

石瓮灵一作寒泉胜宝井,汲人回挂青丝绠。厨烟半逐白云飞,当昼老僧来灌顶。

## 盘 豆 驿

盘豆绿云上古驿,望思台下使人愁。江充得计太子死,日暮戾园风雨秋。

# 晚渡扬子江却寄江南亲故

返照满寒流,轻舟任摇漾。支颐见千里,烟景非一状。远岫有无中,片帆风水上。天清去鸟灭,浦迥寒沙涨。树晚叠秋岚,江空翻宿浪。胸中千万虑,对此一清旷。回首碧云深,佳人不可望。

# 新 安 江 路

深潭与浅滩,万转出新安。人远禽鱼净,山深水木寒。啸起青蘋末,吟瞩白云端。即事遂幽赏,何心挂儒冠。

# 月 夜 江 行

扣船一作舷不得一作能寐,浩露清衣襟。弥伤孤舟夜,远结万里心。幽兴惜瑶草,素怀寄鸣琴。三奏月初上,寂寞一作寥寒江深。

# 江城夜泊寄所思

客程殊未极,舣棹泊回塘。水宿知寒早,愁眠觉夜长。远钟和暗杵,曙月照晴霜。此夕相思意,摇摇不暂忘。

# 陪包谏议湖墅路中举帆 同用山字

萧萧凉雨歇,境物望中闲。风际片帆去,烟中独鸟还。断桥通远浦,野墅接秋山。更喜陪清兴,尊前一解颜。

# 富 阳 陆 路

又入乱峰去,远程殊未归。烟萝迷客路,山果落征衣。欹石临清浅,晴云出翠微。渔潭明夜泊,心忆谢玄晖。

# 晓

晓风摇五两,残月映石壁。稍稍曙光开,片帆在空碧。

# 昼

孤舟漾暖景,独鹤下秋空。安流日正昼,净一作浮绿天无风。

# 晚

古树夕阳尽,空江暮霭收。寂寞扣船一作舷坐,独生千里愁。

# 夜

猿声到枕上,愁梦纷难理。寂寞一作寂深夜寒,青霜落秋水。

# 全唐诗卷三二六

## 权德舆

### 奉和韦谏议奉送水部家兄上后书情寄诸兄弟仍通简南宫亲旧并呈两省阁老院长

驷牡龙旗庆至今，一门儒服耀华簪。人望皆同照乘宝，家风不重满籯金。护衣直夜南宫静，焚草清时左掖深。何幸末班陪两地，阳春欲和意难任。

### 奉和史馆张阁老以许陈二阁长爱弟俱为尚书郎伯仲同时列在南北省会于左掖因而有咏

伯仲尽时贤，平舆与颍川。桂枝尝遍折，棣萼更相鲜。丹地晨趋并，黄扉夕拜联。岂如分侍从，来就凤池边。主客水部二员，东西对行，二阁老并在左掖也。时诸以为分就西垣，则具美相类，故戏书末韵。

### 韦宾客宅与诸博士宴集

累抗气身章，湛恩比上庠。宾筵征稷嗣一作嗣翼，家法自扶阳。簪组欢言久，琴壶雅兴长。阴岚冒苔石，轻籁韵风篁。佩玉三朝贵，挥金百虑忘。因知卧商洛,岂胜白云乡。

## 酬张秘监阁老喜太常中书二阁老
## 与德舆同日迁官相代之作 时秘书监亦同日拜命

珠树共飞栖,分封受紫泥。正名推五字,贵仕仰三珪。继组心知忝,德与代太常为礼部。腰章事颇齐。蓬山有佳句,喜气在新题。

## 国子柳博士兼领太常博士辄申贺赠

博士本秦官,求才帖职难。临风曲台净,对月璧池寒。讲学分阴重,斋祠晓漏残。朝衣辨色处,双绶更宜看。

## 过隐者湖上所居

蜗舍映平湖,皤然一鲁儒。唯将酒作圣,不厌谷名愚。兵法窥黄石,天官辨白榆。行看软轮起,未可号潜夫。

## 从叔将军宅蔷薇花开太府韦
## 卿有题壁长句因以和作

环列从容蹀躞归,光风驰荡发红薇。莺藏密叶宜新霁,蝶绕低枝爱晚晖。艳色当轩迷舞袖,繁香满径拂朝衣。名卿洞壑仍相近,佳句新成和者稀。

## 奉和许阁老霁后慈恩寺杏园
## 看花同用花字口号 时德舆当直

杏林微雨霁,灼灼满瑶华。左掖期先至,中园景未斜。含毫歌白雪,藉草醉流霞。独限金闺籍,支颐啜茗花。

## 奉和陈阁老寒食初假当直从东省往
## 集贤因过史馆看木瓜花寄张蒋二
### 阁老 一作陈阁老当直从东省过史馆看花寒食假

昼漏沉沉倦琐闱,西垣东观阅芳菲。繁花满树似留客,应为主人休浣归。

## 晚秋陪崔阁老张秘监阁老苗考
## 功同游昊天观时杨阁老新直未
## 满以诗见寄斐然酬和有愧芜音

方驾游何许,仙源去似一作胜归。萦回留胜赏,萧洒出尘机。泛菊贤人至,烧丹姹女飞。步虚清晓一作晚籁,隐几吸晨晖。竹径琅玕合,芝田沆瀣晞。银钩三洞字,瑶篆六铢衣。丽句翻红药,佳期限紫微。徒然一相望,郢曲和应稀。

## 春日同诸公过兵部王尚书林园

休沐君相近,时容曳履过。花间留客久,台上见春多。松色明金艾,莺声杂玉珂。更逢新酒熟,相与藉庭莎。

## 与沈十九拾遗同游栖霞寺上
## 方于亮上人院会宿二首

摄一作蹑山标胜绝,暇日谐想瞩。萦纡松路深,缭绕云岩曲。重楼回树杪,古像凿山腹。人远水木清,地深兰桂馥。层台耸金碧,绝顶摩净绿。下界诚可悲,南朝纷在目。焚香入古殿,待月出深竹。

稍觉天籁清，自伤人世促。宗雷此相遇，偃放从所欲。清论松枝一作月轮低，闲吟茗花熟。一生如土梗，万虑相桎梏。永愿事潜师，穷年此栖宿。

偶来人境外，心赏幸随君。古殿烟霞夕，深山松桂薰。岩花点寒溜，石磴扫春云。清净诸天近，喧尘下界分。名僧康宝一作保月，上客沈休文。共宿东林夜，清猿彻曙闻。

## 题崔山人草堂

竹径茆堂接洞天，闲时麈尾濑春泉。世人车马不知处，时有归云到枕边一作前。

## 徐孺亭马上口号 并序

　　钟陵东湖之南有亭，亭中有二碑：一则故曲江张公所制徐征君碣，一则北海李公所制放生池碑。嚱夫，二君子久随化往，而二文之盛，传于天下。贞元初，余为是邦从事，每岁迎郊劳，多经是间。且以其尚贤好生，皆醇仁之首也。因叹不得与二贤同时，论文变损益。亭址圮坏，苔篆磷跌，古风如在，感旧依然，而通逵在侧，平湖在下，波流毂击，日月无穷。因于马上口号绝句诗一首，以寄愀怆。

湖上荒亭临水开，龟文篆字积莓苔。曲江北海今何处，尽逐东流去不回。

## 哭刘四尚书 勒于碑阴

士友一作有惜一作昔贤人，天朝丧守臣。才华推独步，声气幸相亲。理析寰一作环中妙，儒为席上珍。笑言成月旦，风韵挹天真。丹地膺推择，青油寄抚循。岂言朝象魏，翻是卧漳滨。命赐龙泉重，追荣密印陈。撤弦惊物故，疟具见家贫。牢落风悲笛，汍澜涕泣巾。

只一作共嗟蒿里月，非复柳营春。黄绢碑文在，青松隧路新。音容
无处所，归作北邙尘。

## 张工部至薄寒山下有书无由
## 驰报辂车之至倍切悲怀

书来远自薄寒山，缭绕洮河出古关。今日难裁秣陵报，薤歌寥落柳
车边。

## 工部发引日属伤足卧疾不遂执绋

子春伤足日，况有寝门哀。元伯归全去，无由白马来。笳箫里巷
咽，龟筮墓田开。片石潸湲泪，含悲叙史才。

## 从事淮南府过亡友杨校书
### 旧厅感念愀然 一下有遂书十韵

故人随化往，倏忽六六霜。及我就拘限，清风留此堂。松竹逾映蔚
一作郁，芝兰自销亡。绝弦罢流水，闻笛同山阳。颖一作莹，一作洁。
如冰玉姿，粲若鸾凤章。欲矫摧劲翮，先秋落贞芳。正平赋鹦鹉，
文考颂灵光。二子古不吊，夫君今何一作伤伤。黄墟一作垆既杳杳，
玄化亦茫茫。岂必限宿草，含凄一作泪洒衣裳。

## 哭李晦群崔季文二处士

华封西祝尧，贵寿多男子。二贤无主后，贫贱大壮齿。未成鸿鹄
姿，遽顿骅骝趾。子渊将叔度，自古不得已。

## 观　葬　者

涂刍随昼哭，数里至松门。贵尽人间礼，宁知逝者魂。笳箫出古一

作广陌,烟雨闭寒原。万古皆如此,伤心反不言。

## 成<sub>一作感</sub>南阳墓

枯<sub>一作丛</sub>荄没古基<sub>一作墓</sub>,驳藓蔽丰碑。向晚微风起,如闻坐啸时。

## 周 平 西 墓

英威今寂寞,陈迹对崇丘。壮志清风在,荒坟白日愁。穷泉那复晓,乔木不知秋。岁<sub>一作晚</sub>岁寒塘侧,无人水自流。

## 苏 小 小 墓

万古<sub>一作木</sub>荒坟在,悠然我独寻。寂寥红粉尽,冥寞<sub>一作漠</sub>黄泉深。蔓草映寒水,空郊暖夕阴。风流有佳句,吟眺一伤心。

## 题柳郎中茅山故居 <sub>一作柳谷汧故居</sub>

下马荒阶<sub>一作郊</sub>日欲曛,潺潺石溜静中闻。鸟啼花落人声绝,寂寞山窗掩白云。

## 哭张十八校书 <sub>数日前辱书,未及还答,俄承凶讣。</sub>

芸阁为郎一命初,桐州寄傲十年馀。魂随逝水归何处,名在新诗众不如。蹉跎江浦生华发,牢落寒原会素车。更忆八行前日到,含凄为报秣陵书。

## 题亡友江畔旧居

寥落留三径,柴扉对楚江。蠨蛸集暗壁,蜥蜴走寒窗。松盖欹书幌,苔衣上酒缸。平生断金契,到此泪成双。

# 全唐诗卷三二七

## 权德舆

### 德宗神武孝文皇帝挽歌词三首

覆露雍熙运,澄清教化源。赓歌凝庶绩,羽舞被深恩。纂业光文祖,贻谋属孝孙。恭闻留末命,犹是爱元元。

梯航来万国,玉帛庆三朝。湛露恩方浃,薰风曲正调。晏车悲卤簿,广乐遏箫韶。最怆号弓处,龙髯上紫霄。

常时柏梁宴,今日穀林归。玉翣恩波遍,灵辒烟雨霏。乔山森羽骑,渭水拥旌旗。仙驭何由见,耘田鸟自飞。

### 顺宗至德大安孝皇帝挽歌三首 时充卤簿使

十叶开昌运,三辰丽德音。荐功期瘗玉,昭俭每捐金。解泽皇风遍,虞泉白日沉。仍闻起居注,焚奏感人心。

孝理本忧勤,玄功在啬神。睿图传上嗣,寿酒比家人。仙驭三清远,行宫万象新。小臣司吉从,还扈属车尘。

候晓传清跸,迎风引彩旒。共瞻宫辂出,遥想望陵愁。弓剑随云气,衣冠奉月游。空馀驾龙处,摇落鼎湖秋。

# 昭德皇后挽歌词

淮水源流远,涂山礼命升。往年求故剑,今夕祔初陵。鸾镜金波
涩,翚衣玉彩凝。千年子孙庆,孝理在蒸蒸。

## 大行皇太后挽歌词三首 王氏

筮水灵源濬,因山祔礼崇。从龙开隧路,合璧向方中。殿帐金根
出,庶衣玉座空。唯馀文母化,阴德满公宫。

配礼归清庙,灵仪出直城。九虞宁厚载,一惠易尊名。晓漏铜壶
涩,秋风羽翠轻。容车攀望处,孺慕切皇情。

哀笳出长信,宝剑入延津。呜咽宫车进,凄凉祠殿新。青乌灵兆
久,白燕瑞书频。从此山园夕,金波照玉尘。

## 惠昭皇太子挽歌词二首

前星落庆霄,薤露逐晨飙。宫仗黄麾出,仙游紫府遥。空嗟凤吹
去,无复鸡鸣朝。今夜西园月,重轮更寂寥。

东朝闻楚挽,羽翮依稀转。天归京兆新,日与长安远。兰芳落故
殿,桂影销空苑。骑吹咽不前,风悲九旗卷。

## 赠文敬太子挽歌词二首

盘石公封重,瑶山赠礼尊。归全荣备物,乐善积深恩。雁沼寒波
咽,鸾旌夕吹翻。唯馀西靡树,千古霸陵原。

铜壶晓漏初,羽翠拥涂车。方外留鸿宝,人间得善书。清笳悲画
绂,朱邸散长裾。还似缑山驾,飘飘向碧虚。

## 赠郑国庄穆公主挽歌二首

追饰崇汤沐，遗芳蔼禁闱。秋原森羽卫，夜壑掩容辉。睿藻悲难
尽，公宫望不归。笳箫向烟雾，疑是彩鸾飞。

旧馆闭平阳，容车启寿堂。霜凝薤英落，风度薤歌长。淑德图书
在，皇慈礼命彰。凄凉霸川曲，垄树已成行。

## 赠魏国宪穆公主挽歌词二首

汉制荣车一作仪服，周诗美肃雍。礼尊同姓主，恩锡大名封。外馆
留图史，阴堂闭德容。睿词一作歌悲薤露，千古仰芳踪。

秦楼晓月残，卤簿列材官。红绶兰桂歇，粉田风露寒。凝笳悲驷
马，清镜掩孤鸾。愍册徽音在，都人雪涕看。

## 赠梁一作凉国惠康公主挽歌词二首

外馆嫔仪贵，中参睿渥深。初笋横白玉，盛服镂黄金。风一作凤度
箫声远，河低婺彩沉。夜台留册谥，凄怆即一作有徽音。

杳霭异湘川，飘飖驾紫烟。凤楼人已去，鸾镜月空悬。雾湿汤沐
地，霜凝脂粉田。音容无处所，应在玉皇前。

## 故太尉兼中书令赠太师西平王挽词

翊戴推元老，谋猷合大君。河山封故地，金石表新坟。剑履归长
夜，笳箫咽暮云。还经誓师处，薤露不堪闻。

## 故司徒兼侍中赠太傅北平王挽词

授律勋庸盛，居中鼎鼐和。佐时调四气，尽一作宣力净三河。忽访
天一作缺京兆，空传汉伏波。今朝麟阁上，偏轸圣情多。

## 奉和礼部尚书酬杨著作竹亭歌

直城朱户相逦连，九逵丹毂声阗阗。春官自有花源赏，终日南山当目前。晨摇玉佩趋温室，莫入竹溪—作蹊疑洞天。烟销雨过看不足，晴翠鲜飙逗深谷。独谣一曲泛流霞，闲对千竿连净绿。紫回疏凿随胜地，石磴岩扉光景异。虚斋寂寂清籁吟，幽涧纷纷杂英坠。家承麟趾贵，剑有龙泉赐，上奉明时事无事。人间方外兴偏多，能以簪缨狎薜萝。常通内学青莲偈，更奏新声白雪歌。风入松，云归栋，鸿飞灭处犹目送。蝶舞闲时梦忽成—作忽成梦，兰台有客叙交情，返照中林曳履声—作迎。直为君恩—作思催造膝，东方辨色谒承明。

## 奉和张仆射朝天行

元侯重寄贞师律，三郡—作都四封今静谧。丹毂常思阙下来，紫泥忽自天中出。军装喜气倍趋程，千骑鸣珂入凤城。周王致理称申甫，今日贤臣见明主。拜恩稽首纷无已，凝旒前席皇情喜。逢时自是山出云，献可还同石投水。昔岁褒衣梁甫吟，当时已有致君心。专城一鼓妖氛静，拥旆十年天泽深。日日披诚奉昌运，王人织路传清问。仙酝尝分玉斝浓，御闲更辍金羁骏。元正前殿朝君臣，一人负扆百福新。宫悬彩仗俨然合，瑞气炉烟相与春。万年枝上东风早，珮玉晨趋光景好。涂山已见首诸侯，麟阁终当画元老。温室沉沉漏刻移，退朝宾侣每相随。雄词乐职波涛阔，旷度交欢云雾披。自古全才贵文武，懦夫只解冠章甫。见公抽匣百炼光，试欲磨铅谅无助—作取。

# 和李中丞慈恩寺清上人院牡丹花歌

澹荡韶光三月中,牡丹偏自占春风。时过宝地寻香径,已见新花出故丛。曲水亭西杏园北,浓芳深院红霞色。擢秀全胜珠树林,结根幸在青莲域。艳蕊鲜<sub></sub>一作仙房次第开,含烟洗露照苍苔。庞眉倚杖禅僧起,轻翅萦枝舞蝶来。独坐南台时共美,闲行古刹情何已。花间一曲奏阳春,应为芬芳比君子。

# 锡杖歌送明<small>一无明字</small>楚上人归佛川

上人远自西天竺<small>一作至</small>,头陀行遍国<small>一作南朝寺</small>。口翻贝叶古字经,手持金策声泠泠。护法护身唯振锡,石濑云溪深寂寂。乍来松径风更<small>一作寒</small>,遥映霜天月成魄。后夜空山禅诵时,寥寥挂在枯树枝。真法常传心不住,东西南北随缘路。佛川此去何时回,应真莫便游天台。

# 马秀才草书歌 <small>大理马正之二</small>

伯英草圣称绝伦,后来学者无其人。白眉年少未弱冠,落纸纷纷运纤腕。初闻之子十岁馀,当时时辈皆不如。犹轻昔日墨池学,未许前贤团扇书。艳彩芳姿相点缀,水映荷花风转蕙。三春并向指下生,万象争分笔端势。有时当暑如清秋,满堂风雨寒飕飗。乍疑崩崖瀑水落,又见古木饥䴗愁。变化纵横出新意,眼看一字千金贵。忆昔谢安问献之,时人虽见那得知。

# 离合诗赠张监阁老 <small>一作以离合诗赠秘书监张荐</small>

黄叶从风散,暗<small>一作共</small>嗟时节换。忽见鬓边霜,勿辞林下馔。躬行君子道,身<small>一作辜</small>负芳名早。帐殿汉官仪,巾车塞垣草。交情剧断金,文律每招寻。始知蓬山下,如见古人心思张公。

## 春日雪酬潘孟阳回文

酒杯春醉好,飞雪晚庭闲。久忆同前赏,中林对远山。

## 五　杂　组

五杂组,旗亭客。往复还,城南陌。不得已,天涯谪。

## 数　名　诗

一区扬雄宅,恬然无所欲。二顷季子田,岁晏常自足。三端固为累,事物反徽束。四体苟不勤,安得丰菽粟。五侯诚昈晔,荣甚或为辱。六翮未骞翔,虞罗乃相触。七人称作者,杳杳有遐躅。八桂挺奇姿,森森照初旭。九歌伤泽畔,怨思徒刺促。十翼有格言,幽贞谢浮俗。

## 星　名　诗

虚怀何所欲,岁晏聊懒逸。云翼谢翩翻,松心保贞实。风秋景气爽,叶落井径出。陶然美酒醋,所谓幽人吉。自当轻尺璧,岂复扫一室。安用簪进贤,少微斯可必。

## 卦　名　诗

节变忽惊春,临风骋望频。支颐倦书帏,步履整山巾。时鸟渐成曲,杂芳随意新。曙霞连观阙,绮陌丽咸秦。天地今交泰,云雷背一作昔遘屯。中孚谅可乐,书此示家人。

## 药 名 诗

七泽兰芳千里春,潇湘花落石磷磷。有时浪白微风起,坐钓藤阴不
见人。

## 古 人 名 诗

藩宣秉戎寄,衡石崇势位。年纪信不留,弛张良自愧。樵苏则为
惬,瓜李斯可畏。不顾荣官—作宦尊,每陈丰亩利。家林类岩巚,负
郭躬敛积。忌满宠生嫌,养蒙恬胜智。疏钟皓月晓,晚景丹霞异。
涧谷永不谖,山梁冀无累。颇符生肇学,得展禽尚志。从此直不
疑,支离疏世事。

## 州名诗寄道士

金兰同道义,琼简复芝田。平楚白云合,幽崖丹桂连。松峰明爱
景,石窦纳新泉。冀永南山寿,欢随万福延。

## 八 音 诗

金谷盛繁华,凉台列簪组。石崇留客醉,绿珠当座舞。丝泪可销
骨,冶容竟何补。竹林谅贤人,满酌无所苦。匏居容宴豆,儒室贵
环堵。土鼓与污尊,颐神则为愈。革道当在早,谦光斯可取。木雁
才不才,吾知养生主。

## 建 除 诗

建节出王都,雄雄大丈夫。除书加右职,骑吏拥前驱。满月张繁
弱,含霜耀鹿卢。平明跃骏袅,清夜击珊瑚。定远功那比,平津策

乃迁。执心思报国,效节在忘躯。破胆销于浦,颦蛾舞绿珠。危冠徒自爱,长毂事应殊。成绩封千室,畴劳使五符。收功轻骠卫,致埋迈黄虞。开济今如此,英威古不侔。闭关草玄者,无乃误为儒。

## 六 府 诗

金罍映玉俎,宾友纷宴喜。木兰泛方塘,桂酒启皓齿。水榭临空迥,酣歌当座起。火云散奇峰,瑶瑟韵清徵。土梗乃虚论,康庄有逸轨。毂成一编书,谈笑佐天子。

## 三 妇 诗

大妇刺绣文,中妇缝罗裙。小妇无所作,娇歌遏行云。丈人且安坐,金炉香正薰。

## 安 语

岩岩五岳镇方舆,八极廓清氛祲除。挥金得谢归里闾,象床角枕支体舒。

## 危 语

被病独行逢乳虎,狂风骇浪失棹橹。举人看榜闻晓鼓,屠夫孽子遇妒母。

## 大 言

华嵩为佩河为带,南交北朔跬步内。搏鹏作腊巨鳌鲙,伸舒轶出元气外。

# 小　言

醯鸡伺晨驾蚊翼，毫端棘刺分畛域。蛛丝结构聊荫息，蚁垤崔嵬不可陟。

# 全唐诗卷三二八

## 权德舆

### 杂 诗 五 首

婉彼嬴氏女，吹箫偶萧史。彩鸾驾非一作霏烟，绰约两仙子。神期谅交感，相顾乃如此。岂比成都人，琴心中夜起。

阳台巫山上，风雨忽清旷。朝云与游龙，变化千万状。魂交复目断，缥缈难比况。兰泽不可亲，凝情坐惆怅。

淇水春正绿，上宫兰叶齐。光风两摇荡，鸣珮出中闺。一顾授横波，千金呈瓠犀。徒然路傍子，恍恍复凄凄。

碧树泛鲜飙，玉琴含妙曲。佳人掩鸾镜，婉婉凝相瞩。文褵映束素，香黛宜暖绿。寂寞远怀春，何时来比目。

含颦倚瑶瑟，丹慊结繁虑。失身不自还，万恨随玉箸。蘼芜山下路，团扇秋风去。君看心断时，犹在目成处。

### 广 陵 诗

广陵实佳丽，隋季此为京。八方称辐凑，五达如砥平。大旆映空色，笳箫发连营。层台出重霄，金碧摩颢清。交驰流水毂，迥接浮云甍。青楼旭日映，绿野春风晴。喷玉光照地，翚蛾价倾城。灯前

互-作频巧笑,陌上相逢迎。飘飘翠羽薄,掩映红襦明。兰麝远不
散,管弦闲自清。曲士守文墨,达人随性情。茫茫竟同尽,冉冉将
何营。且申今日欢,莫务身后名。肯学诸儒辈,书窗误一生。

# 古　意

家人强进酒,酒后-作复能忘情。持杯未饮时,众感纷已盈。明月
照我房,庭柯振秋声。空庭白露下,枕席凉风生。所思万里馀,水
阔山纵横。佳期凭梦想,未晓愁鸡鸣。愿将-作得一心人-作二人
心,当年欢乐平。长筵映玉俎,素手弹秦筝。暧眯呈巧笑,惠音激
凄清。此愿良未果,永怀空如醒-作醒。

# 杂言和常州李员外副使
## 春日戏题十首 并序　诸本序皆阙

随风柳絮轻,映日杏花明。无奈花深处,流莺三数声。

兰桡画舸转花塘,水映风摇路渐香。任兴不知行近远,更怜微月照
鸣榔。

檐前晓色惊双燕,户外春风舞百花。粉署可怜闲对此,唯令碧玉泛
流霞。

枕上觉,窗外晓。怯朝光,惊曙鸟。花坠露,满芳沼。柳如丝,风袅
袅。佳期远,相见少。试一望,魂杳渺。

闲庭无事,独步春辉。韶光满目,落蕊盈衣。芳树交柯,文禽并飞。
婉彼君子,怅然有违。对酒不饮,横琴不挥。不挥者何,知音诚稀。

江春好游衍,处处芳菲积。彩舫入花津,香车依柳陌。绿杨烟袅
袅,红蕊莺寂寂。如何愁思人,独与风光隔。

曙月渐到窗前,移尊更就芳筵。轻吹乍摇兰烛,春光暗入花钿。丝
竹偏宜静夜,绮罗共占韶年。不遣通宵尽醉,定知辜负风烟。

露洗百花新,帘开月照人。绿窗销暗烛,兰径扫清尘。双燕频惊梦,三桃竞报春。相思寂不语,珠泪洒红巾。

雨歇风轻一院香,红芳绿草一作翠接东墙。春衣试出当轩立,定被邻家暗断肠。

春风半,春光遍。柳如丝,花似霰。归心劳梦寐,远目伤游盼。可惜长安无限春,年年空向江南见。

## 相思曲 一作长相思

少小别潘郎,娇羞倚画堂。有时裁尺素,无事约残黄。鹊语临妆镜,花飞落绣床。相思不解说,明月照空房。

## 古 乐 府

风光一作光风潋荡百花吐,楼上朝朝学歌舞。身年二八婿侍中,幼妹承恩兄尚主。绿窗珠箔绣鸳鸯,侍婢先焚百和香。莺啼日出不知曙,寂寂罗帏春梦长。

## 渡江秋怨二首

秋江平,秋月明,孤舟独夜万里情。万里情,相思远,人不见兮泪满眼。

渡秋江兮渺然,望秋月兮婵娟。色如练,万里遍,我有所思兮不得见。不得见兮露寒水深,耿遥夜兮伤心。

## 秋 闺 月

三五二八月一作光如练,海上天涯应一作人共见。不知何处玉楼前,乍入深闺玳瑁筵。露浓香径和愁坐,风动罗帏照独眠。初卷珠帘看不足,斜抱箜篌未成曲。稍映妆台临绮窗,遥知不语泪双双。此时愁望知何极，万里秋天同一色。霭霭遥分陌上光，迢迢对此闺中忆。早晚归来欢宴同，可怜歌吹月明中。此夜不堪肠断绝，愿随流影到辽东。

## 薄命篇 一作妾薄命篇

昔住邯郸年尚少，只是娇羞弄花鸟。青楼碧纱大道边，绿杨日暮风袅袅。婵娟玉貌二八馀，自怜一作矜颜色花不如。丽质全胜秦氏女，藁砧宁用专城居。岁去年来年渐长，青春一作蛾红粉全堪赏。玉楼珠箔但闲居，南陌东城讵来往。韶光日日看渐迟，〔摽〕(标)梅既落行有时。宁知燕赵娉婷子，翻嫁幽并游侠儿。年年结束青丝骑，出门一去何时至。秋月空悬翡翠帘，春帏懒卧鸳鸯被。沙塞经时不寄书，深闺愁独意何如。花前拭泪情无限，月下调琴一作弦恨有馀。离别苦多相见少，洞房愁梦何由晓。闲看双燕泪霏霏，静对空床魂悄悄。镜里红颜不自禁，陌头香骑动春心。为问佳期早晚是，人人总解有黄金。

## 放歌行

夕阳不驻东流急，荣名贵在当年一作时立。青春虚度无所成，白首衔悲亦何及。拂衣西笑出东山，君臣道合俄顷间。一言一笑玉墀上，变化生涯如等闲。朱门杳杳列华戟，座中皆是王侯客。鸣环动珮暗珊珊，骏马花骢白玉鞍。十千斗酒不知贵，半醉留宾邀尽欢。银烛一作灯煌煌夜将久，侍婢金罍泻春酒。春酒盛来琥珀光，暗闻兰麝几般香。乍看皓腕映罗袖，微听清歌发杏梁。双鬟美人君不见，一一皆胜赵飞燕。迎杯乍举石榴裙，匀粉时交合欢扇。未央钟漏醉中闻，联骑朝天曙色分。双阙烟云遥霭霭，五衢车马乱纷纷。罢朝鸣珮骤归鞍，今日还同昨日欢。岁岁年年恣游宴，出门满路光辉遍。一身自乐何足言,九族为荣真可羡。男儿称意须及时,闭门下帷人不知。年光看逐转蓬尽,徒咏东山招隐诗。

## 旅馆雪晴又睹新月众兴所感因成杂言

寥寥深夜雪初晴,楼上云开月渐明。池中片影依稀见,帘外清光远近生。皎皎晴空疑破镜,广庭积素偏相映。珠帘卷却光更深,玉指持来色逾净。梦觉青楼最可怜,婵娟素魄满寒天。天地寥寥同一色,秦淮楚江无限极。归鸿断猿何处声,深闺旅馆遥相忆。长安五侯华阁开,嘉宾列坐倾金罍。赏明月,玩流雪。纤手蛾眉座中设,清歌一声无断绝。夜已央,一作缺,一作残。乐未阑。狐裘兽炭不知寒,珠环翠珮声珊珊。履舄纷纭桂袖攒,朱颜倚醉尽君欢。人生少年全不久,相看且劝杯中酒。丈夫富贵自有期,映雪读书徒白首。

## 玉台体十二首

鸾啼兰已红,见出凤城东。粉汗宜斜日,衣香逐上风。情来不自觉,暗驻五花骢。

婵娟二八正娇羞,日暮相逢南陌头。试问佳期不肯道,落花深处指青楼。

隐映罗衫薄,轻盈玉腕圆。相逢不肯语,微笑画屏前。

知向辽东去,由来几许愁。破颜君莫怪,娇小不禁羞。

楼上吹箫罢,闺中刺绣阑。佳期不可见,尽日泪潺潺。

泪尽一作昼足珊瑚枕,魂销玳瑁床。罗衣不忍著一作看,羞见绣鸳鸯。

君去期花时,花时君不至。檐前双燕飞,落妾相思泪。

空闺灭烛后一作夜,罗幌独眠时。泪尽肠欲断,心知人不知。

秋风一夜至,吹尽后庭花。莫作经时别,西邻是宋家。

独自披衣坐,更深月露寒。隔帘肠欲断,争敢下阶看。

昨夜裙带解，今朝蟢子飞。铅华不可弃，莫是藁砧归。
万里行人至，深闺夜未眠。双眉灯下扫，不待镜台前。

### 赠友人 时友人新有别恨者

知向巫山逢日暮，轻褫玉佩暂淹留。晓随云雨归何处，还是襄王梦
觉愁。

### 舟 行 见 月

月入孤舟夜半晴，寥寥霜雁两三声。洞房烛影在何处，欲寄相思梦
不成。

### 杂 兴 五 首

丛鬓愁眉时势新，初筓绝代北方人。一颦一笑千金重，肯似成都夜
失身。
乍听丝声似竹声，又疑丹穴九雏惊。金波露洗净于昼，寂寞不堪深
夜情。
琥珀尊开月映帘，调弦理曲指纤纤。含羞敛态劝君住，更奏新声刮
骨盐。
乳燕双飞莺乱啼，百花如绣照深闺。新妆对镜知无比，微笑时时出
瓠犀。
巫山云雨洛川神，珠襻香腰稳称身。惆怅妆成君不见，含情起立问
傍人。

# 全唐诗卷三二九

## 权德舆

### 祇役江西路上以诗代书寄内

辛苦事行役,风波倦晨暮。摇摇结遐心,靡靡即长路。别来如昨日,每见缺蟾兔。潮信催客帆,春光变江树。宦游岂云惬,归梦无复数。愧非超旷姿,循此踢促步。笑言思暇日,规劝多远度。鹑服我久安,荆钗君所慕。伊予多昧理,初不涉世务。适因拥肿材,成此懒慢趣。一身常抱病,不复理章句。胸中无町畦,与物且多忤。既非大川楫,则守南山雾。胡为出处间,徒使名利污。羁孤望予禄,孩稚待我餔。未能即忘怀,恨恨以此故。终当税轵鞅,岂待毕婚娶。如何久人寰,俯仰学举措。衡茅去迢递,水陆两驰骛。晰晰窥晓星,涂涂践朝露。静闻田鹤起,远见沙鸥聚。怪石不易跻,急湍那可溯。渔商闻远岸,烟火明古渡。下碇夜已深,上碕波不驻。畏途信非一,离念纷难具。枕席有馀清,壶觞无与晤。南方出兰桂,归日自分付。北窗留琴书,无乃委童孺。春江足鱼雁,彼此勤尺素。早晚到中闺,怡然两相顾。

### 夜泊有怀

栖鸟向前林,暝色生寒芜。孤舟去不息,众感非一途。川程方浩淼,离思方郁纡。转枕眼一作睡未熟,拥衾泪已濡。窅然风水上,寝食疲朝晡。心想洞房夜,知君还向隅。

## 自桐庐如兰溪有寄

东南江路旧知名,惆怅春深又独行。新妇山头云半敛,女儿滩上月初明。风前荡飏双飞蝶,花里间关百啭莺。满目归心何处说,欹眠搔首不胜情。

## 相　思　树

家寄一作远江东远一作道,身对江西春。空见相思树,不见相思人。

## 石　楠　树

石楠红叶透帘春,忆得妆成下锦茵。试折一枝含万恨,分明说向梦中人。

## 斗　子　滩

斗子滩头夜已深,月华偏照此时心。春江风水连天阔,归梦悠扬何处寻。

## 黄　檗　馆

驱车振楫越山川,候晓通宵冒烟雨。青枫浦上魂已销,黄檗馆前心自苦。

## 清明日次弋阳

自叹清明在远乡,桐花覆水葛溪长。家人定是持新火,点作孤灯照洞房。

## 中书夜直寄赠

通籍在金闺，怀君百虑迷。迢迢五夜永，脉脉两心齐。步履疲青琐，开缄倦紫泥。不堪风雨夜，转枕忆鸿妻。

## 病中寓直代书题寄

愚夫何所任，多病感君深。自谓青春壮，宁知白发侵。寝兴劳善祝，疏懒愧良箴。寂寞闻宫漏，那堪直夜心。

## 端午日礼部宿斋有衣服彩结之贶以诗还答

良辰当五日，偕老祝千年。彩缕同心丽，轻裾映体鲜。寂寥斋画省，款<sub>一作疑</sub>曲擘香笺。更想传觞处，孙孩遍目前。

## 酬 九 日

重九共游<sub>一作欢娱</sub>，秋光景气殊。他日头似雪，还对插茱萸。

## 和九日从杨氏姊游

秋光风露天，令节庆初筵。易象家人吉，闺门女士贤。招邀菊酒会，属和柳花篇。今日同心赏，全胜落帽年。

## 上巳日贡院考杂文不遂赴九华观祓禊之会以二绝句申赠 <sub>一作上巳日贡院赠内</sub>

三日韶光处处新，九华仙洞七香轮。老夫留滞何由往<sub>一作去</sub>，珉玉相和正绕身。<sub>时以沾美玉为诗题。</sub>

祓饮寻春兴有馀，深情婉婉见双鱼。同心齐体如身到，临水烦君便祓除。

# 和九华观见怀贡院八韵

上巳好风景，仙家足芳菲。地殊兰亭会，人似山阴归。丹灶缀珠掩，白云岩径微。真宫集女士，虚室涵春辉。拘限心杳杳，欢言望依依。滞兹文墨职，坐与琴觞违。丽曲涤烦虑，幽缄发清机。支颐一吟想，恨不双翻飞。

## 桃 源 篇

小年尝读桃源记，忽睹良工施绘事。岩径初欣缭绕通，溪风转觉芬芳异。一路鲜云杂彩霞，渔舟远远逐桃花。渐入空濛迷鸟道，宁知掩映有人家。庞眉秀骨争迎客，凿井耕田人世隔。不知汉代有衣冠，犹说秦家变阡陌。石髓云英甘且香，仙翁留饭出青囊。相逢自是松乔侣，良会应殊刘阮郎。内子闲吟倚瑶瑟，玩此沈沈销永日。忽闻丽曲金玉声，便使老夫思阁笔。

## 新月与儿女夜坐听琴举酒

泥泥露凝叶，骚骚风入林。以兹皓月圆，不厌良夜深。列坐屏轻簟，放怀弦素琴。儿女各冠笄，孙孩绕衣襟。乃知大隐趣，宛若沧洲心。方结偕老期，岂惮华发侵。笑语向兰室，风流传玉音。愧君袖中字，价重双南金。

## 七 夕

今日云輧渡鹊桥，应非脉脉与迢迢。家人竞喜开妆镜，月下穿针拜九霄。

## 县君赴兴庆宫朝贺载之奉行册礼因书即事

合卺交欢二十年，今朝比翼共朝天。风传漏刻香车度，日照旌旗彩仗鲜。顾我华簪鸣玉珮，看君盛服耀金钿。相期偕老宜家处，鹤发鱼轩更可怜。

## 元和元年蒙恩封成纪县伯时室中
## 封安喜县君感庆兼怀聊申贺赠

启土封成纪，宜家县安喜。同欣井赋开，共受闺门祉。珩璜联采组，琴瑟谐宫徵。更待悬车时，与君欢暮齿。

## 河南崔尹即安喜从兄宜于宰家
## 四十馀岁一昨寓书病传永
## 写告身既枉善祝因成绝句

五色金光鸾凤飞，三川墨妙巧相辉。尊崇善祝今如此，共待曾玄捧翟衣。

## 奉使丰陵职司卤簿通宵涉路因寄内

彩仗列森森，行宫夜漏深。戛铤方启路，钲鼓正交音。曙月思兰室，前山辨谷林。家人念行役，应见此时心。

## 酬南园新亭宴会璩新第慰庆之作时任宾客

南宫一作亭烟景浓，平视中一作终南峰。官闲似休沐，尽室来相从。日抱汉阴瓮，或成蝴蝶梦。树老欲连云，竹深疑入洞。欢言交羽觞，列坐俨成行。歌吟不能去，待此明月光。好述蕴明识，内顾多

惭色。不厌梁鸿贫,常讥伯宗直。予婿信时英,谏垣金玉声。男儿
才弱冠,射策幸成名。偃放斯自足,脩然去营欲。散木固无堪,虚
舟常任触。大隐本吾心,喜君流好音。相期悬车岁,此地即中林。

## 七夕见与诸孙题乞巧文

外孙争乞巧,内子共题文。隐映花奁对,参差绮席分。鹊桥临片
月,河鼓掩轻云。羡此婴儿辈,吹呼彻曙闻。

## 太常寺宿斋有寄

转枕挑灯候晓鸡,相一作想君应叹太常妻。长年多病偏相忆,不遣
归时醉似泥。

## 朝回阅乐寄绝句

子城风暖百花初,楼上龟兹引导车。曲罢卿卿理骕骦,细君相望意
何如。

## 中书宿斋有寄

铜壶漏滴一作滴漏斗阑干,泛滟金波照露盘。遥想洞房眠正熟,不
堪深夜凤池寒。

## 中书送敕赐斋馔戏酬

常日每齐眉,今朝共解颐。遥知大官膳,应与众雏嬉。

## 敕赐长寿酒因口号以赠

恩沾长寿酒,归遗同心人。满酌共君醉,一杯千万春。

# 湖南观察使故相国袁公挽歌二首

一作刘禹锡诗。以下五首,并见《文苑英华》。

五驱龙虎节,一入凤凰池。令尹自无喜,羊公人不疑。天归京兆日,叶下洞庭时。湘水秋风至,凄凉吹素旗。

丹旟发江皋,人悲雁一作马亦号。湘南罢亥市,汉上改词曹。表墓双碑立,尊名一字褒。常闻平楚狱,为报里门高。

## 玉山岭上作

悠悠驱匹马,征路上连冈。晚翠深云窦,寒苔净石梁。荻花偏似雪,枫叶不禁霜。愁见前程远,空郊下夕阳。

## 题邵端公林亭

春光何处好一作足,柱史有林塘。莺啭风初暖,花开日欲长。凿池通野一作旧水,扫径阅新芳。更置盈尊酒,时时醉楚狂。

## 酬裴杰秀才新樱桃

新果真琼液,来应宴紫兰。圆疑窈龙颔,色已夺鸡冠。远火微微辨,残星隐隐看。茂先知味易一作好,曼倩恨偷难。忍用烹骍骆,从将玩玉盘。流年如可驻,何必九华丹。

## 次滕老庄

征途无旅馆,当昼喜逢君。羸病仍留客,朝朝扫白云。

## 宿严陵

身羁从事驱征传,江入新安泛暮涛。今夜子陵滩下泊,自惭相去九牛毛。

## 题云师山房

云公兰若深山里,月明松殿微风起。试问空门清净心,莲花不著秋潭水。

## 栖霞寺云居室

一径紫纤至此穷,山僧盥漱白云中。闲吟定后更何事,石上松枝常有风。

## 舟　行　夜　泊

萧萧落叶送残秋,寂寞寒波急暝流。今夜不知何处泊,断猿晴月引孤舟。

## 发硖石路上却寄内

莎栅东行五谷深,千峰万壑雨沈沈。细君几日路经此,应见悲翁相望心。

## 冬至宿斋时郡君南内朝谒因寄

清斋独向丘园拜,盛服想君兴庆朝。明日一阳生百福,不辞相望阻寒宵。

## 和河南罗主簿送校书兄归江南

兄弟泣殊方,天涯指故乡。断云无定处,归雁不成行。草莽人烟少,风波水驿长。上虞亲渤澥,东楚隔潇湘。古戍阴传火,寒芜晓带霜。海门潮滟滟,沙岸荻苍苍。京辇辞芸阁,衡方忆草堂。知君始宁隐,还缉旧荷裳。

# 与故人夜坐道旧

笑语欢今夕,烟霞怆昔游。清赢还对月,迟暮更逢秋。胜理方自得,浮名不在求。终当制初服,相与卧林丘。

# 句

耒水波纹细,湘江竹叶轻。 耒口　见《衡州名胜志》
古时楼上清明夜,月照楼前撩乱花。今日成阴复成子,可怜春尽未归家。
新妇矶头云半敛,女儿滩畔月初明。 以上见《野客丛谈》
回合千峰里,晴光似画图。
征车随反照,候吏映白云。 石塘路有怀院中诸公

# 全唐诗卷三三〇

## 张荐

张荐,字孝举,深州人,鸷之孙。敏锐有文辞,为颜真卿所赏。真卿陷李希烈,荐上疏论救,为左拾遗。论卢杞奸恶,德宗纳之,擢谏议大夫。将疏裴延龄恶,延龄知之,遣使回鹘,还为秘书少监。复使吐蕃,三临绝域,占对详辩。卒,赠礼部尚书。诗三首。

### 奉酬礼部阁老转韵离合见赠

一作和权载之离合诗,时为秘书监。

移居既同里,多幸陪君子。弘雅重当朝,弓旌早见招。植根琼林圃,直夜金闺步。劝深子玉铭,力竞相如赋。间阔向春闱,日复想光仪。格言信难继,木石强为词。

### 和潘孟阳春日雪回文绝句

迟迟日气暖,漫漫雪天春。知君欲醉饮,思见此交亲。

### 享文恭太子庙乐章

三献具举,九旗将旋。追劳表德,罢享宾天。风引仙管,堂虚画筵。芳馨常在,瞻望悠然。

# 崔 邠

崔邠，字处仁，贝州武城人。第进士，官补阙。疏论裴延龄奸，由中书舍人迁吏部侍郎。久乃为太常卿，知吏部尚书铨。为人沉密清俭，兄弟以孝敬闻。诗二首。

## 礼部权侍郎阁老史馆张秘监阁老有离合酬赠之什宿直吟玩聊继此章

一作和权载之离合诗，时为中书舍人。

脉脉羡佳期，月夜吟丽词。谏垣则随步，东观方承顾。林雪消艳阳，简册漏华光。坐更芝兰室，千载各芬芳。节苦文俱盛，即时人一作仍并命。翩翩紫霄中，羽翮相辉映。

## 享文恭太子庙乐章

醴齐泛樽彝，轩县动干戚。入室僾如在，升阶虔所历。奋疾合威容，定利舒皦泽。方崇庙貌礼，永被君恩锡。

# 杨於陵

杨於陵，字达夫，弘农人。年十九，擢进士第，节度使韩滉奇之，妻以女。滉为相，方权幸，於陵不欲进取，退庐建昌。滉卒，乃为膳部员外郎。历中书舍人、户部侍郎。元和初，出为岭南节度使。穆宗立，迁户部尚书，以左仆射致仕。於陵器量方峻，节操坚明，时人尊仰之。卒赠司空。诗三首。

## 和权载之离合诗 时为中书舍人

校德尽珪璋，才臣时所扬。放情寄文律，方茂经邦术。王猷符一作
猷借发挥，十载契心期。昼游有嘉话，书法无隐辞。信兹酬和美，言
与芝兰比。昨来恣一作念吟绎，日觉祛蒙鄙。

## 郡斋有紫薇双本自朱明接于徂
## 暑其花芳馥数旬犹茂庭宇之内迥
## 无其伦予嘉其美而能久因诗纪述

於陵宪宗朝尝为桂阳郡守，诗为桂阳时作。

晏朝受明命，继夏走天衢。逮兹三伏候，息驾万里途。省躬既踽
踖，结思多烦纡。簿领幸无事，宴休谁与娱。内斋有嘉树，双植分
庭隅。绿叶下成幄，紫花纷若铺。摛霞晚舒艳，凝露朝垂珠。炎沴
昼方铄，幽姿闲且都。夭桃固难匹，芍药宁为徒。懿此时节久，讵
同光景驱。陶甄试一致，品汇乃散殊。濯质非受彩，无心那夺朱。
粤予负羁絷，留赏益踟蹰。通夕靡云倦，西南山月孤。

## 赠 毛 仙 翁

先生赤松侣，混俗游人间。昆阆无穷路，何时下故山。千年犹孺
质，秘术救尘寰。莫便冲天去，云雷不可攀。

# 许孟容

　　许孟容，京兆长安人。举进士甲科。贞元初，为张建封从
事，四迁侍御史。德宗知其才，征为礼部员外郎，迁给事中，多

所论奏。元和中,由太常卿为尚书左丞。居官守正,善拔士,议论人物,有大臣风采。诗三首。

## 答权载之离合诗 时为给事中

史一作敏才司秘府,文哲今超古。亦有擅风骚,六联文墨曹。圣贤三代意,工艺千金字。化识从臣谣,人推仙阁吏。如登昆阆时,口诵灵真词。孙简下威凤,系霜琼玉枝。

## 奉和武相公春晓闻莺

碧树当窗啼晓莺,间关入梦听难成。千回万啭尽愁思,疑是血魂哀困声。

## 享文恭太子庙乐章

觞牢具品,管弦有节。祝道寅恭,神仪昭晰。桐珪早贵,象辂追设。磬达乐成,降歆丰洁。

# 冯 伉

冯伉,魏州元城人。大历初,举五经,又举宏词,三迁膳部员外郎,使泽潞,不受币,德宗以其清可用,授醴泉令,为著谕蒙书以劝俗。韦渠牟荐为给事中,再领国子祭酒。卒,赠礼部尚书。诗三首。

## 和权载之离合诗 时为给事中

车马退朝后,聿怀在文友。动词宗伯雄,重美良史功。亦曾吟鲍谢,二妙尤增价。雨于叶反霜鸿唳天,匝树鸟鸣夜。覃思各一作客纵横,早擅希代名。息心欲焚砚,自勔一作忝陪群英。

## 享文恭太子庙乐章二首

撰日瞻景,诚陈乐张。礼容秩秩,羽舞煌煌。肃将涤濯,祗荐芬芳。永锡繁祉,思深享尝。

干旄羽龠相亏蔽,一进一退殊行缀。昔献三雍盛礼容,今陈六佾崇仪制。


# 潘孟阳

　　潘孟阳,侍郎炎之子。以荫进,登博学宏辞。母,刘晏女也。公卿多父友及外祖宾从,故得荐用。累至兵部郎中,权知户部侍郎,年未四十。宪宗初,巡省江淮。宪宗尝诫江淮宣慰使郑敬曰:"朕宫中用度,一匹已上,皆有簿领,惟赠恤贫民,无所计算。卿宜体吾怀,勿学潘孟阳奉使,但务酣饮,游山寺也。"诗三首。

## 和权载之离合诗

咏歌有离合,永夜观酬答。笥中操彩笺,竹简何足编。意深俱妙绝,心契交情结。计彼官接联,言初并清切。翔集本相随,羽仪良在斯。烟云竞文藻,因喜玩新诗。

## 春日雪以回文绝句呈张荐权德舆

　　一作春日雪寄上张二十九丈大监请招礼部权曹长回文绝句,时为户部侍郎。

春梅杂落雪，发树几花开。真须尽兴饮，仁里愿同来。

## 元日和布泽

至德生成泰，咸欢照育恩。流辉沾万物，布泽在三元。北阙祥云迥，东方嘉气繁。青阳初应律，苍玉正临轩。恩洽因时令，风和比化原。自惭同草木，无以答乾坤。

# 武少仪

武少仪，元和中尝为大理卿。诗二首。

## 和权载之离合诗 时为国子司业

少年慕时彦，小悟一作晤文多变。木铎比群英，八方流德声。雷陈美交契，雨雪音尘继一作寄。恩顾各飞翔，因诗睹瑰丽。傅野绝遗贤，人希有盛迁。早钦风与雅，日咏赠酬篇。

## 诸葛丞相庙 蜀志　一作武侯祠

执简焚香入庙门，武侯神像俨如存。因机定蜀延衰汉，以计连吴振弱孙。欲尽智能倾僭盗，善持忠节转庸昏。宣王请战贻巾帼，始见才吞亦气一作势吞。

# 全唐诗卷三三一

## 段文昌

段文昌,字墨卿,一字景初。贞元初,授校书郎,累擢翰林学士、中书舍人。穆宗即位,拜中书侍郎同中书门下平章事。未逾年,出为剑南、西川节度使。文宗立,拜御史大夫,节度淮南,徙荆南,终西川节度。集三十卷。今存诗四首。

### 享太庙乐章

肃肃清庙,登显至德。泽周八荒,兵定四极。生物咸遂,群盗灭息。明圣钦承,子孙千亿。

### 题武担寺西台

秋天如镜空,楼阁尽玲珑。水暗徐霞外,山明落照中。鸟行看渐远,松韵听难穷。今日登临意,多欢语笑同。

### 晚夏登张仪楼呈院中诸公

重楼窗户开,四望敛烟埃。远岫林端出,清波城下回。乍疑蝉韵促,稍觉雪风来。并起乡关思,销忧在酒杯。

## 还别业寻龙华山寺广宣上人

十里惟闻松桂风,江山忽转见龙宫。正与休师方话旧,风烟几度入
楼中。

# 姚 向

姚向,长庆二年西川节度判官。诗二首。

## 奉陪段相公晚夏登张仪楼

秦相驾群材,登临契上台。查从银汉落,江自雪山来。俪曲亲流
火,凌风洽小杯。帝乡如在目,欲下尽裴回。

## 和段相公登武担寺西台

开阁锦城中,馀闲访梵宫。九层连昼景,万象写秋空。天半将身
到,江长与海通。提携出尘土,曾是穆清风。

# 温 会

温会,以殿中侍御史为西川安抚判官。诗二首。

## 和段相公登武担寺西台

桑台烟树中,台榭造云空。眺听逢秋兴,篇辞变国风。坐愁高鸟
起,笑指远人同。始愧才情薄,跻攀继韵穷。

## 奉陪段相公晚夏登张仪楼

危轩重叠开，访古上裴回。有舌嗟秦策，飞梁驾楚材。云霄随凤到，物象为诗来。欲和关山意，巴歌调更哀。

# 李敬伯

李敬伯，西川观察巡官，试大理评事。诗二首。

## 和段相公登武担寺西台

台上起凉风，乘闲览岁功。自随台席贵，尽许羽觞同。楼殿斜晖照，江山极望通。赋诗思共乐，俱得咏诗丰。

## 奉陪段相公晚夏登张仪楼

层屋架城隈，宾筵此日开。文锋摧八阵，星分应三台。望雪烦襟释，当欢远思来。披云霄汉近，暂觉出尘埃。

# 姚　康

姚康，字汝谐，下邽人。登元和十五年进士第，试右武卫曹参军、剑南观察推官。大中时，终太子詹事。诗四首。

## 奉陪段相公晚夏登张仪楼

登览值晴开，诗从野思来。蜀川新草木，秦日旧楼台。池景摇中座，山光接上台。近秋宜晚景，极目断浮埃。

# 和段相公登武担寺西台

松径引清风,登台古寺中。江平沙岸白,日下锦川红。疏树山根净,深云鸟迹穷。自惭陪末席,便与九霄通。

## 礼部试早春残雪

微暖春潜至,轻明雪尚残。银铺光渐湿,珪破色仍寒。无柳花常在,非秋露正团。素光浮转薄,皓质驻应难。幸得依阴处,偏宜带月看。玉尘销欲尽,穷巷起袁安。

## 赋得巨鱼纵大壑

水府乘闲望,圆波息跃鱼。从来暴泥久,今日脱泉初。得志宁相忌,无心任宛如。龙门应可度,鲛室岂常居。掉尾方穷乐,游鳞每自舒。乘流千里去,风力藉吹嘘。

# 全唐诗卷三三二

## 羊士谔

羊士谔,泰山人。登贞元元年进士第,累至宣歙巡官。元和初,拜监察御史,坐诬李吉甫,出为资州刺史。诗一卷。

### 早 春 对 雨

南馆垂杨早,东风细雨频。轻寒消玉罍,幽赏滞朱轮。千里巴江守,三年故国春。含情非迟客,悬榻但生尘。

### 永宁小园即事

萧条梧竹下,秋物映园庐。宿雨方然桂,朝饥更摘蔬。阴苔生白石,时菊覆清渠。陈力当何事,忘言愧道书。

### 台中遇直晨览萧侍御壁画山水

虫思庭莎白露天,微风吹竹晓凄然。今来始悟朝回客,暗写归心向石泉。

### 过三乡望女几山早岁有卜筑之志

女几山头春雪消,路傍仙杏发柔条。心期欲去知何日,惆怅回车上野桥。

# 和李都官郎中经宫人斜

翡翠无穷掩夜泉，犹疑一半作神仙。秋来还照长门月，珠露寒花是
野田。

# 山　阁　闻　笛

临风玉管吹参差，山坞春深日又迟。李白桃红满城郭，马融闲卧望
京师。

# 登　　楼

槐柳萧疏绕郡城，夜添山雨作江声。秋风南陌无车马，独上高楼故
国情。

# 忆江南旧游二首

山阴道上桂花初，王谢风流满晋书。曾作江南步从事，秋来还复忆
鲈鱼。

曲水三春弄彩毫，樟亭八月又观涛。金罍几醉乌程酒，鹤舫闲吟把
蟹螯。

# 郡中即事三首

晓风山郭雁飞初，霜拂回塘水榭虚。鼓角清明如战垒，梧桐摇落似
贫居。青门远忆中人产，白首闲看太史书。城下秋江寒见底，宾筵
莫讶食无鱼。

红衣落尽暗香残，叶上秋光白露寒。越女含情已无限，莫教长袖倚
兰干。此首题一作玩荷花。

登临一作高何事一作处见琼枝，白露黄花自绕篱。惟有楼中好山色，

稻畦残水入秋池。此首题一作寄裴校书。

# 野望二首

萋萋麦垄杏花风,好是行春野望中。日暮不辞停五马,鸳鸯飞去绿江空。

忘怀不使海鸥疑,水映桃花酒满卮。亭上一声歌白苎,野人归棹亦行迟。

## 游西山兰若

路傍垂柳古今情,春草春泉咽又生。借问山僧好风景,看花携酒几人行。

## 泛舟入后溪

东风朝日破轻岚,仙棹初移酒未酣。玉笛闲吹折杨柳,春风无事傍鱼潭。

雨馀芳草净沙尘,水绿滩平一一作色带春。唯有啼鹃似留客,桃花深处更无人。此首一作于鹄诗。

## 看花

一到花间一忘归,玉杯瑶瑟减光辉。歌筵更覆青油幕,忽似朝云瑞雪飞。

## 春望

莫问华簪发已斑,归心满目是青山。独上层城倚危槛,柳营春尽马嘶闲。

## 寄江陵韩少尹

别来玄鬓共成霜，云起无心出帝乡。蜀国鱼笺数行字，忆君秋梦过南塘。

## 贺一作资州宴行营回将

九一作几剑盈庭酒满卮，戍人归日及瓜时。元戎静镇无边事，遣向营中偃画旗。

## 游郭驸马大安山池

马嘶芳草自淹留，别馆何人属细侯。仙杏破颜逢醉客，彩鸳飞去避行舟。洞箫日暖移宾榻，垂柳风多掩妓楼。坐阅清晖不知暮，烟横北渚水悠悠。

## 故萧尚书瘗柏斋前玉蕊树与王起居吏部孟员外同赏

柏寝闭何时，瑶华自满枝。天清凝积素，风暖动芬丝。留步苍苔暗，停觞白日迟。因吟茂陵草，幽赏待妍词。

## 和武相早朝中书候传点书怀奉呈

殿省秘清晓，夔龙升紫微。星辰拱帝座，剑履翊天机。耿耿金波缺，沉沉玉漏稀。彩笺蹲鸷兽，画扇列名翚。志业丹青重，恩华雨露霏。三台昭建极，一德庆垂衣。昌运瞻文教，雄图本武威。殊勋如带远，佳气似烟非。抗节衷无隐，同心尚弼违。良哉致君日，维岳有光辉。

## 和萧侍御监祭白帝城西村寺斋沐
## 览镜有怀吏部孟员外并见赠

晚沐金仙宇，迎秋白帝祠。轩裳烦吏职，风物动心期。清镜开尘匣，华簪指发丝。南宫有高步，岁晏岂磷缁。

## 送张郎中副使自南省赴凤翔府幕

仙郎佐氏—本缺谋，廷议宠元侯。城郭须来贡，河隍亦顺流。亚夫高垒静，充国大田秋。当奋燕然笔，铭功向陇头。

## 和窦吏部雪中寓直

瑞花飘朔雪，灏气满南宫。迢递层城掩，徘徊午夜中。金闺通籍恨，银烛直庐空—本缺。谁问乌台客，家山忆桂丛。

## 小园春至偶呈吏部窦郎中 题下一本有孟员外三字

松筱虽苦节，冰霜惨其间。欣然—作欣发佳色，如喜东风还。幽抱想前躅，冥鸿度南山。春台一以眺，达士亦解颜。偃息非老圃，沉吟闷玄关。驰晖忽复失，壮气—作岁不得闲。君子当济物，丹梯谁一作难共攀。心期自有约，去扫苍苔斑。

## 酬吏部窦郎中直夜见寄

解巾侍云陛，三命早为郎。复以雕龙彩，旋归振鹭行。玉书期养素，金印已—本缺怀黄。兹夕南宫咏，遐情愧不忘。

## 永宁里园亭休沐怅然成咏

云景含初夏，休归曲陌深。幽帘宜永日，珍树始清阴。迟客唯长簟,忘言有匣琴。画披灵物态,书见古人心。芳草多留步,鲜飙自满襟。劳形非立事,潇洒愧头簪。

## 登乐游原寄司封孟郎中卢补阙

爽节时清眺,秋怀怅独过。神皋值宿雨,曲水已增波。白鸟凌风迥,红蕖濯露多。伊川有归思,君子复如何。

### 乾元初严黄门自京兆少尹贬牧巴郡
### 以长才英气固多暇日每游郡之东山
### 山侧精舍有盘石细泉疏为浮杯之胜
### 苔深树老苍然遗躅士谔谬因出守得
### 继兹赏乃赋诗十四韵刻于石壁

石座双峰古,云泉九曲深。寂寥疏凿意,芜没岁时侵。绕席流还壅,浮杯咽复沉。追怀王谢侣,更似会稽岑。始诣流杯之地,蔓草已没石,泉渠不绝如线,躬自疏导,终日潺潺,盖数十年无复游者。谁谓天池翼,相期宅畔吟。光辉轻尺璧,然诺重黄金。几醉东山妓,长悬北阙心。蕙兰留杂佩,桃李想一作相华簪。时郡詹事昂自拾遗贬清化尉。黄门年三十馀,且为府主,与郡意气友善,赋诗高会,文字犹存。闭阁余何事,鸣驺亦屡寻。轩裳遵往辙,风景憩中林。横吹多凄调,安歌送好音。初筵方侧弁,故老忽沾襟。时老僧常觉在,自言目睹黄门游集之日,历历可听,及闻丝竹发声,泫然流涕。盛世当弘济,平生谅所钦。无能愧陈力,惆怅拂瑶琴。

## 闲斋示一二道者

幽兰谁复奏,闲匣以端忧。知止惭先觉,归欤想故侯。山蝉铃阁晚,江雨麦田秋。唯有空门学,相期老一丘。

## 南池荷花

蝉噪城沟水,芙蓉忽已繁。红花迷越艳,芳意过湘沅。湛露宜清暑,披香正满轩。朝朝只自赏,秋李亦何言。

## 郡中玩月寄江南李少尹虞部孟员外三首

月满自高丘,江通无狭流。轩窗开到晓,风物坐含秋。鹊警银河断,蛩悲翠幕幽。清光望不极,耿耿下西楼。

桂华临洛浦,如挹李膺仙。兹夕披云望,还吟掷地篇。凤池分直夜,牛渚泛舟年。会是风流赏,惟君内史贤。

圆景旷佳宾一作赏,徘徊夜漏频。金波徒泛酒,瑶瑟已生尘。露白移长簟,风清挂幅巾。西园旧才子,想见洛阳人。时柱卢云夫书分司入洛。

## 城隍庙赛雨二首

零雨慰斯人,斋心荐绿蘋。山风箫鼓响,如祭敬亭神。

积润通千里,推诚莫一厄。回飙经画壁,忽似偃云旗。

## 郡楼晴望二首

霁色朝云尽,亭皋一作高露亦晞。褰开临曲槛,萧瑟换轻衣。地远秦人望,天晴社燕飞。无功惭岁晚,唯念故山归。

一雨晴山郭,惊秋碧树风。兰卮谁与荐,玉筛自无惊。云景嘶宾雁,岚阴露彩虹。闲吟懒闭一作下阁,且夕郡楼中。

## 初 移 琪 树

爱此丘中物,烟霜尽日看。无穷碧一作白云意,更助绿窗寒。

# 燕 居

秋斋膏沐暇，旭日照轩墀。露重芭蕉叶，香凝一作低，一本缺。橘柚枝。简书随吏散，宝骑与僧期。报国得何力，流年已觉衰。

## 寄黔府窦中丞

汉臣旄节贵，万里护牂牁。夏月一作日天无暑，秋风水不波。朝衣蟠艾绶，戎幕偃雕戈。满岁归龙阙，良哉伫作歌。

## 书 楼 怀 古

何独文翁化，风流与代深。泉云无旧辙，骚雅有遗音。远目穷巴汉，闲情阅古今。忘言意不极，日暮但横琴。

## 九月十日郡楼独酌

掾史当授衣，郡中稀物役。嘉辰怅已失，残菊谁为惜。棣轩一尊泛，天景洞虚碧。暮节独一作犹赏心，寒江鸣湍石。归期北州里，旧友东山客。飘荡云海深，相思桂花白。

## 暮 秋 言 怀

城隅凝彩画，红树带青山。迟客金尊晚，谈空玉柄闲。驰晖三峡水，旅梦百劳关。非是淮阳薄，丘中只望还。

## 题 枇 杷 树

珍树寒始花，氛氲九秋月。佳期若有待，芳意常无绝。袅袅碧海风，濛濛绿枝雪。急景自馀妍，春禽幸流悦。

# 上元日紫极宫门观州民然灯张乐

山郭通衢隘,瑶坛紫府深。灯花助春意,舞绶一作缀织欢心。闲似淮阳卧,恭闻乐职吟。唯将圣明化,聊以达飞沉。

## 西 郊 兰 若

云天宜北户,塔庙似西方。林下僧无事,江清日复长。石泉盈掬冷,山实满枝香。寂寞传心印,玄言亦已忘。

## 在郡三年今秋见白发聊以书事

二毛非骑省,朝镜忽秋风。丝缕寒衣上,霜华旧简中。承明那足厌,车服愧无功。日日山城守,淹留岩桂丛。

## 郡中端居有怀袁州王员外使君

忆作同门友,承明奉直庐。禁闱人自异,休浣迹非疏。珥笔金华殿,三朝玉玺书。恩光荣侍从,文彩应符徐。王自贞元以至元和,并掌客命。青眼真知我,玄谈愧起予。兰厄招促膝,松砌引长裾。王尤精太玄,自为深知,时在宪司,休注释,与予自躬冠服,辄诣松庭,永日言集。丽日流莺早,凉天坠露初。前山临紫阁,曲水眺红蕖。谁为音尘旷,俄惊岁月除。风波移故辙,符守忽离居。济物阴功在,分忧盛业馀。弱翁方大用,延首迟双鱼。

## 山 寺 题 壁

物外真何事,幽廊步不穷。一灯心法在,三世影堂空。山果青苔上,寒蝉落叶中。归来还闭阁,棠树几秋风。

## 暇日适值澄霁江亭游宴

碧落风如洗，清光镜不分。弦歌方对酒，山谷尽无云。振卧淮阳病，悲秋宋玉文。今来强携妓，醉舞石榴裙。

## 玩　槿　花

何乃诗人兴，妍词属舜华。风流感异代，窈窕比同车。凝艳垂清露，惊秋隔绛纱。蝉鸣复虫思，惆怅竹阴斜。

## 郡　斋　读　经

壮龄非济物，柔翰误为儒。及此斋心暇，脩然与道俱。散材诚独善，正觉岂无徒。半偈莲生水，幽香桂满炉。息阴惭蔽芾，讲义得醍醐。迹似桃源客，身撄竹使符。华夷参吏事，巴汉混州图。偃草怀君子，移风念啬夫。翳桑俄有绩，宿麦复盈租。圆寂期超诣，凋残幸已苏。解空囊不智，灭景谷何愚。几日遵归辙，东菑殆欲芜。

## 州民自言巴土冬湿且多阴晦
## 今兹晴朗苦寒霜颇甚故老咸异
## 之因示寮吏 第五句、第七句、第八句并缺

雨霜以成岁，看旧感前闻。爱景随朝日，凝阴积暮云。□□□□□，忘言酒暂醺。□□□□□，□□□□□。

## 斋中有兽皮茵偶成咏

逸才岂凡兽，服猛愚人得。山泽生异姿，蒙戎一作茸蔚佳色。青毡持与藉，重锦裁为饰。卧阁幸相宜，温然承宴息。

## 野夫采鞭于东山偶得元者

追风岂无策，持斧有遐想。凤去留孤根，岩悬非朽壤。苔斑自天生，玉节垂云长。勿谓山之幽，丹梯亦可上。

## 守郡累年俄及知命聊以言志 第八句缺一字。

南国疑逋客，东山作老夫。登朝非大隐，出谷是真愚。气直惭龙剑，心清爱玉壶。聊持循吏传，早晚□为徒。

## 东渡早梅一树岁华如雪
### 酣赏成咏 第一句、第二句各缺一字

暇日留□事，期云亦□开。乡心持岁酒，津下赏山梅。晚实和商鼎，浓香拂寿杯。唯应招北客，日日踏青来。

## 题郡南山光福寺寺即严黄门所置
## 时自给事中京兆少尹出守年三十
## 性乐山水故老云每旬数至后分阃一有
## 西字川州门有去思碑即郄拾遗之词也

传闻黄阁守，兹地赋长沙。少壮称时杰，功名惜岁华。岩廊初建刹，宾从亟鸣笳。玉帐空严道，甘棠见野花。碑残犹堕泪，城古自归鸦。籍籍清风在，怀人谅不遐。

## 雨中寒食

令节逢烟雨，园亭但掩关。佳人宿妆薄，芳树彩绳闲。归思偏消酒，春寒为近山。花枝不可见，别恨灞一作五陵间。

## 晚夏郡中卧疾

事外心如寄,虚斋卧更幽。微风生白羽,畏日隔青油。用拙怀归去,沉痾畏借留。东山自有计,蓬鬓莫先秋。

## 酬卢司门晚夏过永宁里弊居林亭见寄

自叹淮阳卧,谁知去国心。幽亭来北户,高韵得南金。苔甃窥泉少,篮舆爱竹深。风蝉一清暑,应喜脱朝簪。

## 山郭风雨朝霁怅然秋思

桐竹离披晓,凉风似故园。惊秋对旭日,感物坐前轩。江燕飞还尽,山榴落尚繁。平生信有意,衰久已忘言。

## 南馆林塘

郡阁山斜对,风烟隔短墙。清池如写月,珍树尽凌霜。行乐知无闷,加餐颇自强。心期空岁晚,鱼意久相忘。

## 腊夜对酒

琥珀杯中物,琼枝席上人。乐声方助一〔本〕(作)缺醉,烛影已含春。自顾行将老,何辞坐达晨。传觞称厚德,不问吐车茵。

## 池上构小山咏怀 第二句缺二字

玉立出岩石,风清曲□□。偶成聊近意,静对想凝神。牛渚中流月,兰亭上道春。古来心可见,寂寞为斯人。

# 林塘腊候

南国冰霜晚一作冷,年华已暗归。闲招别馆客,远念故山薇。野艇
虚还触,笼禽倦更飞。忘言亦何事,酣赏步一作坐清辉。

# 酬礼部崔员外备独一作瞩,一本
### 此下缺一字永宁里弊居见寄来诗云
## 图书锁尘阁符节守山城第二句缺一字

守土亲巴俗,腰章□汉仪。春行乐职咏,秋感伴牢词。旧里藏书
阁,闲门闭槿篱。遥惭退朝客,下马独相思。

# 梁国惠康公主挽歌词二首

时诏令百官进词。驸马即司空于公之子。

汤沐成陈迹,山林遂寂寥。鹊飞应织素,凤起独吹箫。玉殿中参
罢,云辁上汉遥。皇情非不极,空辍未央朝。

授册荣天使,陈诗感圣恩。山河启梁国,缟素及于门。泉向金扅
咽,霜来玉树繁。都人听哀挽,泪尽望寒原。

# 南池晨望

起来林上月,潇洒故人情。铃阁人何事,莲塘晓独行。衣沾竹露
爽,茶对石泉清。鼓吹前贤薄,群蛙试一鸣。

# 林馆避暑

池岛清阴里,无人泛酒船。山蝉金奏响,荷露水精圆。静胜朝还
暮,幽观白已玄。家林正如此,何事赋归田。

# 巴南郡斋雨中偶看长历是日小
# 雪有怀昔年朝谒因成八韵

夷落朝云候，王正小雪辰。缅怀朝紫陌，曾是洒朱轮。气耿簪裾
肃，风严刻漏频。暗飞金马仗，寒舞玉京尘。豸角随中宪，龙池列
近臣。蕊珠凝瑞彩，悬圃净华茵。帝泽千箱庆，天颜万物春。明廷
一作君犹咫尺，高咏愧巴人。

## 褒城驿池塘玩月

夜长秋始半，圆景丽银河。北渚清光溢，西山爽气多。鹤飞闻坠
露，鱼戏见增波。千里家林望，凉飙换绿萝。

## 资阳郡中咏怀

腰章非达士，闭阁是潜夫。匣剑宁求试，笼禽但自拘。江清牛渚
镇，酒熟步兵厨。唯此前贤意，风流似不孤。

## 寒食宴城北山池即故郡守
## 荥阳郑钢一作纲目为折柳亭

别馆青山郭，游人折柳行。落花经上巳，细雨带清明。鹁鸪流芳
暗，鸳鸯曲水平。归心何处醉，宝瑟有馀声。

## 酬彭州萧使君秋中言怀

右一作古职移青绶，雄藩拜紫泥。江回玉垒下，气爽锦城西。皋鹤
惊秋律，琴乌怨夜啼。离居同舍念，宿昔奉金闺。元和初接武南台，周
旋两院。

# 资 中 早 春

一雨东风晚，山莺独报春。淹留巫峡梦，惆怅洛阳人。柳意笼丹槛，梅香覆锦茵。年华行可惜，瑶瑟莫生尘。

# 郡楼怀长安亲友

残暑三巴地，沉阴八月天。气昏高阁雨，梦倦下帘眠。愁鬓华簪小，归心社燕前。相思杜陵野，沟水独潺湲。

# 王起居独游青龙寺玩红叶因寄

十亩苍苔绕画廊，几株红树过清霜。高情还似看花去，闲对南山步夕阳。

# 夜听琵琶三首

掩抑危弦咽又通，朔云边月想朦胧。当时谁佩将军印，长使蛾眉怨不穷。

一曲徘徊星汉稀，夜兰幽怨重依依。忽似扰金来上马，南枝栖鸟尽惊飞。

破拨声繁恨已长，低鬟敛黛更摧藏。潺湲陇水听难尽，并觉风沙绕杏一作画梁。

# 彭州萧使君出妓夜宴见送

玉颜红烛忽惊春，微步凌波暗拂尘。自是当歌敛眉黛，不因惆怅为行人。

# 题 松 江 馆

津柳江风白浪平,棹移高馆古今情。扁舟一去鸱夷子,应笑分符计日程。

## 偶题寄独孤使君

病起淮阳自有时,秋来未觉长年悲。坐逢在日唯相望,袅袅凉风满桂枝。

## 永宁里小园与沈校书接近怅然题寄

故里心期奈别何,手移芳树忆庭柯。东皋黍熟君应醉,梨叶初红白露多。

## 斋一作春中咏怀

无心唯有白云知,闲卧高斋梦蝶时。不觉东风过寒食,雨来萱草出巴篱。

## 登 郡 前 山

洛阳归客滞巴东,处处山樱雪满丛。岘首当时为风景,岂将官舍作池笼。

## 客有自渠州来说常谏议使君故事怅然成咏

才子长沙暂左迁,能将意气慰当年。至今犹有东山妓,长使歌诗被管弦。

## 春日朝罢呈台中寮 一作良友

退食鹓行振羽仪,九霄双阙迥参差。云披彩仗春风度,日暖香阶昼
刻移。玉树笼烟鸡鹊观,石渠流水凤凰池。时清执法惭无事,未有
长杨汉主知。

## 州民有献杏者瑰丽溢目
## 因感花未几聊以成咏

南郭东风赏杏坛,几株芳树昨留欢。却忆落花飘绮席,忽惊如实满
雕盘。蛾眉半敛千金薄,鹎鴂初鸣百草阑。志士古来悲节换,美人
啼鸟亦长叹。

## 西川独孤侍御见寄七言四韵一首
## 为郡翰墨都捐遽此酬答诚乖拙速

百雉层城上将坛,列营西照雪峰寒。文章立事须铭鼎,谈笑论功耻
据鞍。草檄清油推一作催健笔,曳裾黄阁耸危冠。双金未比三千
字,负弩空惭知者难。

## 都城从事萧员外寄海梨花
## 诗尽绮丽至惠然远及

珠履行台拥附蝉,外郎高步似神仙。陈词今见唐风盛,从事遥瞻卫
国贤。掷地好词凌彩笔,浣花春水腻鱼笺。东山芳意须同赏,子看
囊盛几日传。右军书云:青李、来禽、樱桃、日给藤子,皆囊盛为佳,函封多不生。

## 赴资阳经嶓冢山 汉水所出。元和三年已授此官。

宁辞旧路驾朱辀,重使疲人感汉恩。今日鸣驺到嶓峡,还胜博望至

河源。

# 郡中言怀寄西川萧员外

功名无力愧勤王,已近终南得草堂。身外尽归天竺偈,腰间唯有会
稽章。何时腊酒逢山客,可惜梅枝亚石床。岁晚我知仙客意,悬心
应在白云乡。

# 郡斋感物寄长安亲友

晴天春意并无穷,过腊江楼日日风。琼树花香故人别,兰卮酒色去
年同。闲吟铃阁巴歌里,回首神皋瑞气中。自愧朝衣犹在箧,归来
应是白头翁。

# 息舟荆溪入阳羡南山游善权寺呈李功曹巨

结缆兰香渚一作渚晓,柴车一作紫岩,又作挈侣。上连冈。晏温值初霁,
去绕山河长。献岁冰雪尽,细泉生路傍。行披烟杉入,激涧一作澜
横石梁。层阁表精庐,飞甍切云翔。冲襟得高步,清眺极远方。潭
嶂积佳气,蕙英多早芳。具观泽国秀,重使春心伤。念遵烦促途,
荣利骛隙光。勉君脱冠意,共匿无何乡。

# 乱　后　曲　江

忆昔曾游曲水滨,春来长有探春人。游春人静空地一作池在,直至
春深不似春。

# 寻山家 一作长孙佐辅诗

独访山家歇还涉一作步还歌,茅屋斜连隔松叶。主人闻语未开门,绕
篱野菜飞黄蝶。

# 寄裴校书

登高何处见琼枝,白露黄花自绕篱。惟有楼中好山色,稻畦残水入秋池。

# 句

风泉留古韵,笙磬想遗音。

桂朽有遗馥,莺飞安可待。

尘沙蔼如雾,长波惊飙度。雁起汀洲寒,马嘶高城暮。银钉倦秋馆,绮瑟瞻永路。重有携手期,清光倚玉树。　以上并见张为《主客图》

# 全唐诗卷三三三

## 杨巨源

杨巨源，字景山，河中人。贞元五年擢进士第，为张弘靖从事，由秘书郎擢太常博士、礼部员外郎，出为凤翔少尹。复召除国子司业，年七十致仕归，时宰白以为河中少尹，食其禄终身。集五卷。今编诗一卷。

### 秋夜闲居即事寄庐山郑员外蜀郡符处士

忧思繁未整，良辰会无由。引领迟佳音，星纪屡以周。蓬阆绝华耀，况乃处穷愁。坠叶寒拥砌，灯火—作光夜悠悠。开琴弄清弦，窥月俯澄流。冉冉鸿雁度，萧萧帷箔秋。怅怀石门咏，缅慕—作邈碧鸡游。仿佛蒙颜色，崇兰隐芳洲。

### 独 不 见

东风艳阳色，柳绿花如霰。竞理同心鬟，争持合欢扇。香传贾娘手，粉离何郎面。最恨卷帘时，含情独不见。

### 题 赵 孟 庄

管鲍化为尘，交友存如线。升堂俱自媚，得路难相见。懿君敦三益，颓俗期一变。心同袭芝兰，气合回霜霰。石门云卧久，玉洞花寻遍。王濬爱旌旗,梁竦劳州县。烟鸿秋更远,天马寒愈健。愿事郭先生,青囊书几卷。

## 辞魏博田尚书出境后感恩恋德因登丛台

　　一本此下有却赠二字,第八句缺二字。

荐书及龙钟,此事镂心骨。亲知殊悢悢一作恨恨,徒御方咄咄。宾朋怆别,僮仆请行。丛台邯郸郭,台上见新月。离恨始分明,〔归思〕更超忽。怀仁泪空尽,感事情又发。他时蹒履声,晓日照丹阙。

## 夏日苦热同长孙主簿过仁寿寺纳凉

火入天地炉,南方正何剧。四郊长云红,六合太阳赤。赫赫沸泉壑,焰焰焦砂石。思减祝融权,期匡诸子宅。因投竹林寺,一问青莲客。心空得清凉,理证等喧寂。开襟天籁回,步履雨花积。微风动珠帘,惠气入瑶席。境闲性方谧,尘远趣皆适。淹驾殊未还,朱栏敞虚碧。

## 送李虞仲秀才归东都因寄元李二友

高翼闲未倦,孤云旷无期。晴霞海西畔,秋草燕南时。邺中多上才,耿耿丹霄姿。顾我于逆旅,与君发光仪。同将儒者方,获忝携一作隽人知。幽兰与芳佩,寒玉锵美词。旧友在伊洛,鸣蝉思山陂。到来再春风,梦尽双琼枝。素业且无负,青冥殊未迟。南桥天气好,脉脉一相思。

## 和卢谏议朝回书情即事寄两省
## 阁老兼呈二起居谏院诸院长

宠位资寂用,回头怜二疏。超遥比鹤性,皎洁同僧居。华组澹无

累，单床欢有馀。题诗天一作清风洒，属思红霞舒。蔼蔼延阁东，晨
光映林初。炉香深内殿，山色明前除。对客默焚稿，何人知谏书。
全仁气逾劲，大辨言甚徐。逸步寄青琐，闲吟亲绮疏。清辉被鸾
渚，瑞蔼含龙渠。谢监营野墅，陶公爱吾庐。悠然远者怀，圣代飘
长裾。端弼缉元化，至音生太虚。一戎殄櫱枪，重译充储胥。借地
种寒竹，看云忆春蔬。灵机栖杳冥，谈笑登轩车。晚迹识麒麟，秋
英见芙蕖。危言直且庄，旷抱郁以摅。志业耿冰雪，光容粲璠玙。
时贤俨仙掖，气谢心何如。

## 奉酬窦郎中早入省苦寒见寄

玄冥怒含风，群物戒严节。空山顽石破，幽涧层冰裂。题诗金华
彦，接武丹霄烈。旷怀玉京云，孤唱粉垣雪。穷阴总凝冱，正气直
肃杀。天狼看坠地，霜兔敢拒穴。悠然蓬蒿士，亦得奉朝谒。羸骖
苦迟迟，单仆怨切切。端闱仙阶邃，广陌冻桥滑。旭日鸳鹭行，瑞
烟芙蓉阙。司寒申郑重，成岁在凛冽。谢监逢酒一作假时，袁生闭
门月。渐思霜霰减，欲报阳和发。谁家挟纩心，何地当垆热。惨舒
能一改，恭听远者说。

## 野园献果呈员外

西园果初熟，上客心逾惬。凝粉乍辞枝，飘红仍带叶。幽姿写琼
实，殷彩呈妆颊。持此赠佳期，清芬罗袖裛。

## 大 堤 曲 —作词

二八婵娟大堤女，开垆相对依江渚。待客登楼向水看，邀郎卷幔临
花语。细雨濛濛湿芰荷，巴东商侣挂一作驻帆多。自传芳酒浣一作
翻红袖，谁调妍妆回翠娥。珍簟华灯夕阳后，当垆理瑟矜纤手。月

落星微五鼓声，春风摇荡窗前柳。岁岁逢迎沙岸间，北一作背人多识一作整绿云鬟。无端嫁与五陵少，离别烟波伤玉颜。

## 杨　花　落

北斗南回春物老，红英落尽绿一作缘尚早。韶风澹荡无所依，偏惜垂杨作春好。此时可怜杨柳花，荥一作荣盈艳曳满人家。人家女儿出罗幕，静扫玉庭待花落。宝环纤手捧更飞，翠羽轻裾承不著。历历瑶琴舞金一作态陈，菲红拂黛怜玉人。东园桃李芳已歇，独有杨花娇暮春。

## 月　宫　词

宫中月明何所似，如积如流满田地。迥过前殿曾学眉，回照长门惯催泪。昭阳昨夜秋风来。绮阁金铺情一作清影开。藻井浮花共陵乱，玉阶零露相裴回。稍映明河泛仙驭，满窗犹在更衣处。管弦回烛无限情。环珮凭栏不能去。皎皎苍苍千里同，穿烟飘叶九门通。珠帘欲卷畏成水，瑶席初陈惊似空。复值君王事欢宴，宫女三千一时见。飞盖愁看素晕低，称觞愿踏清辉遍。江上无云夜可怜，冒沙披浪自婵娟。若共心赏风流夜，那比高高太液前。

### 赠从弟茂卿 时欲北游

吾从一作家骥足杨茂卿，性灵且奇才甚清。海内方微风雅道，邺中更有文章盟。扣寂由来在渊思，搜奇本自通禅智。王维证时符水月，杜甫狂处遗天地。流水东西歧路分，幽州迢递旧来闻。若为向北驱疲马，山似寒空塞似云。

# 乌啼曲赠张评事

可怜杨叶复杨花,雪净烟深碧玉家。乌栖不定枝条弱,城头夜半声哑哑。浮萍流一作摇,一作栖。荡门前水,任教芙蓉莫堕沙。

## 端午日伏蒙内侍赐晨服

彩缕纤仍丽,凌风卷复开。方应五日至,应自九天来。在笥清光发,当轩暑气回。遥知及时节,刀尺火云催。

## 胡 姬 词

妍艳照江头,春风好客留。当垆知妾惯,送酒为郎羞。香渡传蕉扇,妆成上竹楼。数钱怜皓腕,非是不能留。

## 春 日 有 赠

堤暖柳丝斜,风光属谢家。晚心应恋水,春恨定因花。步远怜芳草,归迟见绮霞。由来感情思,独自惜年华。

## 襄 阳 乐

闲随少年去,试上大堤游。画角栖乌起,清弦过客愁。碑沉楚山石,珠彻汉江秋。处处风情好,卢家更上楼。

## 关 山 月

苍茫临故关,迢递照秋山。万里平芜静,孤城落叶闲。露浓栖雁起,天远戍兵还。复映征西府,光深组练间。

# 长 城 闻 笛

孤城笛满林,断续共霜砧。夜月降羌泪,秋风老将心。静过寒垒
遍,暗入故关一作园深。惆怅梅花落,山川不可寻。

## 春晚东归留赠李功曹

芳田歧路斜,脉脉惜年华。云路一作络青丝骑,香含翠幰车。歌声
仍隔水,醉色未侵花。唯有怀乡客,东飞羡曙鸦。

## 送殷员外使北蕃

二轩将雨露,万里入烟沙。和气生中国,薰风属外家。塞芦随雁
影,关柳拂驼花。努力黄云北,仙曹有雉车。

## 送许侍御充云南哀册使判官

万里永昌城,威仪奉圣明。冰心瘴江冷,霜宪漏天晴。荒外开亭
候,云南降旆旌。他时功自许,绝域转哀荣。

## 秋日题陈宗儒圃亭凄然感旧

曾随何水部,待月东亭宿。今日重凭栏,清风空在竹。前山依旧
碧,闲草经秋绿。时物方宛然,蛛丝一何速。

## 和郑少师相公题慈恩寺禅院

旧寺长桐孙,朝天是圣恩。谢公诗更老,萧傅道方尊。白法知深
得,苍生要重论。若为将此望,心地向空门。

# 同赵校书题普救寺

东门高处天，一望几悠然。白浪过城下，青山满寺前。尘光分驿道，岚色到人烟。气象须文字，逢君大雅篇。

# 春日与刘评事过故证－作澄上人院

曾共刘咨议，同时事道林。与君方掩泪，来客是知心。阶雪凌春积，钟烟向夕深。依然旧童子，相送出花阴。

# 春雪题兴善寺广宣上人竹院

皎洁青莲客，焚香对雪朝。竹内催－作吹淅沥，花雨让飘飖。触－作洒石和云积，萦池拂水消。只应将日月，颜色不相饶。

# 清明日后土祠送田彻 －作澈

清明千万家，处处是年华。榆柳芳辰火，梧桐今日花。祭－作登祠结云绮，游陌拥香车。惆怅田郎去，原回烟树斜。

# 酬令狐员外直夜书怀见寄

花枝暖欲舒，粉署夜方初。世职推传盛，春刑是减馀。芸香能护字，铅椠善呈书。此地从头白，经年望辎车。

# 题表丈三大夫书斋

盛府自莲花，群公是岁华。兰姿丈人圃，松色大夫家。素卷堆瑶席，朱弦映绛纱。诗题三百首，高韵照春霞。

## 春日送沈赞府归浔阳觐叔父

浔阳阮咸宅,九派竹林前。花屿高如浪,云峰远似天。江声在南巷<sub>一作港</sub>,海气入东田。才子今朝去,风涛思渺然。

## 与李文仲秀才同赋泛酒花诗

若道春无赖,飞花合逐风。巧知人意里,解入酒杯中。香湿胜含露,光摇似泛空。请君回首看<sub>一作醉眼</sub>,几片舞芳丛。

## 登宁州城楼

宋玉本悲秋,今朝更上楼。清波城下去,此意重悠悠。晚菊临杯思,寒山满郡愁。故关非内地,一为汉家羞。

## 同薛侍御登黎阳县楼眺黄河

倚槛恣流目,高城临大川。九回纡白浪,一半在青天。气肃晴空外,光翻晓日边。开襟值佳景,怀抱更悠然。

## 和权相公南园闲涉寄广宣上人

浩气抱天和,闲园载酒过。步因秋景旷,心向晚云多。翠玉思回凤,玄珠肯在鹅。问<sub>一作汤</sub>师登几地,空性奈诗何。

## 供奉定法师归安南

故乡南越外,万里白云峰。经论辞天去,香花入海逢。鹭涛清梵彻,蜃阁化城重。心到长安陌,交州后夜钟。

# 池 上 竹

一丛婵娟色，四面清冷波。气润晚烟重，光闲秋露多。翠筠入疏柳，清影拂圆荷。岁晏琅玕实，心期有凤过。

# 长 安 春 游

凤城春报曲江头，上客年年是胜游。日暖云山当广陌，天清丝管在高楼。茏葱树色分仙阁，缥缈花香泛御沟。桂壁朱门新邸第，汉家恩泽问鄜侯。

# 送定法师归蜀法师即红楼<br>院供奉广宣上人兄弟

凤城初日照红楼，禁寺公卿识惠休。诗引棣华沾一雨，经分贝叶向双流。孤猿学定前山夕，远雁伤离几地秋。空性碧云无处所，约公曾许剡溪游。

# 早 朝

钟声—作传清禁才应彻，漏报仙闱俨已开。双阙薄烟笼菡萏，九成初日照蓬莱。朝时但向丹墀拜，仗下方从碧殿回。圣道逍遥更何事，愿将巴曲赞康哉。

# 赠 张 将 军

关西诸将揖容光，独立营门—作前剑有霜。知爱鲁连归海上，肯令王翦在频—作平阳。天晴红帜当山满，日暮清笳入塞长。年少功高人最羡，汉家坛—作烟树月—作日苍苍。

## 和侯大夫秋原山观征人回

两河战罢万方清,原上军回识旧营。立马望云秋塞静,射雕临水晚
天晴。戍闲部伍分歧路,地远家乡寄旆旌。圣代止戈资庙略,诸侯
不复更长征。

## 送人过卫州

忆昔征南府内游,君家东阁最淹留。纵横联句长侵晓,次第看花直
到秋。论旧举杯先下泪,伤离临水更登楼。相思前路几回首,满眼
青山过卫州。

## 寄中书同年舍人

晴明紫阁最高峰,仙掖开帘范彦龙。五色天书词焕烂,九华春殿语
从容。彩毫应染炉烟细,清珮仍含玉漏重。二十年前同日喜,碧霄
何路得相逢。

## 酬一作赠于驸马二首

绮陌尘香曙色分,碧山如画又逢君。蛟藏秋月一片水,骥锁晴空千
尺云。戚里旧知何驸马,诗家今得鲍参军。阳和本是烟霄曲,须向
花间次第闻。

芳时碧落心应断,今日清词事不同。瑶草秋残仙圃在,彩云天远凤
楼空。晴花暖一作曾送金羁影,凉叶寒一作还生玉簟风。长得闻诗
欢自足,会看春露湿兰丛。

## 将归东都寄一作别令狐舍人

绿杨红杏满城春,一骑悠悠万井尘。歧路未关一作闲今日事,风光

欲醉长年人。闲过绮陌寻高寺,强对一作到朱门谒近臣。多病晚来
还有策,雒阳山色旧相亲。

## 寄江州白司马

江州司马平安否,惠远东林住得无。溢浦曾闻似衣带,庐峰见说胜
香炉。题诗岁晏离鸿断,望阙天遥病鹤孤。莫谩拘一作勾牵雨花
社,青云依旧是前途。

## 薛司空自青州归朝

天眷君陈久在东,归朝人看大司空。黄河岸畔长无事,沧海东边独
有功。已变畏途成雅俗,仍过旧里揖秋风。一门累叶凌烟阁,次第
仪形汉上公。

## 送章孝标校书归杭州因寄白舍人

曾过灵隐江边寺,独宿东楼看海门。潮色银河铺碧落,日光金柱出
红盆。不妨公事资高卧,无限诗情要细论。若访郡人徐孺子,应须
骑马到沙村。

## 述旧纪勋寄太原李光颜侍中二首

玉塞含凄见雁行,北垣新诏拜龙骧。弟兄间世真飞将,貔虎归时似
故乡。鼓角因风飘朔气,旌旗映水发秋光。河源收地心犹壮,笑向
天西万里霜。

倚天长剑截云孤,报国纵横见丈夫。五载登坛真宰相,六重分阃正
司徒。曾闻转战平坚寇,共说题诗压腐儒。料敌知机在方寸,不劳
心力讲阴符。

## 酬卢员外

谢傅旌旗控上游，卢郎樽俎借前筹。舜城风土临清庙，魏国山川在
白楼。云寺当时接高步，水亭今日又同游。满筵旧府笙歌在，独有
羊昙最泪—作后流。

## 古意赠王常侍

绣户纱窗北里深，香风暗动凤凰簪。组䌷常在佳人手，刀尺空摇寒
女心。欲学齐讴逐云管，还思楚练拂霜砧。东家少妇当机织，应念
无衣雪满林。

## 送裴中丞出使

一清淮甸假朝纲，金印初迎细柳黄。辞阙天威和雨露，出关春色避
风霜。龙韬何必陈三略，虎旅由来肃万方。宣谕生灵真重任，回轩
应问石渠郎。

## 送绛州卢使君

应将清净结心期，又共阳和到郡时。绛老问年须算字，庾公逢月要
题诗。朱栏迢递因高胜，粉堞清明欲下迟。他日征还作霖雨，不须
求赛敬亭祠。

## 赠李傅

知因公望掩能文，誓激明诚在致君。曾罢双旌瞻白日，犹将一剑许
黄云。摇窗竹色留僧语，入院松声共鹤闻。莫被此心生晚计，镇南
人忆杜将军。

# 上 裴 中 丞

六年西掖弘汤诰,三捷东堂总汉科。政引风霜成物色,语回天地到阳和。清威更助朝端重,圣泽曾随笔下多。应笑白须扬执戟,可怜春日老如何。

## 和人与人分惠赐冰

天水藏来玉堕空,先颁密署几人同。映盘皎洁非资月一作关露,披一作当扇清凉不在风。莹质方从纶阁内,凝辉更向画堂一作锦帷中。丽词珍贶难双有,迢递金舆殿角东。

## 观打球有作

亲扫球场如砥平,龙骧骤马晓光晴。入门百拜瞻雄势,动地三军唱好声。玉勒回时沾赤汗,花鬃分处拂红缨。欲令四海氛烟静,杖底纤尘不敢生。

## 早春即事呈刘员外

明朝晴暖即相随,肯信春光被雨欺。且任文书堆案上,免令杯酒负花时。马蹄经历须应遍,莺语叮咛已怪迟。更待杂芳成艳锦,邺中争唱仲宣诗。

## 送司徒童子

卫多君子鲁多儒,七岁闻天笑舞雩。光彩春风初转蕙,性灵秋水不藏珠。两经在口知名小,百拜垂髫禀气殊。况复元侯旌尔善,桂林枝上得鹓雏。

# 寄昭应王丞

武皇金辂碾香尘,每岁朝元及此辰。光动泉心初浴日,气蒸山腹总成春。讴歌已入云韶曲,词赋方归侍从臣。瑞霭朝朝犹望幸,天教赤县有诗人。

# 酬崔博士

自知顽叟更何能,唯学雕虫谬见称。长被有情邀唱和,近来无力更祗承。青松树杪三千一作千年鹤,白玉壶中一片冰。今日为君书壁右一作石,孤城莫怕世人憎。

# 酬裴舍人见寄

谁道重迁是旧班,自将霄汉比乡关。二妃楼下宜临水,五老祠西好看山。再葺吾庐心已足,每来公府路常闲。诗陪亚相逾三纪,石笋烟霞不共攀。

# 和刘员外陪韩仆射野亭公宴

好客风流玳瑁簪,重檐高幕晓沈沈。绮筵霜重旌旗满,玉帐天清丝管声。繁戏徒过鲁儒目,众欢方集汉郎心。寒笳一曲严城暮,云骑连嘶香外林。

# 酬崔驸马惠笺百张兼贻四韵

百张云样乱花开,七字文头艳锦回。浮碧空一作定从天上得,殷红应自日边来。捧持价重凌云叶,封裹香深笑海苔。满箧清光应照眼,欲题凡韵辄装回一作风韵愧凡才。

# 赠史开封

天低荒草誓师坛，邓艾心知战地宽。鼓角迥临霜野曙，旌旗高对雪峰寒。五营向水红尘起，一剑当风白日看。曾从伏波征绝域，碛西蕃部怯金鞍。

## 奉寄通州元九侍御

大明宫殿郁苍苍，紫禁龙楼直署香。九陌华轩争道路，一枝寒玉任烟霜。须听瑞雪传心语，莫一作却被啼猿续泪行。共说圣朝容直气，期君新岁奉恩光。

## 赠浑钜中允

公子鬌年四海闻，城南侍猎雪雰雰。马盘旷野弦开月，雁落寒原箭在云。曾向天西穿虏阵，惯游花下领儒群。一枝琼蕚朝光好，彩服飘飘从冠军。

## 重送胡大夫赴振武

向年擢桂儒生业，今日分茅圣主恩。旌旆仍将过乡路，轩车争看出都门。人间文武能双捷，天下安危待一论。布惠宣威大夫事，不妨诗思许琴尊。

## 送陈判官罢举赴江外

练思多时冰雪清，拂衣无语别书生。莫将甲乙为前累，不废烟霄是此行。定爱红云燃楚色，应看白雨打江声。心期玉帐亲台位，魏勃因君说姓名。

## 奉和裴相公

竹寺题名一半空，衰荣三十六人中。在生本要求知己，垂老应怜值相公。敢望燮和回旧律，任应时节到春风。若为问得苍苍意，造化无言自是功。

## 和大夫边春呈长安亲故

严城吹笛思寒梅，二月冰河一半开。紫陌诗情依旧在，黑山弓力畏春来。游人曲岸看花发，走马平沙猎雪回。旌旆朝天不知晚，将星高处近三台。

## 张郎中段员外初直翰林报寄长句

秋空如练瑞云明，天上人间莫问程。丹凤词头供二妙，金銮殿角直三清。方瞻北极临星月，犹向南班滞姓名。启沃朝朝深禁里，香炉烟外是公卿。

## 奉酬端公春雪见寄

造化多情状物亲，剪花铺玉万重新。闲飘上路呈丰岁，狂舞中庭学醉春。兴逸何妨寻剡客，唱高还肯寄巴人。遥知独立芝兰阁，满眼清光压俗尘。

## 卢郎中拜陵遇雪蒙见召因寄

南宫使者有光辉，欲拜诸陵瑞雪飞。蘋叶已修青玉荐，柳花仍拂赤车衣。应同谷口寻春去，定似山阴带月归。寒冷出郊犹未得，羡公将事看芳菲。

## 冬夜陪丘侍御先辈听崔校书弹琴

雪满中庭月映林，谢家幽赏在瑶琴。楚妃波浪天南远，蔡女烟沙漠北深。顾盼何曾因误曲，殷勤终是感知音。若将雅调开诗兴，未抵丘迟一片心。

## 元日含元殿下立仗丹凤楼门下宣赦相公称贺四字一作上相公二首

天垂台耀扫欃枪，寿献香一作青山祝圣明。丹凤楼一作阙前歌九奏，金鸡竿下鼓千声。衣冠南面薰风动，文字东方喜气生。从此登封资庙略，两河连海一时清。

临轩启扇似云收，率土朝天剧水流。瑞色含春当正殿，香烟捧日在高楼。三朝气蚤迎恩泽，万岁声长绕冕旒。请问汉家功第一，麒麟阁上识酇侯。

## 元日观朝

北极长尊报圣期一作仰圣时，周家何用问元龟。天颜入曙千官拜一作喜，元日一作日色迎春万物知。阊阖回临黄道正，衣裳高对碧山垂。微臣愿献尧人祝，寿酒年年太液池。

## 题贾巡官林亭

白鸟闲栖亭树枝，绿樽仍对菊花篱。许询本爱交禅侣，陈寔由来是一作足好儿。明月出云秋馆思，远泉经雨夜窗知。门前长者无虚辙，一片寒光动水池。

## 和元员外题升平里新斋

自一作因知休沐诸幽胜,遂肯高斋枕广衢。旧地已开新玉圃,春山仍展绿云图。心源邀得闲诗证,肺气宜将慢酒扶。此外唯应任真宰,同尘敢一作最是道门枢。

## 送澹公归嵩山龙潭寺葬本师

野烟秋水苍茫远,禅境真机去住闲。双树为家思旧垄,千花成塔礼寒山。洞宫曾向龙边宿,云径应从鸟外还。莫恋本师金骨地,空门无处复无关。

## 邵州陪王郎中宴

西塞无尘多玉筵,貔貅鸳鹭俨相连。红茵照水开樽俎,翠幕当云发管弦。歌态晓临团扇静,舞容春映薄衫妍。鲁儒纵使他时有,不似欢娱及少年。

## 和令狐舍人酬峰上人题山栏孤竹

满院冰姿粉箨残,一茎青翠近帘端。离丛自欲亲香火,抱节何妨共岁寒。能让繁声任真籁,解将孤影对芳兰。范云许访西林寺,枝叶须和彩凤看。

## 寄赠田仓曹湾

芳兰媚庭除,灼灼红英舒。身为陋巷客,门有绛辕车。朝览夷吾传,暮习颍阳书。昈云高羽翼,待贾蕴璠玙。缨弁虽云阻,音尘岂复疏。若因风雨晦,应念寂寥居。

# 上刘侍中

命代生申甫，承家翊禹汤。庙谟膺间气，师律动清霜。钟鼎勋庸
大，山河一作河山诚誓长。英姿凌虎视，逸步压龙骧。道协陶钧力，
恩回日月光。一言弘社稷，九命备珪璋。政洽军逾肃，仁敷物已
康。朱门重棨戟，丹诏半缣缃。位总云一作兴龙野，师临涿鹿乡。
射雕天更碧，吹角塞仍黄。深入平夷落，横行辟汉疆。功垂贞石
远，名映色丝香。断一作度碛瞻貔武，临池识凤凰。舞腰凝绮榭，歌
响拂雕梁。杯净传鹦鹉，裘鲜照鹔鹴。吟诗白羽扇，校猎绿沉枪。
风景佳人地，烟沙壮士场。幕中邀谢鉴一作监，麾下得周郎。珠影
含空彻，琼枝映座芳。王浑知武子，陈寔奖元方。富贵春无限，欢
娱夜未央。管弦随玉帐，尊俎奉金章。俗理宁因劝，边城讵假防。
军容雄朔漠，公望冠岩廊。分野邻孤岛，京坻溢万厢。曙华分碣
石，秋色入衡一作渔阳。城远迷玄兔，川明辩白狼。忠贤多感激，今
古共苍茫。堤拥红蕖艳，桥分翠柳行。轩车纷自至，亭馆郁相当。
珍簟回烦暑，层轩引早凉。听琴知思静，说剑觉神扬。佳景燕台
上，清辉郑驿傍。鼓鼙一作钟喧北里，珪玉映东床。敢衒由之瑟，甘
循赐也墙。官微思假路，战胜忝一作望升堂。欲奋三年一作千翼，频
回一夕肠。消忧期酒圣，乘兴任诗狂。海内栽一作分桃李，天涯荷
一作剪稻粱。升沉门下意一作客，谁道在苍苍。

# 赠侯侍御

步逸辞群迹，机真一作忘结远一作道心。敦诗扬大雅，映古酌高音。
逃祸栖蜗舍，因醒解豸簪。紫兰秋露湿，黄鹤晚一作晓天阴。旧业
一作叶馀荒草，寒山出远林。月明多宿寺，世乱重悲琴。霄汉时应
在，诗书道未沉。坐期闾阖霁，云暖一开襟。时朱泚阻兵。

## 怀德抒情寄上信州座主

五马江天郡,诸生泪共垂。宴馀明主德,恩在侍臣知。怅望缄双
鲤,龙钟假一枝。玉峰遥寄梦,云海暗伤离。幢盖全家去,琴书首
路随。沧州值康乐,明月向元规。鹓凤终凌汉,蛟龙会出池。蕙香
因曙一作暖发,松色肯寒移。举世瞻风藻,当朝揖羽仪。加餐门下
意,溪水绿逶迤。

## 送杜郎中使君赴虔州

迢递南康路,清辉得使君。虎符秋领俗,鹓署早辞群。地远仍连
戍,城严本带军。傍江低槛月,当岭满窗云。境胜闾阎间一作闉,天
清水陆分。和诗将惠政,颂述九衢闻。

## 别鹤词送令狐校书之桂府

海鹤一为别,高程方宭然。影摇江汉一作海路,思结潇湘天。皎然
仰白日,真姿栖紫烟。含情九霄际,顾侣五云前。退心属清都,凄
响激朱弦。超遥闻一作摇间风雨,迢递各山川。东南信多水,会合
当有年。雌一作雄飞唳冥冥,此意何由传。

## 夏日裴尹员外西斋看花

笑向东一作南来客,看花柱在前。始知清夏月,更胜艳阳天。露湿
呈妆污,风吹畏火燃。葱茏和叶盛,烂熳压枝鲜。红彩当〔铃〕(钤)
阁,清香到玉筵。蝶栖惊曙色,莺语滞一作赠晴烟。得地殊堪赏,过
时倍觉妍。芳菲迟最好,唯是谢家怜。

## 赠邻家老将

白首羽林郎,丁年戍朔方。阴天瞻碛落,秋日渡辽阳。大漠寒山黑,孤城夜月黄。十年依葑食,万里带金疮。拂雪一作露陈师祭,冲风立教场。箭飞琼羽合,旗动火云张。虎翼分营势,鱼鳞拥阵行。誓心清塞色,斗血杂沙光。战地晴辉薄,军门晓气长。寇深争暗袭,关迥勒春防。身贱竟何诉,天高徒自伤。功成封宠将,力尽到贫乡。雀老方悲海,鹰衰却念霜。空馀孤剑在,开匣一沾裳。

## 和吕舍人喜张员外自北番回至境上先寄二十韵

割爱天文动,敦和国步安。仙姿归旧好,戎意结新欢。并命瞻鹓鹭,同心揖蕙兰。玉箫临祖帐,金榜引征鞍。广陌双旌去,平沙万里看。海云侵鬓起,边月向眉残。突兀阴山迥,苍茫朔野宽。氍庐同甲帐,韦橐比雕盘。义著亲胡俗,仪全识汉官。地邻冰鼠净,天映烛龙寒。节异苏卿执,弦殊蔡女一作蕃乐弹。碛分黄渺渺,塞一作寒极黑漫漫。欢味膻腥列,微声侏僺攒。归期先雁候,登路剧鹏抟。上客离心远,西宫草诏殚。丽词传锦绮,珍价掩琅玕。百两开戎垒,千蹄入御栏。瑞光麟阁上,喜气凤城端。尚德曾辞剑,柔凶本舞干。茫茫斗星北,威服古来难。

## 春日奉献圣寿无疆词十首

文物京华盛,讴歌一作谣国步康。瑶池供寿酒,银汉丽宸章。灵雨一作雨露含双阙,雷霆肃万方。代推仙祚远,春共圣恩长。凤扆临花暖,龙炉旁日香。遥知千万岁,天意奉君王。

鸳鹭肜庭际,轩车绮陌前。九城多好色一作乐,万井半祥烟。人醉逢尧酒,莺歌答舜弦。花明御沟水,香暖禁城天。赐宴文逾盛,微歌一作欢物更妍。无穷艳阳月,长照一作奉太平年。

云陛临黄道,天门在碧虚。大明含睿藻,元气抱宸居。戈偃征苗后,诗传宴镐初。年华富仙苑,时哲满公车。化入纲缊大,恩垂涣汗馀。悠然万方静,风俗揖华胥。

玉漏飘青琐,金铺丽紫宸。云山九门曙,天地一家春。瑞霭方呈赏,暄风本配仁。岩廊开凤翼,水殿压鳌身。文雅逢明代,欢娱及贱臣。年年未央阙,恩共物华新。

垂拱乾坤正,欢心品类同。紫烟含北极,玄泽付东风。珠缀留晴景,金茎直晓空。发生资盛德,交泰让全功。间气登三事,祥光启四聪。遐荒似川水,天外亦一作一朝宗。

代是文明昼,春当宴喜时。炉烟添柳重,宫漏出花迟。汉典方宽律,周官正采诗。碧霄传凤吹,红旭一作日在龙旗。造化膺神契,阳和沃圣思一作慈。无一作每因随百兽,率舞奉丹墀。

睿德符玄化,芳情翊太和。日轮皇鉴远,天仗圣朝多。曙色含金榜,晴光转玉珂。中宫陈广乐,元老进赓歌。莲叶看龟上,桐花识凤过。小臣空击壤,沧海是恩波。

物象朝高殿,簪裾溢上京。春当九衢好,天向万方明。乐报箫韶发,杯看沆瀣生。芙蓉丹阙暖,杨柳玉楼晴。阊阖开中禁,衣裳俨太清。南山同圣寿,长对凤皇城。

日上苍龙阙,香含紫禁林。晴光五云叠,春色九重一作天深。赏叶元和德,文垂雅颂音。景云随御辇,颢气在宸襟。永保无疆寿,长怀不战心。圣朝多庆赐,琼树粉墙阴。

化洽生成遂,功宣动植知。瑞凝三秀草,春入万年枝。风掖嘉言进,鸾行喜气随。仗临丹地近,衣对碧山垂。渥泽方柔远,聪明本听卑。愿同东观士一作事,长对一作睹汉威仪。

## 衔鱼翠鸟

有意莲叶间,瞥然下高树。攫破一作波得全一作金鱼,一点翠光去。

## 和郑相公寻一本此下有兴善寺三字宣上人不遇

方寻一作放心莲境去,又值竹房空。几韵飘寒玉,馀清不在风。

## 题范阳金台驿

六国唯求客,千金遂筑台。若令逢圣代,憔悴郭生回。

## 寄薛侍御

世上无穷事,生涯莫废诗。何曾好风月,不是忆君时。

## 赋得灞岸柳留辞郑员外

杨柳含烟灞岸春,年年攀折为行人。好风倘借低枝便,莫遣青丝扫路尘。

## 折杨柳 一作和练秀才杨柳,一作戴叔伦诗。

水边杨柳麴尘一作烟丝,立马烦君折一枝。惟有春风最相惜,殷勤更一作肯向手中吹。

## 雪中听筝

玉柱泠泠对寒雪,清商怨徵声何切。谁怜楚客向隅时,一片愁心与弦绝。

# 卢龙塞行送韦掌记二首

雨雪纷纷黑水外，行人共指卢龙塞。万里飞沙压鼓鼙，三军杀气凝旌旆。

陈琳书记本翩翩，料敌能兵夺酒泉。圣主好文兼好武，封侯莫比汉皇年。

# 题五老峰下费君书院

解向花间栽碧松，门前不负老人峰。已将心事随身隐，认得溪云第几重。

## 僧院听琴 一作宿藏公院听齐孝若弹琴

禅思何妨在玉琴，真僧不见听时心。离声怨调秋堂夕，云向苍梧湘水深。

# 和武相公春晓闻莺

语恨飞迟天欲明，殷勤似诉有馀情。仁风已及芳菲节，犹向花溪鸣一作听几声。

# 唐昌观玉蕊花

晴空素艳照霞新，香洒天风不到尘。持赠昔闻将白雪，蕊珠宫上玉花春。

# 山 中 主 人

十里青山有一家，翠屏深处更添霞。若为说得溪中事，锦石和烟四面花。

## 太原赠李属侍御

路入桑干塞雁飞,枣郎年少有光辉。春风走马三千里,不废看花君<sub></sub>一作惹绣衣。

## 崔　娘　诗

清润潘郎玉不如,中庭蕙草雪消初。风流才子多春思,肠断萧娘一纸书。

## 题云师山房 <sub></sub>一作权德舆诗,又作戎昱诗。

云公兰若深山里,月明松殿微风起。试问空门清净心,莲花不著秋潭水。

## 城　东　早　春

诗家清<sub></sub>一作新景在新春,绿柳才黄半未匀。若待上林花似锦,出门俱是看花人。

## 秋日登亭赠薛侍御

潦倒从军何取益,东西走马暂同游。梁王旧客皆能赋,今日因何独怨秋。

## 石水词二首

银罂深锁贮清光,无限来人不得尝。知共金丹争气力,一杯全胜五云浆。
山叟和云劚翠屏,煎时分日检仙经。天人持此扶衰病,胜得瑶池水一瓶。

## 答振武李逢吉判官

近来时辈都无兴,把酒皆言肺病同。唯有单于李评事,不将华发负春风。

## 宫 燕 词

毛衣似锦语如弦,日暖争高绮陌天。几处野花留不得,双双飞向御炉前。

## 赠 崔 驸 马

百尺梧桐画阁齐,箫声落处翠云低。平阳不惜黄金埒,细雨花骢踏作泥。

## 听李凭弹箜篌二首

听奏繁弦玉殿清,风传曲度禁林明。君王听乐梨园暖,翻到云门第几声。

花咽娇莺玉漱泉,名高半在御筵前。汉王欲助人间乐,从遣新声坠九天。

## 临 水 看 花

一树红花映绿波,晴明骑马好经过。今朝几许风吹落,闻道萧郎最惜多。

## 观妓人入道二首

荀令歌钟北里亭,翠娥红粉敞云屏。舞衣施尽馀香在,今日花前学诵经。

碧玉芳年事冠军,清歌空得隔花闻。春来削发芙蓉寺,蝉鬓临风堕绿云。

## 方城驿逢孟侍御

走马温汤直隼飞,相逢夒铄理征衣。军中得力儿男事,入驿从容见落晖。

## 题 清 凉 寺

凭槛霏微松树烟,陶潜曾用道林钱。一声寒磬空心晓,花雨知从第几天。

## 酬令狐舍人

晓禁苍苍换直还,暂低鸾翼向人间。亦知受业公门事,数仞丘墙不见山。

## 和令狐郎中

题诗一代占清机,秉笔三年直紫微。自禀道情韶龅异,不同蓬玉学知非。

## 美 人 春 怨

妾家巫峡阳,罗幌寝兰堂。晓日临窗久,春风引梦长。落钗仍挂鬓,微汗欲销黄。纵便朦胧觉,魂犹逐楚王。

## 艳 女 词

露井桃花发,双双燕并飞。美人姿态里,春色上罗衣。自爱频开镜,时羞欲掩扉。心知行路客,遥惹五香归。

# 名姝咏

阿娇年未多,体弱性能和。怕重愁拈镜,怜轻喜曳罗。临津双洛浦,对月两嫦娥。独有荆王殿,时时暮雨过。

# 送太和公主和蕃

北路古来难,年光独认寒。朔云侵鬓起,边月向眉残。芦井寻沙到,花门度碛看。薰风一万里,来处是长安。

# 秋日韦少府厅池上咏石

主人得幽石,日觉公堂清。一片池上色,孤峰云外情。旧溪红藓在,秋水绿痕生。何必澄湖彻,移来有令名。

# 失题

何事慰朝夕,不逾诗酒情。山河空道路,蕃汉共刀兵。礼乐新朝市,园林旧弟兄。向风一点泪,塞一作寒晚暮江平。

# 春日题龙门香山寺

众香天上梵王宫,钟磬寥寥半碧空。清景乍开松岭月,乱流长响石楼风。山河杳映春云外,城阙参差晓树中。欲尽出寻那可得,三千世界本无穷。

# 寄申州卢拱使君

领郡仍闻总虎貔,致身还是见男儿。小船隔水催桃叶。大鼓当风舞柘枝。酒坐微酣诸客倒,球场慢拨几人随。从来乐事憎诗苦,莫放窗中远岫知。

## 郊居秋日酬奚赞府见寄

繁菊照深居，芳香春不如。闻寻周处士，知伴庾尚书。日晚汀洲旷，天晴草木疏。闲言挥麈柄，清步掩蜗庐。野老能亲牧，高人念远渔。幽丛临古岸，轻叶度寒渠。暮色无狂蝶，秋华有嫩蔬。若为酬郢曲，从此愧璠玙。

## 圣恩洗雪镇州寄献裴相公

天借春光洗绿林，战尘收尽见花阴。好生本是君王德，忍死何妨壮士心。曾贺截云翻栅远，仍闻劚冻下营深。井陉昨日双旗入，萧相无言泪湿襟。

## 贺田仆射子弟荣拜金吾

五侯恩泽不同年，叔侄朱门禄稍连。凤沼九重相喜气，雁行一半入祥烟。街衢烛影侵寒月，文武珂声叠晓天。为数麒麟高阁上，谁家父子勒燕然。

## 和裴舍人观田尚书出猎

圣代司空比玉清，雄藩观猎见皇情。云禽已觉高无益，霜兔应知狡不成。飞鞚拥尘寒草尽，弯弓开月朔风生。今朝始贺将军贵，紫禁诗人看旆旌。

## 送李舍人归兰陵里

清词举世皆藏箧，美酒当山为满樽。三亩嫩蔬临绮陌，四行高树拥朱门。家贫境胜心无累，名重官闲口不论。惟有道情常自足，启期天地易知恩。

## 同太常尉迟博士阙下待漏

沈沈延阁抱丹墀,松色苔花颢露滋。爽气晓来青玉螯,薰风宿在翠花旗。方瞻御陌三条广,犹觉仙门一刻迟。此地含香从白首,冯唐何事怨明时。

## 见薛侍御戴不损裹帽子因赠

潘郎对青镜,乌帽似新裁。晓露鸦初洗,春荷叶半开。堪将护巾栉,不独隔尘埃。已见笼蝉翼,无因映鹿胎。何人呈巧思,好手自西来。有意怜衰丑,烦君致一枚。

## 胡二十拜户部兼判度支

清机果被公材挠,雄拜知承圣主恩。庙略已调天府实,国征方觉地官尊。徒言玉节将分阃,定是沙堤欲到门。为爱山前新卜第,不妨风月事琴樽。

## 元日呈李逢吉舍人

华夷文物贺新年,霜仗遥排风阙前。一片彩霞迎曙日,万条红烛动春天。称觞山色和元气,端冕炉香叠瑞烟。共说正初当圣泽,试过西掖问群贤。

## 和杜中丞西禅院看花

一林堆锦映千灯,照眼牵情欲不胜。知倚晴明娇自足,解将颜色醉相仍。好风轻引香烟入,甘露才和粉艳凝。深处最怜莺践践,懒时先被蝶侵凌。对持真境应无取,分付空门又未能。迎日似翻红烧断,临流疑映绮霞层。幽含晚态怜丹桂,盛续春光识紫藤。每到花枝独惆怅,山东惟有杜中丞。

## 句

三刀梦益州,一箭取辽城。 <small>以下见《纪事》</small>
伊陟无闻祖,韦贤不到孙。

# 全唐诗卷三三四

## 令狐楚

令狐楚,字壳士,宜州华原人。贞元七年及第,由太原掌书记至判官。德宗好文,每省太原奏,必能辨楚所为,数称之,召授右拾遗。宪宗时,累擢职方员外郎、知制诰。皇甫鎛荐为翰林学士,进中书舍人,出为华州刺史。鎛既相,复荐楚为中书侍郎同平章事。穆宗即位,进门下侍郎,寻出为宣歙观察使,贬衡州刺史,再徙太子宾客,分司东都。长庆二年,擢陕虢观察使。敬宗立,拜楚为河南尹,迁宣武节度使,入为户部尚书,俄拜东都留守,徙天平节度使,召为吏部尚书,检校尚书右仆射、进拜左仆射,彭阳郡公。开成元年,上疏辞位,拜山南西道节度使。卒,赠司空,谥曰文。集一百三十卷,歌诗一卷,今编诗一卷。

### 夏至日衡阳郡斋书怀

一来江城守,七见江月圆。齿发将六十,乡关越三千。褰帷罕游观,闭阁多沉眠。新节还复至,故交尽相捐。何时赸阛阓,上诉高高天。

# 八月十七日夜书怀

三五既不留，二八又还过。金蟾著未出，玉树悲稍破。谁向西园游，空归北堂卧。佳期信难得，永夕无可奈。抚枕独高歌，烦君为予和。

# 九　日　言　怀

二九即重阳，天清野菊黄。近来逢此日，多是在他乡。晚色霞千片，秋声雁一行。不能高处望，恐断老人肠。

# 和寄窦七中丞

仙吏秦峨别，新诗鄂渚来。才推今北斗，职赋旧三台。雕镂心偏许，缄封手自开。何年相赠答，却得到中台。

# 立秋日悲怀

清晓上高台，秋风今日来。又添新节恨，犹抱故年哀。泪岂挥能尽，泉终闭不开。更伤春月过，私服示无缞。

# 秋怀寄钱侍郎

晚岁俱为郡，新秋各异乡。燕鸿一声叫，郢树尽青苍。山露侵衣润，江风卷簟凉。相思如汉水，日夜向浔阳。

# 立　秋　日

平日本多恨，新秋偏易悲。燕词如惜别，柳意已呈衰。事国终无补，还家未有期。心中旧气味，苦校去年时。

# 赠毛仙翁

宣州浑是上清宫,客有真人貌似童。绀发垂缨光髻髻醳上声,细眉缘额绿茸茸。壶中药物梯霞诀,肘后方书缩地功。既许焚香为弟子,愿教年纪共椿同。

## 游义兴寺寄上李逢吉相公

柳营无事诣莲宫,相公久住此寺。步步犹疑是梦中。劳役徒为万夫长,闲游曾与二人同。凤鸾一作皇飞去仙巢在,龙象潜来讲席空。松下花飞频伫立,一心千里忆梁公。

## 游晋祠上李逢吉相公

不立晋祠三十年,白头重到一凄然。泉声自昔锵寒玉,草色虽秋耀翠钿。少壮同游宁有数,尊荣再会便无缘。相思临水下双泪,寄入并汾向洛川。

## 节度宣武酬乐天梦得

蓬莱仙监乐天客曹郎刘为主客,曾枉高车客大梁。见拥旌旄治军旅,知亲笔砚事文章。愁看柳色悬离恨,忆递花枝助酒狂。洛下相逢肯相寄,南金璀错玉凄凉。

## 奉和严司空重阳日同崔常侍崔郎及诸公登龙山落帽台佳宴

谢公秋思渺天涯,蜡屐登高为菊花。贵重近臣光绮席,笑怜从事落乌纱。萸房暗绽红珠朵,茗碗寒供白露芽。咏碎一作醉咏龙山归出号一作去晚,马奔流电妓奔车。

## 立春后言怀招汴州李匡衙推

闲斋夜击唾壶歌,试望夷门奈远何。每听塞笛离梦断,时窥清鉴旅愁多。初惊宵漏丁丁促,已觉春风习习和。海内故人君最老,花开鞭马更相过。

## 奉和仆射相公酬忠武李相公见寄之作

丽藻飞来自相庭,五文相错八音清。初瞻绮色连霞色,又听金声继玉声。才出山西文与武,欢从塞北弟兼兄。白头老尹三川上,双和阳春喜复惊。

## 郡斋左偏栽竹百馀竿炎凉已周青翠不改而为墙垣所蔽有乖爱赏假一作暇日命去斋居之东墙由是俯临轩阶低映帷户日夕相对颇有脩然之趣

斋居栽竹北窗边,素壁新开映一作见碧鲜。青蔼近当行药处,绿阴深到卧帷前。风惊晓叶如闻雨,月过春枝似带烟。老子忆山心暂缓,退公闲坐对婵娟。

## 省中直夜对雪寄李师素侍郎

密雪纷初降,重城杳未开。杂花飞烂漫,连蝶舞徘徊。洒散千株叶,销凝九陌埃。素华凝粉署,清气绕霜台。明觉侵窗积,寒知度塞来。谢家争拟絮,越岭误惊梅。暗魄微茫照,严飙次第催一作堆。稍封黄竹亚,先集紫兰摧。孙室临书幌,梁园泛酒杯。静怀琼树倚,醉忆玉山颓。翠陌饥乌噪,苍云远雁哀。此时方夜直,想望意悠哉。

## 南宫夜直宿见李给事封题其所下
## 制敕知奏直在东省因以诗寄

番直同遥夜，严扃限几重。青编书白雀，<sub>其日敕：鄜州奏白雀，宜付史馆。</sub>
黄纸降苍龙。北极丝纶句，东垣翰墨踪。尚垂玄露点，犹湿紫泥
封。炫眼凝仙烛，驰心袅禁钟。定应形梦寐，暂似接音容。玉树春
枝动，金樽腊酿酥。在朝君最旧，休浣许过从。

## 将赴洛下旅次汉南献上
## 相公二十兄言怀八韵

台室名曾继，旌门节暂过。欢情老去少，苦事别离多。便为开樽
俎，应怜出网罗。百忧今已失，一醉孰知他。帝德千年日，君恩万
里波。许随黄绮辈，闲唱紫芝歌。龙衮期重补，梅羹伫再和。嵩丘
来携手，君子意如何。

## 青 云 干 吕

郁郁复纷纷，青霄干吕云。色令天下见，候向管中分。远覆无人
境，遥彰有德君。瑞容惊不散，冥感信稀闻。湛露羞依草，南风耻
带薰。恭惟汉武帝，馀烈尚氛氲。

## 圣 明 乐

海浪恬月徼，边尘静异山。从今万里外，不复锁萧关。

## 春 闺 思

戴胜飞晴野，凌澌下浊河。春风楼上望，谁见泪痕多。

# 宫中乐五首

楚塞金陵靖一作静,巴山玉垒空。万方无一事,端拱大明宫。

雪霁长杨苑,冰开太液池。宫中行乐日,天下盛明时。

柳色烟相似,梨花雪不如。春风真一作空有意,一一丽皇居。

月上宫花静,烟含苑树深。银台门已闭,仙漏夜沉沉。

九重青琐闼,百尺碧云楼。明月秋风起,珠帘上玉钩。

## 春游曲一作游春词三首

晓游临碧殿,日上望春亭。芳树罗仙仗,晴山展翠屏。

一夜好风吹,新花一万枝。风前调玉管,花下簇金羁一作鸡。

阊阖春风起,蓬莱雪水一作水雪消。相将折杨柳,争取最长条。

## 远别离二首

杨柳黄金穗,梧桐碧玉枝。春来消息断,早晚是归期一作时。

玧织鸳鸯履,金装翡翠篸。畏人相问著,不拟到城南。

## 闺人赠远一作长相思二首

君行登陇上,妾梦在闺中。玉箸千行落一作泪,银床一半空。

绮席一作几度春眠觉,纱窗晓望迷。朦胧残梦里,犹自在辽西。

## 从军词五首

荒鸡隔水啼,汗马逐风嘶。终日随征旆,何时罢鼓鼙。

孤心眠夜雪,满眼是秋沙。万里犹防塞,三年不见家。

却望冰河阔,前登雪岭高。征人几多在,又拟战临洮。

胡风千里惊,汉月五更明。纵有还家梦,犹闻出塞声。

暮雪连青海,阴霞覆白山。可怜班定远,生入玉门关。

## 思 君 恩

小苑莺歌歇,长门蝶舞多。眼看春又去,翠辇不经<sub></sub>一作曾过。

## 王 昭 君

锦车天外去,毳幕雪中开。魏阙苍龙远,萧关赤雁哀。

## 发潭州寄李宁常侍

君今侍紫垣,我已堕青天。委废一作弃从兹日,旋归在几年。心为西靡树,眼是北流泉。更过长沙去,江风满驿船。

## 李相薨后题断金集 一作裴夷直诗

一览断金集,载悲埋玉人。牙弦千古绝,珠泪万行新。

## 年少行四首

少小边州一作城惯放狂,骄骑蕃马射黄羊。如今年老无筋力,犹一作独倚营门数雁行。

家本清河住五城,须凭弓箭得一作觅功名。等闲飞鞚秋原上,独向寒云试射声。

弓背霞明剑照霜,秋风走马出咸阳。未收天子河湟地,不拟回头望故乡。

霜一作雪满中庭一作庭中月满一作过楼,金樽玉柱对清秋。当年称意须行乐,不到天明不一作未肯休。

## 塞下曲二首

雪满衣裳冰满须，晓随飞将伐单于。平生意<sub>一作志</sub>气今何在，把得家书泪似珠。

边草萧条塞雁飞，征人南望泪<sub>一作尽</sub>沾衣。黄尘满面长须战，白发生头未得归。

## 游<sub>一作望</sub>春词

高楼晓<sub>一作喜</sub>见一花开，便觉春光四面来。暖日晴云知次第，东风不用更相催。

## 汉苑行 <sub>一作望春词第二首</sub>

云霞五采浮天阙，梅柳千般<sub>一作枝</sub>夹御沟。不上黄花<sub>一作山</sub>南北<sub>一作东游</sub>原上望，岂知春色满神<sub>一作皇</sub>州。

## 中元日赠张尊师

偶来人世值中元，不献玄都永日闲。寂寂焚香在仙观，知师遥礼玉京山。

## 赴东都别牡丹

十年不见小庭花，紫萼临开又别家。上马出门回首望，何时更得到京华。

## 寄礼部刘郎中

一别三年在上京，仙垣终日选群英。除书每下皆先看，唯有刘郎无姓名。

## 坐中闻思帝乡有感

年年不见帝乡春,白日寻思夜梦频。上酒忽闻吹此曲,坐中惆怅更何人。

## 春思寄梦得乐天

花满中庭酒满樽,平明独坐到黄昏。春来诗思偏何处,飞过函关入鼎门。

## 皇城中花园讥刘白赏春不及

五凤楼西花一园,低枝小树尽芳繁。洛阳才子何曾爱,下马贪趋广运门。

## 相　思　河

谁把相思号此河,塞垣车马往来多。只应自古征人泪,洒向空洲作碧波。

## 三月晦日会李员外座中频以
## 老大不醉见讥因有此赠

三月唯残一日春,玉山倾倒白鸥驯。不辞便学山公醉,花下无人作主人。

## 赋　山

白居易分司东洛,朝贤悉会兴化亭送别。酒酣,各请一字至七字诗,以题为韵。

山。耸峻,回环。沧海上,白云间。商老深寻,谢公远攀。古岩泉滴滴,幽谷鸟关关。树岛西连陇塞,猿声南彻荆蛮。世人只向簪裾老,芳草空馀麋鹿闲。

<h1 style="text-align:center">句</h1>

何日居三署,终年尾百僚。 见《定命录》

移石几回敲废印,开箱何处送新图。 见《春明退朝录》

唯应四仲祭,使者暂悲嗟。 宫人斜

偶逢蒲家郎,乃是葛仙客。行常乘青竹,饥即煮白石。腰间嫌大组,心内保尺宅。我愿从之游,深卜炼上液。 见《锦绣万花谷》

# 全唐诗卷三三五

## 裴　度

　　裴度，字中立，河东闻喜人。贞元中擢第，授河阴县尉，迁监察御史，出为河南府功曹，迁起居舍人。宪宗元和六年，以司封员外郎、知制诰，寻转本司郎中，使魏州，还拜中书舍人，改御史中丞，寻兼刑部侍郎。十六年，拜门下侍郎同中书门下平章事。于时讨蔡，度请身自督战，诏以度充淮西宣慰招讨处置使。蔡平，封晋国公，复知政事。为皇甫镈所构，出为太原尹、北都留守、河东节度使。穆宗长庆元年，河朔复乱，诏度以本官充镇州四面行营招讨使。元稹拜平章事，罢度兵权，充东都留守。寻以守司徒同平章事，复知政事。李逢吉沮之，出为山南西道节度使。敬宗宝历元年，度入觐京师。帝礼遇隆厚，数日宣制，复知政事。文宗立，加门下侍郎，集贤殿大学士，进阶特进，以病恳辞机务，诏加守司徒，兼侍中，充山南东道节度等使。太和八年，以本官判东都尚书省事，充东都留守，进位中书令，寻复兼太原尹、北都留守、河东节度使。度固辞，不允，至镇，病甚，乞还东都养病，诏许还京。卒，赠太傅。度状貌不逾中人，而风彩俊爽，占对雄辩，出入中外，经事四朝，以身系国之安危者二十年。集二卷，今编诗一卷。

## 享惠昭太子庙乐章 亚献终献

重轮始发祥，齿胄方兴学。冥然升紫府，铿尔荐清乐。奠斝致馨香，在庭纷羽籥。礼成神既醉，仿佛缑山鹤。

## 夏日对雨

登楼逃盛夏一作暑，万象正埃尘。对面雷嗔树，当街雨趁人。檐疏蛛网重，地湿燕泥新。吟罢清风起，荷香满四邻。

## 白二十二侍郎有双鹤留在洛下予西园多野水长松可以栖息遂以诗请之

闻君有双鹤，羁旅洛城东。未放归仙去一作路，何如乞老翁。且将临野水，莫闭在樊笼。好是长鸣处，西园白露一作松径中。

## 窦七中丞见示初至夏口献元戎诗辄戏和之

出佐青油幕，来吟白雪篇。须为九皋鹤，莫上五湖船。窦诗自称鹤，兼云治船装故也。故态君应在，新诗我亦便。闻鄂州初教成讴者甚工。元侯看再入，好被暂流连。

## 酬张秘书因寄马赠诗

满城驰逐皆求马，古寺闲行独与君。代步本惭非逸足，缘情何幸枉高文。若逢佳丽从一作须将换，莫共驽骀角出群。飞控著鞭能顾我，当时王粲亦从军。

## 真慧寺 五祖道场

遍寻真迹蹑莓苔，世事全抛不忍回。上界不知何处去，西天移向此间来。岩前芍药师亲种,岭上青松佛手栽。更有一般人不见,白莲花向半天开。

## 中 书 即 事

有意效承平,无功答一作益圣明。灰心缘忍事,霜鬓为论兵。道直身还在,恩深命转轻。盐梅非拟议,葵藿是平生。白日长悬照,苍蝇谩发声。高阳旧田里一作地,终使谢归耕。

## 中和节诏赐公卿尺 贞元八年宏词

阳和行庆赐,尺度及群公一作工。荷宠承佳节,倾心立大中。短长思合制,远近贵攸同。共仰财成德,将酬分寸功。作程施有政,垂范播无穷。愿续南山寿,千春奉圣躬。

## 至日登乐游园

阴律随寒改,阳和应节生。祥云观魏阙,瑞气映秦城。验炭论时政,书云受岁盈。暑移长日至,雾敛远霄清。景暖仙梅动,风柔御柳倾。那堪封得意,空对物华情一作清。

## 奉酬中书相公至日圆丘摄事合于中书后阁宿斋移止于集贤院叙怀见寄之作

翼亮登三命赵公三拜中书侍郎平章事,谟猷本一心。致斋移秘府,祗事见冲襟。皓月当延阁,祥风自禁林。相庭方积玉,王度已如金。运偶唐虞盛,情同丙魏深。幽兰与白雪,何处寄庸音。

## 太原题厅壁

危事经非一,浮荣得是空。白头官舍里,今日又春风。

# 溪 居

门径俯清溪，茅檐古木齐。红尘飘一作飞不到，时有水禽〔啼〕(题)。

# 喜遇刘二十八 以下三首，本联句中语，洪迈取为绝句。

病来佳兴少，老去旧游稀。笑语纵横作，杯觞络绎飞。

# 送 刘

不归丹掖去，铜竹漫云云。惟喜因过我，须知未贺君。

# 再 送

顷来多谑浪，此夕任喧纷。故态犹应在，行期未要闻。

# 凉风亭睡觉

饱食缓行新睡觉，一瓯新茗侍儿煎。脱巾斜倚绳床坐，风送水声来耳边。

# 雪中讶诸公不相访

忆昨雨多泥又深，犹能携妓远过寻。满空乱雪花相似，何事居然无赏心。

# 傍水闲行

闲馀何处觉身轻，暂脱朝衣傍水行。鸥鸟亦知人意静，故来相近不相惊。

# 句

两人同日事征西，今日君先奉紫泥。度与柳公绰同为西蜀武元衡判官，绰先入为吏部郎中，度有诗云云。

待平贼垒报天子，莫指仙山示武夫 征淮西过女儿山下题

野人不识中书令，唤作陶家与谢家。 题南庄

君若有心求逸足，我还留意在名姝。 答白居易求马

# 全唐诗卷三三六

## 韩 愈

韩愈,字退之,南阳人。少孤,刻苦为学,尽通六经百家。贞元八年,擢进士第。才高,又好直言,累被黜贬。初为监察御史,上疏极论时事,贬阳山令。元和中,再为博士,改比部郎中、史馆修撰,转考功、知制诰,进中书舍人,又改庶子。裴度讨淮西,请为行军司马,以功迁刑部侍郎。谏迎佛骨,谪刺史潮州,移袁州。穆宗即位,召拜国子祭酒、兵部侍郎。使王廷凑,归,转吏部,为时宰所构,罢为兵部侍郎,寻复吏部。卒,赠礼部尚书,谥曰文。愈自比孟轲,辟佛老异端,笃旧恤孤,好诱进后学,以之成名者甚众。文自魏晋来,拘偶对,体日衰,至愈,一返之古。而为诗豪放,不避粗险,格之变亦自愈始焉。集四十卷,内诗十卷;外集遗文十卷,内诗十八篇。今合编为十卷。

### 元和圣德诗 并序

初,宪宗即位,剑南刘辟自称留后以叛。元和元年正月,以高崇文为左神策行营节度使讨辟。九月,克成都。十月,辟伏诛。二年正月己丑,朝献于大清宫。庚寅,朝享于太庙。辛卯,祀昊天上帝于郊丘。还宫,大赦天下。

臣愈顿首再拜言：臣伏见皇帝陛下即位已来，诛流奸臣，朝廷清明，
无有欺蔽。外斩杨惠琳、刘辟，以收夏蜀；东定青齐积年之叛，海内怖
骇，不敢违越。郊天告庙，神灵欢喜，风雨晦明，无不从顺，太平之期，适
当今日。臣蒙被恩泽，日与群臣序立紫宸殿陛下，亲望穆穆之光，而其
职业，又在以经籍教导国子，诚宜率先作歌诗以称道盛德，不可以辞语
浅薄不足以自效为解，辄依古作四言元和圣德诗一篇，凡千有二十四
字。指事实录，具载明天子文武神圣，以警动百姓耳目，传示无极。其
诗曰：

皇帝即阼，物无违拒。曰旸而旸，曰雨而雨。维是元年，有盗在夏。
欲覆其州，以踵近一作其武。先〔是〕（年）年德宗建中间，李希烈、朱泚等反，至是
杨惠琳、刘辟继踵而起，此叙惠琳据夏州，出师征讨有功，以为平刘辟发端。皇帝曰
嘻，岂不在我。负鄙为艰，纵则不可。出师征之，其众十一作千旅。
时严绶在河东，表请讨惠琳，诏与天德军合击之。军其城下，告以福祸。腹败
枝披，不敢保聚。掷首陴外，降幡夜竖。疆外之险，莫过蜀土。韦
皋去镇，刘辟守后。血人于牙，不肯吐口。开库啖士，曰随所取。
汝张汝弓，汝鼓汝鼓。汝为表书，求我帅汝。事始上闻，在列咸怒。
皇帝曰然，嗟远士女。苟附而安，则且付与。读命于庭，出节少府。
朝发京师，夕至其部。辟喜谓党，汝振而伍。蜀可全有，此不当受。
万牛脔炙一作肉，万瓮行酒。以锦缠股，以红帕首。有恇其凶，有
饵其诱。其出穰穰，队以万数。遂劫东川，遂据城阻。皇帝曰嗟，
其又可许。爰命崇文，分卒禁御。有安其驱，无暴我野。日行三
十，徐壁其右。辟党聚谋，鹿头是守。崇文奉诏，进退规矩。战不
贪杀，擒不滥数。四方节度，整兵顿马。上章请讨，俟命起坐。皇
帝曰嘻，无汝烦苦。荆并洎梁，荆谓荆南节度使裴均，并谓河东节度使严绶，
梁谓山南西道节度使严砺。在国门户。出师三千，各选尔丑。四军齐
作，殷其如阜。或拔其角，或脱其距。长驱洋洋，无有龃龉。八月
壬午，辟弃城走。载妻与姜，包裹稚乳。是日崇文，入处其宇。分

散逐捕，搜原剔薮。辟穷见窘，无地自处。俯视大江，不见洲渚。遂自颠倒，若杵投臼。取之江中，枷脰械手。妇女累累，啼哭拜叩。来献阙下，以告庙社。周示城市，咸使观睹。解脱挛索，夹以砧斧。婉婉弱子，赤立伛偻。牵头曳足，先断腰膂。次及其徒，体骸撑挂。末乃取辟，骇汗如写。挥刀纷纭，争刌音忖，细切也。脍脯。优赏将吏，扶珪缀组。帛堆其家，粟塞其庾。哀怜阵没，廪给孤寡。赠官封墓，周匝宏溥。经战伐地，宽免租簿。施令酬功，急疾如火。天地中间，莫不顺序。幽恒青魏，东尽海浦。南至徐蔡，区外杂虏。怛威报德，跛踦蹈舞。掉弃兵革，私习篛篝。来请来觐，十百其耦一作数。皇帝曰吁，伯父叔舅。各安尔位，训厥甿亩。正月元日，初见宗祖。躬执百礼，登降拜俯。荐于新宫，视瞻梁梠音吕，楣也。戚见容色，泪落入俎。侍祠之臣，助我恻楚。乃以上辛，于郊用牡。除于国南，鳞笋毛虡。庐幕周施，开揭磊砢。兽盾腾拏，圆坛帖妥。天兵四罗，旗常婀娜。驾龙十二，鱼鱼雅雅。宵升于丘，奠璧献斝。众乐惊作，轰豗融冶。紫焰嘘呵，高灵下堕。群星从坐，错落侈哆。丁可切，又昌者切。日君月妃，焕赫媒娜媒，乌果切。娜，五果切，身弱好也，谓月妃。渎鬼濛鸿，岳祇岌峨。饮沃膻芗，产祥降嘏。凤凰应奏，舒翼自拊。赤麟黄龙，逶陀结纠。卿士庶人，黄童白叟。踊跃欢呀，失喜嗎欧。乾清坤夷，境落赛举。帝车回来，日正当午。幸丹凤门，大赦天下。涤濯划𥔵初两切，又此两切，瓦石洗物。磨灭瑕垢。续功臣嗣，拔贤任耆。孩养无告，仁滂施厚。皇帝神圣，通达今古。听聪视明，一似尧禹。生知法式，动得理所。天锡皇帝，为天下主。并包畜养，无异细钜。亿载万年，敢有违者？皇帝俭勤，盥濯陶瓦。斥遣浮华，好此绨纻。敕戒四方，侈则有咎。天锡皇帝，多麦与黍。无召水旱，耗于一作无耗雀鼠。亿载万年，有富无窭。皇帝正直，别白善否。擅命而狂，既翦既去。尽逐群奸，靡有遗侣。天锡皇帝，

庬臣硕辅。博问遐观,以置左右。亿载万年,无敢余侮。皇帝大
孝,慈祥悌友。怡怡愉愉,奉太皇后。浃于族亲,濡及九有。天锡
皇帝,与天齐寿。登兹太平,无怠永久。亿载万年,为父为母。博
士臣愈,职是训诂。作为歌诗,以配吉甫。

# 琴操十首

## 将归操

孔子之赵,闻杀鸣犊作。赵杀鸣犊,孔子临河,叹而作歌曰:秋之水
兮风扬波,舟楫颠倒更相加,归来归来胡为斯。

秋之水兮,其色幽幽;我将济兮,不得其由。涉其浅兮,石啮我足;
乘其深兮,龙入我舟。我济而悔兮,将安归尤。归兮归兮,无与石
斗兮,无应龙求。

## 猗兰操

孔子伤不逢时作。古琴操云:习习谷风,以阴以雨。之子于归,远
送于野。何彼苍天,不得其所。逍遥九州,无有定处。世人暗蔽,不知
贤者。年纪逝迈,一身将老。

兰之猗猗,扬扬其香。不采而佩,于兰何伤。今天之旋,其曷为然。
我行四方,以日以年。雪霜贸贸音茂,荠麦之茂。子如不伤,我不尔
觏。荠麦之茂,荠麦之有。君子之伤,君子之守。

## 龟山操

孔子以季桓子受齐女乐,谏不从,望龟山而作。龟山在太山博县。
古琴操云:予欲望鲁兮,龟山蔽之。手无斧柯,奈龟山何。

龟之氛一作气兮,不能云一作为雨。龟之枿牙葛切,亦作蘖。兮,不中梁
柱。龟之大兮,祇以奄鲁。知将隳兮,哀莫余伍。周公有鬼一作思
兮,嗟余归辅。

## 越裳操

周公作。古琴操云:於戏嗟嗟,非旦之力,乃文王之德。

雨之施物以挈,我何意于彼为。自周之先,其艰其勤。以有疆宇,
私我后人。我祖在上,四方在下。厥临孔威,敢戏以侮。孰荒于
门,孰治于田。四海既均,越裳是臣。

## 拘 幽 操

文王羑里作。古琴操云:殷道溷溷,浸浊烦兮。朱紫相合,不别分
兮。迷乱声色,信谗言兮。炎炎之虐,使我愬兮。幽闭牢阱,由其言兮。
遭我四人,忧勤勤兮。

目窈窈—作掩掩兮,其凝其盲;耳肃肃兮,听不闻声。朝不—有见字日
出兮,夜不见月与星。有知无知兮,为死为生。呜呼,臣罪当诛兮,
天王圣明。

## 岐 山 操

周公为太王作。本词云:狄戎侵兮,土地迁移。邦邑活于岐山,烝
民不忧兮谁者知。嗟嗟奈何兮,予命遭斯。

我家于豳,自我先公。伊我承序,敢有不同。今狄之人,将土我疆。
民为我战,谁使死伤。彼岐有岨,我往独处。尔—作人莫余追,无思
我悲。

## 履 霜 操

尹吉甫子伯奇无罪,为后母谮而见逐,自伤作。本词云:朝履霜兮
采晨寒,考不明其心兮信谗言。孤恩别离兮摧肺肝,何辜皇天兮遭斯
愆。痛殁不同兮恩有偏,谁能流顾兮知我冤。

父兮儿寒,母兮儿饥。儿罪当笞,逐儿何为。儿在中野,以宿以处。
四无人声,谁与儿语。儿寒何衣,儿饥何食。儿行于野,履霜以足。
母生众儿,有母怜之。独无母怜,儿宁不悲。

## 雉 朝 飞 操

牧犊(一作沐渎)子七十无妻,见雉双飞,感之而作。本词云:雉朝
飞兮鸣相和,雌雄群游兮山之阿。我独何命兮未有家,时将暮兮可奈

何，嗟嗟暮兮可奈何。

雉之飞，于朝日。群雌孤雄，意气横出。当东而西，当啄而飞。随飞随啄，群雌粥粥。嗟我虽人，曾不如彼雉鸡。生身七十年，无一妾与妃。一本无鸡字。下语妃音媲，与雉叶。

## 别鹄操

> 商陵穆子，娶妻五年无子。父母欲其改娶，其妻闻之，中夜悲啸，穆子感之而作。本词云：将乖比翼隔天端，山川悠远路漫漫，揽衾不寐食忘飱。

雄鹄《乐府诗集》作雄鹤，以下鹄俱作鹤。衔枝来，雌鹄啄泥归。巢成不生子，大义当乖离。江汉水之大，鹄身鸟之微。更无相逢日，且可绕树相随飞。《乐府》作更无相逢日，安可相随飞。

## 残形操

> 曾子梦见一狸，不见其首作。

有兽维狸兮，我梦得之。其身孔明兮，而头不知。吉凶何为兮，觉坐而思。巫咸上天兮，识者其谁。

# 南 山 诗

吾闻京城南，兹惟群山围。东西两际海，巨细难悉究。山经及地志，茫昧非受授。团辞试提挈，挂一念万漏。欲休谅不能，粗叙所经觏。尝升崇丘望，戢戢见相凑。晴明出棱角，缕脉碎分绣。蒸岚相颏胡孔切洞，表里忽通透。无风自飘籭，融液煦柔茂。横云时平凝，点点露数岫。天空浮修眉，浓绿画新就。孤撑有巉绝，海浴褰鹏嗀音昼。以上叙南山大概。春阳潜沮洳，濯濯吐深秀。岩峦虽嵂崒，软弱类含酎音宙。夏炎百木盛，荫郁增埋覆。神灵日歆音枒歠。云气争结构。秋霜喜刻轹，磔卓立癯瘦。参差相叠重，刚耿陵一作凌宇宙。冬行虽幽墨，冰雪工琢镂。新曦照危峨，亿丈恒高袤。明昏无停态，顷刻异状候。已上叙四时变态。西南雄太白，突起莫间簉。藩都配德运，分宅占丁戊音茂。逍遥越坤位，诋讦陷乾窦。空虚寒兢兢，风气较搜漱。朱维方烧日，阴霾纵腾糅。昆明大池北，去觑偶晴昼。绵联穷俯视，倒侧困清沤。微澜动水面，踊跃躁猱狖。惊呼惜破碎，仰喜呀不仆。已上言南方隅连亘之所。前寻径杜墅，岔蔽毕原陋。崎岖上轩昂，始得观览富。行行将遂穷，岭陆烦互走。勃然思圻裂，拥掩难恕宥。巨灵与夸蛾，远贾期必售。还疑造物意，固护蓄精祐。力虽能排斡，雷电怯呵诟。攀缘脱手足，蹭蹬抵积甃。茫如试矫首，塸塞生怐愗音寇督。威容丧萧爽，近新迷远旧。拘官计日月，欲进不可又。因缘窥其湫南山有炭谷湫，凝湛闷阴兽。音嗅，或作兽。《礼运》：龙以为兽，谓湫中蛟也。鱼虾可俯掇，神物安敢寇。林柯有脱叶，欲堕鸟惊救。其湫叶落，恐污水，鸟即衔去，盖其神物之灵如此。争衔弯环飞，投弃急哺彀。旋归道回眄，达枿壮复奏。吁嗟信奇怪，峍质能化贸。前年遭谴谪，探历得邂逅。初从蓝田入，顾盼劳颈脰。时天晦大雪，泪目苦矇瞀音茂。峻涂拖长冰，直上若悬溜。褰衣步推马，颠蹶退且复。苍黄忘遐眐，所瞩才左右。杉篁咤蒲苏，杲耀攒介胄。专心忆平道，脱险逾避臭。昨来逢清霁，宿愿忻始副。峥嵘跻冢顶，倏闪杂鼯鼬。前低划开阔，烂漫堆众皱。言豁然见前山之低，虽有高陵深谷，但如皱物，微有蹙折之文耳。或连若相从，或蹙若相斗。或妥若弭伏，或竦若惊雊。或散若瓦解，或赴若辐凑。或翩若船游，或决若马骤。或背若相恶，或向若相佑。或乱若抽笋，或嵲若注一作灶灸。或错若绘画，或缭若篆籀。或罗若星离，或蓊若云逗。或浮若波涛，或碎若锄耨。或如贲育伦秦勇士，赌胜勇前购。先强势已出，后钝嗔逗音斗谞音耨，不能言也。或如帝王尊，丛集朝贱幼。虽亲不亵狎，虽远不悖谬。或如临食案，肴核纷钉饾。又如游九原，坟墓包椁柩。或累若盆罂，或揭若甑同登豆一作桓。或覆若曝鳖，或颏若寝兽。或蜿若藏龙，或翼若搏鹫。或齐若友朋，或随若先后。或迸若流落，或顾若宿留。或戾若仇雠，或密若婚媾。或俨若峨冠，或翻若舞袖。或屹若战阵，或围若蒐狩。或靡然东注，或偃然北首。或如火熹焰，或若气馈音分馏音溜，蒸饭也。。或行而不辍，或遗而不收。或斜而不倚，或弛而不彀。或赤若秃鬌丘闲切，或熏若柴樗。或如龟拆兆，或若卦分繇。或前横若剥，或后断若姤。延延离又属，夬夬叛还遘。喁喁鱼闯萍，落落月经宿。闿闿树墙垣，嵚嵚驾库厩。参参削剑戟，焕焕衔莹琇。敷敷花披萼，閗閗屋摧溜。悠悠舒而安，兀兀狂以狃。超超出犹奔，蠢蠢骇不懋。大哉立天地，经纪肖营腠。厥初孰开张，黾勉谁劝侑。创兹朴而巧，戮力忍劳疚。得非施斧斤，无乃假诅咒。鸿荒竟无传，功大莫酬僦。尝闻于祠官，芬苾降歆嗅宋刻作齅。斐然作歌诗，惟用赞报酻。

# 谢自然诗

　　果州谢真人上升在金泉山，贞元十年十一月十二日白昼轻举，郡守李坚以闻，有诏褒谕。

果州南充县，寒女谢自然。童騃无所识，但闻有神仙。轻生学其术，乃在金泉山。繁华荣慕绝，父母慈爱捐。凝心感魑魅，慌惚难具言。一朝坐空室，云雾生其间。如聆笙竽韵，来自冥冥天。白日变幽晦，萧萧风景寒。檐楹暂一作气明灭，五色光属联。观者徒倾骇，踯躅讵敢前。须臾自轻举，飘若风中烟。茫茫八纮大，影响无由缘。里胥上其事，郡守惊且叹。驱车领官吏，氓俗争相先。入门无所见，冠履同蜕蝉。皆云神仙事，灼灼信可传。余闻古夏后，象物知神奸。山林民可入，魍魉莫逢旃。逶迤不复振，后世恣欺谩。幽明纷杂乱，人鬼更相残。秦皇虽笃好，汉武洪其源。自从二主来，此祸竟连连。木石生怪变，狐狸骋妖患。莫能尽性命，安得更

长延。人生处万类,知识最为贤。奈何不自信,反欲从物迁。往者
不可悔,孤魂抱深冤。来者犹可诫,余言岂空文。人生有常理,男
女各有伦。寒衣及饥食,在纺绩耕耘。下以保子孙,上以奉君亲。
苟异于此道,皆为弃其身。噫乎彼寒女,永托异物群。感伤遂成
诗,昧者宜书绅。

# 秋怀诗十一首

窗前两好树,众叶光薿薿音拟。秋风一拂披,策策鸣不已。微灯照
空床,夜半偏入耳。愁忧无端来,感叹成坐起。天明视颜色,与故
不相似。羲和驱日月,疾急不可恃。浮生虽多涂,趋死惟一轨。胡
为浪自苦,得酒且欢喜。

白露下百草,萧兰共雕悴。青青四墙下,已复生满地。寒蝉暂寂
寞,蟋蟀鸣自恣。运行无穷期,禀受气苦异。适时各得所,松柏不
必贵。

彼时何卒卒,我志何曼曼音万。犀首空好饮,廉颇尚能饭。学堂日
无事,驱马适所愿。茫茫出门路,欲去聊自劝一作叹。归还阅书史,
文字浩千万。陈迹竟谁寻,贱嗜非贵献。丈夫意有在一作存,女子
乃多怨。

秋气日恻恻,秋空日凌凌。上无枝上蜩,下无盘中蝇。岂不感时
节,耳目去所憎。清晓卷书坐,南山见高棱。其下澄湫水,有蛟寒
可罾。惜哉不得往,岂谓吾无能。

离离挂空悲,戚戚抱虚警。露泫秋树高,虫吊寒夜永。敛退就新
懦,趋营悼前猛。归愚识夷涂,汲古得修绠。名浮犹有耻,味薄真
自幸。庶几遗悔尤,即此是幽屏。

今晨不成起,端坐尽日景。虫鸣室幽幽,月吐窗冏冏。丧怀若迷
方,浮念剧含梗。尘埃慵伺候,文字浪驰骋。尚须勉其顽,王事有

朝请。

秋夜不可晨，秋日苦易暗。我无汲汲志，何以有此憾。寒鸡空在栖，缺月烦屡瞰。有琴具徽弦，再鼓听愈淡。古声久埋灭，无由见真滥。低心逐时趋，苦勉祇能暂。有如乘风船，一纵不可缆。不如觑文字，丹铅事点勘。岂必求赢馀，所要石与甔都滥切。

卷卷落地叶，随风走前轩。鸣声若有意，颠倒相追奔。空堂黄昏暮，我坐默不言。童子自外至，吹灯当我前。问我我不应，馈我我不餐。退坐西壁下，读诗尽数编。作者非今士，相去时已千。其言有感触，使我复凄酸。顾谓汝童子，置书且安眠。丈夫属有念，事业无穷年。

霜风侵梧桐，众叶著树干。空阶一片下，琤若摧琅玕。谓是夜气灭，望舒贾其团。青冥无依倚，飞辙危难安。惊起出户视，倚楹久汍澜。忧愁费晷景，日月如跳丸。迷复不计远，为君驻尘鞍。

暮暗来客去，群嚣各收声。悠悠偃宵寂，亹亹抱秋明。世累忽进虑，外忧遂侵诚。强怀张不满，弱念缺已盈。诘屈避语阱，冥茫触心兵。败虞千金弃，得比寸草荣。知耻足为勇，晏然谁汝令。

鲜鲜霜中菊，既晚何用好。扬扬弄芳蝶，尔生还不早。运穷两值遇，婉娈死相保。西风蛰龙蛇，众木日凋槁。由来命分尔，泯灭岂足道。

## 赴江陵途中寄赠王二十补阙李十一拾遗李二十六员外翰林三学士

德宗贞元二十年移江陵法曹参军，未几以四门博士召。三学士王涯、李建、李程也。

孤臣昔放逐，血泣追愆尤。汗漫不省识，恍如乘桴浮。或自疑上疏，上疏岂其由。是年京师旱，田亩少所收。上怜民无食，征赋半已休。有司恤经费，未免烦征求。富者既云急，贫者固已流。传闻闾里间，赤子弃渠沟。持男易斗粟，掉臂莫肯酬。我时出衢路，饿者何其稠。亲逢道边死，伫立久咿嚘。归舍不能食，有如鱼中钩。适会除御史，诚当得言秋。拜疏移阁门，为忠宁自谋。上陈人疾苦，无令绝其喉。下陈畿甸内，根本理宜优。积雪验丰熟，幸宽待蚕麰。天子恻然感，司空叹绸缪。谓言即施设，乃反迁炎州。旧史言公自监察御史上章数千言，极论宫市。德宗怒，贬阳山令。新史亦云上疏论宫市。今诗自序其得罪之由，大抵言京师旱饥，未尝力言宫市。惟皇甫湜神道碑云，关中旱饥，先生力言天下根本，专政者恶之，出为阳山令。湜当时从公游者，知公之不以论宫市，审矣。同官尽才俊，偏善柳与刘。或虑语言泄，传之落冤仇。二子不宜尔，将疑断还不。中使临门遣，顷刻不得留。病妹卧床褥，分知隔明幽。悲啼乞就别，百请不颔头。弱妻抱稚子，出拜忘惭羞。黾勉不回顾，行行诣连州。朝为青云士，暮作白头一作首囚。商山季冬月，冰冻绝行辀。春风洞庭浪，出没惊孤舟。逾岭到所任，低颜奉君侯。酸寒何足道，随事生疮疣。远地触途异，吏民似猿猴。生狞多忿很，辞舌纷嘲啁。白日屋檐下，双鸣斗鹔鹠。有蛇类两首，有蛊群飞游。穷冬或摇扇，盛夏或重裘。飓起最可畏，訇哮簸陵丘。雷霆助光怪，气象难比侔。疠疫忽潜遘，十家无一瘳。猜嫌动置毒，对案辄怀愁。前日遇恩赦，贞元二十一年正月乙巳，顺宗即位。二月甲子，大赦天下，愈量移江陵掾。私心喜还忧。果然又羁絷，不得归锄耰。此府雄且大，腾凌尽戈矛。栖栖法曹掾，何处事卑陬。生平企仁义，所学皆孔周。早知大理官，不列三后俦。何况亲犴音岸狱，敲搒发奸偷。悬知失事势，恐自罹罝罦。湘水清且急，凉风日修修。胡为首归路，旅泊尚夷犹。昨者京使至，嗣皇传冕旒。赫然下明诏，首罪诛共啘古兜字。复闻颠夭辈，谓杜黄裳、郑馀庆之徒为相。峨冠进鸿畴。班行再肃穆，璜珮鸣琅璆。仁继贞观烈，边封脱兜鍪。三贤推侍从，卓荦倾枚邹。高议参造化，清文焕皇猷。协一作

叶心辅齐圣,致理同毛辋。小雅咏鹿鸣一作鸣鹿,食苹贵呦呦。遗风
邈不嗣,岂忆尝同裯。失志早衰换,前期拟蜉蝣。自从齿牙缺,始
慕舌为柔。因疾鼻又塞,渐能等薰莸。深思罢官去,毕命依松楸。
空怀焉能果,但见岁已遒。殷汤闵禽兽,解网祝蛛蝥。雷焕掘宝
剑,冤氛消斗牛。兹道诚可尚,谁能借前筹。殷勤答吾友,明月非
暗投。

# 暮行河堤上

暮行河堤上,四顾不见人。衰草际黄云,感叹愁我神。夜归孤舟
卧,展转空及晨。谋计竟何就,嗟嗟世与身。

# 夜　歌

静夜有清光,闲堂仍独息。念身幸无恨,志气方自得。乐哉何所
忧,所忧非我力。

# 重云李观疾赠之

夭行失其度,阴气来干阳。重云闭白日,炎燠成寒凉。小人但咨
怨,君子惟忧伤。饮食为减少,身体岂宁康。此志诚足贵,惧非职
所当。藜羹尚如此,肉食安可尝。穷冬百草死,幽桂乃芬芳。且况
天地间,大运自有常。劝君善饮食,鸾凤本高翔。

# 江汉答孟郊

江汉虽云广,乘舟渡无艰。流沙信难行,马足常往还。凄风结冲
波,狐裘能御寒。终宵处幽室,华烛光烂烂。苟能行忠信,可以居
夷蛮。嗟余与夫子,此义每所敦。何为复见赠,缱绻在不谖。

# 长安交游者赠孟郊

长安交游者，贫富各有徒。亲朋—作友相过—作遇时，亦各有以娱。
陋室有文史，高门有笙竽。何能辨荣悴，且欲分贤愚。

# 岐山下二首

朱熹《考异》曰：诸本只作一首。方云：自日暮边火惊以上为一篇。
世有《灌畦暇语》一书，谓子齐初应举，韩公赏之，为作丹穴五色羽。子
齐姓程，字昔范，尝著《中谟》三卷，见《因话录》。则下诗似当为别篇，第
前诗题以岐山下，此必游凤翔日作。

谁谓我有耳，不闻凤凰鸣。揭来岐山下，日暮边鸿—作火惊。
丹穴五色羽，其名为凤凰。昔周有盛德，此鸟鸣高冈。和声随祥
风，窅窕相飘扬。闻者亦何事，但知时俗康。自从公旦死，千载闵
其光。吾君亦勤理，迟尔一来翔。

# 全唐诗卷三三七

## 韩　愈

### 北极赠李观

北极有羁羽,南溟有沉鳞。川源浩浩隔,影响两无因。风云一朝
会,变化成一身。谁言道里远,感激疾如神。我年二十五,求友昧
其人。哀歌西京市,乃与夫子亲。所尚<sup>一作尚</sup>苟同趋,贤愚岂异伦。
方为金石姿,万世无缁磷。无为儿女态,憔悴悲贱贫。

### 此日足可惜赠张籍

愈时在徐,籍往谒之。辞去,作是诗以送。

此日足可惜,此酒不足<sup>一作不可尝</sup>。舍酒去相语,共分一日光。念
昔未知子,孟君自南方。自矜有所得,言子有文章。我名属相府,
<sup>时佐董晋幕府</sup>。欲往不得行。思之不可见,百端在中肠。维时月魄
死,冬日朝在房。驱驰公事退,闻子适及城。命车载之至,引坐于
中堂。开怀听其说,往往副所望。孔丘殁已远,仁义路久荒。纷纷
百家起,诡怪相披猖。长老守所闻,后生习为常。少知诚难得,纯
粹古已亡。譬彼植园木,有根易为长。留之不遣去,馆置城西旁。
岁时未云几,浩浩观湖江。众夫指之笑,谓我知不明。儿童畏雷
电,鱼鳖惊夜光。州家举进士,选试缪所当。<sup>汴州举进士,愈为考官,试反</sup>

舌无声诗,籍中等。驰辞对我策,章句何炜煌。相公朝服立,工席歌鹿鸣。礼终乐亦阕,相拜送于庭。之子去须臾,赫赫流盛名。窃喜复窃叹,谅知有所成。人事安可恒,奄忽令我伤。闻子高第日,正从相公丧。贞元十五年,高郢知举,籍登第。是岁三月,晋卒,愈护其丧行。哀情逢吉语,怅恍难为双。暮宿偃师西,徒展转在床。诸本作展转在空床。夜闻汴州乱,绕壁行彷徨。我时留妻子,仓卒不及将。相见不复期,零落甘所丁。骄儿未绝乳,念之不能忘。忽如在我所,耳若闻啼声。中途安得返,一日不可更。俄有东来说,我家免罹殃。乘船下汴水,东去趋彭城。从丧朝至洛,还走不及停。假道经盟津,出入行涧冈。日西入军门,羸马颠且僵。主人愿少留,延入陈壶觞。时李元为河阳节度,主人谓元也。卑贱不敢辞,忽忽心如狂。饮食岂知味。丝竹徒轰轰。平明脱身去,决若惊凫翔。黄昏次汜水,欲过无舟航。号呼久乃至,夜济十里黄。外黄县有黄沟。中流上滩一作沙潬,沙水不可详。惊波暗合沓,星宿争翻芒。辕马蹄躅鸣,左右泣仆童。甲午憩时门,临泉窥斗龙。东南出陈许,陂泽平一作何茫茫。道边草木花,红紫相低昂。百里不逢人,角角雄雉鸣。行行二月暮,乃及徐南疆。下马步堤岸,上船拜吾兄。愈有三兄,皆早世。见于集中者,云卿之子俞,绅卿之子岌,皆愈从兄。或曰吾兄谓张籍,非也。谁云经艰难,百口无夭殇。仆射南阳公张建封,宅我睢水阳。二月,愈至徐,徐泗濠节度使张建封以愈为节度推官。箧中有馀衣,盎中有馀粮。闭门读书史,窗户忽已凉。日念子来游,子岂知我情。别离未为久,辛苦多所经。对食每不饱,共言无倦听。连延三十日,晨坐达五更。我友二三子,宦游在西京。东野窥禹穴,李翱观涛江。萧条千万里,会合安可逢。淮之水舒舒,楚山直丛丛。子又舍我去,我怀焉所穷。男儿不再壮,百岁如风狂。高爵尚可求,无为守一乡。

# 幽　怀

幽怀不能写,行此春江浔。适与佳节会,士女竞光阴。凝妆耀洲
渚,繁吹荡人心。间关林中鸟,亦知和为音。岂无一尊酒,自酌还
自吟。但悲时易失,四序迭相侵。我歌君子行,视古犹视今。

## 君子法天运

君子法天运,四时可前知。小人惟所遇,寒暑不可期。利害有常
势,取舍无定姿。焉能使我心,皎皎远忧疑。

## 落叶送陈羽

落叶不更息,断蓬无复归。飘飖终自异,邂逅暂相依。悄悄深夜
语,悠悠寒月辉。谁云少年别,流泪各沾衣。

## 归　彭　城

> 贞元十五年冬,愈为徐州从事,朝正京师。此曰归彭城,盖明年自
> 京师归徐也。

天下兵又动,贞元十五年秋,起诸道兵讨吴少诚。太平竟何时。讦谟者谁
子,无乃失所宜。前年关中旱,闾井多死饥。贞元十四年冬,京师饥。去
岁东郡水,贞元十五年秋,郑滑大水。生民为流尸。上天不虚应,祸福各
有随。我欲进短策,无由至彤墀。刳肝以为纸,沥血以书辞。上言
陈尧舜,下言引龙夔。言词多感激,文字少葳蕤。一读已自怪,再
寻良自疑。食芹虽云美,献御固已痴。缄封在骨髓,耿耿空自奇。
昨者到京城,屡陪高车驰。周行多俊异,议论无瑕疵。见待颇异
礼,未能去毛皮。到口不敢吐,徐徐俟其巇。归来戎马间,惊顾似
羁雌。连日或不语,终朝见相欺。乘闲辄骑马,茫茫诣空陂。遇酒

即酩酊,君知我为谁。

## 醉 后

煌煌东方星,奈此众客醉。初喧或忿争,中静杂嘲戏。淋漓身上
衣,颠倒笔下字。人生如此少,酒贱且勤置。

## 醉赠张秘书

人皆劝我酒,我若耳不闻。今日到君家,呼酒持劝君。为此座上
客,及余各能文。君诗多态度,蔼蔼春空云。东野动惊俗,天葩吐
奇芬。张籍学古淡,轩鹤避鸡群。阿买不识字,颇知书八分。诗成
使之写,亦足张吾军。所以欲得酒,为文俟其醺。酒味既冷冽,酒
气又氛氲。性情渐浩浩,谐笑方云云。此诚得酒意,馀外徒缤纷。
长安众富儿,盘馔罗膻荤。不解文字饮,惟能醉红裙。虽得一饷
乐,有如聚飞蚊。今我及数子,固无莸与薰。险语破鬼胆,高词媲
皇坟。至宝不雕琢,神功谢锄耘。方今向太平,元凯承华勋。吾徒
幸无事,庶以穷朝曛。

## 同冠峡 贞元十九年贬阳山后作

南方二月半,春物亦已少。维舟山水间,晨坐听百鸟。宿云尚含
姿,朝日忽升晓。羁旅感和鸣,囚拘念轻矫。潺湲泪久进,诘曲思
增绕。行矣且无然,盖棺事乃了。

## 送 惠 师

愈在连州,与释景常、元惠游。惠师即元惠也。

惠师浮屠者,乃是不羁人。十五爱山水,超然谢朋亲。脱冠剪头
发,飞步遗踪尘。发迹入四明,梯空上秋旻。遂登天台望,众壑皆

嶙峋。夜宿最高顶，举头看星辰。光芒相照烛，南北争罗陈。兹地绝翔走，自然严且神。微风吹木石，澎湃闻韶钧。夜半起下视，溟波衔日轮。鱼龙惊踊跃，叫啸成悲辛。怪气或紫赤，敲磨共轮囷。金鸦既腾翥，六合俄清新。常闻禹穴奇，东去窥瓯闽。越俗不好古，流传失其真。幽踪邈难得，圣路<sub>舜禹南巡之路</sub>嗟长堙。回临浙江涛，屹起高峨岷。壮志死不息，千年如隔晨。是非竟何有，弃去非吾伦。凌江诣庐岳，浩荡极游巡。崔崒没云表，陂陀浸湖沦。是时雨初霁，悬瀑垂天绅。前年往罗浮，步戛南海漘。大哉阳德盛，荣茂恒留春。鹏骞堕长翮，鲸戏侧修鳞。自来连州寺，曾未造城闉。日携青云客，探胜穷崖滨。太守邀不去，群官请徒频。囊无一金资，翻谓富者贫。昨日忽不见，我令访其邻。奔波自追及，把手问所因。顾我却兴叹，君宁异于民。离合自古然，辞别安足珍。吾闻九疑好，夙志今欲伸。斑竹啼舜妇，清湘沉楚臣。衡山与洞庭，此固道所循。寻嵩方抵洛，历华遂之秦。浮游靡定处，偶往即通津。吾言子当去，子道非吾遵。江鱼不池活，野鸟难笼驯。吾非西方教，怜子狂且醇。吾嫉惰游者，怜子愚且谆。去矣各异趣，何为浪沾巾。

# 送 灵 师

佛法入中国，尔来六百年。齐民逃赋役，高士著幽禅。官吏不之制，纷纷听其然。耕桑日失隶，朝署时遗贤。灵师皇甫姓，胤胄本蝉联。少小涉书史，早能缀文篇。中间不得意，失迹成延迁。逸志不拘教，轩腾断牵挛。围棋斗白黑，生死随机权。六博在一掷，枭卢叱回旋。战诗谁与敌，浩汗横戈铤<sub>音延</sub>。饮酒尽百盏，嘲谐思逾鲜。有时醉花月，高唱清且绵。四座咸寂默，杳如奏湘弦。寻胜不惮险，黔江屡洄沿。瞿塘五六月，惊电让归船。怒水忽中裂，千寻堕幽泉。环回势益急,仰见团团天。投身岂得计,性命甘徒捐。浪沫蹙翻涌,漂浮再生全。同行二十人,魂骨俱坑填。灵师不挂怀,冒涉道转延。开忠二州牧,诗赋时多传。失职不把笔,珠玑为君编。强留费日月,密席罗婵娟。昨者至林邑,使君数开筵。逐客三四公,盈怀赠兰荃。湖游泛潄沩,溪宴驻潺湲。别语不许出,行裾动遭牵。邻州竞招请,书札何翩翩。十月下桂岭,乘寒恣窥缘。落落王员外,<sub>王员外,仲舒也。</sub>墓志云:<sub>所为文章,无世俗气。</sub>争迎获其先。自从入宾馆,占吝久能专。吾徒颇携被,接宿穷欢妍。听说两京事,分明皆眼前。纵横杂谣俗,琐屑咸罗穿。材调真可惜,朱丹在磨研。方将敛之道,且欲冠其颠。韶阳李太守,高步凌云烟。得客辄忘食,开囊乞缯钱。手持南曹叙,<sub>唐制,吏部员外郎一人,掌判南曹。谓王员外仲舒也,时亦谪连州司户。</sub>字重青瑶镌。古气参象系,高标摧太玄。维舟事干谒,披读头风痊。还如旧相识,倾壶畅幽悁。以此复留滞,归骖几时鞭。

# 县斋有怀

阳山县斋作,时贞元二十一年,顺宗新即位。

少小尚奇伟,平生足悲吒。犹嫌子夏儒,肯学樊迟稼。事业窥皋稷,文章蔑曹谢。濯缨起江湖,缀佩杂兰麝。悠悠指长道,去去策高驾。谁为倾国谋,自许连城价。初随计吏贡,屡入泽宫射。虽免十上劳,何能一战霸。人情忌殊异,世路多权诈。蹉跎颜遂低,摧折气愈下。冶长信非罪,侯生或遭骂。怀书出皇都,衔泪渡清灞。身将老寂寞,志欲死闲暇。朝食不盈肠,冬衣才掩骼<sub>枯驾切。</sub>军书既频召,戎马乃连跨。大梁从相公,彭城赴仆射。弓箭围狐兔,丝竹罗酒炙。两府变荒凉,三年就休假。求官去东洛,<sub>去或作来。或作去官来东洛。此谓贞元十五十六年冬,如京调官也。</sub>犯雪过西华。尘埃紫陌春，风雨灵台夜。名声荷朋友，援引乏姻娅。虽陪彤庭臣，讵纵青冥靶。寒空耸危阙，晓色曜修架。捐躯辰在丁，<small>贞元十九年十二月，愈上天旱人饥疏，被贬。辰在丁，上疏之日也。</small>铩翮时方蜡。投荒诚职分，领邑幸宽赦。湖波翻日车，岭石坼天罅。毒雾恒熏昼，炎风每烧夏。雷威固已加，飓势仍相借。气象杳难测，声音吁可怕。夷言听未惯，越俗循犹乍。指摘两憎嫌，睢盱互猜讶。只缘恩未报，岂谓生足藉。嗣皇新继明，率土日流化。惟思涤瑕垢，长去事桑柘。劚嵩开云扃，压颍抗风榭。禾麦种满地，梨枣栽绕舍。儿童稍长成，雀鼠得驱吓。官租日输纳，村酒时邀迓。闲爱老农愚，归弄小女姹。如今便可尔，何用毕婚嫁。

# 合 江 亭

<small>诸本作题合江亭寄刺史邹君。亭在衡州负郭，今之石鼓头，即其地也。地形特异，岿然崛起于二水之间。旁有朱陵洞，唐人题刻散满岩上。愈自阳山量移江陵，道衡山作。</small>

红亭枕湘江，蒸水会其左。瞰临眇空阔，绿净不可唾。维昔经营初，邦君实王佐。<small>此亭，故相齐公映所作。</small>翦林迁神祠，买地费家货。梁栋宏可爱，结构丽匪过。伊人去轩腾，兹宇遂颓挫。老郎来何暮，高唱久乃和。<small>宇文郎中炫又增其制。</small>树兰盈九畹，栽竹逾万个。长绠汲沧浪，幽蹊下坎坷。波涛夜俯听，云树朝对卧。初如遗宦情，终乃最郡课。人生诚无几，事往悲岂奈<small>一作那</small>。萧条绵岁时，契阔继庸懦。胜事谁复论，丑声日已播。中丞黜凶邪，天子闵穷饿。君侯至之初，闾里自相贺。<small>前刺史元澄无政，廉使杨公中丞奏黜之，朝廷遂用邹君。</small>淹滞乐闲旷，勤苦劝慵惰。为余扫尘阶，命乐醉众座。穷秋感平分，新月怜半破。愿书岩上石，勿使泥尘涴。

# 陪杜侍御游湘西两寺独宿
# 有题一首因献杨常侍

愈自阳山北还，过潭作。杨常侍，凭也，时观察湖南。

长沙千里平，胜地犹在险。况当江阔处，斗起势匪渐。深林高玲珑，青山上琬琰。路穷台殿辟，佛事焕且俨。剖竹走泉源，开廊架崖广音俨。因岩为屋。是时秋之残，暑气尚未敛。群行忘后先，朋息弃拘检。客堂喜空凉，华榻有清簟。涧蔬煮蒿芹，水果剥菱芡音俭。伊余凤所慕，陪赏亦云忝。幸逢车马归，独宿门不掩。山楼黑无月，渔火灿星点。夜风一何喧，杉桧屡磨飐。犹疑在波涛，怵惕梦成魇。静思屈原沉，远忆贾谊贬。椒兰争妒忌，绛灌共谗谄。谁令悲生肠，坐使泪盈脸。翻飞乏羽翼，指摘困瑕玷。珥音饵貂藩维重，政化类分陕。礼贤道何优，奉己事苦俭。大厦栋方隆，巨川楫行剡。经营诚少暇，游宴固已歉。旅程愧淹留，徂岁嗟荏苒。平生每多感，柔翰遇频染。展转岭猿鸣，曙灯青暆暆。

# 岳阳楼别窦司直

窦庠时以武昌幕权岳州。愈移江陵法曹，道出岳阳楼作。

洞庭九州间，厥大谁与让。南汇群崖水，北注何奔放。潴为七百里，吞纳各殊状。自古澄不清，环混无归向。炎风日搜搅，幽怪多冗长去声。轩然大波起，宇宙隘而妨音访。巍峨拔嵩华，腾踔较健壮。声音一何宏，轰輵音渴车万两。犹疑帝轩辕，张乐就空旷。蛟螭露笋虡，缟练吹组帐。鬼神非人世，节奏颇跌踢。阳施见夸丽，阴闭感凄怆。朝过宜春口，极北缺堤障。夜缆巴陵洲，丛芮才可傍。星河尽涵泳，俯仰迷下上。馀澜怒不已，喧聒鸣瓮盎。明登岳阳楼，辉焕朝日亮。飞廉戢其威，清晏息纤纩。泓澄湛凝绿，物影

巧相况。江豚时出戏，惊波忽荡漾。时当冬之孟，隙窍缩寒涨。前
临指近岸，侧坐眇难望。涤濯神魂醒，幽怀舒以畅。主人孩童旧，
握手乍忻怅。怜我窜逐归，相见得无恙。开筵交履舄，烂漫倒家
酿。杯行无留停，高柱送清唱。中盘进橙栗，投掷倾脯酱。欢穷悲
心生，婉娈不能忘音望。念昔始读书，志欲干霸王。屠龙破千金，为
艺亦云亢。爱才不择行，触事得谗谤。前年出官由一作日，此祸最
无妄。公卿采虚名，擢拜识天仗。奸猜畏弹射，斥逐恣欺诳。新恩
移府庭，逼侧厕诸将。于嗟苦弩缓，但惧失宜当。追思南渡时，鱼
腹甘所葬。严程迫风帆，劈箭入高浪。颠沉在须臾，忠鲠谁复谅。
生还真可喜，克己自惩创。庶从今日后，粗识得与丧。事多改前
好，趣有获新尚。誓耕十亩田，不取万乘相。细君知蚕织，稚子已
能饷。行当挂其冠，生死君一访。

## 送文畅师北游

昔在四门馆，晨有僧来谒。自言本吴人，少小学城阙。已穷佛根
源，粗识事辁辂。挛拘屈吾真，戒辖思远发。荐绅秉笔徒，声誉耀
前阀。从求送行诗，屡造忍颠蹶。今成十馀卷，浩汗罗斧钺。先生
闵穷巷，未得窥剞劂。又闻识大道，何路补黥刖。出其囊中文，满
听实清越。谓僧当少安，草序颇排讦。上论古之初，所以施赏罚。
下开迷惑胸，窠音哼豁剶株橛音厥。僧时不听莹，若饮水救喝。风
尘一出门，时日多如发。三年窜荒岭，守县坐深樾。征租聚异物，
诡制怛巾袜。幽穷谁共一作共谁语，思想甚含哕於月切。昨来得京
官，照壁喜见蝎。况逢旧亲识，无不比鹣蠛。长安多门户，吊庆少
休歇。而能勤来过，重惠安可揭。当今圣政初，恩泽完颣许出切狋
许月切。胡为不自暇，飘戾逐鹯鹞。仆射领北门，威德压胡羯。谓田
季安为魏博节度使。相公镇幽都，竹帛烂勋伐。谓刘济为幽州节度使。酒

场舞闺姝,猎骑围边月。开张箧中宝,自可得津筏。从兹富裘马,宁复茹藜蕨。余期报恩后,谢病老耕垡音伐。庇身指蓬茅,逞志纵猰㺄。僧还相访来,山药煮可掘。

# 答　张　彻

愈为四门博士时作。张彻,愈门下士,又愈之从子婿。

辱赠不知报,我歌尔其聆。首叙始识面,次言后分形。道途绵万里,日月垂十龄。浚郊避兵乱一作难,睢岸连门停。诸本作庭。阁本作停。停犹居也。肝胆一古剑,波涛两浮萍。渍墨窜旧史,磨丹注前经。义苑手秘宝,文堂耳惊霆。暄晨蹋露鸟,暑夕眠风楄。结友子让抗,《晋阳秋》:陆抗、羊祜推侨札之好。请师我惭丁。《左氏》:尹公学射于庚公差,差学于公孙丁。初味犹啖蔗,遂通斯建瓴。搜奇日有富,嗜善心无宁。石梁平侹侹音挺,沙水光泠泠。乘枯摘野艳,沉细抽潜腥。游寺去陟巘,寻径返一作反穿汀。缘云竦竦竦,失路麻冥冥。淫潦忽翻野,平芜眇开溟。防泄堑夜塞,惧冲城昼扃。及去事戎辔,相逢宴军伶。鲛秋纵兀兀,猎旦驰骍骍。从赋始分手,朝京忽同舲。愈以徐州从事朝正京师,与彻同行。急时促暗棹,恋月留虚亭。毕事驱传马,安居守窗萤。梅花瀇水别,宫一作官烛骊山醒。省选逮投足,乡宾尚撛翎。尘袪又一掺所减切,泪眦音渍还双荧。洛邑得休告,华山穷绝陉。倚岩睨海浪,引袖拂天星。日驾此回辖,金神所司刑。泉绅拖修白,石剑攒高青。磴蒣达滑也拳蹋,梯飚贴伶俜。悔狂已咋指,垂诫仍镌铭。沈颜遗李肇书,谓退之托此以悲世人登高而不知止,且示戒焉。峨豸忝备列,伏蒲愧分泾。微诚慕横草,琐力摧撞筳。叠雪走商岭,飞波航洞庭。下险疑堕井,守官类拘囹。荒餐茹獠蛊,幽梦感湘灵。刺史肃薯蔡,吏人沸蝗螟。点缀簿上字,趋跄阁前铃。赖其饱山水,得以娱瞻听。紫树雕斐亹,碧流滴珑玲。映波铺远锦,插地列长屏。愁狖酸骨死,怪花醉魂馨。潜苞绛实坼,幽乳翠毛零。赦行五百里,月变三十蓂。渐阶群振鹭,入学诲螟蛉。苹甘谢鸣鹿,罍满惭罄瓶。冏冏抱瑚琏,飞飞联鹡鸰。鱼鬣欲脱背,虬光先照硎。岂独出丑类,方当动朝廷。勤来得晤语,勿惮宿寒厅。

## 荐　士 荐孟郊于郑馀庆也

周诗三百篇,雅丽理一作理训诰。曾经圣人手,议论安敢到。五言出汉时,苏李首更号。东都渐弥漫,派别百川导。建安能者七,卓荦变风操。逶迤抵晋宋,气象日凋耗。中间数鲍谢,比近最清奥。齐梁及陈隋,众作等蝉噪。搜春摘花卉,沿袭伤剽盗。国朝盛文章,子昂始高蹈。勃兴得李杜,万类困陵暴。后来相继生,亦各臻阃奥。有穷者孟郊,受材实雄骜。冥观洞古今,象外逐幽好。横空盘硬语,妥帖力排奡。敷柔肆纡馀,奋猛卷海潦。荣华肖天秀,捷疾逾响报。行身践规矩,甘辱耻媚灶。孟轲分邪正,眸子看瞭眊。杳然粹而清,可以镇浮躁。酸寒溧阳尉,五十几何耄。孜孜营甘旨,辛苦久所冒。俗流知者谁,指注竞嘲傲。圣皇索遗逸,髦士日登造。庙堂有贤相谓馀庆,爱遇均覆焘。况承归与张,郊尝为归登、张建封所知。二公迭嗟悼。青冥送吹嘘,强箭射鲁缟。胡为久无成,使以归期告。霜风破佳菊,嘉节迫吹帽。念将决焉去,感物增恋嫪卢到切。彼微水中荇,尚烦左右芼。鲁侯国至小,庙鼎犹纳郜。幸当择珉玉,宁有弃珪瑁。悠悠我之思,扰扰风中纛。上言愧无路,日夜惟心祷。鹤翎不天生,变化在啄菢鸟伏卵为菢。通波非难图,尺地易可漕。善善不汲汲,后时徒悔懊。救死具八珍,不如一箪犒。微诗公勿诮,恺悌神所劳。

## 喜侯喜至赠张籍张彻

愈初谪阳山令,元和改元,自江陵掾召国子博士,其从游如喜、如籍、如彻皆会都下,诗以是作。

昔我在南时,数君常在念。摇摇不可止,讽咏日喁喑。如以膏濯
衣,每渍垢逾染。又如心中疾,针石非所砭。常思得游处,至死无
倦厌。地遐物奇怪,水镜涵石剑。荒花穷漫乱,幽兽工腾闪。碍目
不忍窥,忽忽坐昏垫。逢神多所祝,岂忘灵即验。依依梦归路,历
历想行店。今者诚自幸,所怀无一欠。孟生去虽索,侯氏来还歉。
欹眠听新诗,屋角月艳艳。杂作承间骋,交惊舌互儳<sub>他念切,吐舌貌。</sub>。
缤纷指瑕疵,拒捍阻城堑。以余经摧挫,固请发铅椠。居然妄推
让,见谓蓺天焰。比疏语徒妍,悚息不敢占。呼奴具盘餐,饤饾鱼
菜赡。人生但如此,朱紫安足僭。

# 古　风

安史之后,方镇相望于内地,大者连州十馀,小者不下三四,兵骄则
逐帅,帅强则叛上,不廷不贡,往往而是,故托古风以寓意,观诗意当在
德宗朝作。

今日曷不乐,幸时不用兵。无曰既蹙矣,乃尚可以生。彼州之赋,
去汝不顾。此州之役,去我奚适。一邑之水,可走而违。天下汤
汤,曷其而归。好我衣服,甘我饮食。无念百年,聊乐一日。

# 驽　骥

一作驽骥吟示欧阳詹。詹与愈同第进士,愈以徐州从事朝正于京,
詹时为国子监四门助教。

驽骀诚龌龊,市者何其稠。力小若<sub>一作苦</sub>易制,价微良易酬。渴饮
一斗水,饥食一束刍。嘶鸣当大路,志气若有馀。骐骥生绝域,自
矜无匹俦。牵驱入市门,行者不为留。借问价几何,黄金比嵩<sub>一作</sub>
<sub>崇丘。</sub>借问行几何,咫尺视九州。饥食玉山禾,渴饮醴泉流。问谁

能为御,旷世不可求。惟昔穆天子,乘之极遐游。王良执其辔,造
父挟其辀。因言天外事,茫惚使人愁。驽骀谓骐骥,饿死余尔羞。
有能必见用,有德必见收。孰云时与命,通塞皆自由。骐骥不敢
言,低徊但垂头。人皆劣骐骥,共以驽骀优。喟余独兴叹,才命不
同谋。寄诗一作言同心子,为我商一作高声讴。

# 马厌谷

马厌谷兮,士不厌糠籺;土被文绣兮,士无短一作裋褐。彼其得志
兮,不我虞;一朝失志兮,其何如。已焉哉,嗟嗟乎鄙夫。

# 出门

长安百万家,出门无所之。岂敢尚幽独,与世实参差。古人虽已
死,书上有其一作遗辞。开卷读且想,千载若相期。出门各有道,我
道方未夷。且于此中息,天命一作诚不吾欺。

# 嗟哉董生行

淮水出桐柏,山东驰遥遥一作悠悠,千里不能休;淝水出其侧,不能
千里百里入淮流。寿州属县有安丰,唐贞元时县人董生召南隐居
行义于其中。刺史不能荐,天子不闻名声。爵禄不及门,门外惟有
吏。日来征租更索钱,嗟哉董生朝出耕一作至。夜归读古人书,尽
日不得息。或山而一作于樵,或水而一作于渔。入厨具甘旨,上堂问
起居。父母不戚戚,妻子不咨咨。嗟哉董生孝且慈,人不识,惟有
天翁知,生祥下瑞无时期。家有狗乳出求食,鸡来哺其儿。啄啄庭
中拾虫蚁,哺之不食鸣声悲。彷徨踯躅久不去,以翼来覆待狗归。
嗟哉董生,谁将与俦?时之人,夫妻相虐,兄弟为雠。食君之禄,而
令父母愁。亦独何心,嗟哉董生无与俦。或作谁将与俦,或作谁与俦。

# 烽 火

登高望烽火,谁谓塞尘飞。王城富且乐,曷不事光辉。勿言日已暮,相见恐行稀。愿君熟念此,秉烛夜中归。我歌宁自感,乃独泪沾衣。

# 汴州乱二首

德宗贞元十三年,宣武节度使董晋辟愈为推官。十五年,晋薨,公随晋丧归。既出四日,宣武军乱,杀行军司马陆长源。

汴州城门朝不开,天狗堕地声如雷。健儿争夸一作诱杀留后,连屋累栋烧成灰。诸侯咫尺不能救,孤士何者自兴哀。

母从子走者为谁,大夫夫人留后儿长源妻子。昨日乘车骑大马,坐者起趋乘者下。庙堂不肯用干戈,呜呼奈汝母子何。

# 利 剑

利剑光耿耿,佩之使我无邪心。故人念我寡徒侣,持用赠我比知音。我心如冰剑如雪,不能刺谗夫,使我心腐剑锋折。决云中断开青天,噫! 剑与我俱变化归黄泉。

# 龊 龊

龊龊当世士,所忧在饥寒。但见贱者悲,不闻贵者叹。大贤事业异,远抱非俗观。报国心皎洁,念时涕汍澜。妖姬坐左右,柔指发哀弹。酒肴虽日陈,感激宁为欢。秋阴欺白日,泥潦不少干。河堤决东郡,老弱随惊湍。天意固有属,谁能诘其端。愿辱太守荐,得充谏诤官。排云叫阊阖,披腹呈琅玕。致君岂无术,自进诚独难。

# 全唐诗卷三三八

## 韩　愈

### 河之水二首寄子侄老成

老成,愈兄介之子,即所谓十二郎是也。

河之水,去悠悠。我不如,水东流。我有孤侄在海隅一作隅,古音隅,将侯切,亦与流通,三年不见兮使我生忧。日复日,夜复夜。三年不见汝,使我鬓发未老而先化。

河之水,悠悠去。我不如,水东注。我有孤侄在海浦,三年不见兮使我心苦。采蕨于山,缗鱼于渊。我徂京师,不远其还。

### 山　石

山石荦确行径微,黄昏到寺蝙蝠飞。升堂坐阶新雨足,芭蕉叶大支即栀字子肥。僧言古壁佛画好,以火来照所见稀。铺床拂席置羹饭,疏粝亦足饱我饥。夜深静卧百虫绝,清月出岭光入扉。天明独去无道路,出入高下穷烟霏。山红涧碧纷烂漫,时见松枥皆十围。当流赤足蹋涧石,水声激激风吹衣。人生如此自可乐,岂必局束为人靰音饥。嗟哉吾党二三子,安得至老不更归。

# 天星送杨凝郎中贺正

凝以户部郎中为宣武军判官,愈时与同佐董晋幕。

天星牢落鸡喔咿,仆夫起餐车载脂。正当穷冬寒未已,借问君子行
安<sub>一作定</sub>何之。会朝元正无不至,受命上宰须及期。侍从近臣有虚
位,公今此去归何时。

## 汴泗交流赠张仆射 建封

汴泗交流郡城角,筑场十一<sub>一作千</sub>步平如削。短垣三面缭逶迤,击鼓
腾腾树赤旗。新秋朝凉未见日,公早结束来何为。分曹决胜约前
定,百马攒蹄近相映。球惊杖奋合且离,红牛缨绂黄金羁。侧身转
臂著马腹,霹雳应手神珠驰。超遥散漫两闲暇,挥霍纷纭争变化。
发难得巧意气粗,欢声四合壮士呼。此诚习战非为剧,岂若安坐行
良图。当今忠臣不可得,公马莫走须杀贼。

## 忽　忽

忽忽乎余未知生之为乐也,愿脱去而无因。安得长翮大翼如云生
我身,乘风振奋出六合,绝浮尘。死生哀乐两相弃,是非得失付闲
人。

## 鸣　雁

嗷嗷鸣<sub>一作鸿</sub>雁鸣且飞,穷秋南去春北归。去寒就暖识所依<sub>一作处</sub>,
天长地阔栖息稀。风霜酸苦稻粱微,毛羽<sub>一作羽毛</sub>摧落身不肥。裴
回反顾群侣违,哀鸣欲下洲渚非。江南水阔朝<sub>一作朔</sub>云多,草长沙
软无网罗。闲飞静集鸣相和,违忧怀惠性匪他,凌风一举君谓何。

# 龙 移

　　此诗谓南山湫也。湫初在平地，一日风雷，移居山上，其山下湫遂
　化为土，长安人至今谓之乾湫。

天昏地黑蛟龙移，雷惊电激雄雌随。清泉百丈化为土，鱼鳖枯死吁
可悲。

## 雉带箭　此愈佐张仆射于徐，从猎而作也。

原头火烧静兀兀，野雉畏鹰出复一作伏欲没。将军欲以巧伏人，盘
马弯弓惜不发。地形渐窄观者多，雉惊弓满劲箭加。冲人决起百
馀尺，红翎白镞相一作随倾斜。将军仰笑军吏贺，五色离披马前堕。

## 条山苍　中条山在黄河之西

条山苍，河水黄。浪波一作波浪沄沄去，松柏在山一作高冈。

## 赠郑兵曹

尊酒相逢十载前，君为壮夫我少年。尊酒相逢十载后，我为壮夫君
白首。我材与世不相当，戢鳞委翅无复望。当今贤俊皆周行，君何
为乎亦一作独遑遑。杯行到君莫停手，破除万事无过酒。

## 桃源图

神仙有无何渺茫，桃源之说诚荒唐。流水盘回山百转，生绡数幅垂
中堂。武陵太守好事者，题封远寄南宫下。南宫先生忻得之，波涛
入笔驱文辞。文工画妙各臻极，异境恍惚移于斯。架岩凿谷开宫
室，接屋连墙千万日。嬴颠刘蹶了不闻，地坼天分非所恤。种桃处
处惟开花，川原近远蒸一作烝红霞。初来犹自念乡邑，岁久此地还

成家。渔舟之子来何所，物色相猜更问语。大蛇中断丧前王，群马南渡开新主。听终辞绝共凄然，自说经今六百年。当时万事皆眼见，不知几许犹流传。争持酒食来相馈，礼数不同樽俎异。月明伴宿玉堂空，骨冷魂清无梦寐。夜半金鸡啁哳鸣，火轮飞出客心惊。人间有累不可住，依然离别难为情。船开棹进一回顾，万里苍苍烟水暮。世俗宁知伪与真，至今传者武陵人。

## 东方半一作未明

东方半一作未明大星没，独有太白配残月。嗟尔残月勿相疑，同光共影须臾期。残月晖晖，太白睒睒。鸡三号，更五点。

## 赠唐衢

衢应进士，久而不第。能为歌诗，见人文章有所伤叹者，读讫必哭。每与人言论，既别，发声一号，音辞哀切，闻者莫不泣下，故世称唐衢善哭。

虎有爪兮牛有角，虎可搏兮牛可触。奈何君独抱奇材，手把锄犁饿空谷。当今天子急贤良，匦函朝出开明光。胡不上书自荐达，坐令四海如虞唐。

## 贞女峡

在连州桂阳县，秦时有女子化石，在东岸穴中。

江盘峡束春湍豪，风雷一作雷风战斗鱼龙逃。悬流轰轰射水府，一泻百里翻云涛。漂船摆石万瓦裂，咫尺性命轻鸿毛。

## 赠侯喜

愈贞元十七年七月二十二日，与李景兴、侯喜、尉迟汾同渔于洛，有石刻在焉,诗必是时作。

吾党侯生字叔起,呼我持竿钓温水。平明鞭马出都门,尽日行行荆棘里。温水微茫绝又流,深如车辙阔容辀。虾蟆跳过雀儿浴。此纵有鱼何足求。我为侯生不能已,盘针擘粒投泥滓。晡时坚坐到黄昏,手倦目劳方一起。暂动还休未可期,虾行蛭<sub>音质</sub>渡似皆疑。举竿引线忽有得,一寸才分鳞与鬐。是日侯生与韩子,良久叹息相看悲。我今行事尽如此,此事正好为吾视。半世遑遑就举选,一名始得红颜衰。人间事势岂不见,徒自辛苦终何为。便当提携妻与子,南入箕颍无还时。叔起君今气方锐,我言至切君勿嗤。君欲钓鱼须远去,大鱼岂肯居沮洳<sub>去声</sub>。

# 古 意

太华峰头玉井莲,开花十丈藕如船。冷比雪霜甘比蜜,一片入口沉痾痊。我欲求之不惮远,青壁无路难夤缘。安得长梯上摘实,下种七泽根株连。

# 八月十五夜赠张功曹

张功曹,署也。愈与署以贞元二十一年二月二十四日赦自南方,俱徙掾江陵,至是俟命于郴,而作是诗

纤云四卷天无河,清风吹空月舒波。沙平水息声影绝,一杯相属君当歌。君歌声酸辞且苦,不能听终泪如雨。洞庭连天九疑高,蛟龙出没猩鼯号。十生九死到官所,幽居默默如藏逃。下床畏蛇食畏药,海气湿蛰熏腥臊。昨者州前捶大鼓,嗣皇继圣登夔皋。赦书一日行万里,罪从大辟皆除死。迁者追回流者还,涤瑕荡垢清朝班。州家申名使家抑,坎轲只得移荆蛮。判司卑官不堪说,未免捶楚尘埃间。同时辈流多上道,天路幽险难追攀。君歌且休听我歌,我歌

今与君殊科。一年明月今宵多,人生由命非由他,有酒不饮奈明一
作月何。

## 谒衡岳庙遂宿岳寺题门楼

五岳祭秩皆一作比三公,四方环镇嵩当中。火维地荒足妖怪,天假
神柄专其雄。喷云泄雾藏半腹,虽有绝顶谁能穷。我来正逢秋雨
节,阴气晦昧无清一作晴风。潜心默祷若有应,岂非正直能感通。
须臾静扫众峰出,仰见突兀撑青一作晴空。紫盖连延接天柱,石廪
腾掷堆祝融。衡山有五峰,紫盖、天柱、石廪、祝融、芙蓉。森然魄动下马拜,
松柏一径趋灵宫。粉墙丹柱动光彩,鬼物图画填青红。升阶伛偻
荐脯酒,欲以菲薄明其衷。庙令老人识神意,睢盱侦伺能鞠躬。手
持杯珓导我掷,云此最吉馀难同。窜逐蛮荒幸不死,衣食才足甘
长终。侯王将相望久绝,神纵欲福难为功。夜投佛寺上高阁,星月
掩映云曈昽。猿鸣钟动不知曙,杲杲寒日生于东。

## 岣嵝山

> 《山海经》:衡山一名岣嵝山,或以为衡山南麓别峰之名。岣音矩,
> 嵝音缕。

岣嵝山尖神禹碑,字青石赤形模奇。科斗拳身薤倒一作叶披,鸾飘
凤泊拿虎螭。事严迹秘鬼莫窥,道人独上偶见之,我来咨嗟涕涟
洏。千搜万索何处有,森森绿树猿猱悲。

## 永贞行

> 贞元二十一年,德宗崩,顺宗立,改元永贞。韦执谊、王叔文等用
> 事,又谋夺中官兵,制天下之命。是年八月,皇太子即位,帝自称太上
> 皇。上贬执谊、叔文等,愈故作永贞行云。

君不见太皇谅阴未出令，小人乘时偷国柄。北军百万虎与貔，天子自将非他师。一朝夺印付私党，是岁王叔文等以金吾大将军范希朝为左右神策诸行营节度使，以韩泰为其行军司马。叔文欲夺取宦官兵权以自固，藉希朝老将，使主其名，而实以泰夺其事，人情疑惧。懔懔朝士何能为。狐鸣枭噪争署置，睒睗鼨切睒睗冄切跳踉相妩媚。夜作诏书朝拜官，超资越序曾无难。公然白日受赇赂，火齐磊落堆金盘。元臣故老不敢语，昼卧涕泣何汍澜。王叔文用事，一日诸相会食，叔文至中书，欲与韦执谊计事。执谊起迎，诸相停箸以待。有顷，报叔文索饭，已与韦相同餐阁中矣。杜佑、高郢惧，不敢言。郑珣瑜独叹曰：吾岂可复居此位。索马径归，卧不起。董贤三公谁复惜，侯景九锡行可叹。国家功高德且厚，天位未许庸夫干。嗣皇卓荦信英主，文如太宗武高祖。膺图受禅登明堂，共流幽州鲧死羽。四门肃穆贤俊登，数君匪亲岂其朋。郎官清要为世称，荒郡迫野嗟可矜。谓贬礼部员外郎柳宗元邵州、司封郎中韩晔池州、屯田员外郎刘禹锡连州各郡刺史也。湖波连天日相腾，蛮俗生梗瘴疠烝。江氛岭祲昏若凝，一蛇两头见未曾。怪鸟鸣唤令人憎，蛊虫群飞夜扑灯。雄虺毒螫堕股肱，食中置药肝心崩。左右使令诈难凭，慎勿浪信常兢兢。吾尝同僚情可胜，具书目见非妄征，嗟尔既往宜为惩。

## 洞庭湖阻风赠张十一署 时自阳山徙掾江陵

十月阴气盛，北风无时休。苍茫洞庭岸，与子维双舟。雾雨晦争泄，波涛怒相投。犬鸡断四听，粮绝谁与谋。相去不容步，险如碍山丘。清谈可以饱，梦想接无由。男女喧左右，饥啼但啾啾。非怀北归兴，何用胜羁愁。云外有白日，寒光自悠悠。能令暂开霁，过是吾无求。

## 李花赠张十一署 或作李有花

江陵城西二月尾，花不见桃惟见李。风揉雨练雪羞比，波涛翻空杳

无涘。君知此处花何似，白花倒烛天夜明，群鸡惊鸣官吏起。金乌
海底初飞来，朱辉散射青霞开。迷魂乱眼看不得，照耀万树繁如
堆。念昔少年著游燕，对花岂省曾辞杯。自从流落忧感集，欲去未
到先思回。只今四十已如此，后日更老谁论哉。力携一尊独一作共
就醉，不忍虚掷委黄埃。

## 杏　花

居邻北郭古寺空，杏花两株能白红。曲江满园不可到，看此宁避雨
与风。二年流窜出岭外，所见草木多异同。冬寒不严地恒泄，阳气
发乱无全功。浮花浪蕊镇长有，才开还落瘴雾中。山榴踯躅少意
思，照耀黄紫徒为丛。鹧鸪钩辀猿叫歇，杳杳深谷攒青枫。岂如此
树一来玩，若在京国情何穷。今旦胡为忽惆怅，万片飘泊随西东。
明年更发应更好，道人谓寺僧莫忘邻家翁自谓。

## 感 春 四 首

我所思兮在何所，情多地遐兮遍处处。东西南北皆欲往，千江隔兮
万山阻。春风吹园杂花开，朝日照屋百鸟语。三杯取醉不复论，一
生长恨奈何许。

皇天平分成四时，春气漫诞最可悲。杂花妆林草盖地，白日坐上倾
天维。蜂喧鸟咽留不得，红尊万片从风吹。岂如秋霜虽惨烈，摧落
老物谁惜之。为此径须沽酒饮，自外天地弃不疑。近怜李杜无检
束，烂漫长醉多文辞。屈原离骚二十五，不肯餔啜糟与醨。惜哉此
子巧言语，不到圣处宁非痴。幸逢尧舜明四目，条理品汇皆得宜。
平明出门暮归舍，酩酊马上知为谁。

朝骑一马出，暝就一床卧。诗书渐欲抛，节行久已惰。冠敧感发
秃，语误惊一作悲齿堕。孤负平生心，已矣知一作如何奈一作那。

我恨不如江头人,长网横江遮紫鳞。独宿荒陂射凫雁,卖纳租赋官不嗔。归来欢笑对妻子,衣食自给宁羞贫。今者无端读书史,智慧只足劳精神。画蛇著足无处用,两鬓霜一作雪白趋埃尘。乾愁漫解坐自累,与众异趣谁相亲。数杯浇肠虽暂醉,皎皎万虑醒还新。百年未满不得死,且可勤买抛青春。酒名,唐人名酒多以春。

# 寒食日出游

　　　　自注:张十一院长见示病中忆花九篇,寒食日出游夜归,因以投赠。
　　　张十一,即功曹署。外郎遗补相呼为院长。愈与署同自御史贬官,又同
　　　为江陵掾,愈法曹参军,署功曹参军。

李花初发君始病,我往看君花转盛。走马城西惆怅归,不忍千株雪相映。迩来又见桃与梨,交开红白如争竞。可怜物色阻携手,空展霜缣吟九咏。纷纷落尽泥与尘,不共新妆比端正。桐华最晚今已繁,君不强起时难更。关山远别固其理,寸步难见始知命。忆昔与君同贬官,夜渡洞庭看斗柄。岂料生还得一处,引袖拭泪悲且庆。各言生死两追随,直置心亲无貌敬。念君又署南荒吏,路指鬼门幽且复。张在江陵未几,邕管经略使路恕署为判官。三公尽是知音人,曷不荐贤陛下圣。囊空瓶倒谁救之,我今一食日还并。自然忧气损天和,安得康强保天性。断鹤两翅鸣何哀,絷骥四足气空横。今朝寒食行野外,绿杨匝岸蒲生一作芽进。宋玉庭边不见人,轻浪参差鱼动镜。自嗟孤贱足瑕疵,特见放纵荷宽政。饮酒宁嫌盏底深,题诗尚倚笔锋劲。明宵故欲相就醉,有月莫愁当火令。

# 忆昨行和张十一

忆昨夹钟之吕初吹灰,上公礼罢元侯回。上公一作杜公,云杜佑自淮南入朝也。一作社公,云此为荆帅裴均罢社享客也。朱熹《考异》云:《左传》五行之官,封为

上公。杜注用币于社云：以请于上公。则上公即社神也。车载牲牢瓮异酒，并召宾客延邹枚。腰金首翠光照耀，丝竹迥发清以哀。青天白日花草丽，玉斝屡举倾金罍。张君名声座所属，起舞先醉长松摧。宿酲未解旧痁作，深室静卧闻风雷。自期殒命在春序，屈指数日怜婴孩。危辞苦语感我耳，泪落不掩何漼漼。念昔从君渡湘水，大帆夜划穷高桅。阳山鸟路出临武，愈责连之阳山令，张为郴之临武，郴在江南，连则广南也。驿马拒地驱频隤一作捶，撞也。践蛇茹蛊不择死，忽有飞诏从天来。伾文未揃崖州韦执谊炽，虽得赦宥恒愁猜。近者三奸悉破碎，元和元年正月，顺宗即位。二月大赦，愈自阳山徙掾江陵，三奸方用事。其年八月，宪宗立，伾贬开州司马、叔文渝州司户，并员外置。十一月继贬执谊崖州司马，三奸始悉破碎焉。羽窟无底幽黄能。眼中了了见乡国，知有归日眉方开。今君纵署天涯吏，投檄北去何难哉。无妄之忧勿药喜，一善自足禳千灾。头轻目朗肌骨健，古剑新劚磨尘埃。殃消祸散百福并，从此直至耇与鲐。嵩山东头伊洛岸，胜事不假须穿栽。君当先行我待满，沮溺可继穷年推。

# 全唐诗卷三三九

## 韩 愈

### 刘 生 诗

生名师命其姓刘,自少轩轾非常俦。弃家如遗来远游,东走梁宋暨
扬州。遂凌大江极东陬,洪涛春天禹穴幽。越女一笑三年留,南逾
横岭入炎州。青鲸高磨波山浮,怪魅炫曜堆蛟虬。山狖谨噪猩猩
游,毒气烁体黄膏流。问胡不归良有由,美酒倾水炙肥牛。妖歌慢
舞烂不收,倒心回肠为青眸。千金邀顾不可酬,乃独遇之尽绸缪。
瞥然一饷成十秋,昔须未生今白头。五管历遍无贤侯,回望万里还
家羞。阳山穷邑惟猿猴,手持钓竿远相投。我为罗列陈前修,芟蒿
斩蓬利锄耰。天星回环数才周,文学穰穰困仓稠。车轻御良马力
优,咄哉识路行勿休,往取将相酬恩雠。

### 郑 群 赠 簟

群尝以侍御史佐裴均江陵,愈自阳山量移江陵法曹,与群同僚。

蕲州笛一作簟竹天下知,郑君所宝尤瑰奇。携来当昼不得卧,一府
传看黄琉璃。体坚色净又藏节,尽一作满眼凝滑无瑕疵。法曹贫贱
众所易,腰腹空大何能为,自从五月困暑湿,如坐深甑遭蒸炊。手
磨袖拂心语口,慢肤多汗真相宜。日暮归来独惆怅,有卖直欲倾家

资。谁谓故人知我意,卷送八尺含风漪。呼奴扫地铺未了,光彩照耀惊童儿。青蝇侧翅蚤虱避,肃肃疑有清飙吹。倒身甘寝百疾愈,却愿天日恒炎曦。明珠青玉不足报,赠子相好无时衰。

## 丰陵行 顺宗陵也,在富平县东北三十里。

羽卫煌煌一百里,晓出都门葬天子。群臣杂沓驰后先,宫官穰穰来不已。是时新秋七月初,金神按节炎气除。清风飘飘轻雨洒,偃蹇旗旆卷以舒。逾梁下坂箫鼓咽,嵼嵼遂走玄宫间。哭声訇天百鸟噪,幽坎昼闭空灵舆。皇帝孝心深且远,资送礼备无赢余。设官置卫锁嫔妓,供养朝夕象平居。臣闻神道尚清净,三代旧制存诸书。墓藏庙祭不可乱,欲言非职知何如。

## 游青龙寺赠崔大 一作群 补阙 寺在京城南门之东

秋灰初吹季月管,日出卯南晖景短。友生招我佛寺行,正值万株红叶满。光华闪壁见神鬼,赫赫炎官张火伞。然云烧树火 宋刻作大实 骈,金乌下啄赪 音蛏 虬卵。魂翻眼倒忘处所,赤气冲融无间断。有如流传上古时,九轮照烛乾坤旱。二三道士席其间,灵液屡进玻黎碗。忽惊颜色变韶稚,却信灵仙非怪诞。桃源迷路竟茫茫,枣下悲歌徒纂纂。前年岭隅乡思发,踯躅成山开不算。去岁羁帆湘水明,霜枫千里随归伴。猿呼鼯啸鹧鸪啼,恻耳酸肠难濯浣。思君携手安能得,今者相从敢辞懒。由来钝骏 音矮 寡参寻,况是儒官饱闲散。惟君与我同怀抱,锄去陵谷置平坦。年少得途未要忙,时清谏疏尤宜罕。何人有酒身无事,谁家多竹门可款。须知节候即风寒,幸及亭午犹妍暖。南山逼冬转清瘦,刻画圭角出崖巘。当忧复被冰雪埋,汲汲来窥戒迟缓。

# 赠崔立之评事

崔斯立,字立之,博陵人,元和初为大理评事,以言事黜官为蓝田丞。

崔侯文章苦捷敏,高浪驾天输不尽。曾从关外来上都,随身卷轴车连轸。朝为百赋犹郁怒,暮作千诗转遒紧。摇毫掷简自不供,顷刻青红浮海蜃。才豪气猛易语言,往往蛟螭杂蝼蚓。知音自古称难遇,世俗乍见那妨哂。勿嫌法官未登朝,犹胜赤尉长趋尹。时命虽乖心转壮,技能虚富家逾窘。念昔尘埃两相逢,争名龃龉持矛楯。子时专场夸觜距,余始张军严韊鞬<sub>引晓见切</sub>。尔来但欲保封疆,莫学庞涓怯孙膑。窜逐新归厌闻闹,齿发早衰嗟可闵。频蒙怨句刺弃遗,岂有闲官敢推引。深藏箧笥时一发,戢戢已多如束笋。可怜无益费精神,有似黄金掷虚牝。当今圣人求侍从,拔擢杞梓收楛箘。东马严徐已奋飞,枚皋即召穷且忍。复闻王师西讨蜀,霜风冽冽摧朝菌。走章驰檄在得贤,燕雀纷拿要鹰隼。窃料二途必处一,岂比恒人长蠢蠢。劝君韬养待征招,不用雕琢愁肝肾。墙根菊花好沽酒,钱帛纵空衣可准。晖晖檐日暖且鲜,摵摵井梧疏更殒。高士例须怜曲糵,丈夫终莫生畦畛。能来取醉任喧呼,死后贤愚俱泯泯。

# 送区弘南归

区或作欧,唐韵,区冶子之后。汉王莽传有中郎区博。弘尝从愈于江陵。愈召拜国子博士,又从至京。时归,以诗送之。

穆昔南征军不归,虫沙猿鹤伏以飞。泹泹洞庭莽翠微,九疑镵天荒是非。野有象犀水贝玑,分散百宝人士稀。我迁于南日周围,来见者众莫依俙。爰有区子荧荧晖,观以彝训或从违。我念前人譬葑菲,落以斧引以缰徽。虽有不逮驱骓骓,或采于薄渔于矶。服役不辱言不讥，从我荆州来京畿。离其母妻绝因依，嗟我道不能自肥。子虽勤苦终何希，王都观阙双巍巍。腾蹋众骏事鞍靮，佩服上色紫与绯。独子之节可嗟唏，母附书至妻寄衣。开书拆衣泪痕晞，虽不救还情庶几。朝暮盘羞恻庭闱，幽房无人感伊威。人生此难馀可祈，子去矣时若发机。蜃沉海底气升霏，彩雉野伏朝扇翚。处子窈窕王所妃，苟有令德隐不腓。况今天子铺德威，蔽能者诛荐受釐。出送抚背我涕挥，行行正直慎脂韦。业成志树来顾颀，我当为子言天扉。

# 三 星 行

三星，斗、牛、箕也。愈自悯其生多訾毁如此。苏轼云："吾生时与退之相似。苦命在牛斗间，其身宫亦在箕，斗牛宫为磨蝎，吾平生多得谤誉，殆同病也。"

我生之辰，月宿南斗。牛奋其角，箕张其口。牛不见服箱，斗不挹酒浆。箕独有神灵，无时停簸扬。无善名已闻，无恶声已谨。名声相乘除，得少失有馀。三星各在天，什伍东西陈。嗟汝牛与斗，汝独不能神。

# 剥 啄 行

剥剥啄啄，有客至门。我不出应，客去而嗔。从者语我，子胡为然。我不厌客，困于语言。欲不出纳，以埋其源。空堂幽幽，有秸有莞。秸莞所以为席。门以两板，丛书于间。窅窅深堅，其墉甚完。彼宁可隳，此不可干。从者语我，嗟子诚难。子虽云尔，其口益蕃。我为子谋，有万其全。凡今之人，急名与官。子不引去，与为波澜。虽不开口，虽不开关。变化咀嚼，有鬼有神。今去不勇，其如后艰。我谢再拜，汝无复云。往追不及，来不有年。

# 青青水中蒲三首

青青水中蒲，下有一双鱼。君今上陇去，我在与谁居。
青青水中蒲，长在水中居。寄语浮萍草，相随我不如。
青青水中蒲，叶短不出水。妇人不下堂，行子在万里。

## 孟东野失子 并序

　　东野连产三子，不数日，辄失之。几老，念无后以悲。其友人昌黎
韩愈，惧其伤也，推天假其命以喻之。

失子将何尤，吾将上尤天。女实主下人，与夺一何偏。彼于女何
有，乃令蕃且延。此独何罪辜，生死旬日间。上呼无时闻，滴地泪
到泉。地祇为之悲，瑟缩久不安。乃呼大灵龟，骑云款天门。问天
主下人，薄厚胡不均。天曰天地人，由来不相关。吾悬日与月，吾
繫星与辰。日月相噬啮，星辰蹧音匐而颠。吾不女之罪，知非女由
因一作缘。且物各有分，孰能使之然。有子与无子，祸福未可原。
鱼子满母腹一作肚，一一欲谁怜。细腰不自乳，举族常孤鳏一作悬。
鸱枭啄母脑，母死子始翻一作蕃。蝮蛇生子时，坼裂肠与肝。好子
虽云好，未还恩与勤。恶子不可说，鸱枭蝮蛇然。有子且勿喜，无
子固勿叹。上圣不待教，贤闻语而迁。下愚闻语惑，虽教无由悛。
大灵顿头受，即日以命还。地祇谓大灵，女往告其人。东野夜得
梦，有夫玄衣巾。闯音趁然入其户，三称天之言。再拜谢玄夫，收悲
以欢忻。

## 陆浑山火和皇甫湜用其韵 湜时为陆浑尉

皇甫补官古贲音陆,字本《公羊传》浑，时当玄冬泽干源。山狂谷很相吐
吞，风怒不休何轩轩。摆磨出火以自燔，有声夜中惊莫原。天跳地

踔颠乾坤,赫赫上照穷崖垠。截然高周烧四垣,神焦鬼烂无逃门。三光弛隳不复暾,虎熊麋猪逮猴猿。水龙鼋龟鱼与鼋,鸦鸥雕鹰雉鹄鹍。炜炰煨爊孰飞奔,祝融告休酌卑尊。错陈齐玫辟一作闻华园,芙蓉披猖塞鲜繁,千钟万鼓咽耳喧。攒杂啾嚄沸篪埙,彤幢绛斿紫纛幡。炎官热属朱冠裈,髹其肉皮通髋臀。颓胸垤腹车掀辕,缇颜鞅股豹两鞬音坚。霞车虹靷日毂辐,丹蓊缥盖绯缯帬。红帷赤幕罗脤膰,盆音荒,血也。池波风肉陵屯。谺一作豁呀钜壑颇黎盆,豆登五山瀛四尊。熙熙醹酎笑语言,雷公擘山海水翻。齿牙嚼齰舌腭反,电光礚先念切礴徒念切颏目暖音暄,大目也。顼冥收威避玄根,斥弃舆马背厥孙。缩身潜喘拳肩跟,君臣相怜加爱恩。命黑螭偵音樨焚其元,天阙一作关悠悠不可援。梦通上帝血面论,侧身欲进叱于阍。帝赐九河涤涕痕,又诏巫阳反其魂。徐命之前问何冤,火行于冬古所存。我如禁之绝其飧,女丁妇壬传世婚。一朝结雠奈后昆,时行当反慎藏蹲。视桃著花可小骞,月及申酉利复怨。助汝五龙从九鲲,溺厥邑囚之昆仑。皇甫作诗止睡昏,辞夸出真遂上焚。要余和增怪又烦,虽欲悔舌不可扪。

## 县斋读书 在阳山作

出宰山水县,读书松桂林。萧条捐末事,邂逅得初心。哀狖醒俗耳,清泉洁尘襟。诗成有共一作与赋,酒熟无孤斟。青竹时默钓,白云日幽寻。南方本多毒,北客恒惧侵。谪遣甘自守,滞留愧难任。投章类缟带,伫答逾兼金。

## 新　竹

笋添南阶竹,日日成清闷。缥节已储一作除霜,黄苞犹掩翠。出栏抽五六,当户罗三四。高标陵秋严,贞色夺春媚。稀生巧补林,并出疑争地。纵横乍依行,烂熳忽无次。风枝未飘吹,露粉先涵泪。何人可携玩,清景空瞪视。

## 晚　菊

少年饮酒时,踊跃见菊花。今来不复饮,每见恒咨嗟。伫立摘满手,行行把归家。此时无与语,弃置奈悲何。

## 落　齿

去年落一牙,今年落一齿。俄然落六七,落势殊未已。馀存一作在皆动摇,尽落应始止。忆初落一时,但念豁可耻。及至落二三,始忧衰即死。每一将落时,懍懍恒在已。叉牙妨食物,颠倒怯漱水。终焉舍我落,意与崩山比。今来落既熟,见落空相似。馀存二十馀,次第知落矣。倘常岁落一,自足支两纪。如其落并空,与渐亦同指。人言齿之落,寿命理难恃。我言生有涯,长短俱死尔。人言齿之豁,左右惊谛视。我言庄周云,水一作木雁各有喜。语讹默固好,嚼废软还美。因歌遂成诗,持用诧妻子。

## 哭杨兵部凝陆歙州参

人皆一作生期七十,才半岂蹉跎。并一作数出知己泪,自然白发多。晨兴为谁恸,还坐久滂沱。论文一作新坟与晤语一作宿草,已矣可一作两,又作复如何。

## 苦　寒

四时各平分,一气不可兼。隆寒夺春序,颛顼固不廉。太昊弛维纲一作纲维,畏避但守谦。遂令黄泉下,萌牙夭句尖。草木不复抽,百味失苦甜。凶飙搅宇宙,铓刃甚割砭。日月虽云尊,不能活乌蟾。

羲和送日出，怅怏频窥觇。炎帝持祝融，呵嘘不相炎。而我当此时，恩光何由沾。肌肤生鳞甲，衣被如刀镰。气寒鼻莫嗅，血冻指不拈。浊醪沸入喉，口角如衔箝。将持匕箸食，触指如排签。侵炉不觉暖，炽炭屡已添。探汤无所益，何况纩与缣。虎豹僵穴中，蛟螭死幽潜。荧惑丧缠次，六龙冰脱髯。芒砀<sub>音宕</sub>大包内，生类恐尽歼。啾啾窗间雀，不知已微纤。举头仰天鸣，所愿晷刻淹。不如弹射死，却得亲炰燖。鸾凰苟不存，尔固不在占。其馀蠢动俦，俱死谁恩嫌。伊我称最灵，不能女覆苫。悲哀激愤叹，五藏难安恬。中宵倚墙立，淫泪何渐渐。天王哀无辜，惠我下顾瞻。褰旒去耳纩，调和进梅盐。贤能日登御，黜彼傲与憸。生风吹死气，豁达如褰帘。悬乳零落堕，晨光入前檐。雪霜顿销释，土脉膏且黏。岂徒兰蕙荣，施及艾与蒹。日轮行铄铄，风条坐襜襜。天乎苟其能，吾死意亦厌。

## 和虞部卢四<sub>汀</sub>酬翰林钱

### 七<sub>徽</sub>赤藤杖歌 元和四年分司东都作

赤藤为杖世未窥，台郎始携自滇池。滇王扫宫避使者，跪进再拜语嗢咽<sub>乙骨切</sub>咿。绳桥拄过免倾堕，性命造次蒙扶持。途经百国皆莫识，君臣聚观逐旌麾。共传滇神出水献，赤龙拔须血淋漓。又云羲和操火鞭，暝到西极睡所遗。几重包裹自题署，不以珍怪夸荒夷。归来捧赠同舍子，浮光照手欲把疑。空堂昼眠倚牖户，飞电著壁搜蛟螭。南宫清深禁闱密，唱和有类吹埙篪。妍辞丽句不可继，见寄聊且慰分司。

## 崔十六少府摄伊阳以诗及
## 书见投因酬三十韵

崔君初来时，相识颇未惯。但闻赤县尉，不比博士慢。赁屋得连墙，往来忻莫间。我时亦新居，触事苦难办。蔬飧要同吃，破袄请来绽。谓言安堵后，贷借更何患。不知孤遗多，举族仰薄宦。有时未朝餐，得米日已晏。隔墙闻欢呼，众口极鹅雁。前计顿乖张，居然见真赝。娇儿好眉眼，裤脚冻两骭下晏切。捧书随诸兄，累累两角丱。冬惟茹寒齑，秋始识瓜瓣。问之不言饥，饮若厌刍豢。才名三十年，久合居给谏。白头趋走里，闭口绝谤讪。府公旧同袍，拔擢宰山涧。寄诗杂诙俳，有类说鹏鷃。上言酒味酸，冬衣竟未撰音患。下言人吏稀，惟足彪与虥音栈。又言致猪鹿，此语乃善幻。三年国子师，肠肚习藜苋。况住洛之涯，鲂鳟可罩汕。音讪。翼谓之汕，籗谓之罩，捕鱼笼也。肯效屠门嚼，久嫌弋者篡。谋拙日焦拳，活计似锄划一作铲。男寒涩诗书，妻瘦剩腰襻普患切。为官不事职，厥罪在欺谩一作慢。行当自劾去，渔钓老葭菼五患切。岁穷寒气骄，冰雪滑磴栈。音问难屡通，何由觌清盼。

## 送侯参谋赴河中幕 侯继，时从王谔辟

忆昔初及第，各以少年称。君颐始生须，我齿清如冰。尔时心气壮，百事谓己能。一别讵几何，忽如隔晨兴。我齿豁可鄙，君颜老可憎。相逢风尘中，相视迭嗟矜。幸同学省官，末路再得朋。东司绝教授，游〔宴〕(晏)以为恒。秋渔荫密树，夜博然明灯。雪径抵樵叟，风廊折谈僧。陆浑桃花间，有汤沸如烝。三月崧少步，踯躅红千层。洲沙厌晚坐，岭壁穷晨升。沉冥不计日，为乐不可胜。迁满一已异，乖离坐难凭。行行事结束，人马何骄腾。感激生胆勇，从

军岂尝曾。洸洸司徒公<sub>时王锷检校司徒为河南尹</sub>，天子爪与肱。提师十万馀，四海钦风棱。河北兵未进，<sub>时讨王承宗，吐突承璀督师，逗留不进。</sub>蔡州帅新甍。<sub>吴少诚卒，弟少阳自称留后。</sub>曷不请扫除，活彼黎与烝。鄙夫诚怯弱，受恩愧徒弘。犹思脱儒冠，弃死取先登。又欲面言事，上书求诏征。侵官固非是，妄作谴可惩。惟当待责免，耕劚归沟塍<sub>音乘</sub>。今君得所附，势若脱鞲鹰。橄笔无与让，幕谋识其膺。收绩开史牒，翰飞逐溟鹏。男儿贵立事，流景不可乘。岁老阴沴作，云颓雪翻崩。别袖拂洛水，征车转崤陵。勤勤酒不进，勉勉恨已仍。送君出门归，愁肠若牵绳。默坐念语笑，痴如遇寒蝇。策马谁可适，晤言谁为应。席尘惜不扫，残尊对空凝。信知后会时，日月屡环絙。生期理行役，欢绪绝难承。寄书惟在频，无吝简与缯。

## 东 都 遇 春

少年气真<sub>一作直</sub>狂，有意与春竞。行逢二三月，九州花相映。川原晓服鲜，桃李晨妆靓。荒乘不知疲，醉死岂辞病。饮啄惟所便，文章倚豪横。尔来曾几时，白发忽满镜。旧游喜乖张，新辈足嘲评<sub>音病</sub>。心肠一变化，羞见时节盛。得闲无所作，贵欲辞视听。深居疑避仇，默卧如当暝。朝曦入牖来，鸟唤昏不醒。为生鄙计算，盐米告屡<sub>一作屡告</sub>罄。坐疲都忘起，冠侧懒复正。幸蒙东都官，获离机与阱。乖慵遭傲僻，渐染生弊性。既去焉能追，有来犹莫骋。有船魏王池，<sub>《河南志》云：洛水经尚善、旌盖二坊之北，南溢为池，深处至数顷，水鸟翔泳，荷芰翻覆，为都城之胜。贞观中，以赐魏王泰，故号魏王池。</sub>往往纵孤泳。水容与天色，此处皆绿净。岸树共纷披，渚牙相纬经<sub>一作径</sub>。怀归苦不果，即事取幽迸。贪求匪名利，所得亦已并。悠悠度朝昏，落落捐季孟。群公一何贤，上戴天子圣。谋谟收禹绩<sub>一作迹</sub>，四面出雄劲。转输非不勤，稽逋有军令。在庭百执事，奉职各祗敬。我独胡为

哉，坐与亿兆庆。譬如笼中鸟，仰给活性命。为诗告友生，负愧终
究竟。

## 感春五首 分司东都作

辛夷高花最先开，青天露坐始此回。已呼孺人戛鸣瑟，更遣稚子传
清杯。选壮军兴不为用，坐狂朝论无由陪。如今到死得闲处，还有
诗赋歌康哉。宪宗即位，平夏、平蜀、平河东，赫然中兴，而愈年逾强仕，投闲分司，
故有此言。

洛阳东风几时来，川波岸柳春全回。宫门一锁不复启，虽有九陌无
尘埃。策马上桥朝日出，楼阙赤白正崔嵬。孤吟屡阕莫与和，寸恨
至短谁能裁。

春田可耕时已催，王师北讨何当回。时讨成德王承宗。放车载草农事
济，战马苦饥谁念哉。蔡州纳节旧将死时彰义节度吴少诚卒，起居谏议
联翩来。裴度以河南府功曹召为起居舍人，孟简、孔戡皆为谏议大夫。朝廷未省
有遗策，肯不垂意瓶与罍。

前随杜尹兼拜表回，笑言溢口何欢咍。孔丞戡别我适临汝，风骨峭
峻遗尘埃。音容不接只隔夜，凶讣讵可相寻来。天公高居鬼神恶，
欲保性命诚难哉。

辛夷花房忽全开，将衰正盛须频来。清晨辉辉烛霞日，薄暮耿耿和
烟埃。朝明夕暗已足叹，况乃满地成摧颓。迎繁送谢别有意，谁肯
留恋少环回。

## 酬裴十六功曹巡府西驿途中见寄

裴十六，度也，监察御史出为河南府功曹。时故相郑馀庆为河南
尹。

相公罢论道，聿至活东人。御史坐言事，作吏府中尘。遂令河南

治,今古无俦伦。四海日富庶,道途隘蹄轮。府西三百里,候馆同鱼鳞。相公谓御史,劳子去自巡。是时山水秋,光景何鲜新。哀鸿鸣清耳,宿雾褰高旻。遗我行旅诗,轩轩有风神。譬如黄金盘,照耀荆璞真。我来亦已幸,事贤女其仁。持竿洛水侧,孤坐屡穷辰。多才自劳苦,无用只因循。辞免期匪远,行行及山春。

## 燕河南府秀才得生字

吾皇绍祖烈,天下再太平。诏下诸郡国,岁贡乡曲英。元和五年冬,房公式尹东京。功曹上言公,是月当登名。乃选二十县,试官得鸿生。群儒负己材,相贺简择精。怒起簸羽翮,引吭吐铿轰。此都自周公,文章继名声。自非绝殊尤,难使耳目惊。今者遭震薄,不能出声鸣。鄙夫忝县尹,愧栗难为情。惟求文章写,不敢妒与争。还家敕妻儿,具此煎炰烹。柿红蒲萄紫,肴果相扶擎一作擎。芳茶诸本多作茶出蜀门,好酒浓且清。何能充欢燕,庶以露厥诚。昨闻诏书下一作来,权公作邦桢权德舆为相。文人得其职,文道当大行。阴风搅短日,冷雨涩不晴。勉哉戒徒驭,家国迟子荣。

## 送　李　翱

翱娶愈兄弇之女,与愈善。杨於陵为广州刺史,表翱佐其府。

广州万里途,山重江逶迤。行行何时到,谁能定归期。揖我出门去,颜色异恒时。虽云有追一作迎送,足迹绝自兹。人生一世间,不自张与弛。譬如浮江木,纵横岂自知。宁怀别时苦,勿作别后思。

## 送石洪处士赴河阳幕得起字

洪字浚川,洛阳人。元和五年,乌重裔为河阳节度使,辟为参谋。

长把种树书,人云避世士。忽骑将军马,自号报恩子。风云入壮怀,泉石别幽耳。钜鹿师欲老,常山险犹恃。时冀镇王承宗反,以兵讨之,无功,遂赦承宗。岂惟彼相忧,固是吾徒耻。去去事方急,酒行可以起。

## 送湖南李正字归 英华作送李础判官归湖南

长沙入楚深,洞庭值秋晚。人随鸿雁少,江共蒹葭远。历历余所经,悠悠子当返。孤游怀耿介,旅宿梦婉娈。风土稍殊音,鱼虾日异饭。亲交俱在此,谁与同息偃。

# 全唐诗卷三四〇

## 韩 愈

### 辛 卯 年 雪

元和六年春,寒气不肯归。河南二月末,雪花一尺围。崩腾相排
揍,子达切,又子末切。龙凤交横飞。波涛何飘扬,天风吹幡旗。白帝
盛羽卫,髟髟振裳衣。白霓先启途,从以万玉妃。翕翕陵厚载,哗
哗弄阴机。生平未曾见,何暇议是非。或云丰年祥,饱食可庶几。
善祷吾所慕,谁言寸诚微。

### 醉 留 东 野

昔年因读李白杜甫诗,长恨二人不相从。吾与东野生并世,如何复
蹑二子踪。东野不得官,白首夸龙钟。韩子稍奸黠,自惭青蒿倚长
松。低头拜东野,原得终始如駏蛩。东野不回头,有如寸筳撞巨
钟。我愿身为云,东野变为龙。四方上下逐东野,虽有离别无由
逢。

### 李 花 二 首

平旦入西园,梨花数株若矜夸。旁有一株李,颜色惨惨似含嗟。问

之不肯道所以，独绕百匝至日斜。忽忆前时经此树，正见芳意初萌
芽。奈何趁酒不省录，不见玉枝攒霜葩。泫然为汝下雨泪，无由反
斾羲和车。东风来吹不解颜，苍茫夜气生相遮。冰盘夏荐碧实脆，
斥去不御惭其花。

当春天地争奢华，洛阳园苑尤纷拏。谁将平地万堆雪，剪刻作此连
天花。日光赤色照未好，明月暂入都交加。夜领张彻投卢仝，乘云
共至玉皇家。长姬香御四罗列，缟裙练帨无等差。静濯明妆有所
奉，顾我未肯置齿牙。清寒莹骨肝胆醒，一生思虑无由邪。

# 招杨之罘

之罘，宪宗元和十一年进士。愈为河南令，之罘自中山来，相从问
学，惜其归，以诗招之。

柏生两石间，万岁终不大。野马不识人，难以驾车盖。柏移就平
地，马羁入厩中。马思自由悲，柏有伤根容。伤根柏不死，千丈日
以至。马悲罢还乐，振迅矜鞍鞯。之罘南山来，文字得我惊。馆置
使读书，日有求归声。我令之罘归，失得柏与马。之罘别我去，计
出柏马下。我自之罘归，入门思而悲。之罘别我去，能不思我为。
洒扫县中居，引水经竹间。嚣哗所不及，何异山中闲。前陈百家
书，食有肉与鱼。先王遗文章，缀缉实在余。礼称独学陋，易贵不
远复。作诗招之罘，晨夕抱饥渴。

## 寄卢仝 宪宗元和六年河南令时作

玉川先生洛城里，破屋数间而已矣。一奴长须不裹头，一婢赤脚老
无齿。辛勤奉养十馀人，上有慈亲下妻子。先生结发憎俗徒，闭门
不出动一纪。至今邻僧乞米送，仆忝县尹能不耻。俸钱供给公私
馀，时致薄少助祭祀。劝参留守郑馀庆谒大尹李素，言语才及辄掩

耳。水北山人石洪得名声,去年去作幕下士。水南山人温造又继
往,鞍马仆从塞闾里。少室山人李渤索价高,两以谏官征不起。彼
皆刺口论世事,有力未免遭驱使。先生事业不可量,惟用法律自绳
己。春秋三传束高阁,独抱遗经穷终始。往年弄笔嘲同异,怪辞惊
众谤不已。近来自说寻坦途。犹上虚空跨绿骃。去年一作岁生儿
名添丁,意令与国充耘耔。国家丁口连四海,岂无农夫亲耒耜。先
生抱才终大用,宰相未许终不仕。假如不在陈力列,立言垂范亦足
恃。苗裔当蒙十世宥,岂谓贻厥无基址。故知忠孝生天性,洁身乱
伦定足拟。昨晚长须来下状,隔墙恶少恶难似。每骑屋山一作上下
窥阚,浑舍惊怕走折趾。凭依婚媾欺官吏,不信令行能禁止。先生
受屈未曾语,忽此来告良有以。嗟我身为赤县令,操权不用欲何
俟。立召贼曹呼伍伯,尽取鼠辈尸诸市。先生又遣长须来,如此处
置非所喜。况又时当长养节,都邑未可猛政理。先生固是余所畏,
度量不敢窥涯涘。放纵是谁之过欤,效尤戮仆愧前史。买羊沽酒
谢不敏,偶逢明月曜桃李。先生有意许降临,更遣长须致双鲤。

## 酬司门卢四兄云夫院长望秋作

长安雨洗新秋出,极目寒镜开尘函。终南晓望蹋龙尾,倚天更觉青
巉巉。自知短浅无所补,从事久此穿朝衫。归来得便即游览,暂似
壮马脱重衔。曲江荷花盖十里,江湖生目思莫缄。乐游下瞩无远
近,绿槐萍合不可芟。白首寓居谁借问,平地寸步扃云岩。云夫吾
兄有狂气,嗜好与俗殊酸咸。日来省我不肯去,论诗说赋相喃喃。
望秋一章已惊绝,犹言低抑避谤谗。若使乘酣骋雄怪,造化何以当
镌劖。嗟我小生值强伴,怯胆变勇神明鉴。驰坑跨谷终未悔,为利
而止真贪馋。高揖群公谢名誉,远追甫白感至诚。楼头完月不共
宿,其奈就缺行攕攕所咸切,一作纤纤。

# 谁 氏 子

吕炅，河南人。元和中，弃其妻，著道士服，谢母曰：“当学仙王屋山。”去数月，复出见河南少尹李素。素立之府门，使吏卒脱道士服，给冠带，送付其母。

非痴非狂谁氏子，去入王屋称道士。白头老母遮门啼，挽断衫袖留不止。翠眉新妇年二十，载送还家哭穿市。或云欲学吹凤笙，所慕灵妃媲萧史。又云时俗轻寻常，力行险怪取贵仕。神仙虽然有传说，知者尽知其安矣。圣君贤相安可欺，干死穷山竟何俟。呜呼余心诚岂弟，愿往教诲究终始。罚一劝百政之经，不从而诛未晚耳。谁其友亲能哀怜，写吾此诗持送似。

## 河南令舍池台

灌池才盈五六丈，筑台不过七八尺。欲将层级压篱落，未许波澜量斗石。规摹虽巧何足夸，景趣不远真可惜。长令人吏远趋走，已有蛙黾助狼籍。

## 送无本师归范阳 贾岛初为浮屠，名无本。

无本于为文，身大不及胆。吾尝示之难，勇往无不敢。蛟龙弄角牙，造次欲手揽。众鬼囚大幽，下觑袭玄窞音啖。天阳熙四海，注视首不颔。一作锁。锁，低头也。鲸鹏相摩窣音速，两举快一噉。夫岂能必然，固已谢黯黮音啖。狂词肆滂葩，低昂见舒惨。奸穷怪变得，往往造平澹。蜂蝉碎锦缬，绿池披菡萏。芝英擢荒榛，孤翮起连菼。家住幽都远，未识气先感。来寻吾何能，无殊嗜昌歜俎感切。始见洛阳春，桃枝缀红糁。遂来长安里，时卦转习坎。愈迁职方员外郎，岛来别，时十一月，故云。老懒无斗心，久不事铅椠。欲以金帛酬，举室常顾音坎颔。念当委我去,雪霜刻以懵。狞飙搅空衢,天地与顿撼。
勉率吐歌诗,慰女别后览。

# 石　鼓　歌

欧阳修《集古录》云:石鼓文在岐阳,初不见称于世,至唐人始盛称
之,而韦应物以为周文王之鼓,至宣王刻诗尔,韩退之直以为宣王之鼓,
在今凤翔孔子庙。鼓有十,先时散弃于野,郑馀庆始置于庙,而亡其二。
皇祐四年,向传师求于民间,得之,十鼓乃足。　石鼓文可见者,其略
曰:"我车既攻,我马既同。"又曰:"我车既好,我马既䮄。君子员猎,员
猎员游。麋鹿速速,君子之求。"又曰:"左骖幡幡,右骖骍骍。秀弓时
射,麋豕孔庶。"又曰:"其鱼维何,维鲂维鲤。何以橐之,维杨与柳。"

张生手持石鼓文生即籍,劝我试作石鼓歌。少陵无人谪仙死,才薄
将奈石鼓何。周纲陵迟四海沸,宣工愤起挥天戈。大开明堂受朝
贺,诸侯剑佩鸣相磨。蒐于岐阳骋雄俊,万里禽兽皆遮罗。镌功勒
成告万世,凿石作鼓隳嵯峨。从臣才艺咸第一,拣选撰刻留山阿。
雨淋日炙野火燎,鬼物守护烦挐呵。公从何处得纸本,毫发尽备无
差讹。辞严义密读难晓,字体不类隶与科。年深岂免有缺画,快剑
斫断生蛟鼍。鸾翔凤翥众仙下,珊瑚碧树交枝柯。金绳铁索锁纽
壮,古鼎跃水龙腾梭。陋儒编诗不收入,二雅褊迫无委蛇。孔子西
行不到秦,掎摭星宿遗羲娥。嗟予好古生苦晚,对此涕泪双滂沱。
忆昔初蒙博士征,其年始改称元和。故人从军在右辅,为我度量一
作度量掘臼科。濯冠沐浴告祭酒,如此至宝存岂多。毡包席裹可立
致,十鼓只载数骆驼。荐诸太庙比郜鼎,光价岂止百倍过。圣恩若
许留太学,诸生讲解得切磋。观经鸿都尚填咽,坐见举国来奔波。
剜苔剔藓露节角,安置妥帖平不颇。大厦深檐与盖覆,经历久远期
无佗。中朝大官老于事,讵肯感激徒媕音庵婀音阿。牧童敲火牛砺
角,谁复著手为摩挲。日销月铄就埋没,六年西顾空吟哦。羲之俗

书趁姿媚,数纸尚可博白鹅。继周八代争战罢,无人收拾理则那。
方今太平日无事,柄任儒术崇丘轲。安能以此上论列,愿借辨口如
悬河。石鼓之歌止于此,呜呼吾意其蹉跎。

# 双 鸟 诗

双鸟海外来,飞飞到中州。一鸟落城市,一鸟集岩幽。不得相伴
鸣,尔来三千秋。两鸟各闭口,万象衔口头。春风卷地起,百鸟皆
飘浮。两鸟忽相逢,百日鸣不休。有耳聒皆聋,有口反自羞。百舌
旧饶声,从此恒低头。得病不呻唤,泯默至死休。雷公告天公,百
物须膏油。自从两鸟鸣,聒乱雷声收。鬼神怕嘲咏,造化皆停留。
草木有微情,挑抉示九州。虫鼠诚微物,不堪苦诛求。不停两鸟
鸣,百物皆生愁。不停两鸟鸣,自此无春秋。不停两鸟鸣,日月难
旋辀。不停两鸟鸣,大法失九畴。周公不为公,孔丘不为丘。天公
怪两鸟,各捉一处囚。百虫与百鸟,然后鸣啾啾。两鸟既别处,闭
声省愆尤。朝食千头龙,暮食千头牛。朝饮河生尘,暮饮海绝流。
还当三千秋,更起鸣相酬。

# 赠刘师服 一作命

羡君齿牙牢且洁,大肉硬饼如刀截。我今呀 一作牙 豁落者多,所存
十馀皆兀臲。匙抄烂饭稳送之,合口软嚼如牛呞。妻儿恐我生怅
望,盘中不饤栗与梨。只今年才四十五,后日悬知渐莽卤。朱颜皓
颈讶莫亲,此外诸馀谁更数。忆昔太公仕进初,口含两齿无赢馀。
虞翻十三比岂少,遂自惋恨形于书。丈夫命存百无害,谁能点检形
骸外。巨缗东钓倘可期,与子共饱鲸鱼脍。

# 题炭谷湫祠堂

在京兆之南,终南之下,祈雨之所也。南山、秋怀诗皆见之。

万生<sub></sub>一作物都阳明,幽暗鬼所寰。嗟龙独何智,出入人鬼间。不知
谁为助,若执造化关。厌处平地水,巢居插天山。列峰若攒指,石
盂仰环环。巨灵高其捧,保此一掬悭。森沉固含蓄,本以储阴奸。
鱼鳖蒙拥护,群嬉傲天顽。翾翾<sub></sub>音喧栖托禽,飞飞一何闲。祠堂像
侔真,擢玉纤烟鬟。群怪俨伺候,恩威在其颜。我来日正中,悚惕
思先还。寄立尺寸地,敢言来途艰。吁无吹毛刃,血此牛蹄殷。至
令乘水旱,鼓舞寡与鳏。林丛镇冥冥,穷年无由删。妍英杂艳实,
星琐黄朱斑。石级皆险滑,颠跻莫牵攀。龙<sub></sub>宋刻作龙区雏众碎,付
与宿已颁。齐去可奈何。吾其死茅菅。

## 听颖<sub></sub>一作颍师弹琴

昵昵<sub></sub>一作妮妮儿女语,恩怨相尔汝。划然变轩昂,勇士赴敌场。浮
云柳絮无根蒂,天地阔远随飞扬。喧啾百鸟群,忽见孤凤凰。跻攀
分寸不可上,失势一落千丈强。嗟余有两耳,未省听丝篁。自闻颖
师弹,起坐在一旁<sub></sub>一作床。推手遽止之,湿衣泪滂滂。颖乎尔诚能,
无以冰炭置我肠。

# 送陆畅归江南

畅娶董溪女。溪,丞相晋第二子。愈尝为晋从事,故云门之下士。

举举江南子,唐人以举止端丽为举举。名以能诗闻。一来取高第,官佐
东宫军。迎妇丞相府,夸映秀士群。鸾鸣桂树间,观者何缤纷。人
事喜颠倒,旦夕异所云。萧萧青云干,遂逐荆棘焚。岁晚鸿雁过,
乡思见新文。践此秦关雪,家彼吴洲云。悲啼上车女,骨肉不可

分。感慨都门别，丈夫酒方醺。我实门下士，力薄蚋与蚊。受恩不即报，永负湘中坟。

## 送进士刘师服东归

猛虎落槛阱，坐食如孤独。丈夫在富贵，岂必守一门。公心有勇气，公口有直言。奈何任埋没，不自求腾轩。仆本亦进士，颇尝究根源。由来骨鲠材，喜被软弱吞。低头受侮笑，隐忍碑兀冤。泥雨城东路，夏槐作云屯。还家虽阙短，把日亲晨飧。携持令名归，自足贻家尊。时节不可玩，亲交可攀援。勉来取金紫，勿久休中园。

## 嘲鲁连子

　　齐田巴辩于徂丘，议于稷下，一日而服千人。有徐劫弟子曰鲁连，年十二，谓劫曰："臣愿当田子，使不得复说。"鲁连往见田巴，巴于是杜口易业，终身不谈。

鲁连细而一作儿黠，有似黄鹞子。田巴兀老苍，怜汝矜爪嘴。开端要惊人，雄跨吾厌矣。高拱禅鸿声，若辍一作啜一杯水。独称唐虞贤，顾未知之耳。

## 赠张籍

吾老著一作嗜读书，馀事不挂眼。有儿虽甚怜，教示不免简。君来好呼出，踉蹡越门限。惧其无所知，见则先愧赧。昨因有缘事，上马插手版。留君住厅食，使立侍盘盏。薄暮归见君，迎我笑而莞。指渠相贺言，此是万金产。吾爱其风骨，粹美无可拣。试将诗义授，如以肉贯弗音产。开祛露毫末，自得高蹇屽。我身蹈丘轲，爵位不早绾。固宜长有人，文章绍编划。感荷君子德，恍若乘朽栈。召令吐所记，解摘了瑟僴。顾视窗壁间，亲戚竞觇觇音满。喜气排寒冬，逼耳鸣睍睆。如今更谁恨，便可耕瀺灂。

## 调 张 籍

李杜文章在，光焰万丈长。不知群儿愚，那用故谤伤。蚍蜉撼大树，可笑不自量。伊我生其后，举颈遥相望。夜梦多见之，昼思反微茫。徒观斧凿痕，不睹治水航。想当施手时，巨刃磨一作摩天扬。垠崖划崩豁，乾坤摆雷硠。惟此两夫子，家居率荒凉。帝欲长吟哦，故遣起且僵。剪翎送笼中，使看百鸟翔。平生千万篇，金薤垂琳琅。仙官敕六丁，雷电下取将。流落人间者，太山一毫芒。我愿生两翅，捕逐出八荒。精诚忽交通，百怪入我肠。刺手拔鲸牙，举瓢酌天浆。腾身跨汗漫，不著织女襄。顾语地上友，经营无太忙。乞君飞霞佩，与我高颉颃。

## 卢郎中云夫寄示送盘谷子诗两章歌以和之

昔寻李愿向盘谷，正见高崖巨壁争开张。是时新晴天井溢，天井，关名，在太行山上。《水经》曰：天井溪出天井关，北流注白水，世谓之北流泉。谁把长剑倚太行。冲风吹破落天外，飞雨白日洒洛阳。东蹈燕川食旷野，有馈木蕨芽满筐。马头溪溪名深不可厉，借车载过水入箱。平沙绿浪榜方口地名，雁鸭飞起穿垂杨。穷探极览颇恣横，物外日月本不忙。归来辛苦欲谁为，坐令再往之计堕眇芒。闭门长安三日雪，推书扑笔歌慨慷。旁无壮士遣属和，远忆卢老诗颠狂。开缄忽睹送归作，字向纸上皆轩昂。又知李侯竟不顾，方冬独入崔嵬藏。我今进退几时决，十年蠢蠢随朝行。家请官供不报答，何一作无异雀鼠偷太仓。行抽手版付丞相，不等弹劾还耕桑。

## 寄皇甫湜 <sub></sub>湜，睦州新安人。

敲门惊昼睡，问报睦州吏。手把一封书，上有皇甫字。拆书放床
头，涕与泪垂<sub>四一作泗</sub>。昏昏还就枕，惘惘梦相值。悲哉无奇术，安
得生两翅。

## 病中赠张十八

中虚得暴下，避冷卧北窗。不蹋晓鼓朝，安眠听逢逢。籍也处闾
里，抱能未施邦。文章自娱戏，金石日击撞。龙文百斛鼎，笔力可
独扛。谈舌久不掉，非君亮谁双。扶几导之言，曲节初拟拟<sub>音窗</sub>。
半途喜开凿，派别失大江。吾欲盈其气，不令见麾幢。牛羊满田
野，解衹束空杠。倾尊与斟酌，四壁堆罌缸。玄帷隔雪风，照炉钉
明釭。夜阑纵掉<sub>音摆</sub>阖，哆口疏眉厖。势侔高阳翁，坐约齐横降<sub>音</sub>
<sub>杭</sub>。连日挟所有，形躯顿胮肛<sub>音滂肛</sub>。将归乃徐谓，子言得无哤<sub>音厖</sub>。
回军与角逐，斫树收穷庞。雌声吐款要，酒壶缀羊腔。君乃昆仑
渠，籍乃岭头泷。譬如蚁蛭微，讵可陵嶐峎。幸愿终赐之，斩拔柙
与桩。从此识归处，东流水淙淙。

## 杂　诗

古史散左右，诗书置后前。岂殊蠹书<sub>一作书蠹虫</sub>，生死文字间。古
道自愚蠢<sub>一作戆，一作悫</sub>，古言自包缠。当今固殊古，谁与为欣欢。独
携无言子，共升昆仑颠。长风飘襟裾，遂起飞高圆。下视禹九州，
一尘集豪端。遨嬉未云几，下已亿万年。向者夸夺子，万坟厌其
巅。惜哉抱所见，白黑未及分。慷慨为悲咤，泪如九河翻。指摘相
告语，虽还今谁亲。翩然下大荒，被发骑骐骥。

# 寄崔二十六立之

西城员外丞，元和初，立之以前大理评事黜官，再转为蓝田县丞。西城谓蓝田也。心迹两屈奇。往岁战词赋，不将势力随。下驴入省门，左右惊纷披。傲兀坐试席，深丛一作岩见孤罴。文如翻水成，初不用意为。四座各低面，不敢捩眼窥。升阶揖侍郎，立之中元和四年进士第，知举侍郎刘太真。归舍日未欹。佳句喧众口，考官敢瑕疵。连年收科第，若摘颔底髭。回首卿相位，通途无他歧。岂论校书郎，袍笏光参差。童稚见称说，祝身得如斯。侪辈妒且热，喘如竹筒吹。老妇愿嫁女，约不论财赀。老翁不量分，累月笞其儿。搅搅争附托，无人角雄雌。由来人间事，翻覆不可知。安有巢中鷇音寇，插翅飞天陲。驹麛著爪牙，猛虎借与皮。汝头有缰系，汝脚有索縻。陷身泥沟间，谁复禀指㧑。不脱吏部选，可见偶与奇。又作朝士贬，得非命所施。客居京城中，十日营一炊。逼迫走巴蛮一作峦，恩爱座上离。昨来汉水头，始得完孤羁。桁音行挂新衣裳，盎弃食残糜。苟无饥寒苦，那用分高卑。怜我还好古，宦途同险巇。每旬遗我书，竟岁无差池。新篇奚其思，风幡肆逶迤。又论诸毛功，劈水看蛟螭。雷电生睒音闪睗音释，角鬣相撑披。属我感穷景，抱华不能摛。唱来和相报，愧叹俾我疵。又寄百尺彩，绯红相盛衰。巧能喻其诚，深浅抽肝脾。开展放我侧，方餐涕垂匙。朋交日凋谢，存者逐利移。子宁独迷误，缀缀意益弥。举头庭树豁，狂飙卷寒曦。迢递山水隔，何由应埙篪。别来就十年，君马记骒骊。长女当及事，谁助出帨缡。诸男皆秀朗，几能守家规。文字锐气在，辉辉见旌麾。摧肠与戚容，能复持酒卮。我虽未耋老，发秃骨力羸。所馀十九齿，飘飖尽浮危。玄花著两眼，视物隔褷褵。唐本作视物剧隔褷。燕席谢不诣，游鞍悬莫骑。敦敦凭书案，譬彼鸟黏黐丑知切。且吾闻之师，不以物自隳。孤豚眠粪壤，不慕太庙牺。君看一时人，几辈先腾驰。过半黑头死，阴虫食枯骴<sub></sub>音疵，残骨。欢华不满眼，咎责塞两仪。观名计之利一作实，讵足相陪裨。仁者耻贪冒，受禄量所宜。无能食国惠，岂异哀癃罢。久欲辞谢去，休令众睢睢音隋。况又婴疹疾，宁保躯不赀。不能前死罢，内实惭神祇。旧籍在东郡，茅屋枳棘篱。还归非无指，灞渭扬春渐。生兮耕吾疆，死也埋吾陂。文书自传道，不仗史笔垂。夫子固吾党，新恩释衔羁。去来伊洛上，相待安罝音孤罺音卑。我有双饮盏，其银得朱音殊提音时。黄金涂物象，雕镂妙工倕。乃令千里鲸，幺麼微螽斯。犹能争明月，摆掉出渺瀰。野草花叶细，不辨蒵蓁蒚。绵绵相纠结，状似环城陴。四隅芙蓉树，擢艳皆猗猗。鲸以兴君身，失所逢百罹。月以喻夫道，黾勉励莫亏。草木明覆载，妍丑齐荣萎。愿君恒御之，行止杂燧觿。异日期对举，当如合分支。《通鉴》：元魏熙平元年，立法，在军有功者，行台给券，当中竖裂，一支给勋人，一支送门下，以防伪巧。今人亦谓析产符契为分支帐，即此义也。愈以双盏之一赠崔，故末句如此。

# 月蚀诗效<sub></sub>阁本作删玉川子作

宪宗元和五年，时为河南令。

元和庚寅斗插子，月十四日三更中。森森万木夜僵立，寒气屓音戏奰音备顽无风。月形如白盘，完完上天东。忽然有物来啖之，不知是何虫。如何至神物，遭此狼狈凶。星如撒沙出，攒集争强雄。油灯不照席，是夕吐焰如长虹。玉川子，涕泗下，中庭独行独下或有自字。念此日月者，为天之眼睛。此犹不自保，吾道何由行。尝闻古老言，疑是虾蟆精。径圆千里纳女腹，何处养女百丑形。杷一作爬沙脚手钝，谁使女解缘青冥。黄帝有四目，帝舜重其明。今天只两目，何故许食使偏盲。尧呼大水浸十日，不惜万国赤子鱼头生。女

于此时若食日,虽食八九无 㺪名。赤龙黑乌日下三足乌也烧口热,翎
鬣倒侧相搪撑。婪酣大肚遭一饱,饥肠彻死无由鸣。后时食月罪
当死,天罗磕音榼匼何处逃汝刑。玉川子立于庭而言曰:地行贱臣
仝,再拜敢告上天公。臣有一寸刃,可刳凶蟆肠。无梯可上天,天
阶无由有臣踪。寄笺东南风,天门西北祈风通。丁宁附耳莫漏泄,
薄命正值飞廉惏。东方青色龙,牙角何呀呀。从官百馀座,嚼啜烦
官家。月蚀汝不知,安用为龙窟天河。赤鸟司南方,尾秃翅觰陟加
切,角上张也,字亦作觰沙。月蚀于汝头,汝口开呀呀。虾蟆掠汝两吻
过,忍学省事不以汝嘴啄虾蟆。於菟蹲于西,旗旄卫毵音参笔音沙。
既从白帝祠,又食于蜡礼有加。忍令月被恶物食,枉于汝口插齿
牙。乌龟怯奸,怕寒缩颈,以壳自遮。终令夸蛾《列子》:夸蛾氏二子负二
山,盖有神力者。抉汝出,卜师烧锥钻灼满板如星罗。此外内外官,《汉
书·天文志》:经星常宿,中外官百十八名,七百八十三星。琐细不足科。臣请悉
扫除,慎勿许语令啾哗。并光全耀归我月,盲眼镜净无纤瑕。弊一
作毙蛙拘送主府官,帝箸下腹尝其膰。依前使兔操杵臼,玉阶桂树
闲婆娑。姮娥还宫室,太阳有室家。天虽高,耳属地。感臣赤心,
使臣知意。虽无明言,潜喻厥旨。有气有形,皆吾赤子。虽忿大
伤,忍杀孩稚。还汝月明,安行于次。尽释众罪,以蛙磔死。

# 孟 生 诗

《文粹》作孟先生诗。孟郊下第,送之谒徐州张建封也。

孟生江海士,古貌又古心。尝读古人书,谓言古犹今。作诗三百
首,窅默咸池音。骑驴到京国,欲和熏风琴。岂识天子居,九重郁
沉沉。一门百夫守,无籍不可寻。晶光荡相射,旗戟翿以森。迁延
乍却走,惊怪靡自任。举头看白日,泣涕下沾襟。揭来游公卿,莫
肯低华簪。谅非轩冕族,应对多差参。萍蓬风波急,桑榆日月侵。

奈何从进士,此路转岖嵚音钦。异质忌处群,孤芳难寄林。谁怜松
桂性,竞爱桃李阴。朝悲辞树叶,夕感归巢禽。顾我多慷慨,穷檐
时见临。清宵静相对,发白聆苦吟。采兰起幽念,眇然望东南。秦
吴修且阻,两地无数金。我论徐方牧,好古天下钦。竹实凤所食,
德馨神所歆。求观众丘小,必上泰山岑。求观众流细,必泛沧溟
深。子其听我言,可以当所箴。既获则思返,无为久滞淫。卞和试
三献,期子在秋砧。

## 射训狐

德宗时,裴延龄、韦渠牟等用事,人争出其门,诗意有所讽也。

有鸟夜飞名训狐,矜凶挟狡夸自呼。《唐五行志》:休留一名训狐。或曰训
狐,其声也,因以名之。乘时阴黑止我屋,声势慷慨非常粗。安然大唤
谁畏忌,造作百怪非无须。聚鬼征妖自朋扇,罢掉栱桷颓墍涂。慈
母抱儿怕入席,那暇更护鸡窠雏。我念乾坤德泰大,卵此恶物常勤
劬。纵之岂即遽有害,斗柄行拄西南隅。谁谓停奸计尤剧,意欲唐
突羲和乌。侵更历漏气弥厉,何由侥幸休须臾。咨余往射岂得已,
候女两眼张睢盱。枭惊堕梁蛇走窦,一夫阁本作矢斩颈群雏枯。

## 将归赠孟东野房蜀客 蜀客名次卿

君门不可入,势利一作力互相推。借问读书客,胡为在京师。举头
未能对,闭眼聊自思。倏忽十六年,终朝苦寒饥。宦途竟寥落,鬓
发坐差池。颍水清且寂,箕山坦而夷。如今便当去,咄咄无自疑。

## 答孟郊

规模一作谋背时利,文字觑天巧。人皆馀酒肉,子独不得饱。才春
思已乱,始秋悲又搅。朝餐动及午,夜讽恒至卯。名声暂膻腥,肠

肚镇煎炀音炒。古心虽自鞭，世路终难拗。弱拒喜张臂，猛拿闲缩爪。见倒谁肯扶，从嗔我须咬。

## 从　仕

居闲食不足，从仕力难任。两事皆害性，一生恒苦心。黄昏归私室，惆怅起叹音。弃置人间世，古来非独今。

## 短灯檠歌

长檠八尺空自长，短檠二尺便且光。黄帘绿幕朱户闭，风露气入秋堂凉。裁衣寄远泪眼暗，搔头频挑移近床。太学儒生东鲁客，二十辞家来射策。夜书细字缀语言，两目眵音痴昏头雪白。此时提携当案前，看书到晓那能眠。一朝富贵还自恣，长檠高张照珠翠。吁嗟世事无不然，墙角君看短檠弃。

## 送刘师服

夏半阴气始，淅然云景秋。蝉声入客耳，惊起不可留。草草具盘馔，不待酒献酬。士生为名累，有似鱼中钩。赍材入市卖，贵者恒难售。岂不畏憔悴，为功忌中休。勉哉耘其业，以待岁晚收。

# 全唐诗卷三四一

## 韩　愈

### 符读书城南 <small>符,愈之子。城南,愈别墅。</small>

木之就规矩,在梓匠轮舆。人之能为人,由腹有诗书。诗书勤乃
有,不勤腹空虚。欲知学之力,贤愚同一初。由其不能学,所入遂
异闾。两家各生子,提孩巧相如。少长聚嬉戏,不殊同队鱼。年至
十二三,头角稍相疏。二十渐乖张,清沟映污渠。三十骨骼<small>音格</small>成,
乃一龙一猪。飞黄腾踏去,不能顾蟾蜍。一为马前卒,鞭背生虫
蛆。一为公与相,潭潭府中居。问之何因尔,学与不学欤。金璧虽
重宝,费用难贮储。学问藏之身,身在则有馀。君子与小人,不系
父母且。不见公与相,起身自犁锄。不见三公后,寒饥出无驴。文
章岂不贵,经训乃菑畲。潢潦无根源,朝满夕已除。人不通古今,
马牛而襟裾。行身陷不义,况望多名誉。时秋积雨霁,新凉入郊
墟。灯火稍可亲,简编可卷舒。岂不旦夕念,为尔惜居诸。恩义有
相夺,作诗劝踌躇。

### 示　爽

宣城去京国,里数逾三千。念汝欲别我,解装具盘筵。日昏不能

散,起坐相引牵。冬夜岂不长,达旦灯烛然。座中悉亲故,谁肯舍汝眠。念汝将一身,西来曾几年。名科<sub>一作科名</sub>掩众俊,州考居吏前。今从府公召,府公又时贤。时辈千百人,孰不谓汝妍。汝来江南近,里闾故依然。<sub>宣城在江之南,愈有别业在焉。</sub>昔日同戏儿,看汝立路边。人生但如此,其实亦可怜。吾老世味薄,因循致留连。强颜班行内,何实非罪愆。才短难自力,惧终莫洗湔。临分不汝诳,有路即归田。

## 人日城南登高

初正候才兆,涉七气已弄。霭霭野浮阳,晖晖水披冻。圣朝身不废,佳节古所用。亲交既许来,子姪同侄亦可从。盘蔬冬春杂,尊酒清浊共。令征前事为,觞咏新诗送。扶杖凌圮址,刺船犯枯葑。恋池群鸭回,释峤孤云纵。人生本坦荡,谁使妄倥偬。直指桃李阑,幽寻宁止重。

## 病　鸥

屋东恶水沟,有鸥堕鸣悲。青泥掩<sub>一作淹</sub>两翅,拍拍不得离。君童叫相召,瓦砾争先之。计校生平事,杀却理亦宜。夺攘不愧耻,饱满盘天嬉。晴日占光景,高风恣<sub>一作送</sub>追随。遂<sub>一作拟</sub>凌鸾<sub>一作紫凤</sub>群,肯顾鸿鹄<sub>一作鹄雁</sub>卑。今者命运<sub>一作运命</sub>穷,遭逢巧丸儿。中汝要害处,汝能不得施。于吾乃何有,不忍乘其危。丐汝将死命,浴以清水池。朝餐辍鱼肉,暝宿防狐狸。自知无以致,蒙德久犹疑。饱入深竹丛,饥来傍阶基。亮无责报心,固以听所为。昨日有气力,飞跳弄藩篱。今晨忽径去,曾不报我知。侥幸非汝福,天衢汝休窥。京城事弹射,竖子不<sub>一作岂</sub>易欺。勿讳泥坑辱,泥坑乃良规。

# 华 山 女

街东街西讲佛经，撞钟吹螺闹宫庭。广张罪福资一作恋诱胁，听众狎恰唐人语排浮萍。黄衣道士亦讲说，座下寥落如明星。华山女儿家奉道，欲驱异教归仙灵。洗妆拭面著冠帔，白咽红颊长眉青。遂来升座演真诀，观门不许人开扃。不知谁人暗相报，訇然振动如雷霆。扫除众寺人迹绝，骅骝塞路连辎軿。观中人满坐观外，后至无地无由听。抽簪一作钗脱钏解环佩，堆金叠玉光青一作晶荧。天门贵人传诏召，六宫愿识师颜形。玉皇颔首许归去，乘龙驾鹤去青冥。豪家少年岂知道，来绕百匝脚不停。云窗雾阁事恍惚，重重翠幕深金屏。仙梯难攀俗缘重，浪凭青鸟通丁宁。

## 读皇甫湜公安园池诗书其后二首

晋人目二子，其犹吹一呋。音血,小声。《庄子》:道尧舜于戴晋人之前,譬犹一呋也。戴,姓。晋人,名,梁之贤者。区区自其下，顾肯挂牙舌。春秋书王法，不诛其人身。尔雅注虫鱼，定非磊落人。湜也困公安，不自闲一本有其闲二字穷年。枉智思椅撷，粪壤一本有间字污秽岂有臧。诚不如两忘，但以一概量。

我有一池水，蒲苇生其间。虫鱼沸相嚼，日夜不得闲。我初往观之，其后益不观。观之乱我意，不如不观完。用将济诸人，舍得业孔颜。百年讵几时，君子不可闲。一本连前诗合作一首。

## 路傍堠 以下四篇并元和十四年出为潮州作

堆堆唐本作堠堠路傍堠音后，一双复一只。迎我出秦关，送我入楚泽。千以高山遮，万以远一作大水隔。吾君勤听治，照与日月敌。臣愚幸可哀，臣罪庶可释。何当迎送归，缘路高历历。

## 食曲河驿 驿在商邓间

晨及曲河驿,凄然自伤情。群乌一作鸟巢庭树,乳燕一作雀飞檐楹。
而我抱重罪,孑孑万里程。亲戚顿乖角一作榷,图史弃纵横。下负
明一作朋义重,上孤朝命荣。杀身谅无补,何用一作由答生成。

## 过 南 阳

南阳郭门外,桑下麦青青。行子去未已,春鸠鸣不停。秦商邈既
远,湖海浩将经。孰忍生以戚一作蹙,吾其寄馀龄。

## 泷 吏

南行逾六旬,始下昌乐泷。韶州乐昌有昌山,有乐石泷,在县上十里。险恶
不可状,船石相春撞。往问泷头吏,潮州尚几里。行当何时到,土
风复何似。泷吏垂手笑,官何问之愚。譬官居京邑一作譬如官居北,
何由知东吴。东吴游宦乡,官知自有由。潮州底处所,有罪乃窜
流。侬幸无负犯,何由到而知。官今行自到,那遽妄问为。不虞卒
见困,汗出愧且骇。吏曰聊戏官,侬尝使往罢。岭南大抵同,官去
道苦辽。下此三千里,有州始名潮。恶溪瘴毒聚,雷电常汹汹。鳄
鱼大于船,牙眼怖杀侬。州南数十里,有海一作水无天地。飓风有
时作,掀簸真差去声事。圣人于天下,于物无不容。比闻此州囚,亦
在生还侬。官无嫌此州,固罪人所徙。阁本作官嫌此州恶,固人之所徙。
官当明时来,事不待说委。官不自谨慎,宜即引分往。胡为此水
边,神色久怅慌。瓿音岗大瓶罂小,所任自有宜。官何不自量,满
溢以取斯。工农虽小人,事业各有守。不知官在朝,有益国家不。
得无虱其间,商君以仁义礼乐为虱官,曰六虱成俗,兵必大败。不武亦不文。
仁义饬其躬,巧奸败群伦。叩头谢吏言,始惭今更羞。历官二十

馀,国恩并未酬。凡吏之所诃,嗟实颇有之。不即金木诛,敢不识恩私。潮州虽云远,虽恶不可过。于身实已多,敢不持自贺。

# 赠别元十八协律六首

元十八集虚,见白乐天集。桂林伯,桂管观察使裴行立也。

知识久去一作绝眼,吾行其既远。耆耆莫訾省,《史记·胶西王传》:遂为无訾省。苏林谓为无訾录,无所省录也。默默但寝饭。子兮何为者,冠珮立宪宪。何氏之从学,兰蕙已满畹。于何玩其光,以至岁向晚。治惟尚和同,无俟于謇謇。或师绝学贤,不以艺自挽。子兮独如何,能自媚婉娩。金石出声音,宫室发关楗。何人识章甫,而知骏蹄踠。惜乎吾无居,不得留息偃。临当背面时,裁诗示缱绻。

英英桂林伯,实惟文武特。远劳从事贤谓元协律,来吊逐臣色。南裔多山海,道里屡纤直。风波无程期,所忧动不测。子行诚艰难,我去未穷极。临别且何言,有泪不可拭。

吾友柳子厚,其人艺且贤。吾未识子时,已览赠子篇。寤寐想风采,于今已三年。不意流窜路,旬日一作兼旬同食眠。所闻昔已多,所得今过前。如何又须别,使我抱悁悁。

势要情所重,排斥则埃尘。骨肉未免然,又况四海人。巍巍桂林伯,矫矫义勇身。生平所未识,待我逾交亲。遗我数幅书,继以药物珍。药物防瘴疠,书劝养形神。不知四罪地,岂有再起辰。穷途致感激,肝胆还轮囷。

读书患不多,思义患不明。患足已不学,既学患不行。子今四美具,实大华亦荣。王官不可阙,未宜后诸生。嗟我摈南海,无由助飞鸣。

寄书龙城守,君骥何时秣。峡山逢飓风,雷电助撞捽昨没切。乘潮簸扶胥地名,在广州,近岸指一发。两岩虽云牢,水一作木石互飞发,屯门地名虽云高,亦映波浪没。余罪不足惜,子生未宜忽。胡为不忍别,感谢情至骨。

## 初南食贻元十八协律

鲎音后实如惠文,骨眼相负行。《地理志》:鲎形如惠文冠,《岭表录异》:鲎眼在背,雌负雄而行。蚝相黏为山,百十各自生。《岭表录异》:蚝即牡蛎也,初生海边,如拳石,四面渐长,高一二丈者,巉岩如山。蒲鱼尾如蛇,口眼不相营。蒲鱼即鲂鱼。营一作萦。蛤即是虾蟆,同实浪异名。《本草注》:青蛙、蛙蛤、长脚蠼子,皆虾蟆之类。章举有八脚,身上有肉如白,亦曰章鱼。马甲柱即江瑶柱,斗以怪自呈。其馀数十种,莫不可叹惊。我来御魑魅,自宜味南烹。调以咸与酸,芼以椒与橙。腥臊始发越,咀吞面汗骍。惟蛇旧所识,实惮口眼狞。开笼听其去,郁屈尚不平。卖尔非我罪,不屠岂非情。不祈灵珠报,幸无嫌怨并。聊歌以记之,又以告同行。

## 宿曾江口示侄孙湘二首

　　湘,字北渚,老成之子,愈兄弇之孙。此赴潮州作也。

云昏水奔流,天水漭相围。三江灭无口,曾江有三江合流,今混为一,不见江口。其谁识涯圻。暮宿投民村,高处水半扉。犬鸡俱上屋,不复走与飞。篙舟入其家,暝闻屋中唏。问知岁常然,哀此为生微。海风吹寒晴,波扬众星辉。仰视北斗高,不知路所归。

舟行忘故道,屈曲高林间。林间无所有,奔流但潺潺。嗟我亦拙谋,致身落南蛮。茫然失所诣,无路何能还。

## 答柳柳州食虾蟆

虾蟆虽水居,水特变形貌。强号为蛙哈,于实无所校。虽然两股长,其奈脊皱音遒炮音炮。跳踯虽云高,意一作竟不离汀淖。鸣声相呼和,无理只取闹。周公所不堪,洒灰垂典教。我弃愁海滨,恒愿眠不觉音教。巨堪朋类多,沸耳作惊爆。端能败笙磬,仍工乱学校。
虽蒙勾践礼,竟不闻报效。大战元鼎年,汉武元鼎五年秋,蛙虾蟆斗。勃
强勃败桡。居然当鼎味,岂不辱钓罩。余初不下喉,近亦能稍稍。
常惧染蛮夷,失平生好乐。而君复何为,甘食比豢豹。猎较务同
俗,全身斯为孝。哀哉思虑深,未见许回棹。

# 别赵子

> 赵子名德,潮州人。愈刺潮,德摄海阳尉,督州学生徒。愈移袁州,
> 欲与俱,不可,诗以别之。

我迁于揭阳,揭阳,汉县,属南海郡,至唐为湘州。君先揭阳居。揭阳去京
华,其里万有馀。不谓小郭中,有子可与娱。心平而行高,两通诗
与书。婆娑海水南,簸弄明月珠。及我迁宜春袁州,意欲携以俱。
摆头笑且言,我岂不足欤。又奚为于北一作此,往来以纷如。海中
诸山中,幽子隐士也颇不无。相期风涛观,已久不可渝。又尝疑龙
虾,果谁雄牙须。蚌蠃鱼鳖虫,瞿瞿以狙狙。识一已忘十,大同细
自殊。欲一穷究之,时岁屡谢除。今子南且北,岂非亦有图。人心
未尝同,不可一理区。宜各从所务,未用相贤愚。

# 除官赴阙至江州寄鄂岳李大夫 李程也。

> 元和十五年,自袁州诏拜国子祭酒,行次盆城作。

盆城去鄂渚,风便一日耳。不枉故人书,无因帆去声江水。故人辞
礼闱,旌节镇江圻。而我窜逐者,龙钟初得归。别来已三岁,望望
长迢递。咫尺不相闻,平生那可计。我齿落且尽,君鬓一作须白几
何。年皆过半百,来日苦无多。少年乐新知,衰暮思故友。譬如亲
骨肉,宁免相可不。我昔实愚蠢,不能降色辞。子犯亦有言,臣犹
自知之。公其务贳音世过,我亦请改事。桑榆倘可收,愿寄相思字。

# 南山有高树行赠李宗闵

凤凰谓裴度，何山鸟谓宗闵，挟丸子及黄鹄谓李德裕、李绅、元稹也。初度伐蔡，引宗闵为彰义观察判官，蔡平，进知制诰。长庆初，钱徽典贡举，宗闵托所亲于徽。德裕及绅、稹共发其事，宗闵坐贬剑州刺史，俄复为中书舍人。由是嫌怨显结，缙绅之祸，四十馀年不解。此赠诗，宗闵初贬时作也。后篇《猛虎行》，宗闵复入后作也。

南山有高树，花叶何衰衰。考张衡《南都赋》，当作蓑蓑。上有凤凰巢，凤凰乳且栖。四旁多长枝，群鸟所托依。黄鹄据其高，众鸟接一作栖其卑。不知何山鸟，羽毛有光辉。飞飞择所处，正得众所希。上承凤凰恩，自期永不衰。中与黄鹄群，不自隐其私。下视众鸟群，汝徒竟何为。不知挟丸子，心默有所规。弹汝枝叶间，汝翅不觉摧。或言由黄鹄，黄鹄岂有之。慎勿猜众鸟，众鸟不足猜一作疑。无人语凤凰，汝屈安得知。黄鹄得汝去，婆娑弄毛衣。前汝下视鸟，各议汝瑕疵。汝岂无朋匹，有口莫肯开。汝落蒿艾间，几时复能飞。哀哀故山友，中夜思汝悲。路远翅翎短，不得一作能持汝归。

## 猛虎行 诸本有赠李宗闵字

猛虎虽云恶，亦各有匹侪。群行深谷间，百兽望风低。身食黄熊父，子食赤豹麛。择肉于熊豹，肯视兔与狸。正昼当谷眠，眼有百步威。自矜无当对，气性纵以乖。朝怒杀其子，暮还食一作飨其妃。匹侪四散走，猛虎还孤栖。狐鸣门两旁，乌鹊从噪之。出逐猴一作猱入居，虎不知所归。谁云猛虎恶，中路正悲啼。豹来衔其尾，熊来攫其颐。猛虎死不辞，但惭前所为。虎坐一作兕无助死，况如汝细微。故当结以信，亲当结以私。亲故且不保，人谁信汝为。

# 全唐诗卷三四二

## 韩　愈

### 雪后寄崔二十六丞公 斯立

蓝田十月雪塞关，我兴南望愁群山。攒天鬼鬼一作崔鬼冻相映，君乃寄命于其间。秩卑俸薄食口众，岂有酒食开容颜。殿前群公赐食罢，骓骝蹋路骄且闲。称多量少鉴裁密，岂念幽桂遗榛菅。几欲犯严出荐口，气象硉兀未可攀。归来殒涕掩关卧，心之纷乱谁能删。诗翁憔悴剧荒棘谓孟郊，清玉刻佩联玦环。脑脂遮眼卧壮士谓张籍病眼，大弨挂壁无由弯。乾坤惠施万物遂，独于数子怀偏悭。朝歠暮嗜不可解，我心安得如石顽。

### 送僧澄观

李邕《泗州普光王寺碑》：僧伽者，龙朔中西来，尝纵观临淮，发念置寺。既成，中宗赐名普光王寺。以景龙四年三月二日示灭于京，后澄观建僧伽塔于泗州。

浮屠西来何施为，扰扰四海争奔驰。构楼架阁切星汉，夸雄斗丽止者谁。僧伽后出淮泗上，势到众佛尤恢奇。越商胡贾脱身罪，珪璧满船宁计资。清淮无波平如席，栏柱倾扶半天赤。火烧水转扫地空，突兀便高三百尺。影沉潭底龙惊遁，当昼无云跨虚碧。借问经营本何人,道人澄观名籍籍。愈昔从军大梁下,往来满屋贤豪者。皆言澄观虽僧徒,公才吏用当今无。后从徐州辟书至,纷纷过客何由记。人言澄观乃诗人,一座竞吟诗句新。向风长叹不可见,我欲收敛加冠巾。洛阳穷秋厌穷独,丁丁啄门疑啄木。有僧来访呼使前,伏犀插脑高颊权。惜哉已老无所及,坐睨神骨空潜然。临淮太守初到郡,远遣州民送音问。好奇赏俊直难逢,去去为致思从容。

## 山南郑相公樊员外酬答为诗其末咸有见及语樊封以示愈依赋十四韵以献

郑馀庆、樊宗师也。馀庆元和九年为山南西道节度使,宗师为副。

梁维西南屏,山厉水刻屈。禀生肖剿刚,剿音巢,轻捷也。难谐在民物。荣公馀庆封荥阳郡公鼎轴老,烹斡烹谓烹击,斡谓斡旋,犹宰制也。力健倔。帝咨女予往,牙纛前岔塎。岔,蒲闷切。塎音佛,或作拂。塎堆,尘起貌。威风挟惠气,盖壤两劗拂。茫漫华黑间,指画变悦欻。诚既富而美,章汇霍炳蔚。日延讲大训,龟判错衮黻。《公羊传》:宝者何,璋,判白龟青纯。何休注:判,半也。半珪曰璋。龟判言其所执,衮黻言其所服。樊子坐宾署,演孔刮老佛。金舂撼玉应,厥臭剧蕙郁。遗我一言重,跽受惕斋栗。辞悭义卓阔,呀豁疚掊掘。呀豁,隙窍也。疚,劳也。因其隙窍,力加掊掘。掊掘者,讨究也。如新去耵聍,雷霆逼飓飔。于丰切。耵聍,耳垢也。如新去耳垢,却闻雷霆飓飔也。缀此岂为训,俚言绍庄屈。

## 奉和武相公镇蜀时咏使宅

### 韦太尉所养孔雀　武元衡、韦皋也

穆穆鸾凤友,何年来止兹。飘零失故态,隔绝抱长思。翠角高独耸,金华焕相差。坐蒙恩顾重,毕命守阶墀。

# 感 春 三 首

偶坐藤树下,暮春下旬间。藤阴已可庇,落蕊还漫漫。亹亹新叶
大,珑珑晚花干。青天高寥寥,两蝶飞翻翻一作翩翩。时节适当尔,
怀悲自无端。

黄黄芜菁花,桃李事已退。狂风簸枯榆,狼籍九衢内。春序一如
此,汝颜安足赖。谁能驾飞车,相从观海外。

晨游百花林,朱朱兼白白。柳枝弱而细,悬树垂百尺。左右同来
人,金紫贵显剧。娇童为我歌,哀响跨筝笛。艳姬蹋筵舞,清眸刺
剑戟。心怀平生友,莫一在燕席。死者长眇芒,生者困乖隔。少年
真可喜,老大百无益。

## 早赴街西行香赠卢李
### 二中舍人 卢汀、李逢吉也

天街东西异,祇命遂成游。月明御沟晓,蝉吟堤树秋。老僧情不
薄,僻寺境还幽。寂寥二三子,归骑得相收。

## 晚寄张十八助教周郎
### 博士 张籍、周况也。况,愈之从婿。

日薄一作落风景旷,出归偃前檐。晴云如擘絮,新月似磨镰。田野
兴偶动,衣冠情久厌。吾生可携手,叹息岁将淹。

## 题张十八所居 籍

君居泥沟上,沟浊萍青青。蛙欢桥未扫,蝉噪门长扃。名秩后千
品,诗文齐六经。端来问奇字,为我讲声形。

# 奉酬卢给事云夫四兄曲江荷花行见寄
# 并呈上钱七兄<sub>徽</sub>阁老张十八助教

曲江千顷秋波净，平铺红云盖明镜。大明宫中给事归，走马来看立
不正。遗我明珠九十六，寒光映骨睡骊目。我今官闲得婆娑，<sup>时自</sup>
<sup>中，书舍人降太子右庶子。</sup>问言何处芙蓉多。撑舟昆明度云锦，脚敲两
舷叫吴歌。太白山高三百里，负雪崔嵬插花里。玉山前却不复来，
曲江汀滢水平杯。我时相思不觉一回首，天门九扇相当开。上界
真人足官府，岂如散仙鞭笞鸾凤终日相追陪。

## 奉和钱七兄<sub>徽</sub>曹长盆池所植

翻翻江浦荷，而今生在此。摆摆菰叶长，芳根复谁徙。露涵两鲜
翠，风荡相磨倚。但取主人知，谁言盆盎是。

## 记　梦

夜梦神官与我言，罗缕道妙角与根。挈携陬维口澜翻，百二十刻须
臾间。我听其言未云足，舍我先度横山腹。我徒三人共追之，一人
前度安不危。我亦平行蹋<sup>丘召切</sup>魽<sup>牛召切</sup>，神完骨跻脚不掉。侧
身上视溪谷盲，杖撞玉版声彭觥。神官见我开颜笑，前对一人壮非
少。石坛坡陀可坐卧，我手承颏<sup>音孩</sup>肘拄座。隆楼杰阁磊嵬高，天
风飘飘吹我过。壮非少者哦七言，六字常语一字难。我以指撮白
玉丹，行且咀嚼行诘盘。口前截断第二句，绰虐顾我颜不欢。乃知
仙人未贤圣，护短凭愚邀我敬。我能屈曲自世间，安能从汝巢神
山。

# 南内朝贺归呈同官

唐长安有三内：皇城在西北隅，谓之西内；东内曰大明宫，在西内之东；南内曰兴庆宫，在东内之南。

薄云蔽秋曦，清雨不成泥。罢贺南内衙，归凉晓凄凄。绿槐十二街，《中朝事迹》云：天街两畔树槐，俗号为槐街。涣散驰轮蹄。余惟恋书生，孤身无所赍。三黜竟不去，致官九列齐。岂惟一身荣，佩玉冠簪犀。混荡天门高，著籍朝厥妻。文才不如人，行又无町畦。问之朝廷事，略不知东西。况于经籍深，岂究端与倪。君恩太山重，不见酬稗稊。所职事无多，又不自提撕。明庭集孔鸾，曷取于凫鹥。树以松与柏，不宜间蒿藜。婉娈自媚好，几时不见挤。贪食以忘躯，鲜不调盐醯。法吏多少年，磨淬出角圭。将举汝愆尤，以为己阶梯。收身归关东，期不到死迷。

# 朝　归

峨峨进贤冠，耿耿水苍佩。服章岂不好，不与德相对。顾影听其声，赪颜汗渐背。进乏犬鸡效，又不勇自退。坐食取其肥，无堪等聋瞆。长风吹天墟，秋日万里晒。抵暮但昏眠，不成歌慷慨。

# 杂 诗 四 首

朝蝇不须驱，暮蚊不可拍。蝇蚊满八区，可尽与相格。得时能几时，与汝恣咀咋。凉风九月到，扫不见踪迹。

鹊鸣声楂楂，乌噪声护护。争斗庭宇间，持身博弹射。黄鹄能忍饥，两翅久不擘。苍苍云海路，岁晚将无获。

截橑为榱栌，斫楹以为椽。束蒿以代之，小大不相权。虽无风雨灾，得不覆且颠。解瑟弃骐骥，蹇驴鞭使前。昆仑高万里，岁尽道苦遭。停车卧轮下，绝意于神仙。

雀鸣朝营食，鸠鸣暮觅群。独有知时鹤，虽鸣不缘身。喑蝉终不鸣，有抱不列陈。蛙黾鸣无谓，闷闷只乱人。

## 读东方朔杂事

《汉武帝内传》：帝好长生。七夕，西王母降其宫，索桃七枚，以四枚与帝，自食三枚，曰："此桃三千年一实。"时东方朔从殿东厢朱鸟牖中窥母，母谓帝曰："此窥牖儿尝三来偷吾桃，昔为太山上仙官，令到方丈，擅弄雷电，激波扬风，风雨失时，阴阳错迕，致令蛟鲸陆行，海水暴竭，黄鸟宿渊。于是九潦丈人乃言于太上，遂谪人间。"其后朔一旦乘龙飞去，不知所在。

严严<sub>古岩严通</sub>王母宫，下维万仙家。噫欠为飘风，<sub>聚气为噫，张口为欠。</sub>濯手大雨沱。方朔乃竖子，骄不加禁诃。偷入雷电室，輷<sub>音轰</sub>掉<sub>音棱</sub>掉狂车。王母闻以笑，卫官助呀呀。不知万万人，生身埋泥沙。簸顿五山蹋<sub>音阖</sub>，流漂八维蹉。曰吾儿可憎，奈此狡狯何。方朔闻不喜，褫身络蛟蛇。瞻相北斗柄，两手自相授<sub>音傩</sub>。群仙急乃言，百犯庸不科。向观睥睨处，事在不可赦<sub>音奢</sub>。欲不布露言，外口实喧哗。王母不得已，颜靦口赍嗟。颔头可其奏，送以紫玉珂。方朔不惩创，挟恩更矜夸。诋欺刘天子，正昼溺殿衙。一旦不辞诀，摄身凌苍霞。

## 遣疟鬼

屑屑水帝魂，谢谢无馀辉。如何不肖子，尚奋疟鬼威。乘秋作寒热，翁妪所骂讥。求食欧泄间，不知臭秽非。医师加百毒，熏灌无停机。灸师施艾炷，酷若猎火围。诅师毒口牙，舌作霹雳飞。符师弄刀笔，丹墨交横挥。咨汝之胄出，门户何巍巍。祖轩而父顼，未沫于前徽。不修其操行，贱薄似汝稀。岂不忝厥祖，敮然不知归。湛湛江水清，归居安汝妃。清波为裳衣，白石为门畿。呼吸明月光，手掉芙蓉旗。降集随九歌，饮芳而食菲。赠汝以好辞，咄汝去莫违。

## 示　儿

始我来京师，止携一束书。辛勤三十年，以有此屋庐。此屋岂为华，于我自有馀。中堂高且新，四时登牢蔬。前荣屋檐为荣。前荣，即南荣也。馔宾亲，冠婚之所于。庭内无所有，高树八九株。有藤娄络之，娄音缕。《庄子》：有卷娄者。注：卷娄，犹拘挛也。春华夏阴敷。东堂坐见山，云风相吹嘘。松果连南亭，外有瓜芋区。西偏屋不多，槐榆翳空虚。山鸟旦夕鸣，有类涧谷居。主妇治北堂，膳服适戚疏。恩封高平君，子孙从朝裾一作车。开门问谁来，无非卿大夫。不知官高卑，玉带悬金鱼。问客之所为，峨冠讲唐虞。酒食罢无为，棋槊以相娱。凡此座中人，十九持钧枢。又问谁与频，莫与张樊如。来过亦无事，考评道精粗。跰跰媚学子，墙屏日有徒。以能问不能，其蔽岂可祛。嗟我不修饰，事与庸人俱。安能坐如此，比肩于朝儒。诗以示儿曹，其无迷厥初。

## 庭　楸

庭楸止五株，共生十步间。各有藤绕之，上各相钩联。下叶各垂地，树颠各云连。朝日出其东，我常坐西偏。夕日在其西，我常坐东边。当昼日在上，我在中央间。仰视何青青，上不见纤穿。朝暮无日时，我且八九旋。濯濯晨露香，明珠何联联。夜月来照之，蒨蒨自生烟。我已自顽钝一作滞，重遭五楸牵。客来尚不见，肯到权门前。权门众所趋，有客动百千。九牛亡一毛，未在多少间。往既无可顾，不往自可怜。

## 玩月喜张十八员外以王六秘书至 王六，王建也。

前夕虽十五，月长未满规。君来—作未晤我时，风露渺无涯。浮云散白石，天宇开青池。孤质不自惮，中天为君施。玩玩夜遂久，亭亭曙将披。况当今夕圆，又以嘉客随。惜无酒食乐，但用歌嘲为。

## 和李相公摄事南郊览物兴怀呈一二知旧 李相公，逢吉也。

灿灿辰角曙，亭亭寒露朝。川原共澄映，云日还浮飘。上宰严祀事，清途振华镳。圆丘峻且坦，前对南山标。村树黄复绿，中田稼何饶。顾瞻想岩谷，兴叹倦尘嚣。惟彼颠瞑者，去公岂不辽。为仁朝自治，用静兵以销。勿惮吐捉 捉一作握字，本《史记》。今人用吐握，本《韩诗外传》也。勤，可歌风雨调。圣贤相遇少，功德今宣昭。

## 和裴仆射相公假山十一韵

公乎真爱山，看山旦连夕。犹嫌山在眼，不得着脚历。枉语山中人，匄我洞侧石。有来应公须，归必载金帛。当轩乍骈罗，随势忽开坼。有洞若神剜，有岩类天划。终朝岩洞间，歌鼓燕宾戚。孰谓衡霍期—作奇，近在王侯宅。傅氏筑已卑，磻溪钓何激。逍遥功德下，不与事相摭。乐我盛明朝，于焉傲今昔。

## 与张十八同效阮步兵一日复一夕

一日复一日，一朝复一朝。只见有不如，不见有所超。食作前日味，事作前日调。不知久不死，悯悯尚谁要。富贵自絷拘，贫贱亦煎焦。俯仰未得所，一世已解镳。譬如笼中鹤，六翮无所摇。譬如兔得蹄，安用东西跳。还看古人书，复举前人瓢。未知所穷竟，且作新诗谣。

# 送诸葛觉往随州读书

李繁时为随州刺史，宰相泌之子也。

邺侯家多书，插架三万轴。一一悬牙签，新若手未触。为人强记览，过眼不再读。伟哉群圣文，磊落载其腹。行年五十馀一作馀五十，出守数已六。京邑有旧庐，不容久食宿。台阁多官员，无地寄一足。我虽官在朝，气势日局缩。屡为丞相言，虽恳不见录。送行过浐一作淮水，东望不转目。今子从之游，学问得所欲。入海观龙鱼，矫翮逐黄鹄。勉为新诗章，月寄三四幅。

# 南溪始泛三首

此诗乃长庆间以病在告日所作。

榜舟南山下一作溪上，上上不得返。幽事随去多一作幽寻事随去，孰能量近远。阴沉过连树，藏昂抵横坂。石粗肆磨砺，波恶厌牵挽。或倚偏岸渔，竟就平洲饭。点点暮雨飘，梢梢新月偃。馀年懔无几，休日怆已晚。自是病使然，非由取高蹇一作謇。

南溪亦清驶，而无楫与舟。山农惊见之，随我劝不休。不惟儿童辈，或有杖白头。馈我笼一作篮中瓜，劝我此淹留。我云以病归，此已颇自由。幸有用馀俸，置居在西畴。囷仓米谷满，未有旦夕忧。上去无得得，下来亦悠悠。但恐烦里闾，时有缓急投。愿为同社人，鸡豚燕春秋。

足弱不能步，自宜收朝迹。羸形可舆致，佳观安事掷。即此南坂下，久闻有水石。拖舟入其间，溪流正清激。随波吾未能，峻濑乍可刺。鹭起若导吾,前飞数十尺。亭亭柳带沙,团团松冠壁。归时还尽夜,谁谓非事役。

# 全唐诗卷三四三

## 韩 愈

### 题楚昭王庙

襄州宜城县驿东北有井,传是昭王井。井东北数十步,有昭王庙。

丘坟一作园满目衣冠尽,城阙连云草树荒。犹有国人怀旧德,一间茅屋祭昭王。

### 宿龙宫滩

浩浩复汤汤,滩声抑更扬。奔流疑激电,惊浪似浮霜。梦觉灯生晕,宵残雨送凉。如何连晓语,一半是思乡或作只是说家乡。

### 叉鱼招张功曹署

叉鱼春岸阔,此兴在中宵。大炬然如昼,长船缚似桥。深窥沙可数,静榜水无摇。刃一作手下那能脱,波间或自跳。中鳞怜锦碎,当目讶珠销。迷火逃翻近,惊人去暂遥。竞多心转细,得隽语时嚣。潭馨知存寡,舷平觉获饶。交头疑凑饵,骈首类同条。濡沫情虽密,登门事已辽。盈车欺故事,饲犬验今朝。血浪凝犹沸,腥风远更飘。盖江烟幂幂,拂棹影寥寥。獭去愁无食,龙移惧见烧。如棠名既误,钓渭日徒消。文客惊先赋,篙工喜尽谣。脍成思我友,观乐忆吾僚。自可捐忧累,何须强问鸮。

## 李员外寄纸笔 李伯康也,郴州刺史。

题是临池后,分从起草馀。兔尖针莫并,茧净雪难如。莫怪殷勤谢,虞卿正著书。

## 次同 一作弄,又作巫 冠峡 赴阳山作

今日是何朝,天晴物色饶。落英千尺堕,游丝百丈飘。泄乳交岩脉,悬流揭浪标。无心思岭北,猿鸟莫相撩。

## 答张十一功曹

山净江空水见沙,哀猿啼处两三家。篔筜竞长纤纤笋,踯躅闲开艳艳花。未报恩波知死所,莫令炎瘴送生涯。吟君诗罢看双鬓,斗觉霜毛一半加。

## 郴 州 祈 雨

乞雨女郎魂,儵羞洁且繁。庙开鼯鼠叫,神降越巫言。旱气期销荡,阴官想骏奔。行看五马入,萧飒已随轩。

## 湘中酬张十一功曹

休垂绝徼千行泪,共泛清湘一叶舟。今日岭猿兼越鸟,可怜同听不知愁。

## 郴口又赠二首

山作剑攒江写镜,扁舟斗转疾于飞。回头笑向张公子,终日思归此日归。

雪飑霜翻看不分,雷惊电激语难闻。沿涯一作崖宛转到一作入深处,
何限青天无片云。

## 题木居士二首

> 耒阳县北沿流二三十里鳌鳌口寺,退之所题木居士在焉。元丰初,
> 以祷旱不应,为邑令析而薪之。

火透波穿不计春,根如头面干如身。偶然题作木居士,便有无穷求
福人。

为神讵比沟中断,遇赏还同爨下馀。朽蠹不胜刀锯力,匠人虽巧欲
何如。

## 晚泊江口

郡城朝解缆,江岸暮依村。二女竹上泪,孤臣水底魂。双双归蛰
燕,一一叫群猿。回首那闻一作能语,空看别袖翻。

## 湘　中

猿愁鱼踊一作跃水翻波,自古流传是汨罗。蘋藻满盘无处奠,空闻
渔父扣舷歌。

## 别　盈　上　人

山僧爱山出无期,俗士牵俗来何时。祝融峰下一回首,即是此生长
别离。

## 喜雪献裴尚书

> 裴均也,时为荆南节度使,检校吏部尚书,愈为法曹参军。

宿云寒不卷,春雪堕如筵一作筛。骋巧先投隙,潜光半一作乱入池。

喜深将策试,惊密仰檐窥。自下何曾污,增高未觉<small>一作见</small>危。比心明可烛,拂面爱还吹。妒舞时飘袖,欺梅并压枝。地空迷界限,砌满接高卑。浩荡乾坤合,霏微物象移。为<small>一作验</small>祥矜大熟,布泽荷平施。已分年华晚,犹怜曙色随。气严当酒换<small>一作暖</small>,洒急听窗知。照曜临初日,玲珑滴晚澌。聚庭持岳笋,扫路<small>一作地</small>见云披。阵势鱼丽远,书文鸟篆奇。纵欢罗艳黠,列贺拥熊螭。履敝行偏冷,门扃卧更羸。悲嘶闻病马,浪走信娇儿。灶静愁烟绝<small>一作灭</small>,丝繁念鬓衰。拟盐吟旧句,授简慕前规。捧赠同燕石,多惭失所宜。

## 春　雪

看雪乘清旦,无人坐独谣。拂花轻尚起,落地暖初销。已讶陵歌扇,还来伴舞腰。洒篁留密<small>一作半</small>节,著柳送长条。入镜鸾窥沼,行天马度桥。遍阶怜可掬,满树戏成摇。江浪迎涛日,风毛纵猎朝。弄闲时细转,争急〔忽〕<small>(勿)</small>惊飘。城险疑悬布,砧寒未捣绡。莫愁阴景促,夜色<small>一作月</small>自相饶。

## 闻梨花发赠刘师命

桃溪惆怅不能过,红艳纷纷落地多。闻道郭西千树雪,欲将君去醉如何。

## 春雪间<small>一作映</small>早梅

梅将雪共春,彩艳不相因。逐吹<small>去声</small>能争密,排枝巧妒新。谁令香满座,独使净无尘。芳意饶呈瑞,寒光助照人。玲珑开已遍,点缀坐来频。那是俱疑似,须知两逼真。荧煌初乱眼,浩荡忽迷神。未许琼华比,从将玉树亲。先期迎献岁,更伴占兹晨。愿得长辉映,轻微敢自珍。

## 早春雪中闻莺

朝莺雪里新,雪树眼前春。带涩先迎气,侵寒已报人。共矜初听早,谁贵后闻频。暂啭那成曲,孤鸣岂及辰。风霜徒自保,桃李讵相亲。寄谢幽栖友,辛勤不为身。

## 梨花下赠刘师命

洛阳城外清明节,百花寥落梨花发。今日相逢嶂海头,共惊烂漫开正月。

## 和归工部送僧约 工部,归登也。约,荆州人。

早知皆是自拘囚,不学因循到白头。汝既出家还扰扰,何人更得一作向死前休。

## 入 关 咏 马

岁老岂能充上驷,力微当自慎前程。不知何故翻骧首,牵过关门妄一鸣。

## 木 芙 蓉

新开寒露丛,远比水间红。艳色宁相妒,嘉名偶自同。采江官渡一作秋节晚,搴木古祠空。愿得一作须劝勤来看,无令便逐风。

## 题张十一旅舍三咏

### 榴 花

五月榴花照眼明,枝间时见子初成。可怜此地无车马,颠倒青苔落绛英。

### 井

贾谊宅中今始见，葛洪山下昔曾窥。寒泉百尺空看影，正是行人渴一作喝死时。

### 蒲萄

新茎未遍半犹枯，高架支离倒复扶。若欲满盘堆马乳，《蜀本草》：蒲萄有似马乳者。莫辞添竹引龙须。

## 峡石西泉 一作寒泉

居然鳞介不能容，石眼环环水一钟。闻说旱时求得雨，只疑科斗是蛟龙。

## 梁国惠康公主挽歌二首

公主，宪宗长女，下嫁于頔之子季友，元和中薨，诏令百官进诗。

定谥芳声远，移封大国新。巽宫尊长女，台室属良人。河汉重泉夜，梧桐半树春。龙〔辀〕软音而非厌于涉切翟，还辇禁城尘。

秦地吹箫女，湘波鼓瑟妃。佩兰初应梦，奔月竟沦辉。夫族迎魂去，宫官会葬归。从今沁园草，无复更芳菲。

## 和崔舍人咏月二十韵

舍人，崔群也。愈元和七年，以职方员外郎下迁国子博士，此诗是其年八月所作。

三秋端正月，今夜出东溟。对日犹分势，腾天渐吐灵。未高贮远气，半上雾孤形。赫奕当躔次，虚徐度杳冥。长河晴散雾，列宿曙分萤。浩荡英华溢，萧疏物象泠。池边临倒照，檐际送横经。花树参差见，皋禽断续聆。膴光窥寂寞，砧影伴娉婷。幽坐看侵户，闲吟爱满庭。辉斜通壁练，彩碎射沙星。清洁云间路，空凉水上亭。

净堪分顾兔，细得数飘萍。山翠相凝绿，林烟共幂青。过隙惊桂侧，当午觉轮停。属音烛思摛霞锦，追欢罄缥瓶。郡楼何处望，陇笛此时听。右掖连台座，重门限禁扃。风台观滉漾，冰砌步青荧。独有虞庠客，无由拾落蓂。

## 咏雪赠张籍

只见纵横落，宁知远近来。飘飏还自弄，历乱竟谁催。座暖销那怪，池清失可猜。坳中初盖底，坯处遂成堆。慢一作漫有先居后，轻多去却回。度前铺瓦垄，发本一作奔发积墙隈。穿细时双透，乘危忽半摧。舞深逢坎井，集早值层台。砧练终宜捣，阶纨未暇裁。城寒装一作妆睥睨，树冻裹莓苔。片片匀如剪，纷纷碎若捼奴回切。定非煑鹄鹭，真是屑琼瑰。纬音徽缅音忽观朝萼，冥茫瞩晚一作晓埃。当窗恒凛凛，出户即皑皑音哀。压一作润野荣芝菌，倾都委货财。娥嬉华荡漾，胥怒浪崔嵬。磧迥疑一作宜浮地，云平想碾雷。随车翻缟带，逐马散银杯。万屋漫汗平声合，千株照曜开。松篁遭挫抑一作折，愈时盖以柳涧事下迁，此寄意于时宰也。粪壤获饶培。隔绝门庭遽一作邃，挤排陛一作阶级才。岂堪禆岳镇，强欲效盐梅。隐匿瑕疵尽，包罗委琐该。误鸡宵呃喔，惊雀暗裴回。浩浩过三暮，悠悠匝九垓。鲸鲵陆死骨，玉石火炎灰。厚虑填溟壑，高愁擨音致斗魁。日轮埋欲侧，坤轴压将颓。岸类一作堰长蛇搅一作扰，陵犹巨象豗。水官夸杰黠，木气怯胚胎。著地无由卷，连天不易推。龙鱼冷蛰苦，虎豹饿号哀。巧借奢华一作豪便，专绳困约灾。威贪陵一作凌布被，光肯离金罍。赏玩捐他事，歌谣放我才。狂教诗砵矶，兴与酒陪鳃。惟子能一作谁谙耳，诸人得语哉。助留风作党，劝坐火为媒。雕刻文刀利，搜求智网恢。莫烦相属和，传示及提孩。

## 酬王二十舍人<sub>涯</sub>雪中见寄

三日柴门拥不开，阶平<sub>一作庭</sub>庭<sub>一作平</sub>满白皑皑。今朝蹋作琼瑶迹，为有诗从<sub>一作仙凤</sub>沼来。

## 送侯喜

已作龙钟后时者，懒于街里蹋尘埃。如今便别长官去，<sub>喜为国子主簿，</sub><sub>愈为博士，故云长官。</sub>直到新年衙日来。

## 学诸进士作精卫衔石填海

鸟有偿冤者，终年抱寸诚。口衔山石细，心望海波平。渺渺功难见，区区命已轻。人皆讥造次，我独赏专精。岂计休无日，惟应尽此生。何惭刺客传，不著报雠名。

## 奉酬振武胡十二丈大夫

　　胡证，河东人。元和九年，党项寇边，以证有安边才略，乃授振武军
　　节度使。

倾朝共羡宠光频，半岁迁腾作虎臣。戎旆暂停辞社树，里门先下敬乡人。横飞玉盏家山晓，远蹑金珂塞草春。自笑平生夸胆气，不离文字鬓毛新。

## 奉和库部卢四兄曹长元日朝回 <sub>卢汀也</sub>

天仗宵严建羽旄，春云送色晓鸡号。金炉香动螭头暗，玉佩声来雉尾高。戎服上趋承北极，儒冠列侍映东曹。太平时节难身<sub>一作身难</sub>遇，郎署何须叹二毛。

## 寒食直归遇雨

寒食时看度,春游事已违。风光连日直,阴雨半朝归。不见红球<sub>蹴</sub>鞠,黄帝所造。鞠与球同,红球以红帛为之。上,那论彩索<sub>北方寒食日,用秋千为</sub>戏,彩索即谓秋千。飞。惟将新赐火,向曙著朝衣。

## 送李六协律归荆南 翱

早日羁游所,春风送客归。柳花还漠漠,江燕正飞飞,歌舞知谁在,宾僚逐使非。宋亭池水绿,莫忘蹋芳菲。

## 题百叶桃花 知制诰时作

百叶双桃晚更红,窥窗映竹见玲珑。应知侍史归天上,故伴仙郎宿禁中。

## 春 雪

新年都未有芳华,二月初惊见草芽。白雪却嫌春色晚,故穿庭树作飞花。

## 戏 题 牡 丹

幸自同开俱隐约,何须相倚斗轻盈。陵一作凌晨并作新妆面,对客偏含不语情。双燕无机还一作来拂掠一作略,游蜂多思正经营。长年是事皆抛尽一作弃,今日栏边暂眼明。

## 盆 池 五 首

老翁真个似童儿,汲水一作井埋盆作小池。一夜青蛙鸣到晓,恰如方口钓鱼时。

莫道盆池作不成,藕稍初种已齐生。从今有雨君须记,来听萧萧打叶声。

瓦沼晨朝水自清,小虫无数不知名。忽然分散无踪影,惟有鱼儿作队行。

泥盆浅小讵成池,夜半青蛙圣─作听得知。一听暗来将伴侣,不烦鸣唤斗〔雄雌〕(雌雄)。

池光天影共青青,拍岸才添水数瓶。且待夜深明─作乘月去,试看涵泳几多星。

## 芍　药　元和中知制诰寓直禁中作

浩态狂香昔未逢,红灯烁烁绿盘笼。觉来独对情─作忽惊恐,身在仙宫第几重。

# 奉和虢州刘给事使君伯刍三堂新题二十一咏　并序　刘伯刍以元和八年出刺虢州

虢州刺史宅连水池竹林,往往为亭台岛渚,目其处为三堂。刘兄自给事中出刺此州,在任逾岁,职修人治,州中称无事,颇复增饰。从子弟而游其间,又作二十一诗以咏其事,流行京师,文士争和之。余与刘善,故亦同作。

## 新　亭

湖上新亭好,公来日出初。水文浮枕簟,瓦影荫龟鱼。

## 流　水

汩汩几时休,从春复到秋。只言池未满,池满强交流。

## 竹　洞

竹洞何年有,公初斫竹开。洞门无锁钥,俗客不曾来。

### 月　台

南馆城阴阔，东湖水气多。直须台上看，始奈月明何。

### 渚　亭

自有人知处，那无步往踪。莫教安四壁，面面看芙蓉。

### 竹　溪

蔼蔼溪流慢一作漫，梢梢岸筱长，穿沙碧鞯净，落水紫苞香。

### 北　湖

闻说游湖棹，寻常到此回。应留醒心处，准拟醉时来。

### 花　岛

蜂蝶去纷纷，香风隔岸闻。欲知花岛处，水上觅红云。

### 柳　溪

柳树谁人种，行行夹岸高。莫将条系缆，著处有蝉号。

### 西　山

新月迎宵挂，晴云到晚留。为遮西望眼，终是懒回头。

### 竹　径

无尘从不扫，有鸟莫令弹。若要添风月，应除数百竿。

### 荷　池

风雨秋池上，高荷盖水繁。未谙鸣摵摵，那似卷翻翻。

### 稻　畦

罫布畦堪数，罫，棋局上方目。枝分水莫寻。鱼肥知已秀，鹤没觉初深。

### 柳　巷

柳巷还飞絮，春馀几许时。吏人休报事，公作送春诗。

### 花　源

源上花初发，公应日日来。丁宁红与紫，慎莫一作切勿一时开。

### 北　楼

郡楼乘晓上,尽日不能回。晚色将秋至,长风送月来。

### 镜　潭

非铸复非熔,泓澄忽此逢。鱼虾不用避,只是照蛟龙。

### 孤　屿

朝游孤屿南,暮戏孤屿北。所以孤屿鸟,与公尽相识。

### 方　桥

非阁复非船,可居兼可过。君欲问方桥,方桥如此作音佐。

### 梯　桥

乍似上青冥,初疑蹑蒄苕。自无飞仙骨,欲度何由敢。

### 月　池

寒池月下明,新月池边曲。若不妒清妍,却成相映烛。

## 游城南十六首

### 赛　神

白布长衫紫领巾,差科未动是闲人。麦苗含穟桑生葚,共向田头乐
社神。

### 题于宾客庄

榆荚车前盖地皮,蔷薇蘸水笋穿篱。马蹄无入朱门迹,纵使春归可
得知。

### 晚　春

草树知春不久归,百般红紫斗芳菲。杨花榆荚无才思,惟解漫天作
雪飞。

### 落　花

已分将身著地飞,那羞践踏损光晖。无端又被春风误,吹落西家不

得归。

## 楸 树 二 首

几岁生成为大树,一朝缠绕困长藤。谁人与脱青罗帔,看吐高花万万层。

幸自枝条一作头能树立,可烦萝蔓作交加。傍人不解寻根本,却道新花胜旧花。

## 风 折 花 枝

浮艳侵天难就看,清香扑地只遥闻。春风也是多情思,故拣繁枝折赠君。

## 赠 同 游

唤起窗全曙,催归日未西。无心花里鸟,更与尽情啼。唤起,催归,二禽名也。唤起声如络纬,圆转清亮,偏鸣于春晓,江南谓之春唤。催归,子规也。

## 赠张十八助教

喜君眸子重清朗,携手城南历旧游。忽见孟生题竹处,相看泪落不能收。

## 题 韦 氏 庄

昔者谁能比,今来事不同。寂寥青草曲,散漫白榆风。架倒藤全落,篱崩竹半空。宁须惆怅立,翻覆本无穷。

## 晚 雨

廉纤晚雨不能晴,池岸草间蚯蚓鸣。投竿跨马蹋归路,才到城门一作闻打鼓声。

## 出 城

暂出城门蹋青草,远于林下见春山。应须韦杜家家到,只有今朝一日闲。

## 把 酒

扰扰驰名者,谁能一日闲。我来无伴侣,把酒对南山。

## 嘲 少 年

直把春偿酒,都将命乞<sub>音气</sub>花。只知闲信马,不觉误随车。

## 楸 树

青幢紫盖立童童,细雨浮烟作彩笼。不得画师来貌<sub>音邈</sub>取,定知难见一生中。

## 遣<sub>一作远兴</sub>

断送一生惟有酒,寻思百计不如闲。莫忧世事兼身事,须著人间比梦间。

# 全唐诗卷三四四

## 韩　愈

### 送李尚书逊赴襄阳八韵得长字

帝忧南国切，改命付忠良。壤画星摇动，旗分兽簸扬。五营兵转
肃，千里地还方。控带荆门远，飘浮汉水长。赐书宽属郡，战马隔
邻疆。纵猎雷霆迅，观棋玉石忙。风流岘首客，花艳大堤倡。富贵
由身致，谁教不自强。

### 和席八夔十二韵 元和十一年，夔与愈同掌制诰。

绛阙银河曙，东风右掖春。官随名共美，花与思俱新。绮陌朝游
间，绫衾夜直频。横门开日月，高阁切星辰。庭变寒前草，天销霁
后尘。沟声通苑急，柳色压城匀。纶绋谋猷盛，丹青步武亲。芳菲
含斧藻，光景畅形神。傍砌看红药，巡池咏白蘋。多情怀酒伴，馀
事作诗人。倚玉难藏拙，吹竽久混真。坐惭空自老，江海未还身。

### 和武相公早春闻莺

早晚飞来入锦城，谁人教解百般鸣。春风红树惊眠处，似妒歌童作
艳声。

## 游太平公主山庄

此首前有太安池一首,阙不载。洪迈《唐人绝句》,此首题即作太安
池。

公主当年欲占春,故将台榭押一作压城闉。欲知前面花多少,直到
南山不属人。

## 晚 春

谁收春色将归去,慢绿妖红半不存。榆荚只能随柳絮,等闲撩乱走
空园。

## 大行皇太后挽歌词三首 宪宗母庄宪皇后也

一纪尊名正,三时孝养荣。高居朝圣主,厚德载群生。武帐虚中
禁,玄堂掩太平。秋天箫鼓歇,松柏遍山鸣。

威仪备吉凶,文物杂军容。配地行新祭,因山托故封。凤飞终不
返,剑化会相从。无复临长乐。空闻报晓钟。

追攀万国来,警卫百神陪。画翣登秋殿,容衣入夜台。云随仙驭
远,风助圣情哀。只有朝陵日,妆奁一暂开。

## 广宣上人频见过

三百一作十六旬长扰扰,不冲风雨即尘埃。久惭一作为朝士无裨补,
空愧高僧数往来。学道穷年何所得,吟诗竟日未能回。天寒古寺
游人少,红叶窗前有几堆。

## 闲 游 二 首

雨后来更好,绕池遍青青。柳花闲度竹,菱叶故穿萍。独坐殊未

厌，孤斟讵能醒。持竿至日暮，幽咏欲谁听。
兹游苦不数，再到遂经旬。萍盖污池净，藤笼老树新。林乌一作莺
鸣讶客，岸竹长遮邻。子云只自守，奚事九衢尘。

## 酬马侍郎寄酒 马总也

一壶情所寄，四句意能多。秋到无诗酒，其如月色何。

## 和侯协律咏笋 侯喜也

竹亭人不到，新笋满前轩。乍出真堪赏，初多未觉烦。成行齐婢
仆，环立比儿孙。验长常携尺，愁干屡侧盆。对吟忘膳饮，偶坐变
朝昏。滞雨膏腴湿，骄阳气候温。得时方张王并去声，挟势欲腾骞。
见角牛羊没，看皮虎豹存。攒生犹有隙，散布忽无垠一作痕。讵可
持筹算，谁能以理言。纵横公占地，罗列暗连根。狂剧时穿壁，横
一作群强几触藩。深潜如避逐，远去若追奔。始讶妨人路，还惊入
药园。萌芽防浸大，覆载莫偏恩。已复侵危砌，非徒出短垣。身宁
虞瓦砾，计拟掩兰荪。且叹高无数，庸知上几番。短长终不校，先
后竟谁论。外恨苞藏密，中仍节目繁。暂须回步履，要取助盘飧。
穰穰疑翻地，森森竞塞门。戈矛头戟戟，蛇虺首掀掀。妇懦咨料音
聊拣，儿痴谒尽髡。侯生来慰我，诗句读惊魂。属和才将竭，呻吟
至日暾。

## 过　鸿　沟

龙疲虎困割川原，亿万苍生性命存。谁劝君王回马首，真成一掷赌
乾坤。

## 送张侍郎 张贾，时自兵侍为华州。

司徒东镇驰一作持书谒，丞相西来走马迎。两府元臣今转密，一方

逋寇不难平。

### 赠刑部马侍郎 马总，时副晋公东征。

红旗照海压南荒，征入中台作侍郎。暂从相公平小寇，便归天阙致时康。

### 奉和裴相公东征途经女几山下作

旗穿晓日云霞杂，山倚秋空剑戟明。敢请相公平贼后，暂携诸吏一作史上峥嵘。

### 郾城晚饮奉赠副使马侍郎及冯宿李宗闵二员外 冯李时从裴度东征

城上赤云呈胜气，眉间黄色见归期。幕中无事惟须饮，即是连镳向阙时。

### 酬别留后侍郎 蔡平，命马总为留后。

为文无出相如右，谋帅难居邵毂先。归去雪销滦沔动，西来旌旆拂晴天。

### 同李二十八夜次襄城 李正封也

周楚仍连接，川原乍屈盘。云垂天不暖，尘涨雪犹干。印绶归台室，旌旗别将坛。欲知迎候盛，骑火万星攒。

### 同李二十八员外从裴相公野宿西界

四面星辰著地明，散烧烟火宿天兵。不关破贼须归奏，自趁新年贺太平。

## 过襄城

郾城辞罢过襄城，颍水嵩山刮眼明。已去蔡州三百里，家人不用远来迎。

## 宿神龟招李二十八冯十七 <small>龟下或有驿字</small>

荒山野水照斜晖，啄雪寒鸦趁始<small>一作影</small>飞。夜宿驿亭愁不睡，幸来相就盖征衣。

## 次硖石 <small>诸本硖作峡</small>

数日方离雪，今朝又出山。试凭高处望，隐约见潼关。

## 和李司勋过连昌宫

夹道疏槐出老根，高甍巨桷压山原。宫前遗老来相问，今是开元几叶孙。

## 次潼关先寄张十二阁老使君 <small>张贾也</small>

荆山已去华山来，日出<small>一作照</small>潼关四扇<small>一作面</small>开。刺史莫辞<small>一作嫌</small>迎候远，相公亲<small>一作新</small>破蔡州回。

## 次潼关上都统相公 <small>韩弘也</small>

暂辞堂印执兵权，尽管诸军破贼年。冠盖相望催入相，待将功德格皇天。

## 桃林夜贺晋公

西来骑火照山红，夜宿桃林腊月中。手把命珪兼相印，一时重叠赏元功。

## 送李员外院长分司东都

去年秋露下，羁旅逐东征。今岁春光动，驱驰别上京。饮中相顾色，送后独归情。两地无千里，因风数寄声。

## 晋公破贼回重拜台司
## 以诗示幕中宾客愈奉和

南伐旋师太华东，天书夜到册元功。将军旧压三司贵，相国新兼五等崇。鹓鹭欲归仙仗里，熊罴还入禁营中。长惭典午非材职，得就闲官即至公。

## 独钓或作酌四首

侯家林馆胜，偶入得垂竿。曲树行藤角，平池散芡盘。羽沉知食驶，缗细觉牵难。聊取夸儿女，榆条系从鞍。

一径向池斜，池塘野草花。雨多添柳耳，水长减蒲芽。坐厌亲刑柄，偷来傍钓车。太平公事少，吏隐讵相赊。

独往南塘上，秋晨景气醒。露排四岸草，风约半池萍，鸟下见人寂，鱼来闻饵馨。所嗟无可召，不得倒吾瓶。

秋半百物变，溪鱼去不来。风能坼芡嘴，露亦染梨腮。远岫重叠出，寒花散乱开。所期终莫至，日暮与谁回。

## 枯　树

老树无枝叶，风霜不复侵。腹穿人可过，皮剥蚁还寻。寄托惟朝菌，依投绝暮禽。犹堪持改火，未肯但空心。

## 元日酬蔡州马十二尚书去年
## 蔡州元日见寄之什

元日新诗已去年, 蔡州遥寄荷相怜。今朝纵有谁人领, 自是三峰一作冬不敢眠。

## 咏灯花同侯十一

今夕知何夕, 花然锦帐中。自能当雪暖, 那肯待春红。黄里排金粟, 钗头缀玉虫。更烦将喜事, 来报主人公。

## 祖席前字 送王涯徙袁州刺史作

祖席洛桥边, 亲交共黯然。野晴山簇簇, 霜晓菊鲜鲜。书寄相思处, 杯衔欲别前。淮阳知不薄, 终愿早回船。

## 秋　字

淮南悲木落, 而我亦伤秋。况与故人别, 那堪羁宦愁。荣华今异路, 风雨昔同忧。莫以宜春远, 江山多胜游。

## 送郑尚书权赴南海

番音潘禺音愚军府盛, 欲说暂停杯。盖海旗幢出, 连天观阁开。衙时龙户集, 上日马人来。风静鹦鹉去, 官廉蚌蛤回。货通师子国, 乐奏武王台。事事皆殊异, 无嫌屈大才。

## 答道士寄树鸡 树鸡, 木耳之大者。

软湿青黄状可猜, 欲烹还唤木盘回。烦君自入华阳洞, 直割乖龙左耳来。柳宗元《龙城〔录〕(志)》:茅山道士吴绰, 采药于华阳洞口, 见一儿手把三珠,戏于松下。绰从之,奔入洞中,化为龙,以三珠填左耳中。绰劚其耳,而失其珠。冯贽《云仙录》:天罚乖龙,必割其耳。

## 左迁至蓝关示侄孙湘

湘,愈侄十二郎之子,登长庆三年进士第。

一封朝奏九重天,夕贬潮州一作阳路八千。欲为圣朝除弊事,肯将衰朽惜残年。云横秦岭家何在,雪拥蓝关马不前。知汝远来应有意,好收吾骨瘴江边。

## 武关西逢配流吐番 谪潮州时途中作

嗟尔戎人莫惨然,湖南地近保生全。我今罪重无归望,直去长安路八千。

## 次邓州界

潮阳南去倍长沙,恋阙那堪又忆家。心讶愁来惟贮火,眼知别后自添花。商颜暮雪逢人少,邓鄙春泥见驿赊。早晚王师收海岳,普将雷雨发萌芽。

## 题临泷寺

不觉离家已五千,仍将衰病入泷船。潮阳一作州未到吾能一作人先说,海气昏昏水拍天。

## 晚次宣溪辱韶州张端公使君惠书叙别酬以绝句二章《英华》题作晚次宣溪

韶州南去接宣溪,云水苍茫日向西。客泪数行先一作元自落,鹧鸪休傍耳边啼。

兼金那足比清文,百一作白首相随愧使君。俱是岭南巡管内,莫欺荒僻断知闻。

## 题秀禅师房

桥夹水松行百步,竹床一作林莞席到僧家。暂拳一手支头卧,还把鱼竿下钓一作晚沙。

## 将至一作入韶州先寄张端公使君借图经

曲江山水闻来久,恐不知名访倍一作更难。愿借图经将入界,每逢佳处便开看。

## 过始兴江口感怀

大历十四年,起居舍人韩会以罪贬韶州刺史,愈随会而迁,时年十岁。至是贬潮州,道过始兴,有感而作。

忆作儿童随伯氏,南来今只一身存。目前百口还相逐,旧事无人可共论。

## 韶州留别张端公使君 时宪宗元和十四年十月

来往再逢梅柳新,别离一醉绮罗春。久钦江总文才妙,自叹虞翻骨相屯。鸣笛急吹争一作催落日,清歌缓送款一作感行人。已知奏课当征拜,那复淹留咏白蘋。

## 从潮州量移袁州张韶州端公以诗相贺因酬之 时宪宗元和十四年十月

明时远逐事何如,遇赦移官罪未除。北望讵令随塞雁,南迁才免葬江鱼。将经贵郡烦留客,先惠高文谢起予。暂欲系船韶石下,上宾虞舜整冠裾。

## 次石头驿寄江西王十中丞阁老

仲舒也,时为江南西道观察使,愈自袁还朝作寄。

凭高试回首一作回马,一望豫章城。人由一作犹恋德泣,马亦别群鸣。寒日夕始照,风江一作江风远渐平。默然都不语,应识此时情。

## 游一作题西林寺题一作故萧二兄郎中存旧堂 自注:萧兄有女出家。

中郎有女能传业,伯道无儿可保家。偶到匡一作庐山曾住处,几行衰泪落烟霞。一作今日匡山过旧隐,空将衰泪对烟霞。

## 自袁州还京行次安陆先寄随州周员外 周君巢也,时为随州刺史。

行行指汉东,暂喜笑言同。雨雪离江上,蒹葭出梦中。面犹含瘴色,眼已见华风。岁暮难相值,酣歌未可终。

## 题广昌馆 在随州枣阳县南

白水龙飞已几春,偶逢一作寻遗迹问耕人。丘坟发掘当官路一作道,何处南阳有近亲。

## 寄随州周员外

陆孟丘杨久作尘,愈与陆长源、孟叔度、丘颖、杨凝及君巢,同为董晋幕客。同时存者更谁人。金丹别后知传得,乞取刀圭救病身。周好金丹服饵之术。

## 酒中留上襄阳李相公

李逢吉也。愈元和十一年正月为中书舍人,而逢吉以其年二月自
舍人拜相。

浊水污泥清路尘,还曾同制掌丝纶。眼穿长讶双鱼断,耳热何辞数
爵频。银烛未销窗送曙,金钗半醉一作堕座添春。知公不久归钧
轴,应许闲官寄病身。

## 去岁自刑部侍郎以罪贬潮州刺
## 史乘驿赴任一作之官其后家亦遣逐
## 小女道死殡之层峰驿旁一作之山
## 下蒙恩还朝一作今过其墓留题驿梁

数条藤束木皮棺,草殡荒山白骨寒。惊恐入心身已病,扶舁音余沿
路众知难。绕坟不暇号三匝,设祭惟闻饭一盘。致汝无辜由我罪,
百年惭痛泪阑干。

## 贺张十八秘书得裴司
## 空马 或作酬张秘书因骑马赠诗

司空远寄养初成,毛色桃花眼镜明。落日已曾交辔语,春风还拟并
鞍行。长令奴仆知饥渴,须着贤良待性情。旦夕公归伸拜谢,免劳
骑去逐双旌。

## 杏园送张彻侍御一作郎归使

东风花树下,送尔出京城。久抱伤春意,新添惜别情。归来身已
病,相见眼还明,更遣将诗酒,谁家逐后生。

## 雨中寄张博士籍侯主簿喜

放朝还不报，半路蹋泥归。雨惯曾无节，雷频自失威。见墙生菌遍，忧麦作蛾飞。岁晚偏萧索，谁当救晋饥。

## 奉和兵部张侍郎贾酬郓州马尚书总祗召途中见寄开缄之日马帅已再领郓州之作

来朝当路日，承诏改辕时。再领须句音朐国，仍迁少昊司。总加检校刑部尚书。暖风抽宿麦，清雨卷归旗。赖寄新珠玉，长吟慰我思。

## 早春与张十八博士籍游杨尚书林亭寄第三阁老兼呈白冯二阁老

白居易、冯宿也。第三阁老，杨於陵之子嗣复也。

墙下春渠入禁沟，渠冰初破满渠浮。凤池近日长先暖，流到池时更一作见不流。

## 奉使常山早次太原呈副使吴郎中

愈使镇州，吴丹以驾部郎中副行。

朗朗闻街鼓，晨起似朝时。翻翻走驿马，春尽是归期。地失嘉禾处，风存蟋蟀辞。暮齿良多感，无事涕垂颐。

## 夕次寿阳驿题吴郎中诗后

风光欲动别长安，春半城边特地寒。不见园花兼巷柳，马头惟有月团团。

# 镇 州 初 归

别来杨柳街头树，摆弄一作撼春风只欲飞。还有小园桃李在，留花
不发待郎归。

## 同水部张员外籍曲江春游寄白二十二舍人

漠漠轻阴晚自开，青天白日映楼台。曲江水满花千树，有底忙时不
肯来。

## 和水部张员外宣政衙赐百官樱桃诗

汉家旧种明光殿，炎帝还书本草经。岂似满朝承雨露，共看传赐出
青冥。香随翠笼擎初到一作重，色映一作照银盘写一作泻未停。食罢
自知无所报，空然惭汗仰皇扃。

## 早春呈水部张十八员外二首

天街小雨润如酥，草色遥看近却无。最是一年春好处，绝胜烟一作
花柳满皇都。

莫道官忙身老大，即无年少逐春心。凭君先到江头看，柳色如今深
未深。

## 送桂州严大夫同用南字 严谟也。题下或有赴任二字。

苍苍森八桂，兹地在湘南。江作青罗带，山如碧玉篸音簪。户多输
翠羽，家自种黄甘。远胜登仙去，飞鸾不假骖。

## 奉酬天平马十二仆射暇日言怀见寄之作

马总时为郓曹濮等州观察使，军曰天平。

天平篇什外,政事亦无双。威令加徐土,儒风被鲁邦。清为公论重,宽得士心降。岁晏偏相忆,长谣坐北窗。

## 奉使镇州行次承天行营

## 奉酬裴司空 时穆宗长庆二年

窜逐三年海上归,逢公复此著征衣。旋吟佳句还鞭马,恨不身先去鸟飞。

## 镇州路上谨酬裴司空相公重见寄

衔命山东抚乱师,日驰三百自嫌迟。风霜满面无人识,何处如今更有诗。

## 奉和仆射裴相公感恩言志

穆宗长庆二年,裴度罢,李逢吉为相。

文武功成一作成功后,居为百辟师。林园穷胜事,钟鼓乐清时。摆落遗高论,雕镌出小诗。自然无不可,范蠡尔其谁。

## 和仆射相公朝回见寄

时牛李党炽,裴度介其间,累遭谤蘟,故愈诗有高蹈之语。

尽瘁年将久,公今始暂闲。事随忧共减,诗与酒俱还。放意机衡外,收身矢石间。秋台风日迥,正好看前山。

## 奉和李相公题萧家林亭 逢吉也

山公自是林园主,叹惜前贤造作时。岩洞幽深门尽锁,不因丞相几人知。

## 奉和杜相公太清宫纪事陈诚上李相公十六韵 杜元颖也。太清宫，玄元皇帝庙。

耒耜兴姬国，辀丑伦切欚刀追切建夏家。在功诚可尚，于道讵为华。象帝威容大，仙宗宝历赊。卫门罗戟槊，图壁杂龙蛇。礼乐追尊盛，乾坤降福遐。四真皆齿列，天宝元年，亲享玄元皇帝于新庙，以庄子为南华真人、文子为通玄真人、列子为冲虚真人、庚桑子为洞虚真人，配享。二圣亦肩差。初太清宫成，命工于太白山采白石，为玄元真像，南面，玄宗、肃宗像侍立左右。阳月时之首，阴泉气未牙。殿阶铺水碧，庭炬坼金葩。紫极观忘倦，青词奏不哗。噌音铮吰音宏宫夜辟，嘈嘁才曷切鼓晨挝陟瓜切。亵味陈奚取，名香荐孔嘉。垂祥纷可录，俾寿浩无涯。贵相山瞻峻，清文玉绝瑕。代工声问远，摄事敬恭加。皎洁当天月，葳蕤捧日霞。唱妍酬亦丽，俯仰但称嗟。

# 全唐诗卷三四五

## 韩 愈

### 郓州谿堂诗

马总为郓曹濮节度观察等使,为堂于居之西北隅,号曰谿堂。以下
四首,从文集录入。

帝奠九廛,有叶有年。有荒不一作有条,河岱之间。及我宪考,一收
一作牧正之。视邦选侯,以公来尸。公来尸之,人始未信。公不饮
食,以训以徇。孰饥无食,孰呻孰叹。孰冤不问,不得分愿。孰为
邦蟊一作蟀,节根之螟。羊很狼贪,以口覆城。吹之煦之,摩手拊
之。箴一作针之石之,膊而磔之。凡公四封,既富以强。谓公吾父,
孰违公令。可以师征,不宁守邦。公作谿堂。播播流水。浅有蒲
莲,深有葭苇。公以宾燕,其鼓骇骇。公燕谿堂,宾校醉饱。流有
跳鱼,岸有集鸟。既歌以舞,其鼓考考。公在谿堂,公御琴瑟。公
暨宾赞,稽经诹律。施用不差,人用不屈。谿有萍与萍同苽与菰同,
有龟有鱼。公在中流,右诗左书。无我斁遗,此邦是庥。

### 送 张 道 士

大匠无弃材,寻尺各有施。况当营都邑,杞梓用不疑。张侯嵩高
来,面有熊豹姿。开口论利害,剑锋白差差。恨无一尺捶一作棰,为

国苔羌夷。诣阙三上书,臣非黄冠师。臣有胆与气,不忍死茅茨。又不媚笑语,不能伴儿嬉。乃著道士服,众人莫臣知。臣有平贼策,狂童不难治。其言简且要,陛下幸听之。天空日月高,下照理不遗。或是章奏繁,裁择未及斯。宁当不俟报,归袖风披披。答我事不尔,吾亲属吾思。昨宵梦倚门,手取连环持。今日有书至,又言归何时。霜天熟柿栗,收拾不可迟。岭北梁可构,寒鱼下清伊一作瀍。既非公家用,且复还其私。从容进退间,无一不合宜。时有利不利,虽贤欲奚为。但当励前操,富贵非公谁。

## 送郑十校理得洛字

郑馀庆子瀚,本名涵,以文宗藩邸时名同,改名瀚。贞元十年进士,长安尉,集贤校理。愈以元和四年六月为都官员外郎,分司东都。涵求告来宁,愈于其行,作诗并序以送之。

相公倦台鼎,分正一作政新邑洛。才子富文华,校雠天禄阁。寿觞佳节过,归骑春衫薄。鸟哢正交加,杨花共纷泊。亲交一作交亲谁不羡,去去翔寥廓。

## 送陆歙州傪

我衣之华兮,我佩之光。陆君之去兮,谁与翱翔。敛此大惠兮,施于一州。今其去矣,胡不为留。我作此诗,歌于远道。无疾其驱,天子有诏。

## 送汴州监军俱文珍

董晋为汴州陈留郡节度使,治汴州。俱文珍为监军。愈为观察推官,文珍将如京师,作序并诗送之。此首从《外集》文内录入。

奉使羌池静,临戎汴水安。冲天鹏翅阔,报国剑铓寒。晓日驱征骑,春风咏采兰。谁言臣子道,忠孝两全难。

## 赠崔立之 <small>以下十五首见《外集》</small>

昔年十日雨,子桑苦寒饥。哀歌坐空室<small>一作房,一作屋</small>,不怨但自悲。其友名子舆,忽然忧且思。褰裳触泥水,裹饭往食之。入门相对语,天命良不疑。好事漆园吏,书之存雄词。千年事已远,二字情可推。我读此篇日,正当寒<small>一作雨</small>雪时。吾身固已困,吾友复何为。薄粥不足裹,深泥谅难驰。曾无子舆事,空赋子桑诗。

## 海　水 <small>一有诗字</small>

海水非不广,邓林岂无枝。风波一荡薄,鱼鸟不可依。海水饶大波,邓林多惊风。岂尤鱼与鸟。巨细各不同。海有吞舟鲸,邓有垂天鹏。苟非鳞羽大,荡薄不可能。我鳞不盈寸,我羽不盈尺。一木有馀阴,一泉有馀泽。我将辞海水,濯鳞清冷池。我将辞邓林,刷羽蒙笼枝。海水非爱广,邓林非爱枝。风波亦常事,鳞鱼自不宜<small>一作不自疑</small>。我鳞日已大,我羽日已修。风波无所苦,还作鲸鹏游。

## 赠河阳李大夫 <small>李芃,河阳节度使。</small>

四海失巢穴,两都困尘埃。感恩由<small>由犹古字通</small>未报,惆怅空一来。裘破<small>一作破裘</small>气不暖,马羸<small>一作羸马</small>鸣且哀。主人情更重,空使剑锋摧。

## 苦　寒　歌

黄昏苦寒歌,夜半<small>一作半夜</small>不能休。岂不有阳春,节岁<small>一作岁节</small>聿其周<small>一作岁聿不其周</small>,君何爱重裘。兼味养大贤,冰食葛制神所怜<small>一作诚可怜</small>。填窗塞户慎勿出,暄风暖景明年日。

## 芍药歌 一本作王司马红芍药歌

丈人庭中开好花，更无凡木争春华。翠茎红蕊天力与，此恩不属黄
钟家。温馨熟美鲜香起，似笑无言习君子。霜刀翦汝天女劳，何事
低头学桃李。娇痴婢子无灵性一作性灵，竞挽春衫来此并。欲将双
颊一晞一作稀红，绿窗磨遍青铜镜。一尊春酒甘若饴，丈人此乐无
人知。花前醉倒歌者谁，楚狂小子韩退之。

## 赠徐州族侄 以下十三首见《遗集》

我年十八九，壮气起胸中。作书献云阙，辞家逐秋蓬。岁时易迁
次，身命多厄穷。一名虽云就，片禄不足充。今者复何事，卑栖寄
徐戎。萧条资用尽，漂落门巷空。朝眠未能起，远怀方郁悰。击门
者谁子，问言乃吾宗。自云有奇术，探妙知天工。既往怅何及，将
来喜还通。期我语非佞，当为佐时雍。

## 嘲鼾睡

澹师昼睡时，声气一何猥。顽飙吹肥脂，坑谷相嵬磊。雄咙乍咽
绝，每发壮益倍。有如阿鼻尸，长唤忍众罪。马牛惊不食，百鬼聚
相待。木枕十字裂，镜面生痱音肥瘤音晶。铁佛闻皱眉，石人战摇
腿。孰云天地仁，吾欲责真宰。幽寻虱搜耳，猛作涛翻海。太阳不
忍明，飞御皆惰息。乍如彭与黥，呼冤受菹醢。又如圈中虎，号疮
兼吼馁。虽令伶伦吹，苦韵难可改。虽令巫咸招，魂爽难复在。何
山有灵药，疗此愿与采。
澹公坐卧时，长睡无不稳。吾尝闻其声，深虑五藏损。黄河弄溃
薄，梗涩连拙鲧。南帝初奋槌，凿窍泄混沌。迥然忽长引，万丈不
可忖。谓言绝于斯，继出方衮衮。幽幽寸喉中，草木森苯音本尊音

忖。盗贼虽狡狯,亡魂敢窥阃。鸿蒙总合杂,诡谲骋戾很。乍如斗咬咬,忽若怨恳恳。赋形苦不同,无路寻根本。何能堙其源,惟有土一畚。

## 昼　月

玉碗不磨著泥土,青天孔出白石补。兔入臼藏蛙缩肚,桂树枯株女闭户。阴为阳羞固自古,嗟汝下民或敢侮,戏嘲盗视汝目瞽。

## 赠张徐州莫辞酒

莫辞酒,此会固难同。请看女工机上帛,半作军人旗上红。莫辞酒,谁为君王之爪牙?春雷三月不作响,战士岂得来还家。

## 辞　唱　歌

抑逼教唱歌,不解看艳词。坐中把酒人,岂有欢乐姿。幸有伶者妇,腰身如柳枝。但令送君酒,如醉如憨痴。声自肉中出,使人能迻随。复遣悭吝者,赠金不皱眉。岂有长直夫,喉中声雌雌。君心岂无耻,君岂是女儿。君教发直言,大声无休时。君教哭古恨,不肯复吞悲。乍可阻君意,艳歌难可为。

## 知音者诚希

知音者诚希,念子不能别。行行天未晓,携酒踏明月。

## 同窦牟韦执中寻刘尊师不遇

以同寻师三字为韵,愈分得寻字。

秦客何年驻,仙源此地深。还随蹑凫骑,来访驭风襟。院闭青霞入,松高老鹤寻。犹疑隐形坐,敢起窃桃心。

## 春雪

片片驱鸿急,纷纷逐吹斜。到江还作水,著树渐成花。越喜飞<sub>一作</sub>
<sub>非</sub>排瘴,胡愁厚<sub>一作原</sub>盖砂。兼云封洞口,助月照天涯。暝见迷巢
鸟,朝逢失辙车。呈丰尽相贺,宁止力耕家。

## 酬蓝田崔丞立之咏雪见寄

京城数尺雪,寒气倍常年。泯泯都无地,茫茫岂是天。崩奔惊乱
射,挥霍讶相缠。不觉侵堂陛,方应折屋椽。出门愁落道,上马恐
平鞯。朝鼓矜凌起,山斋酩酊眠。吾方嗟此役,君乃咏其妍。冰玉
清颜隔,波涛盛句传。朝飧思共饭,夜宿忆同毡。举目无非白,雄
文乃独玄。

## 潭州泊船呈诸公

夜寒眠半觉,鼓笛闹嘈嘈。暗浪春楼堞,惊风破竹篙。主人看使范
<sub>一作帆,去声</sub>,客子读离骚。闻道松醪贱,何须吝错刀。

## 饮城南道边古墓上逢中丞过
## 赠礼部卫员外少室张道士

偶上城南土骨堆,共倾春酒三五杯。为逢桃树相料<sub>音聊</sub>理,不觉中
丞喝道来。

## 池上絮

池上无风有落晖,杨花晴后自飞飞。为将纤质凌清镜,湿却无穷不
得归。

## 赠贾岛 以下二首见《万首绝句》

孟郊死葬北邙山,从此风云得暂闲。天恐文章浑断绝,更生贾岛著人间。

## 赠 译 经 僧

万里休言道路赊,有谁教汝度流沙。只今中国方多事,不用无端更乱华。